Nebelweiden

Nach dem BWL-Studium und ein paar kurzen Jahren in einer Marketingagentur lehrt Susanne Riemer heute an einer internationalen Business School und lebt mit ihren Kindern am Niederrhein.

SUSANNE RIEMER

Nebelweiden

NIEDERRHEIN KRIMI

emons:

Bibliografische Information der Deutschen Bibliothek
Die Deutsche Bibliothek verzeichnet diese Publikation
in der Deutschen Nationalbibliografie; detaillierte bibliografische
Daten sind im Internet über http://dnb.d-nb.de abrufbar.

FSC
www.fsc.org
MIX
Papier aus verantwortungsvollen Quellen
FSC® C083411

Umschlagmotiv: © mauritius images/Werner Otto
Umschlaggestaltung: Tobias Doetsch
Satz: César Satz & Grafik GmbH, Köln
Druck und Bindung: CPI – Clausen & Bosse, Leck
Printed in Germany 2013
ISBN 978-3-95451-103-7
Niederrhein Krimi
Originalausgabe

Unser Newsletter informiert Sie
regelmäßig über Neues von emons:
Kostenlos bestellen unter
www.emons-verlag.de

Für meine Eltern

Prolog

Die Luft war erfüllt von Schneegriesel, der gleichmütig vom grauen, wolkenverhangenen Himmel herabfiel. Sie hatten an ihrem Schneemann weitergebaut. Der Schnee war frisch und fast zu pulvrig, um daraus Kugeln zu rollen. Sein Bruder und er hatten den lockeren Schnee mit den Händen zusammengeschoben und zu Klumpen gepresst. Die Brocken hatten sie zu einem unförmigen Etwas zusammengesetzt, das so gar nicht wie ein Schneemann aus den üblichen drei Kugeln aussehen wollte. Der kleine Kopf balancierte gewagt auf den spitzen Schultern und wollte mal zur einen, mal zur anderen Seite hinabstürzen. Mit viel Schnee hatte sein Bruder den Kopf wie mit einer Halskrause festgepappt und ihm seinen blauen Schal umgelegt.

»Ich hole Steine für die Augen und zwei Äste für die Arme. Bleib *du* hier, hörst du?«

Der kleine Junge hatte eifrig genickt und seinem großen Bruder, der mit langen Schritten in den Wald gerannt war, nachgesehen. Dann hatte er weiter Schnee an den Leib des Schneemanns gedrückt. Allein wurde ihm dabei bald langweilig, und so begann er, Engel in den Schnee zu machen, wie es ihm sein Bruder gezeigt hatte. Das war sein erster »richtiger« Winter, letztes Jahr war er erst zwei gewesen und hatte so gut wie gar nicht nach draußen gehen dürfen. Aber jetzt ging er in den Kindergarten, und manchmal nahm ihn sein großer Bruder zum Spielen mit, wenn die anderen Kinder keine Zeit hatten.

Dem kleinen Jungen war kalt. Er hatte Schnee in den Stiefeln. Er ließ sich auf den Hosenboden plumpsen, um sie auszuschütteln, so wie Mama es immer machte. Es war auch dunkel, beim Spielen war ihm das kaum aufgefallen, aber jetzt war der nahe Waldrand nur noch als dunkler Streifen auszumachen. Als der kleine Junge sich umdrehte, um nach dem Haus, in dem er und sein Bruder wohnten, zu sehen, konnte er es kaum noch erkennen. Es war so kalt. Er wünschte, sein Bruder käme bald zurück, damit sie nach Hause zu Mama gehen konnten. So kalt.

Die Handschuhe waren nass, und die Finger taten ihm weh. Wenn doch sein Bruder nur endlich käme. Es schien auch mit jedem weiteren Augenblick immer dunkler zu werden, das Haus, das nur knapp über den Rand des Hügels ragte, konnte er gar nicht mehr erkennen. Nur der Schnee leuchtete matt bläulich.

Er spürte, dass Tränen in ihm hochstiegen, aber er schluckte sie tapfer hinunter. Bloß nicht weinen. Wenn sein Bruder ihn so sehen würde, wäre er bloß wieder die kleine Heulsuse. Aber er war doch schon ein großer Junge, das sagte Mama auch immer. Deshalb würde er jetzt auch nicht weinen und brav hier warten, bis ihn einer holte. Das hatte Mama ihm immer eingeschärft: Wenn du uns nicht findest, bleib, wo du bist! Wir finden dich. Er hockte sich in den Schnee und wartete. Langsam begann es wieder zu schneien.

Sie erschrak, als sie aus dem Fenster sah und merkte, dass es draußen inzwischen stockdunkel war. Die Jungs sollten längst vom Spielen zurück sein. Zum Glück waren sie nur auf dem Hang des Hügels, nicht weit vom Haus entfernt. Da konnte nichts passieren, eigentlich. Zumindest gab es da kein Wasser, keinen Teich oder Bach. Trotzdem … Eilig griff sie nach ihrer Strickjacke und lief nach draußen auf die Veranda. Inzwischen war es richtig finster geworden, wenn auch nicht ganz so dunkel, wie es ihr in der hellen Küche erschienen war. Ihre Jungs wussten ganz genau, dass sie nach Einbruch der Dunkelheit nicht mehr draußen sein durften. Na, die konnten was erleben.

Sie starrte in die Dunkelheit, dann begann sie nach ihren Kindern zu rufen. Keine Antwort. Sie spürte, wie ihr Ärger verflog und der Sorge wich. Die Angst wuchs erst schleichend, dann nahm sie von einem Augenblick auf den anderen sprunghaft zu. Wo waren die Jungs? Sie rief noch einmal nach ihnen, rannte auf die Kuppe des Hügels und spähte den Hang hinab. Nichts als Weiß um sie herum, so schien es jedenfalls im ersten Augenblick. Aber was war das? Ein einzelner dunkler Fleck, kurz vor dem Waldrand. Als sie durch den tiefen Schnee auf den Fleck zu rannte, vergaß sie, dass sie nur Pantoffeln trug. Nur ein Fleck, der sich nicht bewegte. Gott, lass es die Jungs sein! Sie rannte, schlitterte, stolperte, verlor ihren rechten Schlappen und lief trotzdem weiter. Sie rief die Namen der Jungs, und der Fleck bewegte sich.

»Mama?« Der Rest ging in Weinen unter.

Sie stürzte auf ihren Jungen zu, kniete sich hin, presste den kleinen, kalten Körper an sich. Ihre Hände wollten ihr – vom Schnee und dem schneidenden Wind klamm gefroren – kaum gehorchen.

»Gott sei Dank!« Sie barg den Kleinen in ihren Armen. »Wo ist dein Bruder?«

Der Junge weinte und zitterte.

»Wo ist er? Warum hat er dich allein gelassen?«

Sie spürte wieder Ärger in sich hochkommen, aber da hob ihr Sohn den Arm und zeigte Richtung Wald.

»Steine suchen, Mama, schon ganz, ganz lange.«

Sie blickte hinüber zum Wald, sah aber nur dunkle, drohende Schwärze, und jetzt spürte sie nichts anderes mehr als nackte Angst. Sie riss den Kleinen hoch und rannte auf den Waldrand zu, ihre Stimme, die den Namen ihres großen Jungen rief, gellte durch die Finsternis.

Neuss

Die Wucht und das Krachen des Aufpralls vergingen. Das Aufstöhnen des zerschmetterten Metalls verhallte im weichen, bröckelnden Geräusch der sich auflösenden Windschutzscheibe. Niemand schrie, oder doch? Sebastian Liebermann öffnete langsam die Augen. Er lebte noch. Im Moment des Aufpralls hatte er die Augen geschlossen und geschrien: »Festhalten, haltet euch fest!« Als ob man sich tatsächlich irgendwo festhalten könnte, wenn man mit voller Wucht gegen einen Baum raste.

Aber er lebte noch. Vor sich sah er die zersplitterte Scheibe, und ihm fiel auf, dass er keinen Schmerz fühlte. Konnte es tatsächlich sein, dass ihm nichts passiert war?

Was war mit Lex und Jonas? Warum sagte sie nichts, warum schrie der Kleine nicht? Er versuchte, seinen Kopf nach rechts zu drehen, aber es ging nicht, er war nicht fähig, seinen Kopf auch nur ein Stück zu bewegen, er konnte nur starr nach vorne auf die Scheibe sehen. Er versuchte seinen Gurt zu lösen, vielleicht war er eingeklemmt, aber seine Hände wollten den Gurt nicht finden. Er spürte Panik in sich aufsteigen.

»Lex? Lex, sag was!«

Keine Antwort. Verdammt, was war mit den anderen?

»Jonas, hallo, Jonas, hörst du mich?«

Nichts. Nur Stille. Nein, da war etwas. Er hörte, wie irgendwo ein Auto hielt, dann das Schlagen einer Fahrzeugtür und Schritte, die sich ihm näherten. Hilfe kam. Sebastian hörte, wie eine der hinteren Wagentüren aufgerissen wurde.

»Ist der Junge okay? Ist er okay?«, rief er.

Auch diesmal keine Antwort, stattdessen ein Klicken – jemand öffnete das Gurtschloss des Kindersitzes – und ein leises Wimmern.

»Jonas, hörst du mich?«

Erst entfernten sich die Schritte, dann kamen sie auf einmal wieder zurück. Ein Knarzen, als erneut eine der Fahrzeugtüren geöffnet wurde, dann erschien eine Hand am unteren Rand seines Blickfelds, die den Autoschlüssel abzog.

»Lassen Sie den Jungen! Bitte! Nicht mitnehmen!«

Sein Herz schlug ihm bis zum Hals. Trotz Panik wusste er ganz genau, dass *sie* es waren. Natürlich, wer sonst? Sie hatten Jonas gewollt, und jetzt hatten sie ihn mitgenommen. Er hatte es nicht verhindern können.

Er hörte das Auto wegfahren. Warum nur konnte er sich nicht bewegen? Bleib ganz ruhig, hier kommen ständig Autos vorbei.

»Lex, hörst du mich?«

»Ach du Scheiße! Oh, mein Gott!«

Da war wieder jemand, jemand anderes. Sebastian konnte nichts sehen, war es nicht eben heller gewesen?

»Hallo, hören Sie mich? Ja, ich will einen schweren Unfall melden … Auto gegen den Baum … zwei Schwerverletzte … auf der L 230 von Liedberg nach Holzheim, auf der Höhe von Glehn … Was? Ich heiße Klaus Karling. Okay, ich sichere die Unfallstelle ab, aber von Erste Hilfe habe ich keine Ahnung, ich glaub nicht, dass ich da helfen kann, ich möchte die lieber nicht anfassen, da mach ich alles nur noch schlimmer, als es schon ist.«

Sebastian versuchte, sich aufs Sprechen zu konzentrieren.

»Der Junge ist weg.« Seine Stimme war so leise. »Sie haben den Jungen mitgenommen.«

Ob der Mann ihn überhaupt gehört hatte? Aber gleich kam Hilfe, er hatte den Unfall gemeldet.

»Durchhalten, Lex, halte durch. Gleich kommt ein Krankenwagen«, flüsterte Sebastian. Und dann, mit letzter Kraft: »Alles wird gut, Lex. Ich hab dich lieb.«

Island

Als Ben Liebermann vor drei Wochen am Flughafen Berlin-Schönefeld eingetroffen war, hatte er die üblichen Sofortreaktionen auf schwere persönliche Katastrophen bereits längst hinter sich. Nach dem ersten Schock hatte er versucht, mit aller Kraft nach vorne zu sehen und sich einen Rest an Hoffnung zu bewahren. Aber als sich kurz darauf sein ganzes Glück von einer Minute auf die andere buchstäblich in nichts aufgelöst hatte, war er tagelang wie gefangen in kalter Starre gewesen. Die Welt um ihn herum hatte sich in eine Art Nebenuniversum verwandelt, in dem ein konstantes weißes Rauschen im Kopf die alles beherrschende Kraft war und zu grelles Licht die Augen quälte. Dennoch schien niemand außer ihm dies zu bemerken, wie auch niemand seinen Schmerz und seine Verzweiflung wahrnehmen wollte. Ebenso irritierend wie das weiße Rauschen waren die stakkatohaften Gedanken, die seinen Kopf beherrschten und jedes klare Denken unmöglich machten.

Der Schock brachte Lähmung mit sich, und Ben war unfähig, mehr zu tun, als im Bett zu liegen und die Decke, das Fenster oder die Wand anzustarren. Abgesehen davon, dass er zur Toilette stolperte, ab und zu aß und trank und gelegentlich unter die Dusche schlich, konnte er nichts tun.

Raoule rief in der ersten Zeit noch regelmäßig an, sprach ihm mal beschwörend, mal bittend auf den Anrufbeantworter oder müllte seine Mailbox zu, ohne dass er sich die Mühe machte, diese auch nur einmal abzuhören. Es war der zehnte oder elfte Tag, als ihm, gerade aus der Dusche gestiegen, noch nackt und frierend, schlagartig klar wurde, dass er in dieser Wohnung nicht mehr weiter existieren konnte. Nicht unter der Anklage des verwaisten Kinderzimmers und dem Hohnlachen des breiten Bettes im Schlafzimmer. Er musste raus, nur raus.

Er stopfte, was er auf die Schnelle an brauchbaren Klamotten fand, in seinen Seesack, wühlte nach Ausweis und Geld und packte sein Mobiltelefon samt Ladegerät mit in die Reisetasche.

Zum ersten Mal seit Tagen zog er wieder Socken und Schuhe an. Er war schon vor der Haustür, als ihm seine Gitarre einfiel. Wenn er sie jetzt nicht mitnahm, würde er doch wieder hierherkommen müssen, und das war im Moment das Letzte, was er ertragen konnte.

»Sind Sie Musiker?«, fragte der Taxifahrer, als Ben den Kofferraum des Passats öffnete.

»Nach Schönefeld«, flüsterte Ben. Seine ersten nicht geschrienen, nicht gebrüllten Worte seit Tagen. Er hustete und wiederholte lauter: »Nach Schönefeld.«

Erst als er die Uhr im Taxi sah, wurde ihm klar, dass es beinahe Abend war, fast achtzehn Uhr. Hoffentlich ging noch ein Flug, und zwar möglichst weit weg.

Die Abflughalle Schönefelds war ebenfalls Teil dieses unwirklichen Nebenuniversums, aber immerhin hatte er jetzt ein Ziel. Das Ziel war Abhauen. Auf der Abflugtafel standen Mallorca (bloß nicht), London (nicht weit weg genug) und Rom (keine Stadt, um sich beschissen zu fühlen) zur Wahl. Aber es gab noch einen Flug nach Reykjavik-Keflavik, Island, um zwanzig Uhr dreißig. Es gab nicht viel, was Ben über Island wusste: eine kalte, unwirtliche Insel im Nordmeer, die mit ihren Vulkanen schon mal globale Flugverbote auslöste, aber sie war immerhin weit weg, und er hatte noch genug Zeit, um ein Ticket zu kaufen. Klang perfekt. Eine freundliche Bewohnerin des Nebenuniversums erklärte ihm durch das weiße Rauschen hindurch, dass er sich zum Lufthansaschalter begeben sollte.

Die Lufthansa hatte noch Plätze frei, die Gitarre wanderte ins Sperrgepäck, bei der Sicherheitskontrolle gab es keine Schwierigkeiten.

Als die Boeing gegen neunzehn Uhr Ortszeit über der Halbinsel Reykanes einschwebte und kurz darauf glatt auf einem der beiden Runways aufsetzte, hatte Ben über drei Stunden tief und fest geschlafen, so gut wie seit Tagen nicht mehr. Der internationale Flughafen Islands, gut eine Dreiviertelstunde Fahrzeit von Reykjavik entfernt, war kein Drehkreuz, lag aber logistisch günstig für Zwischenstopps auf der Atlantik- und Nordpolroute. Der Gebäudekomplex war hochmodern und schick gestaltet, Glas und Stahl bestimmten die Architektur, und die Menschen trugen die gleiche Kleidung wie in London, Paris oder Berlin. Wenn Ben folkloristische Mützen und Kostümierungen à la Björk erwartet hatte, wurde er zumindest hier enttäuscht.

Am Stand der Autovermietung hatte sich bereits eine kleine Schlange gebildet. Zwei übernächtigte Geschäftsleute, die niederländisch miteinander sprachen, erhielten neben dem Schlüssel für einen Honda Accord auch eine Wegbeschreibung zu einem akzeptablen Hotel in Keflavik. Eine Familie aus Deutschland mit Babyrückentrage und Tramperrucksäcken sowie fest schlafenden Kleinkindern bekam außer dem bestellten Ford Focus zwei Kindersitze über die Theke gereicht. Danach wandte sich der Mann vom Car Rental, der laut Namenschild auf der Theke Thure Heergensson hieß, mit unermüdlicher Freundlichkeit Ben zu. Eloquent pries er die Vorzüge eines Offroaders, mit dem sich Island erst so richtig puristisch und hautnah erleben ließe. Für Ben, der, von ökologiebewussten Musikerkreisen geprägt, jeden SUV für die unmittelbare Manifestation der Symbiose von Teufel und Öllobby hielt, lüftete sich endlich der Nebelschleier aus Licht und Rauschen. Glasklar vernahm er das Versprechen von Freiheit und Abenteuer in der Wildnis abseits aller Straßen und von wirklicher Abwechslung vom schnöden Lebensalltag. Ben hatte sein Leben gerade in den letzten Wochen alles andere als langweilig empfunden, ein bisschen Alltag wäre ihm mehr als willkommen gewesen. Warum empfand man Alltag immer dann als großartig, wenn man gerade aus ihm herauskatapultiert worden war und führungslos durch eine rauschende Scheinwelt taumelte?

»Wer war eigentlich Leif Erickson?«, unterbrach er Thure in dessen Ausführungen zum modernen Abenteurerleben. Thures Blick folgte Bens Hand, die auf das »Leifur Eriksson Airport«-Poster an der Hallenwand zeigte.

»Leif Erickson war ein amerikanischer Schauspieler, der die Hauptrolle bei ›High Chaparral‹ gespielt hat. Leider tot«, sagte Thure ernst, aber augenzwinkernd.

»Und nach dem haben sie gleich einen Flughafen benannt?« Ben war sich nicht ganz sicher, ob das weiße Rauschen ihm nicht weitere Streiche spielte.

Thure lachte. »Nein, nein, ich glaube, der hatte den Namen bloß adoptiert, von Leif Eriksson, dem Sohn von Erik dem Roten«, antwortete Thure. »Leider auch schon tot«, fügte er hinzu. »Alle beide.«

»Erik, der Rote? Den kenne ich.« Ben überlegte. »Wikinger, soll Amerika entdeckt haben, vor Columbus?«

»Genau der, wir Isländer bestehen darauf. In Island erinnern wir an jeder Ecke daran, wer unsere Vorfahren waren.«

»Und deshalb soll ich jetzt in einem SUV unerschrocken und kaltblütig über eure Wiesen fahren?« Ben lachte. »Mir reichen die Mountainbiker in den Alpen, die aus jedem Wäldchen hervorbrechen.«

»Wäldchen haben wir kaum, aber eben auch wenige Straßen, zumindest im Hochland, falls Sie dorthin wollen.«

»Ich weiß noch gar nicht, wo ich hinwill, bis vor fünf Stunden wusste ich nicht mal, dass ich heute Abend hier landen würde. Ich nehme den SUV.« Ben packte Führerschein und Ausweis aus, unterschrieb den Vertrag und legte seine Kreditkarte vor. »Erst mal sehen, wie lange ich bleibe, ich gehe mal von drei Wochen aus.«

In drei Wochen, Anfang Oktober, musste er nach München zu Plattenaufnahmen, er war gleich für mehrere Projekte als Studiomusiker gebucht. Bis dahin musste er irgendwie wieder auf den Füßen stehen, und zwar rechts *und* links.

Neuss

»Ein Toter und eine Schwerverletzte, die ist bereits mit der Rettung weg.« Polizeiobermeister Jochimsen schüttelte den Kopf. »Wie schnell muss der denn gefahren sein? Die Straße ist doch schnurgerade und völlig trocken.«

Jochimsen sah auf die Uhr. Sieben Uhr fünfzehn, der Tag fing nicht gut an. Er sah zu, wie die Leiche des Fahrers von den Mitarbeitern eines Bestattungsinstituts in die flache Zinkwanne gehoben wurde. Er wandte sich wieder Schmischke zu, der mit dem Vermessen der Unfallstelle beginnen wollte.

»Fotos haben wir schon. Der Baum hat es noch am besten überstanden. Der Fahrer hat einen Genickbruch, meinte der Doc, und einiges andere.« Er verzog das Gesicht.

Schmischke schaute zu ihm auf. »Ja, da nützt die ganze Technik nix, wenn du seitlich versetzt auf so einen Baum knallst. Scheiße. Wenigstens war das Kind nicht im Wagen.«

»Welches Kind?« Jochimsen blickte sich prüfend um. Er fröstelte in seiner Lederjacke. Für Anfang Oktober war es schweinekalt. Mittlerweile war es aber wenigstens hell geworden; über den Niederungen neben der Landstraße hing feiner Dunst.

»Kindersitz im Auto«, brummte Schmischke, der neben einem der Hinterräder des Audis damit begonnen hatte, mit Farbspray die Lage des Fahrzeugs auf der Fahrbahn zu markieren.

»Was?« In diesem Augenblick war Jochimsen sicher, dass dies ein beschissener Tag werden würde.

Er öffnete die linke hintere Tür und betrachtete den Kindersitz. »Bis 28 Kilo« stand darauf, das hieß, es handelte sich um ein kleines Kind. Verdammt und zugenäht! Sein Blick wanderte durch das zerstörte Wageninnere, über die erschlafften Airbags vorne und an den Seiten und die zerschmetterte Scheibe. Fußraum und Sitze waren von vielen kleinen Scherben übersät. Blut, vor allem auf der Fahrerseite, und eine Handtasche neben dem Beifahrersitz.

Jochimsen zog den Kopf aus dem Auto. »Ist der Halter festgestellt?«

»Ist in der Mache. Der Server ist platt.«

Jochimsen ging um den Wagen herum auf den Seitenstreifen. Die Beifahrertür ließ sich ohne Probleme öffnen. Die Fahrertür hatte bereits offen gestanden, als sie angekommen waren, das musste auch in den Bericht. Wahrscheinlich war das der Zeuge gewesen, der den Notruf abgesetzt hatte. Oder das Notarztteam. Aber das musste er checken. Jochimsen kritzelte rasch eine entsprechende Notiz auf seinen Block und schob ihn zurück in seine Jackentasche. Er bückte sich und zog die Handtasche aus dem Wrack. Diese war ebenfalls voller Splitter und Blutspritzer. Er öffnete sie und suchte nach einem Ausweis. Portemonnaie, Deo, Handy, Hausschlüssel mit Autoschlüssel an einem Bund. Audi. Automatisch warf er einen Blick auf die Zündung des Unfallwagens und stutzte: kein Schlüssel. Wie konnte das sein? Er beugte sich ins Wageninnere und probierte den Schlüssel. Ging nicht rein, das war nicht der Schlüssel für diesen Wagen.

»Micha!« Er winkte Schmischke herbei. Dieser kam ums Auto herum.

»Was?«

»Guck mal ins Auto, vorne, und sag mir, was da fehlt.«

Schmischke bückte sich und ließ seinen Blick über Sitze und Armaturenbrett gleiten. »Die Scheibe?«

»Witzbold, ich mein's ernst.«

Schmischke sah erneut hin. »Keine Ahnung, was meinst du?«

»Der Schlüssel fehlt. Wie konnte jemand den Wagen starten, um anschließend mit ihm gegen den Baum zu knallen ohne Schlüssel? Kurzgeschlossen ist der Wagen jedenfalls nicht.«

Schmischke zuckte die Achseln. »Stimmt, schon komisch, vielleicht so eine Karte, die man nur im Hemd haben muss, irgend so ein Entry-System-mit-haste-nicht-gesehen?«

»Nein, das ist ein normales Zündschloss, da musste schon noch einen Schlüssel reinstecken.« Jochimsen sah sich um. Wo war eigentlich der Zeuge? Vermutlich bei Weispfennig im Bus, um seine Aussage zu machen.

Jochimsen ging rüber zum Einsatzfahrzeug, das ein Stück weiter vorn am Straßenrand parkte. Mittlerweile kamen jede Menge Autos vorbei, der Berufsverkehr hatte eingesetzt. Die Unfallstelle war weiträumig abgeflattert, und ein Beamter regelte den Verkehr mit der Kelle. Jochimsen öffnete die Schiebetür des blau-silbernen Busses und kletterte ins Innere. An dem kleinen Klapptisch saßen sich der Kollege Weispfennig und der angeschlagen wirkende Zeuge gegenüber.

»Darf ich kurz dazwischen?« Jochimsen sah Weispfennig an. Die Handtasche legte er auf den Tisch.

»Nur zu.« Weispfennig war mit dem Ausfüllen mehrerer Formulare beschäftigt.

»Haben Sie den Schlüssel des Unfallfahrzeugs abgezogen, und haben Sie ihn noch bei sich?«, fragte Jochimsen Klaus Karling den Zeugen.

Dieser starrte ihn entsetzt an. »Nein, nein, als ich da reingesehen habe, bin ich rückwärts wieder weg. Der Mann war noch am Leben, hat irgendwas gesagt, aber wie der aussah … Haben Sie den gesehen?« Es war offensichtlich, dass Karling einen Schock erlitten hatte.

»Die Fahrertür haben Sie aber geöffnet, oder war das das Notarztteam?«

»Nein, die war schon offen, als ich kam. Ich dachte: ›Mensch, kaum zu glauben, dass der Fahrer noch selbst aussteigen konnte‹, so wie der Wagen aussah, meine ich. Vielleicht hat der Typ von dem anderen Wagen …?«

»Welcher andere Wagen? Es war noch vor Ihnen jemand an der Unfallstelle?« Jochimsen beugte sich vor, und auch Weispfennig blickte jetzt auf.

»Na ja, ich habe von Weitem zwei Wagen gesehen, da wo der Unfall passiert ist, der eine fuhr dann aber schnell weg. Dass ein Unfall passiert war, habe ich erst beim Vorbeifahren bemerkt, war ja noch ziemlich dunkel.«

»Wagentyp, Kennzeichen? Sonst was gesehen?«

»Nein, nix. Wie gesagt, ich habe ja auch zuerst nur zwei Wagen am Straßenrand gesehen, da hab nicht so drauf geachtet.«

»Der Wagenschlüssel fehlt?« Weispfennig machte ein nachdenkliches Gesicht. »Warum sollte ein Autofahrer anhalten, nicht helfen, aber den Autoschlüssel von einem Wrack klauen? Sehr merkwürdig.«

Schmischke erschien neben der geöffneten Schiebetür. Er dehnte seine müden Knochen und warf einen verlangenden Blick auf Weispfennigs Thermoskanne mit möglicherweise frischem Kaffee.

»Es gibt Lackspuren an der Fahrerseite, sehen ganz frisch aus. Und überhaupt, die Position vom Fahrzeug, wenn man sich mal die Straße ansieht ... Einfach so gegen den Baum passt irgendwie nicht«, sagte er.

Jochimsen und Weispfennig kletterten aus dem Bus. Im laufenden Verkehr, der um die Unfallstelle herumbrandete, war der Unfallhergang schwer abzuschätzen. Als es passierte, waren die Straßen kaum befahren, aber so gut wie jeder hier fuhr deutlich schneller als die erlaubten Siebzig.

Schmischke ging an der Fahrerseite des verunglückten Audi A2 vorbei und deutete auf den vorderen linken Kotflügel, der durch die Wucht des Aufpralls wie Zeitungspapier zusammengeknüllt worden war. Er ging in die Hocke und beleuchtete mit einer kleinen Taschenlampe das silberne Blech.

»Hier und hier, da auch.« Er zeigte auf einige längliche, durch Risse und Blechfalten immer wieder unterbrochene, dunkle Streifen. »Ist kein Dreck, das ist Lack, seht ihr? Dunkelblaumetallic, würde ich sagen.«

Jochimsen bückte sich. Er betrachtete die Streifen und strich leicht mit dem Zeigefinger darüber. Auf seiner Fingerkuppe blieb ein hauchfeiner Lacksplitter kleben.

»Hier.« Weispfennig hielt ihm einen geöffneten Plastikbeutel hin.

»Unser wandelndes Labor.« Jochimsen grinste. »Ich glaube, wir müssen definitiv von einem zweiten Fahrzeug ausgehen.« Er stockte und fuhr fort: »Ich will eben etwas überprüfen.«

Als sie vor etwa einer halben Stunde aus Neuss gekommen waren, war ihm etwas aufgefallen, dem er zunächst keine größere Bedeutung beigemessen hatte. Aber jetzt fiel es ihm wieder ein. Jochimsen lief den Fahrradweg zurück, der sich hinter einem breiten Grünstreifen, auf dem die alten Alleebäume wuchsen, an der Landstraße entlangzog.

Da war es: Vier Begrenzungspfosten waren der Reihe nach

umgepflügt und lagen abgerissen im Grüngürtel. Jochimsen blickte die schnurgerade Straße entlang. Die Sonne stand inzwischen so hoch, dass sie ihn blendete, und Jochimsen musste kurz die Augen zusammenkneifen. Dann betrachtete er die Alleebäume auf der Höhe der Pfeiler; zwei hatten Teile ihrer Rinde eingebüßt, der Abrieb war deutlich frisch, und im Grün entdeckte Jochimsen frische Reifenspuren in regelmäßigen Abständen, so als wäre ein Betrunkener Schlangenlinie gefahren und hätte dabei mehrere Male den Grüngürtel gestreift. War der Fahrer einfach nur besoffen gewesen, oder hatte ihn jemand systematisch von der Straße gedrängt?

Als Jochimsen zur Unfallstelle zurückkam, sah er die Kollegen an der geöffneten Kofferraumklappe des A2 stehen. Weispfennig winkte ihn wortlos herbei. Jochimsen schaute Schmischke über die Schulter. Der Kofferraum war vollgepackt mit Reisetaschen und Koffern, Jochimsen sah auch einen Buggy. Zwei der Reisetaschen hatten die Kollegen bereits geöffnet. In der einen waren Frauensachen, in der anderen die Kleidung eines kleinen Jungen.

»Oh nein, die wollten in den Urlaub fahren«, stöhnte Jochimsen. Sein Blick fiel wieder auf die Kinderkleider. »Verdammt, wo ist der Junge?«

Island

Zwei Wochen lang hatte Ben Island erkundet. Zunächst hatte er den »Golden Circle« besichtigt, die Muss-Attraktionen für Touristen im Süden der Insel: Thingvellir, den mittlerweile erschöpften Geysir, seinen aktiven kleinen Bruder und den Gullfoss-Wasserfall. Von dort aus war er ins Hochland gefahren, wo die bis dahin tatsächlich gut ausgebauten Straßen rasch weniger wurden. Er war zu den Gletschern gefahren und hatte in kleinen Gasthäusern übernachtet, die wenig Komfort boten, aber dafür umso teurer waren.

In Akureyri, im Norden, hatte er den SUV stehen lassen und sich einer kleinen Gruppe von Ponytrekkern angeschlossen, die mit Zelten und dem festen Willen, die Wildnis zu überleben, in den Westen der Insel aufbrachen. Vielleicht war es die Summe der physischen Eindrücke – angefangen beim ständigen Wechsel von eiskaltem Regen zu strahlendem Sonnenschein und wieder zurück, über den konstant starken Wind, der niemals unter sieben Beaufort lag, bis hin zu seinem wirklich übel schmerzenden Hintern durch das ungewohnte, ganztägige Reiten –, die ihn auch seelisch wieder gesunden ließen. Von Anfang an schlief er nachts auf der Isomatte wie ein Toter, und er dachte nicht mehr stundenlang über sein ihm sinnlos erscheinendes Leben nach und entwickelte eine tiefe Zuneigung zu diesem ungestümen und großartigen Land im Norden Europas.

In der dritten Woche machte er erst halt in Reykjavik und fuhr dann nach Keflavik zurück. Unterwegs besuchte er die »Blaue Lagune«, Islands berühmtestes Thermalbad mit türkisblauem Wasser inmitten schroffer schwarzer Lavafelsen. Er trieb im heißen Wasser zwischen Hunderten von Touristen, schmierte sich den weißen Kreideschlamm ins Gesicht und merkte, dass er den Kindern, die aus Sicherheitsgründen alle bunte Schwimmreifen tragen mussten, da man sie sonst im trüben Wasser schlimmstenfalls kaum wiedergefunden hätte, zusehen konnte, ohne dass es ihm einen Stich versetzte.

Als er zwei Stunden später am Check-in am Flughafen eintraf, hatte sich dort bereits eine erkleckliche Schlange von Fluggästen eingefunden: Touristen wie er, Geschäftsleute und Einheimische, die zum Shoppen aufs Festland fliegen wollten. Vor ihm in der Reihe stand ein Paar aus Deutschland: ein gut erhaltener Endfünfziger, dessen survivalmäßiges Napapijri-Outfit am Bauch ein bisschen stramm saß, und seine allenfalls halb so alte Was-auch-immer. Die juvenile Blondine warf ihm unter ihren dichten Wimpern immer wieder lange Blicke zu. Ben war sich nicht sicher, ob es daran lag, dass er um mindestens fünfzehn Jahre besser zu ihr passte als Mr. Napapijri oder ob es sein abgerissenes Äußeres war, das sie sexy fand.

»Sind Sie Musiker?« Sie deutete auf seinen Gitarrenkoffer, den er zusammen mit seinem Seesack und dem fürs Horse Trekking neu erstandenen Rucksack auf einen Gepäckwagen neben sich gewuchtet hatte. »Reykjavik hat ja eine tolle Szene.«

Ben überlegte noch, ob er vorgeben sollte, der deutschen Sprache nicht mächtig zu sein, als sich ihr Handy mit der Titelmusik von »DSDS« meldete. Ihm fiel ein, dass er sein eigenes Telefon seit seiner Ankunft in Island nicht mehr eingeschaltet hatte. Er würde sich der Realität ohnehin stellen müssen, warum nicht jetzt gleich? Wahrscheinlich hatte ihm ohnehin nur Raoule die Mailbox vollgeheult oder ihm hundert SMS von entweder reuevollem oder einfach nur wütendem Inhalt geschickt. Ben wühlte auf dem Boden seines Rucksacks herum, bis er sein Telefon fand. Es dauerte einen Augenblick, bis es sich bei Vodafone eingewählt hatte, dann begann sein Handy zu vibrieren, als alle wartenden Benachrichtigungen eintrafen. Ben seufzte und klickte sich durch die Liste. Eine SMS von Raoule, von vorgestern, und vier Nachrichten auf seiner Mailbox, mehr nicht. Was war mit Raoule los? Vermutlich schickte sie ihre SMS mit einer Sendedauer von nur drei Tagen, und alle anderen waren im Orbit verreckt. Neugierig öffnete er die einzige Nachricht von Raoule.

»Du solltest deine Mailbox checken. Es geht um deine Geschwister.« Ben starrte die wenigen Worte wie vom Donner gerührt an. Was zum Teufel war da los? Hastig wählte er die Nummer seiner Mailbox.

»Sie haben vier neue Nachrichten. Erste Nachricht …« Die Stimme teilte ihm mit, dass der Anruf heute Morgen um neun Uhr eingegangen sei.

»Hier noch mal Küppers, Kripo Neuss. Herr Liebermann, es wäre gut, wenn Sie sich doch einmal mit mir in Verbindung setzen würden.« Der Anrufer nannte eine Neusser Telefonnummer und legte auf.

Der zweite Anruf vom vergangenen Donnerstagabend war von Simon Gens, dem Lebensgefährten von Bens Schwester Lex. »Ben, ich bin's, Simon. Es ist etwas Furchtbares passiert. Ich weiß gar nicht, wie ich es dir sagen soll. Es ist schrecklich, Lex und Sebastian hatten einen Unfall, und Jonas ist verschwunden. Vielleicht entführt.« Simons Stimme brach abrupt ab. Er rang hörbar um Fassung, als er fortfuhr: »Sebastian ist tot, es tut mir so leid. Und Lex liegt im Koma. Kannst du dich bitte melden oder herkommen?« Ende.

Ben starrte in vollkommenem Entsetzen sein Telefon an. Er hatte das Gefühl, als beginne der Boden unter ihm zu schwanken. Hinter ihm drängelten die Fluggäste, da Ben in der Schlange nicht aufgerückt und vor ihm bereits eine erhebliche Lücke entstanden war.

Die nächste Nachricht war von Raoule. »Ruf mich bitte an. Dringend. Es ist was mit Lex und Sebastian.«

Der letzte Anruf – zeitlich betrachtet der erste und vom letzten Donnerstag um siebzehn Uhr fünfundfünfzig – kam wieder von diesem Küppers von der Kripo in Neuss. Es war offenkundig, dass dem Kommissar der Inhalt seines Anrufs Schwierigkeiten bereitete. Er teilte Ben umständlich mit, dass man ihn als einzigen Angehörigen von Sebastian Liebermann und als den Bruder von Alexa Liebermann ausgemacht und dass man die Handynummer von Raoule habe. Der Anrufer informierte Ben darüber, dass Sebastian tot sei und Lex im Koma liege. Er bat um sofortigen Rückruf und nannte seine Durchwahl. Die Liste mit entgangenen Anrufen drückte Ben einfach weg. Dafür war jetzt keine Zeit.

Wie betäubt schob Ben den Wagen mit seinem Gepäck vor sich her. Das konnte doch alles nicht wahr sein. Sebastian und Lex, seine jüngeren Geschwister. Sebastian tot. Er spürte, wie er erneut begann, in die vertraute Unwirklichkeit des Nebenuniversums abzugleiten. Er schüttelte heftig den Kopf, wehrte sich dagegen. Das ging jetzt nicht. Er musste sofort nach Hause, Lex brauchte ihn. Sollte er zuerst Simon oder den Kommissar anrufen? Verdammt! Erst einmal einchecken, er durfte den Flug nach Berlin keinesfalls verpassen.

Neuss

Jochimsen hatte ausgesprochen, was alle dachten.

»Es war ein Kind im Auto«, sagte er. »Aber wo ist es?« Die Beamten blickten sich um, als sähen sie den Unfallort zum ersten Mal. »Rausgeschleudert? Durch die Scheibe?«

Jochimsen hatte das oft genug gesehen. Aber wenn es sich so abgespielt hatte, wo war dann das Kind? Die Umgebung war problemlos einzusehen: eine gerade, breite Straße, die Alleebäume, ein Radweg, eine flache Wiesensenke rechts neben der Straße, links eine flache Böschung an der sanft zum Liedberg ansteigenden Wiese. Keine Sträucher, kein Gebüsch, nicht einmal Brennnesseln. Und kein Kind.

»Wie alt schätzt du das Kind, Stefan?« Schmischke hielt eine kleine Jacke in die Höhe.

Oberkommissar Stefan Weispfennig war der Einzige von ihnen, der Kinder hatte, gleich vier, zwischen sechs und sechzehn Jahren. Weispfennig nahm Schmischke die Jacke aus der Hand und warf einen Blick auf das eingenähte Schildchen im Kragen.

»Achtundneunzig«, las er vor. »Schwer zu sagen, ehrlich, zwischen anderthalb und zwei Jahren, würde ich sagen. Auf jeden Fall noch richtig klein.«

»Denkst du, der Junge hat sich vielleicht abgeschnallt und ist nach vorne geklettert ... zu seinen Eltern?« Jochimsen zog unbehaglich die Schultern hoch. »Die Fahrertür war offen. Kann das sein, dass so ein Knirps allein rausklettert, ganz ohne Hilfe?«

»Wozu? Um Hilfe zu holen?« Schmischke machte ein ungläubiges Gesicht.

»Ja, was weiß ich. Oder vielleicht ist das Kind aus Angst, in Panik, einfach irgendwohin gelaufen.« Jochimsen trat auf den Radweg und suchte angestrengt mit den Augen die Wiese ab. Wo steckst du, Kleiner?

»Völlig egal, wir müssen davon ausgehen, dass ein Kind im Wagen war und dass es nun verschwunden ist.« Weispfennig räusperte sich. Er war der dienstälteste und neben Jochimsen ranghöchste Beamte bei diesem Einsatz. »Gib der Zentrale Bescheid, Schmischke. Wir brauchen Verstärkung. Einen Suchtrupp und eine Hundestaffel. Und die sollen endlich den Halter feststellen. Wir brauchen so schnell wie möglich Informationen über das Kind. Anlieger feststellen und befragen.«

»Hier sind doch weit und breit keine.« Jochimsen deutete die Straße hinauf und hinab. »Da ganz unten gibt es nur den Gartenmarkt, da ist jetzt noch keiner. Und wenn der Junge Richtung Neuss gelaufen wäre, hätten wir ihn bei der Anfahrt bemerken müssen.«

»Du hast recht.« Weispfennig wandte sich wieder an Schmischke. »Die Zentrale soll auch checken, ob ihn vielleicht ein Autofahrer aufgesammelt und sich dann bei uns gemeldet hat. Unbedingt die Gladbacher Kollegen informieren.«

Jochimsen stand nun wieder neben dem zerstörten A2 und versuchte sich in einen kleinen Jungen hineinzuversetzen, dessen beide Elternteile unfähig waren, ihm zu helfen, die nicht antworteten, wenn er sie ansprach und sie am Arm rüttelte. Er spürte, dass ihm bei dieser Vorstellung übel wurde. Er hatte den Toten und die verletzte Frau gesehen. Was mochte ein solcher Anblick bei einem kleinen Kind anrichten? Vielleicht war es völlig kopflos einfach drauflosgestolpert. Aber da gab es auch noch den zweiten Wagen, wenn man Karling glaubte, der wahrscheinlich immer noch zusammengesunken im Bus saß. Jochimsen fluchte. Die Handtasche! Wie konnte er nur so blöd sein? Halterfeststellung. Er hatte doch nach dem Ausweis suchen wollen. Rasch ging er zum Einsatzfahrzeug und durchsuchte erneut die Handtasche. Diesmal wurde er fündig: Der Ausweis steckte in der Seitentasche in einem Mäppchen.

»Die Frau heißt Alexa Liebermann«, rief er den Kollegen zu. »Wohnhaft in Kaarst, Rheydter Straße, sie ist zweiunddreißig Jahre alt.«

»Gib das direkt an die Zentrale durch, die sollen jemanden dorthin schicken.« Weispfennig, der herangekommen war, runzelte die Stirn. »War da nicht auch ein Handy, Robert?« Jochimsen nickte und hielt das Smartphone hoch. »Ist es an?«

»Ich glaube schon.« Jochimsen drückte einen Knopf an der

Seite des Smartphones. Er hielt die Luft an und starrte wie gebannt auf das Display, dann hielt er das Telefon wortlos Weispfennig hin. Auf dem Schirm war das strahlende Gesicht eines strubbelhaarigen blonden Jungen von höchstens zwei Jahren zu sehen. »Das ist sicher das Kerlchen, das wir suchen.«

Jochimsen rief das Menü auf und suchte nach gespeicherten Bildern. »Da sind noch mehr. Dachte ich mir, dass sie als Mutter Bilder von ihrem Kind im Handy hat.« Er überprüfte das Aufnahmedatum des Bildes, das als Displayhintergrund eingestellt war. »Das Bild ist von vor zwei Wochen, daher können wir davon ausgehen, dass der Kleine noch genauso aussieht und circa zwei Jahre alt ist.«

Jochimsen verließ erneut den Bus. Er würde damit beginnen, die Umgebung abzusuchen. Er sprang die flache Böschung hinab und lief auf ein paar in Nebel gehüllte Weiden am anderen Ende der Wiese zu. Dort gab es möglicherweise einen Wassergraben. Gefährlich für ein Kleinkind.

***

Aus Richtung Liedberg kam ein Radfahrer auf dem Radweg zügig näher. Der erste an diesem Morgen. Der Fahrer war ein Junge von vielleicht sechzehn oder siebzehn Jahren. Als er die Unfallstelle erreicht hatte, hielt er an.

Schmischke winkte ihm zu. »Tut mir leid, du kannst hier nicht vorbei. Wir müssen einen Unfall aufnehmen. Steig bitte ab und schieb dein Fahrrad längs der Absperrung über die Straße. Dahinten kannst du weiterfahren.«

Der Junge schien ihn gar nicht zu hören. Wie gebannt starrte er auf den Audi und den Baum. Seine Lippen bewegten sich, und Schmischke war sich sicher, dass er »Scheiße« geflüstert hatte.

Der Junge, dem die dunklen Haare feucht in die Stirn hingen, sah Schmischke an. »Sind die tot? Die sind ja wie die Irren gefahren. Ist der andere abgehauen?«

»Welcher andere? Hast du etwas gesehen?« Schmischke winkte Weispfennig zu, der gerade noch einmal zu dem Zeugen in den VW-Bus steigen wollte.

Der Junge war so blass geworden, dass Schmischke vorsichtshalber nach dem Lenker des Fahrrads griff. Jetzt nur nicht schlappmachen!

»Ich trag donnerstags immer morgens vor der Schule den Stadtanzeiger aus. Heute auch. War noch dunkel, als ich losfuhr. Ich fange immer in Liedberg an, dann geht's nach Glehn und anschließend zurück nach Grefrath. Da wohne ich. Ich fahre morgens immer hier lang, das geht am schnellsten …«

Er blickte die Beamten an, als wolle er fragen, ob er weiterreden sollte. Schmischke und Weispfennig nickten ihm bestätigend zu.

»Ich war echt müde und bin ziemlich langsam gefahren. Als ich das Hupen gehört habe, wäre ich fast vom Rad gefallen. Da kamen zwei Autos in meine Richtung, fuhren nebeneinander her. Okay, habe ich mir so gedacht, bisschen zügig am Überholen. Aber der eine Wagen wollte gar nicht überholen. Der andere, der da«, er deutete auf den A2, »eierte dauernd über den Rand. Plötzlich gab's einen Krach, wie im Fernsehen, wenn zwei Autos mit den Kotflügeln aneinanderkommen. Der Audi streifte dabei fast einen Baum. Ich dachte mir, ey, sind die wahnsinnig, machen die hier ein Rennen. Aber als die an mir vorbeigeschossen sind, habe ich die Frau gesehen, auf meiner Seite, die hatte echt Angst. Dann waren sie schon vorbei. Der Große immer tüchtig den Audi am Schieben.«

»Hast du das Modell des anderen Wagens erkannt? Was war das für einer?« Weispfennig wechselte einen Blick mit Schmischke.

»Ein großer Offroader, dunkle Farbe, schwarz oder blau. Könnte ein Lexus gewesen sein. Den Fahrer konnte ich aber nicht erkennen.« Der Junge schaute zu dem Autowrack hinüber. »Leben die noch? Was ist mit der Frau?«

»Es tut mir leid, das darf ich dir leider nicht sagen, aus ermittlungstechnischen Gründen. Hast du außer der Frau noch jemanden im Auto gesehen? Den Fahrer? Oder vielleicht hinten jemanden?«

Schmischke sah den Jungen gespannt an. Zwei Zeugen hatten unabhängig voneinander einen zweiten Wagen beobachtet, und was der Junge berichtete, passte zu den Lackspuren, die sie am Audi sichergestellt hatten.

»Nein, nix, nur die Frau und undeutlich den Fahrer, war ja noch dunkel, und die hatten einen Affenzahn drauf.«

»Wir müssen deine Aussage und deine Personalien aufnehmen. Stell dein Fahrrad an den Bus, das kommt schon nicht weg.«

»Ich muss aber zur Schule«, wandte der Junge ein.

Schmischke nickte ihm zu. Mit einem kurzen Seitenblick auf Weispfennig erklärte er, dass sie erst seine Aussage aufnehmen würden und er ihn anschließend höchstpersönlich bei seiner Schule vorbeibringen und ihn dort entschuldigen würde. Der Junge sah gar nicht so unbegeistert aus.

***

Weispfennig rief Jochimsen, der erfolglos die feuchten Wiesen nach dem kleinen Jungen durchkämmt hatte. Weispfennig berichtete kurz von der Beobachtung des Teenagers und schloss mit den Worten: »Das ist jetzt auf jeden Fall Sache der Staatsanwaltschaft, von einem Unfall können wir nach dem Stand der Dinge wohl nicht mehr ausgehen. Und es sieht auch nicht nach bloßem Fremdverschulden mit Fahrerflucht aus. Definitiv ein Fall für die Kollegen von der Kripo.«

»Besonders wenn der Junge nicht wieder auftaucht.«

»Ja, besonders wenn der Junge nicht wieder auftaucht.«

Jochimsen kickte einen Stein zur Seite. »Wo bleiben die Kollegen? Falls der Kleine hier irgendwo ist, sollten wir ihn schnellstmöglich finden.«

»Da kommen sie.« Schmischke blickte die Straße entlang in Richtung Neuss. Die Blaulichter dreier Einsatzwagen waren zu sehen, die sich ohne Martinshorn näherten. »Und die Kriminaltechnik ist auch unterwegs. Weist ihr den Suchtrupp ein? Ich höre mal nach, ob man schon etwas über den Jungen weiß.« Weißpfennig nahm noch einmal sein Telefon zur Hand.

***

Wenig später wimmelte es an der Unfallstelle von Beamten vom Kriminaldauerdienst, die nach einem konkreten Raster die umliegenden Wiesen absuchten. In wenigen Minuten würden sie auch einen Suchhubschrauber mit Wärmebildkamera haben. Detaillierte Karten wurden zurate gezogen, um vorrangig Gewässer – im Falle eines Kleinkindes gleichgültig, wie tief und groß – zu überprüfen. Als Letztes trafen drei Hundeführer mit ihren Suchhunden ein. Jochimsen zeigte ihnen die Kleidung des Jungen, aber die Hundeführer erachteten den Kindersitz, der nicht frisch gewaschen war, als nützlicher. Einer von ihnen ließ seinen Belgischen Schäferhund im Fond des Wagens Witterung aufnehmen, die beiden anderen Tiere wurden zunächst zurückgehalten. Der Mantrailer schnüffelte im Fond herum, ohne zu versuchen, über die Rückenlehne der Vordersitze nach vorne zu klettern. Jochimsen und der Hundeführer wechselten einen Blick.

»Sieht nicht so aus, als wäre der Junge nach vorne geklettert«, urteilte der Hundeführer. »Überhaupt scheint der Hund trotz des Sitzes wenig Witterung im Wagen zu haben. Ich versuche es anders.«

Der Mann orderte den Hund aus dem Wagen und führte ihn um den A2 herum. Bei dem Befehl, die Spur aufzunehmen, lief der Hund lediglich um das Autowrack. An der rechten, hinteren Tür begann er zu winseln und wollte wieder in den Wagen klettern, worauf der Hundeführer den Schlag öffnete. Auch die beiden anderen Tiere, ein Deutscher Schäferhund und ein Dobermann, konnten die Spur nicht aufnehmen, nachdem die Hundeführer sie nacheinander von der Leine gelassen hatten.

»Was heißt das jetzt?«, fragte Jochimsen die drei Hundeführer.

»Sieht nicht so aus, als hätte der Kleine das Fahrzeug selbst verlassen«, antwortete einer. »Wir gehen noch einmal in größer werdenden Kreisen die Umgebung ab, aber entweder war der Junge nicht im Auto«, er zögerte, »oder jemand hat ihn rausgehoben und weggetragen. Damit wäre die Spur für die Hunde zu schwach, das würde erklären, warum sie nichts wittern. Wenn ihr sicher seid, dass der Junge im Auto saß, hat ihn vielleicht jemand mitgenommen? Vielleicht ein Autofahrer, der den Kleinen umherirren sah?«

Weispfennig trat hinzu. »Nichts?«

»Nein, niente.« Jochimsen erläuterte ihm kurz die Annahme der Hundeführer, die nun begannen, die Umgebung abzusuchen.

»Der Junge wurde bisher auch nirgends als vermisst gemeldet. Ein paar Kollegen sind auf dem Weg nach Kaarst, von denen müsste bald Rückmeldung kommen. Wir haben auch endlich den Halter ermitteln können.« Weispfennig schüttelte den Kopf. »Sebastian Liebermann, aber die Adresse stimmt nicht mit der von Alexa Liebermann überein. Kaiser-Friedrich-Straße in Neuss, nicht in Kaarst wie bei der mutmaßlichen Mutter.«

»Vielleicht geschieden?« Jochimsen überlegte kurz. »Den Namen Sebastian Liebermann habe ich schon mal irgendwo gehört.«

Weispfennig nickte zustimmend. »Ja, ich glaube, ich auch. Keine Ahnung in welchem Zusammenhang, aber das wird sich finden. Ich muss Schnurbus noch einmal anrufen, er möchte Einzelheiten. Kannst du hier übernehmen? Vor allem den Kollegen von der Spurensicherung die Details verklickern: Schlüssel, geöffnete Fahrertür, zweiter Wagen, die Beschädigungen an den Bäumen und Streckenpfosten, Kindersitz und so weiter?«

Er erwähnte das Kind nicht noch einmal, Jochimsen wusste auch so, dass das absoluten Vorrang hatte.

»Kaiser-Friedrich-Straße ist am Nordkanal, nicht? Nette Gegend, zumindest dort, wo die alten Stadthäuser stehen. Ist dahin schon jemand unterwegs?«

»Ja, klar.« Weispfennig schüttelte sich. »Es ist schweinekalt, finde ich. Da merkt man, dass man einfach älter wird, oder?«

Jochimsen klopfte ihm auf die Schulter. »Du sitzt ja gleich wieder im Bus, Chef. Und wir frieren uns weiter einen ab.«

Weispfennig murmelte etwas von Dienstalter, Respekt und alten Knochen und ging zum Bus zurück. Über ihren Köpfen erschien jetzt aus Richtung Neuss der Suchhubschrauber, dessen Besatzung die Gegend auf Sicht und mit Hilfe einer Wärmebildkamera scannen würde. Der Einsatzleiter des Suchtrupps dirigierte den Hubschrauber per Funk vom Boden aus. Der Unfallort war zum Tatort geworden, und die zuerst eingetroffenen Beamten unterstützten die Kollegen vom KK31, der Spurensicherung. Aus Korschenbroich war ein Notfallseelsorger, wahrscheinlich der örtliche Pfarrer, eingetroffen, der sich etwas abseits des psychisch stark mitgenommenen Zeugen Klaus Karling annahm.

Wenig später teilte Weispfennig ihnen mit, dass Staatsanwalt Schnurbus mit einem Team vom KK11 auf dem Weg hierher sei, um sich selbst ein Bild von der Lage vor Ort zu verschaffen. Schnurbus hatte bereits angeordnet, dass die Leiche von Sebastian Liebermann in die Gerichtsmedizin nach Düsseldorf überführt werden sollte. Gleichzeitig würde im Allgemeinen Krankenhaus Personenschutz für die schwerstverletzte Alexa Liebermann bereitgestellt werden, da bislang noch nicht ausgeschlossen werden konnte, dass sie nach dem Anschlag weiterhin gefährdet war. Solange sie sich im OP oder auch auf der Intensivstation befand, war eine Gefährdungslage wegen des extrem eingeschränkten Zugangs zu ihr kaum gegeben, trotzdem wollte Schnurbus kein Risiko eingehen. An Alexa Liebermanns Wohnort, wo mutmaßlich das Kind zu Hause war, hatten die Beamten aus Kaarst niemanden angetroffen. Nachbarn hatten aber ausgesagt, dass der Sohn von Alexa Jonas hieße, anderthalb Jahre alt sei, tatsächlich strohblondes Haar habe und dass der Vater, Simon Gens, wohl schon bei der Arbeit sei. Die Beamten in Kaarst versuchten jetzt, ihn an seiner Arbeitsstelle zu erreichen.

Neuss

Staatsanwalt Joachim Schnurbus betrat den großen Besprechungsraum der Mordkommission im Polizeipräsidium Neuss an der Jülicher Landstraße. Für die Ermittlungen hatte er ein größeres Team aufstellen lassen, als es in Neuss die Regel war. In Abstimmung mit Oberstaatsanwalt Johannes Röder aus Düsseldorf hatte man sich dazu entschlossen, statt zwei SOKOs, von denen sich die eine mit dem Verschwinden des kleinen Jungen und die andere mit dem mutmaßlichen Mordanschlag auf die Geschwister Liebermann befasst hätte, eine große SOKO »Jonas« zu bilden. Dass beide Geschehnisse in Zusammenhang standen, war mehr als offenkundig.

Schnurbus' Blick durchstreifte den Raum. Außer Stefan Weispfennig, der zunächst die Situation am Einsatzort schildern würde, waren zwei Kollegen vom LKA in Düsseldorf anwesend, die Kommissare Britta Steinfort und Justus Müsse. Vom KK11 hier in Neuss waren Tom Küppers und Jörg Wahl sowie ein Kollege von der Kriminaltechnik, Ralph Finkeldei, sowie Silke Hamminkel vom Sekretariat anwesend. Aus Kaarst war Polizeiobermeisterin Frauke Stetten erschienen, die die Ergebnisse der Ermittlungen vom Wohnort Alexa und Jonas Liebermanns zusammenfassen würde. Insgesamt würde die SOKO aus rund vierzig ermittelnden Beamten bestehen.

Mit den Hauptkommissaren Tom Küppers, hochgewachsen, von etwas schlaksiger Statur, und Jörg Wahl, der die eher hagere Erscheinung des Leistungssportlers mit kluger Nachdenklichkeit verband, war Schnurbus am Tatort gewesen; sie hatten mit den Beamten vor Ort gesprochen und auch den Zeugen Klaus Karling noch einmal vernommen. Karling hatten sie danach nach Hause bringen lassen und auch seinen Hausarzt benachrichtigt, da der Mann nach wie vor unter Schock stand.

Schnurbus räusperte sich und klopfte kurz mit den Fingerknöcheln auf den Tisch. »Guten Tag, Herrschaften. Wenn ich um Ihre freundliche Aufmerksamkeit bitten dürfte.«

Die Beamten unterbrachen ihre Gespräche und wandten sich ihm zu. Schnurbus wusste, dass alle Anwesenden sich zumindest dem Namen nach kannten, deshalb verzichtete er auf irgendwelche Honneurs und kam, wie es seine Art war, gleich auf den Punkt.

»Sie wissen ja in groben Zügen, was anliegt, daher kann ich auf große Vorreden verzichten. Ich schlage vor, dass Stefan erst mal vom Tatort berichtet.«

Weispfennig stand auf und trat an den Tisch, auf dem ein Laptop stand. Der Beamer war bereits hochgefahren, und Weispfennig zeigte seinen Kollegen eine Karte vom Rhein-Kreis Neuss mit einer Markierung des Unfallorts.

Während Weispfennig sachlich und mit ruhiger Stimme vom Einsatz am Tatort berichtete, zeigte er Fotos vom Autowrack, vom Wageninneren und vom toten Sebastian Liebermann. Weispfennig schilderte, wie die Vermutung, dass von einem normalen Unfall nicht auszugehen war, sich rasch zu einer Erkenntnis verdichtet hatte. Er erklärte, wie das Verschwinden des Jungen erkannt worden war, gab die Aussage Karlings wieder und ging auch auf das Fehlen des Autoschlüssels ein. Anhand weiterer Fotos belegte er die Spuren an den Streckenpfosten, Bäumen und im Bankett, die Jochimsen gefunden hatte. Weispfennig schloss mit einer Aufnahme des geöffneten Kofferraums, in dem die Reisetaschen und der Buggy lagen, und fasste in nüchternen Worten die Aussage des Schülers zusammen. Anschließend machte er eine kurze Sprechpause und sah in die Runde.

»Fragen bis dahin?«

»Ihr wart im Wageninneren, als ihr den Kindersitz und die Handtasche untersucht habt?«, fragte Britta Steinfort vom LKA.

»Ja, wir und vor uns die Kollegen von der Rettung bei der Bergung der Beifahrerin. Die Fahrertür stand nach Aussage des Zeugen Karling bereits offen, als er eintraf. Er hat uns auch von dem zweiten Wagen erzählt. Das hat uns stutzig gemacht. Wir sind bis dahin ja von einem Unfall und nicht von einem Verbrechen ausgegangen. Nach Rücksprache mit dem Präsidium haben wir aus dem Unfallort dann einen Tatort gemacht und vor allem die Suchaktion nach Jonas eingeleitet.«

»Sind die Zeugen zuverlässig?« Wieder Steinfort.

»Klaus Karling«, Weispfennig zog seinen Block zurate, »sechsundfünfzig Jahre, wohnt seit über zwanzig Jahren in Drölsholz und fährt seit zehn Jahren morgens über die L 230 zur Arbeit nach Holzheim, immer um diese Zeit. Seine Angaben zum Ablauf der Geschehnisse haben einer ersten Überprüfung standgehalten. Außerdem war der Mann so fertig, das kann er nicht gespielt haben. Der Junge, Lars-Timo Kleinert, siebzehn, trägt seit einem Jahr Zeitungen aus, immer donnerstags. Auf mich macht er einen glaubwürdigen Eindruck.«

»Den Typ und das Baujahr des SUV bekommen wir mit einer Spektralanalyse und einem Abgleich mit EUCAP heraus. Dann wissen wir auch gleich, ob der Junge genau beobachtet.« Finkeldei von der Kriminaltechnik stand auf. »Soll ich weitermachen?«

Schnurbus nickte. Weispfennig nahm wieder Platz. Finkeldei schob seinen Stuhl zurück und stellte sich vor die Leinwand. Er warf einen Blick auf seine Unterlagen und hustete ausführlich. Er war noch keine vierzig, aber da er aufgrund des Rauchverbotes im Präsidium beinahe den ganzen verregneten Sommer im Innenhof beim Rauchen verbracht hatte, war zu seinem Raucherhusten eine beachtliche Bronchitis hinzugekommen.

»Wir haben da zunächst den Unfallort. Natürlich sind die Spuren bislang nicht vollständig ausgewertet, aber der oberflächliche Abgleich vor Ort lässt nur eine Schlussfolgerung zu. Die Kollegen haben die Sachlage richtig beurteilt. Der Audi A2 ist mehrmals übers Bankett gefahren, den Spuren nach mit hoher Geschwindigkeit, und ist dabei mehrfach stark abgedriftet. Er touchierte dabei sowohl die Streckenpfosten als auch die in diesem Abschnitt wachsenden *Acer platanoidesse*.«

»Die was?« Justus Müsse blickte fragend in die Runde.

»Ahornbäume, mit einem sehr falschen lateinischen Plural«, seufzte Jörg Wahl. »Mach weiter, Finkeldei, ich hab noch 'ne Verabredung.«

»Die Untersuchung des Unfallortes brachte wenig verwertbare Spuren, selbst wenn man die Tatsache außen vor lässt, dass dort ziemlich viele Leute achtlos herumgetrampelt sind. Vorrangig haben wir auf der linken Seite des Audis Asphaltbelag, der jedoch nur eine geringe Neigung zu verwertbaren Spuren hat. Bei der Untersuchung der näheren Umgebung haben wir nur etwas Müll gefunden, der aber vermutlich nicht mit der Tat in Zusammenhang steht. Der A2 ist beim LKA. Ob es an ihm verwertbares Material außer den Lackspuren gibt, bleibt abzuwarten.« Auch Finkeldei blickte in die Runde. »Fragen?«

»Könnte es Fingerabdrücke geben?«, fragte Jörg Wahl. »Die Entführer haben ja wahrscheinlich beide Türen auf der linken Fahrzeugseite geöffnet und das Schloss des Kindersitzes entriegelt.«

»Fingerabdrücke, Faserspuren, Haare, andere DNA-Spuren und so weiter dürfte es mit Sicherheit geben«, antwortete Finkeldei. »So ein Auto ist eine wahre Fundgrube. Wir brauchen aber für einen Abgleich zunächst Material sämtlicher Personen, die das Auto genutzt haben oder sonst in irgendeiner Form damit zu tun hatten. Wär hilfreich, wenn wir dazu aus dem Umfeld des Fahrzeughalters oder von der Beifahrerin ein paar Infos bekämen.«

Schnurbus stand auf. »Das bringt uns zu den involvierten Personen, dem Toten, der Beifahrerin und dem Kind.«

Er sah Wahl und Küppers an, aber Polizeiobermeisterin Frauke Stetten aus Kaarst erhob sich rasch.

»Vielleicht könnte ich anfangen? Ich müsste dann nämlich wieder ...«

Schnurbus nickte.

Frauke Stetten, klein, schlank und drahtig, räusperte sich. Es war ihr anzusehen, dass sie sich schwertat. Schnurbus war nicht entgangen, dass sie sich bei den Fotos der Verunglückten hastig abgewandt hatte.

»Zunächst Alexa Liebermann, hier das Foto aus ihrem Führerschein, das Bild ist nicht gerade aktuell.« Sie projizierte das entsprechende Foto auf die Leinwand. »Alexa Liebermann ist zweiunddreißig, nicht verheiratet, lebt aber seit vier Jahren mit Simon Gens, vierundvierzig, zusammen. Sie haben einen gemeinsamen Sohn, Jonas, der ja derzeit noch gesucht wird. Der Vater ist momentan bei seiner Lebensgefährtin in der Klinik. Wir haben ihn gegen zehn Uhr telefonisch verständigt, die Handynummer haben wir von seiner Assistentin bekommen. Alexa

Liebermann ist promovierte Diplomchemikerin und arbeitet bei 3M in Neuss. Wir haben die Infos alle von den Nachbarn. Der Vater war, nachdem wir ihn informiert hatten, praktisch nicht ansprechbar. Er wird momentan seelsorgerisch betreut.«

»Was wissen wir über den Jungen?«, fragte Britta Steinfort.

Stetten zuckte die Achseln. »Wir haben ein paar Handybilder.« Sie klickte weiter, und ein Foto des blonden Jungen erschien, großformatig und in körniger Auflösung. »Die Bildqualität ist sehr schlecht, aber der Vater will uns später bessere Bilder liefern. Der Junge ist zweiundzwanzig Monate alt, altersgemäß entwickelt, bei der letzten U-Untersuchung war er hundertsechs Zentimeter groß. Diese Auskunft haben wir vom Kinderarzt.«

Schnurbus sah auf die Uhr. »Es ist jetzt siebzehn Uhr. Dass Jonas noch draußen von den Kollegen gefunden wird, halte ich meiner Erfahrung nach für nahezu ausgeschlossen. Wann ging die Suche heute früh los?«

Weispfennig blickte auf seinen Block. »Wir waren – wie gesagt – gegen Viertel nach sieben am Unfallort, etwa dreißig Minuten nach dem Unfall. Weder der Zeuge Karling noch die Rettung hatten den Jungen bemerkt. Wir halten es für möglich, dass Jonas Liebermann kopflos ins Dunkel gerannt ist. Um sieben Uhr fünfundvierzig hat mein Kollege Robert Jochimsen die Umgebung abgesucht. Um acht Uhr zwanzig war schließlich der Suchtrupp mit den Hunden am Start, und weitere zehn Minuten später war der Hubschrauber da. Generell besteht die Möglichkeit, dass der Junge ertrunken ist, aber es gibt in nächster Nähe nur ein paar Gräben, die wir alle abgesucht haben. Geringe Tiefe, praktisch keine Strömung.«

Steinfort hob die Hand. »Der Junge könnte die Straße entlanggelaufen und von einem Autofahrer mitgenommen worden sein. Von jemandem, der unglücklicherweise die Gelegenheit am Schopfe ergriffen hat.«

Ein unbehagliches Schweigen breitete sich im Raum aus. Nach einer Stunde sank im Allgemeinen die Wahrscheinlichkeit, ein verlorenes oder entführtes Kind noch lebend zu finden, ins Bodenlose, zumindest bei kleinen Kindern.

Britta Steinfort fügte hinzu: »Wir können nicht als gesichert annehmen, dass der Junge überhaupt im Auto war. Wir haben nur die Kinderkleidung im Kofferraum als Ansatzpunkt.«

»Der Vater sagte uns, dass das Kind bei seiner Mutter gewesen sei, als er um sechs das Haus verließ. Von den Nachbarn weiß ich, dass Frau Liebermann in der Elternzeit war … ist«, wandte Stetten ein.

»Warum ist der Vater so früh los? Schichtarbeiter?«, fragte Tom Küppers. »Muss der immer so früh weg oder nur heute?«

»Das heute war eher die Ausnahme, Simon Gens ist Unternehmensberater und hatte einen Termin in Lingen um acht Uhr«, antwortete Stetten. »Zwei Stunden brauche er um diese Zeit normalerweise für die Strecke, sagt er, wegen Stau und so. Um zwölf Uhr war er nach unserem Anruf zurück.«

»Haben die Ärzte was gesagt wegen Alexa Liebermanns Zustand? Ist sie ansprechbar?«, fragte Küppers weiter.

»Ich habe nur kurz mit dem behandelnden Arzt gesprochen, nachdem ich Simon Gens zur Klinik gefahren hatte. Frau Liebermann war bei der Einlieferung bewusstlos, Schädel-Hirn-Trauma. Näheres war um dreizehn Uhr noch nicht bekannt. Wissen vielleicht die Neusser Kollegen mehr …?« Stetten ordnete ihre Unterlagen und fuhr fort: »Simon Gens ist, wie gesagt, Unternehmensberater, selbstständig, wohl ziemlich erfolgreich. Die Nachbarn schildern die beiden als ein harmonisches Paar. Der Kinderarzt bescheinigt Frau Liebermann, soweit er das beurteilen kann, eine verantwortungsvolle Mutter zu sein, die nur das Beste für ihren Sohn im Sinn hat. Momentan sind zwei Kollegen bei Herrn Gens in der Klinik, zwei weitere sind bei ihm zu Hause. Die Technik macht alles klar für den Fall, dass ein Entführer sich meldet.« Sie hielt einen Moment lang inne. »Das wäre von meiner Seite aus erst mal alles. Kann ich jetzt gehen?« Stetten schien nicht gern im Mittelpunkt des Interesses zu stehen.

Schnurbus dankte ihr für ihre Arbeit und ihr Kommen. Frauke Stetten packte ihre Unterlagen zusammen, schob sie in ihre Umhängetasche und verließ – nach einem hastigen Nicken in die Runde – den Besprechungsraum. Britta Steinfort sah ihr einen Augenblick hinterher, und Schnurbus, der ihr gegenübersaß, war sich sicher, dass sie die junge Kollegin unwiderruflich in die Schublade »weiblich, hilflos, unbrauchbar« einsortiert hatte.

Er forderte nun Jörg Wahl und Tom Küppers auf, die ersten Erkenntnisse über den verstorbenen Sebastian Liebermann zusammenzufassen.

Küppers erhob sich und trat an den Laptop. Er rief ein Foto auf, das Sebastian Liebermann im Porträt zeigte. Das Bild war offenkundig zu Publikationszwecken von einem professionellen Fotografen aufgenommen worden. Liebermann hatte ein gut geschnittenes Gesicht, dichtes hellbraunes Haar und helle Augen.

»Hey, der ist aber schnuckelig«, lachte Silke Hamminkel.

»*War*, Schatz, *war*.«

Finkeldei besaß ebenfalls kein Feingefühl. Schnurbus hatte gesehen, dass Britta Steinfort bei Hamminkels Ausruf bestätigend genickt hatte. Er kannte Britta vom Sehen. Groß, schlank, mit langen, dunklen Locken und immer erstklassig angezogen, hatte sie es als Frau beim LKA doppelt schwer, da ihre Leistungen wegen ihres guten Aussehens immer nur die Hälfte wert waren. Ein paar Kollegen hatten sich an ihr die Zähne ausgebissen, in Neuss vor allem Jörg Wahl, der sich seitdem als Endlos-Gag die Frage gefallen lassen musste, ob Britta ihm damals Prügel angedroht hätte.

Küppers wandte sich zu dem Foto auf der Leinwand um und sagte: »Sebastian Liebermann kann man sogar googeln. Fünfundzwanzigtausend Einträge, der Mann ist präsent. Geboren und gestorben in Neuss, dazwischen ein achtunddreißig Jahre langes, gar nicht so uninteressantes Dasein. Seine Eltern haben für SOS-Kinderdorf gearbeitet, vor sechs Jahren sind sie in Afghanistan mit dem Jeep auf eine Mine gefahren.« Küppers machte eine Pause, aber niemand sagte etwas. »Zwei Geschwister, Alexa, die wir schon kennen, und Ben. Ben Liebermann ist dreiundvierzig Jahre alt und lebt derzeit in Berlin. Auch er lässt sich googeln, er ist ein bekannter Gitarrist, vorwiegend Studiomusiker, er spielt aber auch live bei größeren Gigs und hat sich als Singer-Songwriter einen Namen gemacht. Auch Sebastian Liebermann hat sich einen Namen gemacht, der eine oder andere von euch dürfte vorher schon mal von ihm gehört haben. Er war Wirtschaftsjournalist, zunächst beim Handelsblatt angestellt, seit zehn Jahren arbeitete er auf freier Basis. Nicht nur als Journalist, sondern auch für Auftraggeber aus der Wirtschaft. Er hat sich auf die Aufdeckung von Skandalen spezialisiert: Bestechung, Investitions- und Subventionsbetrug, Steuerhinterziehung, illegale Beschäftigung, Sozialbetrug … Er hat keine Gelegenheit ausgelassen, im Dreck zu wühlen. Meist mit durchschlagendem Erfolg, fast immer stand anschließend irgendjemandem die Staatsanwaltschaft unfreundschaftlich lächelnd gegenüber.«

»Dann hatte er Feinde«, mutmaßte Jörg Wahl. »Und nicht zu knapp.«

Schnurbus hob die Hand. »Noch keine privaten Infos?«

»Doch, ich habe mit seiner Sekretärin gesprochen und auch mit seinem Anwalt telefoniert«, erwiderte Küppers. »Beide habe unabhängig voneinander festgestellt, dass Liebermann kaum Privatleben hatte und nur wenige Freunde. Wenn er überhaupt in Neuss war, hat er sich mit der Familie seiner Schwester getroffen. An dem Kleinen hatte er einen regelrechten Narren gefressen. Laut Auskunft seines Anwalts hat Sebastian Liebermann eine Ausbildungsversicherung für seinen Neffen Jonas abgeschlossen, in die er direkt vierzigtausend Euro eingezahlt hat. Das Verhältnis zu seinen Geschwistern war überhaupt gut, genauso wie früher zu seinen Eltern.« Küppers überflog die Eintragungen auf seinem Block. »Die Wohnung in der Kaiser-Friedrich-Straße gehörte ihm zusammen mit seinem Bruder, bis vor einigen Jahren haben beide dort gemeinsam gewohnt. Außer dem A2 ist noch ein älterer Mercedes 320 TE auf ihn zugelassen. Frau Hampel, seine Sekretärin, kann sich allerdings nicht recht erklären, warum er mit dem kleinen Wagen unterwegs war, den er quasi nie genutzt hat.«

»Nächste Aktionen?«, fragte Schnurbus.

»Wir werden Freunde und Geschäftspartner befragen und seinen Bruder ausfindig machen. Auch Simon Gens werden wir ausführlich befragen. Wir suchen immer noch ein Motiv.«

Justus Müsse schaltete sich ein. »Gens steht auch auf unserer Liste ganz oben. Wir brauchen mehr Informationen über Jonas. Wir möchten die Medien einschalten, um über die Bevölkerung eventuell Informationen über den Verbleib des Jungen zu bekommen. Auch wenn es schon reichlich spät ist: Im Rahmen der Vermisstenanzeige sollten wir auch die Kollegen an Flughäfen, Bahnhöfen und von Interpol einschalten.«

»Bei einer Entführung mit Lösegeldforderung hätten die Entführer sicher schon früh Kontakt mit Gens aufgenommen, um die Polizei rauszuhalten«, überlegte Britta Steinfort.

»Wer sagt, dass das nicht geschehen ist?«, warf Justus Müsse ein.

»Na ja, die Entführung – wenn es denn eine war – hat ja nun durch den Unfall viel Aufmerksamkeit auf sich gezogen«, sagte Finkeldei.

Schnurbus spürte einen gewissen Unmut, der ihn immer befiel, wenn Finkeldei im Raum war. Für seinen Geschmack war Finkeldeis Art zu nassforsch und zu plump.

»Meine Damen und Herren, mit Oberstaatsanwalt Röder habe ich abgesprochen, dass wir eine SOKO ›Jonas‹ gründen, die sowohl den Mord an Sebastian Liebermann als auch die Entführung seines Neffen untersuchen soll. Wir müssen davon ausgehen, dass wir es mit Tat- und Motiveinheit zu tun haben. Haben wir den Mörder, haben wir auch den Entführer und umgekehrt. Ich möchte aber betonen, dass die Suche nach dem Jungen absoluten Vorrang hat. Ihn unversehrt wiederzufinden hat höchste Priorität. Ich hoffe, ich habe mich deutlich ausgedrückt. Frau Steinfort, Sie leiten die Ermittlungen in der Entführungssache. Küppers, Sie kümmern sich um das Tötungsdelikt. Hoffen wir, dass es nicht noch zwei oder drei werden. Ich erwarte regelmäßige Berichte und dass Sie sich untereinander *absolut* kooperativ verhalten. Finkeldei, Sie sorgen dafür, dass ich morgen früh als Erstes die Ergebnisse der Autopsie von Sebastian Liebermann vorliegen habe. Dr. Luther soll notfalls die Nacht durcharbeiten.«

Finkeldei nickte.

»Ihr kümmert euch selbst um die entsprechenden Leute für eure Teams«, wies Schnurbus Steinfort und Küppers an. »Welche Aktionen stehen außerdem an?«

»Ich werde mich mit Ben Liebermann in Verbindung setzen«, antwortete Küppers, »vielleicht weiß er als Bruder etwas von einer möglichen Bedrohung. Jetzt gleich spreche ich mit Simon Gens, und morgen habe ich Frau Hampel und den Rechtsanwalt von Sebastian Liebermann auf der Tagesordnung.«

Schnurbus erwiderte: »Gut. Ein Team wird gleich morgen früh die Wohnung von Liebermann in Augenschein nehmen. Ich halte es für möglich, dass es dem Täter auch um die Entwendung des Wohnungsschlüssels ging. Wir haben bei Liebermann keinen gefunden, der Täter hat ihn wahrscheinlich an sich genommen. Der Diebstahl des Schlüssels legt nahe, dass er sich auch Zutritt zur Wohnung verschaffen wollte. Ich habe sie daher versiegeln lassen.«

»Mit den Medien warten wir bis morgen«, erklärte Britta Steinfort. »Wie lange soll die Suchaktion noch fortgesetzt werden?«

»Ich denke, dass eine Fortsetzung schon jetzt sinnlos ist, aber die Einsatzleitung vor Ort will noch bis Mitternacht weitermachen«, sagte Schnurbus.

Küppers stand auf. »Ich schau mal, ob ich die Kollegen im Allgemeinen Krankenhaus erreiche, die werden wissen, ob Gens noch da ist. Ich will auch mit den Ärzten sprechen.«

Damit verabschiedete er sich von Schnurbus und verließ den Raum.

***

Britta Steinfort kam hinter Tom her. »Lass uns Gens zusammen befragen, ich muss auch schauen, in welcher Verfassung er ist. Mich beschleicht das Gefühl, dass die Entführer ihn vielleicht schon längst kontaktiert haben.«

Tom nickte. Britta war nicht nur bildhübsch, sondern auch eine fähige Ermittlerin. Schnurbus hatte eine gute Wahl getroffen. Tom mochte ihre grauen Augen, die im Gegensatz zu ihrer etwas ruppigen Art meist sehr freundlich wirkten. Er wusste, dass sie Ende dreißig war, aber sie sah deutlich jünger aus. Außerdem hatte sie eine tolle Figur. Mit ihr zusammenzuarbeiten, war sicherlich besser, als mit Müsse oder Wahl im Auto zu sitzen.

»Ich checke noch eben ein paar Dinge mit Justus ab. Vor allem müssen wir uns hier ein Basislager einrichten, damit wir nicht ständig von Düsseldorf aus hier rüberkommen müssen«, sagte Britta.

»Zu weit, zu gefährlich?«

»Genau. Außerdem ist bei euch der Kaffee besser.«

»Und die Kollegen attraktiver«, grinste Tom.

Britta blickte ihn einen Augenblick irritiert an, dann lachte sie überraschend. »Stimmt, Schnurbus ist einfach umwerfend.«

»Schnurbus? Wirklich?«

»Absolut.« Britta ließ ihn stehen.

Tom wies Silke Hamminkel an, festzustellen, ob sich Simon Gens derzeit noch im Krankenhaus aufhielt. Er holte seine Jacke aus dem Büro und bat Jörg Wahl, Adresse und Telefonnummer von Ben Liebermann in Berlin herauszufinden. Als er an Schnurbus' offener Bürotür vorbeikam, rief ihn dieser herein.

»Alles klar bei Ihnen, Küppers?«

»Ja, sicher, warum?«

»Sie wirken neuerdings so aufgekratzt, richtig glücklich. Neue Frau?«

»Nein, ich habe nur endlich bei der Bank die Finanzierung für den kleinen Hof mit Pferdeweiden in Korschenbroich durchbekommen. Ich kann jetzt endlich kaufen, ohne nie mehr in den Urlaub fahren zu können.«

»Gratuliere.« Schnurbus sah nicht ganz so überzeugt aus. »Das ist alles?«

»Ja, war ein lang gehegter Traum, und endlich rentieren sich all die Überstunden.«

Tom machte, dass er wegkam. Er war einigermaßen bei der Wahrheit geblieben, aber eben nicht ganz. Ein kleines Detail hatte er ausgelassen. Das kleine, aber dafür umso wichtigere Detail bestand aus zweihundertfünfzigtausend Euro, die er mit einem beinahe vergessenen Jahreslos, einem Geburtstagsgeschenk seiner Mutter, gewonnen hatte. Jetzt besaß er genug Eigenkapital, um eine Finanzierung zu bekommen, die unter seiner jetzigen Miete lag, und trotzdem noch Geld genug für notwendige Renovierungen und eine neue Küche zu haben. Genau daran war es vorher immer gescheitert.

Auf dem Flur informierte ihn Silke darüber, dass Gens sich

noch im Krankenhaus befand, da Alexa Liebermann momentan operiert wurde. Außerdem habe Müsse bereits bei Ben Liebermann in Berlin angerufen, dort aber nur dessen Frau erreicht.

»Justus meint, bei denen hängt ganz schön der Haussegen schief. Liebermann ist angeblich seit zwei Wochen nicht mehr zu Hause gewesen. Und seine Frau hat keine Ahnung, wo er steckt. Sagt sie jedenfalls.«

Tom pfiff durch die Zähne. »Er könnte auch hier sein?«

Silke zuckte die Achseln und reichte ihm einen Zettel mit einer Handynummer. »Frag ihn selbst, seine Frau hat Justus immerhin seine Handynummer verraten.«

»Warum hat er nicht gleich angerufen?«

»Er hat wohl erst mal nicht realisiert, wie das ist, so eine Nachricht zu überbringen. Die Tussi von Liebermann war wohl ziemlich außer sich, jetzt sollst du anrufen.« Silke grinste. »Außer, du weist ihn dienstlich an.«

»Nee, lass mal. Ich ruf gleich an. Danke dir, Silke, bis morgen.«

Britta war noch nicht zu sehen, also konnte er auch gleich anrufen. Tom wählte die Nummer auf dem Zettel und hatte gleich die Mailbox dran. Das Handy war entweder ausgeschaltet oder gerade in einem Funkloch. Eine ruhige Stimme bat Tom zuerst auf Deutsch, dann auf Englisch, seinen Namen und seine Telefonnummer zu hinterlassen. Hastig erklärte Tom, warum er angerufen hatte, hinterließ seine Nummer und bat um Rückruf. Wie immer hatte er sich wahrscheinlich leicht grenzdebil angehört; auf Mailboxen zu sprechen war nicht unbedingt seine Stärke. Einen Augenblick lang starrte er auf sein Telefon, dann ließ er es seufzend in die Tasche gleiten.

»Wolltest du mich anrufen? Hier bin ich schon.« Britta rauschte den Flur entlang.

Ihr Kollege Steffen Blum holte sie in der Lobby des Allgemeinen Krankenhauses ab.

»Alexa Liebermann ist im OP, seit vier Stunden. Sie hat eine Gehirnblutung, glaube ich. Wir warten gerade auf den Arzt.«

»Wir?«

»Ihr Lebensgefährte, Simon Gens, und wir halt. Ich meine,

wir sitzen hier schon seit Stunden mit ihm rum, er ist total fertig wegen der Frau und dem Jungen. Gibt es etwas Neues?«

Britta schüttelte den Kopf. »Nicht wirklich. Hat er telefoniert? Habt ihr mitbekommen, mit wem?«

»Er hat seine Sekretärin angerufen und danach noch zwei Anrufe bekommen, keine Ahnung, von wem.«

Britta zog ihr Handy aus der Tasche und wählte eine Nummer. »Justus? Wir brauchen die Telefonverbindungen von Simon Gens. Festnetz und auch mobil. Bis später.«

Tom lachte. »Gegenüber den Kollegen bist du echt geschwätzig, was?«

»Leider. Ich versuch's in den Griff zu bekommen.«

In einer Wartenische saßen ein Polizist in Uniform und ein zusammengesunkener Mann, der den Kopf in beide Hände gestützt hatte. Steffen Blum räusperte sich und fasste ihn an der Schulter.

»Herr Gens?«

Wie von einer Tarantel gestochen, fuhr der Mann vom Stuhl hoch. Dann sah er, dass es Blum war, der ihn angesprochen hatte, kein Arzt.

»Das sind meine Kollegen von der Kripo: Tom Küppers und …«

»… Britta Steinfort, vom LKA in Düsseldorf.« Britta streckte Gens die Hand hin. »Mein herzlichstes Beileid wegen Ihres Schwagers.«

Tom lehnte sich an die Wand. Er würde sich zurückhalten und Britta die erste Geige spielen lassen.

Britta räusperte sich leicht. »Wir sind vor allem wegen Ihres Sohnes hier, und ich muss Ihnen leider diesbezüglich einige Fragen stellen. Ich weiß, dass Sie auf Nachricht der Ärzte wegen Ihrer Frau warten, aber …«

»Fragen Sie! Ich kann es ohnehin kaum ertragen, hier zu sitzen und Jonas nicht suchen und nichts tun zu können. Sollte ich nicht zu Hause sein? Vielleicht ruft jemand an. Jemand, der etwas weiß oder so.« Er wandte sich ab und wischte sich mit der Hand über die Augen.

Tom beobachtete ihn verstohlen. Gens war schlank und groß,

mit blonden, sehr kurz, aber gut geschnittenen Haaren. Er trug einen erstklassig sitzenden schwarzen Anzug. Die Krawatte um seinen Hals hatte er gelockert, sie saß so schief, dass sie fast unter dem Revers verschwand. Eine eckige dunkelgraue Brille verlieh seinem schmalen Gesicht noch markantere Züge. Auf Küppers wirkte Gens wie ein Intellektueller mit Macherarroganz, die beträchtlich ins Wanken geraten zu sein schien.

»Herr Gens, wann haben Sie Ihren Sohn zuletzt gesehen?«, fragte Britta.

Da sich die Stühle im Wartebereich nicht verschieben ließen, hatte sie sich übereck gesetzt. Sie war jetzt nicht so nah dran, wie sie es als normalen Gesprächsabstand empfunden hätte, und versuchte es dadurch wettzumachen, dass sie sich zu ihm vorbeugte. Tom hatte sich ihr gegenüber hingesetzt.

»Heute morgen gegen sechs, kurz bevor ich gegangen bin. Meine Frau ... ich meine Alexa ... wir sind nicht verheiratet, aber man sagt halt immer so ... also Alexa hatte ihn gerade geweckt und kam mit ihm die Treppe runter.« Er verzog das Gesicht. »Ich sehe ihn leider nicht so oft, wie ich gern möchte, ich arbeite viel.«

»Steht Ihre Frau immer so früh mit ihm auf? Ich meine, momentan arbeitet sie doch nicht, oder habe ich das falsch verstanden?«

»Nein, stimmt schon, aber ab dem ersten November sollte es wieder losgehen – Ende der Elternzeit. Wir haben auch seit einem halben Jahr eine Nanny, die derzeit zweimal die Woche kommt, damit sich Jonas daran gewöhnen kann, dass seine Mutter nicht mehr den ganzen Tag zu Hause ist.«

»Eine Nanny? Ein Kindermädchen?« Tom konnte Britta ansehen, dass das eine für sie wichtige Info war. »Ich bräuchte Name, Adresse und Telefonnummer der Nanny, Sie wissen schon«, sagte sie. »An welchen Tagen kommt die Dame?«

»Derzeit montags und mittwochs nachmittags, später soll sie montags ganztägig kommen und an den anderen Werktagen vormittags. Meine Frau geht auf eine Sechzig-Prozent-Stelle.«

»Haben Sie eine Idee, wo Ihre Frau heute früh mit ihrem Bruder hinwollte?«

»Aber ja, natürlich, meine Frau und Sebastian wollten ein paar

Tage nach Frankreich, in die Vogesen, da ist es im Herbst sehr schön, wir waren da schon öfter.«

»Warum mit ihrem Bruder?«

»Ich konnte mich nicht freimachen. Keine Chance. Wenn man selbstständig ist wie ich, als Unternehmensberater sowieso, ist Urlaub faktisch unmöglich, jedenfalls so außer der Reihe.«

»Es war kein geplanter Urlaub?«

»Nicht wirklich, aber auch nicht so ganz spontan. Meine Frau wollte seit Längerem mal wieder ein paar Tage Freiheit, wie sie sagte, genießen. Sebastian hatte gerade nichts vor, der ist ja sonst auch extrem beschäftigt. Da haben sie sich eben vor ein paar Tagen dazu entschlossen.«

»Ihnen war das recht?«

»Aber ja. Nur weil ich viel arbeite, muss meine Frau ja nicht immer zu Hause sitzen. Außerdem fuhr sie mit ihrem Bruder weg und nicht mit einem Hausfreund«, antwortete Gens lakonisch.

»Ihre Frau und Herr Liebermann wollten demnach früh aufbrechen, und Jonas sollte mit?«

»Genau, das sagte ich doch schon. Ohne Jonas wäre sie nirgendwohin gefahren. Wo kann der Junge nur stecken? Er kann doch nicht so weit weggelaufen sein, dass ihn ein ganzer Suchtrupp nicht wiederfindet.«

»Wie gut zu Fuß ist Jonas? Bei Kindern im Alter von anderthalb Jahren gibt es ja große Unterschiede, die einen fangen gerade erst an zu tippeln, und die anderen steigen schon Treppen.«

»Er läuft seit einer ganzen Weile, aber eben so wie kleine Kinder halt gehen, breitbeinig und noch nicht so schnell. Ich kann schlecht sagen, ob er für sein Alter schon gut laufen kann, ich habe wenig Vergleichsmöglichkeiten.«

»Aber er neigt nicht zum Ausbüxen?«

»Nein, gar nicht, für gewöhnlich hängt er immer an Alexas Rockzipfeln.« Er sah zur gegenüberliegenden Glastür, dem Zugang zu den Operationsräumen. »Wie lange dauert das denn alles? Können die nicht mal *irgendetwas* sagen?«

Britta legte eine Hand auf seinen Arm. »Die tun, was sie können. Das Warten ist schlimm, das verstehe ich, aber immerhin gibt es noch Hoffnung.«

Gens sah sie kurz an und wandte dann den Blick ab. »Ich verliere alles. Alle Menschen, die mir etwas bedeuten.« Er schluchzte, und die beiden uniformierten Polizisten starrten betreten zu Boden.

»Herr Gens, ich habe noch ein paar Fragen, die keinen Aufschub dulden. Wir wollen doch Ihren Sohn wiederfinden.« Gens nickte, ohne sie anzusehen. »Ist Ihnen in letzter Zeit etwas oder jemand Ungewöhnliches aufgefallen? Jemand, der ein unangemessen starkes Interesse an Ihrem Kind gezeigt oder der Sie oder Ihre Frau beobachtet hat? Hat Ihre Frau jemals etwas in die Richtung zu Ihnen gesagt? Denken Sie nach.«

Gens hatte bei jeder ihrer Fragen den Kopf geschüttelt. »Alles war wie immer. Keine dunklen Autos vor dem Haus, keine Fernsehtechnikbusse in der Straße. Auch Alexa hat nichts erwähnt. Warum fragen Sie das alles? Ich denke, Jonas ist weggelaufen? Verbergen Sie etwas vor mir?« Gens' Blick war auf einmal voller Misstrauen und ganz wach.

»Herr Gens«, Britta schien mit sich gerungen zu haben, »wir gehen derzeit davon aus, dass es kein Unfall war. Es ist noch nicht definitiv, aber es scheint, dass das Auto von Herrn Liebermann von einem anderen Fahrzeug abgedrängt wurde, und zwar absichtlich, nicht fahrlässig.« Gens starrte sie an, während Britta fortfuhr: »Und wir müssen leider annehmen, dass Ihr Sohn nicht bloß weggelaufen ist, sondern dass er von den Tätern entführt wurde.«

Gens sprang auf und lief zur gegenüberliegenden Wand, kam wieder zurück, blieb vor Britta stehen, wirkte einen Augenblick wie betäubt und sagte dann: »Was haben Sie gesagt? Man hat meine Frau und mein Kind … angegriffen? Ein Mordanschlag? Auf meine Familie?«

»Ja. Und auf Herrn Liebermann«, schaltete sich erstmals Tom ein. »Wir wissen nicht, um wen es in erster Linie ging. Haben Sie eine Vermutung? Wissen Sie, ob Herr Liebermann bedroht wurde?«

»Sebastian wurde andauernd bedroht. Vierundzwanzig Stunden am Tag, sieben Tage die Woche. Er hat das gar nicht mehr ernst genommen, und es passierte ja auch nie etwas.« Er seufzte. »Sie meinen, es war wegen Sebastian? Aber was will man dann mit Jonas?« Er fuhr sich mit der Hand über den Mund. »Ich würde alles tun, um Jonas wiederzubekommen. Und Alexa auch. Natürlich auch Sebastian, wenn er noch …«

»Hing Ihr Schwager sehr an Jonas?«, fragte Tom.

»Er hatte ja sonst kaum jemanden. Ich meine, er hatte natürlich ab und an Freundinnen, mal länger, mal kürzer und dann auch mal wieder gar nicht. Aber da er ständig unterwegs war, nie richtig Zeit hatte, manchmal wochenlang verschwand, war das immer irgendwann zu Ende, eher früher als später. Was ich verstehen kann. Alexa fand auch schon, dass ich zu wenig Zeit für sie habe, und sie hatte damit vollkommen recht. Der Kleine wird auch so schnell groß.«

»Hatten Sie Streit mit Ihrer Frau wegen Ihrer Arbeitsbelastung?«

»Keinen Streit im eigentlichen Sinne, aber toll fand sie es nicht. Ich übrigens auch nicht. Früher, als sie noch voll gearbeitet hat, habe ich auch manchmal zu Hause gesessen und mich geärgert, weil sie auf sich warten ließ. Ich habe das nicht vergessen. Und natürlich fühlt es sich für sie nicht besser an als für mich.«

»Kein ehebedrohender Streit?«, fragte Tom.

»Nein, gar nicht. Wir lieben uns. Nicht auszudenken, wenn sie nicht mehr …« Gens brach ab, zog die Schultern hoch und ließ den Kopf sinken.

Britta warf Tom einen Blick zu, der »Hast du noch was?« heißen sollte.

Tom schüttelte sachte den Kopf. Hoffentlich kam noch einer von den Ärzten raus, bevor sie gingen. Britta würde sicher warten und Gens nach Hause begleiten wollen. Sie brauchten Fotos von dem Jungen und mussten sich einen Eindruck von Jonas' Zuhause verschaffen, und es bestand die Möglichkeit, dass die Entführer sich meldeten.

Wie auf Bestellung öffnete sich die gegenüberliegende Glastür, und ein erschöpft wirkender Chirurg im langen grünen Kittel, den Mundschutz unterm Kinn baumelnd, trat heraus. Mit einem raschen Griff zog er sich die bunte Haube vom Kopf und kam rasch auf Gens zu. Es war ihm wohl nicht schwergefallen, diesen als Alexa Liebermanns Lebenspartner zu identifizieren.

»Herr … Liebermann?«

»Gens. Wie geht es meiner Frau? Geht es … ich meine … wird sie …?«

»Ihre Frau hat ein schweres Schädel-Hirn-Trauma. Nach Aussagen des Notarztes ist sie seit dem Unfall bewusstlos. Im Scan hat sie zu krampfen begonnen. Der Schädelinnendruck stieg rasch an, wir stellten eine Hirnblutung fest und mussten unverzüglich operieren. Wir konnten die Blutung stoppen und auch das Gerinnsel beseitigen, aber inwieweit das Gehirn geschädigt ist, lässt sich noch nicht abschätzen. Wir konnten sie stabilisieren, mit Mühe leider. Sie hat noch weitere Verletzungen, nicht so gravierend wie die Schädelverletzung, aber in der Gesamtheit …«

»Ist sie … ist sie … kann ich zu ihr?«

»Kurz, ja, aber rechnen Sie mit dem Schlimmsten. Ihre Frau ist schwer verletzt, sie liegt im Koma. Ich bringe Sie gleich zu ihr. Wenn Sie sich bitte durch die Glastür begeben würden. Eine der Schwestern nimmt Sie mit zur Intensivstation. Ich komme dann gleich nach.«

Gens nickte und verließ, ohne sich noch einmal nach den Polizeibeamten umzusehen, den Warteraum durch die Glastür.

»Sie sind von der Polizei, nehme ich an?«, wandte sich der Arzt an Tom und Britta. »Mein Name ist Hartmann, ich habe Frau Liebermann operiert. Falls Sie Frau Liebermann befragen wollten, muss ich Ihnen leider sagen, dass das auf lange Sicht nicht möglich sein wird. Es geht ihr sehr schlecht. Ich hörte, der Fahrer starb schon an der Unfallstelle?«

»Sofort tot, durch Genickbruch«, sagte Tom. »Und Frau Liebermann?«

»Die Verletzung ist schwer, der Komaindex … na ja. Zumindest weist sie derzeit noch keine Anzeichen für eine massive irreversible Schädigung auf. Betonung auf *massiv*. Ich möchte keine falschen Hoffnungen wecken.«

»Tun Sie auch nicht«, erwiderte Tom. »Meine beiden Kollegen werden in der Nähe der Intensivstation bleiben, wir haben das mit der Klinikleitung abgeklärt.«

»Sie gehen von einer weiteren … ähm … Gefährdung von Frau Liebermann aus? In unserer Klinik?«

»Wir müssen leider davon ausgehen, dass Frau Liebermann weiterhin bedroht wird. Näheres kann ich Ihnen aus ermittlungstaktischen Gründen nicht mitteilen.« Tom blickte Britta an. »Gehen wir?«

Diese nickte und wandte sich an Dr. Hartmann. »Würden Sie Herrn Gens bitte ausrichten, dass ich zu ihm nach Hause fahre? Mein Name ist Britta Steinfort, Hauptkommissarin vom LKA Düsseldorf. Es wäre gut, wenn Herr Gens auch bald käme.«

»Ich sag's ihm. Hier kann er eh nicht viel machen. Wir alle nicht, momentan. Die kommende Nacht und der morgige Tag werden zeigen, worauf wir hoffen können.« Das Letzte sagte Hartmann schon mehr zu sich selbst. Er verschwand ebenfalls grußlos durch die Glastür.

Neuss

Der Freitag brachte eine für den Oktober untypische Milde mit sich. Die Sonne ging an einem von Frühdunst verhangenen Himmel auf, der bald in einem tiefen, makellosen Blau strahlte. Die Meteorologen versprachen bis zum Wochenende auf über zwanzig Grad ansteigende Temperaturen, was die entzückten Cafébesitzer zum Anlass nahmen, noch einmal Stühle und Tische auszumotten und ihre Latte macchiatos draußen zu servieren.

Tom fuhr nach dem Füttern seiner zwei Pferde, die derzeit noch bei einem Bauern im Mietstall einstanden, zunächst nach Neuss ins Präsidium an der Jülicher Landstraße. Schnurbus saß bei offener Tür in seinem Büro und winkte Tom herein, als er ihn sah. Er hatte den Hörer seines Telefons in der Hand und schaltete den Lautsprecher ein.

»Ich will gerade Luther anrufen. Ich habe die Autopsieergebnisse von Sebastian Liebermann vorliegen.«

Tom sank auf einen der gepolsterten Stühle, die dem Schreibtisch des Staatsanwalts gegenüberstanden.

Dr. Martin Luther war der verantwortliche Pathologe der Rechtsmedizin in Düsseldorf, und es gab wohl keinen Witz auf seinen Namen, den er selbst nicht schwungvoller erzählen konnte, so oft hatte er sie mittlerweile gehört.

»Hallo, Luther, Schnurbus hier. Na, nagelst du gerade ein paar Thesen an die Tür der Chefin, oder können wir kurz über den Fall Liebermann reden?«

»Schnurbus, du musst doch die Akte auf dem Tisch haben.« Luthers Stimme klang völlig entspannt.

»Ja, ist alles so weit klar. Genickbruch als Todesursache, Rippenbrüche und -quetschungen, mit Sicherheit keine Manipulation an Kopf oder Hals durch Dritte, et cetera pp. Stirbt man in der Regel nicht gleich an einem Genickbruch? Der Zeuge am Unfallort gab an, der Tote habe noch etwas gesagt …«

»Du willst wissen, ob dein Zeuge phantasiert? Tut er nicht.

Man kann einen Genickbruch durchaus überleben, im Gegensatz zur Annahme der Bevölkerung im Allgemeinen.«

»Echt?«

»Ja, ist aber in den Fällen, wo es passiert, nicht unbedingt ein Glück. Ein Genickbruch tritt ein, wenn der Dens Axis, das ist eine Art Fortsatz, der vom zweiten Halswirbel in den Atlas ragt, abbricht. Je nachdem, wo das Knochenstück … na ja … landet, passiert im besten Fall gar nichts, in den anderen Fällen kann es einen sehr hohen Querschnitt oder, wenn es in die Medulla Oblongata stößt, den sofortigen Tod auslösen.«

»Ich weiß nicht, ob ich das auch privat wirklich wissen wollte«, brachte Schnurbus hervor. »Und in unserem Fall …?«

»… hatte der Tote keine Chance. Der *Zahn* hat das verlängerte Rückenmark erwischt, wahrscheinlich weil er sich bewegt hat, da er noch lebte.«

»Das heißt, theoretisch hätte er gerettet werden können?«

»Eher nicht. Jede Bewegung hätte das ausgelöst, auch das vorsichtigste Vorgehen der Rettungskräfte mit sofortigem Anpassen einer Stabilisierung … nein, nach meiner Auffassung war er so oder so tot. Wäre der Zeuge nicht gleich da gewesen, hätten wir nie erfahren, dass Sebastian Liebermann nach dem Aufprall noch gelebt hat. Es können nur Minuten gewesen sein.«

»Okay, Luther, ich danke dir. Auch für die erbaulichen Betrachtungen.«

»Genau, Schnurbus, und jetzt kippele nicht weiter mit dem Stuhl, denn schon das Gewicht des eigenen Kopfes kann theoretisch einen Genickbruch auslösen.«

»Woher weißt du?« Schnurbus ruckte nach vorne.

»Weil du das immer tust.« Luther lachte und legte auf.

Schnurbus betrachtete den Hörer, als könnte er Luther darin sehen und legte dann ebenfalls auf.

»Was Neues von Britta?«

»Nee, wenn Sie nix wissen, Chef? Ich bin ja gerade erst gekommen.«

»Ich dachte, Sie hätten vielleicht schon telefoniert … Egal, was liegt heute an?«

»Ich habe um zehn einen Termin mit Liebermanns Sekretärin

Frau Hampel und seinem Anwalt Kai Welteke. Ich treffe beide in Liebermanns Büro.«

»Hat der Bruder sich inzwischen gemeldet?«

»Bis jetzt nicht. Scheint sein Handy nicht oft zu checken. Aber vielleicht meldet er sich ja im Laufe des Tages, sonst versuche ich es noch einmal.«

»Ja, tun Sie das. Kai Welteke ist mir übrigens nicht unbekannt. Erstklassiger Anwalt für Wirtschafts- oder Arbeitsrecht.«

Tom stand auf, und Schnurbus erhob sich ebenfalls.

»Wir lassen gerade die Wohnung von Liebermann öffnen. Vielleicht findet sich da ja ein Anhaltspunkt. Immerhin haben die Täter ja den Schlüssel mitgenommen«, sagte Schnurbus.

»Da bin ich dabei. Ich muss noch ein paar Sachen klären und komme dann auch dahin.«

»Danach nehmen wir uns das Büro von Liebermann vor. Wir sollten zumindest versuchen, dort ebenfalls einen Anhaltspunkt für den Anschlag auf ihn zu finden.«

»Klingt nach der Nadel im Heuhaufen, zumindest falls Frau Hampel oder der Anwalt uns nicht sagen können, wonach wir überhaupt suchen sollen.«

»Ganz aus dem Nichts wird es wohl kaum gekommen sein. Es muss einen Grund geben. Vielleicht hat Liebermann ja doch mit jemandem darüber gesprochen.«

Tom parkte seinen Wagen in der Kaiser-Friedrich-Straße, direkt am Kanalufer unter den Pappeln. In diesem Teil der Straße lagen mehrere schöne alte Jugendstilstadthäuser mit kleinen Vorgärten hinter mit gusseisernen Zäunen besetzten, niedrigen Mauern. Liebermanns Büro und Wohnung befanden sich in unmittelbarer Nähe zueinander. Tom würde zuerst in die Wohnung gehen, um sich einmal eine genaueres Bild von der Persönlichkeit des Toten zu verschaffen. Außerdem war es für die Verabredung mit Kai Welteke und Frau Hampel ohnehin noch zu früh.

Das vierstöckige Haus, in dem Liebermann gewohnt hatte, war zartrosa gestrichen, die Fenster der alten Villa waren in Weiß eingefasst. Zu jeder Wohnung gehörte mindestens ein kleiner Balkon.

»Liebermann« stand auf einem der sieben Klingelschilder, offensichtlich waren auf einigen Etagen mehr als eine Wohnung untergebracht. Die herrschaftliche Eingangstür und beide Seitenteile waren mit Tiffany verglast. Die Tür war geschlossen.

Tom klingelte bei Liebermann, die Kollegen oben würden ihm schon aufmachen. Drei Wagen von der Schutzpolizei und der Spurensicherung standen vor dem Gebäude. Der Wagen von Schnurbus parkte ein Stück die Straße rauf. Die Tür sprang mit einem Knacken auf, und Tom betrat die relativ dunkle Diele. Der Boden war stilgerecht mit Fliesen in schwarz-weißem Schachbrettmuster ausgelegt, die Wände waren brusthoch mit Holz vertäfelt. Linker Hand hingen sieben Briefkästen, rechts führte eine breite Treppe nach oben. Die Stufen waren abgeschliffen und sauber lackiert, offensichtlich wurde das Haus sorgsam in Stand gehalten. Tom bemerkte bereits unten im Erdgeschoss eine Wohnungstür, die aber geschlossen war. Weiter hinten gab es eine weitere Tür, wahrscheinlich einen Zugang zum Keller und zum Garten, wie Tom, der den Grundriss solcher Häuser oft genug gesehen hatte, vermutete.

Ein Polizist in Uniform polterte die Treppe herunter. »Ach, Sie sind es, Hauptkommissar Küppers. Wir sind oben im ersten Stock zugange.«

»Ich komm mit hoch, danke.«

Es waren einige Stufen, die Geschosshöhe musste mindestens drei Meter siebzig betragen, vielleicht sogar mehr. Auf halber Höhe gab es einen Absatz, und die Treppe machte einen Knick von hundertachtzig Grad nach rechts.

Oben gab es eine Galerie, die sich über die ganze Länge des Stockwerks zog, in den nächsten Stock hinauf ging es auf der gegenüberliegenden Seite des Treppenaufgangs. Die Tür zu Sebastian Liebermanns Wohnung schien, im Gegensatz zu allem anderen in diesem Gebäude, nicht mehr original zu sein, denn sie entsprach, was Bänder, Türblatt und Schloss anging, absolut modernen Sicherheitsanforderungen. Anscheinend eine Sonderanfertigung, die sich aber optimal in den Gesamtstil des Hauses integrierte. Tom betrat die Wohnung, die erwartungsgemäß groß und hell war.

»Riesig, was?«, murmelte der junge Polizist neben ihm. »Im Erdgeschoss und im zweiten Stock sind noch so welche, im dritten und vierten sind dann immer zwei kleinere.«

Tom war zuerst in eine sparsam möblierte Diele getreten, die nach einem breiten Durchgang in ein großes Wohnzimmer überging, das viel von einem Loft und wenig von der Beletage eines Bürgerhauses hatte. Das offene Wohnzimmer hatte allerdings zwei stilgerechte Minibalkons mit Flügeltüren, und auch der Stuck an den hohen Decken war erstklassig erhalten. Es gab eine große, laborartig möblierte Küche in sterilem, unpersönlichem Weiß, ein Klavier, eine Art Liegelandschaft in warmen Brauntönen und einen massiven Holztisch mit modernen Freischwinger-Stühlen. Ein Flatscreen und eine Musikanlage von Bang & Olufsen standen in Blickrichtung des Sofas. Auf dem Klavier standen einige gerahmte Fotos, weitere Aufnahmen, vornehmlich in Schwarz-Weiß, hingen an den Wänden neben einigen modernen, vollkommen aussagefreien Kunstdrucken. Mehrere schlichte Bücherregale und Schränke aus massivem Nussbaum vervollständigten die Einrichtung.

Tom nahm die Bilder auf dem Klavier in Augenschein. Das Kind auf einem der Fotos identifizierte er sofort als Jonas Liebermann. Weitere Fotos zeigten dessen Mutter Alexa und einen Mann und eine Frau, in denen Tom die Eltern von Sebastian und Alexa Liebermann vermutete. Ein Gruppenbild zeigte die ganze Familie. Auf diesem waren die Liebermann-Kinder bereits erwachsen. Neben der Mutter stand ein hochgewachsener Mann, dunkelhaarig und schlecht rasiert, eine Kappe mit dem Schirm nach hinten auf dem Kopf. Er trug Jeans und ein weites kariertes Hemd, hatte den Arm um die Schultern der um einen Kopf kleineren Frau gelegt und lachte in die Kamera. Das musste der ältere Bruder sein, Ben, den Tom bisher noch nicht erreicht hatte. Auf einem weiteren Foto sah man ihn im Porträt, ein drittes an der Wand zeigte ihn auf einem Hocker sitzend Gitarre spielen. Auch von Alexa hingen weitere Bilder an den Wänden, allein und mit dem kleinen Jonas. Bilder von Freunden oder Freundinnen gab es nicht, auch von Simon Gens war keines zu sehen.

Tom schaute einen Augenblick den drei Beamten zu, die vorsichtig den Inhalt der Schränke untersuchten, dann sah er sich in der übrigen Wohnung um. Es gab zwei Schlafzimmer. Das eine schien nicht durchgehend bewohnt, es handelte sich vermutlich um ein Gästezimmer, im anderen stand Schnurbus am Fenster und schaute hinab in den Garten. Als er Tom hörte, drehte er sich um.

»Was gefunden?«, fragte Tom und blickte sich um.

»Sieht nach geregelter Abreise aus, oder?« Schnurbus machte eine ausholende Armbewegung in den Raum hinein. Das Zimmer war ordentlich und aufgeräumt und äußerst puristisch eingerichtet. Ein Bett, eine Kommode, ein großer Kleiderschrank, kubistisch und massiv, aus geräucherter Eiche gefertigt. Das Bett war gemacht. »Alles total clean und unpersönlich. Ein Raum, der dafür vorgesehen ist, dass man in ihm schläft, nicht mehr. Es gibt noch ein Arbeitszimmer am Ende des Flurs, da ist kaum mehr zu sehen.« Schnurbus schüttelte den Kopf. »Keine Anzeichen für eine gewaltsame Öffnung, die aber, falls die Täter vor uns hier gewesen sind, auch nicht nötig gewesen wäre, wenn sie tatsächlich den Schlüssel haben. Die Spurensicherung hat einige Fingerabdrücke gefunden, die müssen wir mit allen in Frage kommenden Besuchern und mit Liebermann selbst abgleichen.«

»Und was übrig bleibt, archivieren wir bis in alle Ewigkeit, wenn wir nicht irgendeinen konkreten Hinweis bekommen«, meinte Tom und öffnete die Tür zu einem Badezimmer mit frei stehender Dusche mit Regenbrause, großen, eckigen Waschtischen und – hinter einer schulterhohen Mauer – einem WC. »Hatte der keine Handtücher oder Shampoo?«

Schnurbus drückte auf eine Stelle der mit Glasmosaik gefliesten Wand links neben der Tür, und eine Schranktür öffnete sich.

»Alles da. Bitte schön.«

»Ein Messie war der Typ nicht gerade, was?«

Tom drehte probeweise eine der Wasserfallarmaturen auf. *»The dreams in which I'm dying are the best I ever had«,* sang er leise.

»Was?«

»›Mad World‹. Von Tears for Fears. Kam mir so in den Sinn.«

»Ich muss das jetzt nicht verstehen, nehme ich an?« Schnurbus drehte das Wasser wieder ab und ging zu einer zweiten Tür auf der gegenüberliegenden Seite des Badezimmers, die wieder direkt auf den Flur hinausführte. »Wir nehmen den Computer mit, viel mehr lohnt wohl nicht.«

»Wäre auch sonst zu leer hier«, murmelte Tom und folgte Schnurbus über den Flur ins Arbeitszimmer. Im Verhältnis zum üppig geschnittenen Wohnzimmer war dieser Raum eher klein. Ein gläserner Schreibtisch auf Edelstahlböcken, zwei Rollcontainer, deckenhohe Regale, die sich über alle vier Wände erstreckten, ein Desktop und zwei Laptops, registrierte Tom. »Wir nehmen *die* Computer mit«, korrigierte Tom Schnurbus' Feststellung.

Die Regale waren voller Bücher, nur in dem Bereich hinter dem Schreibtisch enthielten sie eine Reihe von Aktenordnern.

Zwei Beamte hatten einige der Aktenordner aufgeschlagen und blätterten gerade Liebermanns Unterlagen durch.

»Alles privat«, stellte einer der beiden fest. »Rechnungen, persönliche Dokumente, Versicherungen, Bankauszüge, nichts auf den ersten Blick Relevantes. Nur dass er 'ne Menge Kohle hatte.«

»Das überrascht mich auch nicht, siehste doch auch schon an der teuren Bude«, entgegnete der zweite Beamte.

»Mitnehmen?«, fragte der erste Beamte Schnurbus, aber dieser schüttelte den Kopf.

»Wir können nicht einfach sein ganzes Hab und Gut einkassieren, er hat ja nichts Unrechtes getan. Nur die üblichen Verdächtigen: Profitiert jemand von einer Lebensversicherung, gibt es ungewöhnliche Kontobewegungen oder private Briefe aus der letzten Zeit, die Anhaltspunkte für eine Beziehungstat liefern könnten?«

»An privaten Briefen haben wir bisher das hier gefunden«, sagte der zweite Beamte und deutete auf eine Schachtel auf dem Schreibtisch, die er zuvor aus dem Regal genommen haben musste. »Briefe seiner Eltern, Postkarten seiner Geschwister, ein paar Liebesbriefe von Mädels, aber alles älter als zehn Jahre. Er hatte irgendwann mal ein Privatleben, nur anscheinend die letzten zehn Jahre über nicht mehr. Die mitnehmen?«

»Fürs Erste nicht, wir haben ja noch Zugriff, notfalls können wir später noch mal alles durchgehen.«

Tom sah auf die Uhr. »Ich muss los, der Anwalt wartet.«
Schnurbus nickte ihm zu.

Tom ging zu Fuß. Das Büro lag zwar nur ein paar Straßen entfernt, war aber in sozialer Hinsicht eine andere Welt. Die schmale Straße wurde von heruntergekommenen, schmalbrüstigen Häusern gesäumt. Auf dem Klingelschild stand wiederum nur schlicht »Liebermann«.

Eine junge, etwas mollige Frau mit weichen braunen Locken und sorgfältig manikürten Nägeln öffnete ihm die Tür zum Büro.

»Frau Hampel, nehme ich an? Hauptkommissar Tom Küppers, wir haben telefoniert.«

Sie musste geweint haben, ihr Make-up war völlig verlaufen.

»Kommen Sie rein. Dr. Welteke ist auch schon da.«

Tom folgte ihr in das Büro. Im Gegensatz zu der Wohnung, die Tom gerade eben in Augenschein genommen hatte, fehlte Liebermanns Büro alles, was seine Wohnung an Weite zu viel hatte. Zwei kleine Räume, einer diente als Arbeitsplatz und der andere augenscheinlich als eine Art Archiv. Im eigentlichen Büro standen sich zwei Schreibtische gegenüber. Auf einem Schränkchen an der Wand stand eine Kaffeemaschine, und in der Ecke türmten sich Aktenordner auf dem Boden.

An dem einen Schreibtisch saß ein Mann im Anzug, der bei Toms Eintreten seinen Stuhl zurückschob und sich erhob. Kai Welteke war schlank, dunkelhaarig und mittelgroß. Er besaß eine Attitüde unverbindlicher Überheblichkeit, die Tom auf zehn Meter roch. Tom bemühte sich, seinen aufkommenden Unmut zu unterdrücken.

Die beiden Männer begrüßten sich.

»Ich bin gekommen, um mich um die wichtigsten laufenden Sachfragen zu kümmern und die Angelegenheiten von Sebastian zu regeln«, erklärte Welteke.

»Sie waren befreundet?«

»Ja, das kann ich wohl sagen. Schon seit unserer Jugend, Sebastians Bruder Ben und ich waren in einer Klasse. Mit Sebastian haben wir zusammen Musik gemacht. Später gingen unsere Wege auseinander, aber als Sebastian vor zehn Jahren zurück nach Neuss kam, trafen wir uns wieder regelmäßiger. Seit sechs Jahren bin ich auch anwaltlich für ihn tätig.«

»Uns interessiert vorrangig, ob Sebastian Feinde hatte, beziehungsweise ob jemand von seinem Tod profitiert haben könnte.«

»Dann war es kein Unfall?« Welteke sah beunruhigt aus.

»Nein, nach Lage der Dinge gehen wir derzeit von einem Anschlag aus. Der Wagen von Herrn Liebermann wurde von der Straße gedrängt. Vorsätzlich.«

»Scheiße. Wer sollte so etwas tun?«

»Eben dazu würde ich gern Ihre Meinung hören. Sie kennen das sicher schon: Wir ermitteln in alle Richtungen.«

»Ja, selbstverständlich, ich bin Gott sei Dank selten in Tötungsdelikte verwickelt, aber man sieht ja auch fern. Setzen Sie sich. Frau Hampel, haben wir für den Hauptkommissar einen Kaffee?«

Frau Hampel goss Tom einen Becher Kaffee ein und legte Kaffeeweißer und Zucker dazu. Dieser bedankte sich und sagte: »Frau Hampel, ich hätte zunächst gern mit Herrn Dr. Welteke allein gesprochen.«

»Schon in Ordnung, ich bin nebenan im Archiv, ich habe noch jede Menge abzuheften.« Frau Hampel schniefte und verließ den Raum.

Tom fragte sich unwillkürlich, ob sie wohl nebenan an der Tür stand und lauschte, aber er verwarf diesen Gedanken schnell wieder, die Frau wirkte in jeder Hinsicht integer.

Welteke setzte sich wieder und lehnte sich in seinem Stuhl zurück. »Sie ist eine erstklassige Kraft. Bitte halten Sie mich nicht für pietätlos, aber ich habe ihr ein Jobangebot gemacht, und sie hat angenommen.«

»Machen Sie sich keine Sorgen, es ist gut zu wissen, dass sie nicht arbeitslos wird. Was können Sie mir nun zu Sebastian Liebermann sagen?«

»Also gut. Sebastian hatte Feinde, das kann man leider nicht anders sagen. Er hat mit seiner Arbeit eine Menge Staub aufgewirbelt und sicher auch eine beträchtliche Anzahl von Leuten vor Gericht und so manche auch hinter Gitter gebracht, aber ich glaube kaum, dass ihn jemand dafür hätte umbringen wollen. Sehen Sie, wenn jemand wegen Steuerhinterziehung oder

Subventionsbetrug oder meinetwegen auch wegen eines Umweltskandals auffliegt, kriegt er nicht lebenslänglich. Sie wissen ja, solche Leute fallen immer wieder auf die Füße. Nach meinem Wissen ist niemand wirklich ruiniert worden. Natürlich hat man Drohungen Sebastian gegenüber geäußert, aber das geschah für gewöhnlich im Affekt und ist zum Glück anschließend immer im Sande verlaufen. Ich gebe Ihnen ein typisches Beispiel: Ein Finanzier kauft Immobilien stark unter Verkehrswert und zahlt bar. Die Differenz zum Verkehrswert erhält der Verkäufer ebenfalls bar und unter der Hand. Exakt zwölf Monate später verkauft der Finanzier die Immobilien zum Verkehrswert weiter. Auf den ersten Blick hat der erste Verkäufer nur ein schlechtes Geschäft gemacht. Unser Finanzier aber hat Grunderwerbssteuer gespart, Geld gewaschen und muss nicht mal den Veräußerungsgewinn versteuern, weil der erst zwölf Monate später angefallen ist. Sebastian deckt die Geldwäsche auf, ein paar Strohmänner gehen kurz in den Knast, wenn überhaupt.« Welteke schwieg.

»Könnte jemand anders Ihrer Meinung nach ein Motiv gehabt haben, Ihrem Freund etwas anzutun? Irgendwelche privaten Gründe vielleicht?«, fragte Tom.

»Sebastian hat für seine Arbeit gelebt. Selbst ich als Anwalt sehe das so. Er war besessen davon. Es gab ab und an ein paar oberflächliche Frauengeschichten, aber für ein ernsthaftes Privatleben hatte er nie wirklich Zeit. Vielleicht wissen da aber seine Geschwister mehr.«

»Wie sieht es finanziell aus? Profitiert jemand von seinem Tod?«

»Ja, SOS-Kinderdorf. Als seine Eltern vor sechs Jahren … verunglückten, hat Sebastian bereits sein Testament gemacht, obwohl er noch so jung war. All sein Besitz ist in Geld angelegt, mit Ausnahme seiner Wohnung, die zur Hälfte seinem Bruder gehört, und seinen Autos. Ich will Ihren Überlegungen nicht vorgreifen, Herr Hauptkommissar, aber ich glaube nicht, dass Ben seinen Bruder wegen der halben Wohnung auf dem Gewissen hat. Die Geschwister mochten sich sehr, und Ben ist selbst mittlerweile durch seine Musik recht vermögend. Seine Schwester Alexa profitiert nur mittelbar. Sebastian hat vierzigtausend Euro in eine Ausbildungsversicherung für seinen Neffen Jonas investiert, die aber erst zu dessen achtzehntem Geburtstag fällig wird und ohnehin nur dem Jungen und nicht Alexa zugutekommt. Jonas bekommt ab seinem achtzehnten Geburtstag einen monatlichen Betrag, nicht eine einmalige Kapitalauszahlung. Sie sehen …«

»Ja, kein finanzielles Motiv innerhalb oder außerhalb der Familie. SOS-Kinderdorf lasse ich erst mal außen vor.« Tom hatte sich Notizen gemacht. »Hatte Herr Liebermann außer Frau Hampel noch weitere Mitarbeiter?«

»Nein, er war völlig autark. Auch Frau Hampel hat ausschließlich Sekretariatstätigkeiten durchgeführt. Post, Telefon, Archiv, der übliche Kram.«

»Sie hat nicht zum Beispiel für ihn recherchiert? Sie weiß demnach nicht, woran Liebermann zuletzt gearbeitet hat?«

»Das sollten Sie sie selbst fragen. Aber meiner Einschätzung nach: nein.«

»Können Sie mir noch etwas über die Geschwister erzählen? Sie kannten alle beide?«

»Sie sprechen von Alexa schon in der Vergangenheit?« Welteke seufzte. »Es steht sehr schlecht um sie, nicht wahr? Ich sprach gestern schon mit Herrn Gens.«

»Noch lebt sie. Entschuldigen Sie die Vergangenheitsform. Trotzdem, ich kann sie derzeit nicht befragen, möchte mir aber auch ein Bild von ihr machen.«

In diesem Moment klingelte Toms Handy.

»Warten Sie bitte kurz. Küppers?«

Es war Finkeldei, der ihm mitteilte, dass nach Abgleich mit EUCAP – einer Datei, die die Spektralanalysen sämtlicher europäischer und japanischer Automarken enthielt und es der Polizei ermöglichte, anhand von Lackspuren Modell und Baujahr der betroffenen Fahrzeuge zu ermitteln – feststand, dass es sich bei dem Wagen, der Liebermanns A2 abgedrängt hatte, nicht um einen Lexus, sondern einen schwarzen 2011er BMW X5 handelte. Genaueres hatte er ihm per Mail zugeschickt.

Tom legte auf und wandte sich wieder Welteke zu. »Alexa?«

»Alexa ist eine Nette, eine Kluge obendrein. Die künstlerische Ader ihrer Brüder scheint sie nicht zu haben, dafür hat sie aber einen Doktortitel in Chemie. Alexa ist dennoch in vielen Dingen wie Sebastian: kompromisslos, eilig, der Typ ›mit dem Kopf durch die Wand‹. Ich hatte das Gefühl, dass ihr Kind sie ein bisschen ruhiger gemacht hat, wenn Sie mir dieses Klischee verzeihen. Mit ihren Brüdern versteht sie sich gut, und, soweit ich das beurteilen kann, ist auch ihre Beziehung mit Herrn Gens glücklich. Wirklich genau kann ich es nicht sagen, dafür habe ich sie nicht oft genug zusammen erlebt.«

»Und wie verstanden sich Herr Liebermann und Herr Gens?«

Welteke zuckte die Schultern. »Was man als Außenstehender mitbekommt und was in einer Familie tatsächlich an Ressentiments stattfindet, ist ja nicht unbedingt immer deckungsgleich. Sebastian hat jedenfalls nie etwas Negatives über Gens geäußert. Ich fand Herrn Gens als Mensch auch immer ganz in Ordnung. Unternehmensberater halt.«

»Heißt?«

»Wie Anwälte«, er lachte, »irgendwie kühl, ein bisschen formell, wenn Sie wissen, was ich meine?«

Tom schüttelte den Kopf. »Nicht wirklich. Erzählen Sie mal etwas über Ben. Wir haben ihn bislang nicht erreichen können. Seine Frau weiß auch nicht, wo er ist, hat ihn angeblich seit zwei Wochen nicht gesehen. Sie hatten Streit, wie sie einem meiner Kollegen am Telefon mitteilte. Ist das typisch für Ben?«

Welteke wirkte deutlich überrascht. »Er ist seit zwei Wochen verschütt?«

»So sieht es zumindest aus.«

Welteke fuhr sich geistesabwesend durchs Haar. »Wer hätte das gedacht«, sagte er mehr zu sich selbst.

»Sie halten sein Verhalten also für ungewöhnlich?«

»Auf jeden Fall. Ich kenne Raoule Legrand nicht persönlich, kann mich zu ihrer und Bens Ehe oder ihrem Streit nicht äußern, sie ist nie mit ihm hierher nach Neuss gekommen, meines Wissens. Ich weiß nicht einmal, ob Alexa oder Sebastian sie je kennengelernt haben. Aber für Ben ist ein derartiges Verschwinden ungewöhnlich.« Er zögerte, ein Gedanke schien ihn zu beschäftigen. »Da macht doch nicht jemand Jagd auf alle Liebermanns, oder?« Er lachte nervös und schaute Tom an. Zerstreuen Sie meine Sorgen, bitte, sollte das wohl heißen.

Tom hob den Kopf. Diese Idee war ihm noch nicht gekommen. Verdammt! Er würde gleich nach diesem Gespräch noch einmal bei Ben und auch bei Raoule anrufen. Er würde mit Schnurbus darüber sprechen müssen, ob man bereits die Kollegen in Berlin einschalten sollte.

»Für derartige Gedanken ist es noch zu früh, er kann sich zum Beispiel auch einfach nur eine Auszeit genommen haben, aber ich bleibe dran«, versprach er Welteke. »Könnten Sie mir trotzdem noch etwas über Ben erzählen?«

»Ben ist ein gradliniger Typ. Der macht keine Umwege aus diplomatischen Gründen. In der Schule spielte er aktiv Eishockey für die DEG Düsseldorf. War früh in der Jugendauswahl und spielte in der Oberstufe dann in der Bundesliga mit. Nach dem Abitur hat er zehn Jahre lang als Profi gespielt. Ben war ein harter Kerl, aber mit Ende zwanzig hat er plötzlich aufgehört. Ich weiß nicht genau, warum, vielleicht hatte es medizinische Gründe, er hatte sich Knochen gebrochen, von deren Existenz ich nicht mal etwas ahnte.«

Tom war überrascht. Er hatte Ben zwar kurz gegoogelt, aber alle Einträge bezogen sich ausschließlich auf dessen Musik. »Ich dachte, er hätte Musik studiert.«

»Ach woher denn. Ben ist Autodidakt. In der Schule hieß es, er habe das absolute Gehör. Was auch immer das genau heißt. Jedenfalls war er damals ein großartiger Musiker; er hat eine natürliche Begabung, wie sie nur selten vorkommt.« Welteke überlegte. »Seine Mutter war immer in Sorge wegen seiner Eishockeyspielerei. Sie hat wohl oft zu ihm gesagt: ›Eishockey spielst du, bis du Mitte dreißig bist, Musik kannst du dein Leben lang machen. Wenn du die Hände kaputt hast, ist beides vorbei.‹ Das könnte der Grund sein, warum er aufgehört hat. Am besten, Sie fragen ihn selbst, wenn er herkommt.« Welteke ging mit seiner Tasse rüber zur Kaffeemaschine. »Auch noch einen?« Tom schüttelte den Kopf, und Welteke fuhr fort, während er sich einschenkte: »Ben hat dann ziemlich schnell Karriere als Musiker gemacht, hauptsächlich als Studiomusiker. Er schreibt auch eigene Songs, aber auf CD können Sie ihn nur hören, wenn er bei bekannteren Bands mitspielt. Da ist er auch international gefragt.«

»Und privat?«

Welteke schwieg einen Augenblick lang. »Weiß ich wenig drüber. Für mich war er eher der Typ serieller Monogamist. Seit acht oder neun Jahren, selbst das weiß ich nicht genau, ist er mit Raoule Legrand zusammen. Kann auch länger sein. Raoule ist übrigens Rechtsanwältin. Sie haben eine kleine Tochter. Sechs oder sieben, so was um den Dreh. Aber ich weiß das alles nur, wie gesagt, von Sebastian, und der sprach eben selten über Privates.« Welteke sah auf die Uhr. »Ich habe jetzt gar nichts geschafft. Und in einer halben Stunde muss ich am Gericht sein. Wenn Sie mich bitte entschuldigen würden?«

Ohne eine Antwort abzuwarten, erhob er sich und begann ein paar Kugelschreiber, Bleistifte und einen Taschenrechner in eine flache Aktentasche zu packen.

»Frau Hampel«, rief er laut, »ich muss los.« An Tom gewandt, fügte er hinzu: »Tut mir leid, es eilt. Sie können mich gern jederzeit wieder kontaktieren.«

»Wo waren Sie am Donnerstagmorgen gegen sieben?«

Welteke blickte nicht mal auf. »Da habe ich mit meinem Freund Jochen Dreesen, Anwalt in der Moltkestraße, gejoggt wie jeden Donnerstag.«

Tom notierte sich das. Das konnte Wahl checken. »Danke. Ist es ein Problem, wenn wir uns hier umsehen?«

»Sie meinen, ohne Durchsuchungsbeschluss? Ich denke, Sebastian hätte nichts dagegen. Und angesichts der Lage wird ohnehin ein Durchsuchungsbeschluss ergehen. Machen Sie ruhig. Es wäre nett, wenn Sie mich verständigen würden, wenn Sie Ben erreicht haben.«

Tom sprach eine weitere halbe Stunde mit Frau Hampel. Sie konnte wenig bis gar nichts über die finanzielle Situation ihres Arbeitgebers sagen, hatte aber bezüglich dessen familiärer Situation den gleichen Eindruck gewonnen wie Welteke. Sie kannte weder Ben noch Raoule persönlich, und Alexa und Simon Gens hatte sie nur gelegentlich getroffen. Von Freundinnen Liebermanns wusste sie nichts, sie hatte auch nie private Anrufe für ihn entgegengenommen. Drohungen hingegen hatte es sowohl schriftlich als auch mündlich am Telefon gegeben, aber Liebermann hätte sie nie ernst genommen.

»In welcher Form?«, hakte Tom sofort nach.

Frau Hampel zuckte die Schultern. »Meistens habe ich ja nur durchgestellt, aber das ein ums andere Mal kamen auch wüste Beschimpfungen. Drohungen wie ›Das wirst du mir büßen!‹. Einmal flog auch ein Stein durch die Scheibe, aber das ist schon länger her. Wie gesagt, Herr Liebermann nahm das sehr gelassen.«

»Hat er je Anzeige erstattet?«

»Nein, garantiert nicht«, wehrte Frau Hampel entschieden ab.

»Sie waren die einzige Mitarbeiterin von Herrn Liebermann?«

»Mitarbeiterin ist fast zu viel gesagt, zumindest wenn Sie *mit*arbeiten im eigentlichen Sinne meinen. Ich war seine Bürokraft, nicht seine Assistentin. Herr Liebermann hat grundsätzlich allein gearbeitet und war dementsprechend viel unterwegs. Als Chef war er recht großzügig, wissen Sie, ich bin alleinerziehend, und ich hatte recht große Freiheiten, was die Einteilung meiner Arbeitszeit anging. Ihn hat dabei lediglich interessiert, dass die Arbeit gemacht wurde. Das kam mir sehr entgegen, die Stelle bei ihm war für mich der absolute Traum.«

»Hatte Herr Liebermann nähere private oder geschäftliche Kontakte, die Ihnen bekannt sind? Regelmäßige Auftraggeber oder Freunde?«

»Davon ist mir nichts bekannt. Er hat sich immer nur um Jonas und Alexa gekümmert, wenn er mal frei war. Aber das war auch eher die Ausnahme. Wenn ich manchmal spätabends draußen vorbeikam, hatte er immer noch Licht an. Er hat eigentlich immer gearbeitet oder war unterwegs«, sagte Frau Hampel und hatte wieder Tränen in den Augen. Sie vergrub ihr Gesicht in den Händen. »Es ist schrecklich. Hätte er doch nur den Mercedes genommen, dann würde er vielleicht noch leben.«

»Haben Sie eine Idee, warum er das nicht getan hat? Fuhr er oft mit dem Audi?«

»Selten. Ich durfte mir den A2 sogar oft ausleihen. Weil die wenigsten Leute wussten, dass er den A2 überhaupt hat, nannte er ihn immer sein ›Inkognito‹. Darüber hat er dann oft gelacht.«

»Ich muss Sie fragen, wo Sie am Donnerstag gegen sieben Uhr früh waren.«

Frau Hampel sah erschrocken auf, aber dann nickte sie. »Natürlich. Meine Freundin Eva Schmitz und ich haben zusammen unsere beiden Kinder zur Kita gebracht. Das machen wir jeden Morgen. Wir treffen uns um zehn nach sieben an der Venloer Straße und bringen die Kinder zur Arche Noah in der Kurzen Straße. Ich schreibe Ihnen Evas Adresse und Telefonnummer auf. Und die von der Kita.« Sie begann eilig, etwas auf ein Blatt zu kritzeln.

»Sie sprachen eben von schriftlichen Drohungen.« Tom war mit den Auskünften von Welteke und Frau Hampel noch nicht zufrieden. Warum hatte Liebermann diese nicht ernst genommen? Hatte er – vielleicht nur ein einziges Mal – die Situation falsch beurteilt? »Haben Sie die für Herrn Liebermann archiviert?«

»Nein, Herr Liebermann hat die immer an sich genommen. Und nach Abschluss eines Falls verbrannt – sagte er zumindest. Gesehen habe ich das nie.«

Tom biss sich auf die Lippe. »Noch mal: Denken Sie bitte nach! Woran hat er zuletzt gearbeitet?«

Frau Hampel schüttelte den Kopf. Jetzt traten wieder Tränen in ihre Augen. »Ich weiß es nicht. Herr Liebermann hat mich nie eingeweiht. Die Akten bekam ich immer erst zwölf Monate nach Abschluss der Ermittlungen zur Archivierung. Zuletzt habe ich Akten über umdeklariertes Rindfleisch abgeheftet. So spannend war das auch nicht«, fügte sie fast vorwurfsvoll hinzu.

»Trotzdem«, sagte Tom bestimmt. »Wir werden diese Akten alle einsehen müssen. Die neuesten zuerst. Meine Kollegen werden mit dem Herrn Staatsanwalt gleich hier sein.«

Frau Hampel nickte eilfertig.

Tom bedankte sich und wandte sich zum Gehen. Alle wesentlichen Fragen waren fürs Erste geklärt. »Es wäre gut, wenn Sie sich weiterhin zur Verfügung halten würden.«

»Natürlich.« Sie schrieb noch etwas auf den Zettel. »Hier haben Sie meine Handy- und Festnetznummer und meine Adresse. Wahrscheinlich wissen Sie, dass ich ab demnächst bei Herrn Dr. Welteke arbeiten werde, Sie erreichen mich dann auch dort.«

Als Tom wieder im Auto saß, rief er als Erstes bei Silke Hamminkel im Präsidium an und fragte, ob es Neuigkeiten gäbe, etwa von Britta oder Schnurbus, oder ob sich Ben Liebermann inzwischen gemeldet hätte. Silke erwiderte, es gäbe nichts Neues, alles negativ.

Tom rief daraufhin erneut bei Raoule Legrand in Berlin an, erreichte sie jedoch nicht. Er sprach dennoch auf den Anrufbeantworter und bat sie um Auskunft, ob sich ihr Mann inzwischen bei ihr gemeldet hätte.

Anschließend versuchte er es ein weiteres Mal auf Ben Liebermanns Mobiltelefon, aber dieses war nach wie vor nicht erreichbar.

Tom rief bei Schnurbus an und schilderte ihm seine Eindrücke von den Gesprächen mit Welteke und Hampel.

»Irgendein Motiv haben Sie nicht erkannt?«, fragte Schnurbus.

»Also wenn es nicht Dr. Welteke war, der Liebermann seine Sekretärin ausspannen wollte, bin ich ratlos.«

»Küppers, ich mein's ernst.«

»Ja, ich nicht. Entschuldigung.«

Tom schilderte dem Staatsanwalt nun die Bedenken, die Welteke geäußert hatte. Konnte es tatsächlich sein, dass jemand es auf alle drei der Liebermann-Geschwister abgesehen hatte?

Schnurbus schwieg.

Tom fragte: »Sollen wir die Kollegen in Berlin um Mithilfe bitten und mal nachhören, ob es vielleicht einen bisher nicht identifizierten Toten gegeben hat?« Tom fand selbst, dass er damit ein wenig vorpreschte.

Schnurbus gab ein ächzendes Geräusch von sich. »Nun malen Sie mal nicht den Teufel an die Wand, Tom! Im Moment haben wir lediglich einen erwachsenen Mann, der seit ungefähr achtzehn Stunden nicht auf einen Anruf reagiert hat. Das erlaube ich mir auch gelegentlich.«

»Und der nach Aussage seiner Lebensgefährtin seit zwei Wochen verschwunden ist, was nach der Meinung von Leuten, die ihn kennen, für ihn relativ ungewöhnlich ist«, verteidigte Tom seinen Standpunkt.

»Montag«, seufzte Schnurbus am anderen Ende der Leitung.

»Montag unternehmen wir was. Geben wir ihm noch das Wochenende. Versuchen Sie bis dahin, ihn weiter zu erreichen. Welche Schritte unternehmen Sie als Nächstes?«

»Halterfeststellung und -überprüfung aller in Frage kommenden X5, erst mal nur im Umkreis Neuss, Mönchengladbach, Düsseldorf, Viersen und Krefeld. Wenn das nichts bringt, dehnen wir das Gebiet aus. Ich möchte auch noch einmal mit den beiden Zeugen von gestern sprechen.«

»Gut. Haben Sie genug Leute?«

»Ja.«

»Gut. Dann gehen Sie so vor. Wir sehen uns sicher später im Präsidium.« Der Staatsanwalt legte auf.

Seufzend ließ Tom das Telefon in seine Jackentasche gleiten und fuhr zum Präsidium, um sein Team zusammenzurufen.

Island

Ben war einer Eingebung folgend zur Information gegangen. Er konnte entweder jetzt erst nach Berlin und von dort aus weiter nach Düsseldorf oder am späten Abend direkt nach Düsseldorf fliegen. Letzteres würde vielleicht keine Zeit, aber Mühe sparen. Bis er in Berlin sein Auto geholt hätte – dazu müsste er erst noch wegen der Papiere in die Wohnung – und nach Düsseldorf gefahren war, würde es mitten in der Nacht sein. Wenn er direkt nach Düsseldorf flog, konnte er sich von Keflavik aus ein Auto organisieren und wäre morgen früh in Neuss. Schlafen konnte er auch im Flugzeug. Er wollte Raoule nicht treffen. Jetzt noch nicht.

Er buchte um auf Düsseldorf. Da er sein Gepäck noch nicht einchecken konnte, verstaute er es in einem Schließfach. Nur der Gitarrenkoffer passte nicht hinein, den brachte er bei Car Rental Keflavik unter. Dann suchte Ben sich eine ruhige Ecke. Es war mitten am Nachmittag, und wegen der Vielzahl an Touristen und Durchreisenden und der ständigen Durchsagen herrschte ein Höllenlärm, was ihm allerdings erst so richtig auffiel, als er telefonieren wollte. Ben trat auf den Platz vor dem Flughafengebäude und suchte sich einen ruhigen Ort zum Telefonieren.

Zuerst wählte er die Nummer von Alexa und Simon. Beinahe unmittelbar meldete sich jemand mit »Hallo«. Es war nicht Simon.

»Guten Tag, mein Name ist Ben Liebermann, ich möchte gern Herrn Gens sprechen, wenn das möglich ist.«

Verwählt? Mit einem Blick auf das Display seines Handys stellte er fest, dass es sich um die richtige Nummer handelte. Ben hörte, wie am anderen Ende der Leitung anscheinend der Hörer weitergereicht wurde.

»Ben? Endlich! Wo hast du nur gesteckt? Ich habe zigmal bei Raoule angerufen, aber die ist auch nie zu Hause. Die Kripo möchte dich sprechen.«

»Was ist passiert, Simon? Was ist mit Alexa und Sebastian?« Er hörte, dass Simon tief Luft holte. »Sie sind mit dem Auto gegen einen Baum gefahren, aber die Polizei vermutet, dass sie mit Absicht abgedrängt wurden. Alexa liegt seit dem Unfall im Koma, und Jonas ist weg. Die Kripo vermutet, dass Jonas verschleppt wurde.«

»Ach du Scheiße! Was ist mit Sebastian? Ist er tot?«

»Ja, er war schon tot, als der Notarzt eintraf. Es tut mir so leid.«

»Aber wie konnte das passieren? War er nicht angeschnallt?« Das konnte nicht sein, durfte nicht sein.

»Doch, er war angeschnallt, aber er und Alexa waren mit dem A2 unterwegs, nicht mit dem Mercedes. Die Polizei meinte aber, bei der Härte des Aufpralls hätte auch der größere Wagen keinen Unterschied gemacht.«

Ben war wie erstarrt. In seinen Ohren rauschte es wieder, er hatte das Gefühl, ohnmächtig zu werden.

»Und Alexa? Kommt sie durch?«

»Die Ärzte wissen es noch nicht. Sie wacht einfach nicht auf. Stell dir vor, sie bleibt vielleicht immer im Koma.«

»Haben die Ärzte das gesagt?«

»Nein, aber das hört man doch immer wieder. Überleg mal, wie lange etwa schon Scharon im Koma liegt.«

»Und Jonas war auch mit im Auto?«

»Ja, die beiden wollten mit ihm ein paar Tage in die Vogesen fahren.«

»Und die Polizei vermutet, die Schweine hätten erst versucht, Sebastian und Alexa zu töten, und dann auch noch Jonas mitgenommen? Wer war das nur? Hat die Polizei jemanden in Verdacht?«

»Sebastian hatte Feinde, er ist oft bedroht worden, das weißt du ja selbst. Wer weiß, wo er gerade drin rumgestochert hat …« Simon klang verzweifelt, so als ob er vor Wut und Hoffnungslosigkeit den Tränen nahe wäre.

»Ich komme zu euch, so schnell ich kann. Mein Flug geht heute Nacht. Ich bin morgen früh in Düsseldorf.«

»Wo steckst du? Ich habe dauernd auf deinem Handy angerufen, die Polizei auch, aber keiner konnte dich erreichen.«

»Ich bin auf Island. Ich brauchte mal eine Auszeit. Bei Raoule und mir … läuft es nicht gut. War aber der falsche Zeitpunkt, verdammt.«

»Mach dir keine Vorwürfe, du hättest nichts tun können. Ich kann auch nur hier rumsitzen und darauf warten, dass die Polizei etwas Neues weiß über Jonas oder die Ärzte wegen Alexa. Es ist zum Verrücktwerden.« Ben hörte undeutlich, wie jemand im Hintergrund auf Simon einredete. »Der Polizeibeamte neben mir sagt, dass du dich so schnell wie möglich bei einem Kommissar Küppers von der Kripo Neuss melden sollst«, sagte Simon.

»Okay, ich rufe gleich an.«

»Ja, mach das. Die fragen dauernd nach dir.«

Ben verabschiedete sich und legte auf. Er lehnte sich gegen die Mauer und ließ seinen Tränen freien Lauf. Seine ganze Familie zerfiel. Erst die Eltern, dann Raoule und zuletzt seine beiden Geschwister und der Kleine. Bitte, lieber Gott, Alexa durfte einfach nicht sterben. Und was würde er tun, wenn Jonas etwas passierte?

Ben rief erneut seine Mailbox an und wählte Rückruf.

»Küppers, Kripo Neuss.«

»Guten Tag, mein Name ist Ben Liebermann. Ich –«

»Herr Liebermann, endlich. Wir haben verzweifelt versucht, Sie zu erreichen.«

»Ich weiß, tut mir leid, ich habe einen … na ja … Selbstfindungstrip nach Island gemacht und –«

»Mit ohne Handy an, verstehe schon«, unterbrach ihn der Beamte erneut. »Herr Liebermann, es wäre gut, wenn Sie herkommen würden, ich nehme an, Sie wissen bereits, was passiert ist? Mein aufrichtiges Beileid übrigens.«

»Ich fliege heute Nacht zurück, morgen früh bin ich in Düsseldorf. Ich komme dann direkt zu Ihnen ins Präsidium nach Neuss.«

»Das ist gut, ich bin ab acht Uhr da. Ich melde Sie an. Mein Name ist Tom Küppers, Kriminalhauptkommissar im KK11.«

»In Ordnung, bis morgen.«

»Bis morgen.«

Ben legte auf und schob das Telefon zurück in seine Jackentasche. Er fühlte sich wie betäubt, alles tat ihm weh. Aber er durfte dem jetzt nicht nachgeben, er musste sich zusammenreißen. Als Erstes würde er zusehen, dass in Düsseldorf ein Wagen für ihn bereitstand.

Neuss

Der Samstag kam mit der versprochenen Wärme. Die Sonne schien wie im schönsten Altweibersommer, und die Menschen auf den Straßen hatten ihre Sommerkleidung schnell wiedergefunden. Tom machte es nichts aus, an einem Samstag zu arbeiten. Bei Mord oder Entführung ein Wochenendpäuschen einzulegen, hätte ja auch etwas ungewöhnlich angemutet. Trotzdem war es in den Räumen des KK11 weitestgehend ruhig. Den Kollegen mit Familie versuchte man nach Möglichkeit zumindest ein Stück vom Wochenende zu gönnen. Tom traf Justus Müsse, der anscheinend kaum geschlafen hatte und angestrengt auf den Computerbildschirm vor sich starrte, in dessen Büro an.

»Na, Justus, hast du die ganze Nacht durchgedaddelt, oder hackst du gerade das System vom Innenministerium, um die Gehaltslisten zu manipulieren?«

Justus sah lethargisch auf. »Letzteres«, murmelte er. »Dich habe ich runtergruppiert, Küppers. Übrigens wartet Britta auf dich.«

Noch eine gute Nachricht, dachte Tom, der noch immer erleichtert darüber war, dass sich Ben Liebermann inzwischen gemeldet hatte, und ging in Brittas eilig eingerichtetes provisorisches Büro. Britta saß am Schreibtisch und blätterte in einer Akte.

»Morgen, möchtest du auch einen Kaffee?« Britta deutete auf vier Styroporbecher, die auf der Ecke ihres Schreibtisches standen.

»Macchiato?«

»Was sonst?« Sie lachte. »Einen richtigen Espresso doppio würde doch keiner von euch Weicheiern überleben.«

»Was Neues?« Tom nahm sich einen der Becher und setzte sich auf einen Drehstuhl.

»Nein, gar nichts. Bisher hat niemand angerufen, jedenfalls nicht auf den Nummern, die wir von Gens haben.«

»Meinst du, er hat ein weiteres Handy, von dem wir nichts wissen?«

»Ja, oder einen Vertrag vom Opa oder was weiß ich.« Britta sah Tom an. »Dritter Tag und noch immer kein Ton? Entweder Gens verhandelt unbemerkt an uns vorbei, oder es geht nicht um Lösegeld und die Entführer wollen überhaupt keinen Kontakt mit dem Vater des Jungen aufnehmen. Und gerade der zweite Gedanke macht mir Angst. Jonas ist seit zwei Tagen verschwunden. Lange für ein Kind, normalerweise tauchen Kinder zum Glück ja spätestens am nächsten Tag wieder auf.« Sie schüttelte besorgt den Kopf. »Ich weiß auch nicht. Das passt alles nicht zusammen. Erst ein Anschlag, der wie ein Unfall aussehen sollte, dann ein verschwundenes Kind. Die Entführer können doch nicht angenommen haben, dass wir nicht dahinterkommen.«

»Vielleicht schon«, überlegte Tom. »Nimm einmal an, es hätte keine Zeugen gegeben und die Entführer nähmen an, diese Unfallgeschichte wäre nicht weiter hinterfragt worden? Wäre nicht das erste Mal, dass unsere Ermittlungsarbeit unterschätzt wird.« Tom zuckte die Schultern. »Die Entführer stellen fest, dass Sebastian Liebermann tot und die Mutter des Jungen derart stark verletzt ist, dass sie keine Aussage wird machen können. Unmittelbar danach kontaktieren sie Gens nach dem Motto ›Deine Frau und ihr Bruder sind schon tot, also halte dicht und tu, was wir dir sagen‹. Was hättest du getan?«

»Stillgehalten vermutlich. Ich muss an irgendeinen amerikanischen Thriller denken, wie hieß der noch? Ich komm nicht drauf.«

»Wie hält sich Gens?«

»Gut, soweit ich das beurteilen kann. Rast zwischen Klinik und zu Hause hin und her. Bei Alexa Liebermann gibt es keine Veränderung. Sie lassen ihn nicht lange zu ihr, jeden Tag etwa eine halbe Stunde.«

»Wird er überwacht?«

»Was glaubst du, Küppers?«, fragte Britta höhnisch. »Er geht praktisch nicht aufs Klo, ohne dass er observiert wird. Weißt du, was ich befürchte? Dass sie das mit uns aussitzen. Wenn das Profis sind … die können sich doch ausrechnen, dass wir irgendwann mit der Observation wieder aufhören. Das wäre nicht die erste Entführung, die sich über Wochen oder Monate hinzieht.« Sie schwieg einen Augenblick und fuhr dann fort: »Am Freitagmorgen ist Gens selbst noch einmal zur Unfallstelle gefahren. Die Kollegen sagten, er hätte zwei Stunden nach Jonas gerufen und gesucht und schließlich weinend an dem Unfallbaum gesessen.«

»Unvorstellbar, was er durchmachen muss.« Tom biss sich auf die Lippen. »Habt ihr inzwischen die Medien eingeschaltet?«

»Ja, gestern, ungern wie immer, aber in diesem Fall geht es wohl nicht anders. Für Gens wird das hart, es kann sich nur noch um Stunden handeln, bis die Meute sich nicht mehr an unsere Bitte hält und anfängt, ihn zu belagern. Und das Letzte, was wir brauchen, ist ein Bild von der schwer verletzten Alexa Liebermann in der Zeitung.«

»Na, das wird nicht passieren, solange sie auf der Intensiv liegt. Aber danach? Und Gens? Ob er das durchhält? Er tut mir jetzt schon leid.«

»Ja, mir auch. Aber wir tun unser Möglichstes, und er hat inzwischen auch einen Anwalt eingeschaltet, der ihn abschirmen soll.«

Tom nickte und stand auf.

»Ich geh mal rüber in mein Büro. Ben Liebermann wollte heute Morgen zu mir kommen.«

»Justus ist da an was dran«, sagte Britta.

»Und?«

»Keine Ahnung. Er sagte, ihm sei etwas aufgefallen, aber er wolle erst ganz sicher sein, bevor er uns einweiht. Hat die halbe Nacht recherchiert.«

»Halt mich auf dem Laufenden.«

Tom hatte gerade seinen Rechner hochgefahren, als ihn Schnurbus anrief.

»Guten Morgen, Küppers. Ich wollte mich eben schnell mit den neuesten Fakten vertraut machen. Was gab es gestern noch?«

»Ben Liebermann hat sich inzwischen telefonisch gemeldet, und ich rechne jeden Moment mit ihm. Er war auf Island.«

»Sagt er?«

»Nun, ob es stimmt, wird sich relativ gut nachprüfen lassen.

Sebastian Liebermanns Anwalt und seine Sekretärin haben definitiv ein Alibi. Nur das von Gens ist ein bisschen wackelig.«

»Weshalb?«

»Zur Tatzeit war er mit dem Auto unterwegs, allein. Zwischen dem Verlassen seines Hauses um Viertel nach sechs und der Ankunft bei seinem Mandanten um acht Uhr hätte er gewisse Möglichkeiten gehabt.«

»Ja, aber wir können nun mal nicht jeden verdächtigen, der allein im Auto sitzt, Küppers. Hätte Gens ein Motiv?«

»Nein, nicht nach unserem bisherigen Stand. Durch Sebastians Tod hätte er keine finanziellen Vorteile gehabt, und Alexas Tod hätte ihm finanziell sogar eher geschadet. Es gibt auch keine Anzeichen für eine Beziehungstat, und nach allem, was wir wissen, haben sie sich nie um den Kleinen gestritten.«

»Gut, bleiben Sie dran. Ich erwarte einen kurzen Bericht über Ihr Gespräch mit dem Bruder. Die Wohnung am Nordkanal haben wir wieder freigegeben, da war nichts zu finden. Nur die Computer haben wir beschlagnahmt. Der Durchsuchungsbeschluss für das Büro, den Sie beantragt hatten, kam eben rein.«

»Dann kann Ben Liebermann in die Wohnung seines Bruders?«

»Ja, dagegen spricht nichts.«

Jörg Wahl steckte den Kopf zur Tür herein. »Ben Liebermann steht unten. Sie schicken ihn zu dir hoch.«

Tom beendete das Gespräch mit Schnurbus und stand auf. »Ich nehme ihn in Empfang. Du bist bitte dabei.«

»Hole mir eben noch einen Kaffee. Willst du auch einen?«

»Nein, hab schon.«

Tom verließ sein Büro und sah Ben Liebermann aus dem Aufzug treten. Liebermann war ein Ex-Eishockeyspieler, wie er im Buche stand. Über eins neunzig, athletisch gebaut, und er bewegte sich mit jener lässigen Art, die nach Toms Auffassung nur Menschen besaßen, die von Natur aus beinahe jede Sportart oder körperliche Betätigung beherrschten. Ben Liebermann trug zwei Langarm-T-Shirts übereinander, abgetragene Jeans und braune Boots, und in der linken Hand hielt er eine Armyjacke. Auf dem Kopf trug er die Kappe, die Tom auf dem Familienfoto auf Sebastian Liebermanns Klavier aufgefallen war. Das Gesicht war eingefallen, die blaugrünen Augen lagen tief in den Höhlen. Liebermann schien sich seit Tagen nicht rasiert zu haben, und er wirkte todmüde.

»Herr Liebermann?«

»Ja, und Sie sind … äh …«

»Küppers, Kriminalhauptkommissar Tom Küppers. Mein aufrichtiges Beileid zu Ihrem Verlust.«

Tom streckte ihm die Hand hin, und Liebermann erwiderte mit festem Händedruck. Er hatte die Ärmel seines Shirts hochgeschoben, und Tom konnte die kräftigen Unterarme sehen. Dafür, dass Liebermann inzwischen nicht mehr als Sportler, sondern als Musiker tätig war, war er ein ganz schöner Schrank.

»Danke. Ich war zuerst in der Klinik bei Alexa.« Ben Liebermann fuhr sich mit der Hand über das Gesicht. »Was für eine Scheiße.« Aus der Tasche seiner Armyjacke ragte eine zusammengerollte BILD-Zeitung. Er nahm sie heraus und zeigte Tom ein übergroßes Foto seines Neffen auf der Titelseite. »Das heißt, Sie wissen immer noch nicht, wo Jonas ist?«

»Nein, leider. Darf ich Sie erst mal ins Büro bitten? Kaffee?«

»Nein danke.«

Im Büro legte Ben Liebermann seine Jacke über den Stuhl, den Tom ihm angeboten hatte, und nahm seine Kappe ab. Seine braunen Haare fielen ihm in die Augen und über den Kragen. Er ließ sich erschöpft auf den Stuhl fallen und blickte zu Tom hoch. »Haben Sie vielleicht auch ein Glas Wasser oder so?«

»Kommt sofort.« Jörg Wahl, der hinter ihnen mit seinem Kaffee das Büro betreten hatte, ging noch einmal hinaus und kam kurz darauf mit einer Flasche Wasser und einem Glas zurück.

»Ich war auf Island«, erklärte Liebermann. »Ich wollte mal ein paar Tage ausspannen. Es tut mir leid, dass ich nicht zu erreichen war.« Es war ihm anzuhören, dass er sich vorwarf, für seine Geschwister nicht da gewesen zu sein.

»Sie waren auch schon am Donnerstag auf Island, nehme ich an?« Tom würde später jemanden darauf ansetzen, Liebermanns Alibi zu überprüfen.

»Ja, ich war etwa die letzten drei Wochen dort. Ich bin von

Berlin aus mit Lufthansa hingeflogen und heute Nacht mit Air Berlin zurückgekommen.«

Tom nickte. Auch das würde man überprüfen und dabei die Kollegen in Reykjavik um Rechtshilfe bitten.

»Können Sie mir sagen, was genau passiert ist? Simon sagte mir, dass es kein Unfall war?« Liebermann beugte sich vor. »Er sprach von einem Anschlag und einer Entführung. Wer zum Teufel sollte so etwas tun?«

»Ehrlich gesagt hatten wir gehofft, dass Sie uns das sagen könnten«, gestand Tom. »Ihr Bruder hat in der Nacht vor seinem Tod versucht, Sie auf dem Handy zu erreichen.«

Ben Liebermann sah ihn entsetzt an. »Ich hatte mein Handy die ganze Zeit über aus. Ich hatte Streit mit meiner Frau, darum bin ich weg. Ich meine nicht nur einfach Zoff, sondern … wir haben uns getrennt. Ich wollte vor allem nicht mehr mit ihr sprechen, mein Handy deswegen auszuschalten war im Nachhinein natürlich total kindisch.«

»Hat Ihnen Ihr Bruder eine Nachricht hinterlassen?«

»Nein, nichts. Nichts auf der Mailbox, keine SMS. Er ruft ja nicht jede Woche an, aber wenn er es dann mal tut, habe ich ausgerechnet mein Handy nicht an.« Liebermann sah noch erschöpfter aus. »Gibt es gar keine Hinweise?«

Tom schüttelte den Kopf. »Nicht wirklich. Natürlich gibt es Spuren, denen wir nachgehen, aber die sind ehrlich gesagt nicht sehr vielversprechend. Auch sonst weiß niemand etwas, das uns tatsächlich weiterbringt. Weder Kai Welteke, der Anwalt Ihres Bruders, noch die Sekretärin oder Herr Gens. Wüssten Sie weitere Freunde, Bekannte, Geschäftsfreunde oder Kollegen, mit denen wir sprechen könnten?«

»Kollegen oder Geschäftsfreunde wüsste ich keine. Und Freunde? Auch da kann ich Ihnen kaum weiterhelfen, ich wüsste den einen oder anderen von früher, aber darüber hinaus kenne ich keinen von Sebastians Freunden. Soweit ich weiß, hatte er ab und zu Freundinnen, aber diese Beziehungen waren nie so ernsthaft, dass er sie mir vorgestellt hätte. Lex war da näher dran.«

»Hätte Sebastian Ihnen oder Ihrer Schwester von einer festen Beziehung erzählt?«

»Mit Sicherheit. Es gibt ja auch den einen oder anderen Namen, der mir einfällt, Angela zum Beispiel, aber keinen Nachnamen.«

Tom seufzte. Angela ... »Herr Gens weiß leider auch nichts.«

»Kann ich mir vorstellen. Eher hätte Sebastian mit mir gesprochen, gar keine Frage. Für Sebastian galten eher Blutsbande. Und ich möchte bezweifeln, dass Lex etwas weitererzählt hätte. Das war so ein Geschwisterding, wissen Sie?«

»Sie wissen, dass Ihr Bruder aufgrund seiner Arbeit Drohungen erhielt?«

»Ach was, das waren doch alles nur Wichtigtuer, hat er zumindest immer gesagt. Überlegen Sie mal: Sebastian hat ja nicht in Kapitalverbrechen ermittelt. Es ging um Steuerhinterziehung, Betrug. Wenn mal überhaupt jemand in den Knast gekommen ist, dann für ein oder zwei Jahre. Dafür bringt man in Deutschland keinen aus Rache um. Zumindest hat Sebastian es immer so hingestellt, und ich bin eigentlich seiner Meinung. Bis jetzt ...«

Tom und Jörg Wahl stellten ihm weitere Fragen nach Sebastian Liebermanns Gewohnheiten, aber im Prinzip deckten sich seinen Aussagen mit denen von Gens, Hampel und Welteke. Tom teilte Ben Liebermann mit, dass er in die Wohnung könne, dass die Täter aber möglicherweise den Wohnungsschlüssel an sich gebracht hätten und daher das Austauschen des Schlosses keine schlechte Idee wäre.

»Der Leichnam Ihres Bruders ist freigegeben«, fügte Tom hinzu. »Kümmern Sie sich um die Beerdigung?«

Liebermann saß zusammengesunken auf dem Stuhl. Er wirkte, als habe ihm die Befragung schwer zugesetzt. »Ja, sicher. Da fällt mir auch noch jemand ein, der Sebastian gut gekannt hat. Pfarrer Ralph Groß von der Christusgemeinde in Neuss.«

Ben Liebermann gab ihnen die Adresse und erhob sich, Tom stand ebenfalls auf und sagte: »Noch einmal, das alles tut mir aufrichtig leid, Herr Liebermann, wir tun unser Möglichstes.«

Er begleitete ihn hinaus und besprach sich dann mit Jörg Wahl über die weitere Vorgehensweise. Neben der Befragung der Zeugen vom Unfallort musste vordringlich überprüft werden, ob Simon Gens als Täter in Frage kam. Dazu musste die Strecke von

Kaarst zum Unfallort und von dort aus nach Lingen nachgestellt werden. Gens fuhr ein Mercedes Coupé und keinen X5, er hätte in jedem Fall auch noch den Wagen wechseln müssen.

***

Ben lehnte seinen Gitarrenkoffer vorsichtig neben der Tür zu Sebastians Wohnung an die Wand und stellte See- und Rucksack auf dem Fußboden ab. Ganz schön schwer, das ganze Zeug. Er suchte in der Tasche seiner Jeans nach dem Schlüssel und schloss, als er ihn endlich gefunden hatte, die Tür auf. Ohne hinzusehen schob er mit dem Fuß den Rucksack gegen die Tür, um sie offen zu halten, und packte den Seesack, um ihn in die Diele zu stellen.

Es war nur ein Schatten, weniger noch: die Ahnung einer Bewegung, die er aus dem Augenwinkel wahrnahm, aber sie genügte, um ihn den linken Arm reflexartig hochreißen zu lassen, um seinen Kopf zu schützen. Der Hieb, der seinem Kopf gegolten hatte, traf seinen Unterarm. Für einen Moment glaubte Ben, der Arm wäre gebrochen, aber da traf ihn mit beinahe der gleichen Wucht der nächste Schlag über dem Ohr. Er taumelte vornüber. Durch einen roten Schleier von Schmerz und Schock sah Ben, wie der Angreifer zum nächsten Schlag ausholte, aber mit einer raschen, eher instinktiven Bewegung warf er sich seitlich auf ihn, wie er es in seiner Zeit als Eishockeyspieler so oft gemacht hatte. Der drahtige Angreifer drehte sich behände zur Seite, und der Bodycheck misslang. Ben stürzte zu Boden und rollte sich reflexartig zur Seite. Er zog die Beine an und schnellte mit aller Kraft in die Hocke. In blinder Wut stürzte er sich auf den dunkelhaarigen Kerl, der bereits wieder zum Schlag ausholte. Gemeinsam krachten sie hintenüber. Ben hörte ein Poltern, als etwas Schweres neben ihm auf das Parkett schlug. Ben rollte sich von seinem Gegner und versuchte wieder auf die Füße zu kommen. Ein Tritt traf ihn in die Rippen. Er grunzte vor Schmerzen, als es ihm die Luft aus der Lunge trieb, aber es gelang ihm, wieder hochzukommen. Ben ging erneut auf den Angreifer los, der versuchte, wieder an seine Schlagwaffe zu kommen. Ben packte den kräftigen Mann, der verzweifelt nach dem Kerzenleuchter griff, der ihm als Waffe gedient hatte. Ben riss ihn zu sich herum und versetzte ihm einen Hieb ins Gesicht. Der Angreifer fiel rückwärts über den Seesack, kam aber schnell wieder auf die Füße, warf sich durch die offene Tür und stürzte auf den Flur.

Ben stand einen Augenblick benommen da, dann rannte er hinter ihm her. Er sah, dass der Mann die Treppe am Ende der Galerie erreicht hatte. Der Angreifer ergriff den Eckknopf des Geländers, um mit Schwung die Stufen hinunterzurennen, als in diesem Moment eine Frau die Treppe heraufkam. Der Angreifer stürzte auf sie zu, packte sie rüde an den Schultern, warf sie mit einer einzigen kräftigen Bewegung gegen die Wand des Treppenhauses und rannte an ihr vorbei. Ben sah sie straucheln und ahnte, dass sie das Gleichgewicht verlieren und die Treppe hinabstürzen würde. Sie ruderte mit den Armen, fast fiel sie nach hinten, konnte sich aber noch fangen und krachte unsanft neben der Balustrade zu Boden. Einen Augenblick lang blieb sie wie betäubt sitzen, dann war sie wieder auf den Beinen, raste die Treppe zur Hälfte hinunter und schrie:

»Hast du sie noch alle, du blöder Wichser?«

Ben hatte sie inzwischen erreicht. »Ist Ihnen etwas passiert? Haben Sie sich verletzt?«

»Haben Sie das gesehen? So ein Schwein, beinahe wäre ich die Treppe runtergefallen, nur weil der womöglich seinen Bus verpasst. Was für ein Arschloch! Verdammt, sehen Sie sich mal meine ganzen Sachen an.«

Sie deutete auf ihre Einkaufstaschen, die sie bei dem Versuch, nicht die Treppe hinabzustürzen, fallen gelassen hatte. Der größte Teil ihrer Einkäufe war herausgefallen; die Treppenstufen und Teile des Fußbodens im Erdgeschoss waren mit Lebensmitteln übersät. Die Frau war jung, groß und für Bens Geschmack etwas zu schmal, und sie hatte lange rotbraune Haare, die ihr bis zu den Ellbogen reichten. Angesichts des für den Oktober warmen Wetters trug sie lindgrüne Sandalen, dazu einen knielangen Rock in weiteren diversen Grüntönen und ein olivfarbenes Tanktop. Eine dazu passende Strickjacke hatte sie um die Hüften gebunden. Jetzt blickte sie Ben mit funkelnden Augen an.

»Was ist mit Ihnen passiert? Sie bluten am Kopf.«

»Ich wollte Sie retten. Das war unser Freund von vorhin«, sagte Ben mit einem schwachen Grinsen. »Den Arm hat's noch schlimmer erwischt.«

Er deutete auf seinen linken Unterarm, der übel angeschwollen und rotblau angelaufen war. Dass Elle oder Speiche gebrochen waren, glaubte er jedoch nicht. Das hatte er schon gehabt, und es hatte sich weitaus schmerzhafter angefühlt.

»Auweia, das sieht nicht gut aus. Das müssen Sie kühlen.« Der Blick der Frau fiel auf Sebastians offen stehende Wohnungstür. Sie runzelte die Stirn und starrte auf den im Türrahmen liegenden Seesack und die Gitarre, die noch immer neben der Tür an der Wand lehnte. »Was ist da bei Sebastian los?« Sie stürmte an Ben vorbei zur Wohnungstür. »Sebastian, alles klar?«, rief sie, blieb aber vor der Tür stehen.

»Sebastian ist nicht da.« Ben kam hinter ihr her. »Der Kerl war ein Einbrecher, ich habe ihn gerade überrascht.«

»Wie meinen Sie das, Sie haben ihn überrascht?« Sie starrte ihn einen Moment misstrauisch an, dann hellte sich ihre Miene auf.

»Sie sind Ben, Sebastians Bruder. Ihr Foto steht auf dem Klavier.« Sie hielt ihm die Hand hin, und Ben schüttelte sie etwas überrumpelt. »Ellis. Ich kenne Ihren Bruder gut.« Ohne seine Antwort abzuwarten, ließ sie seine Hand wieder los und lugte erneut in die Wohnung. »Sebastian ist wohl nicht da? Wir müssen ihn anrufen … und natürlich die Polizei. Unglaublich, am hellichten Tag einzubrechen.« Sie betrachtete das Türschloss. »Gar nicht aufgebrochen. Aber so was knacken die ratzfatz mit einer Scheckkarte. Ich hoffe, Sie haben nicht alles angefasst. Wegen der Fingerabdrücke meine ich.« Ungeduldig blickte sie Ben an. »Was ist jetzt? Polizei anrufen? Und was ist mit Sebastian?«

»Erst mal sehen, ob überhaupt was geklaut wurde.«

Ben sah sie unbehaglich an – er wollte noch nicht über Sebastian reden müssen – und schob den Seesack endgültig in die Wohnung. Im Flur lag noch der metallene Kerzenständer von fast dreißig Zentimetern Länge auf dem Boden, mit dem der Einbrecher zugeschlagen hatte. Und der gehörte nicht zur zaghaften

Sorte, so wie der hingelangt hatte. Im Flur schien alles in Ordnung zu sein. Das breite Regal, das Sebastian als Schuhschrank diente, wirkte aufgeräumt. Ben ging ins Wohnzimmer.

»Was machen Sie da?«, rief Ellis hinter ihm her. »Nichts anfassen, wegen der Spuren.«

Ben sah, dass sie sich ihr Handy ans Ohr presste und angestrengt lauschte.

»Mailbox. Mist! Soll ich draufsprechen?«

Ben schüttelte müde den Kopf. »Lassen Sie nur.« Sein Schädel brummte, und sein Arm tat höllisch weh. Hoffentlich hatte Sebastian ein Icepack im Kühlschrank. Auf dem Weg zur Küche ließ Ben seinen Blick durch das Wohnzimmer streichen. Alles schien unberührt. »Ich glaube, ich hab ihn erwischt, bevor er was klauen konnte.«

»Trotzdem sollten wir die Polizei anrufen. Oder wenigstens Sebastian die Entscheidung überlassen.«

Ellis war ihm nachgekommen. Sie hielt noch immer ihr Handy in der Hand.

»Lassen Sie das doch, um Gottes willen!« Ben ging mit schnellen Schritten rüber zum Kühlschrank und riss die Tür auf. »Kennen Sie sich hier aus? Gibt es hier irgendwo ein Kühlpack?«

Er überflog den Inhalt des Kühlschranks, der allerdings mehr als übersichtlich war.

»Im Eisfach.« Ellis wandte sich zum Gehen. »Ich bin dann weg. Aber ich bin sicher, Sebastian wird nicht gerade begeistert darüber sein, dass jemand in seine Bude einbricht und Sie es nicht mal für nötig halten, ihn anzurufen.«

Ben langte wortlos nach dem gefrorenen, mit blauem Gel gefüllten Kissen, umwickelte es mit einem Blatt Küchenrolle und presste es auf seinen Unterarm. Als er sich umdrehte, hatte Ellis tatsächlich die Wohnung verlassen. Er lief zurück auf die Galerie im Treppenhaus. Sie war gerade dabei, den Inhalt ihrer Einkaufstaschen zusammenzuklauben. Die meisten Dinge hatten den Sturz die Treppe hinunter ganz gut überstanden. Ben half ihr beim Aufsammeln, und Ellis nickte ihm zu.

»Danke. Und ich würde trotzdem Sebastian anrufen.«

Sie nahm ihre beiden Taschen und lief leichtfüßig die Stufen hinauf. Sie war fast oben angekommen, als Ben leise sagte: »Sebastian ist tot.«

Kurz glaubte er, dass sie ihn nicht gehört hatte, doch dann verharrte sie. Sie drehte sich um und kam langsam mit steifen Bewegungen wieder die Treppe herab auf ihn zu. Ihre Taschen hatte sie achtlos fallen gelassen, sodass die Lebensmittel erneut die Treppen runterkullerten. Drei Stufen über ihm blieb sie stehen und starrte ihn ungläubig an.

»Was? Was haben Sie gesagt?«

»Sebastian ist tot. Er ist Donnerstag mit dem Auto verunglückt. Ist gegen einen Baum gefahren.«

Ben sah sie hilflos an. Sie stieg weiter zu ihm herab und packte ihn an den Schultern.

»Nein, was reden Sie denn da? Was ist mit Sebastian?«

Ben kannte dieses Verhalten von sich selbst, das Nichtbegreifen-, Nichtfassenkönnen, die Weigerung, Tatsachen anzuerkennen.

Sie schüttelte ihn und begann zu schluchzen. »Hören Sie auf! Sagen Sie, dass es nicht stimmt. Das kann nicht sein! Bitte sagen Sie mir, dass es nicht wahr ist.«

Er fasste ihre schmalen Handgelenke, löste ihre Hände von seinen Schultern, und sie sackte wie eine Puppe auf den Stufen zusammen.

»Nicht Sebastian, bitte nicht, nicht Sebastian.«

Sie schluchzte, stoßweise und hart, das tränennasse Gesicht in ihren Händen verborgen. Ben ging auf der Stufe vor ihr in die Knie und umarmte sie tröstend. Der Schmerz, der ihn die ganze Zeit über, seit er von Island hergekommen war, nahezu vollständig betäubt hatte, brach sich Bahn. Er weinte, das Gesicht in ihr Haar gepresst, und sie schluchzte an seiner Schulter, bis sie beide keine Tränen mehr hatten und stumm nebeneinander auf der Treppe saßen. Ellis' Haare klebten in den Tränenspuren auf ihren Wangen, und sie fuhr sich mit dem Unterarm über ihre laufende Nase. Unwillkürlich musste Ben bei diesem Anblick lächeln. Er stand auf, zog ein Taschentuch aus der Tasche seiner Jeans und hielt es Ellis hin. Dann bückte er sich und sammelte zum zweiten Mal ihre Einkäufe ein. Anschließend nahm er sie an der Hand und ging mit ihr in Sebastians Wohnung.

»Erst mal waschen?«

Ben erkannte, dass ihr wieder die Tränen kamen. Sie ging ins Bad, und er holte nun endlich auch den Gitarrenkoffer aus dem Flur und schloss die Wohnungstür hinter sich. Dann setzte er sich auf das Sofa im Wohnzimmer. Das Ganze war ein nicht enden wollender Alptraum, und er würde jetzt einfach hier sitzen und auf sie warten. Das erschien ihm am sinnvollsten. Zu mehr hatte er im Augenblick auch nicht die Kraft.

Es dauerte lange, bis sie wieder aus dem Bad kam. Die Haare umrahmten feucht und unordentlich ihr Gesicht, ihre Augen waren gerötet.

»Was ist passiert?«

Sie setzte sich neben Ben mit angezogenen Beinen auf das Sofa und schlang ihre Arme um sich. Sie trug ihre Strickjacke, aber sie fror dennoch, sie zitterte, womöglich war das aber auch nur der Schock. Ben stand auf und ging in sein altes Zimmer, das Sebastian als Gästezimmer gedient hatte, und holte eine blaue Baumwolldecke aus seinem Kleiderschrank. Es war die Decke, in die ihn seine Mutter als kleiner Junge immer gewickelt hatte, wenn ihm kalt oder er krank gewesen war oder wenn er Trost gebraucht hatte. Nach über dreißig Jahren war sie mittlerweile verwaschen, aber weich wie ein wunderbarer alter Schlafanzug. Ben legte Ellis die Decke um die Schultern.

»Ich würde dir ja einen warmen Kakao machen, aber Sebastian hat sicher weder Milch noch Kakaopulver im Haus, wie ich ihn kenne.«

Sie lächelte, aber in ihren Augen standen immer noch Tränen.

Und dann erzählte Ben ihr, was ihm die Polizei heute Morgen beigebracht hatte. Ihre gemeinsame Trauer schien sie zu verbinden, und irgendwie war Ben froh, jemanden zu haben, mit dem er reden konnte. Früher, ja früher, da hätte er Raoule angerufen, aber das war vorbei. Er berichtete von den Vermutungen der Kripo und erzählte von Lex und von Jonas, der verschwunden war, den man vielleicht sogar entführt hatte. Ellis war erschüttert; für sie war das Verschwinden des kleinen Jungen noch schlimmer als alles andere, selbst Sebastians Tod schien für einen Moment in den Hintergrund zu treten. Sie war vollkommen aufgelöst, lief im Zimmer hin und her und überlegte laut, was man tun könnte, um den Kleinen zu finden. Ben zermarterte sich ebenfalls den Kopf. Sebastian war tot, und Lex musste man den Händen der Ärzte oder Gott überantworten, lediglich für Jonas konnte man noch etwas tun. Das hoffte Ben zumindest.

»Dass der Einbrecher gerade jetzt hier war, kann kein Zufall gewesen sein. Ich weiß nicht, was er gesucht hat, aber es muss mit Sebastians Ermordung und Jonas' Verschwinden zu tun haben. Ob es dieser Mann gewesen ist, der Sebastian auf dem Gewissen hat?«

Ellis sprach aus, was Ben selbst eben gedacht hatte. Hätte er den Kerl doch nicht entkommen lassen. Verdammter Mist!

»Ich kann mich gar nicht erinnern, wie der Kerl aussah, es ging alles so schnell«, seufzte Ben. »Nur dass er dunkle Haare hatte.«

»Ging mir auch so«, sagte Ellis müde.

»Was kann er nur gesucht haben?« Ben blickte sich im Wohnzimmer um. »Die Beamten von der Kripo haben auch alles gefilzt, Sebastians Computer haben sie mitgenommen, konnten aber bislang nichts finden, hat der Kommissar gesagt. Und ich sehe auch nichts, das der Einbrecher gesucht haben könnte. Kanntet ihr euch gut? Hat er dir vielleicht etwas vor seinem Tod erzählt, das uns weiterhelfen könnte? Irgendetwas muss schon vor Sebastians Tod passiert sein. Die Kripo hat mir gesagt, er habe einen Tag zuvor versucht, mich telefonisch zu erreichen.«

Ellis schüttelte den Kopf. »Ich war die letzte Woche über bei meiner Mutter in Lübeck. Sebastian hat mich in dieser Zeit nicht angerufen.« Sie biss sich auf die Unterlippe, und Ben konnte sehen, dass sie das seinem Bruder im Nachhinein, selbst jetzt noch, übel nahm. »Hatte ich allerdings auch nicht erwartet«, fügte sie hinzu.

Ben kannte dieses Gefühl nur zu gut. Sebastian war sein Bruder *und* sein bester Freund gewesen, aber selbst er hatte so manches Mal unter dessen Eigenbrötlertum zu leiden gehabt. Sie alle, um genau zu sein, er, Lex, seine Eltern und nun auch Ellis.

»Was tun wir? Wir müssen etwas tun, wir können nicht einfach so rumsitzen, während irgendjemand Jonas in seiner Gewalt hat.

Das sind wir Lex und Sebastian schuldig.« Sie kämpfte wieder mit den Tränen, und mittlerweile zitterte sie unaufhörlich am ganzen Leib.

»Ich weiß es nicht. Die Kripo ist doch im Großeinsatz. Was können wir tun, was die Kripo nicht viel besser könnte? Wahrscheinlich hätte Sebastian gewusst, wie man so was anpackt.«

Ben kam sich so hilflos vor. Überhaupt hatte er in letzter Zeit nur noch das Gefühl, nichts mehr auf die Reihe zu bekommen. Schon bevor das hier passiert war. Er sah auf die Uhr und dann auf die vor Kälte und Erschöpfung zitternde junge Frau.

»Was hältst du davon, wenn du dir was Wärmeres anziehen gehst, und dann gehen wir irgendwo was essen? Ich habe einen Mordskohldampf, ich habe nämlich seit gestern nichts mehr gegessen.«

»Wo und wie habt ihr euch eigentlich kennengelernt?«, fragte Ben ein weiteres Mal.

Ellis und er saßen im Extrablatt am Neusser Markt. Er hatte Ellis endlich den versprochenen Kakao bestellt. Ellis hatte sich umgezogen und trug nun Jeans, Boots und drei unterschiedlich lange T-Shirts übereinander. Auf dem freien Stuhl neben ihr lagen Schal und Jacke. Nachdem es tagsüber für Oktober ungewöhnlich warm gewesen war, hatte der Abend tatsächlich eine extreme herbstliche Abkühlung gebracht.

»Hat er sich ein Tässchen Mehl bei dir ausgeborgt und dich auf einen Kaiserschmarrn eingeladen?« Ben lächelte sie aufmunternd an.

»So ähnlich«, sagte sie leise. »Dein Bruder war in jeder Hinsicht ein toller Typ, irgendwie überlebensgroß, ich verstehe immer noch nicht ganz, was er an mir fand. Ich mochte ihn jedenfalls sehr.«

»Wart ihr … ich meine, wart ihr gut befreundet?«, hakte Ben nach.

»Schon.« Sie schwieg einen Moment und sah aus, als ob sie wieder mit den Tränen kämpfte. »Reden wir von was anderem.«

»Okay.« Ben war etwas enttäuscht, wollte aber nicht zu sehr in sie dringen. »Was machst du beruflich? Du hast eine Figur wie ein Model.« Ben wusste auch nicht, warum er mit einem Mal so verlegen war. In seinem Job als Musiker traf er laufend Frauen.

Sie sah ihn kurz an und lachte schallend. »Quatsch! Ich bin Hebamme. Beleghebamme am Johanna-Etienne und Freie. Aber Model ist gut. Danke.« Sie lachte noch immer. Sie hatte ein schönes Lachen, das auf Ben ansteckend wirkte.

»Das hätte ich nicht gedacht. Auf Hebamme wäre ich im Leben nicht gekommen«, gab er zu. »Du bist aber auch die erste Hebamme, die ich kennenlerne.«

Mein Bruder und eine Hebamme, dachte er. Verrückt.

»Dann hast du keine Kinder?« Ellis blickte ihn unbefangen an, und Ben erstarrte für einen Augenblick.

»Ja, ich meine, nein, keine Kinder.«

»Was denn jetzt?«, fragte sie belustigt. »Bist du mit jedem Groupie ins Bett gestiegen und hast dabei ein bisschen den Überblick verloren?«

»Quatsch«, entgegnete Ben ungewollt heftig. »Totaler Quatsch!«

»Na, du wirst doch wissen, ob du ein Kind hast.«

»Wenn du mich vor einem Monat gefragt hättest, hätte ich noch gern mit Ja geantwortet«, sagte er nach einem Moment des Schweigens.

»Und heute?«, fragte sie leise.

»Vor gut drei Wochen hatte meine Tochter Elodie – sie ist sieben – einen schweren Unfall. Sie ist auf einen Baum geklettert und abgestürzt. Sie hat dabei viel Blut verloren und brauchte dringend mehrere Transfusionen. Es gab zum Glück geeignete Konserven für Elodie, aber meine Frau Raoule und ich haben uns dazu entschlossen, für die Klinik Blut zu spenden, weil es unterm Strich immer zu wenige Spender gibt. Im Krankenhaus hatte man uns gesagt, dass wir besonders froh sein könnten, dass es für Elodie passende Spenden gäbe. Sie hätte nämlich eine äußerst seltene Blutgruppe: AB positiv.« Ben schwieg einen Moment. »Ich habe 0 negativ, ich kann praktisch für alle spenden. Raoule hat A positiv. Das habe ich beim Spenden mitbekommen. Ich lag auf der Liege und habe mich gewundert. Dann bin ich nach Hause und habe das gegoogelt. Dabei ist mir aufgegangen, dass ich gar nicht Elodies Vater sein konnte. Ich habe zur Sicherheit einen Arzt gefragt, und auch er sagte mir, nein, das könne nicht sein. Ich bin wieder zu Raoule ins Krankenhaus, sie war bei Elodie geblieben, ihr ging es ja immer noch sehr schlecht. Sie wird lange Reha brauchen …« Er schluckte und sah Ellis verzweifelt an. »Ich bin gar nicht Elodies Vater. Sieben Jahre habe ich dieses Kind heiß und innig geliebt, und Raoule hat mich die ganze Zeit über hintergangen. Ein Seitensprung; sie habe damals mit einem andern gevögelt, und angeblich war sie sich nie sicher, wer Elodies Vaters ist, hat sie gesagt. Diese verfluchte Schlampe!«

Ellis hatte seine Hand ergriffen, mit der er wütend auf den Tisch schlug.

»Und Elodie?«, fragte Ellis. »Hat die jetzt keinen Vater mehr?«

»Was weiß ich, wer der Kerl ist! Raoule wollte mit der Sprache nicht raus.« Ben blickte zur Decke. Er drohte wieder, in das seltsame Nebenuniversum abzugleiten. Das war ihm einfach alles zu viel. »Sie hat mich verarscht, all die Jahre lang. Ich habe mich um das Kind gekümmert, es als mein eigenes betrachtet, und sie hat sich wahrscheinlich kaputtgelacht über mich.«

»Elodie ist verletzt, wird lange im Krankenhaus liegen, und ihr Vater hat sich einfach aus dem Staub gemacht. Ich frage mich, wer hier mehr verarscht worden ist.« Ellis funkelte ihn wütend an. »Hast du da mal drüber nachgedacht? Ich weiß nicht, warum deine Tussi vor ein paar Jahren mit einem anderen gevögelt hat. Aber euer Kind muss den Mist jetzt auslöffeln, mit sieben Jahren. Hast du da mal drüber nachgedacht?« Ellis war rot im Gesicht vor Wut. »Was hast du ihr gesagt? Tschüss, fremdes Kind, such dir einen anderen Papi, ich will es nicht länger sein?«

»Ich bin es nicht, verdammt noch mal! Ich bin nicht ihr Vater. Raoule hat sie mir untergeschoben, mich ausgenutzt, meine Gefühle missbraucht.«

»Stimmt, und das ist ganz schön scheiße von ihr, gar keine Frage. Und doch ist das gar kein Vergleich zu dem, was ihr beide dem Kind antut. Wem soll sie noch vertrauen, wenn die eigenen Eltern sie im Stich lassen? Was hat ein Kind dann noch?«

»Begreifst du das nicht? Ich bin nicht ihr Vater, verstehst du, ich nicht. Raoule hat *sie* angelogen *und* mich.«

»Keine Frage, das ist eine unheimliche Sauerei, aber du bist schon erwachsen, jetzt versetz dich mal in die Lage von so einem kleinen Kind. Von einer Sekunde auf die andere wurde Elodies ganze Welt zerstört, ihr ganzes Vertrauen, vielleicht ihr ganzes Glück. Herrgott noch mal, *was* hast du wirklich verloren?«

»Mein Kind«, stieß Ben hervor.

»Warum? Hätte deine Frau dir damals gebeichtet, dass sie dich betrogen hat, hättest du anstelle von Elodie heute ein anderes Kind?«

»Weiß ich nicht, woher soll ich das wissen? Ja, vielleicht hätte ich.«

»Vielleicht aber auch nicht. Vielleicht hättest du auch gar kein Kind. Und was ändert es an den Gefühlen, die du Elodie all die Jahre entgegengebracht hast? Und soweit ich das beurteile, bist du der einzige Vater, den sie hat, und mit Sicherheit der einzige Vater, den sie will.«

Ben sah sie an und hatte den intensiven Wunsch, sie zu schlagen, für all das zu schlagen, für das er gern das Leben oder Raoule geschlagen hätte. Er blickte in ihr schmales, erregtes Gesicht. Er mochte sie, schon jetzt, nach so kurzer Zeit. Und eigentlich wusste er, dass sie recht hatte, aber er war noch immer zu verletzt, als dass er das zugegeben hätte.

»Du bist auf Raoules Seite. Auch das noch«, knurrte er wütend. »Was ist das? Sisterhood oder so'n Mist? Frauen müssen zusammenhalten?«

»Totaler Quatsch. Ich denke nur an ein kleines Mädchen, das für all das nichts kann und das seine Eltern liebt. Eine Mutter, die es nach Strich und Faden anlügt, und einen Vater, der beleidigt die Biege macht.«

»So kannst du es doch einfach nicht sehen. Versetz dich auch mal in meine Lage. Meine Frau missbraucht mein Vertrauen, meine Liebe, meinetwegen auch meine Kohle, wobei das wirklich das Letzte ist, was mich interessiert.«

»Ja, schon, aber du bist bereits groß, sagte ich schon. Du hattest eine intakte Kindheit, bei dir sind die Eltern nicht einfach perdu gegangen. Du kannst das ab. Da bin ich sicher. Reiß dich zusammen und denk an dein Kind!« Ellis wankte und wich nicht.

Ben winkte der Kellnerin. »Lass uns gehen, mir reicht's! Hätte ich dir doch bloß nichts erzählt.«

Er war sauer und unheimlich müde, er fühlte sich überfordert und missverstanden. Was bildete sich Ellis überhaupt ein? Was ging sie das Ganze an? Und konnte sie sich auch nur ansatzweise vorstellen, wie er sich fühlte und was in ihm vorging?

»Ich bin auf deiner Seite, Ben, wirklich. Aber trotzdem, Elodie ist diejenige, die am meisten unter der Situation zu leiden hat.«

Ben trat wütend gegen den Tisch. »Kann sein, ich will da nicht mehr drüber reden. Vielleicht sehe ich das alles etwas einseitig. Aber *genau das* will ich jetzt auch tun.«

»Ja, und irgendwann wird dir genau *das* leidtun.«

Sie trennten sich im ersten Stock, im Treppenhaus.

»Soll ich dich noch hochbringen?«, fragte Ben versöhnlich.

»Nein, mich klaut schon keiner. Versuch etwas zu schlafen, ich lege mich auch gleich hin.« Ellis ließ den Kopf hängen. Ihre Wut schien verraucht.

»Sehen wir uns morgen?«, fragte er leise.

»Ja, gern.« Sie drückte ihn kurz an sich.

»Ich muss morgen als Erstes zum Bestatter, die machen auch sonntags Termine«, sagte er.

»Ich habe ohnehin bis vier Uhr Dienst, ich komme dann zu dir, okay?«

»Ja, gut.« Er seufzte. »Schlaf gut.«

»Wird mir schwerfallen, aber trotzdem danke. Das wünsche ich dir auch.«

Er sah ihr nach wie sie die Treppe hinaufging, dann betrat er die Wohnung und lehnte sich drinnen gegen die wieder geschlossene Eingangstür. War sie tatsächlich auf seiner Seite? Verstand sie ihn? Hatte sie recht, dass nicht er derjenige war, der den Preis für Raoules Verrat bezahlte, sondern Elodie? Sein kleines Mädchen. Dieser Gedanke versetzte ihm einen Stich, sein Magen krampfte sich vor Beklemmung zusammen. Er hatte sich über drei Wochen nicht bei seiner Tochter im Krankenhaus blicken lassen. Er hatte einfach nicht gekonnt. Ja, Ellis hatte leicht reden. Wie hätte sie sich auch vorstellen können, wie das war, wenn einem so von heute auf morgen der Boden unter den Füßen weggerissen wurde?

Er hasste Raoule aus tiefstem Herzen für das, was sie ihm angetan hatte. Und sie verging nicht mal vor Scham und Schuld, empfand keinerlei Reue. Sie habe es nicht genau gewusst, hatte sie gesagt, aber es sei den Versuch wert gewesen. Die saubere Frau Anwältin! Ben war wütend, wusste aber, dass er sich zusammenreißen musste. Es gab derzeit weiß Gott schlimmere Probleme in seinem Leben. Wenn man Jonas nur endlich finden und Lex wieder aus dem Koma erwachen würde. Morgen würde er zuerst zu Lex ins Allgemeine Krankenhaus fahren, danach musste er zum Bestatter. Sollte er noch einmal wegen des Einbruchs mit der Kripo reden? Besser mit Simon. Vielleicht verschwieg der den Beamten von der Kripo doch einen Kontakt zu den Entführern. In dem Fall war es vielleicht besser, die Polizei möglichst aus allem rauszuhalten. Oder nicht? Was war das Richtige? In jedem Fall Jonas nicht gefährden. Wenn sie Geld wollten, würde er gern einspringen. Schlafen war jetzt sein nächstes Projekt.

Neuss

Britta Steinfort stand am Fenster ihres provisorischen Büros und blickte hinunter auf den baumbestandenen Parkplatz vor dem Hauptgebäude der Neusser Polizeibehörde. Sie sah einen roten Laguna-Kombi mit Schwung in eine Parklücke kurven. Tom Küppers stieg aus. Auf den hatte sie gewartet. Es gab Neuigkeiten, die sie ihm sofort erzählen musste, deshalb fing sie ihn gleich auf dem Flur ab.

»Schon so früh hier, schönste Kriminalistin nördlich von Rom? Am Sonntag?«

»Nördlich von Rom? Was soll das?«

»Na, oder von mir aus westlich des Rheins, das ist aber knapper.«

»Oh, Mann, Küppers, welche Drogen nimmst du in deinem Kaffee? Komm, ich muss dir was zeigen. Justus hatte Erfolg.«

»Mit den Gehaltslisten? Ich hoffe, er hat mich nicht tatsächlich runtergestuft. Ich wollte gerade übrigens nur charmant sein.«

»Ja, total gelungen, wirklich.« Britta lotste Tom in ihr Büro und drückte ihn auf einen Drehstuhl vor ihrem Computermonitor.

»Darf ich noch meine Jacke …?«

»Nein.« Sie schob sich einen zweiten Stuhl zurecht und setzte sich ihm gegenüber. »Du weißt, dass wir, wenn ein Kapitaldelikt vorliegt, routinemäßig abklären, ob es ähnlich gelagerte Fälle gibt?«

»Ja, natürlich.« Tom fuhr sich mit der Hand durch die strubbeligen Haare. »Und?«

Britta sah wieder sehr schön aus. Die dunklen Haare weich und lockig, die Augen strahlend. Sie trug Jeans und einen zarten rosa Pullover, der ihre Figur betonte, dazu hohe Stiefel mit flachen Absätzen. Das konnte sie sich erlauben, bei ihren langen Beinen.

»Justus hat vergleichbare Fälle gecheckt«, fuhr Britta fort. »Andere Mordfälle, in denen das Opfer auf vergleichbare Art mit dem Wagen von der Straße abgedrängt wurde, gab es nicht, dafür aber weitere Entführungen von kleinen Kindern, vier Stück in den letzten vier Wochen.« Sie machte eine kurze Pause, ihr Blick verdüsterte sich. »Alle vier Kinder waren zwischen einem und zwei Jahren alt. Zwei wurden inzwischen tot aufgefunden, beide erschossen.«

Britta bemerkte, wie Tom blass wurde.

»Entführungen sind schlimm genug«, würgte Tom hervor. »Aber vier in so kurzer Zeit? Das gibt es doch gar nicht! Und tot, sagst du? Erschossen?« Tom sprang auf und lief erregt zum Fenster. Britta konnte sich vorstellen, was er gerade dachte. Meistens wurden kleine Kinder nicht von Fremden entführt, sondern von Verwandten, oft den Eltern. Und leider ging so etwas nicht selten tödlich aus, aber Eltern – auch Väter – töteten selten mit der Pistole. Die meisten Kinder wurden erwürgt, erschlagen oder vergiftet. Das passte in der Tat nicht in eine noch so grauenhafte Realität.

»Justus hat sich die Unterlagen schicken lassen, bislang konnte keiner der Fälle aufgeklärt werden.« Britta deutete auf vier Mappen mit Computerausdrucken, die vor ihr auf dem Schreibtisch lagen. »Als Justus nach Gemeinsamkeiten gesucht hat, ist ihm etwas aufgefallen, was anscheinend bisher niemand bemerkt hat. Die Kinder sind nicht nur *ungefähr*, sondern beinahe auf den Tag gleich alt. Hier die Geburtsdaten und die Bilder der Kinder.« Britta bewegte die Maus, und auf dem Bildschirm erschienen die Gesichter von vier Kindern, jeweils mit Namen, Geburtsdatum und Wohnort versehen. Sie winkte Tom zu sich. »Unser Jonas wird am 4. Dezember zwei. Lars ebenfalls. Natascha am 6. und Jessy am 8. Und das ist Aaron, geboren am 2. Dezember. Alle beinahe gleich alt. Und jetzt sieh dir die Gesichter an.«

Die Bilder waren in unterschiedlichen Situationen aufgenommen, nicht alle waren Porträts, und die Bildqualität schwankte stark.

»Ich glaube, ich weiß, was du meinst«, sagte Tom. Er sah Britta an. »Wer macht Jagd auf Kinder, die alle innerhalb einer Woche geboren wurden?«

»Die Ähnlichkeit ist unverkennbar, alle sind blond, und auch ansonsten könnte man sie für Geschwister halten. Justus hat es sofort gesehen. Er hat sich mit einem Gerichtsmediziner in

Edinburgh in Verbindung gesetzt, der eine spezielle Software entwickelt hat, mit der man Gesichter vergleichen und Ähnlichkeiten feststellen kann. Früher wurden ähnliche Verfahren oft vor Gericht eingesetzt, um Vaterschaften zu überprüfen. Durch die Einführung von DNA-Tests ist das natürlich hinfällig geworden, aber mit dieser Software kann man berechnen, wie jemand, von dem man nur ein altes Foto besitzt, zum Beispiel heute aussehen würde.«

»Ja, davon habe ich gehört. Und?«

»Der schottische Pathologe ist sich sicher, dass die Kinder miteinander verwandt sind. Wir haben ihm auch ein Foto von Jonas geschickt. Er ist sicher, auch Jonas gehört dazu.«

»Was?« Tom starrte Britta an. »Was soll das heißen, ›verwandt‹?«

»Er meint, sie könnten tatsächlich Geschwister sein. Von allen fünf Kindern wurden im Nachhinein DNA-Proben genommen. Die Kollegen von den ermittelnden Behörden schicken sie alle nach Düsseldorf ins LKA. Justus ist unterwegs und verschafft sich jeweils vor Ort einen Überblick. Momentan ist er in Wilhelmshaven.«

»Justus denkt, dass Alexa Liebermann und Simon Gens die Eltern all dieser Kinder sind?«

»Das ist sehr unwahrscheinlich. Wie ich Justus kenne, hat er ein paar Theorien im Hinterkopf, aber er wollte sich noch auf nichts festlegen und erst einmal die Faktenlage klären.« Britta deutete noch einmal auf die Akten. »Da ist noch etwas. Als die Kinder entführt wurden … nun, die Mütter haben anscheinend versucht, sie zu schützen …« Britta schlug eine der Mappen auf. »Lars Wenninger aus Wilhelmshaven. Die Entführer, den Spuren nach wohl zwei, sind am 1. Oktober gegen zwanzig Uhr dreißig in das Haus der Eltern eingedrungen. Herr Wenninger war nicht da, hat aber ein Alibi. Sie haben Frau Wenninger mit einer Pistole bedroht und Lars aus dem Kinderzimmer geholt. Als sie mit ihm verschwinden wollten, ist Frau Wenninger – so die Rekonstruktion der Kollegen anhand der Spurenlage – mit dem Mut der Verzweiflung dazwischengegangen. Es gab Kampfspuren. Sie haben sie erschossen.«

»Verdammte Mistkerle! Und der Junge?«

Britta schüttelte den Kopf. »Sie haben Lars gefunden, einen Tag später.«

Tom stöhnte, und Britta schlug eine weitere Mappe auf.

»Jessy Hamacher aus Lüdenscheid. Ihre Mutter war alleinerziehend. Es ist auf dem Heimweg vom Kindergarten passiert, vorvergangenen Freitag um vierzehn Uhr. Die Entführer haben den beiden vor der Haustür aufgelauert. Frau Hamacher holte gerade noch die letzten Einkäufe aus dem Kofferraum. Jessy war bereits im Hauseingang und hat auf ihre Mutter gewartet. Die Kerle haben sie geschnappt und ins Auto gezerrt. Frau Hamacher hat sich dem Fluchtwagen in den Weg gestellt und wurde überfahren. Sie starb am Sonntag vor einer Woche. Von Jessy fehlt derzeit jede Spur.«

»Weiß man, was für ein Wagen es war? Handelt es sich vielleicht um denselben Wagen, der den Audi von Sebastian Liebermann abgedrängt hat?«

»Nein, es war kein BMW X5, ein Anwohner will einen weißen Toyota Verso gesehen haben. Gestern wurde in Hagen ein weißer Verso gefunden, der vor acht Tagen als gestohlen gemeldet worden ist. Mit hoher Wahrscheinlichkeit handelt es sich um denselben Wagen, Genaueres wissen wir voraussichtlich morgen.«

»Fünf vermisste Kinder, zwei davon tot, und zwei ermordete Mütter.« Tom hieb sich mit der Faust in die offene Hand. »Wo sind wir denn hier? Im Irak?«

»Du hast Sebastian Liebermann vergessen, Tom. Und ob Jonas' Mutter noch einmal aus dem Koma erwacht, ist im Moment mehr als fraglich.«

»Ob die Liebermanns mit dem Jungen auf der Flucht waren?«

»Möglich wäre es. Du meinst, sie wollten gar nicht in den Urlaub, sondern sie haben versucht, Jonas in Sicherheit bringen?«

»Ja, nur: Warum wusste Gens nichts davon? Dem Vater würde man das doch nicht verschweigen. Vielleicht hat Gens uns auch angelogen? Und wie sollen sie von den anderen vier Kindern erfahren haben? War das in der Presse?«

»Ja, sicher, aber teilweise nur regional.«

»Kannst du heute alles googeln.«

»Stimmt, aber die Liebermanns hätten ganz gezielt nach entführten Kindern suchen müssen, die Ähnlichkeiten mit Jonas aufweisen. Und dazu hatten sie nun wirklich keinen Grund.«

»Ja, stimmt, recht unwahrscheinlich.« Britta schwieg.

»Aber diese Geschwistersache … Sollten wir nicht noch mal mit Gens reden? Er müsste etwas darüber wissen.«

»Etwas, das er uns bisher vorenthalten hat«, vollendete Britta den Gedanken. »Komm, wir fahren gleich los.« Sie nahm ihren kurzen Mantel vom Haken an der Tür. »Hatte Ben Liebermann etwas für uns Interessantes zu sagen?«

»Nein, der ist auch vollkommen ratlos und neben der Spur. Hat übrigens ein wasserdichtes Alibi, er war auf Island.« Tom hielt Britta die Tür auf. »Aber vielleicht lügen hier alle? Wir haben bei den Kollegen in Reykjavik ein Rechtshilfeersuchen gestellt. Sein Alibi wird gerade überprüft.«

Simon Gens waren die Strapazen der letzten Tage anzusehen. Britta und Tom hatten ihn zu Hause in Kaarst angetroffen. Er war erst vor ein paar Minuten aus dem Krankenhaus gekommen.

»Keine Veränderungen bei Alexa. Heute hatte ein anderer Arzt Bereitschaft auf der Intensiv. Der sagte, mit jedem Tag Koma sähe es schlechter aus. Und dann wollte er mich wieder beruhigen. Es wären ja erst drei Tage vergangen. Mein Gott.« Er saß Tom und Britta auf dem Sofa gegenüber, unrasiert, seine Augen wirkten müde und waren rot. Er hielt einen Augenblick den Kopf in den Händen, dann riss er sich zusammen und sah Tom und Britta wieder an. »Möchten Sie etwas trinken, Kaffee vielleicht oder was Kaltes?«

Britta und Tom lehnten dankend ab.

»Herr Gens, wir sind da auf eine … Ungereimtheit gestoßen«, begann Britta. »Ich muss Ihnen diese Frage stellen. Ist Jonas …«, sie stockte einen Moment, »… ist Jonas Ihr leibliches Kind? Oder haben Sie ihn vielleicht adoptiert?«

Gens starrte sie einen Moment an, und es war ihm anzusehen, dass er die Frage nur buchstabenweise nachvollzog. »Sie fragen, ob Jonas nicht unser Kind ist? Aber natürlich ist er das.«

Er sprang auf, verließ das Zimmer und kam kurz darauf mit einem Fotoalbum zurück. Er blätterte hektisch, dann hielt er es Britta hin. Das Foto, auf das er deutete, zeigte Alexa Liebermann, hochschwanger und Arm in Arm mit Gens. »Und hier.« Er blätterte die Seite um. »Das Bild wurde bei der Geburt im Krankenhaus aufgenommen, im Johanna-Etienne.«

Die Polaroidaufnahme war etwas dunkel geraten, die erschöpfte, wenn auch strahlende Alexa und der glücklich lachende Simon Gens, der ein winziges Baby im Arm hielt, waren aber dennoch gut zu erkennen. Jonas' Geburtsdatum stand darunter.

»Keine Adoption also?«

»Nein, ganz und gar nicht. Jonas ist unser Kind. Das können Sie auch im Johanna-Etienne überprüfen. Oder ich kann Ihnen auch die Geburtsurkunde zeigen.«

Simon Gens ließ sie erneut allein, und sie konnten ihn aufgeregt in seinem Büro vor sich hin reden hören.

»Das war wohl nix, oder?« Britta sah Tom an.

»Nein, das war eher ziemlich peinlich. Vielleicht hat Justus doch unrecht? Zum Glück haben wir ihn nicht auch noch auf Justus' Vermutung bezüglich der anderen Kinder angesprochen. Das wäre im Moment vielleicht zu viel für ihn gewesen.«

»Stimmt. Außerdem macht Alexa Liebermann auf diesem Foto auch nicht den Eindruck, als hätte sie eben Fünflinge ausgetragen.«

»Das hätte wohl auch in der Zeitung gestanden«, meinte Tom unzufrieden.

Das war ein Schuss in den Ofen gewesen, und das einem verzweifelten Vater gegenüber.

***

Als Ben gegen fünf Uhr die Treppe zur Wohnung hochstieg, hockte Ellis vor seiner Tür. Sie hatte die Beine angezogen und den Kopf auf die Knie gelegt.

»Hallo«, sagte er leise. Er freute sich, sie zu sehen.

Ellis sah zu ihm auf. Ihr Gesicht war blass und wirkte müde. Sie trug wieder Jeans und unter dem grauen Pullover mit V-Ausschnitt ein weißes Kapuzenhemd.

»Hallo.« Sie stand auf, etwas zu schnell vielleicht, denn sie schwankte leicht und musste sich am Türrahmen festhalten, als wäre ihr schwindelig. »Ich glaub, ich war ein bisschen eingepennt. War die ganze Nacht auf.«

»Kein Problem. Leg dich einfach drinnen ein bisschen hin, auf dem Sofa oder so. Ich habe eingekauft, wir können gleich erst mal einen Happen essen, wenn du magst.«

»Ja, gern, ich bin halb verhungert. Aber wir wollten doch nach Anhaltspunkten suchen wegen des Einbrechers gestern.«

»Ja, und ich habe mir den heutigen Tag über auch so meine Gedanken dazu gemacht. Aber das erzähle ich dir gleich.« Er schloss die Wohnungstür auf. »Die Beerdigung ist morgen Vormittag.«

»Was? Wie ging das so schnell?«

»Kai Welteke, Sebastians Anwalt, hat sich am Freitag um die Organisation gekümmert, und Sebastian hatte vor längerer Zeit eine Grabstelle direkt neben den Gräbern unserer Eltern erstanden. Alles war geklärt, ich habe mit dem Bestatter nur noch einmal den Ablauf besprochen. Die Beerdigung findet morgen um zehn auf dem Neusser Hauptfriedhof statt.«

Ellis ließ sich aufs Sofa fallen, und Ben setzte sich neben sie.

»Was Neues von der Polizei oder von Alexa?«, fragte sie.

»Von der Polizei habe ich nichts mehr gehört. Bei Lex war ich heute Mittag. Sie liegt immer nur so da und wird einfach nicht wach. Die Ärzte machen sich Sorgen, weil das Koma noch immer anhält. Sie können auch nicht sagen, wie stark die Auswirkungen der Hirnblutung sind und ob diese dauerhaft sein werden. Ganz zu schweigen von den ganzen anderen Verletzungen.« Ben fuhr sich mit dem Handrücken über die Augen und saß einfach nur still da.

»Mein Vater lag auch im Koma. Hirntot.« Ellis drückte seine Hand. »Er ist gestorben, nach einer Woche.«

Ben gab ein leises Schnaufen von sich, das wie Schluchzen klang. »Wir müssen den Kleinen finden. Für Lex! Wenn sie wach wird, soll er da sein. Das bin ich meiner Schwester schuldig. Vielleicht bessert sich auch ihr Zustand, wenn sie seine Stimme hört, vielleicht wartet sie nur auf ihn. Sagt man nicht über Komapatienten, dass sie bestimmte Signale ihrer Umwelt wahrnehmen können?«

Ellis nickte. »Das habe ich auch gehört. Keiner weiß das wohl so genau.«

Ben spürte das vertraute Rauschen des Nebenuniversums und schüttelte heftig den Kopf, um es zurückzudrängen. Sie mussten nach vorn sehen!

»Was kann der Kerl gestern nur gesucht haben?«, fragte Ellis. »Ich meine, sie haben das Kind, und dein Bruder ist tot.« Die letzten Worte hatte sie nur sehr leise gesagt. »Was könnten sie noch haben wollen?«

Ben raffte sich auf. »Darüber habe ich auch nachgedacht. Es muss etwas Wertvolles sein, entweder hat es einen hohen materiellen oder einen individuellen Wert. Vielleicht handelt es sich um belastendes Material, nur so als Beispiel.«

»Aber dann hätte die Polizei es gefunden.«

»Die wissen doch überhaupt nicht, nach was sie suchen müssen. Genau wie wir. Sebastian hat so viele Unterlagen, das ist wie die Suche nach der Nadel im Heuhaufen. Gesetzt den Fall, es ist überhaupt hier. Aber vielleicht ist es etwas, was der Polizei nicht aufgefallen ist, weil es seine Bedeutung nicht gleich offenbart. Kein Dossier, wo ›Brisant‹ draufsteht. Ich kenne Sebastian, die Polizei nicht, und selbst ich habe keine Idee. Und der Einbrecher muss sicher gewesen sein, dass die Polizei es nicht gefunden hat. Er muss mitbekommen haben, dass die Bullen hier alles durchpflügen. Und trotzdem glaubte er, es sei noch da. Weil die Polizei vielleicht sonst etwas gegen ihn unternommen hätte. Ich frage mich auch, ob der Einbrecher nicht schon vorher einmal in der Wohnung war. Kann ja sein, dass er gesucht hat, ohne Unordnung zu machen. Dass die Polizei hierherkommen würde, konnte er sich ja denken. Wenn er angenommen hat, die Polizei geht von einem Unfall aus, wollte er sie vielleicht nicht auf seine Spur bringen.«

»Dann hätte aber doch Simon Alarm geschlagen, weil Jonas weg ist«, sagte Ellis.

»Aber es hätte dem Einbrecher einen halben Tag Luft gegeben«, sagte Ben.

»Einen Safe oder so was habt ihr nicht, oder? Oder sonst irgendein Geheimversteck?«

»Nein, nichts.«

Ben sah Ellis an. Ihr müdes und trauriges Gesicht. Sie musste Sebastian sehr gemocht zu haben. Wie sehr? Ob sie zusammen gewesen waren? War sie die Freundin seines Bruders gewesen? War sie *diejenige* oder nur die nette Nachbarin? Warum fragte er sie nicht einfach? Weil er es nicht wissen wollte? Weil die Gefahr bestand, dass sie die Freundin seines toten Bruders gewesen war? Weil sie damit tabu war? Ben spürte, dass er das im Moment nicht klären wollte. In Ellis eine attraktive Frau zu sehen, war das Letzte, was er jetzt brauchte.

Ben stand auf. »Wir suchen. Viele Gelegenheiten, etwas zu verstecken, gibt es hier nicht. Wir fangen am besten in Sebastians Arbeitszimmer an.«

Ihre Suche dauerte bis nach Mitternacht. Sie stellten Sebastians Wohnung buchstäblich bis auf den letzten Zentimeter auf den Kopf. Vergebens. Es gab nichts, das sie mit dem Anschlag und Jonas' Entführung in Verbindung bringen konnten.

»Ich geh nach Hause«, sagte Ellis schließlich. »Ich bin völlig fertig.«

»Kommst du morgen mit zur Beerdigung?«

»Tut mir leid, ich habe morgen Frühdienst, bis um zwölf Uhr. Das kann ich so kurzfristig nicht verschieben.« Sie wirkte verlegen. »Ich weiß –«

Ben schnitt ihr das Wort ab. »Sebastian hätte dafür garantiert Verständnis gehabt. Alles gut.«

Ellis sah ihn dankbar an. »Ich geh dann mal.«

Ben hätte sie gern gebeten zu bleiben, aber er wusste, dass es ein Fehler gewesen wäre. Egal, was zwischen ihr und Sebastian gewesen war.

Neuss

Der Morgen des Begräbnisses war hell und klar. Es hatte sich nur eine kleine Gruppe von Trauergästen eingefunden, die jetzt langsam hinter dem schlichten Eichensarg auf dem Rollwagen einherging. Tom Küppers behielt die kleine Gesellschaft im Auge. Die Worte des Pastors interessierten ihn nicht weiter. Es war ein häufig kolportiertes Klischee, dass die Polizei nach einem Mord grundsätzlich bei den Begräbnissen auflief, es war allerdings auch eines, das nicht selten zutraf. Mehr als achtzig Prozent aller Tötungsdelikte waren Beziehungstaten, deswegen waren Trauerfeiern aus ermittlungstechnischer Sicht nicht ganz uninteressant. Jörg Wahl und Tom waren schon mehr als eine halbe Stunde vor Beginn der Trauerfeier am Städtischen Friedhof an der Rheydter Straße erschienen, um sich über das weitläufige Gelände einen ersten Überblick zu verschaffen und sich eine günstige Position zum Fotografieren mit dem Teleobjektiv zu suchen. Toms Absicht war, Schlüsse aus dem Verhalten der Anwesenden zu ziehen, insbesondere, wenn sie sich auffällig unauffällig verhielten oder sehr im Vordergrund, also betont in der Nähe der nächsten Angehörigen, hielten. Bis jetzt war aber alles anscheinend normal.

Tom betrachtete Ben Liebermann aufmerksam. Für ihn war er aufgrund seines stichhaltigen Alibis momentan die einzige Person, der er halbwegs vertraute. Liebermann hatte weder die Möglichkeit gehabt, selbst am Steuer des zweiten Wagens zu sitzen, noch hatten die Recherchen ergeben, dass er ein wie auch immer gelagertes Motiv haben könnte. Die Brüder waren nach Aussagen der wenigen Zeugen, die über das Verhältnis der beiden Angaben machen konnten, nämlich Welteke und Simon Gens, immer gut miteinander ausgekommen. Sie hatten ja auch eine gemeinsame Wohnung besessen und einige Jahre dort zusammen gewohnt, bis Ben ausgezogen war, da ihn die Arbeit und wohl auch eine Frau nach Berlin gerufen hatten. Die Auswertung von Sebastian Liebermanns Telefonverbindungen hatte ergeben, dass dieser seinen Bruder einen Tag vor seinem Tod auf dem Handy mehrmals vergeblich angerufen hatte. Auch das sprach eher dafür, dass Ben nichts mit den jüngsten Ereignissen zu tun hatte.

Möglicherweise hatte Sebastian Liebermann seinen Bruder in einer Notsituation erreichen wollen. Ben Liebermann stand auch nicht auf der Liste möglicher Erben, da Sebastian ein Testament gemacht hatte, das nach Aussagen von Frau Hampel und seinem Anwalt allen Geschwistern bekannt war. Das Vermögen Sebastians sollte nach derzeitigem Stand komplett an SOS-Kinderdorf gehen, jener Institution, für die die Eltern Liebermanns gearbeitet hatten und für die sie letztendlich auch gestorben waren.

Was Liebermanns Privatleben betraf, so schien es kein Motiv für eine derartige Tat zu geben. Natürlich bestand rein theoretisch die Möglichkeit, dass es sich um die Tat eines gehörnten Ehemannes oder einer durchgeknallten Exgeliebten handelte, aber das glaubte Tom kaum. Es war seiner Ansicht nach wenig wahrscheinlich, und es erklärte auch nicht das Verschwinden des kleinen Jonas. Für Tom wurde immer wahrscheinlicher, dass es sich um einen Racheakt aus beruflichen Gründen gehandelt hatte. Liebermann war einer Menge Leuten mit Einfluss erheblich auf die Füße getreten. Möglich, dass der oder die Täter angenommen hatten, bei Alexa und Jonas handele es sich um Liebermanns Frau und Kind. Nur, einen toten »Vater« konnte man nicht mehr erpressen. Dass bislang noch keine Forderungen der Entführer bekannt geworden waren, sprach dafür, dass seine Theorie stimmte. Leider hatte Frau Hampel sich nicht als ergiebige Zeugin erwiesen, sie war nur die Tippse und in Recherchen in keiner Weise involviert gewesen. Ihrer Aussage nach. Das Team durchkämmte momentan sämtliche Akten, die man in Liebermanns Büro gefunden hatte, nach Hinweisen.

Tom beobachtete, wie die Trauernden einer nach dem anderen eine Schaufel Erde auf den Sarg gaben, nachdem dieser in das Grab hinuntergelassen worden war, einige dazu noch eine Blume. Der Pastor verabschiedete sich mit Händedruck von Ben Liebermann und eilte von dannen, vermutlich gebrach es diesem stillen Begräbnis vor kleiner Gesellschaft einer angemessenen epischen Dramatik.

Tom fiel ein Mann mit Parka und schütteren Haaren auf, der neugierig von einer weiter entfernten Grabstelle herübersah. Ein Gaffer, dachte er.

***

»Sebastian war gern gesehen in meiner Kirche. Ich werde ihn vermissen, ihn und sein Spiel. Er hatte so eine Art, die Orgel erklingen zu lassen, dass man immer ganz ergriffen wurde.«

Ben konnte sehen, dass Pastor Groß Tränen in den Augen hatte. Sebastian hatte zunächst Kirchenmusik an der Robert-Schumann in Düsseldorf studiert. Pastor Groß war es gewesen, der ihn in seiner Kirche hatte üben lassen.

»Danke. Ich weiß, was Sie meinen. Die Orgel war sein Instrument«, sagte er leise.

Er schüttelte Groß die Hand, und der Pastor wandte sich rasch ab. Offensichtlich ging ihm Sebastians Tod auch persönlich nahe, mehr, als er in der Öffentlichkeit zeigen wollte.

»Ich wünsche Ihnen viel Kraft und Ihrer Schwester alles Gute!«, hörte Ben ihn sagen, dann ging Groß rasch in Richtung Kapelle davon.

Kai Welteke kam auf Ben zu. Er blieb einen Augenblick vor ihm stehen, dann streckte er zögernd die Hand aus. »Ben … ich … ich …« Er schob Bens Hand, die gerade die seine ergreifen wollte, beiseite und umarmte ihn kurz. »Ich weiß nicht, was ich sagen soll. Es ist einfach schrecklich. Sebastian war ein guter Freund, einer der besten, die ich hatte.«

Ben nickte krampfhaft.

Die anderen Trauergäste näherten sich ihnen, um Ben ihr Beileid auszusprechen. Welteke trat einen Schritt zurück.

»Wir sehen uns sicher noch, bevor du wieder nach Berlin fährst. Halt die Ohren steif.«

Ben bedankte sich, und Welteke ging mit hängenden Schultern davon. Simon stellte sich neben Ben und legte ihm die Hand auf den Arm.

»Geht's?«, fragte er leise. »Gleich hast du es hinter dir.«

»Kennst du jemand von denen?«, fragte Ben mit Blick auf die

anderen Trauergäste, die in einigen Metern Entfernung stehen geblieben waren, zurück. »Ich kenne keinen Einzigen.«

»Ich auch nicht, tut mir leid. Du weißt ja, dass Sebastian nie viel von sich erzählt, geschweige denn uns jemanden vorgestellt hat.«

Eine hochgewachsene Brünette Anfang dreißig in dunklem Armani-Kostüm trat zu ihnen und reichte Ben ihre Hand. »Ben, wir kennen uns nicht, aber ich habe zumindest Ihr Bild in Bastians Wohnung gesehen. Mein Name ist Marie Wilms, Ihr Bruder und ich … waren mal zusammen. Ich habe ihn sehr gemocht, er war ein großartiger Mensch.« Ben ergriff die Hand, die seine warm und fest umschloss.

»Ich danke Ihnen, Marie. Es ist sehr nett, dass Sie das sagen.« Ben schluckte seine Tränen hinunter.

Marie nickte traurig und ging weiter. Nach ihr kam ein schlaksiger Mann auf Ben zu.

»Mein Name ist Gottfried Ernst. Mein aufrichtiges Beileid, es tut mir sehr leid. Dein Bruder war ein Guter, er hatte es echt drauf. So jemanden wie ihn gibt es nicht noch mal.« Er lächelte Ben traurig an. »Pass gut auf Lex auf, ich hoffe, sie wird bald wieder.« Er reichte Simon Gens die Hand. »Sie sind sicher Lex' Freund Simon, nicht wahr? Auch Ihnen mein herzlichstes Beileid.«

Simon und Ben bedankten sich. Zwei weitere Paare drückten ihnen ihr Beileid aus.

Nachdem die Trauergäste gegangen waren, blickte Ben sich um. Abgesehen von Simon war nur noch der Hauptkommissar anwesend, auch der Mann mit den schütteren Haaren und dem Parka war nicht mehr zu sehen. Ben verabschiedete sich von Simon, der wieder ins Krankenhaus zu Lex wollte. Ben wollte Lex am Abend ebenfalls noch besuchen. Simon wirkte in seinen Grundfesten erschüttert. Ben hatte das nicht erwartet. Simon war ihm immer als eher ruhig, auch ein bisschen kühl erschienen. Aber es war eine tröstliche Erkenntnis, dass Simon so sehr an seiner Schwester und dem Jungen hing.

»So ein Mist, nicht wahr?«, sagte er unbeholfen, worauf Simon nickte. Ben schluckte. »Wir müssen den Kleinen finden, Simon! Wir müssen einfach.«

»Das versucht schon die Polizei, Ben. Was können wir machen, was die nicht viel besser könnten?«

»Aber nur so dasitzen …?«

Simon starrte Ben an. »Ich versuche bei Lex zu sein. Das ist momentan alles, was ich tun kann.«

Simon drehte sich hastig um und ging davon. Ben überlegte einen Augenblick, ob er ihm nach sollte.

»Guten Tag, Herr Liebermann. Noch einmal mein aufrichtiges Beileid.« Tom Küppers war herangekommen und gab Ben die Hand. »Es wäre für die Ermittlungen hilfreich, wenn Sie mir die Namen und die Adressen der Trauergäste mitteilen könnten, damit wir sie über Ihren Bruder befragen können. Es würde uns eine Menge Arbeit ersparen.«

Ben nannte die Namen und fügte hinzu, dass er keinen von ihnen vorher je gesehen hatte. Er hoffte, dass seine Haare die Macke an der Schläfe verbergen würden. Glücklicherweise war es ja nicht windig.

»Die Frau heißt Marie Wilms, die Dunkelhaarige. Der Mann ist Gottfried Ernst, ich kenne die beiden nicht, weiß daher auch nicht, wo sie wohnen. Die beiden Paare haben sich gar nicht vorgestellt.«

Küppers winkte ab. »Die haben meine Leute auf dem Weg zum Parkplatz angesprochen, und Herrn Gens kennen wir natürlich auch. Wer war der Mann in dem alten Parka?«

»Keine Ahnung, den kannte ich ebenfalls nicht. Nie gesehen. Ich sagte Ihnen ja bereits, dass mein Bruder und ich uns nur selten gesehen haben, leider. Das letzte Mal war, als Jonas getauft wurde. Die paar Mal, die ich danach in Neuss gewesen bin, um Lex zu besuchen, war Sebastian meist beruflich unterwegs. Als Musiker bin ich selbst viel auf Reisen, deshalb ergab sich nur selten ein Treffen.«

Sebastian war immer sein bester Freund gewesen, der wenige Kontakt zwischen ihnen hatte daran nichts geändert. Wenn sie telefoniert hatten, einer was zu erzählen hatte, oder es Sorgen gab, sie waren immer füreinander da, und es hatte nie ein Anzeichen von Entfremdung zwischen ihnen gegeben.

»Ich habe Sie schon einmal gefragt, aber vielleicht ist Ihnen inzwischen ja noch etwas eingefallen: Über seine Arbeit hat Ihr

Bruder nicht mit Ihnen gesprochen? Er hat niemals erwähnt, dass er manche der Drohungen ernster nahm als andere oder dass er sich Feinde gemacht hat?«

»Nein, er erzählte kaum etwas darüber, womit er sich aktuell beschäftigte. Sebastian hat auch nie angerufen und gesagt: ›Hey, guck heute Abend mal WISO oder Brennpunkt oder kauf dir die Süddeutsche, da ist ein Artikel von mir drin.‹ Er hielt sich, was das anging, immer recht bedeckt. Lex hat mich nur manchmal angerufen oder eine SMS geschickt, wenn sie einen seiner Artikel gelesen hatte.« Sebastian hatte tatsächlich nur äußerst selten über seine Arbeit gesprochen, nicht einmal mit den Eltern, als diese noch lebten. Das hatte seine Eltern immer ein bisschen gestört. »Natürlich konnte man seine Reportagen dann lesen oder sehen, aber meinen Eltern war klar, dass er sich dafür häufig in Gefahr gebracht hat. Allerdings lag das wohl auch ein bisschen in der Familie, denn meine Eltern waren, nachdem wir groß waren, ständig an irgendwelchen Brennpunkten dieser Welt unterwegs.« Ben zuckte die Schultern. »Jedenfalls habe ich nicht die leiseste Ahnung. Zu meinen Eltern hat er immer gesagt: ›Seid froh, dass ihr nicht alles wisst‹«, fügte Ben hinzu, als Küppers nichts sagte. »Aber er hat auch seine Freundinnen nie einem von uns vorgestellt, wie man gerade wieder gesehen hat.«

»Eher ein Einzelgänger, Ihr Bruder?«

»Nein, eigentlich nicht. Eher jemand, der andere nicht so nahe an sich heranließ, auch wenn man wunderbar mit ihm auskam und viel Spaß mit ihm haben konnte.«

Dass er Ellis nie erwähnt hatte, verstand Ben nicht. Dass Ellis etwas Besonderes war, hatte er schnell gemerkt. Aber vielleicht hatten Ellis und Sebastian sich doch nur oberflächlich gekannt? Denn wie hatte sein Bruder mit so einer Frau zusammen sein und nicht einmal Lex davon erzählen können? Aber vielleicht hatte er ja doch? Dass Simon sie nicht kannte, war nicht weiter verwunderlich. Mehr noch als Sebastian war Simon sicherlich das Paradebeispiel eines Einzelgängers, auch wenn er an und für sich ein anständiger Kerl war. Aber dass Sebastian und Simon abends mal zusammen einen trinken gegangen waren und sich über Frauen ausgetauscht hatten, das konnte Ben sich kaum vorstellen.

»Warum ist Frau Hampel nicht da?«, fragte Küppers.

»Die Sekretärin meines Bruders? Sie hat eine kleine Tochter, normalerweise ist die morgens im Kindergarten, aber Frau Hampel rief gestern Abend an und sagte, dass ihre Tochter krank sei. Ansonsten wäre sie gern gekommen.«

»Sie wüssten sonst keine weiteren Bekannten oder Freunde Ihres Bruders? An wen könnten wir uns noch wenden, um Angaben zu bekommen?«

Ben schüttelte den Kopf. »Ich glaube, heute war wirklich jeder hier, der mit Sebastian befreundet war.«

Als Ben am Nordkanal unter den Bäumen einparkte, sah er Ellis herankommen.

»Na, Dienstschluss?«, fragte er, bevor sie auch nur nach der Beerdigung fragen konnte.

Er fühlte sich nicht in der Lage, auch nur mit einem Wort über das Begräbnis seines einzigen Bruders zu sprechen. Ellis schien zu verstehen und nickte nur. Vor der schönen alten Villa, in der Sebastians Wohnung lag, parkte ein 911er Porsche mit Viersener Kennzeichen. Der Mann im Parka, der Ben und Hauptkommissar Küppers bei der Beerdigung aufgefallen war, lehnte mit verschränkten Armen am Wagen.

Als Ben und Ellis auf das Haus zugingen, sprach er sie an. »Da sind Sie ja endlich. Hat der Kerl von der Kripo Sie noch ein bisschen aufgehalten?«

Ben sah ihn erstaunt an. »Kennen wir uns?«

»Nein, aber ich weiß, wer Sie sind, Ihr Bild steht ja bei Sebastian auf dem Klavier. Mein Beileid, sollte ich wohl sagen, aber eigentlich ist das alles nur eine verdammte Scheiße!«

Ben musterte den Mann misstrauisch. Mittelgroß, schlank, Anfang vierzig, die schütteren, dunkelblonden Haare waren kurz geschnitten. Der Mann sah müde aus und machte einen ernsten Eindruck, aber seine Augen hatten etwas Verschmitztes.

»Würden Sie mich trotzdem freundlicherweise darüber aufklären, wer Sie sind? Von Ihnen hatte mein Bruder leider kein Bild auf dem Klavier.«

»Nein, ich gehöre ja auch nicht zur buckligen Verwandtschaft.« Er grinste und reichte Ben die Hand. »Hans Schlesinger, Privatermittler. Ich bin Ihrem Bruder ein bisschen zur Hand gegangen. Nicht, dass er nicht gewusst hätte, wie man anständig recherchiert, aber bei den etwas kitzligen Sachen war ich ihm einen Tick voraus.« Er blickte sich um, als erwartete er, dass die Kripo gleich um die Ecke käme. »Könnten wir uns nicht irgendwo auf einen Kaffee hinsetzen? Die Dame neben Ihnen schlottert so, dass ich schon aus Sympathie mitfriere.«

Ben sah Ellis fragend an, und diese nickte.

»Gehen wir rauf in die Wohnung«, schlug Ben vor. Vielleicht wusste Schlesinger etwas, das ihnen in irgendeiner Weise weiterhelfen konnte.

»Ich nehme mal an, wenn die Jungs von der Kripo einem bei der Beerdigung auf die Füße treten, dann nicht unbedingt, weil Sie sie eingeladen haben, oder?« Schlesinger nahm einen Schluck Mineralwasser. Kaffee hatte er abgelehnt.

»Ist ja auch komisch, dass Ihr Bruder den A2 vor den Baum haut. Auf gerader Strecke bei gutem Wetter?« Er schüttelte den Kopf. »Das passt nicht. Wie geht es übrigens Ihrer Schwester?«

»Sie kennen meine Schwester?«

»Eher vom Sehen.« Schlesinger deutete in Richtung des schwarzen Klaviers auf der anderen Seite des Wohnzimmers.

»Warum hat Frau Hampel Sie nicht erwähnt?«

Ben war noch nicht ganz von der Vertrauenswürdigkeit Schlesingers überzeugt. Warum hatte dieser nicht mit der Polizei gesprochen? Wenn einer wusste, wer Sebastian auf dem Gewissen haben könnte, dann Schlesinger.

»Hat einer von den Leuten, über die Sebastian negativ berichtet hat, sich an ihm gerächt? Ich meine, er hat ja wahrscheinlich mehr Feinde als Freunde. Hatte, meine ich.« Ben schluckte.

Schlesinger spreizte die Finger. »Ausschließen will ich das nicht, aber ich halte es nicht für wahrscheinlich. Das war was Privates, wenn Sie mich fragen. Rufen Sie die Hampel an! Die hat es faustdick hinter den Ohren, die ist in Ordnung. Sie wird mich authentifizieren.«

Ben tauschte einen Blick mit Ellis. Sie nickte.

»Ich geh sie anrufen.« Ben nahm sein Handy und ging hinaus auf den Flur.

Einige Minuten später war er zurück. Er setzte sich neben Ellis aufs Sofa. »Ich hab die Hampel erreicht. Sie sagt, er ist okay. Sebastian hat ihm vertraut und ihn gelegentlich als Ermittler eingesetzt.«

Schlesinger nickte zufrieden. »Dann schießen Sie mal los. Warum hängen die Bullen auf Sebastians Beerdigung ab?« Er lehnte sich gemütlich auf dem Longchair zurück.

Ben zögerte einen Augenblick. Dann begann er zu erzählen, das wenige, das er wusste, und er erläuterte, welche Schlüsse Ellis und er daraus gezogen hatten.

Schlesinger hörte zu, ohne ihn ein einziges Mal zu unterbrechen. Aber seinem Gesicht war anzusehen, dass ihn die ganze Geschichte beunruhigte. Als Ben von der erfolglosen Suche nach Jonas erzählte, sprang Schlesinger auf und begann ruhelos im Wohnzimmer auf und ab zu laufen. Ben schloss seinen Bericht mit ihrer Durchsuchung von Sebastians Wohnung am gestrigen Abend.

»Wir haben nichts gefunden. Kein Wunder, wir haben auch keine Ahnung, nach was wir suchen sollen.«

»Die Polizei geht davon aus, dass es etwas mit Sebastians Arbeit zu tun hat?« Schlesinger war stehen geblieben und sah Ben scharf an. »Das glaube ich nämlich nicht.«

»Die Kripoleute ermitteln in alle Richtungen, wie man so schön sagt. Sie haben überhaupt keinen Anhaltspunkt, genau wie wir. Sie sagten eben, Sie glauben, dass es um etwas Privates geht. Warum? Wissen Sie mehr als wir? Hat Sebastian Sie ins Vertrauen gezogen?«

»Kein Vertrauen, er hat mir einfach einen Auftrag erteilt, wie so oft. Nur dass es diesmal ein besonderer Kunde war.«

»Wer? Um was ging es?«

»Um Ihre Schwester.«

»Was?« Ben war fassungslos. »Um Lex?«

»Genau! Sebastian wollte, dass ich ihr komplettes Umfeld durchleuchte. Verwandte, Freunde, Bekannte, Arbeitskollegen, die neue Nanny, selbst den Kinderarzt, alle und jeden. Ehrlich gesagt, Herr Liebermann, sind Sie der Einzige, den Sebastian ausgeschlossen hat. Herrn Gens hat er nicht ausgeschlossen.«

»Was? Aber was zum Teufel wollte Sebastian von Simon?«

»Er rief mich vor etwa zwei Wochen an, ich war gerade in München an einer anderen Sache dran, und er sagte, es sei dringend. Also kam ich her, so schnell ich konnte, da er nicht mehr am Telefon erzählen wollte. Er bat mich um eine komplette Überprüfung all dieser Personen. Als suche er eine Leiche im Keller, wüsste aber nicht, in wessen. Probleme, Schwierigkeiten, Jugendsünden, sexuelle Vorlieben, Geldsorgen und auch und vor allem Bankauskünfte. Sie wissen schon, nicht nur das normale Programm: auch verdeckte Konten, Auslandskonten vor allem. Sämtliche Transaktionen, zurückreichend bis ins frühe Mittelalter. Sebastian hat nicht gesagt, warum er all diese Auskünfte wollte. Und ich habe nicht nachgefragt. Ich frage nie nach. Scheiße!«

»Haben Sie was rausgekriegt?«

»Was glauben Sie denn? Ich bin doch nicht so ein Wald-und-Wiesen-PI. Das ist eine meiner leichtesten Übungen. Aber die einzige Person, bei der ich etwas gefunden habe, war Simon Gens. Nichts in Richtung schräger Typ, sondern einfach ein paar Extramillionen. Was die deutschen Konten angeht, war alles in Ordnung. Nicht gerade arm, aber er ist ja auch Unternehmensberater. Kann ich alle nicht leiden: Steuerberater, Anwälte, Politiker. Und am allerschlimmsten ist es, wenn eins zum andern kommt.« Er spreizte wieder die Finger. »Schwieriger zu überprüfen sind hingegen die sogenannten Steueroasen. Aber durchaus machbar, geht natürlich nur mit Insiderwissen.«

»Auch in der Schweiz? Mit Nummernkonten?«

»Sicher! Wie gesagt: Insiderwissen. Mit den Details will ich Sie nicht behelligen, Betriebsgeheimnis sozusagen. Die Schwierigkeit besteht eher darin, erst mal das Land einzukreisen: Schweiz, Liechtenstein, Monaco, Luxemburg oder gar die Cayman-Inseln. Diesmal war es Luxemburg. Vergleichsweise einfach. Herr Gens hat da ein Konto bei der FP-Bank. Seit drei Jahren stehen da zwei Millionen Euro drauf, plus Zinsen. Wird schwer, das von da wegzubekommen, die deutsche Steuerfahndung spielt da ja Ringelpiez mit Anfassen.«

»Zwei Millionen Euro? Aber das ist verrückt, woher sollte er das Geld haben?«

»Das war genau das Problem. Es ist nämlich nicht auf direktem Wege überwiesen worden. Ich musste einige Hebel in Bewegung setzen. Ich fürchte, ich habe damit eine Menge Staub aufgewirbelt.«

»Und von wo kam es nun?«

»Ich habe die Kopie einer Anweisung von einem Schweizer Nummernkonto, aber bisher noch keinen Namen dazu. Das Geld wurde über Scheinfirmen weitergereicht, die alle eine Briefkastenadresse in Liechtenstein haben.«

»Aber was hat das alles mit Sebastian und Alexa zu tun? Ich verstehe das alles nicht.« Es war das erste Mal, dass sich Ellis zu Wort meldete.

Schlesinger nickte zustimmend. »Ja, wenn er die Kohle erst kürzlich bekommen hätte, hätte ich mir echt Sorgen gemacht. Hätte ja sein können, dass Ihre Schwester mitgekriegt hat, dass Simon Gens etwas Kriminelles vorhat. Aber bei dem Zeitfenster? Nach über zwei Jahren? Quatsch! Außerdem hätte Sebastian Gens so was von fertiggemacht. Das passt nicht.«

»Sonst hat Ihnen Sebastian nichts erzählt? Er hat Sie auch nicht um weitere Nachforschungen gebeten?«

»Nein, nichts. Hätte ich Ihnen aber gesagt, ich bin ja auf Ihrer Seite, Sie wissen schon.« Schlesinger schwieg einen Moment. »Im Gegenteil, Sebastian hat mich zurückgepfiffen. Ich sollte die Sache auf sich beruhen lassen. Über Simons Konto hat er nur gegrinst. Für Ihren Bruder ist das ein kleiner Fisch ... gewesen.«

»Aber trotz allem: Man fragt sich doch, woher das Geld auf Simons Konto stammt. Und wofür er es bekommen hat.«

»Wir könnten ihn fragen«, sagte Ellis ruhig.

Ben und Schlesinger sahen Ellis an, als wäre sie nicht ganz richtig im Kopf.

»Haben Sie sonst noch etwas über Simon herausgefunden? Ich meine, vielleicht hat er ja nur eine Erbschaft gemacht oder beim Pferderennen gewonnen«, Ben zuckte die Schultern, »und dann ein Steuersparmodell gewählt.«

»Dann wäre es aber nicht über siebenundneunzig zwielichtige

Kanäle gekommen.« Schlesinger rieb sich die Augen. »Geldwäsche und Steuerhinterziehung sind ja fast schon Kavaliersdelikte. Jedenfalls fand Ihr Bruder das nicht weiter spannend. Gens ist – wie alle anderen – ansonsten völlig sauber. Für mich ist das der einzige Anhaltspunkt momentan. Wenn Sie nichts dagegen haben, nehme ich mir den Herrn noch mal etwas genauer vor. Und R7584397 auch.«

»Ist das das Nummernkonto?«

»Ja, und bald wird es auch einen Namen dazu geben.« Schlesinger erhob sich und drehte eine weitere Runde durchs Zimmer. Er blieb vor den Fotos auf dem Klavier stehen und betrachtete sie einen Moment. Ohne sich umzudrehen sagte er: »Lassen Sie uns einmal die Fakten rekapitulieren: Wer auch immer dahintersteckt, er glaubt, dass es noch etwas in dieser Wohnung gibt, das Wert für ihn hat.«

»Bastian hat versucht, Ben zu erreichen«, erinnerte Ellis. »Ben, hast du vielleicht eine E-Mail-Adresse, an die er dir etwas geschickt haben könnte?«

»E-Mails sind viel zu unsicher«, warf Schlesinger ein. »Da kann er es auch gleich auf BILD Online setzen.« Er drehte sich zu Ellis um. »Das Internet vergisst nichts, man kann seine Spuren nicht verwischen. Und einen E-Mail-Account zu hacken, lernen meine Azubis im ersten Vierteljahr.«

»Sie haben Azubis?« Ellis grinste. »Aber dass er nur bei Ben anruft und dann aufgibt, passte nicht zu Sebastian.«

»Sehr richtig«, erwiderte Schlesinger und wandte sich an Ben. »Ich bin mir sicher, dass er hier irgendwo eine Nachricht für Sie versteckt hat.«

»Warum hat er mir dann nicht auf die Mailbox gesprochen?«, fragte Ben. »Kann man wohl auch ganz easy abhören, nehme ich an.«

»Natürlich. Genau wie SMS-Nachrichten. Hat Herr Gens ein Alibi für Donnerstag früh?«

»Keine Ahnung. Aber die Polizei wird das wohl überprüft haben, oder?«

»Hm.« Schlesinger dachte nach. »Ich würde sagen, Sie suchen weiter nach einer Nachricht von Sebastian, und ich kümmere mich um Gens.« Er reichte Ben eine Karte. »Mobilnummer und Festnetz. Wenn Sie mich nicht erreichen, hinterlassen Sie eine Nachricht, ich rufe Sie zurück. Ich melde mich aber sowieso wegen des Nummernkontos. Versuchen Sie bitte bei der Kripo am Ball zu bleiben, vielleicht wissen die mehr, als Sie Ihnen bisher gesagt haben.«

Schlesinger betrachtete noch einmal die Fotos. Dann wandte er sich zum Gehen. »Ihre Mobilnummer habe ich. Passen Sie auf sich auf!«

Neuss

Britta Steinfort presste den Hörer ans Ohr. Am anderen Ende war Justus Müsse. Er hatte Neuigkeiten.

»Warte bitte einen Moment, Justus, bevor du weitermachst. Küppers kommt grade rein.«

Wie auf ein Kommando ließ sich Tom auf einen der Stühle fallen, und Britta schaltete das Telefon auf Lautsprecher.

»Alles klar, Justus, Küppers hört mit, wir sind bereit.«

»Okay, hallo, Tom. Ich bin in Wilhelmshaven auf einiges gestoßen. Vorab aber das Wichtigste. Ich habe die Ergebnisse der DNA-Analyse aus Düsseldorf. Alle entführten Kinder – auch Jonas – sind Geschwister. Sie haben definitiv dieselben Eltern.«

Britta gab vor Überraschung einen erstickten Laut von sich. »Kannst du mir das bitte irgendwie erklären?«

Justus war anzuhören, dass er ähnlich ratlos war wie Britta. »Nein, tut mir leid, ich wüsste nicht, wie. Mir fällt kein Szenario ein, das dazu passt, vor allem, da sie ja alle nicht genau gleich alt sind. Ich habe mit Karsten Wenninger gesprochen. Seit sein Sohn verschwunden ist, steht er völlig neben sich. Allerdings gibt es eine Kleinigkeit, die mir jetzt zu denken gibt. Er ist nicht der Vater von Lars.«

»Du meinst, er wusste das?«, fragte Tom.

»Muss er wohl, denn er hat seine Frau erst letztes Jahr kennengelernt. Das Kind hatte sie damals schon. Wenninger sagte, den Bio-Papi habe er nie getroffen.«

»Konnte er dir über den Vater überhaupt etwas sagen?« Britta beugte sich vor.

»Kaum, er meinte, seine Frau habe nie über den Vater von Lars sprechen wollen. ›Das ist vorbei‹, soll sie immer nur gesagt haben, wortwörtlich. Wenninger war es letztendlich wohl auch recht. Er glaubt, Lars' Erkrankung sei der Grund, weshalb der Vater damals die Biege gemacht hat.«

»Er war krank? Was Schlimmes?«

»Irgendeine Immunkrankheit.«

»Doch nicht HIV?«

»Nein, etwas mit seinem Immunsystem stimmte nicht. Er war sehr anfällig für alle Arten von Infektionen, war zum Beispiel ständig erkältet. Wenninger wusste es nicht so genau, nur dass Lars viel kränkelte und viele Medikamente nehmen musste. Ich versuche gerade, den Kinderarzt zu erreichen.«

»Okay, sehr gut. Noch etwas?«

»Ja. Ich habe die Kollegen in Duisburg und in Heinsberg gebeten, noch einmal die Mütter der verschwundenen Kinder zu befragen. In Duisburg wurde am 30. September Natascha Rother entführt. Ihre Leiche wurde einen Tag später gefunden. In Heinsberg Aaron Basch. Von ihm fehlt im Moment noch jede Spur.« Justus versuchte sachlich zu klingen, aber seine Gemütslage war ihm deutlich anzuhören. »Seine Mutter, Emma Basch, ist ebenfalls verschwunden. Die Kollegen haben sie heute auf die Vermisstenliste gesetzt. Laut Aussagen von Freunden und Nachbarn ist sie schon seit drei Tagen nicht mehr gesehen worden. Sie war furchtbar verzweifelt. Aarons Verschwinden muss sie völlig aus der Bahn geworfen haben. Aaron ist ihre ganze Familie.«

»Moment, das heißt, sie ist alleinerziehend?« Britta war aufgesprungen. Aufgeregt suchte sie auf ihrem Schreibtisch nach der Mappe mit den Ermittlungsergebnissen im Fall »Natascha Rother«. »Jessy Hamacher hatte nur eine Mutter, Aaron auch, und Lars Wenninger hat lediglich einen Stiefvater. Ist das ein Muster? Sind die Väter überhaupt bekannt?« Sie blätterte in der Akte, aber Justus kam ihr zuvor.

»Ja, Frau Rother ist ebenfalls alleinstehend. Der Vater von Natascha ist angeblich vor ihrer Geburt verstorben und steht auch nicht in der Geburtsurkunde. Und das gilt auch für Aaron.«

»Angeblich verstorben«, Britta sah Tom an. »Weißt du was? Ich habe langsam ein Problem mit Gens.«

Tom schob seinen Stuhl zurück und stand auf. »Ich auch. Wir müssen ihn um einen DNA-Test bitten.«

Justus meldete sich noch einmal übers Telefon zu Wort. »Ich fahre jetzt weiter nach Duisburg und spreche mit Natascha Rothers Mutter.«

»Okay, wir bleiben in Verbindung. Gute Arbeit, Justus.«

Britta legte den Hörer auf und wandte sich wieder an Tom. »Wie gehen wir weiter vor?«

»Wo ist Gens gerade?«

»Im Krankenhaus oder zu Hause, vermute ich. Wir haben ein Auge auf ihn, das war Schnurbus' Idee.«

»Ich weiß. Seit Gens' Alibi steht und das von den Morden an den Eltern bekannt ist, ist er ein bisschen nervös.«

»Das Alibi?«, fragte Britta. »Ich dachte, er wäre allein im Auto gewesen.«

»Gerstenmayer hat die Strecke nachgestellt, gestern Morgen zur gleichen Uhrzeit. Die Befragungen der Nachbarn hatten ergeben, dass gleich zwei Gens' Abfahrtsuhrzeit bestätigen konnten. Der eine war joggen und der andere mit dem Hund raus. Gens fährt einen Mercedes CLS AMG, keinen X5, wie du weißt. Gerstenmayer hat also auch noch einen Fahrzeugwechsel miteinkalkuliert. Wie man es dreht und wendet, zeitlich war das nicht zu schaffen.«

»Ich rufe Christian Uhlenbrock auf dem Handy an, der ist aktuell in Kaarst, um ein Auge auf Gens zu haben, zu seinem Schutz und für den Fall, dass er etwas auf eigene Faust unternimmt«, sagte Britta. »Und dann fahren wir zu Gens.«

»Okay, ich rufe nur schnell noch Schnurbus an und bringe ihn auf den neuesten Stand. Und wir sollten die medizinischen Fragen noch mal mit Dr. Luther diskutieren. Ich blicke da nicht durch, und vielleicht hat der Mann ja eine ketzerische Idee, auf die wir nicht kommen.«

Tom nickte Britta zu und ging in sein eigenes Büro, um zu telefonieren.

***

Er kam nicht dazu, den Staatsanwalt zu informieren. Kaum dass er den Hörer in der Hand hielt, stürmte Britta in sein Büro.

»Gens ist weg!«

»Was?«

»Er hat Uhlenbrock ausgetrickst und sich abgesetzt. Gens ist zum Krankenhaus gefahren, und Uhlenbrock ist ihm routinemäßig gefolgt. Er ist allerdings nicht mit rein, sondern hat draußen gewartet. Auf dem Parkplatz in der Nähe von Gens' Wagen. Er hat den Kollegen auf der Intensivstation angerufen, ihn informiert, dass Gens zu ihm hochkommt, und ihn gebeten, für diese Zeit zu übernehmen. Das haben sie gestern auch so gemacht. Nach zehn Minuten hat der Kollege zurückgerufen und gefragt, wo Gens denn bliebe. Uhlenbrock ist daraufhin auf die Intensiv hoch, hat Gens ausrufen lassen und das Krankenhaus nach ihm abgesucht. Als Uhlenbrock schließlich wieder auf den Parkplatz kam …«

»… war das Auto von Gens weg«, vollendete Tom den Satz. »Ich fasse es nicht. Wie konnte Uhlenbrock sich nur so dermaßen leicht austricksen lassen?«

»Er hat Gens eher als Opfer als als Verdächtigen auf der Pfanne gehabt, aber trotzdem.« Britta lief fassungslos vor Toms Schreibtisch hin und her. »Heißt das, dass sich die Entführer gemeldet haben, und er zieht das jetzt allein durch?«

»Vermutlich. Ist er zur Fahndung raus?«

»Ja, er und sein Wagen.«

»Verflixt und zugenäht! Und jetzt?«

»Wir können nur hoffen, dass die Sache gut geht und Gens in ein paar Stunden hier mit Jonas aufkreuzt.«

»Dass aber auch alle Leute immer annehmen, sie könnten alles besser als die Polizei.« Tom schlug wütend auf den Tisch. »Polizei raushalten und Lösegeld bezahlen, dann wird schon alles gut gehen.«

»Hast du vergessen, was Justus eben gesagt hat? Ich glaube nicht, dass es um Lösegeld geht. Bei keiner der Entführungen wurde eine entsprechende Forderung gestellt, und dass alle fünf Fälle miteinander in Zusammenhang stehen, daran besteht für mich kein Zweifel. Das ist eine ganz große Sache, Tom. Das stemmt Gens nie und nimmer allein.«

»So oder so, ich muss Schnurbus informieren. Danach rufe ich Luther an, vielleicht kann der aus medizinischer Sicht etwas Licht in diese Sache bringen.«

»Hätte Gens überhaupt die Mittel, um Lösegeld zu zahlen, ohne dass wir es merken? Wenn er seine Konten leer geräumt hätte, wüssten wir das.«

»Vielleicht hat er das Geld von Ben Liebermann bekommen? Der ist doch auch nicht eben arm.«

»Dann nehme ich mir den gleich einmal vor.« Britta fing sich anscheinend langsam wieder. Sie war in jeder Beziehung ein Profi. »Ich habe ein Bild von ihm gesehen, ist ja ein ganz cooler Typ, nicht von schlechten Eltern.« Sie grinste Tom an.

»Ich bitt dich, Brittakind, das ist doch ein ganz nasses Brötchen! Musiker auch noch. Nicht mal was Ordentliches gelernt.« Tom brummelte vor sich hin, während er Schnurbus' Nummer wählte.

***

Nachdem Schlesinger gegangen war, saßen Ben und Ellis auf dem Sofa und diskutierten den aktuellen Stand der Dinge. Aber wie sie es drehten und wendeten, es gab praktisch keine neuen Anhaltspunkte. Wenn Schlesinger über Simon nichts herausfand, befanden sie sich buchstäblich in einer Sackgasse. Es musste einen Hinweis geben, den sie bislang übersehen hatten.

»Vielleicht hätte er mich am nächsten Tag noch einmal angerufen und mir alles erzählt, wäre er nicht ermordet worden«, sagte Ben.

»Deine E-Mails hattest du gecheckt?«

»Ja, als Allererstes, aber nichts.«

»Hast du verschiedene Konten? Vielleicht eins, das du nicht so oft benutzt, das Sebastian aber kennt … kannte?« Ellis schluckte. »Im SPAM-Ordner nachgesehen?«

Ben seufzte. »Ellis, er hat mir nicht geschrieben.« Er war niedergeschlagen. Sebastian hatte womöglich eine Nachricht hinterlassen und er, Ben, war zu dämlich, sie zu finden.

»Sollen wir erst mal etwas essen?«, fragte Ellis. »Ich habe echt Hunger, und nachher habe ich noch eine Patientin, die ich besuchen muss.«

Ben riss sich zusammen. »Gute Idee, wo sollen wir hingehen?«

»Ins ›Weiße Haus‹? Ist in der Michaelstraße, in der Nähe von der Sparkasse. Müssten wir aber das Auto nehmen.«

»Na dann los, ich habe auch Hunger.« Ben griff nach seiner Armyjacke und warf Ellis ihren Anorak zu.

Nach dem Essen setzte Ben Ellis bei ihrer Patientin an der Neusser Furth ab. Zurück würde sie mit dem Bus kommen …

Als Ben zum Haus in der Kaiser-Friedrich-Straße zurückkam, hatte es zu regnen begonnen. Der Regen war eiskalt, und es dunkelte bereits. Als er sich dem Hauseingang näherte, sah er Hauptkommissar Küppers und eine junge Frau aus einem roten Laguna steigen.

»Herr Liebermann, das ist meine Kollegin vom LKA, Frau Hauptkommissarin Britta Steinfort«, sagte Küppers. »Wir hätten noch ein paar Fragen an Sie.«

»Ist etwas mit Jonas … oder Lex? Wissen Sie etwas Neues?«, fragte er gepresst.

»Nein, leider. Aber wie gesagt, wir haben ein paar Fragen. Vielleicht gehen wir lieber erst einmal rein, ist ja ein ziemliches Sauwetter«, entgegnete Küppers.

»Ja, sicher, kommen Sie.«

Ben schloss die Tür auf, und sie traten – bereits klitschnass – in den Hausflur. Es war dunkel, und Ben tastete nach dem Lichtschalter. Seltsam, eigentlich sollte das Licht beim Öffnen der Eingangstür automatisch angehen. Er fand und drückte den Schalter, aber es blieb dunkel. Im schwachen Lichtschein der Außenlampe, der durch die zwei hohen, schmalen Fenster rechts und links der Haustür drang, fiel Bens Blick auf die sieben Briefkästen an der Wand. Einer quoll schier über. Wahrscheinlich der von Sebastian. Um den habe ich mich noch gar nicht gekümmert, dachte er. Das musste er baldmöglichst nachholen.

***

Tom und Britta betraten hinter Ben den fast dunklen Hausflur. Britta schob sich an den beiden Männern vorbei, ging zur Treppe und spähte nach oben.

»Alles dunkel, bis oben hin, komisch. Vielleicht ist der Strom weg.«

»Nee, das Außenlicht geht ja«, erwiderte Liebermann.

Tom fuhr sich mit den Händen durch die regennassen Haare und sagte: »Vielleicht ein Kurzschluss, und die Sicherung …« Er hörte, wie unter Brittas Schuhen leise Glas knirschte. Glasscherben, dachte er.

»Raus, alle raus!«, schrie Britta plötzlich. Sie riss ihre Walther aus dem Holster und ging hinter dem Treppenaufgang in die Hocke.

Tom zog ebenfalls seine Waffe und drückte Liebermann in die Ecke neben der Tür. »Nicht rühren«, befahl er leise. Mit einem Ruck öffnete er die Haustür und ließ sie gegen die Wand krachen.

Fast im gleichen Augenblick ertönten zwei Schüsse, Putz spritzte auf, und mit einem schrillen Pfeifen schossen die Querschläger durch den Flur.

»Mündungsfeuer am Flurende«, raunte Britta Tom zu, dann sprang sie auf, rannte den Flur hinunter, ging im tiefen Türrahmen der Hausmeisterwohnung in Deckung und feuerte dabei dreimal in Richtung Kellertreppe, wo der Angreifer sich verbergen musste. Die Schüsse krachten ohrenbetäubend durch das Treppenhaus.

Tom fasste Liebermann an der Schulter und schob ihn hastig wieder nach draußen.

»Deckung, sofort.« Aus den Augenwinkeln registrierte er eine Bewegung im ersten Stock, oben auf der Galerie. »Britta, raus hier!« Mit beiden Händen die Waffe im Anschlag fixierte er die Galerie und brüllte: »Kriminalpolizei! Auf den Boden und Waffe weg!«

Er stand hier wie auf dem Präsentierteller, falls sich oben ein weiterer Schütze verbarg, aber noch immer sicherte Britta vor ihm, ohne sich zu rühren, den Flur aus ihrer Deckung. Draußen zerbarst mit einem Krachen die Außenlampe, und der Flur lag nun im vollständigen Dunkeln.

Auf der Galerie tappten Schritte. Tom hechtete über den Flur zum unteren Rand der Treppe. Von oben blitzte Mündungsfeuer, erneut spritzte Putz durch den Raum, als die Kugeln neben Tom in der Wand einschlugen. Er warf sich zu Boden, rollte sich auf den Rücken und feuerte zurück. Von oben hörte er Getrappel, jemand schoss senkrecht über das Geländer der Galerie nach unten. Toms Stellung war unhaltbar. Britta sicherte in Richtung Treppenabgang, bei dem es noch immer still blieb. Dann rannte sie auf Tom zu, feuerte nach oben, zog ihn auf die Beine und mit sich nach draußen. Neben der Tür blieben sie beide mit der Waffe im Anschlag stehen.

»Wir brauchen Verstärkung«, keuchte Tom.

Im Haus schrie jemand wie ein Wahnsinniger um Hilfe. Oh, mein Gott, halt bloß die Klappe und versteck dich, dachte Tom. Eine Geiselnahme war jetzt das Letzte, was sie brauchten.

Tom kroch gebückt unter dem Fenster neben der Haustür durch zu Liebermann, der sich hinter dem Treppenaufgang des Nachbarhauses zusammengekauert hatte.

»Alles in Ordnung?«

Liebermann nickte.

»Danke, dass Sie die Lampe zerschmissen haben. Das war im richtigen Augenblick. Ich fordere über Funk Verstärkung an. Bleiben Sie, wo Sie sind!« Tom lief zu seinem Wagen. Über den Digitalfunk erreichte er die Einsatzzentrale schneller als über das Handy. Hastig gab Tom das Nötigste durch und hängte das Mikro zurück ans Armaturenbrett.

Vom Beifahrersitz aus spähte er zu Britta hinüber, die immer noch den Hauseingang besetzt hielt. Plötzlich sah er, wie sie mit gezogener Waffe ins Haus zurückstürmte. Verdammt, Britta, was soll das? Tom rannte zurück zum Haus, schob sich erneut an der Hauswand vorbei und bog vorsichtig mit erhobener Waffe um die Ecke. Britta kam eilig die Treppe herunter.

»Sie sind weg. Sie sind aus Liebermanns Wohnung in den Garten gesprungen, das heißt, eigentlich war es wohl nur einer. Er hat den anderen durch die Hintertür nach draußen gezogen. Ich wollte sie aufhalten, aber ich habe es bei der Dunkelheit zu spät gemerkt. Als ich rein bin, hörte ich eine Frau weiter oben wie eine Wilde schreien, da bin ich dann hoch. Ich dachte, da ist vielleicht noch einer.«

»Abgesehen davon, dass es natürlich total endbescheuert ist, allein hier reinzugehen, hätte ich es auch so gemacht. Du hast enorm schnell geschaltet, als du auf die Scherben der Glühbirne getreten bist. Alle Achtung!«

Britta winkte ab, aber Tom wusste, dass nur ihre Geistesgegenwart und ihre blitzschnelle Reaktion Schlimmeres verhindert hatten. Er zog sein Handy aus der Tasche.

»Verstärkung ist unterwegs. Ich ruf noch die Jungs vom KK31.«

Britta ging in den hinteren Teil des Flurs. Am Kelleraufgang ging sie in die Knie. »Tom, sieh dir das an. Hast du vielleicht eine Taschenlampe?«

»Im Auto. Was ist?«

Tom ging zu Britta und wusste direkt, was sie meinte. Die Treppenstufen waren bis zur Mitte mit Blut beschmiert. Kein Wunder, dass der Schütze kein weiteres Mal geschossen hatte. Offensichtlich hatte Britta ihn getroffen, und er war die Treppe halb hinuntergekrochen, um sich selbst außer Schussweite zu bringen.

»Ganz schöne Menge!«

»Ist es weit durch die Gärten bis zur Straße? Wenn er so schwer verletzt ist, erwischen wir ihn vielleicht noch.«

»Keine Ahnung, aber da es schon dunkel ist, wir das Gelände nicht kennen und bei Ben Liebermann bleiben sollten, wäre es besser, hier die Stellung zu halten, denn ich glaube, dass die Kerle nicht auf irgendwen, sondern auf ihn gewartet haben.«

Britta nickte. »Sie haben ihn abgepasst, wahrscheinlich vorher beobachtet und ihm aufgelauert. Wenn wir nur wüssten, warum.«

»Wir sollten Liebermann noch einmal befragen.«

»Ja, auch wegen Gens, deshalb waren wir ja ursprünglich hergekommen. Was für ein Glück für ihn!«

Wenig später rückten Beamte vom Kriminaldauerdienst an und begannen auf Toms Anweisung hin das Gelände zu sichern. Dann trafen auch Schnurbus und das Team der Kriminaltechnik ein. Nach wenigen Minuten war der ganze Häuserblock abgesperrt. Rettungskräfte und Traumahelfer kümmerten sich um die Hausbewohner. Neben einer zwanzigjährigen Frau, die aufgrund der Schüsse eine Panikattacke erlitten hatte, war im zweiten Stock noch eine Mutter mit ihren beiden Kindern zu versorgen. Die Mutter hatte ihre Wohnungstür gesichert, indem sie eine Kommode davorgeschoben hatte, und sich mit den Kindern in ihrem begehbaren Kleiderschrank versteckt. Tom war heilfroh, dass niemand während der Schießerei ins Treppenhaus gerannt war. Die Spurensicherung untersuchte ein weiteres Mal Sebastians Wohnung, die jemand rücksichtslos verwüstet hatte.

»Sie haben wohl kein neues Schloss einbauen lassen, was?«, fragte Tom Ben Liebermann.

Der schüttelte den Kopf und betrachtete sichtlich fassungslos das Chaos, das um sie herum herrschte.

»Noch nicht, ich hatte das total vercheckt.« Liebermann biss sich auf die Lippe. »Ich bin Ihnen so dankbar, dass Sie da waren«, sagte er.

»Schon gut. Ich würde gern behaupten, dass wir das vorhergesehen haben und zu Ihrer Rettung gekommen sind, aber wir hatten tatsächlich nur ein paar Fragen an Sie. Sie sollten erst mal nicht in dieser Wohnung bleiben. Ich schlage vor, dass wir Sie heute Nacht anderweitig unterbringen.«

»Tom, kommst du mal?« Jörg Wahl stürmte aufgeregt in die Wohnung. »Du musst dir was ansehen, schnell!«

Tom nickte Liebermann zu und eilte mit Wahl die Treppe hinunter in den Keller und nach draußen in den Garten. Die Gärten der herrschaftlichen Reihenhäuser in dieser Straße waren von hohen Mauern eingefasst. Wer auch immer von hier fliehen wollte, würde einige Mauern überklettern müssen, bis er zu einem Garten mit Zugang zur Straße kam.

Im hinteren Teil des Gartens, hinter einem im Licht der Scheinwerfer nass glänzenden Rhododendron, standen mehrere Polizisten, darunter auch Britta und Staatsanwalt Schnurbus.

Als Tom und Jörg zu ihnen traten, machten sie ihnen Platz, und Tom konnte auf dem Boden einen Mann auf dem Bauch liegen sehen, hingeworfen wie ein Sack, nass und dunkel von Blut und Regen. Der Mann war mittelgroß und untersetzt.

»Verdammt!« Tom sah Britta an, aber sie wich seinem Blick aus.

»Luther wird gleich da sein.« Schnurbus ging in die Hocke und deutete auf den Nacken des Mannes. »Aber das Ergebnis seiner Untersuchung dürfte nicht allzu überraschend ausfallen. Ich behaupte mal, dass ich einen aufgesetzten Genickschuss erkenne, wenn ich ihn sehe.« Er blickte zu Britta auf. »Demnach dürfte er nicht durch Ihre Waffe gestorben sein, Frau Steinfort, ich glaube kaum, dass er noch so weit gekommen wäre. Verzichten Sie bitte darauf, Ihren Kummer in Alkohol zu ertränken.«

Die Beamten vom KK31, der Spurensicherung, begannen den Fundort der Leiche zu sichern. Zuerst verscheuchten sie die Kollegen, um wenigstens noch einen Teil der Spuren davor zu bewahren, zertrampelt zu werden, anschließend errichteten sie eine Plane als Regenschutz über dem Toten und der unmittelbaren Umgebung.

Dr. Luther tauchte etwa fünf Minuten später auf. Im Gegensatz zu seinem prominenten Namensvetter war er schlank, groß gewachsen und wirkte äußerst agil. Sein kurz geschnittenes Haar zeigte bereits einiges Grau, das jungenhafte Gesicht ließ ihn aber trotzdem jünger erscheinen, als er mit Mitte fünfzig tatsächlich war. Luther wartete, bis die in weiße Overalls gehüllten Ermittler mit dem Schießen ihrer Fotos und der Untersuchung des Bodens um die Leiche herum fertig waren, dann begann er mit seiner Arbeit. Routinemäßig suchte er nach Anzeichen für die Todesursache, kontrollierte auf Leichenflecken und Starre des Leichnams. Nach einigen Minuten und weiteren Fotos bat er einen der Beamten, ihm beim vorsichtigen Umdrehen der Leiche zu helfen. Er untersuchte mit raschen Bewegungen den Leichnam und nahm noch einige Fotos. Schließlich stand Luther auf und gab die Leiche zum Abtransport im Zinksarg frei.

»Aufgesetzter Genickschuss als Todesursache unter dem üblichen Vorbehalt der Vorläufigkeit«, sagte Luther zu Tom, Britta und Schnurbus. »Darüber hinaus ein Steckschuss in der Schulter, nicht tödlich, aber sehr schmerzhaft und dürfte stark geblutet haben.«

Schnurbus nickte. »Das war Hauptkommissarin Steinfort, nehme ich mal an. Irgendwas zur Identität?«

»Keine Papiere, auch kein Schmuck, außer einem Panzerarmband, billiges Teil. Zwischen zwanzig und dreißig Jahre, ich schätze mal, kein Mitteleuropäer.«

»Und von wo stammt er dann?«, fragte Tom.

»Ich schätze eher aus Südeuropa oder vom Balkan. Stämmig und durchtrainiert, und ein paar alte Narben habe ich auch gesehen. Mehr kann ich bei dem Licht noch nicht sagen.«

»Nicht gerade der transparenteste Fall«, sagte Tom.

»Nein, nicht wirklich. Vielleicht geht es doch um alle Liebermanns, womöglich handelt es sich um irgendeine Familienfehde«, sagte Schnurbus.

»Zur klassischen Zielgruppe von Blutrache hätte ich die Familie Liebermann aber nicht gerechnet. Mit wem sollten die sich überworfen haben? Ich glaube immer noch, dass es um etwas Bestimmtes geht, etwas, das Liebermann vielleicht noch gar nicht bewusst ist.«

»Oder etwas, das er uns nicht sagen wollte«, fügte Britta hinzu, der die Erleichterung, niemanden erschossen zu haben, ins Gesicht geschrieben stand.

»Mir macht vor allem Sorgen, dass Gens verschwunden ist«, ergänzte Tom.

»Ich bin dann mal weg«, sagte Luther dazwischen.

»Reformator auf dem Jakobsweg«, grunzte Schnurbus belustigt.

»Ich lach mich tot.« Luther verschwand grußlos im Inneren des Hauses.

Schnurbus sah seine beiden Kommissare an. »Haben wir irgendeine Idee bezüglich Gens? Sein Alibi war ja einwandfrei.«

Tom wollte gerade ansetzen, Schnurbus die möglichen Gründe für das Verschwinden von Gens aufzuzählen, als ein Beamter von der Spurensicherung auf sie zutrat.

»Wir bräuchten noch Ihre Dienstwaffen für die Ballistik.« Tom und Britta händigten ihm ihre Waffen aus, und der Beamte versprach: »Morgen habt ihr sie wieder.«

Schnurbus wandte sich wieder an Tom und Britta. »Noch mal: Mir gefällt es gar nicht, dass Gens weg ist. Wenn ihm etwas passiert, zerreißt uns die Presse in der Luft.«

»Deshalb sind wir ursprünglich auch hergekommen«, sagte Britta. »Wir wollten Ben Liebermann die Dringlichkeit der Situation vor Augen führen und ihn bitten, uns bei der Suche nach Gens zu helfen.«

»Wie hoch ist die Wahrscheinlichkeit, dass Gens Kontakt zu den Entführern hatte?«

»Sicher wissen wir überhaupt nichts«, erwiderte Tom. »Vielleicht wurde er bereits kontaktiert, bevor wir am Donnerstag bei ihm gewesen sind. Er war so verzweifelt, ohne Not würde er seine Frau nicht im Stich lassen, wenn Sie mich fragen.«

Britta nickte zustimmend.

»Wissen wir überhaupt, ob Gens die Mittel hätte, um Lösegeld zu zahlen?«, fragte Schnurbus. »Seine Konten haben wir im Blick, aber könnte er sich auf andere Weise Geld beschafft haben?«

»Nicht, soweit wir wissen«, antwortete Britta. »Was aber nichts heißen muss. Ich bin dafür, wir fragen erst mal Ben Liebermann, ob er eine Idee hat, wo Gens steckt.«

»Ich glaube nicht, dass der uns das verraten wird«, brummte Tom. »Ich finde ihn extrem unkooperativ. Wenn wir nicht zur Stelle gewesen wären, sähe es jetzt etwas finster für ihn aus.«

Britta zuckte die Achseln. »Die beiden Schützen waren jedenfalls nicht hier, um Topfschlagen zu spielen. Meiner Meinung nach haben sie nicht nur etwas gesucht, sondern auch ganz gezielt versucht, Liebermann zu schnappen und so lange Druck auf ihn auszuüben, bis sie haben, was sie wollten. Ein Angreifer wartet in der Wohnung, der andere hält sich unten versteckt, um Liebermann den Rückzugsweg abzuschneiden. Nur Pech, dass wir dabei waren. Das hat die Angreifer dazu veranlasst zu schießen.«

»Sie haben den Schlüssel aus Sebastian Liebermanns Audi mitgenommen, das heißt, sie wollten von Anfang an in die Wohnung. Nur haben sie anscheinend nicht das gefunden, was sie gesucht haben – was auch immer das sein soll –, deshalb wollten sie sich an den Bruder halten.«

Schnurbus ergänzte: »Offensichtlich ist das, was sie suchen, von enormer Bedeutung. Liebermann ist vielleicht nur in die Schusslinie geraten …«

»… oder die Kerle vermuten, dass er das ›Was-auch-immer‹ jetzt hat«, vollendete Tom. »Wir müssen noch einmal mit ihm reden.«

»Ja, wir müssen ihm klarmachen, dass diese Kerle Zeugen nicht am Leben lassen, wie man sieht, selbst wenn es sich um die eigenen Leute handelt. Anscheinend war der Tote durch seine Verletzung ein Sicherheitsrisiko, weil er nicht mehr fliehen konnte. Da hat sein Komplize ihn einfach abgeknallt«, meinte Britta. »Übernimmst du das, Tom? Ich werde noch mal mit den

Leuten von oben reden, vielleicht haben sie ja doch etwas gesehen, das uns weiterhilft.«

Britta eilte rasch die Treppen hinauf.

»Wenn sie nicht, als sie auf die Scherben getreten ist, sofort geschaltet hätte, dass jemand die Beleuchtung im Treppenhaus mit Absicht zerstört hat, hätte Luther hier mehr zu tun gehabt«, sagte Tom versonnen.

Schnurbus legte ihm die Hand auf die Schulter. »Küppers, ich weiß, dass Frau Steinfort für Sie die Mitarbeiterin des Monats ist, aber vielleicht könnten wir jetzt ganz vorsichtig an die Arbeit gehen?«

Ben Liebermann saß im Wohnzimmer auf dem Sofa. Um ihn herum waren die Beamten der Spurensicherung beschäftigt, die sich auch noch einmal die Küche vornahmen. Kriminalkommissarin Inge Fröhlich, wie ihre Kollegen mit einem weißen Overall bekleidet, kam auf Tom und Schnurbus zu, als diese das Wohnzimmer betraten.

»Keine Fingerabdrücke, dafür aber deutliche Spuren von Gewaltanwendung. Jemand hatte es eilig, und ich bin fast sicher, dass es nur einer war.« Fröhlich deutete auf das Chaos. »Es wurde systematisch, vom Flur beginnend, gesucht. Mitten in der Küche enden die Verwüstungen abrupt.« Fröhlich führte Tom und Schnurbus in die Küche. Auf dem Boden herrschte ein Chaos. Vor dem Kühlschrank lagen Lebensmittel verstreut. Überall lagen Scherben oder hingeworfene Küchenutensilien, aber die Oberschränke waren unberührt. »Entweder hat er oder sie das Gesuchte gefunden, oder es gab eine Störung.«

»Woher wollen Sie wissen, dass es nur ein Täter war, wenn es keine Spuren gibt?« Tom sah Inge Fröhlich fragend an.

»Ich sagte, keine Fingerabdrücke, Spuren gibt es schon.« Sie wies auf den Kühlschrank. Der komplette Inhalt lag auf dem Fußboden verstreut.

»Was sucht man nur in einem Kühlschrank?« Tom betrachtete die Lebensmittel. Eine Salatöllache hatte sich zu ihren Füßen gebildet.

»Sehen Sie, uns hilft das hier weiter.« Fröhlich deutete auf den Boden, Tom und Schnurbus konnten jedoch nichts weiter Auffälliges entdecken. »Gegen das Licht sieht man es besser«, erklärte Fröhlich, bückte sich und neigte den Kopf leicht zur Seite.

Tom machte es ihr nach und entdeckte die feine, schimmernde Spur aus Fußabdrücken, die sich auf dem matten, dunklen Parkett abzeichnete.

»Die geht von hier mit ruhigen Schritten«, Fröhlich wies Richtung Wohnzimmer und zeigte mit den Händen die Schrittlänge an, »bis zum Durchgang, ab da werden die Spuren noch mal etwas kräftiger und haben einen größeren Abstand, hier ist jemand gerannt, dann ist das Öl verbraucht. Ich vermute, dass der Täter Frau Steinfort rufen hörte, so wie ich über den Ablauf informiert wurde, aber das ist nur Mutmaßung.«

»Und daraus schließen Sie, dass es nur einer war?« Tom war noch nicht überzeugt. Wo war Finkeldei? Der erzählte zwar eine Menge Stuss, aber ließ einen keine Rätsel raten.

»Er ist ins Schlafzimmer gelaufen, hat das Fenster geöffnet und ist rausgesprungen. Wir haben unten im Garten recht tiefe Abdrücke gefunden, die das nahelegen. Wir nehmen gerade die Gipsabdrücke, aber es scheint sich nur um ein Paar Schuhe zu handeln.« Fröhlich holte Luft. »Dieses Chaos beschränkt sich tatsächlich nur auf das Wohn- und das Arbeitszimmer und endet hier in der Küche, Bad und Gästezimmer wurden nicht durchsucht. Im Gästezimmer liegen ein Gitarrenkoffer, ein Seesack und ein Rucksack, die waren Freitag noch nicht da, die stammen vermutlich von dem Bruder.«

Schnurbus und Tom nickten.

»Und mit dem sollten wir jetzt noch mal reden«, sagte Schnurbus entschieden.

***

Ben saß immer noch auf dem Sofa. Wie betäubt beobachtete er den Alptraum, der um ihn herum stattfand. Als Schnurbus und Küppers aus der Küche zurückkamen, setzte Ben sich gerade auf.

»Herr Liebermann, ich nehme an, Sie verstehen, dass wir

uns allmählich Sorgen machen«, begann der Kommissar. »Wir haben unten im Garten einen Toten. Wir wissen noch nicht, wer er ist, aber wir müssen davon ausgehen, dass es sich um eine der Personen handelt, die Ihnen aufgelauert haben, und dass dieser Mann von seinem Komplizen erschossen wurde, weil er nicht mehr in der Lage war zu fliehen.« Ben war entsetzt. »Sie haben verdammtes Glück gehabt. Die Täter haben nach etwas gesucht, und es hat sich gezeigt, dass ihnen jedes Mittel recht ist, um zu bekommen, was sie wollen«, führte Küppers weiter aus. »Sie haben gesagt, Sie wüssten nicht, um was es geht, aber ich muss Sie bitten, sich noch einmal eingehend mit dieser Frage zu beschäftigen und uns gegenüber absolut ehrlich zu sein.« Er zögerte kurz. »Aber im Moment ist da noch eine andere Sache. Simon Gens ist verschwunden.«

»Um Gottes willen, denken Sie, er wurde auch …?« Ben schnappte nach Luft. Damit hatte er nicht gerechnet. Was hatte das alles nur zu bedeuten?

»Nein, ehrlich gesagt ist er unserer Observation entwichen, und das mit Absicht«, antwortete Tom. »Eine Möglichkeit besteht darin, dass er von den Entführern Ihres Neffen kontaktiert wurde und er das Lösegeld übergeben will. Die Frage ist nur, falls wir mit dieser Annahme richtig liegen, woher er das Geld hat. Seine Konten sind unberührt. Haben Sie ihm vielleicht geholfen, Herr Liebermann?«

Das Geld, von dem Schlesinger gesprochen hatte. Ob die Polizei davon wusste? Sollte er der Polizei davon erzählen? Aber er wollte Jonas' Leben auf keinen Fall gefährden, egal woher Simons Geld stammte.

»Von mir hat er es nicht. Sie können meine Bankverbindungen gern überprüfen.«

»Das mit dem Lösegeld ist nur eine Vermutung, genau wissen wir es nicht«, sagte Tom. »Vielleicht hat er Angst um sein Leben, oder er will seinen Sohn auf eigene Faust suchen. Haben Sie gar nichts mehr von ihm gehört? Sie haben ihn doch heute Morgen bei der Beerdigung gesprochen. Hat er irgendwelche Andeutungen gemacht?«

Ben schüttelte den Kopf. »Sie haben ihn doch selbst gesehen.

Er hat gar nichts gesagt. Er wollte später noch zu Lex ins Krankenhaus.«

»Ja, und genau dort hat er sich abgesetzt. Herr Liebermann, wir machen uns Sorgen. Es wäre an der Zeit, dass Sie kooperieren. Das alles hier sollte Ihnen zu denken geben.«

Schnurbus meldete sich zu Wort. »Wir müssen Sie unter Polizeischutz stellen, Herr Liebermann. Sie sind hier nicht sicher, da die Täter jederzeit Zutritt zu Ihrer Wohnung haben, solange die Schlösser nicht ausgetauscht sind. Und selbst das würde, das hat der heutige Abend gezeigt, Ihnen nicht allzu viel nützen.«

Bens Gedanken überschlugen sich. Wenn er Küppers richtig verstanden hatte, hatte Simon sich abgesetzt. Das konnte nur heißen: Er hatte eine Spur, oder die Entführer hatten sich gemeldet. In jedem Fall wollte er ganz offensichtlich nicht mit der Kripo zusammenarbeiten. Simon war nicht unbedingt der handfeste Held, für sein Verhalten gab es somit nur eine Erklärung: Die Polizei war ein Risiko für Jonas' Leben. Vielleicht würde sich Simon ja wenigstens bei ihm melden. Ben war verzweifelt. Er musste ebenfalls zusehen, dass er sich die Polizei vom Hals hielt, so schnell wie möglich. Und in der Wohnung wollte er auch bleiben. Irgendetwas hatte ihm Sebastian mitteilen wollen, und Ben spürte, dass die Nachricht in der Wohnung zu finden sein musste. Das schienen diese Verbrecher ja auch zu denken. Die Polizei wusste ja nicht einmal, dass dies bereits der zweite Einbruch war.

»Ich möchte lieber hierbleiben. Ihre Kollegen von der Spurensicherung sind doch noch da. So schnell werden diese Typen nicht wiederkommen, oder?«

»Woher wollen Sie das wissen?« Küppers stand auf und ging zum Fenster. »Warum wollen Sie ein solches Risiko auf sich nehmen?«, fragte er gereizt.

Ben war übel. Ihm war klar, dass er ein riskantes Spiel spielte. Die Polizei einzuweihen wäre natürlich eine vernünftige Lösung. Aber, nein, das wollte er nicht. Etwas sagte ihm, dass es besser war, die Klappe zu halten. Oder doch nicht? Was, wenn Simon dem, worauf er sich eingelassen hatte, nicht gewachsen war? Was, wenn er – genauso wie Jonas – schon längst nicht mehr am Leben war? Ob Jonas am Leben blieb, konnte unter Umständen davon abhängen, ob Ben die richtige Entscheidung traf, welche das auch immer sein mochte.

Dem Hauptkommissar und dem Staatsanwalt war anzusehen, dass sie über Bens Verhalten nicht glücklich waren.

Schnurbus schüttelte den Kopf und stand auf. »Sie handeln unvernünftig, Herr Liebermann, aber ich vermute, das wissen Sie. Passen Sie auf sich auf und melden Sie sich sofort, wenn Ihnen etwas Ungewöhnliches auffällt.« Er nickte Küppers zu. »Wir sehen uns morgen früh im Präsidium, um zehn Uhr in meinem Büro. Bitte sagen Sie Luther Bescheid, er soll mit dabei sein.«

»Ist gut.« Küppers wandte sich wieder Ben zu. »Herr Liebermann, Sie können mich jederzeit anrufen, auch nachts. Das ist meine Karte. Es ist nicht ganz auszuschließen, dass die Entführer mit Ihnen in Kontakt treten, jetzt, da Herr Gens verschwunden ist. Oder vielleicht meldet er sich auch bei Ihnen. Auch wenn es Ihnen gegen den Strich geht und im Kino auch immer alle ihre Kinder ohne die dummen Bullen retten, sollten Sie mir vertrauen. Glauben Sie mir, dass es in der Realität nun einmal anders aussieht! Für das Kind kann das der Unterschied zwischen Leben und Tod sein.« Er legte seine Karte auf den Couchtisch. »Und verlassen Sie bitte nicht die Stadt. Und wenn doch, sagen Sie bitte auf jeden Fall vorher Bescheid.«

Grußlos und sichtlich verärgert verließ Küppers die Wohnung.

Ben wartete, bis die Leute von der Spurensicherung die Wohnung verlassen hatten, um die Spuren im Erdgeschoss und auf der Kellertreppe zu sichern, dann holte er seine Gitarre aus seinem alten Zimmer. Spielen hatte ihm immer beim Nachdenken geholfen.

Kaum zwanzig Minuten später stand urplötzlich Ellis in der Wohnung. Fassungslos sah sie sich um. »Was ist denn passiert?«, fragte sie aufgeregt. »Wieder ein Einbruch? Ich habe unten die Polizei gesehen.«

Ben zog sie aufs Sofa, erzählte ihr, was vorgefallen war, und berichtete von dem Gespräch mit dem Staatsanwalt und dem Kommissar.

Ellis war entsetzt. »Ich begreife dich einfach nicht, Ben. Warum sagst du dem Kommissar nicht, dass die Kerle schon mal da waren, und warum erzählst du nichts von Simons geheimem Konto?« Ellis sah ihn wütend an.

»Und wenn Simon einen Plan hat, wie er Jonas retten kann, und wir funken ihm dazwischen? Verdammt, ich weiß es doch auch nicht! Im Moment habe ich keine Ahnung, was richtig ist. Ich will nichts verderben.«

»Ja, ich verstehe, aber was, wenn du dich irrst? Wenn Simon längst nicht mehr am Leben ist? Einfach die Hände in den Schoß zu legen, ist auch keine Lösung.«

Ellis war anzusehen, wie aufgewühlt sie war. Ben fühlte sich schlecht. Was, wenn er falschlag?

Neuss

Nachdem Tom Liebermanns Wohnung verlassen hatte, suchte er Britta, die er im Erdgeschoss antraf. Sie stand in der Tür, die raus in den Garten führte, und beobachtete die Beamten der Spurensicherung, die bei Nieselregen und Dunkelheit weiterhin versuchten, die genauen Abläufe zu rekonstruieren. Luther war nicht mehr da, Tom würde ihn anrufen müssen, damit dieser morgen früh bei der Besprechung im Neusser Präsidium anwesend war.

»Sollen wir fahren? Ich dachte, ich lad dich zum Abendessen ein, wenn du magst?«

Britta drehte sich überrascht zu ihm um. »Gern, sehr gern. Ich musste daran denken, dass ich nur einen Kefir im Kühlschrank habe.«

»Das ist zum Betrinken definitiv zu wenig Alkohol. Worauf hast du Lust? Chinesisch, italienisch oder normal?«

»Normal?«

»Na ja, eben *nicht* chinesisch oder italienisch. Wir können uns aber auch irgendwo was zum Mitnehmen holen, und ich zeig dir mein zukünftiges Zuhause.«

»Ziehst du um?«

»Ja, mit Hund und Pferd. Ich muss noch einiges renovieren, aber Licht gibt es immerhin schon. Und ein paar Bretter zum Draufsitzen.«

»Klingt irre kuschelig«, lachte sie und wirkte regelrecht befreit. »Das möchte ich sehen, bitte.«

Tom parkte seinen Laguna in der Einfahrt des kleinen Vierkanthofes, der, umgeben von ein paar Wiesen und Weiden, ein gutes Stück abseits von Alt-Korschenbroich lag. Da es noch kein Außenlicht gab, ließ er kurz die Scheinwerfer an, damit Britta einen Blick auf das Gebäude werfen konnte.

»Alles meins. Das Haupthaus ist bewohnbar, aber ziemlicher Achtziger-Jahre-Charme. Das da drüben sind die Ställe für meine beiden Zossen. Und daneben steht eine alte Scheune, das Dach ist zum Glück intakt, da muss ich nicht viel dran machen.«

Britta sah sich interessiert um. »Ich wusste gar nicht, dass du Pferde hast. Ist dir das nicht zu einsam hier?«

»Einsam? Quatsch! Typische Frauenfrage. Ich habe auch einen Hund, also muss ich mich nicht fürchten. Du dich übrigens auch nicht.« Er lächelte sie an. Wie schön sie war, selbst nach so einem Misttag.

»Ich fürchte nur zu verhungern. Seitdem das Essen so im Auto duftet, merke ich, dass mir der Magen in den Kniekehlen hängt.«

»Dann lass uns ins Haus gehen, könnte aber kalt sein. Oder wir fahren weiter in mein jetziges Heim, da dürfte es etwas gemütlicher sein.«

»Welche Frau könnte einem Mann mit zwei Immobilien widerstehen? Aber warm finde ich gut.«

Tom fasste nach ihrer Hand. »Huh, tiefgekühlt. Die andere auch?«

Er langte nach ihrer anderen Hand, während er mit seiner Linken erst seinen und dann ihren Gurt löste.

»Was soll das werden?«, flüsterte sie leise, als er sie zu sich zog.

»Du bist nicht bewaffnet, das muss ich ausnutzen.«

Er strich sanft über ihre Haare und blickte ihr tief in die Augen. »Lass mich das *einmal* tun!« Er küsste sie zart. Sie erwiderte seinen Kuss und rutschte näher zu ihm. Als sie ihre Lippen voneinander gelöst hatten, grinste er sie an. »Und jetzt?«

Britta lächelte ebenfalls. »Essen. Sofort!« Sie küsste ihn noch einmal leicht auf die Lippen, und Tom startete den Motor.

***

Ben und Ellis hatten diskutiert. Ellis hatte schließlich eingelenkt. Beiden war klar, dass Ben eine schwere Verantwortung trug. Seine Entscheidung, die Polizei nicht einzuweihen, so unsicher sie auch war, wollte er nicht umstoßen. Schließlich hatten sie erschöpft entschieden, sich Pizzas zu bestellen, denn trotz aller Anspannung waren beide hungrig. Die Beamten der Spurensicherung hatten

Bens Angebot dankend abgelehnt, und so kam der Bote mit nur zwei Pizzas. Ben spürte unwillkürlich eine gewisse Beunruhigung in sich hochsteigen, als er die Treppe hinunterrannte, um an der Haustür das Essen in Empfang zu nehmen. Jetzt werd nicht hysterisch, dachte er sich.

Er bezahlte und wollte gerade mit den Pizzakartons wieder rauf in die Wohnung, als sein Blick erneut auf den überquellenden Briefkasten fiel. Kurz entschlossen stellte er das Essen auf dem ersten Treppenabsatz ab. Neben dem zur Wohnung besaß er noch immer einen Schlüssel für den Briefkasten. Er schichtete Briefe, Prospekte, Zeitungen und Flyer zu einem wackeligen Stapel auf den Pizzakartons und lief zurück in die Wohnung. Ellis saß am Tresen der Kücheninsel und hatte Gläser und Besteck bereitgelegt. Ben balancierte die Schachteln mitsamt Poststapel zum Tresen.

Ellis fing ein paar Briefe auf, die herunterzufallen drohten. »Wo kommt das her?«

»Briefkasten«, antwortete Ben.

»Der Tote im Garten ... meinst du nicht, das könnte der Typ sein, der dich überfallen hat?«, fing Ellis wieder an. »Du solltest es dem Kommissar sagen.«

»Ja, Ellis, wahrscheinlich, aber ich möchte darüber nicht mehr diskutieren. Außerdem glaube ich, wenn ich jetzt erst etwas sage, hält er mich erst recht für verdächtig. Ich hatte heute Abend schon das Gefühl, er würde mich gleich verhaften.«

»Nein, das glaube ich nicht. Ich glaube, die machen sich echt Sorgen, dass dir etwas passiert«, entgegnete Ellis.

»Ich verstehe nicht, was mit Simon ist«, überging Ben ihre Bemerkung. »Dass Sebastian ihn überprüfen lässt und dass Simon dann abhaut, macht so keinen Sinn. Sebastian fand Schlesinger zufolge Simons Schweizer Kohle nicht weiter verdächtig. Irgendwie habe ich das Gefühl, dass die Entführer Simon kontaktiert haben und er versucht, Jonas zu finden. Er würde alles tun, um den Kleinen zurückzubekommen.« Er sortierte rasch die Post nach Werbung und Korrespondenz. Plötzlich hielt er inne.

»Was ist los?«

Ben hielt eine schmale rosa Karte hoch. »Das ist ein Rückschein. Sebastian hat mir ein Einschreiben geschickt, letzten Mittwoch …«

»Du meinst, wir stellen hier alles auf den Kopf, und das, was diese Typen die ganze Zeit gesucht haben, liegt vielleicht bei dir zu Hause?«

»In Berlin. Genau.«

»Das wäre ja verrückt. Meinst du, Raoule hat es angenommen?«

»Sonst hätten wir jetzt nicht diesen Rückschein. Das ist ihre Unterschrift. Ich rufe sie gleich an.«

Er zog sein Handy aus der Tasche. Unter dem Display hatten sich feine Wassertropfen gebildet.

»Mist! Ist mir eben in die Pfütze gefallen bei meinem Versteckspiel draußen.«

Er wählte Raoules Nummer. Sein Herz schlug bis zum Hals. Er wollte nicht mit ihr sprechen, um keinen Preis eigentlich. Und jetzt hatte er keine andere Wahl. Er holte tief Luft. Reiß dich zusammen, dachte er, als Raoule abnahm.

»Raoule? Hallo, ich bin's.«

»Hallo, Ben«, sagte Raoule ruhig. Ben kannte diese Stimme. Ihre Anwältinnenstimme – besser als jeder Pokerspieler konnte Raoule jede Aufregung oder Befangenheit überspielen. »Geht es dir gut? Wie geht es Alexa? Mir tut das alles so leid, Ben.«

Ben überging ihre Fragen. »Geht es Elodie besser?«

»Den Umständen entsprechend. Sie fragt ständig nach dir. Ich habe ihr gesagt, du musstest unverhofft auf Tour, weil du für einen anderen Musiker einspringen musstest.«

Er nickte mit angespanntem Gesicht. »Gut. Drück sie von mir!« Er wandte sich ab, damit Ellis sein Gesicht nicht sehen konnte. Er hustete und wischte sich durchs Gesicht. »Ist ein Einschreiben für mich angekommen?«

»Jede Menge Post, ein Einschreiben auch, ja.« Sie machte eine kurze Pause. »DIN A5. Von Sebastian.« Zum ersten Mal konnte Ben raushören, dass ihre Stimme schwankte.

»Das Einschreiben von Sebastian, kannst du es mir schicken? Per Eilkurier an Sebastians Adresse? Ich bezahl das. Bitte, Raoule, es ist wichtig. Danke.«

»Ja, mache ich gleich fertig. Ben, mir tut das alles so leid. Alles, weißt du.« Ben schwieg. »Okay, dann nicht. Kannst du dich bitte beizeiten mal melden, ich mache mir sonst Sorgen. Und vielleicht auch mal Elodie anrufen?«, seufzte Raoule.

»Ja, ich melde mich!« Er beendete das Gespräch und versuchte, Ellis nicht anzusehen. Er legte den Kopf in den Nacken. Er war so unglaublich wütend auf Raoule, dass so ein Gespräch fast seine Kräfte überstieg. Elodie fragte nach ihm. Er sah sein kleines Mädchen vor sich. *Sein* kleines Mädchen, dachte er traurig. Nein, nicht *sein* kleines Mädchen. Er seufzte ebenfalls und wandte sich zu Ellis um. »Es ist da, ein Umschlag in DIN A5, sagt sie.«

Ellis stand auf, kam um den Tresen herum auf ihn zu und umarmte ihn. Er spürte ihren schmalen, festen Körper und legte den Kopf auf ihre Schulter.

»Ich bin froh, dass du da bist«, sagte er leise.

»Hat sie mit Elodie gesprochen?«, fragte Ellis nach einer Weile des Schweigens.

Ben löste sich ruckartig von ihr. »Weiß ich nicht«, sagte er rau. »Ist das jetzt wichtig?«

Ellis seufzte. »Nein, ist es vielleicht nicht. Aber wie soll ein Kind jemals damit klarkommen, dass es von klein auf von seiner Mutter so belogen worden ist? Wenn man nicht mal der eigenen Mutter vertrauen kann, wem dann?«

Ben ballte die Hände zu Fäusten. »Zum letzten Mal, Ellis, diese Fragen stelle ich mir auch. Und ich stelle mir auch die Frage, wem ich eigentlich vertrauen soll?« Er ließ die Hände sinken. »Ich kann mich gerade nicht mit Raoule auseinandersetzen, Ellis. Ich kann einfach nicht.«

Ellis nickte. Sie kam erneut zu ihm, strich ihm aber nur scheu übers Gesicht. Ihre Hand war warm und die Berührung sacht. Für eine Sekunde drückte Ben ihre Hand an seine Wange, dann ließ er sie abrupt los. Er atmete tief durch, setzte sich auf einen der Barhocker und klappte seinen Pizzakarton auf.

»Komm, lass uns was essen.«

Sie aßen und überlegten dabei, was Sebastians Brief wohl enthalten mochte. Ben sagte, er habe kurz daran gedacht, ihn von Raoule öffnen zu lassen, dies dann aber doch für einen Fehler gehalten.

Morgen würden sie hoffentlich mehr wissen. Besonders beunruhigend fand Ellis Simons Verschwinden, vor allem angesichts Schlesingers Enthüllung, dass Sebastian Simon hatte überprüfen lassen. Welchen Grund hatte Sebastian dazu gehabt?

Ben fand die ganze Sache nach wie vor nicht dramatisch. »Simon ist ein prima Vater, soweit ich das sehe, und Alexa mag ihn sehr. Ich meine, wirklich sehr. Simon hat Geld auf die Seite gebracht. Und wenn schon. Damit ist er Mitglied einer erklecklichen Gesellschaft von Steuerhinterziehern. Dank seines Jobs kannte er sicher alle möglichen Hintertüren, die Versuchung war für ihn wohl nicht eben gering. Wobei wir ja nicht mal wissen, ob er etwas Illegales gemacht hat.« In sarkastischem Tonfall fügte er hinzu: »Und es gibt mehr Leute, als man denkt, die ihrem Partner Dinge verschweigen.«

»Morgen müssen wir ganz schön hier aufräumen«, versuchte Ellis einen Themenwechsel.

»Wir?«

»Ich helfe dir. Muss aber erst arbeiten, bis um vier.«

»Danke. Ich fahre morgen auf jeden Fall als Allererstes zu Lex, damit ich wieder zurück bin, wenn der Kurier kommt.«

Ben stand auf, zerknüllte seinen Pizzakarton und stopfte ihn in den Mülleimer. Ellis tat es ihm nach und räumte das Besteck und die Gläser in die Spülmaschine. Ben setzte sich aufs Sofa und stimmte seine Gitarre nach. Seine Finger huschten über die Stahlsaiten, und eine hübsche kleine Melodie erklang. Ellis, die eigentlich hatte gehen wollen, kam ebenfalls zum Sofa, setzte sich in die Ecke und betrachtete Ben. Er spielte geradezu virtuos. Wie von selbst schien die Melodie in das Intro von »500 Miles« von den Hooters überzugehen.

»If you missed the train I'm on you will know that I am gone
you can hear the whistle blow a hundred miles
a hundred miles a hundred miles a hundred miles a hundred miles
you can hear the whistle blow a hundred miles.«

Seine Stimme war klangvoll, rau und nasal. Nahtlos stieg er in »Hope of Deliverance« von Paul McCartney ein.

»Bitte spiel noch eins«, sagte Ellis lächelnd, als er geendet hatte.

Ben überlegte einen Augenblick, dann lächelte er, begann wieder zu spielen und sang:

»If I were a carpenter
And you were a lady,
Would you marry me anyway?
Would you have my baby?«

Sie sangen das Lied von Tim Hardin gemeinsam und im Wechsel zu Ende. Ben stand grinsend auf und verneigte sich.

Von der Diele her erschallte Applaus. Ben und Ellis fuhren herum. Inge Fröhlich und zwei weitere Kollegen in weißen Overalls standen im Durchgang.

»Ganz toll, wirklich«, lachte Fröhlich. »Wir sind jetzt weg, und es wäre empfehlenswert, wenn Sie die Wohnungstür abschließen würden.«

Die drei verabschiedeten sich, und Ben sah schmunzelnd Ellis, die aufgestanden war, an. »Warum bist du so knallrot geworden, das war doch gar nicht schlecht.« Er lehnte die Gitarre wieder ans Sofa. »Du willst wirklich gehen?«

»Ja.« Sie nahm ihren Anorak von der Lehne des Sofas. »Danke für das Dinner.«

»Oh, gern wieder. Wann sehen wir uns morgen?«

»Ich komme nach der Arbeit zu dir, wird wohl gegen halb fünf, so mit Umziehen und Duschen.«

Er sah ihr von der Wohnungstür aus nach, wie sie die Treppe hocheilte.

»Tür zu!«

»Jaja, schon gut.«

Er schloss die Tür und schob die zwei Sperrriegel vor. Er ging zurück ins Wohnzimmer und ließ seinen Blick über das Chaos schweifen. Er hob die Bilder auf, die vom Klavier und von den Wänden gerissen worden waren. Der Eindringling hatte Rahmen und Passepartout auseinandergenommen und, nachdem er anscheinend nichts gefunden hatte, die Bilder achtlos auf den Boden geworfen. Ben steckte die Bilder wieder in die Rahmen und strich mit den Fingern über die Gesichter von Lex und Jonas. Dabei spürte er, wie ihm wieder die Tränen kamen, aber er gab ihnen nicht nach.

Er setzte sich wieder aufs Sofa, nahm seine Gitarre und spielte noch ein Lied. Er merkte, dass er nicht länger standhalten konnte. Er war mit seinen Kräften am Ende. Er ließ die Gitarre zu Boden gleiten, legte sich bäuchlings auf das Sofa mit dem Kopf zwischen den Armen und ließ die Tränen einfach kommen.

Duisburg

Justus Müsse war von Wilhelmshaven mit einem Regionalzug nach Hamburg und von dort aus direkt mit dem ICE weiter nach Duisburg gefahren. Die knapp drei Stunden Zugfahrt hatte er genutzt, um alle Fakten, aber vor allem seine Gedanken zu ordnen. Justus hatte die Verbindungen und Gemeinsamkeiten zwischen den verschiedenen Fällen und den Beteiligten festgehalten. Bei den vorliegenden fünf Fällen von Kidnapping in Verbindung mit mindestens vier Morden war bislang die einzige verbindende Komponente die Verwandtschaft der Kinder untereinander und die Tatsache, dass sie beinahe gleich alt waren. Die Morde in Wilhelmshaven, Lüdenscheid und Duisburg waren auch nicht mit derselben Waffe verübt worden, und außer Alexa Liebermann, die bis auf Weiteres nicht aussagen konnte, war die Mutter von Natascha Rother die Einzige, die vielleicht etwas Licht in dieses Dunkel bringen konnte. Blieb die Frage, ob sie kooperativ war. Vollkommen undurchsichtig war für Justus hingegen das Verschwinden von Simon Gens und Emma Basch. Die SOKO in Heinsberg arbeitete eng mit den anderen Sonderkommissionen zusammen, aber Frau Basch und ihr Kind blieben genauso unauffindbar wie Jonas Liebermann.

Der ICE hielt quietschend im Duisburger Hauptbahnhof. Justus war so konzentriert gewesen, dass er nicht einmal die Ansagen gehört hatte. Er raffte sein weniges Gepäck zusammen und klemmte sich sein Notizbuch unter den Arm. Auf dem Bahnsteig sah er sich um. Der Bahnhof an der Rheinschiene war riesig, ein Knotenpunkt von fast monströsen Ausmaßen.

»Kriminalkommissar Müsse?« Ein baumlanger Kerl sprach ihn von der Seite an, und Justus wurde aus seinen Gedanken gerissen.

»Ja?«

»Jerry Straub, Kripo Duisburg«, sagte sein Gegenüber. »Du warst ja wohl gerade ganz weit weg?«

Justus lachte. »Ja, irgendwo in meiner Eisenbahn-Kindheit. Ist ein toller Bahnhof. Wie hast du mich gefunden zwischen all den Leuten?«

»Erstklassige Ermittlungsarbeit und eine JPEG-Datei eurer Sekretärin. Ich hab auf deinem Handy angerufen, dass ich dich abhole, aber im Zug ist das mit dem Empfang ja oft nüschte.«

Justus sah sich Straub genauer an. Über einsneunzig und durchtrainiert, Jeans, blaues Flanellhemd und eine abgetragene Lederjacke, dichte schwarze Haare, die ihm in die Stirn hingen, und blaue Augen wie Hugh Laurie. Justus seufzte. Bei so einem Aussehen konnte man geradezu neidisch werden.

»Was?« Straub sah ihn neugierig an. »Tasche zu schwer?«

»Nein, nein. Danke, dass du mich abholst. Ich hätte mir sonst ein Taxi genommen …«

»Liegt ohnehin auf dem Weg. Du möchtest doch mit Frau Rother reden. Ihr Arzt sagt, sie sei kaum ansprechbar, aber wenn es nicht anders geht, dann sollten wir jetzt kommen.« Straub steuerte auf einen blauen Passat zu. »Das ist doch okay?«

»Ja, sicher, passt mir gut.« Justus hob seine Reisetasche auf den Rücksitz und stieg vorne ein. »Wie stellt sich der Fall aus deiner Sicht dar?«

Straub lenkte den Wagen über die Kreuzung vor dem Bahnhof und ordnete sich in Richtung Walsum ein. Es war später Nachmittag, und es herrschte ziemlich dichter Verkehr. An einer roten Ampel griff er hinter sich nach einer Mappe, die auf der Rückbank lag.

»Da ist die Akte Natascha Rother. Die Kleine wurde aus dem Garten entführt, wo sie im Beisein ihrer Mutter spielte. Die Mutter ging ums Haus zur Biotonne, ließ es ein paar Sekunden unbeobachtet, und anschließend war das Kind angeblich weg.«

»Angeblich?«

»Ja, wir haben zunächst eine groß angelegte Suchaktion durchgeführt, Verwandte, Nachbarn, Freunde befragt, das ganze Pipapo. Nichts. Auch kein Kindsvater. Angeblich tot, jedenfalls nicht auffindbar, kein Eintrag in der Geburtsurkunde, Frau Rother verweigert die Auskunft. Sie stand völlig unter Schock, sie sagte nur immer: ›Er weiß gar nichts von ihr. Er spielt keine Rolle.‹ Keine Lösegeldforderungen, nichts. Natürlich haben wir vor allem in die Richtung Sexualdelikt ermittelt. Fehlanzeige. Was nichts heißen will, zunächst einmal, muss ich zugeben.«

»Aber ihr hattet schließlich die Mutter in Verdacht? Hatte sie ein Motiv? War sie überfordert? Neuer Liebhaber?«

»Nein, es wäre aber auch eine Liebhaberin gewesen. Wir haben ihre Exfreundin befragt. Sie haben sich vor einem halben Jahr getrennt. Frau Rother sei immer sehr liebevoll mit dem Kind umgegangen und auch äußerst souverän. Was Nachbarn, Freunde, Kinderarzt im Übrigen bestätigt haben.«

»Rache?«

»Von der Ex? Nein, sie hat ein wasserdichtes Alibi.« Er machte eine kurze Pause. »Dann haben wir das Kind gefunden. An der Autobahn. Die Leiche war nicht versteckt, wohl einfach nur schnell abgelegt. Erschossen, die Obduktion ergab, dass das Kind erst circa vierundzwanzig Stunden nach der Entführung gestorben ist.« Er deutete auf die Mappe. »Es sind alles Geschwister, oder? Hat jemand eine Ahnung, wie das sein kann? Ein durchgeknallter Samenspender, der sich Sorgen über die Erbfolge macht?«

Justus hatte die Mappe aufgeschlagen und betrachtete das vergrößerte Foto, das zuoberst abgeheftet war. Natascha Rother, zart, großäugig, mit feinen blonden Haaren und Stupsnase. Ihre Mutter Heidi passte zu ihr – oder umgekehrt. Aber das war ja alles Quatsch, nach derzeitigem Erkenntnisstand waren sie nicht stärker miteinander verwandt als er und Jerry Straub.

»Was macht sie beruflich?«

Straub schnaubte. »Lebens- und Seelenberaterin! Arbeitet für so einen Esoterikladen. Hilfe in allen Lebenslagen: auf der Suche nach dem Selbst und dem inneren Kind.«

»Jesus«, machte Justus.

»Nee, der eben nicht. Mehr so ganzheitlich, mit Aura und Meditieren, ›Leben im Gewahrsein‹ oder so. Heidi Rother hat dort eine Ausbildung zur Heilerin gemacht.«

»Klingt nach Sekte. Liegt da ein Motiv?«

»Da waren wir auch dran, aber dann kamt ihr ja mit den Geschwistern. Außerdem haben wir uns den Laden schon angeschaut, im Grunde ist das ein geschäftstüchtiger Niederländer, der an der Lebensleere anderer Leute Geld verdient. Das ist vielleicht unethisch, aber ich glaub nicht, dass da mehr dahintersteckt.«

Justus machte sich eine Notiz. »Trotzdem, ich lass mal überprüfen, ob es da einen Zusammenhang gibt. Zu den andern Fällen.« Er steckte seinen Block wieder ein. »Und sonst?

»Die Mutter ist sehr angeschlagen«, fuhr Straub fort. »Wirst du ja gleich sehen.« Er bog nach links in ein Gewirr schmaler Straßen ab, in denen ältere Einfamilienhäuser in trauter Eintracht nebeneinanderstanden. »Hier ist es«, sagte er und parkte vor einem kleinen einstöckigen Haus mit umlaufendem Garten.

»Aus *dem* Garten wurde das kleine Mädchen entführt? Am helllichten Tag?«

Justus sah sich zweifelnd um. Morde, Entführungen und Vergewaltigungen kamen zu jeder Tageszeit vor – und es gab genügend traurige Beispiele, bei denen die Opfer Kinder gewesen waren. Aber die Straßen in diesem Viertel waren so eng und verwinkelt, dass eine rasche Flucht mit einem entführten Kind im Kofferraum fast unmöglich schien.

»Ja, so scheint es gewesen zu sein. Das sagt die Mutter, und wir haben bislang keinen Grund, ihr nicht zu glauben.« Straub seufzte. »Gehen wir rein.«

Er klingelte an der Haustür. Wenige Sekunden später wurde sie von einer jungen Frau geöffnet, die nicht die geringste Ähnlichkeit mit Heidi Rother hatte.

»Ja?« Sie blickte die beiden Männer einen Augenblick fragend und deutlich misstrauisch an. Dann hellten sich ihre Züge auf. »Sie sind von der Polizei, nicht wahr? Sie waren schon einmal da.«

»Ja, Straub, Kripo Duisburg. Dürfen wir reinkommen?« Er wandte sich an Justus. »Frau Kowlaszic ist von der Caritas, sie kümmert sich ein bisschen um Frau Rother.«

Straub und Justus betraten das kleine Haus. Durch einen schmalen Flur gelangte man in ein wohnliches Esszimmer, an das sich das Wohnzimmer und eine offene Küche anschlossen.

»Frau Rother hat sich hingelegt.« Frau Kowlaszic zögerte. »Eigentlich ist sie gar nicht aufgestanden. Sie hatte heute wieder furchtbare Weinkrämpfe, weil Ihre Kollegen ihr mitgeteilt haben, dass Nataschas Leiche jetzt zur Beerdigung freigegeben ist. Der Arzt gab ihr daraufhin eine Spritze.«

Die beiden Beamten tauschten einen Blick. Wie sollte man in so einer Situation mit der Mutter sprechen? Konnten sie das verlangen?

»Würden Sie Frau Rother fragen, ob sie kurz aufstehen könnte?«, bat Straub. »Wir hätten ein paar Fragen an sie. Es ist wichtig!«

Frau Kowlaszic zuckte die Schultern. »Ich werd's versuchen.«

Sie verschwand die Treppe hinauf in den ersten Stock und kam erst nach gut zehn Minuten wieder nach unten. An ihrer Seite betrat eine abgemagerte Frau mit eingefallenen Wangen und halb aufgelöstem Pferdeschwanz den Raum. Sie trug einen zerknitterten Pullover und Jeans. Sie wirkte abwesend und müde, ihre Augen waren geschwollen und gerötet. Justus spürte Unruhe in sich aufsteigen. Er hatte selbst drei Kinder, das jüngste war vier Jahre alt. Er fühlte sich jedes Mal beteiligt, wenn er von Verbrechen an Kindern erfuhr, weil die Vorstellung, so etwas könne auch einem seiner eigenen Kinder zustoßen, sich immer wie eine kalte Hand nach ihm ausstreckte. Er sah seine Frau vor sich, wusste, wie sie reagieren würde, wusste, dass der Tod eines ihrer Kinder sie genauso zerstören würde wie diese Frau.

»Frau Rother«, sagte er sanft. »Wollen Sie sich nicht setzen?«

Heidi Rother ließ sich in einen der blauen Sessel fallen. Sie wirkte wie betäubt, vermutlich nicht nur aufgrund ihrer Trauer, sondern auch durch das Sedativ, das der Arzt ihr verabreicht hatte.

»Frau Rother, mein Name ist Justus Müsse, ich bin Kommissar beim LKA in Düsseldorf. Ich weiß, dass Sie einen enormen Verlust erlitten haben, sicher den schwersten, der für mich nur irgendwie vorstellbar ist. Ich habe selbst Kinder.«

»Natascha war mein einziges Kind«, flüsterte sie. »Sie wissen gar nichts.«

»Das kann gut sein«, gab Justus zu. »Ich wage mir auch kaum vorzustellen, wie es Ihnen geht. Aber ich muss Sie doch bitten, uns einige Fragen zu Nataschas Verschwinden zu beantworten. Wir brauchen Ihre Hilfe. Es sind noch mehr Kinder getötet worden.«

Für einen Moment hatte er ihr Interesse.

»Was spielt das jetzt noch für eine Rolle? Tascha ist tot und kommt auch nicht zurück, wenn Sie ihren miesen Mörder anschleppen.« Sie richtete sich auf und starrte ihn wütend an. »Dann wird er verurteilt und kommt nach acht oder neun Jahren wieder frei. Aber mein Kind ist ein Leben lang tot, und ich bin es auch. Soll ich irgendwann in der Zeitung lesen müssen, dass er wieder auf freiem Fuß ist? Da stelle ich mir lieber vor, dass Gott ihn richtet. Oder ich selbst, wenn ich ihn je erwische.«

Justus tauschte einen Blick mit Jerry Straub. Wusste sie etwas, dass ihr helfen würde, den Mörder selbst zu richten? Oder war das nur der verzweifelte Wunsch nach Rache?

»Frau Rother, wenn Sie etwas wissen, sollten Sie es uns sagen. Es sind noch drei weitere Kinder entführt worden. Sie könnten noch am Leben sein«, sagte Straub eindringlich zu ihr.

Heidi Rother starrte abwesend vor sich hin. Frau Kowlaszic, die bisher schweigend neben ihnen gesessen hatte, legte Straub die Hand auf die Schulter und schüttelte warnend den Kopf.

»Ich weiß, dass es schlimm für Sie ist, aber wenn Sie etwas wissen, dann *bitte* reden Sie mit uns darüber.« Justus zögerte einen Moment. »Was ich Ihnen zu sagen habe, ist nicht einfach. Nicht einfach zu verstehen und …«, Justus sah hilfesuchend zu Straub, »… sehr schwer zu akzeptieren. Wir haben herausgefunden, dass die entführten Kinder alle Geschwister sind. Verstehen Sie? Ihre Tochter Natascha war kein Einzelkind. Alle fünf Entführten sind Kinder von denselben Eltern.« Er wollte die Frage hinzufügen, die sie alle bewegte: Wie konnte das sein? Aber fast im selben Moment schoss Heidi Rother aus ihrem Sessel und ging mit erhobenen Fäusten auf Justus los, schlug auf ihn ein, trat nach ihm und stieß dabei ein verzweifeltes, fast nicht mehr menschliches Heulen aus. »Was wollen Sie damit sagen? Was wollen Sie damit sagen?«

Justus duckte sich, schützte seinen Kopf mit seinen Armen und versuchte den Faustschlägen zu entgehen. Straub war aufgesprungen und versuchte Heidi Rother von hinten festzuhalten, aber Frau Kowlaszic schob ihn mit erstaunlicher Kraft zur Seite.

»Lassen Sie!«, fuhr sie ihn an. »Warum müssen Sie sie auch so quälen?«

Sie legte von hinten die Arme um die Rasende und zog sie mit sich in den Flur. Das Toben ging in schluchzendes Wehklagen über, dann war es still. Justus quälten Schuldgefühle. Er wusste, dass Heidi Rother nicht einmal annähernd in der Lage war, zum jetzigen Zeitpunkt mit einer solchen Nachricht fertigzuwerden.

Für Straub stand etwas anderes im Vordergrund. »Ich bin sicher, sie weiß etwas. Sie hat zumindest einen Anhaltspunkt.«

»Nur weil sie selbst Rache nehmen will? Das glaube ich nicht.«

Sie diskutierten eine Weile, aber dann begann jeder seinen Gedanken nachzuhängen. Sie blieben fast eine halbe Stunde unbehaglich in ihren Sesseln sitzen, bis Frau Kowlaszic zurückkam.

»Sie sind ja immer noch da«, sagte sie verärgert. »Ich denke, Sie gehen besser.«

»Wir werden Frau Rother noch einmal verhören müssen«, sagte Straub entschieden. »Wir können nicht zulassen, dass Kinder sterben, nur weil wir bei der Befragung der einzigen Zeugin zu vorsichtig waren. Wir kommen morgen wieder. Vielleicht können Sie veranlassen, dass der Arzt Frau Rother ein Beruhigungsmittel gibt.« Straub gab Justus einen Wink, und sie verließen das Haus.

»Schöner Mist, oder?«, meinte Justus.

»Die Frau gehört ins Krankenhaus, wenn du mich fragst.«

»Hast du Kinder?«, fragte Justus. »Ich habe drei, und ich weiß nicht, ob ich in ihrer Situation gelassener wäre.«

»Ja, ich habe einen Sohn, der ist schon zwanzig, aber der ist auch mein Ein und Alles.« Sie stiegen in den Wagen, und Straub brachte Justus in sein Hotel.

Neuss

Staatsanwalt Schnurbus betrat den großen Besprechungsraum, in dem sich der engste Kreis der SOKO »Jonas« eingefunden hatte. Am Konferenztisch saßen Florian Gerstenmayer, Jörg Wahl, Tom Küppers und Dr. Luther, Britta Steinfort stand am Fenster und unterhielt sich mit Inge Fröhlich und Finkeldei von der Spurensicherung. Justus Müsse fehlte. Er war, wie Schnurbus von Britta wusste, noch in Duisburg.

Als Britta Schnurbus bemerkte, ging sie nach vorne zum Laptop und klopfte kurz auf den Tisch. »Guten Morgen noch mal an alle. Die meisten sind sicher über sämtliche derzeitigen Ermittlungsergebnisse auf dem letzten Stand der Dinge. Wir möchten dennoch wie üblich noch einmal alles zusammenfassen. Ich begrüße dazu auch besonders unseren Doc.« Sie nickte Luther zu. »Außerdem werde ich noch ein paar Informationen von Justus, der aktuell in Duisburg ist, wiedergeben. Er nimmt momentan Kontakt mit der letzten ansprechbaren Zeugin auf.«

Britta erläuterte die Zusammenhänge des bundesweiten Entführungsfalls, zeigte Bilder der vermissten Kinder und ihrer Mütter und ging auf die Ergebnisse der gentechnischen Untersuchung ein. Obwohl bereits bekannt war, dass die Opfer – allesamt Einzelkinder überwiegend alleinerziehender Frauen – in Wirklichkeit Geschwister waren, begann rasch eine aufgeregte Diskussion, in der immer wieder der Begriff »Klone« fiel.

Britta hob die Hand, um für Ruhe zu sorgen. »Vielleicht hat Herr Dr. Luther dazu eine wissenschaftliche Meinung?«

Luther stand auf und ging nach vorn. »Fakt ist, dass es sich natürlich nicht um Klone handelt.« Er schüttelte etwas indigniert den Kopf. »Dann wäre das untersuchte Genmaterial identisch und die Vermissten Repliken eines weiteren sechsten Kindes. Mal abgesehen davon, dass dies derzeit ›technisch‹ überhaupt noch nicht machbar und allenthalben – nicht nur in Deutschland – verboten ist, stimmen die DNAs eben nur zu einem gewissen Prozentsatz überein. Es handelt sich selbstverständlich auch nicht um Fünflinge, dagegen spricht als Erstes, dass die Kinder nicht am selben Tag geboren worden sind, auch wenn die nahezu identischen Geburtstermine stutzig machen. Stochastisch treten Fünflinge bei einer von etwa fünfzig Millionen Geburten auf, im Vergleich dazu werden Zwillinge ungefähr bei jeder fünfundachtzigsten Schwangerschaft geboren. Die Zahlen sind in den letzten Jahren wegen der Zunahme von Fertilitätsbehandlungen gestiegen, allerdings nicht im relevanten Bereich.«

Tom Küppers meldete sich zu Wort: »Zumindest von Jonas wissen wir definitiv, dass er ein Einzelkind ist. Er wurde als Alexa Liebermanns leibliches Kind hier in Neuss im Allgemeinen Krankenhaus geboren.«

Schnurbus sah Luther an. »Nenn uns mal bitte alle kruden Theorien, die du dazu hast.«

Luther zuckte die Achseln. »Ich habe keine. Um ehrlich zu sein, das alles macht überhaupt keinen Sinn.«

Wieder setzte eine erregte Diskussion ein. Schnurbus gab Steinfort ein Zeichen, und diese ergriff wieder das Wort.

»Justus hat gestern Abend kurz mit der Mutter von Natascha Rother, die ermordet aufgefunden wurde, gesprochen, bislang ohne konkrete Ergebnisse, sie ist psychisch verständlicherweise total am Ende. Ihr Arzt hat Justus nur kurz zu ihr gelassen. Sie stand unter Beruhigungsmitteln und war kaum ansprechbar. Heute Morgen wird er noch einmal mit ihr sprechen – unter ärztlicher Aufsicht.« Britta machte eine kurze Pause. »Jörg, Fabian, würdet ihr uns bitte erzählen, was eure Zeugenbefragungen weiter ergeben haben?«

Jörg Wahl nickte und resümierte kurz ihre Ergebnisse. Er hatte noch einmal mit den beiden Zeugen vom Unfallort gesprochen. Keiner von beiden hatte noch etwas beitragen können, außer dass Lars-Timo Kleinert den SUV als BMW X5 bestätigt hatte. Die Besucher des Begräbnisses von Sebastian Liebermann hatten Wahl und Gerstenmayer gemeinsam befragt, ohne dass sich dabei ein verwertbarer Hinweis ergeben hätte. Keiner der Befragten, nicht einmal Liebermanns Exfreundinnen, schienen in dessen Leben involviert gewesen zu sein. Wahl berichtete ferner, dass der Gesundheitszustand von Alexa Liebermann weiterhin kritisch sei. Gerstenmayer hatte auch aus der Kontrolle der Halter der schwarzen 2011er BMW SUVs bislang nichts Verwertbares ziehen können. Keines der bislang ermittelten Fahrzeuge war in einen Unfall verwickelt gewesen oder als gestohlen gemeldet.

Schnurbus seufzte. »Wir nehmen noch Düsseldorf hinzu.«

Ihm saß die Presse im Nacken. Der kleine Jonas war nun seit fünf Tagen verschwunden, und mit jedem Tag, der verstrich, nahm der öffentliche Druck zu. Und die Stimmung im Team wurde zusehends schlechter, weil bei allen die Hoffnung schwand, dass Jonas noch lebte. Was Schnurbus zusätzlich Sorgen machte, war, dass es sich nur noch um Stunden handeln konnte, bis die Pressefuzzis herausgefunden haben würden, dass Simon Gens verschwunden war.

Britta wandte sich an die Spurensicherer Fröhlich und Finkeldei. Finkeldei ließ seiner jungen Kollegin den Vortritt, und Inge Fröhlich begann, die Ergebnisse der gestrigen Tatortuntersuchung zusammenzufassen.

»Wir haben Folgendes«, sagte sie. »Der Spurenlage nach betraten zwei Täter das Haus, Uhrzeit unbekannt. Durchaus möglich, dass sie sich längere Zeit dort versteckten, da sie ja durch den gestohlenen Schlüssel jederzeit Zugang zum Gebäude hatten. Nachdem Ben Liebermann das Haus verlassen hatte, zerstörten sie die Beleuchtung im Treppenhaus. Mindestens eine Person hat anschließend begonnen, Liebermanns Wohnung zu durchsuchen.« Sie zeigte Fotos der durchwühlten Wohnung. »Am Tatort gab es natürlich Fingerabdrücke, die nicht von den Liebermann-Brüdern stammen. Das ist ja nicht weiter ungewöhnlich, zunächst kommen wir aber hier nur bedingt weiter. Als die Kollegen Küppers und Steinfort mit Ben Liebermann das Haus betreten haben, fühlten sich die Einbrecher gestört. Der Überfall im Treppenhaus scheiterte, wie wir alle wissen. Die Ballistik ergab, dass die Täter Neun-Millimeter-Geschosse verwendet haben, der Waffentyp ließ sich allerdings nicht ganz sicher bestimmen, wir tippen aber auf eine Glock, vielleicht eine Sig.«

Sie blickte Finkeldei an, dieser schüttelte jedoch den Kopf und formte mit den Lippen die Worte »Mach du weiter«.

»Der Täter im oberen Stockwerk ist nach dem Schusswechsel

über das Schlafzimmerfenster in den Garten gelangt. Dort dürfte er auf seinen verletzten Komplizen getroffen sein, hat dessen desolate Verfassung bemerkt und ihn daraufhin mit einem Genickschuss getötet, damit er von uns nicht festgenommen und vernommen werden konnte. Das ist zumindest die naheliegendste Interpretation der Spurenlage. Er könnte ihn natürlich auch aus anderen Gründen getötet haben, die uns bislang nicht bekannt sind. Mit der Identifizierung sind wir nicht weitergekommen. In Deutschland ist der Tote nicht aktenkundig. Wir haben Fotos und Daten an Europol weitergegeben. Bislang nichts.« Sie wartete einen Augenblick auf Fragen, die aber ausblieben, und fuhr fort: »Sicher ist, dass er danach über die Mauer in den Nachbargarten geklettert und durch die anliegenden Gärten geflohen ist. Wir vermuten, dass er in der Kaiser-Friederich-Straße entweder seinen Fluchtwagen geparkt hatte oder dass dort jemand auf ihn gewartet hat. Jedenfalls haben die Hunde ab da seine Fährte verloren.«

Britta nickte ihr dankend zu. »Wir versuchen derzeit mehr über Simon Gens herauszufinden. Justus bleibt unser Mann bei den weiteren Entführungsfällen.«

Jörg Wahl hob die Hand. »Was ist mit dem Bruder? Wird er geschützt?«

»Wir können eine Gefährdung nicht ausschließen, aber Liebermann ist nicht kooperativ«, erklärte Tom Küppers. »Wir haben einen Wagen vor seinem Haus postiert und bleiben an ihm dran, rund um die Uhr. Zwei Mann – mehr geht leider nicht. Nach Stand der Dinge ist er auch in keiner Weise verdächtig. Er hat das perfekte Alibi: Am Donnerstag war er auf Island, seit beinahe drei Wochen. Wenigstens die Kollegen in Reykjavik waren kooperativ. Sie haben für uns unter anderem anhand der Hotelrechnungen ermittelt, dass Ben Liebermann sich die gesamten drei Wochen über in verschiedenen Regionen auf Island aufgehalten hat. Zur Tatzeit war er mit ein paar Ponytrekkern seit mehreren Tagen in der Einöde unterwegs. Die isländischen Kollegen haben den Trekking-Guide befragt. Das Ganze ist wasserdicht. Ben Liebermann hat auch kein Motiv.«

Jörg Wahl wirkte nicht überzeugt. »Dass wir es nicht kennen, heißt nicht, dass es keines gibt. Dieser Fall ist derart ungewöhnlich, dass es kein Wunder ist, dass uns auf Anhieb kein überzeugendes Motiv einfällt, das dazu passt. Oder euch? Wir wissen bislang noch nicht, inwiefern Ben Liebermann in diese ganze Geschichte verwickelt ist.«

In diesem Moment klingelte Brittas Handy. Sie zog es aus der Tasche ihrer schmalen schwarzen Jeans und warf einen Blick aufs Display. »Das ist Justus.«

Duisburg

»Glaubst du, wir haben heute mehr Glück?«, fragte Justus Straub, als sie auf dem Weg zu Heidi Rother im Wagen saßen.

»Ich habe eben mit dem Arzt von Frau Rother telefoniert. Er wird bei dem Gespräch anwesend sein. Ich habe ihm klargemacht, dass einiges davon abhängt. Er wirkte kooperativ, zumindest am Telefon.«

Der Berufsverkehr war dicht, und sie brauchten fast eine halbe Stunde bis Walsum. Über der nahen Rheinaue hing kühler Nebel. Einzelne Wildgänse, die aus Skandinavien, Russland und Sibirien kommend hier ihr Winterquartier aufgeschlagen hatten, stießen vom Himmel herab und verschwanden im Dunst. Vor dem kleinen Einfamilienhaus parkte ein dunkelgrüner Peugeot, ein junger Mann stand vor der Haustür. Straub parkte den Wagen, und sie stiegen aus. Justus stellte fest, dass es hier in Rheinnähe verdammt viel kälter war als noch gestern an der Nordsee. Er fror, er trug nur ein dünnes Sakko. An einen herbstlichen Temperatursturz hatte er nicht gedacht, als er am Sonntag einigermaßen überstürzt aus Düsseldorf aufgebrochen war.

Straub begrüßte den jungen Mann und stellte ihn Justus als Dr. Vielhaber vor.

»Es macht keiner auf«, sagte der Arzt. »Ist auch alles still da drin. Ich habe mehrmals geklingelt.«

»Müsste Frau Kowlaszic nicht da sein?« Straub sah auf die Uhr. »Gleich neun.«

»Ja, eigentlich schon. Aber auch nur noch bis morgen, soweit ich weiß. Länger zahlt die Kasse nicht. Ich frage mich, wer sich dann um Frau Rother kümmern soll.«

Straub drückte auf die Klingel. Nichts rührte sich, auch nicht, nachdem er ein weiteres Mal geklingelt hatte. Dr. Vielhaber sah jetzt auch auf die Uhr. Wahrscheinlich musste er in die Praxis. Justus presste sein Gesicht an die in die Haustür eingefasste Scheibe aus Chinchillaglas.

»Nix zu sehen«, murmelte er.

Sie gingen ums Haus herum. Straub spähte durch die Balkontür ins Wohnzimmer und klopfte an die Scheibe.

»Habe ich auch schon gemacht«, sagte Dr. Vielhaber. »Hören Sie, wenn Frau Rother gar nicht da ist, würde ich lieber in meine Praxis fahren. Wenn Sie meine Hilfe brauchen, rufen Sie mich einfach an.« Er reichte Justus seine Visitenkarte.

Straub spähte durch ein Fenster neben der Balkontür. »Die Küche«, stellte er fest. »Auch niemand. Die kann doch nicht weg sein, in der Verfassung, in der sie gestern war.«

Justus hatte ein ungutes Gefühl. Die Stille war geradezu unheimlich. Und warum war die Dame von der Caritas nicht da?

»Hoffentlich ist alles in Ordnung da drinnen«, sagte er beunruhigt.

Der Arzt, der sich zum Gehen gewandt hatte, blieb stehen. »Was meinen Sie damit?«, fragte er Justus.

»Kann es Ihrer Meinung nach sein, dass sie sich etwas antut? Was denken Sie?«

Dr. Vielhaber wirkte bedrückt. »Ausschließen kann ich das nicht. Aber …« Er zögerte. »Müssten wir nicht sofort da rein?«

»Doch, sicher.«

Straub blickte sich um und entdeckte eine Aluminiumleiter, die am Gartenschuppen lehnte. Er trug sie rüber zur Terrasse, lehnte sie an die Hauswand und fuhr sie aus.

»Oben ist ein Fenster auf Kipp, vielleicht komme ich da rein. Sind ja alte Fenster.«

Justus hielt die Leiter fest, und Straub kletterte hinauf. Oben angekommen spähte er durch das Fenster. »Verdammt!«, stieß er unvermittelt hervor. Er sah zu Justus und Dr. Vielhaber hinunter. »Sie hat sich erhängt. Rufen Sie einen Krankenwagen!«

Dr. Vielhaber hatte schon das Handy in der Hand.

»Machen wir die Balkontür auf?«, fragte Justus Straub. Die Unruhe, die ihn eben beschlichen hatte, war in Herzrasen umgeschlagen.

Straub hatte durch das gekippte Fenster gegriffen und hebelte geschickt und mühelos den anderen Flügel auf. Im nächsten Augenblick verschwand er im Haus, war aber fast sofort wieder zurück.

»Zu spät, sie ist tot.«

Dr. Vielhaber war inzwischen die Leiter hinaufgestiegen und kletterte nun ebenfalls durch das offene Fenster ins Haus. Manchmal konnte man Erhängte noch retten, das wusste Justus. Er beschloss, den beiden zu folgen, und erklomm ebenfalls die Leiter.

Im Schlafzimmer oben roch es nach abgestandener Luft. Heidi Rother hatte sich an einem der Dachbalken der offenen Decke erhängt. Sie trug einen Schlafanzug aus rosa Trikotstoff, ihr Gesicht war blau angelaufen, ihre geschwollene Zunge hing ihr halb zerbissen aus dem Mund. Die Augen waren rot unterlaufen und traten weit aufgerissen aus den Höhlen hervor. Der Strick um ihren Hals war rot von Blut.

Justus hätte später nicht sagen können, ob es das Bier gewesen war, das er gestern Abend noch mit Straub getrunken hatte, oder die seltsame Verbundenheit, die er mit Heidi Rother spürte. Er schaffte es nicht mehr bis ins Badezimmer und erbrach sich gleich aus dem Fenster. Mangels Frühstück kotzte er vor allem nach Bier stinkende Galle. Sein Gewürge gab dem jungen Arzt, der sich bemühte mit Straub die Tote abzuschneiden, den Rest. Er ließ den Leichnam, den er gehalten hatte, damit dieser nicht zu Boden stürzte, wenn Straub den Strick durchtrennt hatte, los und stürzte an das zweite Fenster.

»Mein Gott, könnt ihr euch wohl mal zusammenreißen!«, schrie Straub sie beide an, als der tote Körper von Heidi Rother auf den Laminatboden des Schlafzimmers schlug. Von draußen war das Martinshorn des Rettungswagens zu hören.

Justus wischte sich das Gesicht ab. »Manchmal nützen auch zwanzig Jahre Erfahrung nix«, sagte er entschuldigend.

»Ich habe diese Erfahrung gar nicht«, fügte Vielhaber hinzu, der grau und elend neben Frau Rother niederkniete und nur noch ihren Tod feststellen konnte.

Knapp zwanzig Minuten später hatte die Duisburger SOKO das Schlafzimmer und den Rest des Hauses fest im Griff. Vielhaber war gegangen, und Frank Herbstlich, der Leiter der Duisburger Gerichtsmedizin, untersuchte die Tote. Die Beamten der Spurensicherung fotografierten und filmten den mit nummerierten

Aufstellern versehenen Tatort. Herbstlich schüttelte den Kopf, als Straub ihn um einen ersten Eindruck bat.

»Ich guck sie mir erst auf dem Tisch an. Die Leberkerntemperatur kannst du in einer Stunde haben, aber der Rest«, er drehte eine der Hände von Heidi Rother herum und wies auf die zerfetzten Fingerkuppen, »dauert noch was. Die Leichenstarre hat auf jeden Fall noch nicht eingesetzt. Aber vor allem das hier will ich erst unterm Mikroskop haben. Komm heute Abend rein, so gegen sechs, okay?«

Neuss

Britta ließ das Handy sinken. Sie hatte auf Lautsprecher geschaltet, und sämtliche Beamten hatten schweigend und betroffen zugehört. Tom spürte zum ersten Mal die Sorge, dass ihnen dieser Fall entglitt.

Schnurbus wechselte einen Blick mit Martin Luther, der den Kopf hin und her wiegte. »Was denkst du?«, fragte er leise.

»Der Selbstmord wundert mich angesichts der Umstände kaum, aber mir gefällt die Koinzidenz nicht. Fünf entführte Kinder und mittlerweile drei tote Mütter. Ich denke, wir sollten die Vergangenheit der Frauen gründlich unter die Lupe nehmen.«

»Ja, ich glaube auch. Wir haben ansonsten ohnehin wenig Ansatzpunkte.«

Britta hatte ihr Telefon inzwischen wieder in ihre Tasche gesteckt. Auf Tom wirkte sie einen Augenblick tief in düstere Gedanken und Ahnungen versunken, dann straffte sie entschlossen die Schultern und trat zu Schnurbus und Luther.

»Wir sollten nach Heinsberg fahren und versuchen, Emma Basch zu finden«, meinte sie.

»Da stimme ich Ihnen zu«, sagte Schnurbus. »Und wir nehmen uns Gens vor. Gerstenmayer und Wahl sollen ihn noch einmal gründlich durchleuchten.«

***

Schnurbus und Luther verließen den Besprechungsraum. Tom briefte Frank Gerstenmayer und Jörg Wahl auf Gens und wies sie an, den Fahndungsdruck zu erhöhen.

»Das bedeutet, dass die Presse davon Wind bekommen wird«, warf Wahl ein, aber Tom machte eine wegwerfende Handbewegung.

»Das ist jetzt meine geringste Sorge.«

Tom und Britta gaben ihrem Team weitere Anweisungen. Die Suche nach dem BMW sollte weiter ausgedehnt und der

Kinderarzt von Jonas Liebermann noch einmal eingehend befragt werden. Britta teilte zwei kleinere Teams ein, die Kontakt zu den SOKOs in Lüdenscheid und Wilhelmshaven halten und für einen reibungslosen Abgleich der Ergebnisse sorgen sollten. Schnurbus hatte angeordnet, dass die Datenbanken von Europol und Interpol auf Vergleichsfälle abgecheckt werden sollten und dass Jonas Liebermann über SIS europaweit als vermisst zu melden sei. Das wäre eigentlich eine Aufgabe für Justus Müsse gewesen, der aber mitgeteilt hatte, dass er in jedem Fall noch die Obduktionsergebnisse in Duisburg abwarten wollte. Britta übertrug diese Aufgabe daher an Ilona Hüsch, die Jüngste im Team, die aber hervorragende analytische Fähigkeiten bewiesen hatte und mit den digitalen Medien ebenso souverän umging wie Justus – oder zumindest beinahe.

Tom hatte sich wie zufällig neben Britta gestellt. Als sich die letzten Beamten zum Gehen wandten, strich er sanft mit seiner Hand über ihren Unterarm. Sie drehte sich nicht zu ihm um, hielt aber ihre Hand hinter ihrem Rücken so, dass sie die seine drücken konnte. Die kurze Berührung tat gut. Der Morgen hatte in dem Bewusstsein begonnen, dass sie noch keine Ergebnisse vorweisen konnten, und hatte mit der Tragödie in Duisburg nahtlos den Übergang zu einem Misttag geschafft. Britta war wütend und ratlos, und das machte sie hilflos. Und Hilflosigkeit rangierte in der Liste ihrer *Don'ts* ganz oben.

Luzern

Hans Schlesinger wäre nicht im Traum auf die Idee gekommen, irgendeine transeuropäische Destination mit dem Flugzeug zu erreisen, wenn man sie auch gleichermaßen mit dem Auto erreichen konnte. Es war nicht so, dass er nicht gern flog, es war vielmehr, dass er seinen Porsche liebte – und die Tatsache, dass er seine Sig Sauer P 225 in Zeiten des Schengener Abkommens ungestört überallhin mitnehmen konnte. Klar, dass er sie nicht hätte gebrauchen dürfen, und er *wollte* sie auch nicht gebrauchen, aber sie hatte sich mehr als einmal als »zumindest nützlich« erwiesen. Und wenn man in die Schweiz fuhr, brachte man die Sig ja auch praktisch nach Hause.

Vom Rasthof Pratteln aus hatte er, mit Blick von oben auf die Fahrbahnen, gefrühstückt und anschließend ein knappes Telefonat mit Ruedi Rös geführt.

Rös, normalerweise mit einem Gemüt wie der Großglockner gesegnet, hatte am Telefon nervös und beunruhigt gewirkt, geradezu ängstlich. Das von Schlesinger vorgeschlagene Treffen in einem Café am Quai in Luzern hatte er rundheraus abgelehnt, dabei war es fast so etwas wie ihr gemeinsames Stammlokal. Rös und Schlesinger hatten sich vor mehr als zwanzig Jahren bei einem Training für Hochsicherheitskräfte im Negev kennengelernt. Die Ausbilder waren überwiegend ehemalige oder aktive Angehörige des Mossad oder des IDF und das Training nichts für Weicheier. Die bunte Truppe der Auszubildenden bestand aus Amerikanern, Afrikanern und Asiaten, die für professionelle Sicherheitsdienste fortgebildet wurden. Schlesinger, Rös und Stieg Elliasson, ein Finnlandschwede mit deutscher Mutter, waren die einzigen Europäer im Team. Der kreative Schlesinger, der »Computerfummler« Rös und Elliasson, der eine hohe körperliche Präsenz und eine Einsatzbereitschaft, die an Selbstverleugnung grenzte, besaß, freundeten sich rasch an. Nach Beendigung des dreimonatigen Trainings gründeten sie gemeinsam einen eigenen Dienst, der sowohl investigativ wie auch sicherheitstechnisch tätig war. Schlesinger ermittelte vor Ort, Rös im Datendschungel und Elliasson übernahm physische Aufträge, die von einfachem Personenschutz bis zu der Befreiung von Entführungsopfern reichten.

Nach fünfzehn erfolgreichen Jahren war es Ruedi Rös, der die gemeinsame Firma verließ, da er sich mittlerweile im Schweizer Finanzwesen eine mehr als lukrative Zweitfirma aufgebaut hatte. Er beriet Unternehmen, und dabei vor allem Banken, bei allen Problemen und Risiken, die durch die elektronische Datenverarbeitung und Vernetzung erst möglich geworden waren. Rös galt als absoluter Star der Branche, kein Sicherheitsleck, das er nicht entdeckte, kein Contentproblem, das er nicht lösen konnte, ohne dabei betriebswirtschaftliche Erfordernisse oder eine angemessene Servicequalität außer Acht zu lassen. Der »Verlust« von brisanten Kundendaten in Liechtenstein und der Schweiz und der damit verbundene Imageschaden bei der internationalen Kundschaft brachten ihm weitere Mandanten. Gelegentlich, aber dennoch äußerst zuverlässig, half er seinen beiden Ex-Kollegen Schlesinger und Elliasson auch mit Informationen aus, seine Quellen wären der Traum der europäischen Finanzbehörden gewesen. Für Rös allein entscheidend war dabei sein Inkognito, seine Funktion als Maulwurf durfte unter keinen Umständen aufgedeckt werden.

Auch diesmal hatte Rös Schlesinger zuverlässig bei der Aufdeckung der Transfers auf Simon Gens' Konten helfen können. Einzig nähere Informationen zu dem Nummernkonto standen noch aus. Da für Rös eine Übermittlung auf elektronischem Wege, ob Telefon oder Internet, völlig indiskutabel war, da man es seiner Ansicht nach dann auch gleich großflächig hätte plakatieren können, hatten Schlesinger und er ein persönliches Treffen in Luzern vereinbart. Das war absolut nicht neu und ein Treffen unter alten Freunden und Kollegen auch völlig unverdächtig. Und nun dieses Rumgezicke, auch bezüglich der Location. Schlesinger verstand die Welt nicht mehr, aber naturgemäß war Rös nichts zu entlocken gewesen, nicht einmal der Name des neuen Treffpunktes, aber die Andeutungen, die Rös gemacht hatte, reichten Schlesinger, um sein Ziel zu finden: das Art-Deco-Hotel Montana, ein mondäner Kasten unweit des National Quais mit ausreichend Publikumsverkehr. Dort wollten sie sich gegen dreizehn Uhr im Restaurant treffen. Schlesinger grinste vor sich hin. Nicht einmal das Wort »Restaurant« hatte Rös benutzt, dabei mochte Schlesinger seinen Schweizer Dialekt sehr, und »Restaurant« betonte Rös immer so nett auf der ersten Silbe.

Schlesinger erreichte das Montana um kurz vor elf. Er parkte seinen Porsche im Casino-Parkhaus. Während der Fahrt hatte er sich dazu entschlossen, für alle Fälle im Hotel einzuchecken. Er war die halbe Nacht durchgefahren und im Moment ziemlich erschöpft. Er nahm seine Reisetasche vom Beifahrersitz und verließ das Parkhaus. Die hoteleigene Standseilbahn brachte ihn vom Seeufer hinauf zum Hotel. Er hatte ein ums andere Mal mit Stieg und Ruedi hier auf der Terrasse gegessen. Im Sommer genoss man eine fabelhafte Aussicht auf den See in Verbindung mit einem recht gediegenen Ambiente. Also konnte man auch mal im Herbst das Drinnensitzen ausprobieren.

Während Schlesinger sich das Zimmer nahm, reservierte er zugleich einen ruhigen Tisch für das Essen mit Ruedi. Er nahm dem Hotelboy seine Reisetasche wieder aus der Hand und ging über die Treppen nach oben. Zwei Stunden würde er noch schlafen können.

Schlesinger betrat den Speisesaal bewusst ein paar Minuten vor der mit Rös verabredeten Zeit. Er ließ sich vom Kellner zu dem Fenstertisch an der Terrassenfront führen, den er bestellt hatte. Die Aussicht auf den Vierwaldstätter See war einen Moment der Muße wert. Das Hotel lag zwar in der zweiten Reihe, aber hoch genug, um seinen Gästen einen weiten Blick auf Stadt, See und die umliegenden Berge zu eröffnen. Trotz der Mittagszeit verschwamm die gegenüberliegende Seeseite in kühlem Dunst. Die Trasse der Autobahn zum Gotthard war kaum zu erkennen, und der Bürgenstock schien über dem grauen Wasser zu schweben. Die Schneemützen der Berge waren für Oktober üppig und weit ins Tal heruntergewachsen. Die winterliche Kälte der letzten Tage hatte Schnee bis in tiefe Lagen gebracht. Schlesinger war froh, dass der Porsche bereits Winterreifen trug. Einen

Blechschaden oder Schlimmeres wegen falscher Pneus hätte er sich kaum verzeihen können.

»Hallo, Hans!«

Rös war eingetroffen. Groß, hager und ausgesprochen durchtrainiert, mit gepflegtem Haarschnitt und gut sitzendem Anzug über krawattenlosem Hemd, wirkte er lässig und entspannt – weder wie ein Computerfreak noch so aufgeregt wie eben am Telefon.

»Ruedi, alter Junge! Setz dich«, sagte Schlesinger, worauf Rös an der anderen Seite des Tisches Platz nahm. »Alles okay? Eben klangst du ja etwas … na ja, durch den Wind.«

Rudolf Rös lehnte sich in seinem Stuhl zurück und streckte hilflos die Arme aus. »Ich leide, glaube ich, langsam an Verfolgungswahn. Oder an einer allgemeinen Paranoia. Keine Ahnung.« Er seufzte. »Unser Computersystem hat in den letzten drei Tagen fünf Hackerangriffe registriert und abgewehrt. Das hat mich wohl aus der Ruhe gebracht. Heute Morgen war ich sicher, dass jemand in meinem Büro gewesen ist.« Er hob die Hände, die er in der Zwischenzeit flach auf den Tisch gelegt hatte. »Keine Einbruchspuren, nix fehlt … und trotzdem! Weißt du, wie wenn du dein Auto verleihst und nachher hat jemand den Sitz verstellt. Du versuchst ihn zurückzustellen, aber es fühlt sich anders an. Du weißt schon.«

»Nee, keine Ahnung. Im Leben würde ich mein Auto nicht verleihen.« Schlesinger lachte. »Und es fehlt nichts?«

Rös zögerte einen Moment, dann schüttelte er den Kopf. »Ich hätte schwören können, dass in den letzten zwei Tagen mehrmals dasselbe Auto vor meinem Büro und in der Nähe der Wohnung geparkt hätte.« Er hielt kurz inne und lachte. »Das ist wohl die späte Rache des Negev. Man halluziniert überall Agenten.«

Der Kellner trat an den Tisch und bat um die Bestellung. Schlesinger und Rös orderten Getränke und Speisen in einem Zug, aus alter Gewohnheit, um nicht noch einmal gestört zu werden. Als der Kellner gegangen war, sah Schlesinger Rös prüfend an.

»Und wir sitzen jetzt hier und nicht unten am Quai, weil du das Gefühl hast, dass dich jemand verfolgt?«

»Ja, aber dem war nicht so«, sagte Rös ein wenig verlegen. »Jedenfalls habe ich niemanden bemerkt, und ich habe extra ein paar Haken geschlagen.«

Schlesinger nickte. »Was macht unser Nummernkonto?«

Rös schien froh darüber, dass Schlesinger das Thema wechselte. »Ich habe alle Daten, die du wolltest – und noch ein paar mehr. Du weißt ja, dass man seit der Gesetzesänderung in 2004 keine Gelder mehr anonym von einem Nummernkonto ins Ausland transferieren kann. Um Geldwäsche einzudämmen. Nun«, Rös zog einen Notizblock aus der Tasche, »damit ist die Sache schwieriger, aber nicht unmöglich geworden. Bei den großen Schweizer Banken wird man Neukunden kaum ein entsprechendes Angebot machen, aber bei den kleineren Bankhäusern ist man da etwas flexibler. Die meisten Leute denken immer noch, ein Nummernkonto gibt es einfach auf den Namen »Obelix« oder »SpongeBob« und alles ist ganz wunderbar inkognito, aber das ist natürlich Quatsch. Eine Legitimation ist absolut erforderlich, nur wird sie eben nicht allgemein zugänglich gemacht, sondern ist nur einem kleinen Zirkel von vertrauenswürdigen Angestellten bekannt. Aber leider würde sie bei einem internationalen Geldtransfer eben doch aufscheinen. Deshalb arbeiten –«

Schlesinger gab ihm das Zeichen zu schweigen, da der Kellner die bestellten Getränke brachte. Rös wartete, bis der Kellner sich entfernt hatte. Er nahm einen Schluck Cola und warf Schlesinger einen konzentrierten Blick zu.

»Sie arbeiten mit Strohmännern. Sie angeln sich x-beliebige Personen, die gegen ein gewisses Entgelt ein Zwischenkonto auf ihre Identifikation eröffnen. Das kann die Putzfrau sein, der Kellner, die Oma vom Türsteher oder der Rentier vom Sicherheitsdienst. Jedenfalls Leute, die das Geld brauchen und keine Fragen stellen. Bei einer Auslandsüberweisung tickt das Geld für eine Buchungssekunde auf diesem Konto auf, wird so legalisiert und schwups. Interne Überweisungen müssen nicht deklariert werden. Das Ganze in Verbindung mit einem Hinterkonto, und man kann auch gleich noch Steuern hinterziehen.«

»Ein Hinterkonto?«

»Ja, das ist auch so ein Service, diesmal aus der Sparte ›Einfache Steuerhinterziehung‹. Manche Bank sah das gute alte Nummernkonto dergestalt in Gefahr, als die Schweiz sich dem europäischen Steuerraum öffnete, dass man kreative Lösungen erwog und erfand.« Rös hob einlenkend die Hand. »Das sind die schwarzen Schafe, möchte ich betonen.«

»Wie geht das mit der Geldwäsche? Ist das nicht auffällig, wenn Isolde Bürgli auf einmal Millionen überweist?«

»Ja, sicher, daher wird das Ganze auch gesplittet und zeitversetzt durchgeführt, das ist eine Frage der Raffinesse.«

»Und wir haben es mit so einem Putzfrauenkonto zu tun?« Schlesinger war entmutigt.

»Moment! Ja, haben wir, aber damit ist ja nicht aller Tage Abend. Allerdings war der Zugang nicht so einfach wie erhofft. Ich musste ein paar alte Beziehungen spielen lassen, bis ich auf das interessierende Konto zugreifen konnte.« Rös schob mit einer raschen Bewegung einen Zettel über den Tisch. Schlesinger steckte ihn sofort ein. »Der Inhaber des Kontos, von dem aus das Geld vor knapp zwei Jahren geflossen ist, heißt Andrea Beltramini, geboren 1960, damaliger Wohnort Caslano am Luganer See. Die genaue Adresse findest du auf dem Zettel. Ich habe keine Gelegenheit gehabt zu ermitteln, ob Beltramini noch immer dort lebt oder ob er überhaupt noch lebt. Aber die Legitimation war echt, zumindest nach meiner Meinung und der meines Mittelsmanns. Und noch etwas spricht dafür: Das Konto ist bis heute in Bewegung, und zwar regelmäßig. Es werden mittelhohe Summen bewegt und auch Bestände gehalten, das spricht deutlich dagegen, dass es sich um ein weiteres Strohmannkonto handelt.«

Rös nahm einen Schluck Cola, da in diesem Moment das Essen serviert wurde. Der Kellner brachte Rös einen großen Salat mit Filetstreifen und Schlesinger ein Trüffel-Risotto.

»Was verstehst du unter mittelhohen Summen?«, fragte Schlesinger.

»Beträge zwischen zwanzig- und sechzigtausend Franken. Jeweils die Hälfte davon wird weitertransferiert. Immer auf das gleiche Liechtensteiner Konto.«

»Und? An wen dort?«

»So weit bin ich noch nicht. Mein Mittelsmann hat sich seit

zwei Tagen nicht gerührt. Er hatte einen Betrag von mir bekommen, um als Gegenleistung das Konto in Liechtenstein zu klären, er hat exzellente Verbindungen.«

»Wie viel?«

»Was?«

»Der Betrag, den du ihm gezahlt hast. Genug, um sich davon abzusetzen? Und wie viel bekommst du dann von mir an Auslagen?«

Rös machte eine wegwerfende Handbewegung. »Das macht der nicht. Lohnt auch nicht. Der in Liechtenstein wird ein Handaufhalter sein, aber der Züricher Kollege erweist mir einen Freundschaftsdienst.«

»Aber wenn er doch jetzt futsch ist?«

»Das habe ich nicht gesagt. Ich habe ihn nur seit zwei Tagen nicht erreicht, und er hat sich auch nicht bei mir gemeldet.« Rös zuckte unbehaglich die Schultern. »Ich gebe dir Bescheid, wenn ich mehr weiß. Notfalls musst du noch mal herkommen.«

Schlesinger sah den alten Freund beschwichtigend an. »Ich wollte deine Verbindungen nicht in Frage stellen. Wie viel Geld ist aktuell auf dem Konto von Berlusconi?«

»Beltramini. Fast drei Millionen Franken. Die Kontenbewegungen haben schon fünf Jahre vor der Überweisung, die letztendlich auf dem Konto von Simon Gens gelandet sind, begonnen. Worum geht es eigentlich in diesem Fall? Ich meine, nur falls du dich mal aussprechen willst.« Rös grinste.

»Mittlerweile um Mord und Kindesentführung. Und absolut keine Spur, verdammt. Ich werde mir diesen Beltramini direkt mal vorknöpfen. Ich fahre gleich von hier aus nach Dinges am Luganer See.«

»Brauchst du Verstärkung? Ich komme mit dir, wenn du denkst, dass es gefährlich werden kann. Ich meine, ich war die ganze Zeit davon ausgegangen, dass du wieder für Liebermann in irgendeiner illegalen Finanzgeschichte ermittelst.«

»Liebermann stimmt schon. Liebermann ist ermordet worden, seine Schwester liegt im tiefsten Koma, und sein kleiner Neffe wurde entführt.« Schlesinger schilderte in kurzen Worten, was passiert war.

»Um Gottes willen, Hans! Das ist ja eine Riesenschweinerei! Ich komme auf jeden Fall mit dir.«

»Bleib du mal schön hier und hüte Weib und Kind!« Schlesinger sog einen Moment die Luft ein, dann stieß er sie ruckartig wieder aus. »Du hast mir genug geholfen.«

»Lass uns Stieg herholen, der ist so gut wie die Kavallerie.«

»Die Kavallerie kommt immer erst in der letzten Sekunde, Ruedi, gehst du denn nie ins Kino?«

»Nee, wozu, kann man alles downloaden. Versprich mir, dass du Stieg oder mich anrufst, wenn die Luft dünn wird … oder bleihaltig.«

»Ja, und pass *du* auch auf! Schließ dein Büro ab und so!« Schlesinger zwinkerte und entschärfte damit die leicht dramatische Atmosphäre.

Neuss

Schwester Ernestine arbeitete seit nunmehr zwölf Jahren als Intensivschwester im Allgemeinen Krankenhaus in Neuss und war damit die Dienstälteste auf der Intensivstation. Die meisten Kolleginnen hielten die Dauerbelastung und den psychischen Druck nicht annähernd so lange aus.

Ernestine mochte die Stille der Nachtschicht. Die letzten Nächte waren besonders ruhig gewesen, was vor allem daran lag, dass die Station momentan deutlich schwächer belegt war als gewöhnlich, aber auch abgesehen davon hatte es in den vergangenen Wochen vergleichsweise wenig Zwischenfälle gegeben. Ungewöhnlich war lediglich, dass draußen vor der Sicherheitsschleuse Tag und Nacht ein Polizeibeamter saß, der jeden Besucher kontrollierte und protokollierte. Ernestine wusste, dass die wechselnden Beamten wegen der Unfallpatientin, die seit fünf Tagen nach einer kraniosakralen Blutung und weiteren, teilweise schweren Verletzungen im Koma lag, abgestellt worden waren. Ernestine hatte sich manchmal mit den Beamten unterhalten, die sich mit den Schichten abwechselten. Sie wusste gern, woran sie war, und zwischen drei und vier Uhr morgens – bei einem nächtlichen Tee – hatte sie die Geschichte schließlich ausführlicher erfahren, als es aus der Neuss-Grevenbroicher-Zeitung möglich gewesen war.

Mit dem Bruder der jungen Frau hatte sie sich ebenfalls unterhalten. Wie alle Angehörigen schwer kranker Patienten hatte er nach Zuspruch und Ermutigung gesucht. Ernestine war es nahegegangen, als sie gesehen hatte, wie er sich mit seiner leblos daliegenden Schwester unterhielt, die zwar nicht mehr an das Beatmungsgerät angeschlossen war, da sie mittlerweile zuverlässig selbstständig atmete, ansonsten aber nur langsame Fortschritte machte. Ihre multiplen oberflächlichen Verletzungen verheilten zufriedenstellend, aber das erlittene Schädelhirntrauma blieb eine unbekannte Größe. Ernestine hatte sich in ihrem Berufsleben um so manchen Komapatienten gekümmert, und sie hatte gelernt, auf ihre Gefühle zu vertrauen. Fast immer hatte sie bislang mit ihren Einschätzungen, ob ein Komapatient kurz vor dem Aufwachen war, richtig gelegen. Rein medizinisch betrachtet war der Komaindex von Alexa Liebermann unverändert. Die gefürchteten pathologischen Reflexe, die einen totalen Verlust höherer Gehirnfunktionen anzeigten, waren ausgeblieben – zumindest bislang –, aber die Zeit arbeitete gegen Frau Liebermann. Die eher unkritischen Fälle wachten in der Regel innerhalb der ersten drei Tage wieder auf, aber Alexa Liebermann blieb, wo immer sie auch gegenwärtig war.

Wenn Ernestine im Laufe ihrer Schicht an Alexas Bett trat, stellte sie sich stets dieselben Fragen, so auch an diesem Abend. Wo mochte ihr kleiner Junge sein? Wusste Alexa, dass er verschwunden war? Die Polizei ging davon aus, dass sie aufgrund ihrer Bewusstlosigkeit direkt nach dem Unfall nicht wusste, dass Jonas möglicherweise entführt, in jedem Fall aber unauffindbar war.

Ernestine betrachtete die Frau im Bett vor sich. Auf den Bildern, die Ernestine von ihr in der Zeitung gesehen hatte, war Alexa eine schöne junge Frau. Durch den Unfall waren ihr Gesicht und ihr Körper schwer in Mitleidenschaft gezogen worden. Ihr Gesicht war angeschwollen, Lippen und Augenbrauen aufgeplatzt, die Haut durch unzählige Hämatome schwarz verfärbt. Falls sie je wieder zu sich kam, würde sie Monate in der Reha verbringen müssen.

Ernestine ergriff Alexas Hand, die ruhig auf der Bettdecke lag. Mit geübtem Griff ordnete sie die Infusionsschläuche und kontrollierte die Anzeigen auf dem Monitor. Blutsättigung bei achtundneunzig, Puls bei siebzig, Blutdruck bei hundertzehn zu sechzig. Moment! Puls und Blutdruck waren leicht erhöht. Ernestine streichelte die warme Hand noch einmal, dann ließ sie sie wieder los, betrachtete aber noch immer die Anzeige. Langsam sanken Puls und Blutdruck wieder. Ernestine legte ihre Hand an die deformierte Wange der jungen Frau, nur ganz zart, ohne jeden Druck, und der Puls stieg wieder an, der Blutdruck folgte. Erneut nahm Ernestine Alexas Hand und drückte sie. Die Werte blieben konstant hoch, und dann, ganz plötzlich, öffneten sich

Alexas Lippen. Ihre Lippen waren gegen die Trockenheit auf der Station mit einer leichten Fettlösung bestrichen, trotzdem klebten die feinen Lippenhäute spröde aneinander. Ernestine legte vorsichtig die Hand der Patientin wieder auf die Bettdecke und eilte in die Stationspantry, um einen Löffel und ein Glas Wasser zu holen. Vorsichtig benetzte sie Alexa Liebermanns trockene Lippen und beobachtete, jetzt doch mit klopfendem Herzen, den leicht geöffneten Mund. Da! Die Zungenspitze tastete sich langsam vor und nahm den Wassertropfen von der Unterlippe auf. Ernestine wiederholte die Prozedur, und Alexa reagierte erneut.

»Komm zurück, Alexa, wir brauchen dich.« Ernestine wusste, dass jede Art der Kontaktaufnahme, sei es durch Sprechen, durch Berührungen oder Schmeckenlassen, einen Komapatienten aufwecken konnte. Selbst vertraute Gerüche, Musik oder Kinderstimmen konnten dazu beitragen. Erneut drückte Ernestine Alexas Hand, aber bis auf den leicht erhöhten Puls blieb eine Reaktion diesmal aus.

»Ich bin bei dir, verstehst du, gib mir ein Zeichen«, sagte sie leise, aber Alexa schien sich wieder zurückzuziehen. »Du bist noch nicht so weit, ich versteh das. Lass dir Zeit, aber geh nicht weiter fort. Dein Bruder ist jeden Tag hier, und dein kleiner Junge braucht dich auch.«

Ernestine spürte eine Beklemmung in sich aufsteigen, die wie ein Stein auf ihrem Herzen lastete. Wie hätte sie Alexa beibringen sollen, dass ihr Junge fort war, wenn sie tatsächlich wieder zu sich gekommen wäre?

Sie blieb noch einen Augenblick neben Alexas Bett stehen. In einer Stunde würde sie es erneut versuchen. Trotz der Schwere der Situation spürte sie neue Zuversicht. Sie hatte von Anfang an nicht geglaubt, dass Alexa im Koma bleiben würde. Bisher war es nur so ein Gefühl gewesen, aber nun zweifelte sie nicht mehr daran.

Als Ernestine eine Stunde später wieder an Alexas Bett trat, streichelte und drückte sie sanft die Hand, die immer noch die orangen Flecken der Wunddesinfektion aufwies. Alexas Puls begann sich zu beschleunigen, und Ernestine spürte, wie sich ein Finger in ihrer Hand streckte. Ernestine zog sich einen Stuhl heran.

***

Ben war nervös. Der Expressdienst ließ auf sich warten, jetzt war es fast drei Uhr nachmittags. Morgens hatte es geklingelt, aber das war nur ein Polizist gewesen, der ihm Sebastians Laptops brachte. Was ihn aber noch viel mehr beschäftigte – und er fühlte sich dabei wie ein echter Mistkerl – war, dass seine Gedanken ständig um Ellis kreisten. Jonas war noch immer verschwunden und Alexa nach wie vor im Koma, und er verknallte sich wie ein Schuljunge in die mutmaßliche Freundin seines verstorbenen Bruders. Er traute sich nicht einmal, sie zu fragen, ob sie tatsächlich mit Sebastian zusammen gewesen war. Immer wieder hatte er sich dabei ertappt, dass er auf die Uhr sah, selbst bei seinem Besuch im Krankenhaus. Um vier oder halb fünf würde sie kommen, frühestens. Mann! Nervös fuhr sich Ben mit der Hand durch seine ohnehin zerwühlten Haare. Es war immer noch kalt und regnerisch, und in Sebastians Wohnung kam es ihm mittlerweile fast kälter vor als draußen. Schließlich war er dahintergekommen, dass die Heizung abgestellt war. Er hatte sie wieder angestellt, allerdings reagierte die Fußbodenheizung nicht gerade flott. Er hatte sich ein Kapuzenhemd über das verwaschene schwarze Flanellhemd gezogen, weil ihm innerlich so kalt war. Ellis würde sich kaputtfrieren.

Bei Alexa hatte er heute eine seltsame Unruhe verspürt, die Schwestern waren öfter hereingekommen und hatten ihm aufmunternde Blicke zugeworfen, und Alexa hatte zweimal leicht die Hand bewegt. Ihm war fast das Herz stehen geblieben. Er wusste, dass Komapatienten unwillkürliche Bewegungen machen, aber Alexa hatte bislang immer ganz still gelegen. Ein gutes Zeichen? Hoffentlich!

Es klingelte. Endlich! Ben ging zur Wohnungstür und betätigte den Drücker. Er eilte die Treppe hinab, ohne daran zu denken, dass man erst gestern noch einen Mordanschlag auf ihn verübt hatte. Der Mann vom Expressdienst händigte ihm gegen Unterschrift einen wattierten DIN A4-Umschlag aus. Anscheinend hatte Raoule den ungeöffneten Brief von Sebastian einfach eingetütet. Ben wog ihn in der Hand. War das der Grund für das ganze Desaster? Etwas, das kaum schwerer war als ein paar Blatt Papier? Wieder in der Wohnung legte er den Umschlag auf den Wohnzimmertisch und starrte ihn unentschlossen an. Mach ihn auf, Mensch!, drängte er sich selbst. Aber etwas hielt ihn davon ab. Gleich würde Ellis kommen. Sie konnten ihn auch gemeinsam öffnen, oder?

Was war nur mit ihm los? Er war doch sonst nicht so eine Tranfunzel. Kurz entschlossen nahm Ben den gelblichen Umschlag wieder zur Hand und riss ihn auf. Darin befand sich ein zweiter Umschlag, DIN A5-Format, wie Raoule gesagt hatte. Er trug die Handschrift seines Bruders. Sebastian schrieb mit der Hand fast wie andere mit der Maschine. Wenn Ben da an sein eigenes Gekritzel dachte …

Ben löste vorsichtig den Klebestreifen auf der Umschlagrückseite. In diesem Moment klingelte es erneut. Er warf den Umschlag zurück auf den Tisch und rannte fast zur Tür. Diesmal vergaß er nicht sämtliche Vorsichtsmaßnahmen; im letzten Moment erinnerte er sich daran, durch den Türspion zu sehen. Ellis!

»Na du?«, strahlte er sie an und fühlte sich im nächsten Augenblick beinahe schuldig. Wie konnte er jetzt derart glücklich sein?

»Hi«, antwortete Ellis lächelnd. »Ich war etwas früher mit den Frauen durch heute.«

Ihre dunklen langen Haare waren noch etwas feucht vom Regen und fielen ihr in lockigen Zotteln in die Augen. Sie musste die Kälte der Wohnung geahnt haben, denn sie trug unter dem dünnen grauen Sweater noch mindestens drei längere T-Shirts. Ihre verwaschene Jeans saß locker und löcherig auf ihren schmalen Hüften. Ich muss sie unbedingt fragen, wie alt sie ist, schoss es Ben durch den Kopf. Am liebsten hätte er sie gleich geküsst.

»Darf ich rein?«

»Klar. Der Brief ist gerade gekommen. Ich war gerade dabei,

ihn aufzumachen.« Sie sollte nicht wissen, dass er auf sie gewartet hatte. Er war so ein Kindskopf.

Der Brief von Sebastian enthielt nichts weiter als einen USB-Stick. Ben holte einen der Laptops aus Sebastians Arbeitszimmer, wo er sie zunächst abgestellt hatte. Er fuhr den Rechner hoch und betete insgeheim, dass der USB-Stick den mehrmaligen Posttransport unbeschadet überstanden hatte. Sie setzten sich mit dem Laptop aufs Sofa, und Ben öffnete das Verzeichnis des Sticks. Er enthielt lediglich einige Dokumente im WORD-Format und einige Scans, die von Sebastian durchnummeriert worden waren. Kurz entschlossen klickte Ben Dokument »1« an.

»Möchtest du nicht erst mal allein …?« Ellis rückte ein Stück von ihm ab.

»Ach, Quatsch, lass mal.« Ben starrte auf den Bildschirm. Bei der Datei handelte es sich um einen Brief. Ein Brief von Sebastian an ihn.

Lieber Ben,
leider habe ich dich telefonisch nicht erreicht. Hast du Krach mit Raoule? Ich weiß nicht, wann du diesen Brief liest, vielleicht werde ich dir schon vorher alles persönlich erzählen können, aber ich muss sichergehen, dass du Bescheid weißt. Was ich dir sagen muss, ist zu wichtig.
Vor sechzehn Tagen war Alexa mit Jonas beim Einkaufen. Alexa ließ kurz den Buggy stehen und wollte noch etwas aus dem nächsten Gang holen, und als sie zurückkam, war Jonas weg. Du kannst dir vorstellen, dass Alexa das Herz fast stehen geblieben ist. Aber sie hat ihn einen Augenblick später im nächsten Gang gefunden. Alexa war sich zuerst nicht sicher, ob sie sich nicht einfach nur im Gang geirrt hatte. Aber dann hat sie gesehen, dass Jonas einen Briefumschlag in den Händchen hielt. Sie hat den Brief genommen und erst gedacht, es handle sich um irgendein dummes Werbeschreiben. In dem Brief stand jedoch Folgendes:
Sie sehen, wie leicht es ist, an Ihr Kind heranzukommen. Ihr Sohn ist in höchster Gefahr. Öffnen Sie unbedingt das Google-Mail-Konto Liebermannjonas@gmail.com mit dem PIN 15MAERZ, wenn Sie Ihr

Kind retten wollen. Sprechen Sie mit niemandem darüber, Sie können niemandem trauen.

Den Brief findest du als Scan unter »2«. Alexa hat mich natürlich sofort angerufen, und knapp eine halbe Stunde später war sie mit Jonas bei mir. Ich habe das Ganze für einen extrem schlechten Scherz gehalten, aber Alexa bestand darauf, die Sache zu überprüfen.

Ben, was nun kommt, wird dich überraschen. Ich habe dir alles, was wir unter dem Gmail-Konto fanden, als Dateien abgespeichert (die Dateien »3« bis »6«), aber ich fasse es kurz für dich zusammen.

Es gab eine E-Mail, die sich direkt und namentlich an Alexa wandte. Absender war ein gewisser Dr. Dario Pausetti. Pausetti schrieb Alexa, dass Jonas, vielleicht aber auch sie selbst, sich in höchster Gefahr befände und beschwor sie, umgehend mit Jonas unterzutauchen, ohne jemanden einzuweihen, auch niemand Nahestehendes. Er könne nicht abschätzen, wer in die »Intrige«, so nannte er es, verwickelt sei, aber er müsse ihr mitteilen, dass Jonas nicht ihr Sohn sei. Wenn sie noch Kontakt zu weiteren Frauen hätte, die mit ihr in »La Nuntia« waren, sollte sie sie bitte unbedingt davon überzeugen, diese Warnung ernst zu nehmen. Er selbst würde jede der Frauen nach Möglichkeit auf dem gleichen Wege informieren.

Ich habe gedacht, ich hätte es mit einem komplett Irren zu tun und hielt es immer noch für einen makabren Scherz, aber Alexas Reaktion war eine völlig andere. Sie saß einfach nur da und zitterte am ganzen Leib, sie wirkte völlig paralysiert. Natürlich habe ich versucht, sie zu beruhigen, aber Alexa fing in geradezu panischer Angst an zu weinen. Und dann erzählte sie mir etwas, von dem ich bislang nichts wusste und das ich niemals geahnt hätte. Du wusstest auch nichts davon, zumindest hat Alexa das gesagt.

Jonas ist nicht auf natürlichem Wege gezeugt worden, sondern das Ergebnis einer künstlichen Befruchtung, die von Pausetti in der Privatklinik »La Nuntia« in Oberitalien durchgeführt wurde. Offenbar ist Simon Träger einer rezessiven Erbkrankheit. Durch die künstliche Befruchtung plus eine PID wollten sie sichergehen, dass Alexa ein gesundes Kind austrägt. Simon hat sich nach einigen Recherchen für »La Nuntia« entschieden, eine Privatklinik, die auf diesem Gebiet einen exzellenten Ruf genießt.

Der Embryo wurde Alexa am 15. März eingesetzt, daher war sie von

Anfang an so sicher, dass die Nachricht ernst zu nehmen sei. Pausetti hat in seiner Mitteilung noch deutlich gemacht, dass sie auf keinen Fall Kontakt zu ihm aufnehmen dürfe und die E-Mail sofort löschen solle. Tatsächlich wurde das Gmail-Konto bereits wenige Stunden, nachdem wir die Mail gelesen hatten, wieder gelöscht, wahrscheinlich von Pausetti. Natürlich hatte ich seine Nachricht vorher abgespeichert.
Alexa war völlig durch den Wind, sie ist es noch immer. Die Tatsache, dass Jonas nicht ihr Kind ist, war verständlicherweise ein extremer Schlag. Meinen Vorschlag, sofort mit Pausetti Kontakt aufzunehmen, um das Ganze aufzuklären, hat sie rundheraus abgelehnt. Sie hat vielmehr darüber gegrübelt, welche Mitpatientinnen sie in »La Nuntia« hatte, und sie erinnerte sich, mit einer Emma Basch aus Heinsberg im selben Hotel gewohnt zu haben.
Es gelang mir, Alexa so weit zu beruhigen, dass sie wieder mit Jonas nach Hause fahren konnte. Ich bat sie vorsichtshalber, Simon nichts von Pausettis Warnung zu erzählen. Bevor sie fuhr, habe ich von Jonas eine Speichelprobe genommen und Alexa gebeten, mir bis zum nächsten Tag ein Haar von Simon zu besorgen.
Die DNA-Untersuchung bei einem Labor, mit dem ich regelmäßig zusammenarbeite, ergab, dass Jonas weder das Kind von Alexa noch von Simon ist. Ich habe daraufhin die Adresse von Emma Basch herausgefunden. Sie ist Mutter eines Sohnes, Aaron, der im gleichen Alter wie Jonas ist. Für Alexa gab es zu diesem Zeitpunkt schon längst kein Halten mehr. Sie hatte vor allem Angst davor, dass man ihr ihr Kind wegnehmen könnte. Die Tatsache, dass Jonas nicht ihr leibliches Kind sein sollte, war dabei weniger wichtig. Sie wollte in jedem Fall Jonas behalten, egal ob leiblich oder nicht.
Ich stellte weitere Nachforschungen bezüglich Emma Basch an. Alexa weigerte sich, Kontakt mit ihr aufzunehmen. Sie wollte, dass absolut niemand von der Tatsache erfuhr, dass Jonas nicht ihr Kind ist. Ich habe versucht, ihr klarzumachen, dass ihr in Deutschland da – rein juristisch – keine Gefahr drohe, da sie Jonas selbst geboren hatte, aber ich konnte sie damit nicht beruhigen. Sie habe schon zu oft von Müttern gehört, die nach Verwechslungen in Kreißsälen ihre Kinder wieder hätten hergeben müssen.
Heute habe ich erfahren, dass Aaron Basch entführt wurde. Das war gerade mal vorgestern. Ich muss jetzt handeln und Jonas und Alexa aus

der Schusslinie bringen. Möglicherweise hätte ich schon früher reagieren müssen, ich habe die Situation am Anfang nicht ernst genug genommen. Ich werde mich wieder bei dir melden, sobald ich kann. Dafür werde ich mir ein Prepaid-Handy besorgen, um alle Spuren zu verwischen, also wundere dich nicht, wenn du die Nummer nicht kennst.
Wenn Alexa und Jonas in Sicherheit sind, fahre ich nach Oberitalien in die Klinik, um mit Pausetti zu sprechen. Spätestens von dort aus werde ich mich melden.

Bitte pass auf dich auf!

Dein Bruder Sebastian

PS*: Anbei auch noch die gescannten Dokumente über Jonas' Abstammung. Bitte bewahre absolutes Stillschweigen über alles, was ich dir geschrieben habe.*

Duisburg

Jerry Straub und Justus Müsse beobachteten, wie die Kollegen von der Spurensicherung den Tatortanalysten Platz machten. Frank Herbstlich hatte aus der Gerichtsmedizin angerufen und sie darüber informiert, dass angesichts der Umgebungstemperatur, der Leberkerntemperatur und der gerade eingesetzten Leichenstarre der Tod zwischen sechs und acht Uhr morgens eingetreten sein musste.

Straub hatte geflucht wie ein Müllkutscher. Sie waren so knapp dran gewesen. Vielleicht hatten sie den Täter nur um Minuten verpasst. Laut Obduktion hatte sich Heidi Rother gewehrt, wenn auch nicht erheblich. Zwei Würgefurchen am Hals wiesen darauf hin, dass sie zuerst stranguliert und erst anschließend aufgehängt worden war. Wahrscheinlich hatte sie durch die Strangulation einen Sauerstoffkollaps erlitten und war dann später mit dem Kopf in der Schlinge gestorben. Selbstmord konnte definitiv ausgeschlossen werden. Außer dem von Straub entriegelten Schlafzimmerfenster waren sämtliche Türen und Fenster des Hauses geschlossen gewesen, es gab auch keine sichtbaren Einbruchsspuren. Näheres würde man aber erst nach einer präzisen Auswertung der Ergebnisse der Tatortuntersuchung wissen. Bestimmte Einbruchsspuren ließen sich anhand typischer Merkmale an den Türschlössern nachweisen. Es war noch nicht sicher, ob Heidi Rother ihren Mörder selbst eingelassen hatte oder dieser sie überfallen hatte.

Während Straub eher wütend darüber war, dass ihm der Fall zusehends entglitt und jetzt auch noch ein weiteres Opfer zu beklagen war, war Justus verzweifelt. Hätten sie Frau Rother gestern Abend mitgenommen, aufs Revier oder in die Psychiatrie, wäre sie noch am Leben. Und sie war unter Umständen die einzige verbliebene Zeugin gewesen!

Sie mussten mit Frau Kowlaszic reden. Straub steuerte den Passat durch den mittäglichen Berufsverkehr. Die Adresse von Frau

Kowlaszic hatten sie von der Caritas erhalten. Sie wohnte mit ihrem Mann in Orsoy auf der anderen Rheinseite. Ganz in der Nähe der Rheinaue Binsheim, ebenfalls ein Naturschutzgebiet mit seltenen Vogelarten, erklärte Straub Justus, der nur mit einem halben Ohr zuhörte. Fünf entführte Kinder, zwei davon tot, die anderen noch vermisst. Drei tote Mütter. Eine vermisste Mutter. Eine Mutter im Koma. Ein toter Bruder. Alle Kinder zur nahezu gleichen Zeit geboren und: Geschwister. Verdammt!

Justus nahm sein Handy und wählte die Nummer von Luther, erreichte diesen jedoch nicht. Justus sprach ihm auf den AB und bat um dringenden Rückruf.

»Jerry, kannst du euren Arzt anrufen? Wie hieß er noch? Herbstlich? Bitte ihn um einen DNA-Abgleich von Heidi und Natascha Rother. Es ist wichtig.«

Jerry sah ihn einen Augenblick von der Seite an und scherte dann aus dem Verkehr aus.

»Du erklärst es mir nachher?«, fragte er, während er Herbstlichs Nummer wählte. »Frank? Hier Straub. Ja, ich weiß, dass du gesagt hast, um sechs. Ich muss dich um einen Gefallen bitten. Kannst du einen DNA-Abgleich zwischen Mutter und Kind Rother durchführen, bitte? Erkläre ich dir heute Abend, okay?« Straub lauschte einen Augenblick, dann drückte er den Aus-Knopf. »Schieß los.«

Justus zögerte einen Moment. »Rekapitulieren wir mal: Die Kinder sind Geschwister. Wir wissen von Alexa Liebermann, dass sie Jonas geboren hat. Ich nehme an, ähnliche Informationen hätten wir auch über alle anderen Kindern bekommen, wir haben nur nicht danach gefragt, weil es uns selbstverständlich schien.«

»Ja, und?« Plötzlich schlug Straub mit der Hand aufs Lenkrad. »Verdammt, ich verstehe! Das geht ja gar nicht! Entweder ist die DNA-Analyse falsch, oder das mit der Mutterschaft ist gelogen.«

»Oder beides stimmt, und wir denken zu engstirnig. Daher wollte ich unseren Doc sprechen, denn ich glaube, die Lösung ist zwar ungewöhnlich, aber gar nicht so abwegig.«

»Was meinst du damit? Ich meine, wie soll das gehen, wenn die Mütter Kinder zu Welt bringen, die gar nicht ihre eigenen sind?«

»Kennst du den Ausdruck ›Kuckuckskind‹?«

Straub blickte ihn stirnrunzelnd an. »Natürlich.«

»Und?«, fragte Justus ihn. »Was heißt das?«

»Vattern findet heraus, dass er nicht der Bio-Papi ist. Aber mit Ausnahme eures Falls in Neuss haben alle Kinder keinen Papi. Das passt nicht.«

»Eben. Wie kann es zu einer Schwangerschaft kommen, wenn nicht durch Vattern? Im Zweifel durch eine Samenspende. Aber Mutti?«

»Eizellenspende? Geht so was?«

»Na klar. Was glaubst du, wie diese ganzen Frauen ab fünfzig aufwärts heutzutage schwanger werden? Liest du keine Zeitung?«

»Aber fünf Mal die gleiche Samenspende und fünf Mal die gleiche Eizellenspende? Die Mütter der entführten Kinder kennen sich doch gar nicht.«

»Ein Samenspender kennt seine Blagen auch nicht«, erwiderte Justus.

Jerry Straub blickte ihn einen Augenblick zweifelnd an, dann nickte er langsam. »Natürlich, das passt.«

Er griff erneut nach seinem Handy und rief noch einmal Herbstlich an, der, soweit Justus das mitbekam, ihn mit einem empörten Wortschwall begrüßte. Straub schnitt ihm das Wort ab.

»Kannst du überprüfen, ob Heidi Rother vielleicht unfruchtbar war? Keine Ahnung, wie man so was feststellt. Du bist der Arzt.« Er lauschte. »Schon gut, ich meinte ja nur. Tu was du kannst, es ist wichtig.« Straub wandte sich wieder Justus zu. »Er sagt, Infertilität ist bei einer Toten nicht in jedem Fall nachweisbar. Nur wenn es quasi mechanische Ursachen hat: fehlende oder verklebte Eileiter. Endometriose auch noch. Manchmal ist es aber auch eine Immunreaktion auf die Samenzellen. Aber da ist noch etwas: Heidi Rother ist stranguliert worden. Herbstlich vermutet, dass sie bewusstlos war, als man sie aufgehängt hat. Gestorben ist sie vielleicht erst eine halbe Stunde später.«

Justus nickte. In seinem Kopf arbeitete es. Aber zunächst mussten sie mit Frau Kowlasczik sprechen. Routine vielleicht, aber wichtig. Zu viele Verbrechen geschahen oder blieben ungesühnt, weil Routineaufgaben nachlässig erledigt wurden.

Neuss

Ben war schon frühmorgens in der Klinik. Die Nacht zuvor hatte er kaum geschlafen. Sebastians Nachricht hatte ihn völlig aus der Bahn geworfen. Ben hätte nicht gedacht, dass es nach den Ereignissen der letzten Tage noch schlimmer hätte kommen können, aber es war so. Arme Lex! Und Sebastian, verdammt noch mal, was hatte der falsch gemacht?

Ben war mit Ellis übereingekommen, dass ihnen nichts anderes übrig blieb, als selbst nach Italien zu fahren, um in »La Nuntia« mit Pausetti zu sprechen. Er musste mehr wissen als das, was er Lex in der E-Mail geschrieben hatte, da war sich Ben sicher. War der Inhalt von Sebastians Brief der Grund für die Einbrüche in die Wohnung? Hatten die Unbekannten versucht, zu vertuschen, dass Lex in »La Nuntia« behandelt worden war? So ganz konnte sich Ben das allerdings nicht erklären. Sicher, die Enthüllungen waren brisant, betrafen aber nur Lex privat. Wieso war Jonas' Leben deshalb in Gefahr, falls Pausetti die Wahrheit geschrieben hatte?

Ellis hatte darauf gedrängt, mit der ganzen Geschichte zur Polizei zu gehen, aber so wie die Dinge standen, war das Bens Meinung nach eher eine schlechte Idee. Wie Lex hatte er Angst, man würde ihr Jonas wegnehmen, auch wenn Sebastian das offensichtlich anders gesehen hatte. Außerdem hatte Sebastian ihn dringend gebeten, das alles für sich zu behalten. In der Tat war auch Ben der Meinung, dass er keineswegs hinter Lex' Rücken handeln konnte. Ben wollte nichts tun, was Lex und Jonas weiteren Schaden zufügen konnte. Dennoch spürte er die Last der Verantwortung wie einen Stein auf sich ruhen. Traf er, indem er die Polizei komplett außen vor ließ, nicht genau die falsche Entscheidung? Alles in die Hände der Polizei zu legen, war verlockend, aber er schalt sich selbst einen Feigling. Keine Polizei!

Der Beamte, der heute Morgen vor der Intensivstation Wache hielt, lief im Gang auf und ab. Wahrscheinlich tat ihm mittlerweile der Hintern weh. Alle sechs Stunden war Ablösung, eine lange Zeit, wenn man sie abwartend im Sitzen verbrachte, eine undankbare Aufgabe und sicherlich todlangweilig, dachte sich Ben. Der Polizist grüßte ihn mit kurzem Nicken, Ben nickte zurück und klingelte an der Stationstür, die wie eine gigantische metallene Schleuse aussah.

Wie die Tage zuvor öffnete ihm eine Schwester. Es dauerte immer ein bisschen, aber Ben hatte dafür Verständnis. Die eigentliche Besuchszeit auf der Intensivstation war von sechzehn bis siebzehn Uhr, aber Lex genoss quasi Prominentenstatus. In den Zeitungen waren Lex und Jonas noch immer Titelthema, mal seriös und eher mitfühlend-betroffen oder auch als reißerischer Aufmacher. Und immer mit Bildern von Jonas. Ben wusste, dass das für die Fahndung nur hilfreich war, trotzdem fuhr es ihm immer in die Glieder, wenn ein strahlender, fröhlicher Jonas ihn von einem Zeitungsstand anlächelte. Unschwer sich vorzustellen, dass der eine oder andere Besucher der Intensivstation einem der immer noch gelegentlich aufkreuzenden Journalisten einen kurzen Exklusiveinblick gewähren mochte. Oder sogar ein schnelles Handyfoto von der schwer verletzten Alexa übermittelte.

Also durfte Ben zwischen acht und neun Uhr morgens kommen, noch vor der Visite. Dann sprach auch immer einer der Ärzte mit ihm. Ein weiteres Privileg.

Er hoffte jedes Mal, dass er das Zimmer beträte und Lex hätte die Augen auf oder sie würde sonst irgendein Lebenszeichen zeigen. Aber auch heute waren da nur die Monitore, die ihn begrüßten. Lex' Arme lagen regungslos auf der dünnen weißen Decke. Ihr Haar war immer noch etwas blutverkrustet, ihr Gesicht schien mit jedem weiteren Tag in einem schlimmeren Zustand zu sein. Hämatome waren das kleinste Problem, das wusste er mittlerweile. Aber allein, dass seine Schwester wegen der extremen Schwellungen um die Augenhöhlen und den Bruch des Schläfenbeins praktisch keine Augen mehr hatte, war schwer zu ertragen. Die Ärzte hatten ihm erklärt, dass es normal war, dass die Hämatome zunächst mit jeden Tag etwas übler aussahen, bis sie endlich abheilten.

Er streichelte Lex' Hand. »Hallo, Lex, kleine Schwester.«

Auf Lex' Arm hatte sich kurz Gänsehaut gebildet. Er hatte es genau gesehen. War das auch vegetativ? Er streichelte sie wieder. Keine Gänsehaut.

Aber dann bewegte sich ihr Kopf, neigte sich ein wenig in die Richtung seiner Stimme. Ihre Lippen bewegten sich. Kein Laut, aber ihre Lippen schienen doch Wörter zu formen.

Ben sprang auf, hastete zur Tür und stieß fast mit zwei Ärzten zusammen, die im Durchgang standen. Türen gab es hier nicht, nur Vorhänge.

Den einen Arzt kannte Ben schon: Dr. Hartmann, der Chirurg, der Alexa nach dem Unfall operiert hatte. Der andere war ein langer Kerl mit durchdringenden blauen Augen und dichten hellblonden Haaren, die mal in die eine, mal in die andere Richtung fielen, je nachdem wie er den Kopf neigte.

Hartmann nickte Ben zu, ohne ihm die Hand zu geben. Wahrscheinlich aus Hygienegründen. Ob das was half?

»Herr Liebermann, wir haben auch gerade nach Ihrer Schwester gesehen.« Er wies mit einem Kopfnicken auf seinen Kollegen. »Das ist Dr. Grigoriew, der diensthabende Arzt heute und unser Traumatologe.«

Grigoriew streckte Ben die Hand hin. Er schien kein Hygieneproblem zu haben. Vielleicht war Hartmann auch einfach kein Freund des Händeschüttelns.

»Und wie sieht es aus?«, fragte Ben. Er hatte immer das Gefühl, dass er Angehörigen-Stereotypen von sich gab, die mit Arzt-Stereotypen beantwortet wurden. »Ich habe gerade gesehen, dass meine Schwester zu sprechen versucht. Ich meine, ich konnte nichts hören, aber sie hat ihre Lippen bewegt, es sah aus, als wollte sie etwas sagen.«

»Ja, sie macht Fortschritte. Endlich!«, sagte Hartmann Er wandte sich Grigoriew zu. »Kannst du Herrn Liebermann unser weiteres Vorgehen erläutern, Mischa? Ich müsste auf Station.«

Grigoriew nickte, und Hartmann verabschiedete sich.

»Wie steht es Ihrer Meinung nach mit meiner Schwester?«, fragte Ben. »Wird sie bald aus dem Koma aufwachen? Kann man etwas tun, damit sie endlich Fortschritte macht?«

Grigoriew streifte Lex mit einem schnellen Blick seiner hellblauen Augen. Er war ein auf handfeste Art gut aussehender

Mann. Weißrusse oder Ukrainer vermutlich. Lex hätte den Typ gemocht. Garantiert.

»Wir haben die gleichen Anzeichen bei Ihrer Schwester bemerkt. Sie beginnt zu reagieren, vor allem auf Berührungen. Verhaltene Reaktionen. Aber Sie irren sich, wenn Sie denken, sie mache nicht genügend Fortschritte. Sehen Sie?« Mit wenigen Schritten war er bei Lex, zog vorsichtig ihre geschwollenen Lider auseinander und leuchtete ihr mit einer Taschenlampe in beide Augen. »Pupillenreflexe. Koordiniert. Sie macht tatsächlich enorme Fortschritte. Das sind gezielte Antwortreflexe, nicht nur Abwehrreflexe. Die wären unspezifischer, wie zum Beispiel das Außenschielen.« Sein Deutsch war exzellent, nur manche Silbe betonte er stärker als gewohnt. Er sah Ben an. »Sie müssen Geduld haben. Ich weiß, dass das schwer ist. Aber Klarheit«, er machte eine Pause, und Ben wusste, dass er die Antwort auf die Frage nach einer möglichen Hirnschädigung meinte, »werden wir erst erhalten, wenn sie aufwacht.«

»Kann man sie nicht irgendwie aufwecken?«

Ben dachte an Jonas, dachte daran, dass vielleicht nur Lex wusste, was an jenem verhängnisvollen Morgen tatsächlich geschehen war. Womöglich hätte sie, wäre sie bei Bewusstsein gewesen, Jonas' Entführer beschreiben können.

»Das hat die Kripo auch ein paarmal gefragt.« Grigoriew, der gebückt neben Lex' Bett gestanden hatte, richtete sich wieder zu voller Größe auf. »Ich kann Ihren Wunsch verstehen, aber das Wohl des Patienten hat bei uns absoluten Vorrang. Sehen Sie, Ihre Schwester ist in einem Zustand, den wir poly-traumatisch nennen. Sie hatte bei Einlieferung ein Schädel-Hirn-Trauma, diverse Frakturen, einen Milzriss, eine Lungenquetschung und innere Blutungen. Wenn Sie mich fragen, ist es ein Wunder, dass sie überhaupt noch lebt. Was ich damit sagen will: Wenn sie nicht im Koma läge, würden wir sie zu ihrer Schonung und Genesung in ein künstliches Koma versetzen. Wenn ich die Beamten von der Kripo richtig verstanden habe, ist ihr kleiner Sohn entführt worden und ihr Mann verschwunden. Auch das Wissen darum könnte ihren Zustand erheblich verschlechtern.«

»Ja, ich verstehe Sie natürlich, nur …«

Grigoriew nickte verständnisvoll und berührte Ben leicht am Arm. »Ich rede in meiner Eigenschaft als Arzt. Wenn sie meine Schwester wäre … Ich verstehe Sie, und Sie haben mein tiefstes Mitgefühl. Bleiben Sie ruhig noch ein bisschen bei ihr. Sprechen Sie mit ihr, das hilft ihr mehr, als Sie glauben.«

Grigoriew drückte noch einmal Lex' Hand und verließ anschließend den Raum.

Verdammt, verdammt. Natürlich hatte der Arzt recht, der schien auch wesentlich menschlicher zu sein als Hartmann. Aber Warten und Nichtstun war keine Option. Jetzt, da Sebastian tot war, waren Lex und Jonas Bens einzige Familie, denn auch Elodie …

Ben spürte, wie ihn die Trauer fast zu überwältigen drohte. Er biss sich auf die Lippen und presste die Fingerknöchel auf seine Augen, bis die Tränen verschwanden. Heulen half hier nicht weiter. Ben sah auf seine kleine Schwester hinab, zog sich einen Stuhl heran und setzte sich an ihr Bett.

»Lex, es kann sein, dass ich ab morgen erst mal nicht mehr kommen kann, so für zwei Tage vielleicht. Mach dir keine Sorgen, ich habe etwas Wichtiges zu erledigen. Und jetzt erzähle ich dir von Ellis. Kennst du Ellis?«

Um elf fuhr Ben am Nordkanal vor und parkte den Focus ein Stück die Straße runter. Die gesamte Fahrt über hatte er sich gefragt, ob die Polizei ihn überwachen ließ. Der Kommissar hatte ihm klargemacht, dass er die Stadt nicht verlassen sollte, es war also möglich. Noch immer rang er mit der Frage, ob er nach Italien fahren sollte, um Pausetti in »La Nuntia« aufzusuchen. Fest stand, dass auch Sebastian diesen Weg hatte einschlagen wollen. Ellis war nicht dafür, auf eigene Faust zu ermitteln, stattdessen hatte sie ihn bedrängt, endlich mit der Polizei zu kooperieren, sich Ben letztendlich aber geschlagen gegeben, als sie erkannte, dass sie ihn nicht umstimmen konnte. Sie würde mit ihm kommen, das hatte sie gestern Nacht gesagt. Es war immer noch eiskalt, im Wetterbericht hatte man von polarer Kaltluft gesprochen, die zwischen einem Hoch über dem Balkan und einem Tief über den Britischen Inseln nach Europa geschaufelt wurde. Oder so ähnlich. Jedenfalls hatte man für die kommenden Tage Schnee und Minusgrade angekündigt.

Wenn er nur Ellis' Handynummer hätte. Gern hätte er noch einmal mit ihr über sein Vorhaben gesprochen. Warum hatte er sie nie danach gefragt? Er hatte keine Ahnung, wann sie von der Arbeit heimkommen würde. Zunächst einmal würde er versuchen, Schlesinger zu erreichen, der sich bislang immer noch nicht gemeldet hatte. Und er wollte noch einmal Sebastians Brief durchgehen, Wort für Wort. Mittlerweile zum dritten Mal.

Ben betrat das Haus, nicht ohne sich vorher noch einmal umzusehen. Es war nicht unbedingt so, dass er tatsächlich Angst hatte, es war eher das Gefühl, als säße ihm jemand ständig im Nacken. Dieses Gefühl war in den letzten Tagen stetig stärker geworden. Auf Kosten des Paralleluniversums, das sich völlig zurückgezogen hatte. Als er die Haustür hinter sich geschlossen hatte, fühlte er sich wohler, unbeobachteter. Obwohl er genau genommen keinen Grund hatte, sich sicher zu fühlen.

In der Wohnung suchte er ein paar Sachen zusammen, die er für die Reise nach Italien brauchte. T-Shirts, Sweatshirts, Unterwäsche, Jeans. Zum Glück hatte er sich in Island einen warmen Parka und feste Schuhe gekauft. Er merkte, dass er begann, sich in Sebastians Wohnung wieder wie zu Hause zu fühlen. Bis vor neun Jahren hatten er und Sebastian zusammengewohnt, nach dem Tod ihrer Eltern waren sie in diese Wohnung gezogen. Lex hatte zu dieser Zeit mit ihrem damaligen Freund zusammengelebt, keine Ahnung, wie der hieß. Ben, dessen Karriere als Musiker damals langsam ins Rollen kam, hatte bei einem Gig in Berlin Raoule kennengelernt, hatte sich verliebt und war wenig später zu ihr gezogen. Das war alles ziemlich schnell gegangen. Raoule … Er dachte kaum noch an sie. Nur an Elodie. Schließlich sprach Ellis immer wieder von ihr, ermahnte ihn, tröstete ihn, erinnerte ihn an seine Verantwortung seinem Kind gegenüber, das mehr Opfer war als er selbst.

Auch Lex hätte ihn nicht verstanden, das wusste er, sie war in einer ähnlichen Situation gewesen und hatte gänzlich anders reagiert als er, das war ihm in der letzten Nacht beim Lesen von Sebastians Brief klar geworden. Lex hatte nicht für eine Sekunde aufgehört, Jonas als ihr Kind zu betrachten. Hatte nicht eine Sekunde daran gedacht, ihn aufzugeben, weil sie nicht seine leibliche Mutter war. Sie hätte alles getan, um ihr Kind zu beschützen. Sebastian hatte beschrieben, dass sie völlig außer sich gewesen war angesichts des Gedankens, dass man ihr Jonas wegnehmen könnte. Dachten Frauen anders darüber? Fühlten sie anders? Er hatte viel mehr Zeit als Elodies Vater verbracht als Lex als Jonas' Mutter.

Ben ließ sich auf sein Bett fallen. Was würde Simon sagen? Würde er das Gleiche fühlen wie Ben, wenn er erfuhr, dass Jonas nicht sein Sohn war? Würde er Jonas aufgeben wollen? Ben vergrub sein Gesicht in den Händen und atmete tief durch. Nein, er kannte Simon, für ihn würde das nichts ändern, das fühlte Ben ganz deutlich. Er würde mit Lex zusammen an Jonas festhalten. Auch Sebastian hatte keine Zweifel an Simons Charakter gehabt, jedenfalls waren diese nicht in seinem Brief angeklungen.

Und er selbst? Ben fühlte sich schuldig. Er war einfach abgehauen und hatte sein schwer verletztes Kind zurückgelassen. Ellis musste ihn ja förmlich verachten, nach allem, was sie inzwischen über sein eigenes und Lex' Verhalten wusste. Ben sprang auf und begann ruhelos in der Wohnung auf und ab zu laufen. Das Letzte, was er wollte, war, dass Ellis ihn verachtete. Quatsch! Er schlug sich vor die Stirn. Das Letzte, was er wollte, war, dass Lex starb oder gar Jonas tot gefunden wurde. Wieder kam ihm das Bild vom zerschundenen Gesicht seiner Schwester in den Sinn. Er dachte an Sebastian, der alles getan hätte, um Jonas zu retten. Sebastian mochte ein Eigenbrötler gewesen sein, aber seine Familie war ihm über alles gegangen, daran hatten weder Lex noch Ben je gezweifelt. Sebastian fehlte ihm. Er hätte helfen können. Ben mochte den Gedanken nicht zulassen, dass Sebastian die Gefahr trotz allem, was in seinem Brief stand, unterschätzt hatte. Warum war er jetzt nicht hier?

Ben ließ sich wieder auf sein Bett fallen. Erschöpft, traurig und mit dem Gefühl, von allen verlassen worden zu sein, drehte er sich auf den Bauch. Tränen wollten keine kommen, so als wären seine Augen leer geweint. Die Erschöpfung trieb ihn in einen kurzen, schweren Schlaf, aus dem er erschöpft wieder erwachte.

Er wünschte, Ellis wäre da. Einfach in der Nähe. Nähe war das, was ihm am allermeisten fehlte. Wie viele, die ein traumatisches Ereignis durchlebten, klammerte er sich an einen Menschen. Wenn sie nur bald käme.

Er mochte sie, mehr noch, sein Herz klopfte, wenn er nur an sie dachte. Dass er während der ganzen Katastrophe noch Zeit fand, sich zu verlieben, war an sich erschütternd genug. Wie ein Soldat, der mit der Einberufung in den Krieg noch schnell eine Wildfremde heiratete, die er erst in der Nacht zuvor in der Bar kennengelernt hatte. Und dass er dann noch die jämmerlichste Figur von allen abgab und sich im Selbstmitleid suhlte, war das Hinterletzte.

Entschlossen startete Ben einen von Sebastians Laptops. Er hatte sich einen Plan für ihr weiteres Vorgehen zurechtgelegt. Als Erstes würde er herausfinden, wie man zu der Privatklinik gelangte, in der Lex und Simon zur Fruchtbarkeitsbehandlung gewesen waren, anschließend würde er dort anrufen und einen Termin machen. Er hatte mit Ellis darüber gesprochen; sie und er würden dort als Paar auftreten, das seit Längerem ohne Erfolg versuchte, ein Kind zu bekommen, und nun Hilfe suchte. So würden sie hoffentlich an Dr. Pausetti herankommen. Da Ben und Ellis bislang nicht sagen konnten, in welcher Verbindung Sebastians Mörder und Jonas' Entführer zur Klinik standen, erschien ihnen dieses vorsichtige Vorgehen als sicherer. Auf jeden Fall war es besser, als direkt mit der Tür ins Haus zu fallen. Sebastian hatte nichts darüber gesagt, wie er selbst in Kontakt mit Dr. Pausetti treten wollte, aber Ben zweifelte nicht daran, dass sein Bruder einen Plan gehabt hatte. Nur hatte dieser ihn nicht mehr ausführen können.

Es war fast drei, als Ben mit seinen Recherchen fertig war und den Laptop herunterfuhr. Ellis war noch nicht da, aber sie kam ja auch meist erst gegen vier oder fünf vom Dienst nach Hause.

Ben freute sich auf sie. Er dachte an seine erste Begegnung mit ihr, im Flur, als der Einbrecher sie förmlich über den Haufen gerannt hatte. War das erst vier Tage her? Sie war sehr attraktiv und wunderschön mit ihrem schlanken Körper und den langen zimtfarbenen Haaren, die ihr in ins Gesicht und auf den Rücken hinabfielen. An jenem Nachmittag hatte sie in ihrem Rock und dem Top weich und feminin gewirkt, wie ein letzter Streifen warmen Sommerlichts. Seitdem hatte sie meist Jeans und T-Shirts getragen, seit es kälter war, auch Kapuzenhemden und Pullover, so als kleide sie sich bewusst unauffälliger. Ben musste bei diesem Gedanken unwillkürlich lächeln. Das wäre Raoule im Leben nicht eingefallen.

Raoule ging es immer um einen gelungenen Auftritt. Egal, ob sie zum Gericht oder zum Sport fuhr: Ihr Outfit war stets makellos, eine Komposition aus perfekt zueinander passenden Kleidungsstücken. Durchgestylt sein, ohne aufgetakelt zu wirken, das war ihr Motto, und diese Kunst beherrschte sie perfekt. In all den Jahren, die sie sich mittlerweile kannten, hatte Ben sie in keiner Situation underdressed gesehen, und sie beide hatten Spaß daran gehabt, zusammen in Erscheinung zu treten. Er, der raue, stets etwas abgerissen rumlaufende Musiker, und sie, die schöne Anwältin. Sie waren das perfekte Paar, trotz oder gerade wegen ihrer Gegensätze, jeder sagte das, und Ben hätte nie gedacht, dass sich ihr gemeinsames Leben von einem Augenblick auf den anderen so radikal ändern würde.

Raoule war mehr, als sich die meisten Männer je erträumt hätten, das war ihm auch jetzt noch immer bewusst. Er spürte einen Stich, als er sich an ihre gemeinsame Zeit erinnerte, und er fragte sich, was schiefgelaufen war, weshalb sie ihn betrogen hatte. Vielleicht hatte er ihr nicht immer zur Genüge gezeigt oder gesagt, was er für sie empfand, aber – Mann! – Raoule war auch immer sehr beschäftigt gewesen. Jede Beziehung hatte ihre Probleme, so war das nun mal. Es blieb halt nicht immer alles harmonisch nach dem ersten Kuss. Für Ben war die Beziehung, ihre Liebe, immer intakt gewesen, intakt genug jedenfalls. Raoule hingegen schien das anders gesehen zu haben. Vielleicht musste er sich auch der Tatsache stellen, dass sie Abwechslung suchte. Ben war vor Raoule auch nicht allzu treu gewesen. Nur, bei ihr war er es gewesen. Sie hatte ihm viel bedeutet. Besonders seit Elodie auf der Welt war. Ben spürte, wie sich ein Gedanke formte. Hätte er vor Raoules Schwangerschaft für seine Treue garantieren können? Vielleicht nicht, das musste er sich eingestehen.

Ben riss sich gewaltsam aus seinen Gedanken. Verdammt! Ellis machte erfolgreich Gehirnwäsche mit ihm, jetzt fing er an, seine eigene Wut auf Raoule zu relativieren. Dabei hatte Raoule doch alles kaputt gemacht. Und war jetzt nicht einmal schuldbewusst, sondern fast gleichgültig. Es hätte ja sein können, dass er, Ben, Elodies Vater war, hatte sie gesagt. Was für eine Anschauung zum eigenen Fehlverhalten!

Ellis war so anders. Das hübsche Gesicht mit den schwachen Sommersprossen, die tiefen dunklen Augen, die perfekt geformten Lippen und ihr herzliches Lachen. Ihr Mitgefühl, für ihn, für Sebastian, für Lex und Jonas. Und ehrlicherweise musste er zugeben, dass es auch die Entschiedenheit, mit der sie für Elodie eintrat, war, die auf ihn einen tiefen Eindruck machte. Wenn er nur wüsste, ob sie und Sebastian ein Paar gewesen waren. Natürlich konnte er sie fragen, aber was, wenn sie Ja sagte? Konnte sie sich in ihn verlieben, kaum dass Sebastian tot war? Durften sie beide das? Er musste an die Frauen denken, mit denen er vor Raoule zusammen gewesen war. Vor einer Abfuhr hatte er nie Angst gehabt und auch selten eine erhalten. Bei Ellis sah es anders aus. Sie bedeutete ihm viel, und er konnte den Gedanken, dass sie vielleicht nicht das Gleiche für ihn empfand wie er für sie, nur schwer ertragen.

Vorgestern Abend hatte sie ihn in den Arm genommen, er erinnerte sich an die Wärme ihres schmalen, zarten Körpers. Schmal, aber nicht zerbrechlich, dachte er im Nachhinein. Eher durchtrainiert und kraftvoll. Auch das so anders als Raoule mit ihrem auch schlanken, aber an den richtigen Stellen üppigen und weichen Formen. Bei dem Gedanken an Raoule fühlte er wieder Wut und Verzweiflung in sich aufsteigen, und er spürte sein schlechtes Gewissen Elodie gegenüber. Er würde Raoule anrufen müssen, er musste fragen, wie es ihrer gemeinsamen Tochter ging. Er wusste, es durfte nicht sein, dass er sie vergaß, so tat, als gäbe es sie nicht.

Aber zunächst würde er endlich Hans Schlesinger anrufen. Dieser hatte ihm mitteilen wollen, was er im Zusammenhang mit dem Schweizer Nummernkonto herausgefunden hatte. Als Ben sein Handy aus einer der Taschen seiner Armyjacke zog, merkte er, dass es sich von selbst ausgeschaltet hatte. Anscheinend war es, als es gestern in die Pfütze gefallen war, in Mitleidenschaft gezogen worden. Hoffentlich ging es noch! Zum Glück ließ sich das Handy wieder einschalten. Auf dem Display wurde ein entgangener Anruf angezeigt. Die Nummer war unterdrückt, und der Anrufer hatte auch keine Mitteilung auf der Mailbox hinterlassen. Mist! Normalerweise war es Ben ziemlich egal, wenn er einen Anruf verpasste; wer etwas von ihm wollte, würde noch einmal anrufen, aber in der jetzigen Situation war es alles andere als egal. Eher unwahrscheinlich, dass jemand vom Krankenhaus versucht hatte, ihn zu erreichen, die unterdrückten ihre Nummer nicht und kannten auch seine Festnetznummer, aber der Anrufer konnte Schlesinger oder auch Ellis gewesen sein.

Ben wählte Schlesingers Nummer. Es dauerte einige Zeit, bis er das Freizeichen hörte. Schlesinger ging nicht ran, dafür sprang nach einigem Klingeln seine Mailbox an. Ben bat Schlesinger, sich bei ihm zu melden, drückte auf den Auflegeknopf und steckte das Handy zurück in die Hosentasche. Er trat ans Fenster und blickte hinunter auf die Straße. Fast vier, wo Ellis nur blieb? Mann, Liebermann, sie arbeitet noch. Sie wird schon noch kommen.

Fast im gleichen Moment klingelte das Handy in seiner Hosentasche. Der Rückruf von Schlesinger? Das ging aber schnell.

Wieder ein Anruf mit unterdrückter Nummer.

»Ben Liebermann.«

»Ben? Hier ist Simon. Gott sei Dank, dass ich dich erreiche.« Simons Stimme klang leise und gepresst.

»Simon, Mensch, was ist denn nur …«

»Ben, ich muss es kurz machen. Ich bin untergetaucht … die Entführer, sie haben Jonas.«

»Wo bist du, um Gottes willen? Die Polizei sucht dich überall.«

»Ben, ich kann nicht lange sprechen. Die Kerle, die Jonas entführt haben und Sebastian und …«, Ben konnte hören, wie Simon schluckte, »… und die das Lex angetan haben … Sie haben mir ein Prepaid-Handy ins Auto gelegt und mich, kaum dass ich nach der Beerdigung losgefahren war, angerufen. Ich glaube, die haben mich die ganze Zeit beobachtet. Jedenfalls haben sie Jonas. Ich musste sofort jeglichen Kontakt zur Polizei abbrechen, deshalb bin ich untergetaucht. Und sie wollen Geld, natürlich. Aber sie wollen auch etwas, das Sebastian hat. Irgendwelche Informationen, nur dass ich nicht weiß, was es ist … oder wo es ist. Aber die Polizei hat auch gemutmaßt, dass die Entführer etwas von Sebastian wollen. Weil sie doch den Schlüssel mitgenommen haben. Hat Sebastian darüber etwas zu dir gesagt oder hat er dir eine Nachricht hinterlassen?«

Ben wurde klar, dass Simon ja noch gar nichts von dem Einbruch und dem Überfall im Treppenhaus wusste. Bevor er noch etwas einwerfen konnte, redete Simon aufgeregt weiter.

»Ben, hast du irgendeine Vorstellung, was es sein könnte? Bitte, Ben, denk nach!« Die Verbindung war schlecht und wackelte zusehends mehr. »Hat Sebastian etwas für dich hinterlegt?« Simons Stimme wurde immer panischer.

Bens Gedanken überschlugen sich. Es ging um den Brief, es *musste* um Sebastians Brief gehen. Aber wer konnte ein Interesse an diesem Brief haben? Die dramatischste Information darin war die, dass Jonas nicht das leibliche Kind von Lex und Simon war. Pausetti konnte nicht dahinterstecken. Er würde kaum zuerst Lex warnen und dann Jonas entführen, um den belastenden Brief wieder an sich bringen. Blieb nur die Klinik in Italien. Aber was brachte es, den Brief einzufordern? In Zeiten von Kopierern und Internet konnte man einen Beweis so nicht mehr unschädlich machen.

»Ben, bitte, hast du etwas gefunden?« Simons Stimme klang flehentlich. Er war offensichtlich aus Sorge um Jonas nicht mehr in der Lage, einen klaren Gedanken zu fassen.

Vielleicht gingen die Entführer aber davon aus, dass diese »Informationen« noch gar nicht von ihm, Ben, gefunden worden waren? Ben atmete tief ein. Plötzlich lag die Antwort klar vor ihm. Es ging um Pausettis Identität. Die Entführer mussten in Erfahrung bringen, wer die undichte Stelle in ihrer Organisation war. Sie wollten Pausettis Namen. Sobald er Sebastians Nachricht den Entführern übergab, war Jonas' Leben, aber auch das von

Simon und sein eigenes verwirkt. Den Entführern blieb gar nichts anderes übrig.

»Simon, ich suche überall, aber bislang habe ich noch nichts gefunden«, log Ben. Simon einzuweihen war viel zu gefährlich. Er würde nicht standhalten, da er sich an jeden Strohhalm klammerte. Er würde Pausetti verraten, um Jonas zu retten, und damit ungewollt dessen Leben aufs Spiel setzen. Ben musste selbst herausfinden, was mit der Klinik war, und mit Pausetti reden. Solange die Entführer glaubten, dass er noch suchte, waren zumindest Jonas und Simon relativ in Sicherheit.

»Ben, du musst dich beeilen, denk nach, bitte! Es geht doch um unsern Jungen, ich weiß nicht, wie lange ich sie noch hinhalten kann. Und halte unbedingt die Polizei da raus!« Simon schluckte, offenbar versuchte er sich zu fangen. »Wie geht es Lex? Ich könnte verzweifeln, weil ich nicht bei ihr sein kann.«

»Ich war heute Vormittag bei ihr. Stell dir vor, die Ärzte sind zuversichtlich, dass sie bald aufwacht. Sie reagiert bereits teilweise auf äußere Reize. Ich dachte heute früh schon, sie macht die Augen auf.«

Die Verbindung wurde schwächer, statt Simons Antwort hörte Ben nur ein starkes Rauschen.

»Simon?«

Die Verbindung wurde für einen Augenblick wieder etwas besser, aber Simon war dennoch kaum zu verstehen.

»Lex ist wieder zu sich gekommen? Hast du das gesagt? Das ist großartig! Sag ihr bitte, dass ich sie …«

»Simon? Simon, hörst du mich?«

Dann riss die Verbindung ab.

Ben starrte auf sein Handy, das sich wieder von selbst ausgeschaltet hatte. Scheißteil!

Ben zitterte vor Aufregung. Alles begann einen Sinn zu machen. Es gab eine winzige Möglichkeit, Jonas zu retten. Er musste mit Pausetti sprechen und herausfinden, was und wer hinter den Entführungen steckte. Simon hatte recht, er musste verhindern, dass die Polizei dahinterkam. Schon der bloße Kontakt gefährdete Jonas.

Ben öffnete die Abdeckung auf der Rückseite seines Telefons

und nahm Akku und SIM-Karte heraus. Auch von innen war das Handy feucht, ein Wunder, dass es überhaupt noch funktioniert hatte. Mit Klopapier tupfte er vorsichtig die Innenräume ab und pustete auf die Kontakte. Sollte er es wieder einschalten und darauf hoffen, dass Simon noch einmal anrief? Nein, es war besser, er ließ es erst noch trocknen. Wenn es einen richtigen Kurzen bekam, war es vermutlich ganz hinüber.

Er blickte auf seine Armbanduhr und sah ein weiteres Mal aus dem Fenster. Fast halb fünf. Ellis war noch immer nicht zu sehen.

Draußen war es dämmerig, es hatte wieder zu regnen begonnen. Das Laub der Bäume auf der gegenüberliegenden Straßenseite schimmerte matt in Gelb und Rot, es hatte sich quasi über Nacht verfärbt. Das Nordkanalufer mit seinen schlecht gepflegten Wiesen war im Dunst kaum zu erkennen. Ben wusste nicht einmal, ob und was Ellis für ein Auto hatte, nach dem er hätte Ausschau halten können. Vielleicht war sie längst zu Hause und duschte nur noch eben?

Ben ging zur Wohnungstür und warf einen Blick ins Treppenhaus, keine Ellis, alles still. Er zog die Tür hinter sich zu und stieg die Treppe hinauf in den nächsten Stock. Auch im Zweiten gab es lediglich nur eine Wohnung, die somit wahrscheinlich ähnlich geschnitten war wie Sebastians.

»Marmann« las Ben auf dem Klingelschild. Kein Vorname. Er lief weiter in den dritten Stock. Hier lagen zwei kleinere Wohnungen. Ben las auf den Klingelschildern einmal »Janssen« und einmal »Taschner & Röhricht«.

»Ellis Janssen?«, sagte er vor sich hin. »Ellis Taschner? Ellis Röhricht?« Unschlüssig blieb er einen Moment zwischen den beiden Wohnungstüren stehen, dann stieg er hastig und zwei Stufen auf einmal nehmend in den vierten Stock hoch.

»A. Joosten«, las er an der ersten Tür und an der zweiten »Van Houten«. An der Tür des Mieters namens Van Houten war ein putziges Türschild angebracht, das einen Collie zeigte. Die Treppe führte noch einen Absatz höher und endete an einer klapprigen Tür, die auf die winzige Mansarde führte. Ben wusste noch von früher, dass dort oben nur alter Kram gelagert wurde. Die Mieter durften neben dem Keller die Mansarde als Lagerfläche nutzen.

Ben drückte auf den Klingelknopf an der Tür mit dem putzigen Collie und hörte nur wenige Augenblicke später, dass sich jemand hinter der Tür bewegte. Einen Moment später wurde sie geöffnet, so weit es die vorgelegte Kette zuließ.

»Ja?« Eine Frau, die definitiv nicht Ellis war, blickte ihn misstrauisch an.

»Guten Tag, mein Name ist Ben Liebermann, ich bin der Bruder von –«

»Von Sebastian Liebermann, den sie umgebracht haben. Ich weiß schon. Wegen Ihnen war vorgestern die Schießerei, man ist hier ja seines Lebens nicht mehr sicher. Gehen Sie bitte weg! Am besten verschwinden Sie ganz von hier!« Binnen weniger Sekunden hatte sich die Stimme ins Hysterische gesteigert, dann knallte die Besitzerin die Tür zu. Ben holte verblüfft Luft.

»Ich wollte nur fragen, ob Sie Ellis kennen«, sagte er leise. Er klingelte nun doch bei A. Joosten, aber da öffnete niemand. A. Joosten, das hätte passen können, denn Ben wusste tatsächlich nicht einmal, wie sich Ellis' Name schrieb, womöglich wie das englische »Alice«.

Ben probierte es daraufhin auch noch im dritten Stock, aber auch hier öffnete ihm niemand. Entweder war niemand zu Hause, oder man wollte ihm einfach nicht öffnen. Wahrscheinlich war er durch den gestrigen Vorfall zur Persona non grata geworden, zu einem Sicherheitsrisiko.

Im zweiten Stock klingelte er bei »Marmann«, und endlich hatte er Glück. Die Tür öffnete sich, und eine junge Frau sah heraus. Hinter ihr drängelten sich zwei Kinder, ein Junge von vielleicht acht Jahren und ein vielleicht ein, zwei Jahre jüngeres Mädchen.

»Herr Liebermann?«

»Ja, richtig. Sie kennen mich?«

»Ja. Ihr Bruder … ich kenne Ihr Bild aus der Zeitung, Sie wissen schon. Und dann die Schießerei. Wir hatten solche Angst.« Die Kinder nickten eifrig, der Junge wischte sich zusätzlich die Nase am Ärmel seines Pullovers ab.

»Ich hätte da eine Frage. Das klingt jetzt vielleicht etwas seltsam, aber ich suche eine junge Frau namens Ellis oder Alice, äh, ich meine, ich weiß nicht genau, wie sie sich schreibt: mit E oder mit A, klingt ja beides gleich.« Er hörte sich an wie der letzte Volldepp. »Sie hat lange rötliche Haare, ist groß, schlank und so um die dreißig.«

Die junge Frau überlegte kurz und schüttelte den Kopf. »Ich kenne niemanden, der so heißt oder aussieht. Wohnt sie hier im Haus? Aus dem vierten Stock kenne ich nur Frau Van Houten, ich weiß nicht, wer neben ihr wohnt, muss erst vor Kurzem eingezogen sein.«

»Herr Joosten ist ganz dick«, krähte der Junge dazwischen.

»Vielleicht fragen Sie mal unsern Hausmeister, der muss es ja wissen«, schlug Frau Marmann vor.

Ben war verwirrt. Er verabschiedete sich und stieg die Treppe runter ins Erdgeschoss. Den Hausmeister fragen, da hätte er auch gleich drauf kommen können. Aber war es nicht komisch, dass niemand im Haus Ellis kannte?

Auf dem Klingelschild der Hausmeisterwohnung stand »Gödeke«. Ben war erleichtert. Herr Gödeke, der hatte schon immer hier als Hausmeister gearbeitet. Ben klingelte, und Gödeke öffnete.

»Herr Liebermann.« Herr Gödeke war groß, mager und grau – grauer Kittel, graue Haare, grauer Schnäuzer.

»Guten Tag, Herr Gödeke. Ich –«

»Herr Liebermann, mein allerherzlichstes Beileid, auch von meiner Frau. Ich wäre ja hochgekommen, aber nach der Schießerei … Und dann die ganze Polizei … und das Blut auf der Treppe.«

»Herr Gödeke, ich hätte eigentlich nur eine Frage.« Ben deute unbestimmt nach oben ins Treppenhaus. »Sie kennen doch alle Bewohner, oder?«

»Das will ich meinen. Das ist ein Eigentümerhaus, keine Mietskaserne, da hat man der Eigentümerversammlung gegenüber eine gewisse Verantwortung.«

»Kennen Sie eine junge Frau, um die dreißig, groß, schlank, lange, rötliche Haare, recht hübsch? Sie heißt Ellis.«

»Nä, die kenn ich nicht. Das wüsste ich aber, wenn hier eine hübsche Frau wohnen würde. Und 'ne Ellis haben wir hier auch nicht.« Gödeke grinste etwas verlegen.

»Auch nicht zur Untermiete? Ich meine, könnte doch sein, dass einer der Eigentümer verreist ist und untervermietet hat?«

»Nein, das müsste nach der Eigentümerverordnung auch der Eigentümergemeinschaft mitgeteilt werden.«

»Ist das so?« Nun wurde Ben unruhig. Was hatte das alles zu bedeuten? Er hatte Ellis doch an den vergangenen Abenden, nachdem sie sich von ihm verabschiedet hatte, nach oben gehen sehen. »Und die Mansarde?«, fragte er.

»In der Mansarde wohnt keiner. Ich bitte Sie, Herr Liebermann, das ist nach der …«

»… Eigentümerverordnung nicht erlaubt, ich weiß schon.«

»Nein, da hätten wir mit der Stadt Ärger gekriegt. Das ist gar nicht als Wohnraum ausgewiesen da oben.«

»Könnten wir nicht trotzdem mal nachsehen?«

Gödeke sah ihn an, als zweifelte er an Bens Verstand, ließ sich dann aber doch erweichen. Gödeke schloss die Tür zur Mansarde auf und tastete nach dem Lichtschalter. Eine Schiffsleuchte ging unter der Decke an, verbreitete aber nur ein schwaches Licht, das vielfältige Schatten an die Wände warf. Die Mansarde war niedrig, Ben musste den Kopf einziehen. In zwei Ecken waren Umzugskartons aufgestapelt, daneben stand ein in Folie verpackter Kinderwagen. Das war alles.

»Sehen Sie, hier ist niemand. Sagte ich ja.«

Gödeke leuchtete mit einer Taschenlampe, die er aus seinem Kittel zog, in sämtliche Ecken. Der Boden war mit einer dünnen Staubschicht überzogen, in der keine Schuhabdrücke auszumachen waren. Anscheinend war lange niemand mehr hier oben gewesen. Ben seufzte. War auch eine Kateridee, hier nach Ellis zu suchen.

Neuss

Tom legte den Hörer zurück auf das Telefon und stupste die Schwenkvorrichtung zurück auf ihren Platz. Er hatte mit Thierry Neumann, dem leitenden Hauptkommissar der Kripo Heinsberg, gesprochen, um sich über den Stand der Ermittlungen im Fall Basch zu informieren. Morgen würde er mit Britta in aller Früh nach Heinsberg fahren.

Nach dem aktuellen Stand der Dinge waren nur noch zwei der Mütter der entführten Kinder am Leben, aber beide konnten momentan nicht befragt werden. Die eine, Alexa Liebermann, lag nach wie vor im Koma, und auch wenn sich laut den Ärzten ihr Zustand verbessert hatte, war noch immer ungewiss, ob und wann sie wieder erwachen würde und inwieweit sie dann vernehmungsfähig wäre. Die andere Mutter hingegen, Emma Basch, war kurz nach der Entführung ihres Sohnes Aaron ebenfalls spurlos verschwunden. Auch wenn es bislang noch keine Spur von ihr gab und die Beamten noch nicht einmal wussten, ob sie und ihr Sohn noch am Leben waren, war sie doch aktuell ihre letzte Hoffnung, die drei noch vermissten Kinder aufzuspüren und Licht in dieses Dunkel zu bringen. Gemeinsam mit Thierry Neumann wollten sie die Entführungsfälle noch einmal Detail für Detail durchgehen. Irgendwo musste es ein Puzzlestück geben, das sie bislang übersehen hatten.

Zwei weitere Dinge machten Tom Sorge. Er konnte noch immer nicht recht nachvollziehen, warum Simon Gens verschwunden war. Hatten die Entführer tatsächlich Kontakt mit ihm aufgenommen, getreu dem Motto »Keine Polizei, dann siehst du dein Kind lebend wieder«? Die Polizei fahndete nach ihm, versuchte aber dabei zu vermeiden, dass die Presse von Gens' Verschwinden Wind bekam. Was auch immer Gens bewogen hatte zu verschwinden, Schnurbus und Tom waren sich einig, dass man möglichst vorsichtig agieren musste.

Auch passte der Tod von Heidi Rother nicht ins Bild. War sie nachträglich von den Entführern ermordet worden, weil sie zu viel wusste? Aber was wusste sie? Etwas über die Herkunft der fünf Kinder? Wenn es sich so verhielt – und nach Toms Meinung war die gemeinsame Abstammung der fünf Opfer der einzig nachvollziehbare Grund für die kurz nacheinander erfolgten Entführungen –, wusste dann Simon Gens auch Bescheid, und war dies der Grund für sein Verschwinden? Wie auch immer, Tom war sich sicher, dass sie die Kinder nur über Emma Basch und Simon Gens finden würden.

Tom stand auf und wollte in Brittas Büro gehen. Als er an Jörg Wahls offener Bürotür vorbeiging, winkte dieser ihm zu.

»Warte mal, Tom. Ich hab da was über Gens.«

»Ich hoffe, etwas, das uns aktuell weiterhilft.«

Wahl, der vor seinem Computermonitor saß, zog mit dem Fuß einen zweiten Drehstuhl zu sich heran und bedeutete Tom, sich neben ihn zu setzen.

»Sein Lebenslauf ist unspektakulär«, begann er und deutete auf den Bildschirm. »Geboren vor neununddreißig Jahren in Moers, Vater Arzt, Mutter Ärztin, keine Geschwister. Der Vater starb, als Gens gerade mal vier Monate alt war. Vom Dach gefallen, als er die Dachrinne sauber machte.«

Tom verzog das Gesicht. Himmel!

»Danach das Übliche, Kindergarten, Grundschule, wie gesagt unspektakulär. Anschließend besuchte Gens bis zur zehnten Klasse das Adolfinum-Gymnasium und danach ein Internat in der Schweiz, das Romér College.«

»Wie kam es denn dazu? Also keine Strafversetzung?«

»Nee, Delinquenten schickt man eher selten auf ein Nobelinternat in Villars, wo ein Schuljahr mehr kostet als ein Oberklassewagen mit Vollausstattung.«

»Und wie kam es nun zu diesem Schulwechsel?«

»Da bin ich noch nicht hintergekommen. Jedenfalls ist seine Mutter zum gleichen Zeitpunkt nach Neuss gezogen. Vielleicht haben sie sich für das Internat entschieden, weil ohnehin ein Schulwechsel anstand? Nach seinem Schulabschluss hat Gens ein paar Semester Medizin in Genf studiert und anschließend Betriebwirtschaftslehre in St. Gallen.«

»Und was bringt uns das jetzt?«, brummte Tom.

»Es dürfte dich vielleicht interessieren, wer in Gens' Zeit auf dem Romér College zu seinen Klassenkameraden gezählt hat«, erwiderte Wahl und zog ein einzelnes Blatt Papier aus seinem Ablagekorb. »Das ist eine Klassenliste, die ich mir aus Villars habe faxen lassen.«

Tom warf einen Blick darauf, überflog die Namen und stutzte. Überrascht sah er Wahl an. »Kai Welteke? Das ist nur ein Zufall, oder?«

»Nein, das ist *der* Kai Welteke, der Anwalt von Liebermann. Hab's überprüft.«

»Das hat mir Welteke nicht erzählt.« Tom überlegte kurz. »Er hat gesagt, er sei mit Sebastian und Ben auf der Schule gewesen. Hier in Neuss. Er kannte zwar Gens, das hat er gesagt, aber ich hatte eher das Gefühl, er meinte damit eher flüchtig. Weißt du, ob Welteke und Gens während ihrer Schulzeit befreundet waren?«

»Davon gehe ich aus. Zumindest waren sie Zimmergenossen.«

Tom studierte die Liste noch einmal, und wieder sprang ihm ein Name ins Auge. »Sergio Adamski? Den Namen habe ich auch schon mal gehört.« Tom legte grübelnd den Kopf in den Nacken. »Lass den mal bitte durch den Computer laufen. Irgendetwas klingelt da bei mir.«

Jörg Wahl nickte. »Gibt es etwas Neues von Justus?«

»Er kommt auch nach Heinsberg. In Duisburg sind sie noch nicht viel weiter. Die sind gerade mit der Leichenöffnung zugange.«

Wahl schob Tom noch ein dünnes Dossier zu. »Der Obduktionsbericht von Luther zu dem Toten aus dem Haus von Liebermann. Wir haben ein Foto und die besonderen äußerlichen Merkmale durch unsere Computer gejagt und auch Europol eingeschaltet. Aus Rumänien kam heute ein Treffer. Er hat dort eingesessen wegen schwerer Körperverletzung und Raubüberfalls. Die Kollegen aus Bukarest halten ihn für einen klassischen Handlanger. Dagan Codreanu, zweiunddreißig. Nicht sehr helle, aber für Geld zu allem bereit.«

Tom blätterte das Dossier durch. »Lass den Namen noch einmal in Verbindung mit ähnlichen Delikten bei uns durchlaufen – Entführung, Körperverletzung, Raubüberfall, Mord.«

In diesem Moment betrat Florian Gerstenmayer das Büro. »Tom, die Auswertungen der Computer sind abgeschlossen.«

»Von Gens?«

Gerstenmayer ließ sich auf einen Drehstuhl fallen. »Genau. Aber nichts Verwertbares. Allem Anschein nach ist Gens in jeder Hinsicht ein ganz normaler Staatsbürger. Die Logfiles geben gar nichts her, wir haben nicht einmal Pornos gefunden. Nur banale Korrespondenz, abgespeichert in verschiedenen Ordnern, stinknormaler E-Mail-Verkehr halt.«

»Hat Alexa Liebermann den Rechner auch benutzt?«

»Nein, die hatte ihren eigenen. Aber auch auf dem war nichts. Anders als bei Liebermann.«

Tom beugte sich vor. »Was? Ich dachte, da wäre auch nichts gewesen? Haben wir die Laptops nicht wieder freigegeben?«

»Die Laptops schon, aber nicht den Desktop. Die Jungs von der Computerabteilung haben zwar nichts gefunden, aber sie sagen, der Rechner sei derart aufgeräumt, dass es schon verdächtig wäre. Was auffiel, war, dass es keine Datenreste gab, das heißt, wenn Liebermann etwas gelöscht hat, hat er es gründlich gemacht. Unsere Jungs gehen davon aus, dass er für wichtige Daten eine externe Festplatte benutzt hat.«

»Die wir nicht gefunden haben?«

»Genau. Wie sieht es mit dieser Heidi Rother aus? Wird ihr Computer ausgewertet?«

»Sie hat gar keinen«, erwiderte Jörg Wahl. »Nur in ihrer Praxis. Den haben wir uns vorgenommen. Ohne stichhaltige Ergebnisse.«

Tom überlegte. »Ich werde Justus noch einmal anrufen. Es muss noch eine andere Verbindung zwischen den Frauen geben. Irgendetwas ist uns entgangen.«

Gerstenmayer und Wahl nickten.

»Verständigt bitte die Kollegen in Lüdenscheid, Wilhelmshaven und Heinsberg: Abgleich der gesamten Telekommunikation.« Tom stand auf. »Schnurbus hatte das bereits für Gens beantragt, wir brauchen das auch noch für die Geschwister Liebermann.« Mit Blick auf Jörg Wahl fügte er hinzu: »Und denk an Adamski.«

»Und Welteke?«

»Ich wollte ohnehin noch einmal mit ihm sprechen.« Tom warf einen Blick auf seine Uhr. »Aber heute wird das wohl nichts mehr. Dass er mit Gens in die Schule gegangen ist und nichts dazu gesagt hat, muss ja auch gar nichts bedeuten. Ich erzähl auch nicht bei jeder Gelegenheit, mit wem ich in einer Klasse war.«

Tom ging zurück in sein Büro. Justus hatte ihm berichtet, dass Heidi Rother in einer sektenähnlichen Eso-Gruppe gearbeitet hatte. Die Kollegen in Duisburg waren nicht der Ansicht, dass dies etwas mit dem Tod von Mutter und Tochter Rother zu tun hatte, aber hatten doch gebeten, alle Opfer in dieser Beziehung abzuchecken. Was Alexa Liebermann anging, konnte ihm da momentan nur ihr Bruder weiterhelfen.

Tom wählte die Nummer von Liebermanns Handy, aber dieses war offensichtlich ausgeschaltet. Er versuchte es auf dem Festnetzanschluss von Sebastian Liebermann, und diesmal hatte er Glück.

»Herr Liebermann, hier Küppers.«

»Hallo.« Liebermann klang irgendwie so, als wäre er abgelenkt.

»Alles in Ordnung?« Tom stockte. Natürlich nicht, nichts war in Ordnung. »Ich meine, soweit das den Umständen nach –«

»Ja, alles in Ordnung«, unterbrach in Liebermann. »Gibt es etwas Neues?«

»Ich wollte Sie fragen, ob Ihre Schwester, Ihr Bruder oder Ihr Schwager jemals etwas mit einer Esoterik-Vereinigung zu tun gehabt haben. So etwas mit Aura und …«, seine Augen suchten das Wort in den Notizen, die er sich während des Gesprächs mit den Duisburger Kollegen gemacht hatte, »… und Gewahrsein?«

»Was?«, fragte Liebermann verblüfft. »Gewahrsam?«

»*–sein*. Gewahr*sein*!«

»Blödsinn. So Eso-Jünger, das wäre was für Sebastian gewesen.« Liebermann schnaufte verärgert. »Kohle machen aus der Hilflosigkeit anderer Leute, das war immer eines seiner Lieblingsthemen. Schade, dass Sie ihn nicht gekannt haben, sonst würden Sie mich so etwas nicht fragen.«

»Ihre Schwester oder Herr Gens auch nicht?«

»Nein, mit Sicherheit nicht. Beide nicht. Da können Sie sicher sein.«

»Okay, dann hätten wir das geklärt.« Tom verabschiedete sich und legte auf. Das war ihm von vorneherein nicht wie eine Spur vorgekommen, schon aus dem wenigen, das er von den Liebermanns wusste. Morgen würden sie hoffentlich in Heinsberg ein Stück weiterkommen.

Er freute sich auf die Fahrt mit Britta. Jetzt würde er sich darum kümmern, dass Hund und Pferde für zwei Tage versorgt waren. Sich vor Ort einen Überblick über die Ermittlungen der Heinsberger Kollegen zu verschaffen, würde vermutlich Zeit in Anspruch nehmen, daher wollten Britta und er unter Umständen dort übernachten. Das BKA hatte die Sache an die Kripo in Neuss und das LKA in Düsseldorf als federführende Mordkommission zurückverwiesen. Damit ging es nicht mehr nur um den Mord an Liebermann und die Entführung des kleinen Jonas, sondern auch um alle damit zusammenhängenden Einzelfälle.

***

Nach dem Gespräch mit dem Kommissar überlegte Ben, ob Ellis nicht vielleicht recht hatte. Anscheinend kam die Kripo mit ihren Ermittlungen nicht weiter. Es war riskant, die Beamten nicht in das einzuweihen, was er und Ellis gestern von Sebastian posthum erfahren hatten, aber nach dem Gespräch mit Simon musste er die Polizei außen vor lassen. Die Entführer schreckten vor nichts zurück. Sie hatten Sebastian getötet, weil er von Pausetti gewarnt worden war. Emma Basch war verschwunden, vielleicht tot, auch sie musste einen Brief von Pausetti erhalten haben. Ben war froh, dass Alexa im Krankenhaus gut überwacht wurde. Lex hatte zudem geheim halten wollen, was der DNA-Test ergeben hatte. Jonas war ihr Kind, und er sollte es bleiben. Sebastian und Alexa hatten entschieden. Ben würde ohne Alexas Einverständnis diese Entscheidung nicht rückgängig machen.

Simon war von den Entführern überwacht worden. Er selbst hatte sich bislang nur gefragt, ob er von der Polizei observiert wurde. Ben begann ein weiteres Mal durch das Wohnzimmer zu laufen. Wenn er von den Leuten überwacht wurde, die Sebastian auf dem Gewissen hatten, würde er nicht lebend nach Oberitalien kommen. Kurz entschlossen rief Ben bei der Mietwagenfirma an, bei der er den Focus geliehen hatte. Er bestellte einen Volvo XC90 mit Allradantrieb, Winterreifen und zusätzlichen Schneeketten im Kofferraum. Er vereinbarte, dass der Wagen in die Grünstraße gebracht wurde. Die Grünstraße lag direkt hinter der Kaiser-Friedrich-Straße, auf der Rückseite des Wohnblocks. Mit etwas Glück würde er von Entführern und Polizei ungesehen verschwinden können.

Ben trat zum gefühlten hundertsten Male ans Fenster und suchte mit den Augen die Straße ab. Mittlerweile war es dunkel geworden, und es goss wieder in Strömen. Er sah auf die Uhr. Fünf durch. Sonst war Ellis nie später als vier bei ihm aufgeschlagen. Aber weitaus mehr beunruhigte ihn die Tatsache, dass sie ihm vorgegaukelt hatte, dass sie hier im Haus wohnte. Natürlich bestand immer noch die Möglichkeit, dass sie doch in einer der Wohnungen oben wohnte, ohne dass dies Gödeke und der Eigentümerversammlung gemeldet worden war. Dann durchzuckte ihn ein Gedanke. Und wenn sie hier, bei Sebastian, gewohnt hatte? Aber warum hatte sie das nicht einfach gesagt? Ben presste die Fäuste gegen den Schädel. Konnte es sein, dass sie ihn überhaupt bei allem angelogen hatte? Gehörte sie zu den Entführern, und war sie lediglich hinter Sebastians Brief her gewesen? Langsam kam ihm der Gedanke, dass Ellis' Auftreten Teil der Strategie der Mörder seines Bruders gewesen sein könnte. Und er, der gutgläubige Trottel, der er war, hatte Ellis und ihre »Freundschaft« zu Sebastian nie in Frage gestellt. Oder besser gesagt, ihn hatte nur interessiert, ob sie mit Sebastian gevögelt hatte oder nicht.

Ben rieb sich die Stirn, er sah schon Gespenster. Ellis konnte nicht mit den Verbrechern unter einer Decke stecken, schließlich kannte sie seit gestern Pausettis Namen, wusste also, wer die undichte Stelle war. Zudem riskierte sie, dass er alles der Polizei erzählte, drängte ihn sogar dazu.

Ben gab sich einen Ruck. All sein Grübeln war fruchtlos und brachte keine Klarheit.

In dem Versuch sich abzulenken, packte er seine Sachen endgültig zusammen. Seine Gitarre würde er hierlassen, den USB-Stick jedoch mitnehmen. Auch den Brief, den Umschlag, alles. Er schleppte seine Sachen in den Flur zur Eingangstür. Sein Telefon! Das hätte er beinahe vergessen. Er sammelte die Teile, die er zum Trocknen auf den Couchtisch gelegt hatte, wieder ein. Im Display stand immer noch Kondenswasser. Er vergewisserte sich, dass er auch das Ladegerät eingepackt hatte, und sank auf dem Sofa zusammen. Ellis ging ihm nicht aus dem Sinn. Vermutlich hatte sie schlicht und ergreifend doch mit seinem Bruder zusammengelebt, und das musste er sich langsam eingestehen. Er war wütend, wütend auf Ellis und wütend auf sich selbst.

Es klingelte.

Ben erstarrte für einen Moment. Dann ging er zur Wohnungstür, spähte durch den Spion und riss die Tür auf.

»Da bist du ja.« Es gelang ihm nicht ganz, die Wut in seiner Stimme zu unterdrücken.

Ellis schien es nicht bemerkt zu haben, sie strahlte ihn an. Ihr kurzer weißer Anorak war nass vom Regen, und feuchte Haarsträhnen klebten auf ihrem müden Gesicht.

»Es tut mir leid, Ben, ich hätte dich angerufen, aber dein Handy ging nicht. Es ging den ganzen Tag hoch her, und vor einer Stunde hat sich noch eine junge Mutter, die ich seit Monaten betreue, gemeldet, weil plötzlich die Wehen eingesetzt hatten. Das Kind kommt ein bisschen früh, aber nicht arg. Ich muss gleich wieder zurück ins Krankenhaus, sie dürfte mittlerweile da sein«, sprudelte es aus ihr hervor. Ihr Blick fiel auf sein Gepäck. »Du wolltest los, nicht wahr? Jetzt gleich? Ich wäre gern mit dir gekommen.«

Ben versuchte seiner widerstreitenden Gefühle Herr zu werden. »Ja, ich wollte gerade aufbrechen.«

Ellis sah ihn überrascht und auch etwas enttäuscht an.

»Hatte schon früher mit dir gerechnet«, fügte er erklärend hinzu.

»Es tut mir leid, Ben. Kannst du nicht noch etwas warten? Können wir nicht morgen früh fahren oder wenigstens heute Nacht?«

Ben wusste, er sollte sie auf die Wohnungssache ansprechen und klipp und klar fragen, ob sie was mit Sebastian gehabt hatte. Auch wenn sie dann für ihn tabu war. Er lehnte sich in den

Türrahmen und sagte kühl: »Na gut, ich warte bis morgen früh, bis, sagen wir, vier Uhr. Dann fahre ich los, ob du da bist oder nicht.«

»Ich versuche es. Kann nur hoffen, dass ich es schaffe, unter diesen Umständen. Aber es ist ihr drittes Kind, das kann fix gehen.« Ellis sah ihn prüfend an. »Du bist sauer auf mich, oder? Es tut mir leid, wirklich.«

»Schon gut. Warum hast du nicht auf dem Festnetz angerufen?« Ben lächelte unfreundlich.

»Ich hab's versucht, war aber besetzt, da habe ich gedacht, ich spring kurz bei dir rein und sag dir Bescheid.«

Wie rührend, dachte er und sah Ellis nach, die sich abgewandt hatte und den Flur entlanglief. An der Treppe drehte sie sich noch einmal zu ihm um.

»Tschüss, Ben, ich hoffe, ich bin um vier wieder da. Viel Glück auf jeden Fall!«

Sie eilte die Stufen hinab. Ben trat raus auf die Galerie, beugte sich über die Balustrade und schaute ihr nach. Sollte er nicht einfach direkt fahren? Bis vier Uhr morgens warten? Auf diese Natter, die ihm etwas vorgaukelte?

Ben ging zurück in die Wohnung, schloss die Tür hinter sich und lehnte sich seufzend dagegen. Du bist ein Idiot, ein richtiger Idiot, dachte er. So mussten sich Leute fühlen, die total verknallt waren und dann herausfanden, dass der oder die Angebetete leider schwul oder lesbisch war. Man war total daneben, hasste sich für seine Dummheit, wünschte den andern auf den Mond.

»Und hofft gleichzeitig, dass die Tussi bisexuell ist, um doch noch 'ne Chance zu haben«, fügte er laut hinzu. Er presste die Hände an die Schläfen. Aber warum klopfte sein Herz immer noch wie verrückt, wenn er sie sah?

***

Nach den Anschlägen in New York, Madrid, London und Oslo hatten Firmen, Behörden, Schulen, Krankenhäuser und andere Einrichtungen mit Publikumsverkehr angefangen, ihren Besucherstrom zu kanalisieren. Überwachung und Kontrolle war angesagt. Aber irgendwann erlahmte die Sorge, um nach dem nächsten Amoklauf wieder ins Gegenteil umzuschlagen. Aber nur die privaten Unternehmen nutzten ihre Kontrollmöglichkeiten effizient und dauerhaft. Überall dort, wo sich täglich Massen einfanden, scheiterten alle Bemühungen schnell am Wie und Wann. Jeden Schüler auf Waffen kontrollieren? Jeden Krankenbesucher nach seinem Wohin fragen? Das war nicht zu bewerkstelligen, so sah nun einmal die Realität aus.

Beim Allgemeinen Krankenhaus musste man im Hauptgebäude durch den zentralen verglasten Eingangsbereich ... oder man wartete, bis jemand durch einen der vielen Nebenausgänge das Gebäude verließ und schlüpfte ins Krankenhaus, ohne von einer der zentralen Videokameras erfasst zu werden. Ganz einfach! Fast zu einfach, das machte gar keinen richtigen Spaß.

Es war die richtige Zeit. In den hellen verglasten Gängen war alles voller Menschen. Angehörige, Patienten in Bademänteln oder bunten sportiven Ballonseideanzügen, mal mit, mal ohne Infusionsständer im Schlepptau. In den Sitzecken und der Cafeteria drängelten sich Besucher und Kranke ähnlich dicht wie im überdachten Innenhof die Raucher. Der Weg zur Intensivstation war überall ausgeschildert. Die Intensiv lag im dritten Stock, aber zunächst führte sein Weg nach unten, in eine der vielen unterirdischen Verbindungen zwischen den Gebäuden. Einem Besucher, der sich eine Zeit lang verbergen wollte, boten sich dort viele Möglichkeiten, sehr viele.

Nach siebzehn Uhr war niemand mehr in der zentralen Wäscherei. Ganz bequem eigentlich. Die elektronische Zugangskarte steckte in seiner Tasche. Mit einem bisschen Bestechung bekam man alles, was man brauchte.

Ein passendes Outfit zu finden war nicht schwer. Stapelweise lagen sie gewaschen und gebügelt und mit Namensbanderolen versehen in großen Metallcontainern mit Rollen. Blau, grün, weiß, Anzüge und Kittel. Alles da. Nur Schuhe fehlten. Aber daran, weiße Schuhe mitzubringen, hatte er gedacht. Die steckten auch in der Tasche. Warm war es hier unten, und das Warten könnte lang werden. Irgendwann zwischen zwei und drei Uhr nachts war der beste Zeitpunkt. Dann würden alle müde sein, gegen den Schlaf und die bleierne Müdigkeit ankämpfen. Echt blöd, so ein Biorhythmus. Kein Problem aber, wenn man töten wollte, da half einem das Adrenalin über kleinere Durchhänger hinweg.

Das Abhauen hinterher musste schnell gehen. Die Kameras an den zentralen Stellen in den Fluren vermeiden, nicht an der Pforte vorbeigehen und draußen auf dem Gelände langsam gehen, um nicht aufzufallen.

***

Ernestine setzte sich wieder an Alexas Bett. Heute war der dritte Abend in Folge, an dem die Intensivstation regelrecht unterbelegt war, daher konnte sie sich ein paar Minuten Pause gönnen und an dem Schal für ihre Lieblingsnichte weiterstricken. Dr. Brunner, der Chef der Inneren, hatte jovial-fröhlich die Stabilisierung des bundesdeutschen Gesundheitszustands beklagt. Dabei war der Oktober mit seinem relativ ausgeglichenen Wetter immer etwas ruhiger. Die Herzpatienten kamen gewöhnlich während der heißen Sommermonate, und die Unfallrate stieg eher in den Monaten an, in denen mehr glitschiges Laub oder Eis auf den Straßen lag.

Alexa war kurz vor dem Aufwachen, da war sich Ernestine sicher. Sie reagierte vermehrt auf Reize, und auch das EEG zeigte eine deutliche Zunahme der Gehirnaktivität. Glasgow elf bis zwölf, hatte Mischa Grigoriew gesagt, als Ernestine heute um zwanzig Uhr ihren Dienst angetreten hatte. Das hieß, dass ihre Bewusstlosigkeit nicht mehr allzu tief war. Grigoriew hatte schon morgens Dienst gehabt und mit dem Bruder von Alexa sprechen können. Ben Liebermann hatte nach einem möglichen Aufwecken gefragt, aber der Neurologe hatte davon abgeraten. Ernestine war seiner Meinung. Sicher, für die Angehörigen war der Zustand eine Katastrophe, vor allem die Ungewissheit. Dann die Geräte. Die schweren Verletzungen, die bei Alexa mehr innerlich waren, obwohl es äußerlich schon schlimm genug war. Aber wie Grigoriew sagte: besser, man ließ sie schlafen, jetzt wo beinahe sicher war, dass sie wieder zu sich kommen würde.

Grigoriew hatte Bereitschaft und schlief momentan in der

winzigen Kammer neben dem Schwesternzimmer. Ernestine fragte sich jedes Mal, wie er sich auf der Pritsche zusammenfalten und tatsächlich schlafen konnte.

Nach zwei Uhr. Ernestine war ein bisschen schläfrig, wie so oft um diese Zeit. Alexa bewegte sich immer wieder ein bisschen, mal die Finger, mal zuckte ein Bein. Ernestine bemerkte, dass Alexa sich über die Lippen leckte. Sie stand auf und strich sanft mit einem Teelöffel, den sie vorher in ein Glas Wasser getaucht hatte, über Alexas Lippen. Dann setzte sie sich, um weiterzustricken. Auf der Intensivstation war es nahezu still, nur das allgegenwärtige leise Sirren und Brummen der medizinischen Geräte war zu hören, alles war abgedunkelt. Außer ihr hatte noch Bibi Assmann Dienst. Die hockte im Schwesternzimmer und las sicher wieder in irgendeinem Roman. Bibi war die Leseratte der Station. Aber auch eine nette Kollegin und kompetente Krankenschwester.

Alarm! Ein Dauerpiepen, laut und schrill. Bibis Schritte hallten durch den Gang.

»Ernestine! Schnell, Atemstillstand bei dem Post-Infarkt. Hol Mischa!«

Ernestines Strickzeug fiel klappernd zu Boden. Das Zimmer am Ende des Ganges. Der Herzinfarktpatient, Mitte vierzig, schon Komplikationen während der OP, verdammt! Ernestine ließ ihren Pieper liegen und stürzte in die Kammer neben dem Schwesternzimmer.

»Grigoriew! Wachen Sie auf!«

***

Alexa lag im Dunkel. Nein, kein Dunkel, mehr ein Dämmern. Sie war wach, das wusste sie, aber wach zu sein war nicht schön. Alles tat weh, nicht sehr, aber die Schmerzen beunruhigten sie. Sie wollte das nicht! Vielleicht war es besser, noch etwas zu schlafen. Sie hatte versucht, die Augen zu öffnen, aber es war ihr nicht gelungen. Als ob die Augen nicht richtig wollten. Um sie herum piepten Vögel und brummten Tiere. Wo war sie nur? Und wo war Jonas? Warum konnte sie sich nicht auf Jonas konzentrieren? Das war doch so wichtig. Streng dich an, Alexa!

Da! Ein neues Geräusch! Zwischen all dem Piepen und Brummen ein leises Klappern. Mama strickt, schoss es ihr durch den Kopf. Mama war da. Gott sei Dank! Mama war da. Die würde wissen, wo Jonas war. Und sie würde ihr vorlesen, Himbeersaft machen, und sie würde auch die dummen, brummenden und piependen Tiere wegjagen.

Lautes Piepen, sehr lautes Piepen, anhaltend, alarmierend. Etwas klapperte. Schritte. Mama rannte davon!

Alexa schlug in Panik die Augen auf, doch sie sah praktisch nichts. Nur einen dünnen Streifen Licht. Krankenhaus, dachte sie. Mama ging weg! Sie versuchte, sich aufzurichten.

»Mama«, stöhnte sie – so leise. »Mama?«

Schritte! Schnelle Schritte! Wenn sie nur etwas hätte sehen können.

»Mama, bist du es?« Sie lächelte.

Das Kissen auf ihrem Gesicht löschte ihr Lächeln aus und erstickte ihr Stöhnen. Dunkelheit. Sie schwamm wieder. Tief, sehr tief. Aber dort war Licht. Endlich! Es war ganz leicht, dorthin zu kommen. Sie war so glücklich. Sebastian stand im Licht. Alles war gut.

***

Es war ganz einfach gewesen. Die Schwestern rannten planmäßig zu dem scheinbaren Notfall, dabei hatte er nur den Schlauch des Respirators aufgeschnitten. Wann sie es wohl merken würden? Zum Glück erntete man in Krankenhäusern keine komischen Blicke, wenn man Handschuhe trug. Erst mal die Monitore: Stilllegen ging nicht, aber den Alarm auszuschalten, war leicht. Alexa redete, stöhnte. Was sagte sie? Mama?

Das Kissen erstickte die Worte und ihre Gegenwehr, die schwach wie das Schlagen von Schmetterlingsflügeln war. Die Monitore schlugen lautlos Alarm, Sinuskurve, Kammerflimmern, Asystolie, dann Nulllinie. Zeitpunkt des Todes: zwei Uhr zweiunddreißig.

***

Ernestine betrat Alexas Zimmer. Das war knapp gewesen! Der Atemschlauch des Perspirators hatte ein Loch gehabt. Wie hätten sie auf so was kommen sollen? Das Entweichen der Luft war kaum zu hören gewesen, da das Beatmungsgerät selbst zischte und pumpte. Schließlich hatte Bibi von Hand beatmet und die Blutsättigung sofort normale Werte erreicht. Das hatte Grigoriew dazu gebracht, das Gerät zu überprüfen, obwohl es ganz normal seinen Dienst zu verrichten schien. Das Loch hatte er erst entdeckt, als er den geriffelten Schlauch durch seine Finger gleiten ließ.

Ernestine sank in ihren Sessel und warf gewohnheitsmäßig einen Blick auf die friedlich daliegende Alexa. Ihr Blick streifte den Monitor, und sie erstarrte. Nulllinie? Wie konnte das … und kein Alarm? Ein Fehler am Gerät, bitte! Ernestine schnellte zum Bett, sie legte ihre Hand an Alexas Hals. Kein Puls. Kein Puls!

»Mischa! Bibi!«

Grigoriew stürzte ins Zimmer. »Was?«

»Herzstillstand, ich versteh das nicht.« Ernestine machte ihm Platz und schaltete mehr Licht zu.

»Bebeuteln, schnell! Beginne mit Herzdruckmassage.« Grigoriew warf einen Blick auf den Monitor. Zwei Uhr siebenunddreißig.

Eins, zwei, drei, vier. Fester Druck auf das Sternum. Eins, zwei, drei, vier. Ernestine beatmete Alexa mit dem Beutel. Bibi kam ins Zimmer.

»Defi?« Sie zerrte das Gerät bereits hinter sich her.

»Nein. Asystolie.« Grigoriew schüttelte den Kopf. Ohne eine elektrische Aktivität des Herzens war eine Defibrillation sinnlos. Eins, zwei, drei, vier.

Grigoriew zog seine Taschenlampe aus der Tasche und schob die zugeschwollenen Lider der Patientin auseinander. Die Blutgefäße in den Augen waren geplatzt, die Pupillen starr und weit. Verdammt! Einer plötzlichen Ahnung folgend, öffnete Grigoriew den Mund Alexas. Die Zunge war blau und so geschwollen, dass sie fast den gesamten Mundraum ausfüllte. Blut lief aus den Mundwinkeln, Alexa hatte im Todeskampf ihre Zunge zerbissen. Petechien fehlten, aber möglicherweise waren sie in dem blau und schwarz verfärbten Gesicht auch nicht zu erkennen. Grigoriew schlug die dünne Decke zurück. Eingenässt hatte sie sich nicht, sie trug ja auch einen Dauerkatheder.

Sein Kopf fuhr herum, suchte mit den Augen das Zimmer ab. Mit wenigen Schritten war er bei dem Kissen auf dem Stuhl in der Ecke. Speichel und Blut auf der Unterseite.

»Sinnlos, Ernestine, lass gut sein.« Er hielt das Kissen in seinen Händen. »Ruf den Chef an! Die Frau wurde erstickt.« Grigoriew machte eine Pause, seine Gedanken überschlugen sich. Das Krankenhaus, die Öffentlichkeit … egal! Das spielte jetzt keine Rolle. »Hol den Polizisten, der draußen Wache hält, und ruf den Sicherheitsdienst. Sie sollen alles abriegeln.«

Das klang wie im Film. Er musste an die beiden Leute von der Wach- und Schließgesellschaft denken, die nachts im und um das Krankenhaus Dienst taten. Wie sollten die einen Mörder finden?

Caslano, Luganer See

Hans Schlesinger hatte seinen Porsche selbst in der Garage des Albergo Al Lago in der Via Valle abgestellt. Caslano war ein Kaff. Mit Altstadt am See zwar, aber definitiv ein Kaff. Von einer Adresse am Luganer See hätte er etwas mehr Prestige und Glamour erwartet, aber Caslano erwies sich als eine mickerige Ansammlung Tessiner Stadthäuser auf einer bewaldeten Halbinsel.

Das Wetter war schon beschissen gewesen, als er am Dienstag aus Luzern losgefahren war. Am See hatte es noch geregnet, aber als er auf die Autobahn Richtung Gotthard fuhr, landeten die ersten Flocken auf der Windschutzscheibe. Bis Silenen hatte ihn der Schneeregen begleitet, ab Gurtnellen gab es eine geschlossene Schneedecke. In Wassen hatte die Schweizer Autobahnpolizei Lkws, die trotz der Warnschilder ohne geeignete Winterausrüstung unterwegs waren, am Weiterfahren gehindert. Schlesinger war froh drum. Ein quer gestellter Lkw, und er konnte die Nacht auf der A 2 verbringen. Keine schöne Vorstellung, wenn man bedachte, dass man hier auf über tausend Metern Seehöhe war. Die Schweizer Straßenmeisterei bemühte sich nach Kräften, in der früh einsetzenden Dunkelheit die Nationalstraße zum Tunnel frei zu halten. Unermüdlich warfen die Streufahrzeuge hinten angenässtes Tausalz auf die Fahrbahnen, während sie vorne den frischen Schnee beiseiteräumten. Die Fahrstreifen wurden rasch schmaler, und überholen konnte Schlesinger schließlich nur noch in den Galerien, die an steinschlaggefährdeten Stellen die Straße überdachten. Schlesinger durfte gar nicht daran denken, wie sein Wagen dieses Tausalzbad überstehen mochte. Hoffentlich gab es eine anständige Waschanlage in Caslano. Schlesinger hatte gehofft, die knapp hundertachtzig Kilometer in weniger als zwei Stunden zurückzulegen, trotz der hundertzwanzig Stundenkilometer, die in der Schweiz als Höchstgeschwindigkeit galten.

Er würde um sechs in Caslano sein, sich ein Hotel suchen und schon einmal versuchsweise in der Via Alba vorbeispazieren. Via Alba 3, das war die Adresse, die Rös auf den Zettel geschrieben hatte. Dort sollte – laut den Bankunterlagen – Andrea Beltramini leben. Schlesinger machte sich nichts vor. Beltramini war wahrscheinlich nur ein Strohmann, trotzdem war er der einzige Anhaltspunkt, den Schlesinger momentan hatte. Zumindest bis Rös' Verbindungsmann mehr über das Liechtensteiner Konto herausgefunden hatte.

Unterwegs war Schlesinger versucht, Ben Liebermann über seine bisherigen Erkenntnisse zu informieren, aber mal abgesehen davon, dass er sich seit Göschenen in einem Funkloch befand, gab es auch noch nichts Erhellendes zu berichten. Außer vielleicht, dass er bis zum Tunneleingang zwei Stunden gebraucht hatte.

Schlesinger hatte gehofft, dass ihn auf der südlichen Tunnelausfahrt, und damit jenseits des Alpenhauptkamms, besseres Wetter erwarten würde, aber als er bei Airolo den Tunnel verließ, schneite es genauso heftig wie bei der Einfahrt. Aber auch hier erwiesen sich die Schweizer als wahrhafte Straßenmeister und hielten die Autobahn so weit frei, dass man zumindest mit sechzig runter ins Tal fahren konnte.

Hinter Faido klarte es auf, aber ab Biasca regnete es wieder Bindfäden. Und das hatte sich bis in dieses lächerliche Kaff nicht gebessert. Seine Albergo war das einzig halbwegs akzeptable Haus am Platz, zumindest seinem iPad nach. Da es beinahe zwanzig Uhr war, verzichtete Schlesinger auf seine Spaziergang zur Via Alba, nahm ein gar nicht so übles Abendessen zu sich und durchdachte noch einmal, was ihm Rös heute mitgeteilt hatte. Schlesinger hatte noch ein paar Fragen und versuchte dreimal Rös zu erreichen, aber vergeblich. Entweder befand sich Rös aktuell in einem Funkloch, oder er hatte sein Handy aus. Ein Wunder, dass die Schweizer überhaupt zurechtkamen, bei so viel gestörtem Funkverkehr. Aber immerhin verfügte die Albergo über kostenloses WLAN.

Der nächste Morgen stand dem Ende des gestrigen Tages wettermäßig kaum nach. Es hatte zwar zu regnen aufgehört, aber dafür pfiff ein messerscharfer Wind durch die Tessiner Gässchen. Seine Wirtin hatte ihm versichert, dass jetzt im Oktober die beste Reisezeit für das Tessin wäre, vom Frühling einmal abgesehen, und

Schlesinger konnte nicht umhin, die hartgesottenen Touristen zu bewundern, die mit hochgezogenen Schultern an der Piazza Lago auf die Ausflugsdampfer warteten.

Von der Via Valle hatte er zunächst den Weg durch die Via Riale eingeschlagen, um sich eine Vorstellung vom Örtchen zu verschaffen, dann war er durch die Streciöö zurück zur Via Alba gegangen. Via Alba Nummer 3 unterschied sich nicht von den übrigen Gebäuden, die sich längs der wenigen Straßen entlangzogen. Ein dreistöckiges Gebäude mit zwei Eingängen, die der Nummer 1 und der Nummer 3. Im Obergeschoss zogen sich, dicht unter dem flachen Dach, die typischen Loggien des Südens hin. In der Nummer 1 waren die Loggien dicht mit Glyzinien bewachsen, die – ihrem üppig grünen Blattwerk zufolge – von dem ungewohnt frühen und heftigen Kälteeinbruch genauso überrascht worden waren wie die Herbsturlauber in ihren dünnen Sommerjacken. Der Eingang zu Nummer 3 befand sich unter einem Rundbogen, in dem es relativ düster war.

Schlesinger verzichtete auf jede Art von konspirativem Verhalten und trat unter den Bogen, um die Klingelschilder zu lesen. »Luchese«, »Müller/Spazi« und »Beltramini«, wer sagt's denn. Schlesinger zögerte nur kurz, fühlte mit dem Ellbogen nach dem Schnellholster mit der Sig und klingelte entschlossen. Keine Antwort. Schlesinger klingelte erneut. Nichts. Er trat einen Schritt zurück und betrachtete die Hausfront. Wenn die Klingelschilder so angeordnet waren wie in Deutschland, also oberste Klingel gleich oberstes Stockwerk, dann wohnte Beltramini im Erdgeschoss. Schlesinger erwog gerade, die beiden anderen Klingeln zu probieren, als sein Blick auf einen schmalen Durchgang zwischen Haus 3 und 5 fiel. Ging es dort in den Hof? Schlesinger sah einmal über seine Schulter in die immer noch praktisch unbelebte Straße und betrat den Durchgang. In italienischen Urlaubsregionen waren die Eingeborenen gewohnt, dass unvermittelt deutsche, japanische oder amerikanische Touristen in ihren Höfen und Gärten auftauchten, weil sie den Fremdenführer verkehrt herum hielten. Und das Tessin war aus Touristensicht ja praktisch Italien.

Der Durchgang war dunkel und schulterschmal, vorne musste Schlesinger sich an ein paar Fahrrädern vorbeidrücken, am Ende an Mülltonnen. Der Hof war mit Klinkersteinen gepflastert und gehörte offensichtlich gleichzeitig zu den rückwärtigen Häusern. Eine Mimose reckte die gefiederten Blätter über einer runden Holzbank in die Luft, und ein paar Wäscheleinen zogen sich einmal ums Geviert. Ansonsten war der Hof leer. Schlesinger blickte sich rasch um, es war nicht zu erkennen, ob ihn jemand durch eins der Fenster beobachtete. Alle Wohnungen wirkten still, geradezu verlassen, aber wahrscheinlich waren nur alle zur Arbeit. Schlesinger versuchte durch eines der Fenster zu spähen. Die breiten Fensterläden mit der abblätternden roten Farbe hingen schief in den Angeln. Wer auch immer hier wohnte, schien seine Milliönchen nicht in diese Immobilie zu investieren.

»Cosa fà?«

Schlesinger fuhr zurück. Über ihm war ein Fenster geöffnet worden, überraschend leise für den Zustand des Gebäudes.

»Cosa fà?«, wiederholte der alte Mann erneut.

Schlesinger war sicher, dass er mindestens neunzig war. Ein verwittertes Gesicht mit einem Büschel eisgrauer Haare unter einer flusigen roten Wollmütze, ein gräulicher Schal, der mindestens drei Mal über Hals und Kinn geschlagen war.

Schlesinger atmete aus. »Ich suche Signore Andrea Beltramini.« Signore war außer Grazie und Chianti eines der wenigen Wörter der italienischen Sprache, die Schlesinger geläufig waren. Kaum ausgesprochen, fragte er sich, ob Andrea nicht auch eine Signora sein konnte. Aber nein, im Italienischen war Andrea doch meist ein Mann, oder?

»Tedesco, eh?«

»Si«, sagte Schlesinger versuchsweise. Merde fiel ihm auch noch ein, sein Sprachschatz war wirklich beachtlich.

Der alte Mann starrte ihn an, deutete mit einem krummen Zeigefinger auf Schlesinger und dann in den Himmel. »Andrea ist lange tot«, sagte er dann in geläufigem Schweizerdeutsch.

Schlesinger fluchte innerlich. Ein Toter als Strohmann war nicht sonderlich hilfreich.

»Seit wann ist er tot?«, fragte er den Alten.

»Kommen Sie hoch und trinken eine Tasse Kaffee mit mir«, forderte der Greis ihn freundlich auf. Er deutete mit seinem Finger, den er offensichtlich gern zur Unterstützung seiner verbalen Kommunikation einsetzte, nach links.

Schlesinger bemerkte einen Treppenaufgang, der als Zugang zum Hof diente. Schlesinger zögerte nicht und lief über die mit gesprungenen braunen Spaltsteinen belegte Treppe nach oben in den ersten Stock. In der Tür zur Rechten erwartete ihn der Alte, der trotz seiner leicht gebeugten Haltung größer war als erwartet. Er trug eine ausgebeulte beigebraune Cordhose und bequeme Pantinen, obenherum neben Schal und Mütze eine dicke, handgestrickte Strickjacke in der gleichen Altherrenfarbe wie die Hose. Sein Gesicht war braun und zerknittert, und die erstaunlich frischen blauen Augen ließen ihn wie eine lange verschollene Kopie von Luis Trenker wirken. Er begrüßte Schlesinger mit der Begeisterung eines Gefängnisinsassen, der einmal im Monat Besuch erhält.

»Kommen Sie rein, kommen Sie rein!«

Er zog Schlesinger fast in seine Wohnung. Schlesinger hatte beim Anblick des Alten eine typische Altmännerwohnung mit altfränkischen Möbeln, globaler Unordnung und einem undefinierbaren, aber unangenehmen Geruch erwartet. Aber weder das Äußere des Hauses noch das Aussehen des Alten hatten ihn auf eine gut gelüftete Wohnung mit wenigen, aber weiten Räumen, die in frischem skandinavischen Stil eingerichtet waren, vorbereitet. Der helle Holzfußboden war gekälkt und die wenigen Möbel schlicht und modern, geschmackvolle Accessoires rundeten das Bild ab.

»Kaffee, Cappuccino, Espresso?«, fragte der alte Mann. »Ach was, ich habe mich gar nicht vorgestellt.« Er ergriff Schlesingers Hand und drückte sie fest. »Arthur Müller.«

»Schlesinger, Hans Schlesinger, und ich nehme gern einen Kaffee mit Milch und Zucker.«

Müller eilte in die offene Küche, die durch eine weiße Theke vom Rest des Wohnraums abgetrennt war. Ein Kaffeevollautomat stand in der Nähe des Fensters, von dem aus er Schlesinger zuerst zugerufen hatte.

»Ich wollte mir gerade einen Kaffee machen, als ich Sie sah.« Er kicherte und stellte mit Schwung zwei Kaffeebecher auf die Theke, nahm Milch aus dem Kühlschrank und nickte Schlesinger zu. »Mit Zucker, sagten Sie? Nehmen Sie doch bitte Platz.« Er wies auf zwei Sofas mit grauen Bezügen und weißen Holzgestellen. »Ein paar Biscotti müssten auch noch da sein.«

Schlesinger nahm Platz und beobachtete den Alten, der so wieselflink hinter der Theke hin- und herglitt, als bewegte er sich auf Rollen. Müller brachte die gefüllten Kaffeebecher, eine Zuckerdose und ein Tellerchen mit Keksen, die Milchpackung und zwei Kaffeelöffel. Er ließ sich auf das zweite Sofa fallen und lächelte behaglich.

Schlesinger nahm Milch und Zucker und rührte ausführlich um. Der Kaffee aus Automaten war immer brandblasenverdächtig heiß.

»Andrea Beltramini ist tot, sagen Sie? Er war doch gar nicht so alt, um die fünfundfünfzig, meine ich, ist doch kein Alter.« Das waren die einzigen Informationen, die ihm Rös gegeben hatte und die aus der bei der Bank hinterlegten Legitimation stammten. Name, Alter, Geburts- und Wohnort.

»Ja, der arme Kerl starb bei einem Arbeitsunfall. Vom Gerüst gefallen, traurige Sache. Es hatte geregnet, und er ist abgerutscht. Er war gleich tot.« Müller erzählte mit dem gleichen schaudernden Vergnügen wie alle anderen Leute, wenn sie Todesfälle im Bekanntenkreis kommentierten.

»Wann war das?«

»Vor sechs Jahren, meine ich. Ja, ich denke, das stimmt. Vor sechs oder sieben Jahren.«

»Und wer wohnt jetzt unten in der Wohnung? Ich meine, ›Beltramini‹ steht ja noch auf dem Türschild. Er hatte Familie?«

»Nein«, Müller winkte ab, »er war alleinstehend. In der Wohnung unten wohnt heute eine entfernte Nichte, die erst nach seinem Tod erfahren hat, dass sie einen Onkel hatte, dessen alleinige Erbin sie ist.«

»Oh, die Wohnungen sind im Eigentum?« Schlesinger war davon ausgegangen, dass es sich um einen Mietkomplex handelte. Mist, er hatte gehofft, vom Vermieter eventuell weitere Informationen zu bekommen.

»Jaja, Eigentum. Aber ist ja nicht gerade Villenlage, wenn Sie wissen, was ich meine. Keks?« Müller hielt ihm den Teller hin.

Schlesinger nahm einen der Kekse. Frisch und knusprig, wie selbst gebacken. »Hm, sehr gut. Haben Sie Beltramini gut gekannt, Herr Müller?«

»Die hat meine Tochter gebacken. Sie wohnt hier.« Der Greis legte den Kopf schief und lächelte verschmitzt. »Ich hüte nur für den Urlaub ein. Bin also selten hier. Eigentlich wohne ich drüben in Morcote. Sie wissen schon, wo in den fünfziger und sechziger Jahren die Promis gewohnt haben, aber das ist lange her. Seit meine Frau tot ist, bin ich öfter mal hier. Man kann ja mit dem Schiff rüber.« Er stippte einen Keks in seinen Kaffee und betrachtete ihn einen Augenblick, bevor er ihn sich in den Mund steckte. »Beltramini kannte ich natürlich. Ab und zu haben wir ein Schwätzchen gehalten. Er war *imbianchino*, Anstreicher. Nicht sehr gebildet natürlich, aber ganz helle. Es ist furchtbar kalt, finden Sie nicht? Die alten Knochen schmerzen, es gibt bestimmt noch mehr Regen.« Zur Bekräftigung hieb er kräftig auf sein Knie.

Schlesinger seufzte innerlich. Der Alte war ein bisschen schwierig zu befragen.

»Als Anstreicher hat er sicher nicht so viel verdient, wie konnte er sich die Wohnung leisten?«

»Oh, das ging schon. Das Geschäft lief gut. Er war selbstständig. Wie ich schon sagte, das hier ist nicht Lugano«, er kicherte, »oder Morcote.«

Schlesinger erhob sich. »Danke für den Kaffee. Ich werde dann mal.«

Müller stand ebenfalls auf. »Warum suchen Sie Andrea eigentlich?«, fragte er beiläufig.

»Eine Erbschaftssache, aus Deutschland. Ich bin bei der Behörde«, log Schlesinger. »Herr Beltramini könnte ein erbberechtigter Neffe sein … gewesen sein. Vielleicht kommt jetzt die Nichte in Frage, das müssen wir erst erbrechtlich klären. Mehr kann ich Ihnen leider in der Sache nicht mitteilen.«

Müller nickte beifällig. »Ich bringe Sie hinaus.«

***

Er geleitete seinen Gast zur Treppe, wo sich dieser verabschiedete. Müller wartete, bis Schlesinger im Hof angekommen war. Dann ging er zurück in die Wohnung und trat ans Fenster, das zur Straße rausging. Er wartete, bis er Schlesinger über die Via Alba davongehen sah.

Er griff zum Telefon und wählte rasch eine Nummer. Es knackte in der Leitung, als am anderen Ende jemand abhob, ohne sich zu melden.

»Er war hier«, sagte Müller.

Er lauschte auf die Antwort, legte auf und wählte erneut.

»Beseitigen. Alle beide.«

Neuss

Die Türklingel schnitt in seinen Traum wie ein Santokumesser in ein Sushiröllchen. Ben fuhr auf und war für einen Moment völlig desorientiert. Wo zum Teufel war er nur? Um ihn herum war es dunkel wie im Sack, aber dort war ein Streifen Licht. Ein Türspalt. Und jetzt wusste er auch, wo er war, und er wusste auch, warum er nicht richtig wach werden wollte. Der eigentliche Alptraum begann immer erst mit dem Erwachen. Die Klingel schrillte ein weiteres Mal, und Ben lief in den Flur, wo er das Licht hatte brennen lassen. Er spähte durch den Spion. Ellis!

Er riss die Tür auf, und Ellis, die gerade ein weiteres Mal schellen wollte, strahlte ihn an.

»Gerade dachte ich mir: Gib es auf, er hat bloß vergessen, das Licht auszumachen. Aber du hast gewartet.«

Sie sah müde aus. Ihr Gesicht war, mit Ausnahme der dunklen Ringe unter ihren Augen, völlig bleich. Sie hatte eine Reisetasche neben sich stehen und einen Rucksack an einem Riemen über der Schulter hängen. Unter den Arm hatte sie sich ein Kissen geklemmt.

Ben starrte sie für einen Augenblick verdutzt an. Gewartet? Eingepennt war er. Seit Tagen – wie lange eigentlich? – hatte er nicht mehr richtig geschlafen und sich mit Alpträumen herumgequält. Gestern Abend hatte er auf seinem Bett gelegen und über Ellis nachgedacht, darüber, was er tun sollte. Sollte er sie zurücklassen, weil sie ihn belogen hatte und er ihr nicht trauen konnte? Aber er war sicher, dass sie nicht zu den Entführern gehörte, es musste einen anderen Grund für ihre Schwindelei geben. Sollte er mit der Polizei darüber reden? Aber was konnten die Bullen schon tun? Sie hatte nichts Gesetzwidriges getan, nicht einmal wirklich gelogen. Nur die Wahrheit hatte sie nicht gesagt. Und wenn er sie mitnahm? Wenn sie Sebastians Exfreundin war, erklärte dies immerhin, warum sie sich so engagierte. Irgendwie schweißte das doch auch zusammen. Wenn Raoule ihn nicht so übel angelogen hätte, wäre er jetzt wohl auch nicht so verletzt.

Schließlich ging es darum, einen kleinen Jungen zu retten. Er würde alles dafür tun, was nötig war, notfalls auch Gewalt anwenden. Aber über all den Überlegungen hatte ihn letzte Nacht dann doch der Schlaf übermannt. Um vier hatte er losgewollt, aber erst Ellis' Klingeln hatte ihn geweckt. Mittlerweile war es fünf Uhr.

Er fuhr sich mit der Hand über die Augen. »Ich habe total verpennt. Dein Glück, so hast du es immerhin noch geschafft«, sagte er. »Ich geh eben noch pinkeln und hol meine Sachen.«

»Okay, ich warte hier.«

Ben lud Ellis' Tasche und ihren Rucksack zusammen mit dem Seesack in den Kofferraum des Volvos. Da Ben den Volvo in die Grünstraße hatte bringen lassen, hatten sie die Villa durch den Hintereingang verlassen und waren über ein paar Gartenmauern gestiegen, um ungesehen, wie Ben hoffte, zu dem Wagen zu gelangen. Es regnete nicht mehr ganz so heftig wie am Vorabend, aber Ben glaubte, dass es noch einmal kälter geworden war. Zum Glück hatte er die Schneeketten besorgt. Ellis trug über ihrem Anorak eine schwarze Daunenweste und um den Hals einen warmen Schal. Trotzdem schien sie zu frieren, und sie schwankte etwas vor Müdigkeit.

»Steig schon mal ein«, sagte Ben.

»Kann ich mich hinten ein bisschen hinlegen?«, fragte Ellis und öffnete eine der hinteren Türen.

Ben zögerte.

»Ich wollte mich einmal mit dir unterhalten«, sagte er schließlich. »Ich würde gern endlich mal ein paar Sachen von dir wissen.«

Ellis sah ihn überrascht an, zuckte dann mit den Achseln und stieg vorne auf der Beifahrerseite ein.

Trotz seiner Ankündigung schwieg Ben zunächst und fuhr zügig zur nahe gelegenen Autobahn. Ellis war ebenfalls still. Ben musste daran denken, dass Sebastian und Lex es nicht einmal aus Neuss herausgeschafft hatten. Er merkte, wie er sich bei jedem Wagen, der hinter ihnen zu dicht auffuhr, innerlich verkrampfte. Es herrschte relativ viel Verkehr, viele nahmen aufgrund des schlechten Wetters augenscheinlich lieber das eigene Auto statt den Bus. Auf der Autobahn entspannte sich Ben allmählich. Er fragte sich, ob es die richtige Entscheidung gewesen war, nach Italien zu fahren und Lex allein zu lassen. Gerade jetzt, wo sie vielleicht jeden Tag aufwachen konnte. Aber er wusste, wenn er Lex hätte fragen können, hätte sie ihn in seinem Entschluss bestärkt. Er musste alles tun, was in seiner Macht stand, um Jonas zu finden. Wenn er nur den Kleinen wiederfand, oder wenn es Simon gelang oder der Polizei. Denn seiner kleinen Schwester zu erzählen, dass ihr Junge vermisst wurde, wäre mehr, als er ertragen konnte.

Verstohlen musterte er Ellis von der Seite. Sie saß zusammengesunken in ihrem Sitz, offensichtlich kämpfte sie nur halbherzig gegen den Schlaf an.

»Was war es?«, fragte Ben und bemerkte, wie Ellis zusammenzuckte.

»Was?«

»Das Baby, das du eben auf die Welt geholt hast.«

Ellis starrte ihn einen Moment wortlos an, so als wüsste sie nicht, was er meinte.

»Ein Junge«, antwortete sie. »Dreitausendvierhundert Gramm und zum Glück alles dran.«

»Musstest du für die Geburt ins Johanna-Etienne? Ist das eine gute Klinik?«

Ellis setzte sich gerader hin und lächelte. »Sind das die Fragen, die du mir stellen wolltest?«

»Unter anderem«, antwortete Ben. »Ich weiß im Prinzip nichts von dir, nicht einmal deinen Nachnamen oder wo du her bist, gar nichts. Und du kennst schon meine ganze Familiengeschichte, du weißt sogar mehr über meine Familie als ich selbst noch vor einer Woche. Erzähl mir von dir. Außerdem müssen wir uns auf der Fahrt ein wenig die Zeit vertreiben.«

Ellis warf ihm für einen Augenblick einen forschenden Blick zu. Jetzt nur nicht zu misstrauisch wirken, dachte Ben.

»Weißt du, was lustig ist?«, fragte er und lächelte aufgesetzt. »Ich weiß nicht einmal, wie sich dein Name schreibt. Mit ›E‹ oder mit ›A‹ wie im Englischen?«

»Mein Nachname ist Hauser«, erwiderte sie. »Und mein Vorname schreibt sich wie bei Ellis Kaut, die den ›Pumuckl‹ erfunden hat.«

Ben musste unwillkürlich lächeln. »Weiter«, bat er.

»Vierunddreißig Jahre, geboren in Stockholm. Lieblingsfarbe Blau, Lieblingsband Coldplay, Lieblingslied weiß ich nicht, das wechselt relativ häufig. Beleghebamme am Johanna-Etienne, Nichtraucherin, Nichttrinkerin, ich spiele Gitarre auf Anfängerniveau, und für mehr Sport als gelegentliches Joggen habe ich keine Zeit.«

»Und deine Familie?«

»Meine Mutter lebt in Lübeck und mein älterer Bruder in Stockholm.« Sie zögerte einen Moment. »Mein Vater ist tot.«

Ben warf ihr einen Blick zu. Ellis hatte ihr Gesicht von ihm abgewandt und starrte schweigend aus dem Fenster.

»Das tut mir leid. Aber mit deiner Mutter ist alles okay?«

Ellis schwieg noch immer. »Ja, schon«, sagte sie schlicht.

»Ihr versteht euch nicht gut?«

»Das ist die Untertreibung des Jahres«, sagte sie aufgebracht. Jetzt sah sie ihn wieder an. »Es gibt Tage, da will ich sie nie wieder sehen.«

»Das würdest du dir noch einmal überlegen, wenn es wahr werden würde«, murmelte Ben. »Zoff relativiert sich verdammt schnell.«

»Gilt das auch für Raoule? Warum gilt das nicht für Elodie?« Sie hatte sich ganz zu ihm gedreht und sah ihn mit blitzenden Augen an. »Hast du sie inzwischen angerufen?«

»Ich dachte, wir reden endlich mal über dich«, gab Ben verärgert zurück. Sie ließ keine Gelegenheit aus, ihm seine Fehler vor Augen zu führen. Was mischte sie sich eigentlich ständig in seine Angelegenheiten ein? »Reicht es nicht, dass wir uns aktuell um *ein* Problem der Familie Liebermann kümmern? Was geht *dich* meine Tochter an?«

Sie sank in ihren Sitz zurück und sah wieder aus dem Fenster.

»Nichts«, murmelte sie tonlos. »Und du scheinst ja auch der Meinung zu sein, dass sie *dich* nichts angeht.«

»Verdammt noch mal, Ellis!« Ben spürte wieder, wie ihn Wut, Hilflosigkeit und das schlechte Gewissen überwältigten. »Ich will davon nichts mehr hören. Punkt! Du kannst dir nicht vorstellen, wie das ist, wenn man nach sieben Jahren erfährt, dass man nicht der Vater seiner kleinen Tochter ist. Sondern irgendein Depp, der von seinem Glück gar nichts ahnt. Warum meint jeder, dass er dazu eine Meinung haben dürfte?«

»Weil ich weiß, was du fühlst. Weil ich weiß, wie es ist, wenn alles, was deinem Leben Halt gegeben hat, sich auf einmal als Lüge entpuppt. Wenn du feststellst, dass die wichtigsten Menschen in deinem Leben dich immer angelogen haben«, rief Ellis. Ben sah, dass sie Tränen in den Augen hatte. »Ich weiß, wie es ist, wenn man von einem Tag auf den anderen nicht mehr dazugehört.«

»So?«, höhnte er. »Und woher weißt du das? Ein Seminar zur Küchenpsychologie belegt, mit Zusatzqualifikation ›Empathie in Ausnahmesituationen‹? Oder hast du deinen Macker auch schon mal beschissen? Soll gar nicht so selten vorkommen.« Ben lachte bitter.

»Vielleicht weiß ich es, weil es mich selbst getroffen hat?«, fragte sie leise. Mit dem Handballen wischte sie sich ungelenk die Tränen aus dem Gesicht. Beinah hätte sie ihre Nase am Ärmel abgewischt, entschied sich mit einem scheuen Seitenblick auf Ben aber rasch eines Besseren.

»Hat dir dein Macker vielleicht ein Kuckuckskind untergejubelt? Bist du etwa nicht die tatsächliche Mutter deines Kindes?«, fragte er zynisch.

Ellis holte tief Luft. »Meine Mutter ist Schwedin, mein Vater war Deutscher.« Ellis putzte sich die Nase. »Meine Eltern haben sich in Oslo kennengelernt. Sie arbeitete als Übersetzerin und er als Professor an der Uni, Fachgebiet ›Erneuerbare Energietechniken‹. Er war ständig mit irgendwelchen Forschungsprojekten beschäftigt und daher viel unterwegs.«

Ellis schwieg einen Moment, dann fuhr sie fort: »Ich war vierzehn, als es eines Abends an der Tür klingelte. Ich öffnete, da meine Mutter gerade beim Kochen war. Mein Vater war noch nicht zu Hause. Vor der Tür stand ein Mann, ein Mann, der mir so ähnlich sah, wie ein erwachsener Mann einem Mädchen im Teenageralter nur ähnlich sehen kann. ›Hallo, Ellis, kann ich mit deiner Mutter sprechen?‹, sagte er zu mir. Meine Mutter kam aus der Küche, sie hatte wohl seine Stimme gehört. Sie wirkte, als wäre sie wie vom Donner gerührt. Sie starrte erst ihn an, dann mich, und schließlich hat sie auf die Tür gezeigt. ›Verlass sofort mein Haus!‹, hat sie geschrien. Der Mann sah mich noch für einen Moment an, und dann ging er, ohne sich noch einmal umzusehen. In diesem Moment kam mein Vater nach Hause. Meine Mutter zog sich rasch etwas über und lief an ihm vorbei nach draußen. Sie müsse noch etwas besorgen, sagte sie uns. Mein Vater und ich waren ganz baff, wir verstanden in dem Moment gar nichts. ›Wer war das?‹, fragte mich mein Vater. Ich habe seine Stimme noch im Ohr, als wäre es gestern gewesen. Ich bin in mein Zimmer gegangen, habe mir eine Jacke und Schuhe angezogen und bin aus dem Fenster geklettert. Ich kann gar nicht mehr sagen, warum genau. Ich wusste nur, dass hier etwas Schlimmes vor sich ging, und ich hatte das unbestimmte Gefühl, meine Mama unterstützen zu müssen. Ich lief die Straße entlang, und schließlich entdeckte ich sie in einer Einfahrt mit dem Mann. Ich sah an ihren Gesten, dass sie heftig stritten. Ich hatte Angst, wusste nicht, was ich tun sollte. Ich wusste auch nicht, weshalb sie stritten, dafür war ich zu weit von ihnen entfernt. Schließlich ging der Mann weg, aber ich hatte nicht den Eindruck, als wäre er gefährlich, er wirkte eher niedergeschlagen. Meine Mutter blieb in der Einfahrt stehen und sah ihm nach, ohne mich zu bemerken, und ich überlegte, ob ich zu ihr hinlaufen sollte. Aber immerhin war ich ja aus dem Fenster geklettert. Meine Eltern waren ziemlich streng und verstanden bei solchen Aktionen keinen Spaß. Plötzlich raffte sich meine Mutter auf und ging tatsächlich einkaufen. Zu Hause tat sie später so, als wäre gar nichts geschehen. Ich fragte sie, wer der Mann war, aber sie sagte lediglich, dass wäre so ein idiotischer Autor gewesen, mit dem sie seit Langem Krach habe.«

Ben sah Ellis fragend an, als sie eine Pause machte.

»Wer war er?«, fragte er, dabei kannte er die Antwort bereits. »Du hast es doch bestimmt herausgefunden?«

»Ja, habe ich. Erst fragte ich meinen Bruder. Der ist vier Jahre älter als ich und kannte daher auch die Bekannten meiner Eltern besser. Aber er hatte keine Ahnung, es war ihm wohl auch egal.

In den nächsten Tagen sah ich den Mann öfter, aber er sprach mich nie an: an der Schule, im Bus, auf dem Weg nach Hause, nachmittags beim Bummeln. Einerseits machte mir sein Verhalten Angst, aber auf der anderen Seite fand ich ihn sehr interessant. Er sah gut aus, viel jünger als mein Vater. Meine beste Freundin Malin meinte, der Typ sei ein richtiger Bombenleger.« Ellis lachte verlegen. »So haben wir coole Männer genannt, die ein bisschen abenteuerlich aussahen. Nicht so wie die Jungs in unserer Klasse oder unsere Lehrer.« Ellis machte wieder eine Pause.

»Hast du ihn angesprochen oder er dich?«, fragte Ben.

»In meinem Bus fuhren immer so bescheuerte Typen mit, richtige Großmäuler und unglaublich dämlich. Die haben mich öfters mal blöd angemacht auf dem Weg nach Hause, wenn mein Bruder nicht in der Nähe war. Idioten halt. Jedenfalls machten sie das eines Tages wieder. Sie waren zu fünft. Fünf blöde Idioten zwischen sechzehn und achtzehn.«

Ellis Stimme klang verächtlich, aber wahrscheinlich war ihr in der Situation damals doch mulmig zumute gewesen.

»Es war schon dunkel«, fuhr sie fort. »Schweden halt.« Sie grinste schwach. »Immerzu dunkel.«

»Und?«

»Der eine wollte mir an die Wäsche, aber auf einmal war der Mann wieder da, ich hatte ihn vorher gar nicht bemerkt. Er stand einfach nur so da und hat zu uns rübergestarrt, und dann haben sich die Typen ganz schnell verpisst. Ich war schon froh, aber andererseits … ich wusste nicht, was ich sagen sollte. Und dann fragte ich: ›Wer sind Sie? Warum laufen Sie mir immer hinterher?‹ Er ging auf mich zu, sah mich an und sagte: ›Ich bin dein Vater, Ellis‹. Ich weiß nicht mehr, wie ich danach nach Hause gekommen bin. Ich bin gerannt, ich bin den ganzen Weg gerannt, glaube ich. Geradewegs zu meiner Mutter, die an ihrem Computer saß und arbeitete. Mein Vater und mein Bruder waren nicht zu Hause. Ich weinte und wollte wissen, was das alles zu bedeuten hatte. Ich wollte von ihr, dass der Mann weggeht, und ich wollte, dass sie sagt, dass er ein Irrer ist. Sie strich mir über den Kopf und meinte, dass das alles Unsinn sei, was der Mann zu mir gesagt hatte. Aber ich wusste, dass sie log, in diesem

Moment wusste ich es einfach: dass sie immer gelogen hatte. Ich stellte Nachforschungen an. Zu der Zeit, als ich gezeugt wurde, hatten meine Eltern und mein Bruder in Helsinki gelebt. Ich erkannte den Mann schließlich auf einem Foto wieder, das ich schon oft betrachtet hatte, ohne mir etwas dabei zu denken. Er war einer der Studenten meines Vaters, die auch mal privat bei uns verkehrten. Einige Studenten von damals waren immer noch manchmal bei uns zu Besuch, einige waren mittlerweile selbst als Dozenten oder Wissenschaftler tätig, aber dieser Mann gehörte nicht dazu. Ich fragte nach, und bald hatte ich seinen Namen herausgefunden. Er war kein Student, er gehörte zu einer kleinen Gruppe von Oberstufenschülern, die unter der Leitung meines Vaters an einem Gemeinschaftsprojekt zwischen Schule und Uni mitgemacht hatten. Es gab auch Fotos von meiner Mutter und ihm, sogar einige. Er war damals schon recht groß für sein Alter und äußerst gut aussehend, er fiel auf zwischen all den teilweise noch sehr grün wirkenden Bubis. Manchmal, wenn ich mit meiner Mutter zusammen war, ulkten wir gemeinsam über die Jungs in meiner Klasse oder im Café oder wo wir gerade waren. Meine Mutter zeigte mir dann Jungs und sagte: ›Der hat Potenzial, aus dem wird mal was!‹ Und dann lachten wir. Ich sah den Jungen auf dem Foto, und ich wusste, meine Mutter würde sagen: ›Der hat Potenzial.‹ Schließlich traf ich die Freundin von einem der damaligen Studenten, die mir sagte, es habe damals geheißen, meine Mutter und der Junge hätten was miteinander gehabt, weil sie sich so gut verstanden. Sie sagte auch, dass alle immer darüber gelacht hätten und dass das mehr ein Scherz gewesen sei. ›Hey, Mrs. Robinson‹, hätten sie immer über meine Mama gesagt. Ich brauchte ein bisschen, um das zu verstehen. Immerhin konnte man damals nicht einfach so was googeln.«

Ben spürte die Angst und die Verzweiflung, die in ihren Worten mitschwang. Er konnte sich vorstellen, wie ihr damals der Boden unter den Füßen weggezogen worden war. Er konnte sie so gut verstehen. Sie hatte nachgeforscht, aus dem gleichen Grund, wie er es bei Elodie getan hatte. In der Hoffnung, dass ihre Ängste unbegründet waren, hatte jeder von ihnen seine eigene kleine heile Welt zerstört.

»Hast du mit deinem Vater gesprochen?«

»Mit welchem?«, lachte sie bitter. »Nein, habe ich nicht. Weißt du, ich war besessen von der Sorge, dass er es ebenfalls herausfinden würde. Obwohl es ja noch immer nur eine Vermutung war. Ich hatte den Mann nach diesem einen Zwischenfall nicht mehr gesehen. Monate waren seitdem vergangen, aber ich war immer noch ruhe- und rastlos. Dann schnüffelte ich eines Tages in den Sachen meiner Mutter herum. Sie war mit meinem Vater verreist, und mein Bruder und ich waren allein zu Hause. Man kann sagen, ich habe mit Lust am eigenen Untergang gesucht und gesucht. Meine Mutter arbeitete seit ein paar Jahren recht erfolgreich als Kinderbuchautorin, und früher, als ich klein war, hatte sie immer Tagebuch geschrieben. Ich hoffte, dass ich ihr Tagebuch von damals finden würde. Aber Pustekuchen! Keine Ahnung, wo sie das hatte. Aber ich hatte Glück, na ja, wie man es nimmt. Ich fand schließlich einen Brief von ihm. Danach war alles klar. Alle hatten recht. *Sie* war Mrs. Robinson, und *er* spielte die Rolle von Dustin Hoffman. Nur, dass sie *ihn* rausgeschmissen hatte. Ich habe es nachgerechnet, sie musste gerade gemerkt haben, dass sie von ihm schwanger war.«

Ben hatte das Gefühl, etwas Tröstendes sagen zu müssen, aber er konzentrierte sich gerade auf die Straße. Ihre Geschichte brachte ihn gedanklich zu Elodie zurück. Er wusste, er würde sich seinen widersprüchlichen Gefühlen Elodie gegenüber eines Tages stellen müssen, nur nicht jetzt, verdammt. Einen Augenblick lang hoffte er, sie würde nicht weitersprechen, und gleichzeitig wünschte er sich, sie täte es doch und würde etwas sagen, dass ihm eine Antwort geben, eine Lösung aufzeigen könnte. Was hatten sie alle damals mit der Wahrheit angefangen?

»Und was stand in dem Brief?«, fragte er schließlich, da Ellis keine Anstalten machte fortzufahren.

»Es war kein alter Brief, keiner von damals. Er war erst ein paar Wochen alt. Von meinem *Bio-Papi.*« Sie sprach den Begriff so geläufig aus, dass Ben sicher war, dass sie ihren richtigen Vater auch heute noch so nannte. »Kurz gesagt, er hat meine Mutter damit konfrontiert, dass er sicher sei, mein Vater zu sein. Damals gab es ja noch keine DNA-Schnelltests. Aber er schrieb, dass er die medizinischen Unterlagen meiner Mutter und von mir eingesehen habe.«

»Wie hat er denn das angestellt?«

Sie zögerte. »Frag mich nicht. Jedenfalls hatte er auch ein Foto von sich beigelegt und eines von mir, das er wohl heimlich gemacht hatte. Die Ähnlichkeit war wirklich überwältigend. Mir war es schon an dem Abend, als er vor unserer Tür stand, aufgefallen. Ich glaube, meine Mutter hat damals gehofft, dass der Kelch an ihr vorübergehen und die Sache im Sande verlaufen würde. Sie hätte ja spätestens da einen triftigen Grund gehabt, mit mir zu reden.«

»Was hätte sie denn sagen sollen? Wäre es dir mit der Wahrheit tatsächlich besser gegangen?«, fragte Ben.

»Nein, ja, ich weiß nicht.« Ellis zuckte die Achseln. »Du fragst dich das?«

»Ich frage mich andauernd, was man alles hätte tun können. Ich bin ein Mann, ich suche Lösungen.«

»Weißt du, was am schlimmsten war? Ich hatte auf einmal das Gefühl, nicht mehr dazuzugehören. Ich meine, zu meiner Familie. Ich fühlte mich wie ein aussätziger Paria, der nur aus Mitleid noch nicht vor die Tür gesetzt worden war. Ich hatte das Gefühl, kein Recht mehr zu haben, im Haus meines Vaters zu wohnen. Ich dachte, mein Bruder hat es gut, der ist ein vollwertiges Kind.«

Ben nickte. Genauso war es ihm auch gegangen. Elodie und Raoule gehörten zusammen, er war nur ein geduldeter Mitbewohner. Und Raoule … sie könnte sich jeden Augenblick überlegen, ihn rauszuschmeißen. Und dann war da noch die Frage nach dem Bio-Papi. Wer war es? Raoule hatte nichts dazu sagen wollen. Ben spürte, wie die Wut erneut in ihm aufwallte.

»Ich habe ein paar Brocken zusammengerafft und bin abgehauen. Ich ging nach Stockholm, bei Nacht und Nebel. Ich hoffte, es meiner Mutter damit heimzahlen zu können, weil sie mich all die Jahre lang belogen hatte; dass ihre Schuldgefühle sie fertigmachen würden.«

»Du bist weggegangen? Wie Tom Sawyer?«

»Ja, so ungefähr. Nur das mit der Ausreißerromantik stimmte

nicht. Es war Herbst, es war kalt, ich kannte niemanden. Die Menschen, die ich kennenlernte, machten mir Angst. Mein ganzes Leben lang hatte ich Abenteuerbücher gelesen. Über Ausreißer und über ihre coolen Erlebnisse. Die Menschen, die ich traf, waren einsam, süchtig, verlassen. Sie prostituierten sich, sie spielten, sie stahlen. Es gab keinen, der nicht fand, ich sei schön blöd, aus einem gemachten Nest abzuhauen. Meine Eltern suchten mich tatsächlich über die Medien, und mehr als einmal hat mich einer verpfiffen.«

»Sie holten dich nach Hause?«

»Ich habe nicht gesagt, dass sie mich erwischten. Ich merkte schnell, wer okay war und wer nicht. Und ich bin von Natur aus fix.«

»Darauf wette ich!« Und du bist auch von Natur aus verschlagen, dachte er grimmig. Kein Wunder, dass sie das Gesetz der Straße so schnell begriffen hatte.

»Aber es wurde mit der Zeit immer schwieriger. Anfangs hatte ich mit den anderen auf Baustellen geschlafen, und als es kälter wurde in der U-Bahn. Allein ab und zu mal eine Dusche zu bekommen, war schwierig.«

»Und wie ging es aus?«

»Eines Tages stand mein Vater auf einmal in der U-Bahn-Station vor mir. Mitten in der Nacht. Er stand einfach da, und dann nahm er mich in die Arme. Er war so erleichtert … und ich auch. Bevor ich etwas sagen konnte, meinte er zu mir, ich sei sein Kind und würde es immer bleiben.« Ellis schluckte. »Ich fragte ihn, ob er mir verzeihen könnte, und er sagte, es gäbe nichts zu verzeihen. Er habe meiner Mutter verziehen und mich könne er nur bitten, ihn weiter zu lieben … als meinen Papa.«

Ben spürte einen Kloß in seinem Hals.

»Wir haben geredet und geweint, und schließlich verließen wir zusammen die U-Bahn-Station. Oben an der Treppe stand mein Bio-Papi. Ich wurde fast hysterisch und schrie: ›Was macht der hier?‹ Und mein Vater sagte doch tatsächlich, dass dieser Mann mich gefunden habe. Danach habe er ihn verständigt und sei mit ihm hierhergekommen. Mein Bio-Papi ist gegangen, ohne irgendwas zu sagen.«

»Seltsam, er und dein Vater? Die Väterkoalition?«, fragte Ben sarkastisch. Das fehlte ihm gerade noch, dass Elodies Bio-Papi ein richtig cooler und ehrenwerter Typ war und kein Arschloch, wie er es sich immer ausgemalt hatte.

»Ende der Geschichte«, schloss Ellis.

»Warte! Was war mit deiner Mutter? Habt ihr das wieder hingekriegt? Was war danach mit deinem Bio-Papi? Was mit dir und deinem Vater?«

Ellis seufzte. »Meine Mutter hat versucht, mit mir zu reden, aber mich interessierte nicht, was sie mir zu sagen hatte. Im Grunde ist das auch heute noch so.«

»Aber ihr hattet vorher ein gutes Verhältnis, oder?«

»Ja, schon, aber ich konnte ihr einfach nicht verzeihen. Mein Vater jedenfalls meisterte die Situation für uns alle. Er sagte zu mir, ich hätte ein paar Wunden zu lecken, aber andere seien auch Opfer. Er wollte, dass ich Kontakt zu meinem Bio-Papi aufnehme.«

»Und?«

»Ich wollte nicht. Ich hatte immer das Gefühl, damit meinen Vater zu verraten. Egal, was er selbst sagte.«

»Und mir machst du Vorwürfe, zu stur zu sein und keine Verantwortung zu übernehmen?« Ben grinste und hoffte, damit seinen Worten die Schärfe zu nehmen.

»Immerhin bin ich nicht nach Island abgehauen«, schoss Ellis zurück.

»Aber nach Stockholm«, sagte Ben lachend.

»Ich war vierzehn, Mann. Ich kenn auch Leute mit einem makellosen Stammbaum, die in dem Alter austicken.«

»Schon gut«, beruhigte Ben sie. »Und ich verstehe die Message.«

»Wirklich?«

»Ja, aber ich kann und will jetzt nicht über Elodie und Raoule reden. Es fällt mir noch zu schwer. Okay?«

Sie hatten mittlerweile Koblenz hinter sich gelassen, und Ben fuhr trotz des schlechten Wetters wieder schneller. Regen und Schnee wechselten sich beinahe minütlich ab. Ellis hatte sich ganz in ihrem Sitz zurückgelehnt und schien zu schlafen. Ben wusste, dass der Mann, den sie immer als ihren wahren Vater betrachtet hatte, tot war, aber es hätte ihn interessiert, wie es mit ihrem Bio-Papi weitergegangen war. Aber im Moment gab es wichtigere Fragen zu klären. Er wusste, dass es der Mut der Verzweiflung war, der ihn nach Norditalien trieb. Und es war wahrscheinlich die Idiotie des Jahres, Ellis dabei mitzunehmen. Ihre Geschichte mochte noch so authentisch wirken, Ben hätte es nicht gewundert, wenn Ellis sie komplett erfunden hätte. Wie konnte man sich leichter das Vertrauen eines Menschen erschleichen, als vorzugeben, man teile ein gemeinsames Schicksal? Konnte er ihr trauen? Würde sie ihn weiterhin anlügen oder sich am Ende doch als echt erweisen. Das wäre ihm so viel lieber.

Neuss

Auf Britta Steinforts persönlicher Hitliste unverzeihlicher Charaktereigenschaften rangierte Unpünktlichkeit ganz oben. Zum Glück wurde man im Alter nicht nur illusionsloser, sondern auch gelassener. Trotzdem, es war eine riesige Unverschämtheit, sie mehr als zwanzig Minuten warten zu lassen. Morgens um sieben, bei diesem Wetter. Die Kälte troff förmlich vom Himmel und kroch selbst unter ihren warmen Daunenanorak. Britta freute sich, eine gute Stunde mit Tom allein im Auto verbringen zu dürfen. Seit ihrem Kuss war ja nicht mehr viel passiert. Zwar war er den ganzen Abend, den sie zusammen verbracht hatten, über schweinecharmant gewesen, hatte aber keinen weiteren Annährungsversuch unternommen. Nicht einmal der Hauch eines Flirts. Nur einmal, im Büro nach der Besprechung, hatte er kurz ihre Hand gefasst und sie gedrückt, tröstend und warm. Vielleicht war ein Mord- und Entführungsfall nicht die richtige Basis für Spielchen? Wollte sie Spielchen? Wollte er Spielchen?

Gestern Abend war sie noch rasch nach Düsseldorf reingefahren und hatte sich eine vernünftige, sprich attraktive Winterjacke gekauft. Ein Daunenparka, in dem man nicht wie ein Michelinmännchen aussah, schlank, schwarz und in der Taille breit gegürtet. Ein Glückstreffer! Anders als Tom Küppers. Der Blödmann konnte ja mal anrufen oder simsen, wo er denn blieb. Wieder kontrollierte sie ihr Handy. Leider hatte sie seine Nummer nicht, und im Präsidium anzurufen und danach zu fragen, kam für sie nicht in Frage. Natürlich hätte sie drinnen warten können, das machte man so, wenn man zu Hause abgeholt wurde, besonders bei dem Sauwetter, aber sie wollte auf keinen Fall, das er ihr kleines Häuschen sah. Kaum größer als eine Schachtel. Das fehlte noch!

Sie hatte zehn Jahre unerfreulicher Ehe hinter sich, aus ihrer Sicht. Ihr Exmann hatte das anders gesehen und nicht verstanden, warum sie ebenfalls Karriere machen wollte. Immerhin war er Partner in der Sozietät seines Vaters und Onkels, und er verdiente richtig gut. Warum musste sie da noch arbeiten, hatte er sie gefragt. Warum war sie im Dienst, wenn er mal früher nach Hause kam, hatte er sie gefragt. Er verdiente doch genug. Aber wann, bitte schön, war er je nach Hause gekommen und sie war im Dienst, bei der Masse an Überstunden, die er machte? Sie wusste es nicht, er wusste es nicht, und schließlich hatte sie die Scheidung eingereicht. Sie wollte einen Mann, und sie wollte Kinder, aber wie es aussah, hatte sie die fruchtbarste Zeit ihres Frauenlebens mit einem karrieregeilen Chauvi verbracht, der ihren Kinderwunsch mit: »Bitte, Schatz, dann bleib doch zu Hause« beantwortete.

Bei der Scheidung hatte er geltend gemacht, dass sie sein Vermögen offensichtlich nicht wollte. Er hatte den Zugewinnausgleich so gedreht, dass sie nur ihr eigenes Geld behielt. Ihr Anwalt hätte sich am liebsten weinend auf dem Boden gewälzt, als sie zustimmte. Aber sie hatte endlich einen Schlussstrich ziehen wollen. Ihre Ersparnisse und ihr Sold hatten anschließend für die Finanzierung eines kleinen Hauses draußen in Kaarst gereicht. Ein sehr, sehr kleines Haus, mit einem großen Garten allerdings. Wohnzimmer, Küche, Bad, Schlafzimmer und ein Raum, der ihr als Arbeitszimmer diente. Gern hätte sie diesen als Kinderzimmer genutzt. Mittlerweile war sie seit drei Jahren geschieden und achtunddreißig Jahre alt. Man konnte es nicht von der Hand weisen, die Zeit wurde knapp. Aber die Männer, die sie datete, waren ihr alle zu blöd, zu langweilig, zu getrieben oder einfach nicht ihr Typ. Klar, man konnte seine Ansprüche herunterschrauben, es gab eine Menge Paarpsychologen, die meinten, dass erfolgreiche Frauen zu hohe Ansprüche hatten und deshalb Single blieben, aber die mussten ja danach auch nicht jahrelang mit dem niedrigeren Anspruch auf dem Sofa sitzen.

Aber Tom Küppers war definitiv ein Lichtblick: klug, witzig, groß und optisch genau ihr Typ. Leider entwickelte sich das Ganze zwischen ihnen nicht so, wie sie gehofft hatte. Seit dem ersten und einzigen Kuss schlief sie auch schlecht, und jetzt kam er nicht.

Sie trug ihre warmen Stiefel, aber trotzdem wurden ihr die Füße langsam kalt. Da bog der rote Laguna endlich schwungvoll um die Ecke und hielt vor ihr. Tom stieg aus und lächelte sie an.

»Warum wartest du denn hier draußen, Teuerste? Ich hatte deine Handynummer nicht, sonst hätte ich dich angerufen. Stehst du hier schon länger rum?«, sprudelte es aus ihm hervor, während er um sein Auto herumlief.

Britta, die nach ihrer kleinen Reisetasche gegriffen hatte, sah ihn ungeduldig an. Ihr war in diesem Moment definitiv nach Rumzicken.

»Du bist ganz schön zu spät.«

»Alexa Liebermann ist tot«, sagte Tom, nahm ihr die Tasche aus der Hand und öffnete die Beifahrertür.

»Was?« Britta war fassungslos. Dabei waren die Ärzte gestern noch optimistisch gewesen. Verdammt! »Ich hatte gedacht, sie schafft es doch noch.«

»Ich auch. Und offensichtlich noch jemand anderes.« Tom stellte Brittas Tasche in den Kofferraum des Kombis. Der Regen lief ihm in die Haare, und Britta kam sich mit einem Mal albern vor mit ihrem Klappschirm. Sie nahm ihn herunter und schüttelte ihn aus. »Sie wurde mit einem Kissen erstickt. Ihre Leiche ist bei Luther in der Gerichtsmedizin.«

Britta starrte ihn an. Ermordet! Im Krankenhaus, unter den Augen von Ärzten, Krankenhauspersonal und der Polizei.

»Der Mörder muss erfahren haben, dass sie sich auf dem Weg der Besserung befand und aufwachen könnte«, überlegte Britta.

»So sieht es aus. Komm, steig ein, du wirst noch pitschnass.«

»Und jetzt?«, fragte Britta, als sie im Wagen saßen.

»Wir fahren nach Heinsberg. Wie geplant. Florian und Jörg bleiben an Alexa Liebermanns Ermordung dran. Schnurbus tobt, wenn ich das mal so sagen darf.«

»Ich kann es noch immer nicht fassen. Wie hat der Mörder erfahren, dass Alexa Liebermann aufwachen würde? Hat die Presse …?«

»Nein, die haben wir, so weit es geht, im Dunkeln gelassen. Keine Ahnung, vielleicht gab es im Krankenhaus eine undichte Stelle. Oder vielleicht hat der Mörder es vonseiten der Familie erfahren.«

»Die ist ja momentan sehr übersichtlich«, murmelte Britta. Sie war wie vor den Kopf geschlagen. Wie Tom hatte sie gehofft, dass Alexa aufwachen und sich vielleicht an etwas erinnern würde, auch wenn das eine ziemlich vage Hoffnung gewesen war.

Tom fuhr Richtung A 52. Ohne Stau war es eine gute Stunde bis nach Heinsberg, bei den Dauerbaustellen auf ihrem Weg konnte es auch länger dauern. In Kaarst-Nord fuhr er auf die Autobahn Richtung Mönchengladbach. In der Gegenrichtung stauten sich noch die Pendler nach Düsseldorf, aber auf ihrer Seite war die Autobahn halbwegs frei.

Britta und er konnten sich kaum von dem Thema Alexa Liebermann lösen. Tom erzählte, er würde das Gefühl nicht los, etwas übersehen zu haben. Er wünschte sich, inzwischen noch einmal mit Welteke gesprochen zu haben. Der kannte die Familie von allen noch am besten. Britta war nach wie vor geschockt. Zu Beginn hatte sie jeden Tag mit dem Tod Alexa Liebermanns gerechnet, aber zuletzt nicht mehr. Und kaum, dass es ihr besser ging, wurde sie ermordet. Britta war frustriert und wütend. Bislang schien ihnen der Mörder immer mindestens einen Schritt voraus zu sein.

Alexas Schicksal hatte sie tief berührt. Und das von Jonas natürlich, das unzertrennlich mit dem seiner Mama verbunden war. Britta war sicher gewesen, dass Alexa deswegen wieder zurückkommen würde. Um ihren kleinen Jungen zu finden. Britta spürte, wie es ihr das Herz abschnürte. Wie schnell ein scheinbar perfektes Leben zertrümmert werden konnte, hatte sie als Polizistin gefühlte tausend Mal erlebt. Durch Unfälle, aber auch durch Verbrechen. Und sie hatte gelernt, dass die Leben der Menschen, mit denen sie zu tun hatte, selten so perfekt waren, wie es sich auf den ersten Blick darstellte. Beim genauen Hinschauen fand man immer Dinge, die Außenstehende gar nicht sahen. Eifersucht, Betrug, Verlustängste, Kontrollsucht, Missbrauch und so vieles mehr. Bei Alexa hatten sie nichts von all dem entdeckt. Eine intakte, liebevolle Kindheit, wie es schien. Eine Beziehung mit mehr Höhen als Tiefen, ein süßes Kind, ein guter Job. Das war jetzt alles Vergangenheit. Britta hatte wieder Alexas zerstörten Körper vor Augen, und sie erinnerte sich an den ersten Gedanken, der ihr bei Alexas Anblick gekommen war. Ihr schöner Körper war schwer entstellt. Ob sie so würde weiterleben wollen? Natürlich, sie hatte ja Jonas und einen liebevollen Mann.

Britta sah aus dem Seitenfenster. Es regnete mittlerweile, als gäbe es kein Morgen mehr. Die Landschaft war seit einer ganzen Weile topfeben, aber auf ihrer Seite geriet jetzt ein Waldgebiet in Sicht. Tom fuhr viel zu schnell. Der Renault pflügte durch die Nässe, und immer wieder ratterte das Wasser in den Radkästen.

Tom warf ihr einen Blick zu. »Alles okay? Du hast jetzt seit Mackenstein geschwiegen. Ich hatte mich eigentlich auf ein paar private Minuten mit dir gefreut.« Er lächelte aufmunternd.

Brittas Herz machte einen Satz – trotz allem.

»Das ist schiere Verkrampfung aus Todesangst. Kannst du nicht ein bisschen langsamer fahren? So als Vorbild für andere Idioten?«

»Aber ich fahr doch total angepasst.«

»Warum wusste ich, dass du das sagst?« Britta rollte mit den Augen. Dann fiel ihr etwas ein. »Wie hat Ben Liebermann auf den Tod seiner Schwester reagiert? Der ist doch bestimmt völlig am Boden?«

»Ben ist der Grund, warum ich zu spät kam. Im Krankenhaus konnte man ihn nicht erreichen. Handy aus, und beim Festnetz nahm keiner ab. Da bin ich hingefahren«, sagte er. »Er war aber nicht da.«

»Nicht da? Was heißt das?«

»Dass er nicht in seiner Wohnung war, was seltsam ist, es war immerhin erst sechs Uhr früh. Unsere Leute haben den Vordereingang observiert, ihn aber nicht rauskommen sehen. In jedem Fall haben sie ihn vorher mehrfach am Fenster gesehen, und er hatte noch bis kurz nach fünf Uhr morgens Licht an.«

»Und sein Wagen?«, fragte Britta.

»Den habe ich auch nicht gesehen, aber dort wird ja bunt geparkt. Ich bin jetzt nicht extra alle Straßen abgelaufen. Mich beunruhigt das, um ehrlich zu sein. Ich habe Schnurbus informiert. Wenn Liebermann nicht bis neun Uhr auftaucht, machen sie die Wohnung auf.«

»Du meinst, er könnte auch …?«

»Nein, im Grunde nicht. Ich habe keine Einbruchsspuren

feststellen können, und so blöd wird er ja wohl nicht sein, dass er nach allem, was passiert ist, noch irgendjemandem mitten in der Nacht die Tür aufmacht.«

»Hoffentlich nicht«, sagte Britta. Sie war auch beunruhigt, vielleicht mehr noch als Tom, obwohl sie selbst kaum mit Ben Liebermann zu tun gehabt hatte.

Tom berührte sie leicht am Arm. »Themawechsel: Wie wäre es mit Frühstück?«

»Hast du einen Picknickkorb? Oder Raststätte?«

»Raststätte, meine Gute. Die sind besser als ihr Ruf.«

»Bei Odenkirchen ist ein Meckes.«

»Auch gut. Also lieber Meckes?«

»Wenn du nicht langsamer fährst, kommen wir dort aber nicht mehr lebend an.«

»Höre ich da Kritik an meinen Fahrkünsten?«, fragte Tom und drosselte die Geschwindigkeit um einen Hauch.

»Nein, keine Sorge, ich habe mit dem Leben bereits abgeschlossen, ich fürchte jetzt nur noch um deinen Führerschein.«

Tom lachte. »Weißt du, was mich interessiert?«, lenkte er das Gespräch in eine andere Richtung. »Warum du bei dem Scheißwetter nicht drinnen gewartet hast, wie jeder normale Mensch.« Er hüstelte etwas verlegen und fragte unvermittelt: »Hast du eigentlich einen Freund?«

Britta starrte ihn verblüfft an. »Wieso fragst du mich das?«

»Weil das keiner in unserem Laden weiß. Ich mein, vielleicht hast du einen Freund und wolltest nicht, dass ich den heute früh treffe.«

»Mein Bester, ich glaube, du überschätzt dich.« Schon als sie es sagte, kam es ihr blöd vor. »Ich hatte nicht aufgeräumt«, log sie. Klang viel besser.

»Und? Hast du nun einen Freund? Einen, der nicht beim Aufräumen hilft?«

Britta grinste ihn breit an. »Wer will das wissen? Du oder die Abteilung?«

Tom lachte erneut. »Ich. Aus Jörg Wahl habe ich nichts rausgekriegt.«

»Jörg und ich sind zusammen zur Schule gegangen, und er ist

mir ein guter Freund.« Sie lächelte und fügte hinzu: »Ein Freund, der die Klappe hält.«

»Kein *Freund*?«

»Kein *Freund*.«

»Dann kann ich die Befragung ja fortsetzen«, erklärte Tom mit seinem typischen Zwinkern. »Familie?«

»Stolze Tochter zweier erwachsener Eltern.«

»Okay.« Er hielt ihr sein Handy hin. »Tipp mal deine Nummer ein, bitte. Darf ich dir dann eine SMS schicken?«

»Wozu?«, fragte sie lächelnd.

»Um dich zum Frühstück einzuladen.«

Tessin

Kurz hinter der Schweizer Grenze wurde das Wetter so schlecht, dass sie nur noch langsam vorankamen. Nach Cannobio, wo die Klinik angesiedelt war, waren es laut Google Maps insgesamt knapp achthundert Kilometer, eine Tour von gut acht Stunden, nur Autobahn. Aber ab dem Vierwaldstädter See war die Autobahn so zugeschneit, dass die Autobahnpolizei nur noch Fahrzeuge mit Schneeketten durchließ. Ben war erleichtert, dass er in Neuss noch den Wagen getauscht und Winterausrüstung mitgenommen hatte. Aber selbst mit Schneeketten kam man nur noch langsam voran, und die Polizei informierte die Autofahrer, dass jederzeit mit einer Vollsperrung des Gotthardtunnels zu rechnen sei. Zum Glück hatte er den Termin in der »La Nuntia«-Klinik erst für den nächsten Tag abgemacht. Sie konnten froh sein, wenn sie heute überhaupt noch ankamen.

Leider war das Wetter hinter dem Alpenhauptkamm kaum besser. Direkt an der Tunnelrampe in Airolo leitete die Schweizer Autobahnpolizei alle Fahrzeuge auf die weitläufigen Parkplätze um, wo eine beträchtliche Anzahl an Sattelschleppern stand. In den meisten Fahrerkabinen brannte Licht, und Ben sah den blauen Schein von mobilen Fernsehgeräten. Die Fahrer hatten sich offensichtlich auf eine längere Pause eingerichtet. Ein Autobahnpolizist, vermummt wie ein autonomer Demonstrant am Südpol, informierte Ben und Ellis, dass die Räumfahrzeuge nur noch eine Fahrspur freihalten konnten. Die Südrampe zum Gottardo war bereits gesperrt, die Nordrampe würde jeden Moment geschlossen werden. Sobald die Fahrbahn südwärts wieder halbwegs frei war, würde man die wartenden Fahrzeuge ableiten, es könne sich tatsächlich nur noch um Minuten handeln.

Es war erst zwei Uhr nachmittags, aber bei dem dichten Schneegestöber hätte es ebenso gut Nacht sein können. Die tiefen Wolken drängten zwischen den Hochgebirgsgipfeln wie Schüler in einem Bus. Die Autos tröpfelten nur noch spärlich aus dem Tunnel, und der Parkplatz dehnte sich in der jungfräulichen Unversehrtheit seiner Schneedecke.

Zum Glück tauchten nur wenig später die Räumfahrzeuge auf, die gegen die Fahrtrichtung die Südrampe hinaufkamen, wendeten und sich gleich wieder auf den Weg nach unten machten. Die auf dem Parkplatz postierten Polizisten gaben Zeichen, und ein Wagen nach dem anderen setzte sich in Bewegung. Sie würden doch noch ins Tal zurückkommen.

Die Fahrzeugkolonne verließ den Parkplatz vor dem Airolo-See nur schleppend. Die Räumfahrzeuge hatten die rechte Spur freigeschaufelt und waren bereits wieder südwärts unterwegs, um die Spur frei zu halten, da es noch immer schneite. Der leichte Wind war mittlerweile in heftige Sturmböen umgeschlagen, die den Schnee immer wieder zu Wechten auftürmten. Vor der Windschutzscheibe tanzten die Schneeflocken auf und ab, und Ben hatte Mühe, sich auf den Verkehr zu konzentrieren. Ben, der das Gefühl hatte, dass ihm die Zeit zwischen den Fingern zerrann, setzte in den Tunneln immer wieder zu waghalsigen Überholmanövern an, was meist von empörtem Hupen begleitet wurde.

Die Temperatur, die in Airolo bei minus zehn Grad gelegen hatte, stieg mit der Talfahrt rasch an. Bei Biasca mischte sich Regen in den Schnee. Der Schneeregen klatschte derart heftig gegen die Scheiben, dass die Wischer kaum nachkamen. Immerhin hatten die tückischen Schneewehen inzwischen nachgelassen, dafür erschwerte der seifige Matsch das Fahren nicht unerheblich. Ben war froh, als es bei Bellinzona nur noch regnete, wenn auch bei sturmartigem Wind. Er gab erleichtert Gas.

Ben war müde, hungrig und verzweifelt. Er hatte gehofft, mittags in Cannobio am Lago Maggiore zu sein, um dort erst einmal die Lage zu sondieren. Vielleicht war es möglich, den Mediziner schon heute aufzuspüren und mit ihm zu sprechen. Nach Bens Einschätzung – und diese Einschätzung hatte wohl auch Sebastian geteilt – war Pausetti die beste Spur, die er verfolgen konnte. Der Dottore musste etwas mit Jonas' Entführung zu tun haben oder zumindest wissen, wer und was dahintersteckte. Jetzt ging es auf sechs Uhr abends zu, und das Unwetter drohte die Straßen unter Wasser zu setzen. Ben hatte bei Bellinzona die Autobahn verlassen und war nun auf der Cantonale Richtung Ascona unterwegs. Anscheinend hatten die meisten Tessiner sich wegen des Unwetters vor Längerem auf den Weg nach Hause gemacht, denn die Landstraße war erfreulich leer.

»Ich bin todmüde und habe einen Riesenkohldampf«, fasste Ellis ihren und gleichzeitig auch seinen Zustand in Worte. »Wie weit fahren wir noch? Ascona ist doch schön.«

»Mag sein, aber ich will direkt nach Cannobio, das ist schon auf der italienischen Seite. Da in der Nähe liegt auch die Klinik.«

Ellis setzte sich auf. »Das war mir gar nicht klar. Ich dachte, es wäre weiter südlich. In Cannobio war ich schon zum Zelten. Im Cannobina-Tal ist es wunderschön. Wir haben immer auf einem Campingplatz gezeltet, etwas oberhalb der Stadt, direkt an der Cannobina. Valle Romantica hieß der Platz. Klein, ein bisschen gammelig, aber herrlich gelegen. Ob es den noch gibt?«

»Glaub schon«, brummte Ben. Er hatte alle Unterkunftsmöglichkeiten in Cannobio gecheckt, der Campingplatz war dabei gewesen. »Wir gehen ins Hotel. Wenn wir vorab etwas über die Klinik in Erfahrung bringen können, dann sicher dort. Lex hat auch dort gewohnt, als sie zur Behandlung in ›La Nuntia‹ gewesen ist.«

Ellis lehnte sich wieder in ihrem Sitz zurück und schloss erneut die Augen. Sie sah vollkommen fertig aus. Ben hätte ihr am liebsten über das Haar gestrichen, auch wenn er ihr eigentlich nicht gut sein wollte. Er konnte sich seine Gefühle nicht recht erklären, aber im Grunde wollte er sie nur in den Arm nehmen und küssen.

Das Wetter verschlechterte sich mit jeder Minute weiter. Die Außentemperaturanzeige des Volvos zeigte wieder sinkende Temperaturen an, und in den Regen mischte sich mehr und mehr Schnee. Der Wind zerrte an den Zweigen der Alleebäume und trieb Laub in Scharen vor sich über die Straße. Die Gegend wurde jetzt zunehmend städtischer, sie näherten sich Tenero. Das Navigationssystem leitete Ben von der Via Gottardo auf die Tunnelquerung, die sie auf schnellem Wege bis hinter Ascona brachte. Hinter dem Tunnel war der Regen endgültig in Schneegestöber übergegangen, trotz der Wärme des nahen Sees blieb der Schnee bereits liegen.

Die kleine Stadt Cannobio liegt fast unmittelbar hinter der schweizerisch-italienischen Grenze im fruchtbaren Delta des Bergflusses Cannobina, der, hoch aus den Bergen des Centovalli kommend, in den Lago Maggiore fließt. Die Bürger Cannobios schien der Sturm von den schmalen Straßen vertrieben zu haben.

Ben steuerte das Hotel Cannobio an, das direkt am kleinen Yachthafen gelegen war und von dessen Zimmern aus man unverstellte Sicht auf den See und die Berge hatte. Am Hotel waren drei Männer und eine Frau in Regenjacken damit beschäftigt, das dreistöckige Hotel sturmsicher zu machen. Mitten im Schneetreiben mühten sich zwei der Männer mit dem Baldachin über dem Haupteingang ab, die beiden anderen rollten gerade die Sonnenschirmständer in eine Art Schuppen.

Ben hielt vor dem an der Seeseite gelegenen Haupteingang, aber einer der Männer, der offenkundig unter dem Regenmantel einen Anzug trug, gab ihm heftige Zeichen, weiterzufahren. Er rief Ben etwas zu, aber seine Worte gingen im Heulen des Windes unter. Daraufhin kam er auf die Fahrerseite des Wagens. Ben ließ die Scheibe herab und wurde mit einer Wolke nassen Schnees überspült. Der Mann bedeutete ihm auf Deutsch, den Wagen auf der Rückseite des Hotels im Windschatten zu parken, da hier die Gefahr, dass dieser von vom Sturm vor sich hergetriebenen Gegenständen getroffen wurde, zu groß war. Der Mann, dem das Regenwasser in Bächen über das Gesicht rann und dessen Hände blau vor Kälte waren, steckte den Kopf durchs Fenster zu ihnen herein.

»Gehen Sie bitte ruhig rein, drinnen ist es halbwegs warm.« Er verzog das Gesicht. »Wir brauchen noch ein paar Minuten, aber dann werden wir selbstverständlich Ihr Gepäck holen.«

Ben machte eine abwehrende Handbewegung. »Das können wir schon selbst. Haben Sie noch ein Zimmer frei?« Auch hier wollten sie als Ehepaar auftreten, um ihre Geschichte als Patienten der Klinik durchgängig aufrechtzuerhalten.

»Dutzende. Das Wetter ist so schlecht, dass viele abgereist sind, sogar Stammgäste.« Der Mann zuckte die Achseln. »Wir werden ein schönes Zimmer für Sie finden.«

Ben wendete den Volvo und parkte auf der dem See abgewandten Seite des Hotels. Ellis war trotz des heulenden Sturms tatsächlich eingenickt. Ben rüttelte sie wach, und sie hasteten mit ihrem Gepäck durch die Schneeböen in die Hotellobby. Da die Lobby keine Windläden hatte, war es dämmerig, aber nicht dunkel. Die Rezeption war nicht besetzt. Überhaupt wirkte das Hotel nahezu verlassen. Ellis ließ sich in einen der Sessel fallen, ohne ihren Anorak auszuziehen. In ihren Haaren schmolzen die letzten Schneeflocken.

Die schwere Doppeltür der Lobby wurde geöffnet, und der Hotelmanager und seine Mannschaft schleppten einige Korbstühle und Tische, die vorher neben dem Haupteingang gestapelt gewesen waren, herein. Der Manager gab ein paar Anweisungen, und wenig später waren die Möbel in einer Ecke aufgestapelt.

»Danke, dass Sie gewartet haben. Gregor Massi, ich leite dieses Hotel. Ich muss mich bei Ihnen entschuldigen, wir haben die Sturmwarnung erst sehr spät ernst genommen. Ein Blizzard im Oktober im Tessin, nun, das klang wie ein schlechter Scherz …«

»Kein Problem, wir sind froh, dass wir bei Ihnen unterkommen. Wir haben morgen einen Termin in der ›La Nuntia‹-Klinik.«

»Habe ich mir gedacht, dass Sie nicht nur Urlaub machen wollen«, grinste der Manager lakonisch. Ben sah, dass er einen schnellen Seitenblick auf Ellis warf. »Ihre Frau scheint erschöpft …«

»Ja, die Fahrt war nicht ohne. Wenn wir vielleicht direkt auf unser Zimmer könnten?«

Massi ging hinter den Tresen der Rezeption. »Wir sind um diese Zeit normalerweise fast ausgebucht, im Herbst ist es im Tessin beinahe am schönsten. Sonnig und nicht zu heiß. Sie wissen schon, beinahe wie heute.«

Massi drückte ein paar Schalter, und endlich wurde es in der Lobby hell. Ellis setzte sich ruckartig auf und sah Ben verschlafen an. Hebammen scheinen überall und zu jeder Zeit schlafen zu können, dachte Ben sarkastisch.

Massi tippte etwas in seinen Computer und sagte zu Ben: »Ich könnte Ihnen unsere Suite zum Preis eines Doppelzimmers geben, wenn Sie wollen. Sturmangebot.« Ben nickte, und Massi reichte ihm einen Schlüssel. »Zimmer 101. Ich lasse Ihr Gepäck gleich hinaufbringen. Unser Restaurant ist leider aufgrund des Wetters geschlossen, ich habe unserem Personal weitgehend freigegeben. Ehrlich gesagt hatte ich heute Abend mit Gästen nicht mehr gerechnet. Ich lasse Ihnen aber ein paar Sandwiches zurechtmachen, wenn das genehm ist. Bei dem Wetter können Sie das Hotel ja kaum verlassen.«

Ben nahm Ellis' Reisetasche, schwang sich seinen Seesack auf den Rücken und ergriff mit der anderen Hand ihren Rucksack. Ellis trottete hinter ihm her die Treppe hinauf in den ersten Stock. Die Suite erwies sich als geräumiges Eck-Appartement mit Trompe-l'œil-Zeichnungen, einem riesigen Bett und mehreren bodentiefen Fenstern.

»Ich leg mich ein bisschen hin«, sagte Ellis und schleuderte Anorak und Schuhe in die Ecke. Sie zitterte vor Kälte.

»Ist gut. Ich werde etwas essen und versuchen, ein paar Details über ›La Nuntia‹ von dem Manager zu erfahren. Ich bringe dir ein paar Sandwiches mit.«

»Und eine Flasche Wasser, bitte.«

»Wir haben häufiger Gäste, die Patienten in ›La Nuntia‹ sind.« Massi trank einen Schluck Kaffee und lächelte zufrieden. »Das tut gut. Diese Kälte, das kennen wir hier gar nicht. Schon gar nicht im Oktober, wie gesagt.«

Ben hörte, wie der Sturm heulend um das Hotel fegte. Die Scheiben des Restaurants ächzten unter dem Ansturm der Böen, und immer wieder fuhr etwas klappernd über die Restaurantterrasse. Durch die Fenster konnte Ben sehen, wie die kleinen Palmen, die in regelmäßigen Abständen an der Straße standen, wie Staubwedel zurückgebogen wurden. Die Masten der wenigen im Jachthafen liegenden Segeljollen krängten auf und nieder.

»Sind die Leute zufrieden, ich meine mit der Klinik?« Ben biss von seinem Sandwich ab und sah Massi erwartungsvoll an.

»Nun, meist reden sie ja gar nicht drüber, aber die einen oder anderen haben mir erzählt, dass ›La Nuntia‹ ihre letzte Hoffnung wäre. Es sind besonders viele Paare aus Deutschland, so wie Sie, und auch aus der Schweiz. Nach dem, was man so hört, hat die Klinik einen guten Ruf.« Massi rührte in seinem Kaffee. »Ich kann jedoch nicht aus eigener Erfahrung sprechen und kenne auch niemanden hier aus dem Ort, der mal dort Patient war.«

»Aber die Ärzte und das Personal, die wohnen doch sicher hier in Cannobio oder der Umgebung?«

Massi schüttelte den Kopf. »Nein, tatsächlich kenne ich auch niemanden, der dort arbeitet. Nicht einmal Putzhilfen. Scheinen alle von außerhalb zu kommen. Komisch, nicht?«

»Dann kennen Sie auch Dario Pausetti nicht? Soweit ich weiß, ist er einer der leitenden Ärzte in ›La Nuntia‹.«

»Nie gehört, tut mir leid.«

Ben war enttäuscht. Er hatte gehofft, vorab einige Hintergrundinformationen über »La Nuntia« gewinnen zu können, doch vor Ort erschien die Klinik beinahe noch mysteriöser als aus der Ferne. In Neuss hatte er im Internet recherchiert und die Homepage der Klinik zurate gezogen, und naturgemäß gebrach es dieser ein bisschen an Objektivität. Die Seite hatte seriös gewirkt und keine Behandlungen in Aussicht gestellt, die man nicht auch in vergleichbaren Kliniken in Deutschland durchführen lassen konnte. Ben hatte auch diverse Internetforen durchforstet, aber nichts weiter gefunden, außer ein paar positiven, aber nicht wirklich informativen Empfehlungen. Das war ebenfalls seltsam, normalerweise, das hatte Ben bei seinen Recherchen schnell gemerkt, äußerten sich die Leute zum Thema Kinderwunsch in Blogs und Foren ausgesprochen ausführlich und teilweise entblößend persönlich, aber dennoch war die »La Nuntia«-Klinik kaum irgendwo erwähnt worden.

Er aß ein paar Sandwiches, trank noch einen Kaffee und einen Orangensaft und ging mit einem kleinen Lunchpaket und einer Flasche Wasser für Ellis nach oben. Im Zimmer war es nur halbdunkel, Ellis hatte weder die Läden geschlossen noch die Vorhänge zugezogen. Ben zog sich bis auf die Boxershorts aus und die Vorhänge zu. Ellis rührte sich nicht. Sie hatte die Überdecke zurückgeklappt und war zwischen die Laken gekrochen. Ben konnte im Halbdunkel nur die Flut ihrer rötlichen Haare wahrnehmen, die sich über ihr Kissen ergoss. Er entschied, dass es sich hier um keine delikate Situation handelte, und kroch ebenfalls ins Bett. Er war todmüde, die Fahrt war kein Pappenstiel gewesen, und er hatte sie ja mit einem erheblichen Schlafdefizit angetreten.

Ben hätte nicht sagen können, was ihn geweckt hatte, aber kaum war er wach, da wusste er bereits, dass jemand in ihrem Zimmer war. Sein Herz begann zu rasen. Vorsichtig hob er den Kopf und spähte in Richtung Fenster, durch die Licht ins Zimmer fiel. Die Vorhänge waren zurückgezogen, und Ben konnte eine Gestalt erkennen, die ihm den Rücken zugewandt hatte. Er richtete sich rasch auf ... und erkannte Ellis. Von den im Sturm hin- und herschwankenden Straßenlaternen schwach beleuchtet stand sie am Fenster und starrte auf den See hinaus. Es schneite. Der Sturm hatte etwas nachgelassen, aber der Wind trieb den Schnee immer noch in Schwaden an den Fenstern vorbei.

Ellis trug eine dünne Baumwollhose, die ihr auf den eckigen Beckenknochen hing, und ein weißes Tanktop, das deutlich zeigte, wie sehr sie fror. Ben hätte nicht sagen können, was erregender hätte sein können als dieses Tanktop an ihrer schlanken Gestalt. Er sah ihre eckigen Schultern, die schlanken, definierten Arme und die Konturen ihrer Brüste unter dem dünnen, gerippten Stoff.

Ellis wandte sich zu ihm um. »Ich wollte dich nicht wecken. Ich bin auf einmal wach geworden, schlaf weiter«, sagte sie leise und blickte wieder auf den See hinaus.

»Was siehst du denn da?« Ben hatte sich aufgesetzt und starrte an ihr vorbei. Draußen wiegten sich noch immer die zerrupften Palmen im Wind, und das orangefarbene Licht der Quecksilberdampflampen und der stiebende Schnee gaben der Szenerie einen seltsamen Anstrich.

»Ich dachte, ich hätte dort draußen ein Licht gesehen, wie von einem Boot in Not, aber es war wohl nur eine Boje.«

Ben stand auf und trat hinter sie, ohne sie zu berühren. Er zögerte. Dann fasste er nach ihren Schultern. Ellis zuckte nicht zurück. Seine Hände glitten über ihre Arme, weiter nach vorne, umfassten ihre Brüste und spielten mit den Spitzen. Sein Mund suchte ihr Ohr unter den zotteligen zimtfarbenen Strähnen. Er zog sie hart an sich, und er spürte, wie sie nachgab. Sie drehte sich zu ihm um, er sank mit ihr aufs Bett. Er kniete über ihr und küsste sie. Danach hatte er sich schon so lange gesehnt, beinahe ab dem Augenblick, in dem er sie zum ersten Mal gesehen hatte.

Für einen Moment hielt er inne. »Ist das okay für dich?«

»Wenn das nicht okay für mich wäre, läge ich nicht unten«, sagte sie etwas belustigt, und er konnte im Halbdunkel erkennen, dass sie lächelte. »Aber nur, wenn du ein Gummi hast«, fügte sie hinzu.

»Habe ich«, knurrte er.

Ben erwachte ein weiteres Mal. Es war immer noch nicht hell, und er realisierte, dass er gestern Abend schon um sieben Uhr ins Bett gegangen war. Er war ausgeschlafen, mitten in der Nacht und trotz des guten Sexes. Er spürte Ellis nicht neben sich und rollte sich erschrocken herum. Diese Frau machte ihm Angst. Aber da war sie. Sie hatte sich auf ihre Bettseite zurückgezogen und schlief fest. Ben war noch nackt, aber Ellis hatte sich ihr Top wieder angezogen. Er betrachtete ihren nackten festen Arm auf der Bettdecke und dachte an ihren durchtrainierten Körper.

»Für eine Hebamme bist du ganz schön fit«, hatte er gesagt, und sie hatte ihn geneckt und nach seiner Hebammenstichprobengröße gefragt.

»Ein Knochenjob«, hatte sie hinzugefügt und gelacht.

Er mochte es, wenn sie lachte. Er mochte sie überhaupt. Sie fühlte sich fremd an, anders als Raoule, und doch wie jemand, den er schon lange kannte. Er spürte seine Erregung zurückkommen und richtete sich leise auf. Er kniete über ihr und sah, dass sie die Augen aufhatte und ihn beobachtete. Hatte sie nicht geschlafen? Er dachte an ihre stillen Atemzüge und war ganz sicher.

»Dich kann man wohl nicht im Schlaf überfallen?«, fragte er an ihrem Ohr und erregte sie mit seiner Zunge.

Sie drehte den Kopf zur Seite und blickte ihn einen Moment ruhig an. »Sei froh, dass du es nicht versucht hast«, sagte sie und zog ihn mit beiden Armen zu sich herab.

»Ich *hab* es versucht«, murmelte er und küsste sie.

Lugano

Hans Schlesinger nahm den Bus von Caslano nach Lugano. Er musste ein paar Nachforschungen anstellen und einiges überdenken. Den Porsche ließ er lieber in der Albergo, wo er warm und trocken in der kleinen Tiefgarage des Hotels eingestellt war. Der Portier hatte ihn gebeten, den Schlüssel dazulassen, aber das war hochgradig albern. So weit kam es noch, dass irgendwelche Schwachmaten sein Goldstück bewegten.

Schlesinger hatte wieder und wieder versucht, Rös und Liebermann zu erreichen, aber es war wie verhext. Liebermanns Handy ging gleich auf die Mailbox, und das von Rös klingelte endlos durch. Irgendwie beunruhigte ihn das, aber er hätte nicht sagen können, warum. Gerade was Rös anging, dabei war Schlesinger sicher, dass dieser nur einen akuten Anfall von Agentenspätneurose hatte.

Schlesinger fuhr bis Viganello und lief von dort, immer noch im eiskalten Regen, zur Via Sara Frontini, wo sich das Ufficio Controllo Abitanti, das Einwohnermeldeamt von Lugano, befand.

Das Amt war gut geheizt, der Schweizer Bürger sollte bei Amtsgeschäften nicht frieren. Im Bürgerbüro gab es zwei Schalter für »Meldeangelegenheiten«, zum Glück auch auf Deutsch beschildert. Schlesinger zog eine Nummer und wartete gespannt, welche der beiden Blondinen als Erstes seine Nummer im Display anzeigen würde. Die eine vom Typ »drall und deftig« schien noch langsamer zu arbeiten als die andere vom Typ »fad, aber naturblond«. Der Displaykasten ratterte auf die nächste Nummer, und Schlesinger ging rüber zur faden Amtsblonden.

Ihr Namenschildchen wies sie als Mona Hartmann aus, und Frau Hartmann war pfiffig genug, ihn gleich auf Deutsch zu begrüßen, als ob es ihm auf der Stirn geschrieben stände.

»Was kann ich für Sie tun?«

»Mein Name ist Hans Schlesinger, ich bin Anwalt aus der Gegend von Düsseldorf und in einer Erbangelegenheit auf der

Suche nach einem Schweizer Bürger, der zuletzt hier in Caslano wohnhaft war.«

Mona Hartmann schüttelte den Kopf. »Wir machen grundsätzlich keine Angaben zu dem Verbleib von Bürgern gegenüber Privatpersonen.«

»Natürlich, das leuchtet mir ein. Ich hatte nur gehofft, dass Sie eine Ausnahme in einer so dringlichen Angelegenheit machen könnten, da das nicht unerhebliche Vermögen eines Schweizers so an den deutschen Staat fallen wird, wenn ich nicht bis morgen um Mitternacht einen rechtmäßigen Erben auftreiben kann.«

Mona Hartmann rang innerlich mit sich selbst, das war ihr anzusehen. »An den deutschen Staat? Ist es denn viel?«

»Beträchtlich, wir sprechen hier von einem siebenstelligen Eurobetrag. Aber – wie gesagt – uns sind ja beiden die Hände gebunden, nicht wahr?« Schlesinger warf ihr einen Blick zu, wie der Nationaltorwart den Fans nach einem unhaltbaren Elfmeter. Mona Hartmann machte ihrem Namen keine Ehre.

»Wie heißt der gesuchte Bürger? Haben Sie die letzte Anschrift?«

»Andrea Beltramini, Via Alba 3 in Caslano, das ist die letzte bekannte Anschrift. Hoffentlich ist er nicht verzogen oder verstorben. Soweit ich weiß, war er Anstreicher von Beruf.«

»Das finden wir heraus«, sagte Frau Hartmann, nun zu allem entschlossen. Sie tippte rasch auf der Tastatur, stutzte kurz und seufzte. »Sind Sie ganz sicher, dass Sie Herrn Beltramini suchen?«

»Ganz sicher, warum?« Schlesinger wäre am liebsten über den Tresen gesprungen.

Mona Hartmann zögerte, dann tippte sie rasch erneut etwas ein. Jetzt nickte sie, sie hatte anscheinend gefunden, was sie suchte, aber sie wirkte immer noch bedauernd.

»Herr Beltramini wohnte tatsächlich in der Via Alba 3, bis vor etwa zwei Jahren. Aber Anstreicher war er nicht. Genauer gesagt hatte er gar keinen Beruf. Er hat auch nie eine Steuernummer beantragt.« Sie räusperte sich. »Er bezog sein ganzes Leben eine kleine Behindertenrente. Seine jüngere Schwester hat die Vormundschaft für ihn. Schließt ihn das als Erben aus?«

Schlesinger fluchte innerlich. Wahrscheinlich konnte man

von Beltramini gar nichts in Erfahrung bringen. Aber wie zum Teufel hatte man ihn dann als Strohmann für die illegalen Kontenbewegungen benutzen können, offenbar war er ja gar nicht geschäftsfähig?

»Seit wann hat seine Schwester die Vormundschaft?«

»Den Eintragungen zufolge ebenfalls seit zwei Jahren. Kurz bevor sie mit ihrem Bruder umgezogen ist.«

Schlesinger atmete tief ein. »Sie haben die aktuelle Adresse? Mir scheint, da hier ein gleichrangiges Verwandtschaftsverhältnis vorliegt, ist neben Herrn Beltramini vermutlich auch seine Schwester erbberechtigt.«

Mona Hartmann sah aus, als hätte man sie eben zur Alleinerbin gemacht. »Sie haben recht.« Sie schrieb hastig etwas auf einen Zettel. »Das ist die Adresse. Ich habe mal eben nachgesehen, wie es scheint, handelt es sich um eine Art Kloster in Privatbesitz. Die Schwester Agatha Beltramini ist auch dort gemeldet. Sie selbst hat die Ummeldungen vorgenommen, danach haben wir im zentralen Melderegister keine Veränderungsmeldung mehr.« Mona Hartmann schaute Schlesinger verschwörerisch an. »Das haben Sie nicht von mir, in Ordnung?«

»Nein, ganz bestimmt nicht! Sie sind ein Engel, Frau Hartmann. Bei den Beltraminis trifft es sicher keinen Falschen, da bin ich sicher.«

Schlesinger nahm den Zettel und machte sich auf den Weg zurück in den Regen und ins Luganer Zentrum. In einem Sportgeschäft erstand er eine wattierte Regenjacke. Er hätte den Parka mitnehmen sollen, aber wer hätte im Tessin auch mit Weltuntergangswetter gerechnet?

Das Gran Café Al Porto in der Via Passina war jetzt, zur späten Mittagszeit, gut besucht. Schlesinger fand einen kleinen Tisch für sich allein und bestellte nach kurzem Blick in die Karte Penne con pomodori secchi und einen Liter stilles Wasser. Während er auf das Essen wartete, suchte er mit Hilfe seines iPads die angegebene Adresse. Er wurde nicht nur bei Google Maps fündig, sondern fand auch einen kurzen Eintrag bei Wikipedia. Es handelte sich tatsächlich um ein ehemaliges Kloster, das in den neunziger Jahren des letzten Jahrhunderts von der Trägerbruderschaft an einen

Privatmann verkauft worden war. Offensichtlich war es alt, zwischen siebenhundert und siebenhundertfünfzig Jahren laut dem nur als IP-Adresse bekannten Wiki-Autor, und in einem dem entsprechenden Zustand. Schlesinger überprüfte sorgsam über die Satellitenbilder die Umgebung des Klosters. Als ehemaliger Agent hätte er sich niemals allein auf sein Navigationssystem verlassen, denn es konnte lebenswichtig sein, die Örtlichkeit in jeder Beziehung vorher »gesehen« zu haben, und sei es nur aus der »Luft«. Das Kloster, das den etwas uninspirierten Namen »Santa Anna« trug, lag im Seitental eines Bergtals, das sich nördlich vom Luganer See ins Gebirge bohrte. Lausig einsame Gegend, konstatierte Schlesinger, keine Gegend und schon gar keine Straße für seinen Porsche. Er suchte die Adresse einer Mietwagenfirma heraus und bestellte telefonisch einen Toyota RAV4 mit Winterbereifung und Navi. Er aß seine inzwischen eingetroffenen Nudeln, versuchte noch einmal Liebermann zu erreichen und verließ schließlich das Ristorante. Der Einfachheit halber nahm er ein Taxi bis zur Mietwagenfirma und machte sich von dort aus direkt auf den Weg.

Von Sonvico nördlich von Lugano aus schraubte sich die schmale Straße in den Bosco di Bellarma Richtung Rosone. Irgendwo musste es eine Möglichkeit geben, zum Kloster Santa Anna abzubiegen, aber sein Navigationssystem verweigerte eine präzise Auskunft. Die Temperaturen dümpelten knapp über null, und Schlesinger hatte damit gerechnet, dass der kalte Regen in den höheren Lagen in Schnee übergehen würde, aber zu seiner Überraschung hatte es bereits in Sonvico begonnen, heller zu werden, und der Regen war schließlich einer hellen Wolkensuppe gewichen, die über den Steineichen und Kastanien hing. Die Straße stieg rasch an, und die Gegend wurde immer einsamer. Hinter Sonvico gab es noch vereinzelte Dörfer, später das ein oder andere Gehöft, aber die letzten Kilometer, die der Toyota hinter sich ließ, gingen nur noch durch den immer enger an die Straße heranrückenden Wald. Schlesinger kontrollierte den Handyempfang und stellte fest, dass er noch genug Balken hatte, um einen weiteren Anruf bei Rös zu tätigen. Es war ungewöhnlich, dass er ihn nicht erreichen konnte, und in diesem Fall auch entnervend, da Rös für Schlesinger aktuell die einzige zuverlässige Informationsquelle darstellte. Es fehlte noch immer der Name des Kontoinhabers in Liechtenstein, zudem hätte Schlesinger gern mehr über den neuen Besitzer des Klosters erfahren.

Auf Google Maps war die Lage des Klosters in einem Bergtal rechts von der Straße nach Rosone verzeichnet, und Schlesinger versuchte ungefähr einzuordnen, wo er beginnen musste, nach einer Abbiegung zu suchen. Er wählte Rös' Nummer und zuckte regelrecht zusammen, als dieser nach dem ersten Klingeln abnahm.

»Mensch, Ruedi, du bist ja schwerer zu erreichen als der Präsident.«

»Welcher Präsident?« Rös' Stimme klang seltsam. »Der Hund hat auf den Perserteppich gekotzt«, fügte er unvermittelt hinzu.

Schlesinger überwand eine Schrecksekunde. Das war ein Code, den er seit gut zehn Jahren nicht mehr erwartet hätte. Rös sagte ihm damit, dass die Leitung nicht sicher sei. Abgesehen davon, dass jede Handyverbindung extrem unsicher war, bedeutete dies, dass Rös davon ausging, dass sie explizit abgehört wurden. Oder *vielleicht* abgehört wurden. Schlesinger glaubte ja immer noch an Rös' Neurose.

»Hast du die Sauerei schon weggemacht?«, fragte er. »Hat das Vieh was Falsches gefressen, oder ist es krank?«

»Richtig krank, wie es aussieht. Ich rufe dich später noch mal an, wenn ich hier sauber gemacht habe. In Ordnung?«

Ohne seine Antwort abzuwarten, beendete Rös das Gespräch. Schlesinger kaute auf seiner Unterlippe. Das war mehr als mysteriös. Rös war gestern nervös gewesen, aber im Grunde passte das so gar nicht zu ihm. Der würde sich das nächste Mal mit einem Wegwerfhandy melden, für Schlesinger bedeutete das, weiter zu warten. Er stieß einen leisen Fluch aus. Jetzt hatte er sich nicht mehr auf die Straße konzentriert. War da eben eine Abzweigung gewesen?

Er konsultierte sein iPad und das Satellitenbild der Gegend. Eine kleine Straße, die rechter Hand in ein Seitental führte. Vorsichtshalber fuhr er noch zwei Kilometer weiter, aber es kam keine Abzweigung mehr. Schlesinger wendete und fuhr langsam zurück. Tatsächlich, die vermeintliche Lücke im Gebüsch erwies sich als Straße. Ein aus Feldsteinen zusammengesetzter Block hatte früher wohl die Einfahrt markiert, inzwischen aber war die kleine Säule von Moos überwachsen und im verwelkten Farnkraut kaum wahrnehmbar.

Der Weg stieg zügig bergan, erklomm sogar ein paar kleinere Kehren. Schon an der ersten Tornante warnte ein Schild, dass man sich nun auf einer »strada privata«, einer privaten Zufahrt, befand. Schlesinger verglich die Haarnadelkurven mit Google Maps und war sicher, sich auf der richtigen Straße zu befinden. Immer wieder konnte Schlesinger in den Lücken zwischen den Bäumen weite Blicke ins Tal hinabwerfen. Mit jedem Höhenmeter wurde die Fahrbahn schmaler und der Abgrund bedrohlicher. Doch unvermittelt knickte die schmale Straße nach rechts ab, nahm eine Querung durch eine Hohlgasse und eröffnete schließlich den Blick auf ein kleines, selbst bei diesem Wetter fast liebliches Tal. Der Wald wich weit an die Talränder zurück, und die Straße schlängelte sich – breiter nun – fast komfortabel durch Wiesen und Hecken.

Schlesinger konnte die ehemalige Kulturlandschaft erkennen, die die Bewohner des Klosters in jahrhundertelanger Mühe geprägt hatten. Auswuchernde Rebstöcke, voller kleiner, dunkler Trauben, zogen sich die Hänge hinauf. Jede Menge Eiswein, dachte Schlesinger.

Er fuhr schneller und durchquerte ein Wäldchen voller überalteter Obstbäume, die – je nach Sorte – mit prallen roten Früchten oder mit gammeligen Fruchtmumien besetzt waren. Die Straße war seitlich von niedrigen Feldsteinmauern eingefasst, in welchen sich Moose und krautartige Pflanzen angesiedelt hatten. Alles zeugte von vollständiger Vernachlässigung, der neue Besitzer von Santa Anna schien sich wegen der Gartenarbeit und dem Obstanbau nicht verrückt zu machen.

Schlesingers Handy klingelte. Eine Nummer, die er nicht kannte. Es war – wie erwartet – Rös.

»Brennt der Baum?«, fragte Schlesinger nach einer kurzen Begrüßung. Das war diesmal kein Code.

»Allerdings. Ich nehme an, du möchtest wissen, wer der Inhaber des Liechtensteiner Kontos ist?«

»Ja, unter anderem. Ich brauche auch noch ein paar Auskünfte zu einem zwielichtigen Schweizer und zu einem Kloster. Aber der Reihe nach! Was hast du herausgefunden?«

Rös seufzte. »Das wird dir nicht gefallen. Bevor ich mit dir sprach, war mir nicht klar, wie ich in den Fokus von … nun, Kriminellen kommen konnte. Aber mit der Verbindung zu Liebermann über dich und mit dem, was den Liebermanns zugestoßen ist, war mir klar, wie sie auf mich gekommen sind.« Rös räusperte sich. »Ich habe gestern Nachmittag mein Büro aufgesucht und von dort noch einmal meinen Informanten kontaktiert. Diesmal habe ich ihn erreicht. Wir haben uns in einem Café am Limmatquai verabredet. Das wäre unser erstes Treffen gewesen. Bisher liefen alle Kontakte ausschließlich per Post.«

»Per Post? Du kanntest ihn gar nicht persönlich?«

»Doch, er arbeitet schon länger als Quelle für mich. Er sitzt bei einer großen Finanzgesellschaft: Versicherungen, Wertpapiere, Anlagen et cetera. Aber er war vorsichtig, ich war vorsichtig. Warum mein Büro durchsucht wurde, war mir rätselhaft. Niemand, der nicht gezielt ihn und mich ins Visier genommen hätte, konnte unsere Verbindung aufdecken.«

»Und?« Schlesinger war nicht ungeduldig, aber er war etwas in Sorge wegen der Mobilfunkverbindung zwischen den Bergen. Ohnehin ein Wunder, dass hier kein Funkloch war.

»Ich wartete im Café. Laut Polizeibericht haben Passanten mitbekommen, wie er auf dem Weg dorthin von einem unbekannten Mann angerempelt wurde. Im nächsten Moment ist er auf offener Straße zusammengebrochen.« Rös hustete. »Er war sofort tot, Herzschuss.«

»Scheiße!«

»Ja. Das waren Profis, Hans. Auch wie sie mein Büro gefilzt haben.«

»Das weißt du nicht sicher.« Schlesinger war nicht überzeugt von dem, was er sagte. »Ist dir jemand gefolgt?« Wenn bekannt war, dass der Informant Rös hatte treffen wollen, war auch Rös in Gefahr. Möglicherweise.

»Ich habe niemanden gesehen, Hans, aber wenn sie gut sind …«

»Ja, wenn sie gut sind …«

»Im Büro habe ich mir gleich mein Telefon vorgenommen.« Rös war IT-Experte, er wusste alles über Abhörtechnik, deswegen war er auch immer vorsichtiger als Hans oder Stieg. Aber er litt nicht unter Verfolgungswahn, gestand sich Schlesinger ein. Das hätte ihm früher bewusst werden müssen. »Es war ganz simpel. Sie haben schlichtweg mein Telefon komplett ausgetauscht und die Schnellwahlen übertragen. Ich habe nichts gemerkt. Im Gehäuse des Hörers war ein Überträger – eine Wanze, wenn du so willst – enthalten. Genial einfach.«

»Scheiße!«, wiederholte Schlesinger. »Haben wir noch eine Option, an die Inhaber des Liechtensteiner Kontos heranzukommen?« Er konnte förmlich hören, dass Rös resigniert die Schultern zuckte.

»Nicht, dass ich wüsste.«

»Du musst aus der Schusslinie, Ruedi.«

»Annette und die Kleine sind auf dem Weg zum Flughafen. Ich werde gleich versuchen, Stieg zu erreichen. Leider ist er irgendwie abgetaucht.«

Schlesinger fluchte. Niemand war zu erreichen, und das im Zeitalter der Mobilfunkmania. Liebermann, auch Rös zeitweise, jetzt Elliasson. Verdammt!

»Was ist mit dir, Ruedi? Du solltest schnellstens ebenfalls abtauchen.«

Rös gab ein unfreundliches Schnauben von sich. »Was bin ich? Ein zitterndes Waschweib? Du wolltest noch Informationen zu einem Kloster, oder?«

Schlesinger war froh, dass Rös Profi blieb. Angst war ein schlechter Ratgeber.

»Es gibt bei Lugano, Richtung Rosone, ein altes Kloster: Santa Anna ohne irgendwas.«

»Ohne irgendwas?«

»Ja, du weißt schon. Sonst heißen die doch ›Heilige Erna zu den nackigen Jungfrauen‹ oder so. Aber hier: einfach nur Santa Anna. Schon verdächtig, wenn du mich fragst.«

Rös gab ein genervtes Grunzen von sich. »Und der zwielichtige Schweizer?«

»Arthur Müller, genau wie Beltramini aus Caslano. Wohnt dort in der Wohnung seiner Tochter, Wohnsitz ist aber eigenen Angaben zufolge Morcote. Wenn das nicht ohnehin alles eine Lüge ist.«

»Und Beltramini?«, fragte Rös gespannt.

»Beltramini ist *so was* von ein Strohmann, wie es aussieht. Nicht mal geschäftsfähig. Ihn suche ich in Santa Anna. Laut Amt soll er hier mit seiner Schwester, die die Vormundschaft hat, wohnen.«

»Sei bloß vorsichtig, Hans! Was macht Arthur Müller verdächtig?«

»Er hat mir eloquent und ziemlich überzeugend die Hucke vollgelogen«, erklärte Schlesinger. »Hat gesagt, Beltramini wäre tot. Ich krieg es nicht hintereinander, und deshalb muss ich Beltramini finden. Immerhin könnte man ja auch beim Amt falsche Daten hinterlegt haben.«

»Ich sag's noch mal: Pass auf dich auf!«

»Ja, klar. Schon im ureigenen Interesse. Hoffentlich kommen die Mädels gut raus.«

»Hoffentlich ist gar kein Ausdruck.« Rös' Stimme klang nun wieder angespannt. »Ich rufe dich über ein anderes Wegwerfhandy an, sobald ich Näheres weiß. Tschüss, Hans!«

Bevor Schlesinger noch etwas sagen konnte, war die Verbindung unterbrochen. Schlesinger hatte im Lauf des Gesprächs angehalten und parkte dicht an einem der kleinen Steinwälle. Das war eine zunehmend beschissene Geschichte, ohne Frage. Schlesinger wählte Elliassons Nummer, aber wie Rös hatte er nur die Mailbox dran. Schlesinger hinterließ eine kurze Nachricht Rös betreffend und setzte den Toyota wieder in Gang.

Heinsberg

Britta und Tom waren nach einem kurzen Frühstück an der Ausfahrt Odenkirchen-West Richtung Heinsberg weitergefahren. Die A 46 war voller Schneematsch, aber das Wetter hatte sich beruhigt, von oben blieb es trocken. Tom hatte während der Fahrt zweimal mit dem Präsidium telefoniert. Justus Müsse hatte ihn darüber informiert, dass er – entgegen seinem ursprünglichen Plan – schon nach Neuss zurückgefahren war. Jörg Wahl hatte inzwischen ein Dossier über Sergio Adamski zusammengestellt und wollte wissen, ob er dieses nach Heinsberg mailen sollte, aber Tom hielt das nicht für notwendig. Tom war es vor allem wichtig, so bald wie möglich noch einmal mit Kai Welteke zu sprechen. Er würde ihn gleich noch anrufen, um einen Termin auszumachen.

Britta, die noch einen Styroporbecher mit einem Rest Kaffee in den Händen hielt, warf ihm einen kurzen Blick zu. Immerhin war das Frühstück nett gewesen, auch wenn sie aus Toms Absichten immer noch nicht schlau wurde. Aber was spielte das im Moment für eine Rolle? Wieder dachte sie an Alexa Liebermann und spürte, wie sich ihr Herz zusammenkrampfte. Sie hätte der jungen Mutter so gern ihr Kind zurückgebracht. Jetzt war sie tot, ihr kleiner Sohn und ihr Lebensgefährte blieben verschwunden, und so, wie sich die Lage momentan darstellte, bestand nur noch wenig Hoffnung, Jonas lebend zu finden. Zwei der entführten Kinder waren bereits tot. Die Leichen der anderen drei hatten sie vielleicht nur noch nicht gefunden. Britta wusste, dass es bei Ermittlungen nicht ratsam war, die Distanz zu verlieren. Aber diesmal gelang es ihr kaum, sich ihren Gefühlen zu entziehen. Entschlossen richtete sie ihre Gedanken auf das Wetter, das zunehmend kälter wurde.

Ein paar Schneeflocken trudelten auf die Scheibe.

»Schnee«, sagte Tom und grinste. »Das ist typisch deutsche Zuverlässigkeit, meinst du nicht? Kaum angesagt, schon ist er da.«

Britta lächelte. Schnee! Der erste Schnee im Jahr. Sie freute sich. Dem ersten Schnee im Jahr wohnte immer ein Zauber inne.

Toms Handy klingelte erneut.

»Küppers.«

Tom hörte schweigend zu. Britta konnte ihm ansehen, dass es etwas Wichtiges gab.

»Wo ist das? B 221? Genauer? Ach, genauer gibt es nicht?« Er wandte sich an Britta. »Sind wir schon an Erkelenz vorbei?«

»Gerade eben«, antwortete sie.

»Eben war eine Abfahrt Erkelenz«, sagte Tom zu seinem Gesprächspartner. »Okay, dann die nächste raus auf die L 117 Richtung Wassenberg. Bis dann.« Tom legte auf und sagte zu Britta: »Das war gerade Thierry Neumann, der Leiter der SOKO in Heinsberg. Sie haben Emma Baschs Wagen gefunden, jedoch verlassen. In einem Waldstück bei Erkelenz, ziemlich abgelegen.«

Britta starrte Tom an. Das klang übel.

»Wie lange ist Emma Basch mittlerweile verschwunden? Schon über eine Woche, oder?« Tom fingerte am Navigationssystem herum und gab Wildenrath als aktuelles Ziel ein.

»Da müssen wir raus«, sagte Britta und deutete auf das Autobahnschild, das die nächste Abfahrt anzeigte.

»Neumann sagt, wir sollen der Straße durch den Wald folgen, und er schickt uns einen Wagen entgegen, wir würden die Stelle ansonsten niemals finden.«

Tom fuhr von der Autobahn ab und raste erneut mit halsbrecherischer und unzulässiger Geschwindigkeit die Landstraße entlang. Hinter dem kleinen Ort Wildenrath verlor sich die Straße im Wald. Es hatte wieder zu schneien begonnen, und obwohl es noch nicht einmal Mittag war, war es aufgrund des wolkenverhangenen Himmels recht düster. Die Straße wand sich in Berg-und-Tal-Manier durch den Mischwald.

»Mann, ist das eine einsame Gegend hier«, brachte Tom das auf den Punkt, was auch Britta gerade gedacht hatte. »So viel Wald macht einem Neusser Angst.«

»Ich bin ja bei dir.«

»Zum Glück!« Er zwinkerte ihr zu, es war das typisches Tom-Zwinkern, an das sie sich mittlerweile gewöhnt hatte.

Sie folgten der Straße eine knappe Viertelstunde durch den Wald, aber dann sahen sie den Streifenwagen, von dem Neumann gesprochen hatte, mit Standlicht an der Zufahrt zu einer Forststraße stehen, der durch eine – jetzt hochgeklappte – Schranke gesichert war. Tom bremste auf Schrittgeschwindigkeit ab, nickte den Beamten im Streifenwagen zu und bog in den Waldweg ein, der sich als eine gelungene Mischung aus Buckeln, Morast und Schlaglöchern entpuppte. Wieder fuhr er, wie es seiner Art generell zu entsprechen schien, viel zu schnell. Sämtliche Bauteile des Laguna ächzten unter den ständigen Erschütterungen, und Britta wurde so durchgeschüttelt, dass ihr beinahe übel wurde.

»Kannst du nicht langsamer?«

Tom schüttelte stumm den Kopf und umklammerte das Lenkrad.

Britta wandte ihren Kopf nach hinten und blickte durch die Heckscheibe nach draußen. »Du hast ein Schlagloch ausgelassen.«

»Das nehmen wir auf dem Rückweg.«

Die Holperstrecke führte immer tiefer in den Forst hinein. Nach einer gefühlten Ewigkeit bot sich ihnen dann endlich auf einer Lichtung das typische Bild eines Tatorts. Einsatzwagen verschiedenen Typs, Absperrbänder, Mantrailer und Kollegen mit Taschenlampen und Tüten, die die nähere Umgebung absuchten. Das Interesse galt offensichtlich einer auf der Lichtung geparkten Ente, ein 2CV.

»Eine Charleston-Ente«, sagte Tom nahezu überwältigt. »So eine hatte ich auch mal.«

Er machte sich nicht die Mühe, den Laguna am Straßenrand zu parken – es wäre ohnehin nicht genug Platz übrig geblieben, dass ein weiteres Fahrzeug hätte vorbeifahren können. Sie stiegen aus. Britta zog den Reißverschluss ihrer schwarzen Daunenjacke, die zwar über einen breiten Kragen, aber leider nicht über eine Kapuze verfügte, bis unters Kinn zu. Tom war bereits auf die Kollegen zugegangen und sprach gerade mit einem schlanken, mittelgroßen Mann in dunkelblauem Skianorak. Er sah sich suchend nach ihr um und winkte sie heran.

»Das ist Kriminalhauptkommissarin Britta Steinfort, LKA

Düsseldorf. Britta, das ist Kriminalhauptkommissar Thierry Neumann, Kripo Heinsberg.« Bevor Britta auch nur die Hand von Neumann ergreifen konnte, die dieser ihr freundlich hinhielt, schob Tom sie weiter zur Ente. »Das ist der Wagen von Emma Basch.«

»Forstarbeiter haben ihn vor knapp vier Stunden entdeckt«, sagte Neumann. »Da keiner drin war, haben sie zuerst die Gegend abgesucht. Hätten ja auch Spaziergänger sein können, die verbotswidrig ihren Wagen hier abgestellt haben. Irgendwann hat einer der Herren bei den Kollegen von der Wache nachgehört. Da der Wagen anhand des Kennzeichens identifiziert werden konnte, war da schnell der Teufel los.« Neumann sprach schnell und mit deutlichem Niederrheiner Akzent: weiche, schnelle gesprochene Konsonanten und ohne »ch«. »Ich bin mir nicht ganz sicher, was die beiden bezüglich der Spurenlage angeht. Sie haben aber zugegeben, den Wagen angefasst zu haben.«

»Ist aber auch normal in dem Fall«, schaltete sich Britta ein. »Sie haben die Türen probiert, nehme ich an.«

»Ja, und sind ein paarmal ums Auto herumgestapft.« Es war Neumann anzusehen, dass ihn derart laienhaftes Verhalten nervte. Er wies auf die Mantrailer mit ihren Führern, die auf der kleinen Lichtung auf und ab gingen. »Im Inneren des Wagens haben die Hunde die Witterung von Frau Basch aufgenommen. Aber drum herum haben sie nichts gefunden.«

»Dann hat Emma Basch den Wagen nicht selbst hier abgestellt«, vermutete Britta.

»Oder der Wagen steht hier schon recht lange«, warf Tom ein. »Vielleicht liegt es auch am Wetter.«

»Unsere Hundeführer sind skeptisch. Das Wetter war extrem, aber normalerweise sind die Hunde nicht zu schlagen«, erklärte Neumann. Er sprach einen seiner Kriminaltechniker an. »Habt ihr eine Idee, wie lange die Ente hier steht?«

Der junge Mann zuckte die Achseln. »Bei einer Leiche lässt sich das einfacher sagen, wir haben hier ja immerhin keinen Madenbefall. Es regnet seit Tagen, aber wir haben keine Fahrzeugspuren entdeckt. Das Fahrzeug steht demnach schon länger hier. Wann ist die Besitzerin verschwunden?«

»Genau wissen wir es nicht. Irgendwann zwischen dem 13. und 20. Oktober. Am 20. haben wir die Vermisstenmeldung reinbekommen.«

Der Kriminaltechniker konsultierte sein Smartphone und checkte die Wetterverhältnisse der vergangenen Woche. »Geregnet hat es erst ab dem 21. Davor war es relativ warm und sonnig. Der Boden war noch trocken und fest, als der Wagen abgestellt wurde, seitdem hat es aber derart viel geregnet, dass der Boden aufgeweicht wurde.«

»Das heißt, demnach wurde die Ente vor dem 21. Oktober abgestellt?«, fasste Neumann zusammen.

»Wenn du die Karre unbedingt als Ente bezeichnen willst, hast du recht«, sagte der junge Mann.

Britta trat näher an den kleinen Wagen heran und betrachtete die gut gepflegte schwarz-rote Lackierung. Die Weißwandreifen waren kaum mit Dreck bespritzt. Wer auch immer den 2 CV abgestellt hatte, und Emma Basch schien es nach Lage der Dinge nicht gewesen zu sein, hatte das Auto aus dem Weg haben wollen.

»Wo führt der Forstweg hin?«, fragte sie Neumann.

»Keine Ahnung, das müssten wir mal die Forstarbeiter fragen. Mich würde auch interessieren, wie oft im Schnitt deren Meinung nach hier jemand vorbeikommt, um das Abstelldatum einzugrenzen«, antwortete dieser und schrieb etwas in sein Notizbuch.

»Vor einer guten Woche waren wahrscheinlich die Bäume und Büsche noch relativ dicht.« Tom wies auf den Weg. »Kann sein, dass man den Wagen von dem Waldweg aus gar nicht gesehen hat.«

Neumann nickte. Er warf einen prüfenden Blick gen Himmel und ging zu einem der Polizisten, die mit der Tatortsondierung beschäftigt waren.

Er besprach sich mit dem Kollegen und kam dann zurück. »Das Wetter wird nicht besser. Ich schlage vor, wir fahren ins Präsidium nach Heinsberg und besprechen die Faktenlage. In Ordnung?«

Nachdem Neumann sie alle mit heißem Kaffee versorgt hatte, sagte er: »Jerry Straub hat mich von den Ereignissen in Duisburg unterrichtet, ich nehme an, ihr seid diesbezüglich auf der Höhe?«

»Ja, so weit ist uns alles bekannt«, erwiderte Tom. »Es gibt aber vermutlich etwas, das ihr noch nicht wisst. Alexa Liebermann, die Mutter von Jonas Liebermann, ist heute Nacht ermordet worden. Sie war auf dem Weg der Besserung, und wir glauben, dass das Grund für jemanden war, sie zu töten.«

»Stand sie nicht unter Polizeischutz?«, fragte Neumann überrascht.

»Unser Mann stand *vor* der Intensiv. Rein durfte er nicht. Nach allem, was wir wissen, hat der Mörder sich als Angehöriger des Krankenhauspersonals ausgegeben und eine Passierkarte benutzt. Wir sind an der Sache dran«, antwortete Tom.

»Ja, natürlich«, sagte Neumann. Er ging rüber zu einem Whiteboard, das neben seiner Bürotür an der Wand stand. »Ich würde gern mit euch die Faktenlage analysieren, vor allem hinsichtlich der zeitlichen Zusammenhänge.«

»Gute Idee«, sagte Tom. »Vielleicht gibst du uns noch einmal ein kurzes Update über die Vorfälle hier in Heinsberg?«

»Einiges ist einfach zu rekonstruieren«, begann Neumann. »Aaron Basch wurde am 12. Oktober, das war ein Montag, aus seiner Kita in Geilenkirchen entführt. Am helllichten Tag und mehr oder weniger unter den Augen der Betreuerinnen, zwischen zehn Uhr dreißig und zwölf Uhr dreißig. Zu dieser Zeit haben die Kinder bei dem schönen Spätsommerwetter im Garten der Kita gespielt. Der Garten ist hoch eingezäunt, aber ein bisschen unübersichtlich und recht weitläufig.« Neumann zeichnete einen Zeitstrahl und schrieb das Datum von Aaron Baschs Entführung an den linken Rand der Tafel. »Das Fehlen des Jungen fiel beim Mittagessen auf. Die Betreuerinnen haben circa eine halbe Stunde selbst nach dem Jungen gesucht, dann wurden die Polizei und Emma Basch informiert. Als unsere Leute bei der Kita eintrafen, war Emma Basch bereits da. Die Kollegen haben erst vergeblich die Umgebung abgesucht und anschließend eine groß angelegte Suchaktion eingeleitet. Hundertschaften haben den Jungen mit Unterstützung aus der Luft bis in die Nacht gesucht. Frau Basch wurde zu diesem Zeitpunkt psychologisch betreut. Sie hat den Kindergärtnerinnen die größten Vorwürfe gemacht, aber auch sich selbst, weil sie Aaron überhaupt in diese Kita gesteckt hatte.«

»Verständliches Verhalten für eine Mutter, würde ich sagen«, warf Britta ein.

»Das stimmt.« Neumann fuhr fort, an die Tafel zu schreiben. »Am 13. Oktober hat mein Kollege, der die Suchaktion zunächst geleitet hat, noch einmal in Anwesenheit unseres Psychologen Frau Basch befragt.« Neumann schwieg einen Moment. Britta fand, dass er betreten aussah. »Dabei stellte sich heraus, dass es einige Tage zuvor, genauer gesagt am 9. Oktober, einen Zwischenfall gegeben hatte, der von Frau Basch auch zur Anzeige gebracht wurde. Leider ist sie von den Kollegen von der Schutzpolizei nicht ernst genommen worden. Emma Basch hatte gegen Mittag des 9. Oktober völlig aufgelöst von einer Telefonzelle aus den Notruf gewählt. Sie sagte, jemand sei in ihr Haus eingedrungen, sie habe Todesangst. Ein Einsatzwagen wurde losgeschickt und das Haus untersucht. Es gab keine Einbruchspuren, die Hintertür stand vielmehr offen. Der Hund von Frau Basch war allerdings tot. Erschlagen oder totgetreten, es gab natürlich keine Obduktion. Frau Basch machte einen Riesenwirbel. Leider wurde dieser Fall nicht mit der nötigen Sorgfalt behandelt.«

»Was heißt das?«, fragte Tom ungläubig.

Neumann war blass geworden. »Frau Basch erzählte eine wirre Geschichte von Leuten, die hinter ihr und ihrem Kind her wären. Sie machte allerdings keinen glaubhaften Eindruck auf meine Kollegen. Auch wegen ihres Backgrounds.« Neumann breitete verlegen die Arme aus.

»Was soll das heißen, ›wegen ihres Backgrounds‹?«, fragte Britta. Sie konnte es nicht fassen. Für sie stand fest, dass Aarons Entführung *vielleicht* zu verhindern gewesen wäre. Und das Verschwinden von Emma Basch auch.

»Frau Basch arbeitet freiberuflich als ›spirituelle Lebensberaterin‹.«

Tom richtete sich alarmiert auf. »Als Heilerin?«

Neumann checkte seine Unterlagen. »Ja, genau. Woher …?«

»Wie Heidi Rother«, sagte Tom und wandte sich an Britta. »Vielleicht haben wir hier endlich eine Querverbindung. Hat Justus überprüft, ob die Frauen miteinander in Kontakt standen? Telefon, E-Mail?«

Britta schüttelte den Kopf.

Tom zog sein Handy hervor und rief Justus an. Er sollte sich sofort der Überprüfung der Telekommunikation von Emma Basch und Heidi Rother annehmen. Zum ersten Mal seit Tagen hatte Britta das Gefühl, dass es voranging. Auch wenn es nur ein winziger Hinweis war, der sich leicht in Luft auflösen konnte.

»Ich möchte mit den Kollegen reden, die zu Emma Baschs Haus gefahren sind«, sagte Tom. »Und ich möchte mich auch im Haus umsehen.«

Die nächste halbe Stunde verbrachten sie damit, auf dem von Neumann gezeichneten Zeitstrahl die wesentlichen Abläufe einzutragen. Alle Daten der Entführungen und Morde und auch das Datum des Einbruchs in Emma Baschs Haus schrieb Neumann an die Tafel und versah sie mit Ortsbezeichnungen.

»Es könnte *ein* Täter sein«, fasste Britta das Ergebnis zusammen. »Er reist zwar viel herum, aber theoretisch könnte es *ein* Täter sein.«

»Du vergisst, dass bei dem Überfall auf Ben Liebermann mindestens zwei Schützen involviert waren. Auch wenn der eine wahrscheinlich ein Helfershelfer war.« Tom informierte Neumann rasch über die wenigen Fakten, die sie bislang in Bezug auf den toten Rumänen gesammelt hatten.

»Wie sieht es mit den DNA-Spuren aus?«, fragte Neumann. »Wir sollten sämtliche genommenen Proben von allen Tatorten miteinander vergleichen, von allen Orten, an denen die Entführungen und auch die Morde geschehen sind. Ist in der Hinsicht schon was eingeleitet?«

»Die Rechtsmedizin in Duisburg hat lediglich Faserspuren an den Fingern von Heidi Rother gefunden, teils von dem Schal oder Tuch, mit dem sie gewürgt wurde. Durch die Ischämie des Gehirns kam es zu keinen weiteren Kratzspuren mehr. Es sind unterschiedliche Faserspuren. Im Moment lassen wir diese Spuren mit denen der anderen Tatorte abgleichen«, antwortete Tom. »Die Ballistik hat übrigens keine Übereinstimmung ergeben. Weder bei den getöteten Kindern noch bei der Mutter von Lars Wenninger«, fügte er hinzu

Neumann zögerte wieder. »In Emma Baschs Haus haben wir

nicht nach DNA gesucht. Ich werde das sofort veranlassen.« Er sah Tom und Britta etwas verlegen an. »Wir sind zunächst gar nicht von einem Verbrechen ausgegangen, wir dachten, Aaron wäre einfach abgängig. Die Kita liegt so nah am Wurmaupark, da haben wir gesucht. Mit Tauchern in den Teichen und mit Spürhunden. Erst als sich Müsse bei uns gemeldet hat, haben wir die Lage anders beurteilt. Besonders, als dann auch noch Frau Basch verschwunden war.«

Es war ihm anzusehen, dass ihm das alles extrem unangenehm war. Der Fall war einem seiner Kollegen erst in dieser Woche entzogen und ihm übertragen worden. Und erst damit zu einem Fall des KK11 geworden.

Der kleine Resthof, auf dem Emma Basch mit ihrem Sohn Aaron gelebt hatte, lag denkbar abgelegen östlich von Geilenkirchen am Rande der Teverener Heide, einem ausgedehnten Heide- und Waldgebiet mit kleinen Seen, die durch Kies- und Sandabbau entstanden waren. Der nächste Ort war mehr als vier Kilometer entfernt, und auch die nächsten Nachbarn waren nicht viel näher dran. Das Haupthaus war mit viel Geschick und Geschmack restauriert worden. Der niederrheintypische Klinker des Vierkanthofs war sorgsam instand gesetzt, das Dach neu eingedeckt und die Fensterläden frisch gestrichen. Weiße Sprossenfenster ergänzten das Bild. Auf der Südseite war ein Garten angelegt, in dem noch Salat und Möhren darauf warteten, geerntet zu werden, und die jetzt von einer immer üppiger werdenden Schneeschicht bedeckt waren. Die beiden Schutzpolizisten warteten in ihrem Streifenwagen auf dem Hof, als die Kripo eintraf. Auch die Kriminaltechnik war vor Ort und im Haus beschäftigt. Britta konnte die Kollegen in ihren weißen Overalls hinter den Fenstern erkennen.

Die beiden Beamten stellten sich als Polizeiobermeister Höller und Queck vor.

Weil die Spurensicherung noch nicht beendet war, führte Neumann alle in die offene Remise, da es mittlerweile wieder heftig schneite und auch der Wind immer mehr an Stärke zunahm. Die Remise bot zumindest etwas Schutz.

»Könnt ihr noch einmal zusammenfassen, was sich hier am 9. Oktober abgespielt hat?«, bat Neumann seine Beamten.

Die beiden wechselten einen kurzen Blick, dann straffte sich Höller. »Frau Basch rief den Notruf an. Daraufhin wurden wir von der Leitstelle zu einer Telefonzelle in Grothenrath gerufen, um dort Frau Basch abzuholen. Wir sind dann mit ihr hierhergefahren. Auf der Fahrt hat Frau Basch behauptet, es wären Eindringlinge in ihrem Haus, sie sagte auch, dass sie sicher sei, man hätte ihren Hund ermordet.«

»Um wie viel Uhr war das?«, schaltete sich Britta ein. »Hatte Frau Basch ihr Kind dabei, als Sie sie abgeholt haben?«

»Nein, sie war allein. Es war so gegen halb eins, als wir hier eintrafen. Ich müsste allerdings im Bericht nachsehen, wann genau der Ruf von der Leitstelle kam.« Höller nahm seine blaue Uniformkappe ab und fuhr sich mit der Hand durchs Haar. Es war ihm anzusehen, dass er sich alles andere als wohlfühlte. »Unser Einsatzstellenleiter, Kübler, hat gesagt, das ist eine Spinnerin«, verteidigte er sich.

»Sie sind einfach mit der Zeugin auf den Hof gefahren und haben ohne Sicherung das Haus betreten?« Neumann schien kurz vor einem Herzinfarkt zu stehen. Auch die Tatsache, dass er die Beamten mit einem Mal siezte, war kein gutes Zeichen.

»Natürlich nicht, Queck und ich haben das Haus von außen gesichert, und Frau Basch ist im Wagen sitzen geblieben. Queck fand die Hintertür unverschlossen. Wir gingen rein, nachdem wir eine entsprechende Ankündigung ins Haus gerufen hatten. Das Haus war leer, aber im Flur fanden wir den Hund von Frau Basch. Er war tot, jemand hatte ihn übel zugerichtet, der ganze Boden war voller Blut. Auf einmal stand Frau Basch neben uns und fing an rumzuschreien.«

»Und zu weinen«, ergänzte Queck. »Wir haben sie wieder nach draußen geschickt und haben das gesamte Haus abgesucht, es war aber niemand da.« Höller zögerte kurz.

»Ja?«, fragte Neumann nach.

»Meiner Ansicht nach wurde das Schloss an der Hintertür geknackt«, fuhr Höller fort. Er machte ein Gesicht, als sei ihm nun alles egal. »Und der Hund war dermaßen zugerichtet …

Kübler hat gesagt, sie hätte das alles inszeniert, aber habt ihr das Persönchen mal gesehen? Die wiegt keine fünfzig Kilo und reicht mir bis hier.« Er hielt seine waagerechte Hand auf Schulterhöhe. »Der Hund wurde totgetreten, es gab Fußspuren in der Blutlache und weitere blutige Fußabdrücke im Flur, hin und her. Das war niemals die Basch. Ob etwas gestohlen wurde, konnte sie in der Aufregung nicht sagen. Wir haben Kübler angerufen, er solle die Kriminaltechnik rausschicken, aber der hat uns bloß zurückbeordert.«

»Seid ihr denn von allen guten Geistern verlassen? Wo ist der Bericht? Ich will sofort den Bericht sehen.« Neumann raste vor Wut. »Kübler kann sich warm anziehen, ganz warm.«

Dann stapfte er rüber zum Haus, ohne sich auch nur einmal umzusehen.

Queck wandte sich an Tom und Britta, die etwas konsterniert dastanden. »Kübler ist der Einsatzstellenleiter in Geilenkirchen. Er hält die Basch für komplett irre. Er sagt, früher hätte man die als Hexe verbrannt.«

»Was war mit der Tür?«, fragte Tom noch einmal.

»Jeder Oberschüler knackt so ein Schloss mit einem Draht oder Schraubendreher. Mir sind frische Kratzspuren aufgefallen«, erklärte Queck.

»Ich bin nach Dienst noch einmal zurück«, fügte Höller etwas verlegen hinzu. »Ich wollte Frau Basch helfen, mit dem toten Hund, meine ich.«

Queck sah ihn überrascht an. »Was bist du?«

»Ja, ich bin noch einmal zurück. Was sollte Frau Basch denn machen mit dem Riesenvieh?«, verteidigte sich Höller. »Ich habe ihr geholfen, den Hund zu begraben, hinten im Garten.«

»War der Junge abends da?«, fragte Britta.

»Ja, der war auch da, aber Frau Basch hat ihn den Hund nicht sehen lassen. Als ich kam, hatte sie auch schon sauber gemacht und den Hund in den Garten gezerrt. Sie hat immerzu geweint.«

»Was war das für ein Hund?«, wollte Tom wissen.

»Ein Riesenvieh. Ich glaube, ein Neufundländer oder so«, sagte Queck.

»Tritt man den einfach so tot?«, fragte Britta.

Tom zuckte die Achseln. »Wenn man kräftig gebaut ist und weiß, wie man es macht, wahrscheinlich schon. Aber trotzdem, dass jemand mit einer derartigen Brutalität vorgeht, ist richtig unheimlich.«

Britta nickte und betrachtete das Haus, das selbst jetzt im Herbst, bei Schnee und Sturm, äußerst anheimelnd und gemütlich wirkte, ein wahres Refugium. Sie versuchte sich vorzustellen, was eine solche Intervention in ihrem eigenen Zuhause bei ihr ausgelöst hätte. Kein Wunder, dass Emma Basch völlig fertig gewesen war. Da hätte sie auch geheult.

Neumann ließ die Leiche des Hundes ausgraben, die Emma Basch in eine Decke gewickelt hatte. Es handelte sich tatsächlich um einen Neufundländer, ein gewaltiger Hund. Kein Wunder, dass Höller gemeint hatte, Emma Basch mit dem Riesenvieh helfen zu müssen. Neumann untersuchte den Hund und entdeckte am Kopf hinter einem der Ohren einen Einschuss. Daraufhin wurde die Leiche zur Obduktion und vor allem zur Sicherstellung der Kugel in die Gerichtsmedizin geschickt. Den Kriminaltechnikern war es auch ohne Weiteres gelungen, mit Luminol die tatsächlich umfassenden Blutspuren wieder sichtbar zu machen und so einen Fußabdruck nehmen zu können. Das einfache Bartschloss an der Hintertür wies, wie Queck gesagt hatte, tatsächlich relativ frische Kratzspuren auf.

Tom fuhr mit Britta zurück nach Heinsberg. Neumann hatte ihnen ein preiswertes, aber akzeptables Hotel genannt. Sie würden erst mal ihre Sachen dorthin bringen, während Neumann den Einsatzstellenleiter Alfons Kübler »faltete«, wie er sich ausgedrückt hatte.

Tessin

Das mit Rös' Informanten war eine böse Schweinerei. Hoffentlich kamen Rös und seine beiden Mädels, wie dieser seine Frau Anette und seine Tochter Eva nannte, heil da raus.

Das Tal machte eine imposante Kurve nach Süden, und die Straße verlief jetzt höher am Hang. Als der Toyota die weite Biegung nahm, tauchte das ehemalige Kloster am Talende auf. Im typischen Tessiner Stil aus Bruchsteinen erbaut, erhob sich ein stumpfer, kurzer Turm über einer kleineren Anzahl von Gebäuden, die mehr oder weniger im Geviert angelegt waren. Es war nicht wesentlich größer als ein durchschnittlicher rheinischer Vierkanthof, aber es lag schöner, das musste Schlesinger zugeben. Als die Gebäude auftauchten, hatte er kurz angehalten, aber da sich nichts rührte, fuhr er zügig weiter. Das Kloster war mit einer gut drei Meter hohen Mauer umgeben, in die zur Straße ein Torbogen eingelassen war. Der eine Flügel des Tores stand offen, der andere war geschlossen. Unmittelbar vor dem Kloster gab es einen kleinen Platz mit ein paar alten und recht beeindruckenden Maronenbäumen. Schlesinger parkte.

Das Kloster mit dem kurzen Namen wirkte alt, aber nicht ungepflegt. Und aktuell menschenleer, aber das konnte auch am Wetter liegen. Als Schlesinger ausstieg, wirbelte ihm der kalte Wind Laub um die Füße. Durch kurzes Anlegen des Ellbogens vergewisserte er sich, dass die Sig im Halfter steckte, dann ging Schlesinger auf den Torbogen zu. Was auch immer Agatha und Andrea Beltramini dazu getrieben haben mochte, sich hier niederzulassen, es war nicht der Drang nach schierem Vergnügen. Schlesinger betrat den Innenhof. Eine V-Klasse von Mercedes parkte auf der linken Seite des Hofes. Ein paar alte Mandelbäume trotzten zwischen den Mauern noch dem Herbst und hatten kaum Laub verloren. Schlesinger blickte sich um. Jedes Gebäude hatte eine Tür, aber keines hatte so richtig das Zeug zum Haupthaus. Einzig die kleine Kapelle schloss er aus. Schlesinger gewahrte eine Bewegung hinter einem der Fenster, und wenig später lugte eine junge Frau aus einer der Türen. Die Köpfe zweier weiterer Frauen erschienen hinter ihr. Dann – schlagartig – verschwanden alle drei, noch bevor er sie ansprechen konnte. Aber jetzt kam Bewegung in den Laden. Im gegenüberliegenden Gebäude öffnete sich ebenfalls die Tür, und ein ältlicher Mann schaute nun in den Hof. Schlesinger kam sich allmählich wie ein Zootier vor. Er winkte, und der Mann winkte zurück. Jetzt entschloss Schlesinger sich zu proaktivem Verhalten.

»Guten Tag«, rief er auf Deutsch. »Können Sie mir sagen, wo ich Andrea Beltramini finde?«

Der Mann starrte ihn an.

»Signore Beltramini? Dove …?« Verdammte Hacke, so kam er nicht weiter.

Urplötzlich erklang aus dem Haus ein energischer Wortschwall, und eine Frau um die fünfzig erschien in der Tür des Gebäudes. Sie war von kräftiger Statur, trug einen Kittel wie früher Schlesingers Mutter, und ihre Haare waren erheblich ergraut. Die Frau starrte ihn an, dann kam sie auf ihn zu.

»Signora Beltramini?«, fragte Schlesinger auf gut Glück.

»Ja, das bin ich«, antwortete die Frau gar nicht einmal unfreundlich. »Haben Sie sich verfahren, oder was? Das kommt schon mal vor, seit es diese Navigationssysteme gibt. Verrückt, aber wahr.«

»Nein, ich wollte zu Ihnen, wenn es recht ist.« Schlesinger überlegte fieberhaft. Er hatte sich gar keine Geschichte zurechtgelegt, idiotisch. Mit dem Erbe konnte er den Leuten ja schlecht kommen. Das wäre mehr als unethisch.

»Wer sind Sie denn?« Agatha Beltramini musterte ihn aufmerksam. »Sie sind aus Deutschland, oder?«

»Ja, das ist richtig. Mein Name ist Schlesinger. Ich … äh … ich komme von meiner Bank. Ihr Bruder Andrea hat vor zwei Jahren ein Konto bei uns eröffnet. Leider ist etwas mit der Identifikation unklar. Wir müssten noch einige Daten einholen.«

»Und dafür kommen Sie extra hierher?«

Schlesinger verbeugte sich leicht. »Das gehört zu unserem Service. Leider kamen unsere Schreiben an die angegebene Adresse in Caslano immer zurück. Somit bin ich beauftragt,

Ihre aktuelle Adresse zu ermitteln, eigentlich die Ihres Bruders, und die fehlenden Daten einzuholen.«

Agatha schüttelte, immer noch ungläubig, den Kopf.

»Gehört zum Service? Man kann nur staunen! Aber mein Bruder kann kein Konto eröffnet haben. Ich muss leider sagen, dass mein Bruder dazu gar nicht in der Lage ist.«

»Was meinen Sie damit: ›nicht in der Lage‹? Ist er krank?« Schlesinger fühlte sich nicht wohl in seiner Rolle.

Heinsberg

Britta sah aus dem Fenster ihres Hotelzimmers. Das Zimmer war im Großen und Ganzen okay, Mittelklassehotelschick eben, aber sie würde wohl nie begreifen, warum manche ihrer Freunde oder Kollegen gern auf Dienstreisen gingen. Für sie war das beinahe Höchststrafe. Seit der Scheidung war ihr kleines Haus so etwas wie ihr Kokon, ihr Refugium. Wieder dachte sie darüber nach, wie sie sich in Emma Baschs Situation gefühlt hätte. Auch wenn ihr nie etwas Vergleichbares passiert war, wusste sie aufgrund ihrer beruflichen Erfahrung, dass das Schlimmste bei einem Einbruch für die Opfer das Eindringen in den eigenen privaten Schutzraum war und weniger der finanzielle Schaden. Bei Emma Basch war jedoch noch der Tod des geliebten Hundes hinzugekommen, eine entsetzliche Gewalttat, die sie tief erschüttert hatte und nach der sie sich in ihren eigenen vier Wänden nicht länger wohlgefühlt haben konnte. Und kurz darauf war ihr Kind entführt worden. Britta wusste nicht, was stärker wog, die Wut auf den Täter, das Mitgefühl für Emma Basch oder die eigene Hilflosigkeit.

Der Schnee war offenbar gekommen, um zu bleiben. Der kleine Platz vor dem Hotel war bereits schneebedeckt, die Bänke, die unter den im Kreis angeordneten Robinien standen, wirkten wie mit Laken verhüllte Möbel, die auf die nächste Sommersaison warteten. Britta spürte, dass ihr der Magen knurrte. Sie wusste, dass Tom noch einige Telefonate führen wollte, er hatte sie allerdings nicht gefragt, ob sie später zusammen etwas essen gehen sollten, sondern nur mit ihr verabredet, dass sie um sechzehn Uhr gemeinsam zurück ins Präsidium fahren wollten. Britta sah auf die Zeitanzeige ihres Handys, sie hatte noch fast zwei Stunden Zeit. Zeit genug, um etwas zu essen und einen kleinen Stadtbummel zu machen.

Vor dem Hotel blieb sie kurz stehen, um die frische, klare Luft in sich aufzunehmen und sich kurz zu orientieren.

»Willst du auch einen Happen essen?«

Britta wandte sich um. Tom stand neben ihr und lächelte sie an. »Gehen wir zusammen?«

»Ja, gern«, sagte Britta. »Ich habe nur keine Ahnung, wo wir etwas finden.«

»Kein Problem, ich habe eben an der Rezeption nachgefragt. Die Straße runter gibt es ein paar Cafés, wo man Sandwiches und kleine Gerichte bekommt. Und ganz in der Nähe soll es auch einen akzeptablen Chinesen geben.«

»Suppe und Frühlingsrolle wären jetzt genau richtig«, sagte Britta. »Mir ist nämlich aktuell total kalt.«

»Mir auch, ich habe auch wenig geschlafen in der letzten Zeit.« Sie gingen schweigend nebeneinander ein Stück weit die Straße entlang, bis Tom schließlich sagte: »Mir ist das unheimlich an die Nähte gegangen, dass nicht nur der kleine Jonas nicht aufzufinden ist, sondern auch noch seine Mutter ermordet wurde.« Er vergrub die Hände in den dünnen Pattentaschen seiner Uralt-Cordjacke. »Ich habe das Gefühl, versagt zu haben.«

Britta blickte ihn überrascht an. Ein derartiger Seelenstriptease von Kollegen, das war neu für sie. Aber wenn sie ehrlich war, fühlte sie sich genauso: wie ein Versager.

»Mir geht es ähnlich. Wenn Alexa Liebermann lediglich an den Folgen ihres Unfalls gestorben wäre, wäre das schon schlimm genug gewesen. Aber so?«

»Ich weiß schon. Ich glaube, Thierry Neumann fühlt sich auch nicht besser. Da ist ordentlich was schiefgegangen.«

»Ehrlich gesagt hätte ich nach dem Einbruch auch nicht damit gerechnet, dass beinahe im nächsten Moment das Kind des Opfers entführt wird.« Sie zuckte die Schultern. »Ex post kann man immer leicht sagen: Hättet ihr doch … Wer hätte das vorhersehen können?«

Tom nickte. »Aber man fühlt sich nicht unbedingt besser, nur weil andere auch Fehler machen.«

»Ich habe mich heute Morgen gefragt, ob wir nach dem Mord an Heidi Rother nicht alarmiert hätten sein und Alexa Liebermann besser schützen müssen? Aber wie, wenn man selbst nicht an sie herankommt auf der Intensiv?«

»Ein Krankenhaus ist auch nicht gerade der geeignetste Ort für

Personenschutz«, meinte Tom. »Justus hat mir gesagt, dass Frau Kowlaszic, die Pflegerin von der Caritas, ausgesagt hat, dass sie in der Mordnacht von Heidi Rother angerufen wurde und diese ihr gesagt habe, dass sie am nächsten Morgen nicht zu kommen brauche. Frau Kowlaszic meinte, das sei ihr gleich komisch vorgekommen. Hätte sie bei der Kripo angerufen, wäre vielleicht alles anders gekommen.« Er fuhr sich müde mit der Hand durch die schneebeflockten Haare. »Hier ist der Chinaladen. Was meinst du?«

Im Präsidium erwartete Thierry Neumann sie im Besprechungsraum. Außer ihm war auch noch Höller anwesend, der mit etwas unbehaglichem Gesicht an einem der kleinen Tische saß, durch die der Raum ein wenig wie eine Schulklasse wirkte.

»Herr Höller wird uns ein bisschen was über Frau Basch erzählen, da er sie mehr als einmal gesehen hat«, erklärte Neumann, während er den Beamer startete. »Unser werter Einsatzstellenleiter Alfons Kübler hat mir Rede und Antwort gestanden. Küblers Frau war bei Emma Basch Patientin oder wie Sie das nennen wollen. Sie hat von ihr den Rat bekommen, ihren ›herrschsüchtigen‹ Ehemann zu verlassen, was sie dann auch prompt in die Tat umgesetzt hat. Seitdem ist ›Don Alfonso‹, wie ihn seine Untergebenen nennen, auf Frau Basch nicht mehr sonderlich gut zu sprechen.«

»Das erklärt einiges«, sagte Tom.

»Vielleicht, aber das Ganze ist trotzdem ein Skandal. Ich will mir gar nicht vorstellen, was passiert, wenn die Presse Wind davon bekommt.« Neumann nahm seine Brille ab und rieb für einen Moment seine Nasenwurzel zwischen Daumen und Zeigefinger. Dann setzte er sich an einen der Tische, auf dem ein Laptop stand. Höller stand auf und teilte mehrere Blatt Papier an die Anwesenden aus.

»Das sind die Ausdrucke der angeforderten Telefonverbindungen«, erklärte Neumann. »Ich möchte – auch wenn ihr in groben Zügen Bescheid wisst – noch einmal die zeitlichen Abläufe des Falls ›Basch‹ mit euch durchgehen. Vielleicht liefert ja auch das Auffinden des Autos neue Anhaltspunkte, aber bis die Untersuchungen der Spurensicherung abgeschlossen sind, sollten wir uns noch einmal mit dem beschäftigen, was uns zum jetzigen Zeitpunkt bekannt ist.« Neumann räusperte sich und rief ein Foto von Aaron Basch auf. Die Ähnlichkeit mit Jonas Liebermann war nicht von der Hand zu weisen.

»Über den Vorfall, der dem Verschwinden von Aaron vorausgegangen ist, haben wir ja heute Morgen gesprochen. Bitte bedenkt, dass den leitenden Beamten zum damaligen Zeitpunkt der Einbruch in Emma Baschs Haus zunächst nicht bekannt war. Aaron verschwand – auch das hatte ich erwähnt – am späten Vormittag aus der Kita. Eine groß angelegte Suchaktion blieb zunächst erfolglos. Bereits in den ersten Stunden nach Aarons Verschwinden meldeten sich unabhängig voneinander mehrere Elternpaare, die berichteten, dass Aaron nicht das erste Kind wäre, das unter der Aufsicht der Betreuerinnen abhandenkam. Teilweise hatten die Eltern ihre Kinder danach aus der Kita abgemeldet. Ein Kind war auch erst nach mehrstündiger Suche gefunden worden. Es hat auch Entlassungen gegeben. So gesehen gab es erst mal keinen Anlass, an ein Verbrechen zu denken.« Er räusperte sich. »Nun ja.«

»Hat Frau Basch den Vorfall nicht sofort erwähnt?«, fragte Britta überrascht.

»Nein, sie hat selbst nach Aaron gesucht, bis in die Nacht. Dann endlich konnten wir sie mit Hilfe eines Notfallseelsorgers davon überzeugen, nach Hause zu fahren und bis zum nächsten Morgen zu warten. An diesem Morgen wurden die Gewässer der Umgebung abgesucht, teilweise mit Tauchern. Frau Basch kam tags darauf in aller Frühe zum Präsidium, um sich nach dem Stand der Suchaktion zu erkundigen.« Neumann rief ein weiteres Foto auf, das Emma Basch zeigte. Offensichtlich handelt es sich um ein Passfoto, da Emma Basch etwas angestrengt in die Kamera sah. »Emma Basch ist neununddreißig Jahre alt und stammt aus Kleve, lebt aber seit fünfzehn Jahren in der Gegend. Zunächst arbeitete sie in einer Gemeinschaftspraxis von Heilpraktikern hier in Heinsberg, vor knapp drei Jahren machte sie sich dann in Geilenkirchen mit ihrer ›Seelenschule‹ selbstständig.«

»Seelenschule?«, fragte Tom etwas ungläubig.

»So nannte sie ihr Unternehmen. Kurz nach Eröffnung der Praxis kaufte sie den kleinen Hof. Der war ziemlich runtergekommen, aber nach Aussage einiger Handwerker aus der Nachbarschaft hat sie nur bei der Reparatur des Daches Hilfe in Anspruch genommen. Alles andere hat sie im Laufe der letzten Jahre selbst renoviert. Vor zwei Jahren dann wurde Aaron geboren. Den Namen des Vaters hat sie in der Geburtsurkunde nicht angegeben. Auch den Kollegen gegenüber hat sie nie den Namen des Vaters erwähnt. Sie hat nur einmal gesagt, er sei verheiratet gewesen und mittlerweile verstorben.«

»Wie bei den anderen«, warf Britta ein.

»Ja, mit Ausnahme von Alexa Liebermann«, ergänzte Tom. Er hatte sich vorgebeugt und betrachtete das Gesicht von Emma Basch eingehender. Eine schöne Frau, ganz ohne Frage, mit großen dunklen Augen und langem, ebenfalls dunklem Haar.

»Hatte sie einen Freund?«, fragte Britta.

»Soweit wir wissen, nicht. Nach Aussage der Nachbarn lebte sie allein, sie haben auch nie jemanden gesehen, mit dem sie hätte zusammen sein können. Das wurde uns auch von Patienten bestätigt. Allerdings haben alle übereinstimmend ausgesagt, dass sie eine nette und patente Frau gewesen sei. Ich habe die Ermittlungen seit dem Bekanntwerden ihres Verschwindens übernommen und mit vielen Leuten im Ort gesprochen.«

»Warum wurde nichts unternommen, als sie von dem Überfall berichtete?«, fragte Tom.

»Weil unsere Rückfrage bei Kübler ergab, dass das Ganze ein Hirngespinst wäre.« Man merkte, wie schwer es Neumann fiel, von »wir« zu sprechen.

»Es ist ohnehin fraglich, ob es etwas geändert hätte, wenn der Einbruch und der Tod des Hundes ernst genommen worden wären«, gab Britta zu bedenken. »Ich hätte eine Gefährdung des Kindes nach dem Einbruch nicht in Erwägung gezogen. Ihr?«

»Nein. Wir können nicht jeden, bei dem eingebrochen wurde, anschließend dauerüberwachen«, sagte Tom.

»Aber nach der Entführung von Aaron hätten wir ein Auge auf Frau Basch haben können«, mischte sich Höller ein. Neumann sah ihn etwas konsterniert an, und Höller senkte verlegen den Blick.

Britta nickte ihm aufmunternd zu. »Ich sehe das ganz ähnlich. Ich wäre auch froh, wenn wir stärker für Alexa Liebermanns Sicherheit gesorgt hätten. Im Nachhinein glaube ich, dass ihr Tod von Anfang an geplant war.« Britta stand auf und ging zum Whiteboard hinüber, auf dem noch immer alle bisherigen Taten chronologisch aufgelistet waren. »Tatsächlich ergibt sich aus der Ermordung der Mütter ein Muster. Hier haben wir die Fälle ›Wenninger‹ und ›Hamacher‹. Bei beiden wurde die Mutter bei der Entführung ihrer Kinder ermordet. Wir haben bisher angenommen, dies wäre geschehen, weil die Mütter versucht haben, ihre Kinder zu schützen. Das ging ja auch so aus der Spurenlage hervor. Aber mittlerweile glaube ich, dass die Mütter in jedem Fall ermordet werden sollten. Nehmen wir Alexa Liebermann und auch ihren Bruder Sebastian. Angesichts der Schwere des Unfalls gingen die Täter davon aus, dass Sebastian und Alexa nicht überleben würden. Möglich ist aber auch, dass der Unfall gar nicht als solcher geplant war. Vielleicht wollten die Täter den anderen Wagen auch nur zum Anhalten zwingen, um Jonas zu entführen und Alexa und Sebastian zu ermorden. Vielleicht konnten sie ihr Werk auch nicht zu Ende bringen, weil sie bemerkten, dass sich ihnen ein anderer Wagen, der des Zeugen Klaus Karling, näherte. Als sie mitbekamen, dass Alexa Liebermann überlebt hatte und sich auf dem Weg der Besserung befand, wurde sie getötet.«

»Das heißt, er hat Alexa überwacht. Verdammt, du hast recht. Er muss die ganze Zeit über in ihrer Nähe gewesen sein«, sagte Tom.

»Oder er hatte einen brauchbaren Informanten in ihrer Umgebung, zum Beispiel direkt vor Ort, im Krankenhaus«, ergänzte Britta.

»Was ist mit Ben Liebermann?«, fragte Neumann.

»Er hat für den Zeitpunkt des Unfalls und auch während der meisten anderen Taten ein wasserdichtes Alibi«, wehrte Tom ab. »Aber wie kommt es, dass auch Heidi Rother erst später getötet wurde?«

»Ich vermute, weil das Szenario in Walsum nichts anderes zuließ. So, wie Justus es geschildert hat, hätten sämtliche Nachbarn etwas beobachten können. Frau Rother zu töten hätte wohl viel

Aufsehen erregt«, mutmaßte Britta. Jetzt war auch Tom aufgestanden. »Der – oder die – Mörder müssen glauben, dass die Mütter etwas wissen, das ihm schaden könnte.«

»Und die Väter wissen es nicht«, warf Neumann ein. »Denn Simon Gens wusste ja anscheinend nicht, weshalb der Anschlag auf seine Lebensgefährtin und die Entführung seines Sohnes verübt worden war.«

Toms und Brittas Blicke kreuzten sich.

»Oder er ist deswegen untergetaucht«, sagte Britta müde.

»Aber was kann es sein? Frau Basch hätte ja zur Polizei gehen können. Heidi Rother hat ja zuerst auch nicht mit uns gesprochen.«

»Aber sie wusste etwas«, sagte Britta langsam. »Justus Müsse hatte gleich den Eindruck – oder eher so ein Gefühl. Schwer zu sagen, meinte er.«

»Und warum sind einige der Kinder getötet worden und andere nicht?«, fragte Neumann.

»Vielleicht haben wir ihre Leichen nur noch nicht gefunden. So wie die von Emma Basch und Simon Gens, wenn wir Pech haben«, entgegnete Britta.

»Auf Ben Liebermann gab es ebenfalls einen Anschlag, und mittlerweile ist auch er verschwunden«, ergänzte Tom.

Neumann starrte ihn an. »Davon hast du noch nichts erzählt. Seit wann?«

»Es steht noch nicht sicher fest. Ich wollte heute Morgen mit ihm sprechen, aber er war nicht zu Hause. Wir hatten einen Wagen vor der Tür, aber die haben ihn nicht gesehen. Sein Mobiltelefon ist abgeschaltet. Wie ich heute Mittag informiert wurde, ist er bislang auch noch nicht wieder aufgetaucht.«

»Was wissen wir noch von Emma Basch?«, wandte sich Britta an Höller. »Kannten Sie sie schon vor dem Einbruch?«

»Nur flüchtig, aber sie war nicht gerade der ängstliche Typ, eher tatkräftig. Deshalb habe ich sie und ihre Angst auch ernst genommen«, antwortete der.

Neumann nickte zustimmend. »Das haben fast alle Zeugen ausgesagt. Außer Kübler«, sagte er mit leichtem Zähneknirschen.

»Hat sie Familie?«, fragte Britta. »Was haben die gesagt?«

»Mutter und Schwester hat sie. Wir haben sie direkt kontaktiert, als Emma Basch vermisst wurde. Die Vermisstenmeldung wurde von einer Nachbarin eingereicht, die nach dem Rechten sehen wollte, da sie wusste, dass Aaron verschwunden war. Als sie Emma immer wieder nicht angetroffen hat, wandte sie sich an die Polizei. Zum Glück nicht an Kübler. Die Mutter ist auch gleich hergekommen, aber nach zwei Tagen wieder abgereist. Sie hat einen kleinen Hof und konnte die Tiere nicht länger allein lassen. Sie wohnt bei Kleve.«

Tom, der sich wieder den Telefonlisten gewidmet hatte, blickte auf. »Kleve? Wo genau?«

Neumann sah ihn überrascht an. Er nahm das Dossier auf und überflog ein paar Seiten.

»Düffelward. Das ist ein Stück östlich von Kleve, am Altrhein.«

Tom schnalzte mit der Zunge. »Bingo!«

Er ging nach vorne, breitete die Telefonliste vor Neumann auf dem Tisch aus und bedeutete den anderen, ebenfalls zu ihnen zu kommen. Britta konnte sehen, dass er auf einer Seite der Liste zwei Punkte mit dem Rotstift eingekreist hatte.

»Die Kollegen in Duisburg haben die Telefonverbindungen von Heidi Rother nach dem Auffinden der Leiche ihrer Tochter schon einmal überprüft. Sie telefonierte fast ausschließlich mit dieser Praxis, in der sie als Heilerin arbeitete. Aber hier …« Er deutete mit dem Zeigefinger auf die markierten Punkte. Bei beiden handelte es sich um dieselbe Nummer. »Laut dieses Protokolls hat Heidi Rother zehn Tage vor dem Verschwinden ihrer Tochter fast fünfundvierzig Minuten mit diesem Anschluss gesprochen. Sie wurde angerufen, der Anruf kam abends um zwanzig Uhr fünfunddreißig. Zwei Tage später hat sich der Anrufer noch einmal gemeldet, allerdings dauerte der Anruf diesmal nur fünf Minuten. Die Duisburger Kollegen konnten jede Nummer identifizieren, nur diese nicht.«

»Was ist das für eine Vorwahl?«, fragte Britta.

»Die von Holland«, antwortete Neumann. »Das ist eine niederländische Mobilnummer.«

»Richtig«, sagte Tom. »Die niederländischen Kollegen wurden gebeten, den Anrufer zu identifizieren. Leider vergeblich. Es handelt sich um ein nicht registriertes Prepaid-Handy. Der Nutzer ist nicht bekannt.«

»Ich hab's geahnt«, sagte Neumann resigniert.

»Das ist noch nicht alles«, sagte Tom. »Heute Morgen habe ich die Kollegen in Duisburg gebeten, mir trotzdem die Zelleninfos mitzuteilen. Beide Anrufe wurden hier in der Gegend getätigt.«

Tom ging zurück zu dem Tisch, an dem er bis eben gesessen hatte, blätterte in seinen Unterlagen und kehrte mit einer Karte, in der die Mobilfunkzellen in der Gegend um Heinsberg verzeichnet waren, zu ihnen zurück. Zwei Zellen waren markiert.

»Ich werd verrückt«, rief Neumann. »Das ist in der Nähe der Kita, aus der Aaron Basch verschwunden ist.« Er zeigte auf eine der beiden Zellen.

»Das war der zweite Anruf. Der kürzere«, sagte Tom. »Und diese Zelle?«

Höller starrte ihn an. »In dieser Gegend wohnt Emma Basch.«

»Also gibt es eine konkrete Verbindung zwischen Emma Basch und Heidi Rother«, triumphierte Britta. Das kam ihr tatsächlich wie ein Durchbruch vor.

»Es kommt noch besser.« Tom holte eine zweite Liste von seinem Tisch. »Ich habe diese Nummer noch einmal gefunden.«

»Wo?«, fragte Neumann. »Bei Alexa?«

»Nein, aber bei Sebastian Liebermann. Ich wette, wir finden bei den Verbindungsnachweisen von Emma Basch einen Anruf von Liebermann oder eine E-Mail. Oder zumindest eine nicht zu identifizierende Prepaid-Verbindung.«

»Woher hast du die Daten von Liebermann?«, erkundigte sich Britta.

»Von Justus. Ich habe ihn heute Mittag darum gebeten. Er hat mir die Datensätze zugemailt.«

»Wann war der Anruf bei Liebermann?«, fragte Neumann gespannt.

Tom grinste, als hätte er im Lotto gewonnen. »Letzten Samstag.«

»Da war Liebermann seit zwei Tagen tot«, sagte Britta.

»Das ist die aktualisierte Liste der Telefonverbindungen von Heidi Rother, sie geht bis heute um vierzehn Uhr.« Tom wies auf das Datum. »Die erste Liste, die ich gesehen habe, umfasste lediglich alle Verbindungen bis zu dem Tag nach dem Fund von Natascha. Auf dieser Liste ist die unbekannte Nummer allerdings noch einmal verzeichnet. Heidi Rother wurde letzten Mittwoch noch einmal angerufen. Ganz kurz, keine Minute. Ich nehme an, sie hat sich geweigert, mit dem Anrufer zu sprechen, oder sie war gerade nicht dazu in der Lage.«

Höller reagierte als Erstes. »Letzten Mittwoch galt Emma Basch als vermisst.«

»Dann kann sie es nicht gewesen sein«, sagte Neumann enttäuscht.

»Vielleicht doch«, sagte Britta. »Wir haben tatsächlich keinen Beweis dafür, dass Emma Basch nicht mehr am Leben ist.«

»Eben, und das wollte ich euch sagen. Der Anruf wurde nämlich in diesem Düffeldings bei Kleve getätigt.«

»Ich kann nicht ganz folgen«, sagte Neumann langsam. »Wir können nur vermuten, dass das Prepaid-Handy Emma Basch gehört. Wieso sollte sie überhaupt ein niederländisches Prepaid besitzen? Wir haben eine Annahme. Warum beweist das jetzt, dass Emma Basch noch lebt?«

»Das Handy ist erst fünf Tage vor dem Einbruch in Frau Baschs Haus erstmals in Betrieb genommen worden. Das geht aus den Verbindungsnachweisen des Providers hervor«, erklärte Tom.

»Und wenn das Handy jetzt von Düffelward aus benutzt wird, hat entweder Emma Baschs Mutter es gefunden und mitgenommen«, folgerte Neumann, »oder Emma hat sich verdrückt, weil sie ahnte, dass sie in Gefahr ist.« Er schlug Tom auf die Schulter. »Du hast recht, das könnte passen. Es macht Sinn.«

Britta ließ sich wieder auf einen der Stühle fallen. Mit einer solchen Entwicklung hatte sie nicht gerechnet. Wenn Emma Basch noch lebte!

Tessin

Im Tal von Santa Anna plumpste die Sonne hinter das westliche Gebirgsmassiv und nahm dem ohnehin eisigen Spätoktobertag damit das letzte Quäntchen Wärme.

Agatha Beltramini begann in ihrer Strickjacke zu frösteln.

»Kommen Sie herein! Ich mache uns eine Tasse Kaffee, und ein paar Nussringe habe ich auch noch. Dann sind Sie den weiten Weg nicht nur wegen der Adresse hergekommen.«

Schlesinger machte die vertraute Bewegung, um die Sig zu spüren, und nickte bereitwillig. »Zu einer Tasse gutem Kaffee sage ich nie Nein. Aber danach muss ich wieder los, die Straße ist nicht ohne. Man hat auch Schnee angesagt.«

Agatha Beltramini geleitete ihn durch die Tür, durch die sie eben in den Hof gekommen war. Typischerweise gab es drinnen einen langen und dunklen Flur, von dem verschiedene Türen abgingen. Schlesinger war froh, dass Agatha gleich die erste zur Linken öffnete. Er spürte wachsendes Unbehagen, ohne dass er hätte sagen können, ob es mit den Wendungen, die dieser Fall genommen hatte, zusammenhing, oder ob sein Bauchgefühl ihn vor diesem Ort warnte. Der Raum entpuppte sich als große Küche. Die Einrichtung war zweckmäßig, die Küchenmöbel hätte Schlesinger auf späte Achtziger geschätzt. Davon ausgenommen war ein großer Tisch, der wahrscheinlich aus dem Refektorium des Klosters stammte. Am Tisch saßen mehrere junge Frauen und tranken Kaffee. Einige saßen still da, andere unterhielten sich. Schlesinger konnte nichts verstehen, aber es waren osteuropäische Sprachen, da war er sicher. Russisch, Polnisch, Bulgarisch vielleicht. Eigentlich hatte er keine Ahnung. Aber eine seltsame Ansammlung in dieser Tessiner Exklosterküche blieb es dennoch.

Agatha scheuchte die jungen Frauen mit energischem Italienisch hinaus. Während sie die Tassen zusammenräumte, schimpfte sie abwechselnd in zwei Sprachen über die »unordentliche Bande«.

»Was sind das für Mädchen?«, fragte Schlesinger beiläufig.

»Ach, was weiß ich«, antwortete Agatha unwirsch, um dann

doch fortzufahren: »Au-pair-Mädchen, Putzhilfen, Kinderfrauen, Altenpflegerinnen, all so was. Sie kommen aus dem Osten, sprechen kein Wort Deutsch oder Italienisch. Sie bleiben ein paar Tage, dann werden sie abgeholt. Eine Agentur vermittelt sie.«

»Eine Agentur?«

Schlesinger dachte eher an Mädchenhandel, vielleicht Prostitution. Aber er hatte schon Mädchen gesehen, die mit Versprechungen, gegen Geld oder mit Gewalt aus Osteuropa hierher in den Westen gebracht wurden. Diese sahen anders aus. Man schien sie nicht unbedingt aufgrund ihres Aussehens ausgewählt zu haben. Dies war eher ein Querschnitt normaler junger Frauen. Vielleicht stimmte die Au-pair-Variante doch.

»Ja, eine Agentur. Ich versorge die Mädchen: Mahlzeiten, Waschen, Sie wissen schon. Die jungen Dinger verstehen mich nicht, ich sie nicht. Aber sie sind auch nie lange da. Mal drei Tage, mal zwei Wochen, mal einen Monat. Im Sommer genießen sie die schöne Gegend. Unten im Tal gibt es sogar einen kleinen See.« Sie machte eine unbestimmte Handbewegung. »Jetzt ist es für sie hier schon erheblich langweiliger.«

»Und Ihr Bruder?«

»Richtig, Andrea, deswegen waren Sie ja den weiten Weg heraufgekommen. Kaffee?«

Schlesinger nickte. »Mit Milch und Zucker, bitte.«

Schlesinger nahm am Tisch Platz, und Agatha stellte ihm einen Becher Kaffee und Plätzchen hin. Sie goss ihm und sich selbst ein und setzte sich mit leisem Ächzen Schlesinger gegenüber.

»Wie war das mit Andrea? Er soll ein Konto eröffnet haben?«, fragte sie.

»Ja, genau. Bei meiner Bank in Zürich. Vor etwas mehr als zwei Jahren«, sagte Schlesinger.

»Das ist seltsam. Wissen Sie, mein Bruder hatte einen Unfall als junger Mann. Er war beim Militär, ein Manöverunfall. Er ist nie mehr derselbe geworden. Er ist langsam, stolpert dauernd, auch beim Denken und Sprechen. Der Staat zahlt ihm eine kleine Rente, eine sehr kleine. Er konnte keinen Beruf lernen. Mein Bruder und ich lebten damals in Thun am See.« Sie nahm einen Schluck Kaffee. »Zum Glück trat dann diese Behinderten-Organisation an uns heran. Sie haben ganz unbürokratisch geholfen und Andrea immer eine ordentliche Unterstützung gezahlt.«

»Was für eine Organisation ist das?«, fragte Schlesinger gespannt.

»Eine Hilfsorganisation, wie gesagt, ›Dernier Recours‹. Sie helfen gemeinnützig Behinderten. In unserem Fall haben sie uns eine schöne Wohnung in Caslano am Luganer See besorgt, mietfrei wohlgemerkt. Wissen Sie, unsere Familie stammt hier aus dem Tessin. Meinem Bruder tat das milde Klima gut. Und ich bekam einen Hausmeisterposten in dem Haus. Leichte Arbeit, es waren nicht viele Wohnungen.«

»Und sonst keine Gegenleistung?«

»Nein, im Gegenteil. Sie haben sogar alle Behördengänge und Formalitäten für uns übernommen. Wir mussten uns um nichts kümmern, nur ab und zu etwas unterschreiben, aber das war es auch schon. Sie haben sich wirklich um alles gekümmert.«

»Mussten Sie manchmal den Ausweis Ihres Bruders aushändigen?«, hakte Schlesinger nach. Ihm war klar, wie das Konstrukt funktioniert hatte. »Haben Sie auch andere Menschen getroffen, denen die geholfen haben?«

Agatha Beltramini nickte. »Ja, sicher, sie brauchten auch Vollmachten für die Behördengänge.« Sie seufzte. »Bis vor zwei Jahren haben wir niemanden kennengelernt. Aber dann begann es meinem Bruder schlechter zu gehen. Er wurde aggressiv. Die Ärzte stellten fest, dass die Kugel in seinem Gehirn zu wandern begonnen hatte. Wissen Sie, er hatte eine Kugel im Kopf, die sie nicht rausmachen konnten.« Agatha machte ein unglückliches Gesicht. »Er randalierte. Ich konnte ihn nicht mehr vor die Tür lassen. Es war schrecklich! Aber auch diesmal hat uns die Organisation geholfen. Sie empfahlen mir, Andrea entmündigen zu lassen. Schließlich gaben sie uns die Möglichkeit, hierher in das alte Kloster zu kommen. Ich kümmere mich dafür um die jungen Frauen.«

»Warum wohnen die Frauen ausgerechnet hier?«, fragte Schlesinger und nahm einen Schluck Kaffee und ein Plätzchen. »Ihr Gebäck ist ausgezeichnet.«

Agatha lächelte geschmeichelt. »Ja, backen, das kann ich. Die

Mädchen … ich nenne sie immer ›Mädchen‹, eigentlich sind sie ja alle erwachsen, soweit ich weiß. Meist kann ich mich aber gar nicht mit ihnen unterhalten. Es sind Frauen aus dem Osten, aus Rumänien oder Russland und anderen Ländern, wo ich gar nicht weiß, wo sie liegen.«

»Und was machen sie hier?«, hakte Schlesinger nach.

»Oh – wie gesagt –, sie arbeiten als Au-pairs oder als normale Hausangestellte oder Kinderfrauen. Sie wohnen hier, bis sie vermittelt sind. Die Vermittlung übernimmt zum Glück auch ›Dernier Recours‹, es wird ja viel Unwesen getrieben mit so jungen Dingern. Aber bei ›Recours‹ sind sie in guten Händen.«

»Das möchte ich wetten«, sagte Schlesinger.

»Sie bleiben immer nur kurz, ein paar Wochen. Manchmal nur ein paar Tage, je nachdem, wie schnell sie vermittelt werden.« Agatha nickte sich selbst zu. Ihre Neigung zu Wiederholungen kam vermutlich von dem Mangel an Gesprächspartnern. »Und Andrea kann tun und lassen, was er will. So abgelegen, wie das hier ist. Für mich ist es natürlich recht einsam.«

»Sagten Sie nicht, Sie hätten hier andere Betroffene kennengelernt?«

»Doch, aber die sind ja auch alle … na, Sie wissen schon … krank halt. Einmal die Woche kommt ein Pfleger und manchmal ein Arzt, die sehen nach dem Rechten. Es ist schon still hier.«

Schlesinger konnte sich vorstellen, dass sie froh war, einmal mit jemandem reden zu können. Hoffentlich kam der Pfleger nicht gerade heute. Nach Rös' Anruf war er nicht sicher, ob das für ihn nicht übel enden könnte. Er erhob sich.

»Grüßen Sie Ihren Bruder von mir. Ich werde mal wieder.«

»Oh, Andrea haben Sie gesehen. Er war eben im Hof.«

Der alte Mann, richtig!

Agatha brachte ihn noch nach draußen, und Schlesinger verabschiedete sich höflich. Er musste Rös anrufen. Er brauchte Informationen über diese Recours-Kiste. Schlesinger ging durch den Torbogen zu seinem Toyota. Es war beißend kalt geworden, nach der Wärme in der Küche fröstelte er. Der Himmel hatte sich wieder stärker bewölkt, und es begann zu dämmern, obwohl es kaum halb fünf war. Er öffnete seinen Wagen mit der Fernbedienung. Wie aus dem Boden gewachsen stand der alte Mann neben dem Heck des kleinen SUVs.

Schlesinger musterte ihn im letzten Tageslicht genauer. Nein, so alt ist der noch gar nicht, etwa in meinem Alter, dachte Schlesinger. Aber Andrea Beltramini war ein zerstörter Mann, physisch und wohl auch psychisch. Sein linkes Auge fehlte, aber er trug weder eine Augenklappe noch ein Glasauge. Die Kugel hatte beim Durchschlagen der Augenhöhle auch ein Stück Knochen über dem Nasenbein weggerissen. Offenbar hatten plastische Chirurgen ihr Möglichstes getan, aber der Anblick war dennoch hart. Beltramini wirkte müde und gebeugt, und als er sich bewegte, sah Schlesinger, dass er das rechte Bein nachzog. Die rechte Hand steckte bewegungslos in der Tasche seiner Jacke, der Arm wirkte wie angeklebt.

Schlesinger nickte ihm freundlich zu.

»Arrivederci« war alles, was ihm einfiel. Wie albern, fuhr es ihm durch den Kopf.

Beltramini streckte seine Linke nach ihm aus, und Schlesinger nahm die knochige Hand, die sich überraschend warm und fest anfühlte.

»Sie fahren besser, besser fahren, gleich!« Beltramini schien sich auf jeden einzelnen Buchstaben zu konzentrieren. Er sprach langsam und mühsam. Er ließ Schlesingers Hand los und zeigte die Straße entlang. »Nicht gut hier sein. Sie sind böse.«

Schlesinger glaubte, nicht recht verstanden zu haben.

»Wer ist böse?«, fragte er rasch. Seine Augen suchten die Straße ab. Näherte sich ein Auto? Wenn, müsste man die Scheinwerfer sehen.

»Sie sind böse, Männer und Frauen. Tot. Sie machen tot«, sagte Beltramini. Er wirkte erschöpft.

»Wen? Wen machen sie tot?«, fragte Schlesinger drängend. »Die Mädchen?«

Er hatte im Gespräch mit Agatha das deutliche Gefühl gehabt, dass es sich hier um Mädchenhandel drehte. Mädchenhandel und Geldwäsche. Das passte zusammen, auch wenn er nicht wusste, wie er die Liebermanns da einordnen sollte.

»Mädchen auch«, quälte Beltramini hervor. »Andere auch.« Er öffnete die Tür des Toyotas für Schlesinger. »Sie fahren, fahren Sie jetzt!« Das Letzte kam ihm fast flüssig über die Lippen ... und angstvoll. »Passen Sie auf, wenn Lichter kommen!«

Schlesinger verstand. Wenn ihm jemand auf der Straße ins Tal entgegenkam, saß er in der Falle. Es gab noch einen letzten Rest Tageslicht, er sollte sich beeilen. Er stieg rasch ein und startete den Wagen. Beltramini trat zurück und winkte mit der Linken. Mit dem Mund formte er Worte, und Schlesinger war sicher, dass es noch einmal »Aufpassen« war. Er fuhr hastig und ohne Licht zurück auf die Straße. War er verrückt? War nicht vielmehr der Alte verrückt? Hatte das nicht seine eigene Schwester gesagt? Schlesinger nahm etwas Gas weg. Idiotisch!

Er spürte, dass seine Hände zitterten. Die Straße war verdammt unübersichtlich, gerade was die große Biegung anging. Wenn ihm da einer entgegenkam ... Schlesinger schalt sich einen Angsthasen, aber er war zu lange im Geschäft, um nicht zu wissen, dass er auf seinen Bauch hören sollte. Und der wollte hier weg.

Als er in den Schatten des Bergrückens kam, der die Kurve des Tals beherrschte, wurde es so düster, dass er zumindest das Standlicht einschalten musste. Er nahm Geschwindigkeit zurück und starrte in die Dämmerung vor sich. Hinter der großen Kurve wurde die Straße breiter. Hier kamen die Gärten oder was davon übrig war. Er dachte daran, dass er eben noch drauf und dran gewesen war, sich einen Apfel zu klauen. Er musste auch unbedingt Rös anrufen. Schlesinger langte nach dem Handy. Fast im selben Augenblick gewahrte er die Lichtfinger eines bergauf kommenden Fahrzeugs. Schlesinger bremste und sah sich hektisch um. Hier war es wieder etwas heller, da das Tal sich leicht nach Westen öffnete. Auf beiden Seiten der Straße gab es niedrige Feldsteinmauern.

Die Lichtfinger durchschnitten wieder die Dämmerung. Sie waren eine Kehre näher. Schlesinger schaltete in den Rückwärtsgang. Hinter der Kurve war Gebüsch gewesen und keine Mauer, wenn er richtig gesehen hatte. Schlesinger fuhr rückwärts, die Mauer blieb. Verdammt! Hier stand er mitten auf dem Präsentierteller. Sollte er das Auto verlassen und sich irgendwo verstecken?

Wenn sie harmlos waren, würden sie an Touristen denken, die in dieser Gegend wanderten. Wenn nicht … Schlesinger dachte den Gedanken nicht zu Ende.

Auf der linken Straßenseite hatte die Einfriedung eine Lücke. Entweder war das ein alter Zugang für Erntefahrzeuge, oder die Mauer war dem Zahn der Zeit zum Opfer gefallen. Schlesinger schaltete auf Allradantrieb und rumpelte mit dem Wagen den Hang hinauf. Die Zweige der Apfelbäume peitschten über die Scheibe, ratschten misstönend über das Blechdach des funkelnagelneuen Mietwagens. Schlesinger fuhr so weit es ging in den dicht bewachsenen Garten. Er stoppte den Motor und löschte das Licht. Unter den Bäumen versank der Toyota in der Dunkelheit.

Schlesinger sprang aus dem Wagen. Er würde hier nicht sitzen wie die Maus in der Falle, falls sie den Toyota doch gesehen hatten. Immerhin hatte er Licht angehabt, wenn auch nur Standlicht.

Schlesinger schlug einen Bogen und hastete zur Straße. Mittlerweile konnte er das Fahrzeug bereits hören. Die Fahrzeuge, korrigierte er sich, als ein Wagen nach dem anderen an ihm vorbeischoss. Drei Vans zählte er. Vielleicht holen sie die Mädchen ab, fuhr es ihm durch den Kopf. Alle auf einmal. Die Wagen verschwanden hinter der Kurve. Eigentlich dürfte man sein Licht nun nicht mehr sehen können, aber Schlesinger blieb beim Standlicht, nachdem er den RAV4 zurück auf die Straße bugsiert hatte. So schnell es bei dem schlechten Licht ging, raste er die Kehren hinab. Was, wenn ihm noch ein Nachzügler entgegenkam?

Er erreichte die Bundesstraße ohne Zwischenfälle. Schlesinger bog links ab Richtung Lugano und gab einen Seufzer der Erleichterung von sich. Mit einiger Mühe zog er sein Handy aus der Hosentasche. Er hatte Empfang, er würde als Nächstes Rös anrufen, vielleicht hatte der etwas herausgefunden. Schlesinger steuerte den Toyota in die Einmündung eines schmalen Waldwegs; als Allererstes musste er pinkeln.

Er trat hinter dem Wagen hervor. Im Ausland an der Straße in die Botanik zu pieseln war noch peinlicher als zu Hause. Und ätzend kalt war es auch. Schlesingers Blick fiel zurück auf die Bergflanke, die das Tal des Klosters vom Haupttal abtrennte. Die Scheinwerfer mehrerer Fahrzeuge fächerten ihre Lichtkegel über den Kehren auf. Die kamen ja verflixt schnell zurück. Natürlich, im Kloster hatte man sie darüber informiert, dass er da gewesen war und Fragen gestellt hatte. Schlesinger beugte sich in den Wagen und stellte die Scheinwerfer aus. Dann suchte er ein Versteck hinter einem Baum am Straßenrand. Es waren tatsächlich die drei Vans, an denen er sich schon einmal vorbeigemogelt hatte. Zwei bogen links ab, um wie Schlesinger die Straße Richtung Lugano zu nehmen, der dritte bog rechts ab nach Norden. Schlesinger fluchte. Es war zwar besser, die Kerle vor sich als hinter sich zu haben, aber unangenehm war es allemal. Vor allem, da er nicht wusste, ob es überhaupt mit ihm zu tun hatte. Vielleicht machten sie ja auch nur einen Ausflug. Oder fuhren Pizza holen. Schlesinger feixte. Kappes, sie suchten ihn, das war mehr als offenkundig. Er würde erst einmal Rös anrufen und dann sehen, ob es eine andere Straße Richtung Lugano gab.

***

»Ruedi?«

»Hallo, Hans! Was war beim Kloster?«

»Wenn du mich fragst, ein florierender Mädchenhandel.«

Rös sog die Luft ein. »Bist du sicher?«

»Nein, sicher nicht, aber ganz koscher sind die nicht. Jedenfalls haben sie gerade die Kavallerie hinter mir hergeschickt.« Schlesinger erzählte in knappen Worten von Santa Anna und den Wagen, die sich vermeintlich an seine Spur geheftet hatten. »Wenn ich mir das nicht nur alles eingebildet habe«, schloss er seinen Bericht.

»Glaube ich nicht«, entgegnete Rös.

»Hast du was rausgefunden? Über Santa Anna?«

»Ja, nicht nur über das Kloster. Ich habe heute ein paar Quellen angezapft, von denen ich sonst gern die Finger lasse. Die Geschwister Beltramini haben eine Menge Konten hier in der Schweiz. Andrea hat sechs Konten bei verschiedenen Banken, überall vergleichbare Kontenbewegungen. Agatha habe ich auch dreimal gefunden … und ich habe nur zwei Stunden Zeit gehabt.«

»Was machen die?«, fragte Schlesinger.

»Mit der Geldwäsche liegst du ganz richtig, behaupte ich mal. Santa Anna ist als Erholungsheim Teil eines Firmenkonstruktes, das nur schwer zu durchschauen ist. Heime, Kliniken, sogenannte Hilfsorganisationen … Die ganze Gruppe hängt wieder unter einem Konsortium, und dies ist Teil einer internationalen Holding. Ich weiß nicht, wer die Spinne im Netz ist, jedenfalls im Moment noch nicht. Das Liechtensteiner Konto wird leider auch eine kalte Spur sein.«

»Hast du eine Organisation gefunden, die ›Dernier Recours‹ heißt?«, fragte Schlesinger. Er klang entmutigt.

»Letzte Hoffnung? Ist das der Laden, der die Strohmänner anheuert?«

»Ja, genau, den Namen nannte zumindest Agatha Beltramini.«

Rös fuhr mit den Fingern über sein iPad. Er war sicher, dass der Name irgendwo schon einmal aufgetaucht war. Er stieß einen leisen Pfiff aus.

»Na also! ›Dernier Recours‹ gehört einem anderen Teil des Konsortiums an. Die gibt es schon richtig lange. Vielleicht …« Er stockte.

»Was?«

»Ich hab hier was, Hans. ›Dernier Recours‹ ist ein ›eingetragener Verein‹, wie ihr in Deutschland sagt. Wurde vor knapp zwanzig Jahren gegründet. Von Sergio Adamski. Das ist ein richtig dickes Ding, Hans.«

»Was meinst du? Du kennst Adamski?«

»Ja, sogar persönlich. Er hat mich einmal für ein Projekt eingestellt, bei dem es um sehr hohe Datensicherheit ging. Mir gefiel der Laden nicht. Ist aber ewig her.«

»Und?«

»Adamski ist ein dicker Fisch. Die Finanzbehörden sind seit Jahren hinter ihm her, und nicht nur die Schweizer, da sei mal sicher. Interpol lässt ihn wegen des Verdachts des organisierten Verbrechens beobachten: Mädchen, Drogen, Medikamente, die ganze Palette.«

»Aber was haben die Liebermanns damit zu tun?«, fragte Schlesinger.

»Ich habe keine Ahnung«, gab Rös zu.

Er fragte sich, ob sie die Puzzleteile vielleicht falsch zusammengesetzt hatten. Was hatte Gens mit Adamski zu tun? Was, wenn das alles nur ein Zufall war? Hatte Sebastian Schlesinger deswegen von Gens abgezogen?

»Kannst du mir die Namen von anderen Firmenteilen von Adamski nennen? Ich werde Ben Liebermann und Sebastians Sekretärin fragen, ob ihnen davon etwas bekannt vorkommt«, fragte Schlesinger.

»Du meinst, Liebermann war an Adamski dran? Scheiße! Dann wird mir einiges klar. Ich glaube nicht, dass der lange fackelt, wenn ihm einer in die Quere kommt.«

»Nein, er macht tatsächlich nicht den Eindruck. Obwohl ich nicht weiß, was das alles mit dem Jungen zu tun hat«, sagte Schlesinger.

»Abschreckung, Racheakt, da fällt mir einiges zu ein«, erklärte Rös müde.

Er dachte an seine Frau und seine Tochter. Sie waren immer noch in Zürich und warteten auf ihren Abflug. Er gab Schlesinger die Namen der Organisationen, die er gefunden hatte. Tatsächlich machte er sich wenig Hoffnung, dass der Liebermann-Bruder weiterhelfen konnte.

»Da ist noch etwas, Hans.«

»Was?« Schlesinger klang alarmiert.

»Ich wollte eben mit meinem Wagen Richtung Deutschland fahren. Er steht im Hof unseres Hauses. Ich habe ihn gesichert, du weißt schon.« Rös hatte hauchfeine Fasern über die Türen, die Motorhaube und den Kofferraum geklebt. »Sie waren am Wagen.«

»Bist du sicher?«

Rös gab einen verächtlichen Laut von sich.

»Du glaubst, sie haben den Wagen präpariert?«, hakte Schlesinger nach.

»Für Ostereier ist es noch zu früh, Hans!« Rös rieb sich die Augen. »Ich werde fliegen oder mit dem Zug fahren.«

»Mietwagen«, schlug Schlesinger vor.

»Mein Führerschein liegt im Auto, ich will nicht unbedingt die Tür öffnen.«

Rös vermutete zwar, dass eventuell Sprengstoff mit der Zündung gekoppelt war, da nur die Motorhaube, nicht aber die Tür geöffnet worden war, aber sicher war er nicht.

»Wie auch immer, aber pass auf dich auf. Bring dich lieber in Sicherheit, es lohnt nicht, dass du dein Leben riskierst«, sagte Schlesinger beschwörend.

»Dafür ist es ein bisschen spät, Hans. Ich musste meine Familie in Sicherheit bringen, mein Büro ist entehrt, ich muss das Land verlassen ... ich lass mir nicht meine Existenz ruinieren, verstehst du?« Rös war stinksauer. »Ich melde mich von einem anderen Handy, sobald ich etwas Neues weiß. Dieses schmeiße ich in irgendeinen Busch.«

***

Schlesinger fuhr zügig zurück Richtung Lugano. Die Firmennamen, die Rös ihm noch genannt hatte, waren ihm samt und sonders unbekannt. Heute Abend in der Albergo würde er versuchen, mehr über die Organisation und über Adamski herauszufinden. Er fühlte sich schlecht, weil er Rös und seine Familie in die Sache mit reingezogen hatte. Das alles entwickelte sich langsam zu einer echten Katastrophe. Die Überlegenheit, die er Ben Liebermann gegenüber an den Tag gelegt hatte, hatte sich verflüchtigt. Er musste Liebermann erreichen und ihn warnen. Er hatte die Befürchtung, dass dieser sich selbst auf die Suche nach Jonas machen könnte. Auch um Gens stand es nicht gut. Wenn er tatsächlich auf eigene Faust mit den Entführern verhandelte, dann gnade ihm Gott. Über eins war sich Schlesinger im Klaren: Hier ging es nicht um ein paar Euro Lösegeld, hier ging es um weitaus mehr.

Liebermann war nach wie vor nicht zu erreichen, weder auf dem Festnetz noch auf dem Handy. Schlesinger überlegte, ob er Welteke oder die Hampel anrufen sollte, verwarf den Gedanken aber wieder. Er wollte nicht noch unnötig Staub aufwirbeln.

Schlesinger erreichte Lugano ohne Zwischenfälle. Mittlerweile war es Abend geworden. Die Atempause, die die Kaltfront am Nachmittag gemacht hatte, entpuppte sich als Ruhe vor dem

Sturm. Als Schlesinger seinen Mietwagen abgegeben hatte, schneite und regnete es wieder. Der Wind trieb Eiseskälte, Unrat und Nässe vor sich her, als gälte es die Klimaerwärmung noch heute Abend ad absurdum zu führen. Schlesinger war triefnass, als er endlich im Bus nach Caslano saß.

Im Hotel zog er sich um und ging mit seinem iPad ins Restaurant. Offensichtlich waren beinahe alle Gäste abgereist, denn es waren kaum Tische besetzt. Schlesinger war das nur recht. Er bestellte Zuppa Pavese, Zitronenhühnchen mit Rosmarinpolenta und als Dessert Zabaglione. Er fühlte sich vollkommen ausgehungert. Noch bevor die Suppe kam, begann er die einzelnen Organisationen im Netz zu suchen. Es gab wenig Anhaltspunkte. Dass nicht alle mit einem Internetauftritt vertreten waren, war vorerst das verdächtigste Moment. »Dernier Recours« stellte sich als Behindertenhilfe vor, alles wirkte honorig und schlicht. Eine der Institutionen war eine Klinik für Fertilitätsprobleme. Diese Klinik – »La Nuntia« – lag nicht weit von Lugano, beinahe ein Katzensprung, konstatierte Schlesinger. Vielleicht war es eine gute Idee, dort einfach einmal vorbeizuschauen. Auf jeden Fall musste er bald hier weg. Es war nicht auszuschließen, dass seine Verfolger von heute Nachmittag auf irgendeinem Weg an das Kennzeichen seines Mietwagens gekommen waren. Vielleicht hatte Agatha es notiert. Über die Mietwagenfirma könnte man ihn in der Albergo leicht aufstöbern, und Schlesinger war sicher, dass er die Herren nicht näher kennenlernen wollte. Er tippte eine SMS an Rös und informierte ihn, dass er sich »La Nuntia« näher anschauen wollte.

Es war noch nicht zu spät, um noch heute Abend nach Cannobio am Lago Maggiore zu fahren. Nur das Wetter war alles andere als einladend, andererseits waren die Straßenverhältnisse zwischen hier und Locarno nicht mit seiner gestrigen Passfahrt zu vergleichen. Schlesinger sah aus dem Fenster. Die Platanen auf der Straße bogen sich über den Bürgersteig. Am besten fuhr er zeitnah los.

»Sie wollen noch heute Abend auschecken?«, erkundigte sich der Portier überrascht. »Bei dem Wetter?«

»Ja, es geht nicht anders. Sie wissen, der Job«, sagte Schlesinger und machte ein wichtiges Gesicht. »Ich bezahle die Nacht natürlich.«

»Natürlich«, sagte der Rezeptionist erleichtert.

Er schien froh, sich mit Schlesinger nicht noch über die Zimmerrate streiten zu müssen. Er winkte einen der Pagen herbei. Der Page war älter als Schlesinger selbst, griff aber bereitwillig nach dessen Reisetasche.

»Der Herr fahren den Porsche?«, erkundigte er sich bei Schlesinger, als sie gemeinsam vor das Portal traten. »Soll ich Ihnen den Wagen nicht vorfahren? Bei dem Wetter«, schloss er sich seinem Kollegen an.

Schlesinger war es gewöhnt, aber müde, ständig seinen Porsche vor eilfertigem Hotelpersonal zu verteidigen. Ohne näher auf das Angebot einzugehen, lief er dem Angestellten voraus zur Garage. Sein Wagen stand ganz hinten in der Ecke, so wie er ihn zurückgelassen hatte. Er würde ein bisschen rangieren müssen, um aus der Garage hinauszukommen.

Schlesinger öffnete den Wagen mit der Fernbedienung und ging zur Fahrertür. Der Gepäckträger umrundete den Sportwagen, um die Reisetasche zu verstauen. Schlesinger sah ihn wie in Zeitlupe auf das Heck seines Wagens zugehen. Der Kofferraum ist vorne, wollte er dem Mann zurufen. Er sah, wie der Angestellte die Hand an die Klappe legte, die er ohnehin nicht öffnen konnte. In diesem Moment aktivierte der zeitverzögerte Zünder, den Schlesinger mit der Fernbedienung ausgelöst hatte, die Sprengladung im Motorraum. Eine Woge aus Druck und Feuer zerriss den Porsche, als wäre er aus Papier.

Kokkola, Finnland

Etwa eine halbe Stunde nach Verlassen der Küstenstraße hatte es zu schneien begonnen: dicke Flocken, die der seit Tagen anhaltende Nordostwind in tosenden Taumel versetzte und die so nie die Erde zu erreichen schienen. Dennoch bildete sich so rasch eine geschlossene Schneedecke, dass die Grenzen zwischen Straße und Gelände in Minutenschnelle in weißer Unkenntlichkeit untergingen. Stieg Elliasson freute sich über den Schnee. Wie alle Finnen fand er es lächerlich, dass Südwesteuropa in frühem Oktoberschnee versank und ausgerechnet die skandinavische Kühlkammer trocken und nackt fror.

Der Touareg trottete ruhig und gleichförmig wie ein Kamel durch den frischen Schnee. Wie so oft hatte man in Finnland die Straße und Dunkelheit für sich. Richtung Helsinki würde sich das bald ändern, aber noch schnitten nur die Lichtkegel des SUV Tortenstücke aus dem taumelnden Gestöber.

Stieg hatte seinen Eltern Pekka und Lies beim Einrichten des Möckis für die Winterzeit geholfen. Wie immer wollten die beiden bis Neujahr hier an der Ostseeküste bleiben. Pekka und Lies waren zwar noch nicht alt und gebrechlich, aber Stieg machte es Spaß, mit Pekka die Fensterflügel zu kontrollieren, Holz herbeizuschaffen und aufzustapeln und schließlich die Weihnachtsbeleuchtung in den Bäumen ringsum und am Haus zu befestigen. Als Letztes waren sie mit Lies zu einem der großen Supermärkte in Kokkola gefahren, um den Touareg bis unters Dach mit Vorräten vollzuladen. Stieg freute sich auf die Weihnachtszeit. Er würde, wenn alles gut lief, ein paar Tage vor Heiligabend zurückkommen und seinen Eltern bei den Vorbereitungen helfen, denn zum Fest kam auch Jukka, sein älterer Bruder, der aus drei Ehen fünf Kinder hatte. Die Kinder waren schon recht groß, so groß, dass Pekka und Lies vor zwei Jahren Urgroßeltern geworden waren.

Stieg langte nach seinem Handy und schaltete Bluetooth ein, um die Verbindung zum Autotelefon herzustellen. Er hatte generell sein Telefon nicht eingeschaltet, wenn er bei seinen Eltern war. Ein Luxus, den er sich erst seit ein paar Jahren gönnte, denn nicht selten hatten seine Klienten Anliegen, die nicht warten konnten. Für diese Fälle hatte Stieg mittlerweile zwei fähige Mitarbeiter, aber jetzt erreichten ihn Nachrichten, mit denen er nicht im Entferntesten gerechnet hatte. Schlesinger und Rös hatten sich beide aus der Schweiz gemeldet und ihm auf die Mailbox gesprochen. Schlesinger mit der Bitte, er möge dringend zurückrufen, Rös hingegen klang aufgeregt. Er benutzte den Code, den sie vereinbart hatten, als sie noch als Team zusammenarbeiteten. Rös teilte ihm mit, dass es eine Gefahrensituation gäbe und dass Stieg sich um Rös' Frau und Tochter kümmern sollte. Er, Rös, würde versuchen, noch etwas herauszufinden und dann so schnell wie möglich die Schweiz verlassen. Seine Frau Annette und seine Tochter Eva würden von Kloten nach Frankfurt und von dort aus nach Helsinki fliegen. Das sei die schnellste Möglichkeit, sie außer Landes zu bringen.

Stieg schaute auf die Uhr. Kurz nach fünf am Nachmittag. Der Anruf von Rös hatte ihn vor drei Stunden erreicht. Stieg fluchte leise. Mit der rechten Hand fummelte er sein iPad aus seiner Aktentasche und versuchte – mit dem Gerät auf den Knien – eine Verbindung zum Internet zu bekommen. Es gab samstags nur eine Verbindung von Kloten nach Frankfurt. Fast gelandet, stellte er fest. Annette würde ihn anrufen, da war er sicher. Aber was war mit Rös? Nach dem Anruf von Ruedi hatte es sieben weitere Anrufversuche von einem fremden Mobilanschluss gegeben. Stieg hatte die Vermutung, dass dies auch Rös gewesen war, der ihn von einem Wegwerfhandy aus anrief. Er wurde also überwacht, befand sich eventuell in unmittelbarer Gefahr.

Stieg wählte die Rückruffunktion, aber der Anschluss klingelte ins Leere. Er würde es gleich noch einmal versuchen. Leider hatte er keine Ahnung, um was es ging. Rös' Mitteilung war mehr als dürftig gewesen. Stieg entschloss sich, Schlesinger anzurufen, aber auf dessen Anschluss hatte er sofort die Mailbox dran. Wahrscheinlich ein Scheiß-Schweizer-Funkloch. Rös würde er später noch einmal anrufen. Stieg lenkte den Touareg an das, was er für den Straßenrand hielt. Mit Hilfe des iPads buchte er für Annette und Eva Rös zwei Tickets ab Frankfurt nach Helsinki, da er nicht wusste, ob dies schon geschehen war. Das Wetter machte ihm Sorgen, auf der Homepage des Frankfurter Flughafens war ein Einstellen des Flugverkehrs in den Abendstunden in Aussicht gestellt worden.

Cannobio

Ben saß auf dem Bett und betrachtete die Einzelteile seines Handys. Unter dem Display waren Spuren von Kondenswasser sichtbar, und er wollte sich gar nicht erst vorstellen, wie es im Geräteinnern aussah. Er musste sich wohl ein neues Telefon kaufen.

Aus dem Bad hörte er das Wasserrauschen der Dusche. Ben hatte sich heute Morgen als Erstes von ihnen beiden aus dem Bett gequält. Um zwölf Uhr hatten sie den Termin in der Klinik, und jetzt – um halb zehn – knurrte ihm der Magen. Wenn Ellis fertig war, würden sie dem Kaffeeduft nachgehen, den Ben wahrscheinlich nur phantasierte.

Vielleicht sollte er seine SIM-Karte in Ellis' Handy einsetzen? Konnte doch sein, dass die Kripo versucht hatte, ihn zu erreichen, immerhin hatte er unangekündigt die Biege gemacht, er konnte sich vorstellen, dass Küppers das nicht so goutierte. Er rief Ellis, aber unter der Dusche schien sie ihn nicht hören zu können, zumindest antwortete sie nicht.

Er betrachtete ihre geöffnete Reisetasche und den Rucksack, die neben dem Bett auf dem Boden standen. Sie hatte sich ein paar Anziehsachen genommen, bevor sie im Bad verschwunden war. Er wusste gar nicht, ob sie überhaupt ein Handy hatte, in seiner Gegenwart hatte sie nie eines benutzt. Ben zögerte, dann siegte seine Neugier. Er beugte sich vor und zog den Rucksack zu sich heran. Darin fand er ein Portemonnaie, ihren Schal, eine kleine Tasche, die Schminksachen und Tampons enthielt und einen Schlüsselbund ohne Autoschlüssel, wie ihm auffiel. Kein Handy. Er stellte den Rucksack wieder zurück und griff nach der Reisetasche, die bedeutend schwerer war. Ein Hoodie, Unterwäsche, T-Shirts und am Boden der Tasche zwei Plastiktüten. In der einen ertastete er feste Schuhe, was in der anderen war, ließ sich nicht feststellen, ohne einen Blick hineinzuwerfen.

Er blickte zur Badezimmertür. Noch immer war das Wasserrauschen zu hören, also fasste er sich ein Herz und öffnete die Tüte. Was er sah, überraschte ihn. Ein Seil! Genauer gesagt handelte es sich um ein Nylonseil, orange-rot gestreift, mit Friends und Karabinerhaken. Ein Kletterseil, so eines hatte er schon einmal gesehen. Komisches Equipment für eine Hebamme, dachte er. Dann enthielt die andere Tüte höchstwahrscheinlich Bergschuhe. Hatte sie vor, klettern zu gehen? Berge gab es hier genug, aber Ellis hatte doch gewusst, dass sie nicht hierhergekommen waren, um Urlaub zu machen.

Ben öffnete die zweite Tüte und zog einen der Schuhe heraus. Es war tatsächlich ein leichter Bergschuh, aus Mesh und Wildleder. Im Schaft steckte ein Paar dicke Socken. Ben zog die Socken heraus. Nein, es war nur einer, und in dem steckte etwas drin. Es fühlte sich durch den Socken glatt und fest an und war auch ziemlich schwerz. Eine Stablampe, wie er zu seiner Überraschung feststellte. Nicht gerade eine Billigfunzel. Ellis war ihm ein Rätsel. Er war schon neugierig, was in dem anderen Schuh stecken mochte. Vielleicht ein Survival-Kit mit Aludecke und Notration? Er musste bei diesem Gedanken lächeln.

Das Wasserrauschen verstummte, und Ben kam nicht umhin, sich vorzustellen, nicht ohne Behagen, wie Ellis die Dusche verließ und ihren nackten Körper in ein Handtuch wickelte. Schnell stopfte Ben die Lampe in den Socken und diesen dann in den Schuh zurück und zog den anderen hervor, der ihm seltsam schwer vorkam. Auch darin steckte etwas, wiederum in einem Socken verborgen, im Schaft. Die Form des Gegenstandes erschien ihm ungewöhnlich, ungewöhnlicher als die der Stablampe. Ben zog den metallenen Gegenstand aus dem Strumpf und starrte ungläubig auf die Pistole in seiner Hand. So oft hatte er schon Waffen in Krimis gesehen, aber das hier war nicht das Gleiche. Die Pistole war viel schwerer, als er erwartet hätte. Ben spürte, wie sein Herz galoppierte. Warum hatte sie eine Waffe? Ellis war nicht in jeder Beziehung offen, das hatte er befürchtet. Aber bislang war ja nur nicht klar, wo sie wohnte und ob sie mit Sebastian zusammen gewesen war. Auf der Fahrt hatte er erwogen, sie danach zu fragen, es aber aufgeschoben. Er hatte ihr hinterhergeschnüffelt, aber nach gestern Nacht wollte er ihr einfach vertrauen.

Sein erster Impuls war, zum Bad zu stürmen, an die Tür zu

hämmern, ihr die Knarre vor die Füße zu werfen und eine Erklärung zu verlangen. Aber schon im nächsten Augenblick zögerte er. War das klug? War es nicht schlauer, so zu tun, als wäre er völlig arglos? Zu den Entführern gehörte sie nicht, daran hatte er keinen Zweifel, denn sonst wäre er längst nicht so weit gekommen, aber sie schien auf irgendjemands Rechnung zu arbeiten. Aber für wen? Spielte es überhaupt eine Rolle? Bisher hatte sie stets zu ihm gehalten.

Und da war noch etwas anderes. Er wollte ihr so gern vertrauen, gegen alle Vernunft. Er hörte, dass Ellis im Bad das Fenster öffnete. Hastig schob er die Pistole in den Strumpf zurück und verstaute diesen wieder im Schuh. Mit knapper Not schaffte er es, gerade noch rechtzeitig die beiden Tüten zurück in die Reisetasche zu legen und Ellis' Sachen halbwegs wieder so anzuordnen, dass sie keinen Verdacht schöpfen würde. Als Ellis die Tür öffnete, beförderte er Tasche und Rucksack mit einem unauffälligen Tritt vom Bett weg.

Sie trug einen cremefarbenen Kaschmirpullover, eine dunkle, äußerst eng sitzende Jeans und hohe braune Wildlederstiefel. Die zimtfarbenen Locken hatte sie etwas nachlässig im Nacken zusammengefasst, einige baumelten ihr noch immer im Gesicht. Wie immer hatte sie nur ihre dunklen Augen geschminkt. Ben konnte nicht verhindern, dass ihm ein »Wow« entfuhr.

Er riss sich zusammen. »Hey, du siehst toll aus. Neuer Look zum Winteranfang?«

Sie verzog das Gesicht. »Quatsch! Ich dachte, wenn wir als Patienten bei so einer Premiumklinik aufschlagen, kann ich schlecht aussehen wie ein Ein-Mann-Slum. Sehe ich blöd aus?«

»Ich sag doch, du siehst klasse aus«, erwiderte Ben.

Ganz bezaubernd, fügte er in Gedanken hinzu, aber dann musste er an die schmale junge Frau in Rock und Top denken, die er erst vor wenigen Tagen im Treppenhaus getroffen und in die er sich beinahe augenblicklich verliebt hatte. Alles Lüge, dachte er.

Die Straße von Cannobio hinauf in die Centovalli zog sich an dem flachen, dicht bebauten Schwemmland an der Cannobinamündung entlang. Häuser und Gärten waren eingeschneit, und die vielfach auszumachenden Lauben aus Weinreben bogen sich bedenklich unter der Schneelast. Zum Glück war die Straße geräumt und einigermaßen gut befahrbar. Der Winterdienst hatte den Schnee links und rechts zu Seiten der Straße zu hohen Wällen aufgeschichtet. Hinter Traffiume wurde die Straße deutlich steiler und führte durch dichten Wald. Viele der Kork- und Steineichen und der Maronen- und Maulbeerbäume hatten bisher kaum Laub verloren. Immer wieder musste Ben herabgestürzten Ästen ausweichen. Zum Glück waren auch die Brücke und die Straße nach Cavaglio San Donnino und Gurrone geräumt. Ben wusste, dass irgendwo hinter dem malerischen Bergdorf Cavaglio die Abzweigung zur Klinik »La Nuntia« kommen musste.

In der Tat war die Klinik nicht zu verfehlen. Ein großes Schild wies ihnen nur wenige hundert Meter hinter dem Ortsausgang den Weg, und sie bogen auf eine Privatstraße ab. Die Zufahrt zur Klinik war noch besser geräumt als die öffentliche Landstraße, allerdings ging es auch hier recht steil bergauf. Nach knapp zehn Minuten Fahrt öffnete sich der Blick auf eine geräumige Lichtung am Berghang. Die Klinik »La Nuntia«, die Ben bisher lediglich von der hauseigenen Website her kannte, lag vor ihnen. Das Klinikgelände war ein Komplex von sechs Gebäuden nebst angeschlossenem Parkplatz, auf dem etliche Autos abgestellt waren. Offenbar hatte sich niemand von den Witterungsverhältnissen abhalten lassen. An der Zufahrt zum Parkplatz stand ein Wärterhäuschen. Der Parkwächter, der in seinen »Corriere dello Sport« vertieft war, sah kaum auf, als Ben neben ihm hielt, und winkte sie einfach hindurch. Ben bog auf den Platz ein und parkte in der Nähe des Hauptgebäudes. Die Kennzeichen der Wagen wiesen die Halter überwiegend als Deutsche und Schweizer aus, einige Wagen stammten aber auch aus Italien, den Niederlanden, Frankreich oder Österreich.

Der Platz war mit Klinkersteinen im Fischgrätmuster belegt und sorgsam vom Schnee geräumt und gestreut. Der ganze Komplex wirkte gepflegt und modern, obwohl die Gebäude selbst offensichtlich schon älter waren. Ellis strebte mit langen und – trotz ihrer hohen Absätze – schnellen Schritten dem Haupteingang entgegen.

Ben fühlte sich neben ihr in seiner Jeans und schwarzen Kapuzenjacke etwas underdressed. Anhand der abgestellten Wagen hatte er erkennen können, dass es anscheinend vor allem die Gutbetuchten waren, die »La Nuntia« aufsuchten. Immerhin bin ich Musiker, dachte er trotzig, und hier tagt ja nicht die UNO.

»Lass mich reden«, sagte Ellis unvermittelt, als sie durch die automatische Schiebetür das Gebäude betraten.

»Warum?«, fragte Ben überrascht.

»Weil wir keinerlei medizinische Unterlagen dabeihaben«, entgegnete Ellis leise. »Ich wette, die meisten Patienten schleppen Berge von Dokumenten zu ihrer Anamnese an. Und denk dran: Wir versuchen seit drei Jahren vergeblich, ein Kind zu bekommen, okay?«

Ben grinste. »Nicht erst seit gestern Nacht?«

Ellis seufzte.

Das Foyer der Klinik war elegant und puristisch eingerichtet. Die hohen Wände waren in Milchkaffeebeige gestrichen und mit großformatigen Exemplaren moderner Kunst geschmückt. Die Bilder hingen an Drähten von der Decke und wurden von Schweinwerfern angestrahlt. Es gab einen Wartebereich, bestehend aus zwei Sitzgruppen in Stahl und Leder, und ein gläsernes Display in der Nähe des Eingangs informierte die Besucher auf Englisch, Italienisch und Deutsch über die Historie der Anlage. Ben und Ellis überflogen die Anzeige. Ursprünglich Ende des neunzehnten Jahrhunderts als Lungenklinik gebaut, war sie Ende der achtziger Jahre nach aufwendiger Sanierung in ein Kinderwunschinstitut umgewandelt und seitdem fortlaufend modernisiert worden.

Die Rezeption befand sich auf der rechten Seite des Foyers. Das lang gezogene Desk aus dunklem Holz hatte die Form eines Halbkreises. Vier Frauen in weißen Rollkragenpullovern und grauen Hosen organisierten von hier aus die Abläufe innerhalb der Klinik in ruhiger Freundlichkeit, jede von ihnen mit einem Heiligenschein aus Kompetenz und Dreisprachigkeit ausgerüstet.

»Wie kann ich Ihnen helfen?«, fragte eine, deren Namenschildchen sie als »Lana« auswies, als Ellis und Ben nach kurzem Umsehen an die Rezeption traten. Offensichtlich waren sie unschwer als Deutsche zu erkennen.

»Wir sind die Liebermanns, wir haben einen Termin«, erklärte Ben.

Lana warf einen Blick auf den Computerbildschirm vor ihr und tippte etwas auf der in das Desk eingelassene Tastatur ein.

»Herr und Frau Liebermann, für zwölf Uhr. Sehr schön. Hatten Sie eine angenehme Anfahrt trotz des schlechten Wetters?«, erkundigte sie sich freundlich. Ben und Ellis nickten, und Lana reichte ihnen einen Tablet-PC über die Theke. »Sie werden bereits erwartet«, sagte sie. »Wenn Sie bitte den Aufzug in den dritten Stock nehmen würden? Sie werden dort abgeholt. Bitte füllen Sie unser digitales Formblatt aus, und geben Sie es oben ab.«

Neben den Etagenknöpfen der Aufzüge hing ein Lageplan des Klinikkomplexes an der Wand. Sie befanden sich im Hauptgebäude, das die Diagnose- und Therapieabteilung beherbergte. Im dritten Stock befand sich laut Plan die »Diagnose 1« mit Warte- und Anamnesebereich. In den übrigen Gebäuden waren unter anderem die Radiologie, die Klinikapotheke sowie die Verwaltung und die Personalabteilung untergebracht.

Der dritte Stock war wie die Eingangshalle hell und wirkte durch seine offene Einteilung luftig. Von einem zentralen Bereich gingen je rechts und links Gänge ab, in denen anscheinend Besprechungs- oder Arztzimmer lagen. Auf der linken Seite, die dem Tal zugewandt war, lagen nebeneinander mehrere Wartezimmer, die einen grandiosen Ausblick über den nahen See und die Berge boten. Gleich gegenüber den Aufzügen gab es einen weiteren Empfang, eine kleinere Ausgabe des Rezeptionsschalters im Foyer. Eine junge Frau, die das gleiche Outfit wie ihre Kolleginnen von unten trug, kam auf Ben und Ellis zu.

»Herr und Frau Liebermann? Herzlich willkommen in unserem Hause.«

Ben und Ellis erwiderten die freundliche Begrüßung. Ben fragte sich allmählich, was Sebastian hier zu finden gehofft hatte. Alles wirkte so normal, es roch sogar nach Klinik, und über die

Gänge sah man diverse Weißkittel hasten. Durch die offen stehenden Türen sah er eine Reihe anderer Paare in den Wartezimmern sitzen, manche noch recht jung, die meisten aber zwischen Ende dreißig und Anfang vierzig. Auch konnte er an der Wand eines Wartezimmers eine Galerie von Babyfotos erkennen, die man wohl aufgehängt hatte, um den Kunden diverse Erfolgsstorys vor Augen zu führen. Wirklich, alles war so, wie man es sich vorstellte. Was hatte diesen Dr. Pausetti nur dazu getrieben, Alexa diese Nachricht zukommen zu lassen? Und doch: Alexa war offenkundig nicht Jonas' Mutter, und die schrecklichen Ereignisse mussten in einem Zusammenhang mit Pausetti stehen.

Die junge Frau, die sich ihnen als Arzthelferin vorgestellt hatte, begleitete Ben und Ellis in eines der Wartezimmer. Sie bat sie, ihre Jacken abzulegen, den digitalen Fragebogen auszufüllen, und bot ihnen Kaffee an, was beide jedoch ablehnten. Die Wartezimmer waren mit bequemen Sitzgruppen ausgestattet, und statt der üblichen Magazine gab es hier Bücher zum Thema Kinderwunsch, Bildbände über werdendes Leben und Broschüren über das Leistungsspektrum der Klinik.

Ben füllte mit Ellis' Hilfe den Fragebogen aus. Im Wesentlichen bezogen sich die benötigten Angaben auf persönliche Daten und die privatärztliche Abrechnung. Alles wie zu Hause.

Nach lediglich knapp fünf Minuten Wartezeit betrat eine Ärztin den Raum. Sie mochte Ende dreißig oder gut erhaltene vierzig sein, war groß, schlank und sehr attraktiv und stellte sich ihnen als Ania Moreno vor. Sie führte Ben und Ellis in ihr Büro am Ende des rechten Ganges und bat sie, auf zwei Sesseln gegenüber ihrem Schreibtisch Platz zu nehmen.

Nach einem kurzen einleitenden Gespräch über die jüngsten Unbilden des Wetters kam Moreno auf den Grund ihres Kommens zu sprechen.

»Darf ich nun nach dem Anlass unseres heutigen Termins fragen?« Sie lächelte freundlich.

Ellis rutschte in ihrem Sessel ein Stück nach vorn. »Mein Mann und ich versuchen seit inzwischen vier Jahren, ein Kind zu bekommen. Ich werde einfach nicht schwanger. Mein Frauenarzt hat mir schließlich geraten, einen Spezialisten aufzusuchen. Wir sind dann in die Kinderwunschsprechstunde der Universität in Düsseldorf gegangen. Zuerst wurde ich untersucht«, Ellis knetete ihre Hände, »Eierstöcke, Eileiter, Verwachsungen, Myome des Uterus, Endometriose, Hormonstatus, Zervixschleim, PH-Wert. Aber alles ohne Befund.« Ellis warf Ben einen scheuen Seitenblick zu. »Danach kam mein Mann dran: Spermiogramm, Anzahl und Beweglichkeit der Spermien, Krampfadern an den Hoden.«

Ben hatte das Gefühl, dass ihm etwas wehtat.

»Mein Zyklus wurde überwacht, ich musste sogar Tagebuch darüber führen, Temperatur messen, nach Plan Sex haben.« Ellis gab ein verlegenes Lachen von sich. »Ich habe mittlerweile wohl auf gut hundert Stäbchen gepieselt.«

Dr. Moreno lächelte milde. »Ohne Ergebnis?«

»Richtig, deswegen sind wir hier. Wir haben es am Ende sogar mit künstlicher Befruchtung probiert, aber auch das hat nicht funktioniert. Und die Ärzte konnten keine Ursache finden.« Jetzt wirkte Ellis erschöpft, als sei bereits die Erinnerung kraftraubend. »Wir haben dreimal die Praxis gewechselt. Sogar in Hamburg sind wir gewesen. Schließlich haben sie uns nach Hause geschickt. Meine Sterilität sei idiopathisch, man empfahl uns, einen langen Urlaub zu machen und an etwas anderes zu denken. Irgendwann würde es schon von selbst klappen.«

In Bens Augen war ihre Vorstellung oscarreif.

Frau Dr. Moreno nickte. »Wir haben leider oft Paare bei uns, die anderswo mit dieser Empfehlung nach Hause geschickt wurden. Unbefriedigend, das weiß ich, aber manchmal auch gar nicht so falsch.«

»Das heißt, Sie können uns auch nicht helfen?«, fragte Ellis gespielt enttäuscht.

Moreno hob einlenkend die Hand. »Moment, das habe ich nicht gesagt. Ich zweifle nicht daran, dass meine deutschen Kollegen beste Arbeit geleistet haben. Wir müssen anders ansetzen. Darf ich dazu zunächst fragen, wie Sie auf unsere Klinik gekommen sind?«

»Die Schwester meines Mannes war vor knapp drei Jahren bei Ihnen. Sie war *sehr* zufrieden«, antwortete Ellis. »Heute ist sie stolze Mutter eines fast zwei Jahre alten Jungen.«

Ben spürte, wie sich sein Herz zusammenzog. Er war mit einem Mal froh, dass Ellis das Gespräch in die Hand genommen hatte. Wer weiß, ob er sich bei dem Thema »Alexa« hätte beherrschen können.

»Das freut mich. Unsere Patienten kommen oft auf Empfehlung. Darf ich fragen, wie Ihre Schwester heißt, Herr Liebermann?«

Bens Mund war so trocken, dass er kaum sprechen konnte.

»Alexa«, sagte er leise.

Dr. Moreno stand auf und schenkte ihm aus einer Karaffe, die hinter ihrem Schreibtisch auf einem Bord stand, ein Glas Wasser ein. Ellis lehnte dankend ab. Die Ärztin setzte sich wieder an ihren Schreibtisch und tippte etwas in ihren Computer ein.

»Ihr Arzt hieß Dr. Pausetti, Dario Pausetti. Sie war richtig begeistert von ihm. Wir sollten uns unbedingt an ihn wenden, hat Alexa gesagt«, warf Ellis ein.

»Richtig, hier habe ich Ihre Schwester.« Moreno blickte für einen Moment konzentriert auf den Bildschirm vor sich.

»Wäre es möglich, dass auch ich von ihm behandelt werde, das gäbe mir gleich ein besseres Gefühl.« Ellis sah die Ärztin bittend an.

Moreno warf ihr über den Rand ihrer Brille einen nicht zu deutenden Blick zu und erwiderte: »Es tut mir leid, Frau Liebermann. Vertrauen ist gerade in Ihrem Fall ein wichtiger Faktor, da bin ich ganz bei Ihnen. Aber leider arbeitet Dottore Pausetti nicht mehr für ›La Nuntia‹.«

Ellis und Ben warfen sich einen bestürzten Blick zu, der nicht gespielt war.

»Nicht mehr?«, fragte Ellis hastig. »Ist er inzwischen an einer anderen Klinik beschäftigt?«

»Ich fürchte, er wird Ihnen leider nicht helfen können. Er hat sich zur Ruhe gesetzt.« Morenos Bedauern schien ehrlich gemeint zu sein.

»Aber laut meiner Schwägerin ist er noch gar nicht alt«, entfuhr es Ellis.

Dünnes Eis, dachte Ben. Sie hatten keine Ahnung, wie alt Pausetti war.

»Das stimmt, aber leider kann ich Ihnen dazu aus verständlichen Gründen keine nähere Auskunft geben. Aber ich verspreche Ihnen, dass wir Ihnen auch so die beste Behandlung zukommen lassen werden. Haben Sie Ihr medizinisches Dossier dabei, vielleicht auf CD?«

Ellis schwieg einen Moment. »Die Unterlagen sind noch im Hotel. Wir haben sie nicht mitgebracht, weil die Diagnose ja ohnehin ›Idiopathie‹ lautete.« Ellis spie das Wort nur so hervor. Sie sah Ben an und nahm seine Hand.

Er spürte ihre kühle schmale Hand in seiner und drückte sie überrascht.

»Ich möchte jetzt gehen, Schatz! Ich bin einfach so enttäuscht momentan.« Ellis war aufgestanden und wandte sich an die Ärztin, die sich ebenfalls erhob. »Können Sie uns bitte Dr. Pausettis Adresse geben? Meine Schwägerin wollte sich unbedingt bei ihm bedanken.«

Moreno schüttelte den Kopf. »Ich kann Ihnen da nicht weiterhelfen, so leid es mir tut. Vielleicht können wir Ihre Grüße weiterleiten?«

»Danke, aber das würde ich lieber selbst tun. Es handelt sich ja nicht um Fanpost, meine Schwägerin ist einfach nur dankbar.«

Die Ärztin wirkte einigermaßen bestürzt. Es war offensichtlich, dass Gespräche mit hilfesuchenden Paaren nicht allzu häufig so eine Wendung nahmen.

»Heißt das, Sie möchten keine Behandlung?«, fragte sie verwirrt.

Ben legte den Arm um Ellis und drückte sie an sich. »Meine Frau ist sehr aufgewühlt. Wir kommen morgen wieder, mit den Unterlagen, wenn wir noch mal einen Termin bekommen könnten.«

»Selbstverständlich, wenden Sie sich bitte an meine Kolleginnen vorne am Counter.«

Ania Moreno begleitete Ben und Ellis noch bis zu der kleineren Rezeption.

»Wir machen einen neuen Termin für die Liebermanns.« Dann verabschiedete sie sich höflich von Ben und Ellis.

Ben verabredete einen neuen Termin für den nächsten Morgen. Das Letzte, was er wollte, war, noch einen weiteren Tag bleiben zu müssen. Hier kamen sie doch nicht weiter.

Ellis lächelte die Arzthelferin, die laut Namenschild »Eva« hieß, an.

»Könnten Sie uns bitte die Anschrift von Dottore Pausetti geben? Wir haben ein Geschenk von meiner Schwägerin für ihn. Sie ist ihm so dankbar, weil sie einen niedlichen kleinen Jungen bekommen hat«, sprudelte es aus ihr hervor.

Eva warf einen Blick zu ihrer Kollegin, die jedoch den Kopf schüttelte. »Tut mir leid, Dottore Pausetti ist nicht mehr bei uns beschäftigt, wir dürfen auch keinerlei persönliche Daten herausgeben, das werden Sie verstehen.«

»Wir haben seine Anschrift ohnehin nicht vorliegen. Die Daten hat nur die Verwaltung, aber die wird Sie Ihnen auch nicht geben«, warf die Kollegin ein.

»Trotzdem danke«, sagte Ellis und nahm erneut Bens Hand. »Auf Wiedersehen.«

»Da könnte ich mich dran gewöhnen«, sagte Ben und drückte ihre Hand. »Und außerdem bist du eine ganz abgefeimte Lügnerin.«

Ellis zog ihn in den Aufzug und zu sich heran. »Nur im Dienst der Sache«, flüsterte sie und küsste ihn.

Ben langte nach dem Startknopf und murmelte: »Darauf möchte ich wetten.«

»Und nun?«, fragte er missmutig, als sie über den Parkplatz gingen. »Das hat nichts gebracht. Wie hätte Sebastian die ganze Sache nur angepackt?«

Aus der Ferne sah er jemanden hinter einem der großen Fenster im dritten Stock des ockerfarbenen Gebäudes stehen und war sich sicher, dass es sich um Ania Moreno handelte, die beobachtete, ob sie auch tatsächlich abfuhren.

»Vielleicht deren Computer gehackt? Jemanden bestochen?« Ellis wich einer vereisten Pfütze aus.

»Oder genauso wie wir«, sagte Ben nach kurzem Schweigen.

Er war es so leid; sie hatten den weiten Weg hierher nach

Italien zurückgelegt, aber das würde Jonas auch nicht zurückbringen. Ben wusste, seinem Bruder wäre etwas eingefallen. Sebastian hätte nicht lange gefackelt und dieser Schlesinger auch nicht.

Bens erster Impuls war, in die Verwaltung zu stürmen, eine der engagierten Mitarbeiterinnen beiseitezustoßen und sich an deren Computer Zugang zu den Informationen zu verschaffen, die er benötigte. Was interessierten ihn deren Datenschutzbestimmungen, wenn es um Jonas' Leben ging? Andererseits … die Warnung war von jemandem aus dieser Klinik gekommen, vielleicht hatten hier alle Dreck am Stecken und wollten nicht, dass er Pausetti fand.

Ben sah noch einmal zu Ania Moreno hoch, dann drehte er sich zu Ellis um und meinte grimmig: »Wir steigen heute Nacht hier ein, genauer gesagt: bei der Verwaltung von dem Laden.«

Kleve

Tom stellte den Motor des Lagunas ab. Was für eine Fahrt! Seit Heinsberg hatte es nur geschneit. Sie waren früh am Morgen losgefahren und hatten für die knapp einhundertfünfzig Kilometer nach Kleve mehr als drei Stunden gebraucht. Thierry Neumann, dessen Wagen die erste halbe Stunde immer hinter ihnen gewesen war, hatten sie unterwegs verloren, aber er hatte sich eben gemeldet. Er hatte telefonisch die Kollegen in Kleve informiert. Sie sollten jedoch nichts unternehmen, bis er mit Britta und Tom in Düffelward eintraf.

Gestern hatten sie noch lange beraten, was zu tun sei. Britta wollte die Kripo in Kleve einbinden. Der Mord an Alexa Liebermann, der quasi unter ihren Augen stattgefunden hatte, nagte an ihr. Nun war es ihre vorrangigste Aufgabe, Emma und Aaron Basch zu finden, zu beschützen und dabei keine weitere Minute zu verlieren. Tom hatte ihr zugestimmt. Auch ihm selbst setzte der Tod von Alexa gehörig zu. Nicht auszudenken, wenn sie ihre einzige verbliebene Zeugin auch noch verlören.

Thierry Neumann hingegen wollte die Verantwortung unter gar keinen Umständen jemand anderem übertragen. Das war jetzt sein Fall. Emma Basch und ihren Sohn lebend zu finden war zu seinem persönlichen Anliegen geworden. Frau Basch hatte allen Grund, nicht mit der Polizei kooperieren zu wollen. Was, wenn sie erneut untertauchte? Ohnehin war dieses Mobiltelefon nur ein fragwürdiger, kleiner Zipfel Hoffnung, aber er würde ihn selbst festhalten. Er würde nach Düffelward fahren und mit Emma Baschs Mutter sprechen.

Überraschenderweise war es Britta gewesen, die sich auf Neumanns Seite geschlagen hatte. Wie er wollte sie die Ermittlungen nicht aus der Hand geben. Seit sie auf dem kleinen Hof in der Heide gewesen war, seit sie Emmas Nest gesehen hatte, das so brutal zerstört worden war, fühlte sie sich der jungen Frau seltsam verbunden, wie sie Tom erzählt hatte. An Emmas Stelle wäre sie auch mit dem Kleinen abgehauen. Nur dass sie sich nicht bei ihrer Familie versteckt hätte, aber das war wahrscheinlich die Polizistin in ihr.

Auch die Dächer von Düffelwards hübschen Klinkerhäusern waren schneebedeckt, aber der Himmel war ein wenig aufgeklart, seit sie sich in Rheinnähe befanden. Überhaupt hatte es hier heute anscheinend wenig geschneit. Sowohl die Straßen als auch die Bürgersteige waren mustergültig geräumt. Tom sah einige Spaziergänger, und natürlich tobten auch Kinder im Schnee. Düffelward war zwar übersichtlich, aber aufgrund der Herbstferien gut besucht. Das Haus der Familie Basch lag am Rande des kleinen Ortes im Fährmannsweg.

Tom sagte, dass er froh sei, sich endlich die Beine vertreten zu können. Er stieg mit Britta aus und schloss den Wagen ab. Britta sog tief die klare und kalte Luft ein, die nach Fluss und Schnee roch.

»Thierry möchte, dass wir auf ihn warten. Sollen wir gucken, ob wir irgendwo einen Kaffee und etwas zu beißen bekommen?«, fragte Tom.

»Ich würde gern runter zum Rhein gehen«, sagte Britta.

»Vielleicht gibt es dort ja ein Café«, sagte Tom hoffnungsvoll. »Nur, ob die noch aufhaben?«

»Sind doch noch genug Gäste da«, entgegnete Britta.

Sie hatte sich in Bewegung gesetzt. Die Sonne war inzwischen endgültig gegen die Wolkendecke angekommen. An der Röstendaalstraße wies ihnen ein Schild den Weg zum Anlegesteg der Fähre nach Schenkenschanz. Auf der schmalen Straße, die auf dem Deich verlief, herrschte regelrechter Kurbetrieb. Kinder rodelten immer wieder hingebungsvoll die flache Steigung hinunter. Die Spaziergänger, die flache Plastikbobs bei sich trugen, ließen sich von ihnen anstecken. Britta musste schmunzeln. So flach und kurz konnte ein Hang gar nicht sein, dass die Kids keinen Spaß hatten.

Britta und Tom gingen die kurze Fahrstraße zur Deichkrone hinauf. Der Schnee der vergangenen Tage war auch hier geräumt, der Asphalt aber trotzdem einigermaßen rutschig. Oben auf dem Deich wehte ein deutlich heftigerer Wind. Tom blieb stehen.

»Das ist nie und nimmer der Rhein, oder?«, sagte er überrascht.

Vor ihren Augen zog zwischen schneebedeckten Wiesen und kahlen Silberweiden ein eher kleiner, ruhiger Fluss vorbei, dessen Ränder zuzufrieren begannen.

Britta lachte und zeigte geradeaus nach Osten. »Der Rhein ist dahinten, kannst du von hier gar nicht sehen. Das ist der Altrhein.«

»Altrhein? Das heißt, es gibt auch einen Jungrhein«, feixte Tom. »Und der echte ist nicht mal zu sehen? Warum ist dann hier ein Deich?«

»Das ist alles Überschwemmungsgebiet.« Sie wies mit der Hand auf einen kleinen, von Mauern und Deichen umgebenen Ort, der auf der anderen Seite des Altrheins lag. »Das ist die Insel Schenkenschanz. Ist aber nur eine Insel, wenn hier alles unter Wasser steht. Dahinten«, sie drehte sich um und zeigte nach Norden, »ist die Grenze zu den Niederlanden. Dort heißt unser Rhein dann Waal.«

»Inseln habe ich mir immer von mehr Wasser umgeben vorgestellt«, sagte Tom, »aber immerhin gibt es eine Fähre.«

Knapp fünfzig Meter unterhalb des Deiches legte soeben die Schenkenschanzer Fähre an, auf der sich ein paar Spaziergänger und weitere Kinder mit Schlitten befanden.

Eine Frau, die ihnen auf dem Deich entgegenkam, beschrieb Britta und Tom den Weg zu einem Bauerncafé. Trotz des strahlenden Sonnenscheins war es empfindlich kalt. Bis Neumann mit den Klever Kollegen eintrudelte, konnten sie sich genauso gut etwas aufwärmen und einen Kaffee trinken.

***

Ihnen kam eine junge Frau in dicker Steppjacke entgegen, die gegen den beißenden Wind eine Kapuze trug und einen Buggy vor sich über den festgefahrenen Schnee schob, während der kleine Passagier in seinem Schneeanzug nebenherrannte. Britta drehte sich lächelnd noch einmal nach dem Jungen um.

»Süßer Kerl, oder?«, fragte Tom.

»Absolut«, sagte Britta.

Tom wurde nachdenklich. »Ist doch komisch, dass wir es in

unserem Fall mit lauter alleinerziehenden Müttern zu tun haben. Beziehungsweise mit Müttern, die ihre Kinder bewusst ohne Vater großziehen.«

»Na ja, mit Ausnahme von Alexa Liebermann, und Heidi Rother hatte vermutlich keine andere Wahl.«

»Du meinst, weil sie lesbisch war? Ist doch kein Grund, dem Kind den Vater vorzuenthalten. Und Emma Basch und die Mütter von Lars und Jessy?«

»Ich habe den Gedanken, dass all diese Kinder künstlich gezeugt worden sind. Anders ist das gar nicht zu erklären.«

»Wieder mit Ausnahme der Liebermanns, oder?«, meinte Tom missmutig. »Kannst du dir vorstellen, ein Kind allein aufzuziehen? Ich meine, dass du dich ganz bewusst dafür entscheidest?«

Britta fühlte sich ertappt. Genau das ging ihr nicht erst seit diesem Fall durch den Kopf.

»Vorstellen schon«, sagte sie. Sie drehte sich noch einmal um und deutete unbestimmt in Richtung Hang, wo die Kinder noch immer im Schnee spielten. »Ich hätte auch gern ein Kind, aber jetzt bin ich bereits achtunddreißig. Da denkt man über Alternativen nach.«

»Du meinst, die ›Ohne-Mann-Alternative‹? Warum nicht mit Mann?«

»Weil ich bislang nicht den richtigen Kerl gefunden habe«, erwiderte sie. Sie musterte Tom für einen Augenblick. War er eine Alternative? Bis sie das herausgefunden hatte, war sie wahrscheinlich vierzig oder fünfzig.

»Das höre ich immer öfter«, sagte Tom. »Der so oft beschworene Kompromiss bei der Partnerwahl ist also nur ein Fake, so wie dieser Rhein hier?«

»Man trifft zu viele Potemkinsche Dörfer, wenn du so willst. Irgendwann reicht es einem. Und wenn du schon fragst: Ich komme auch ganz gut allein zurecht. Und nur um irgendeinen Kerl auf dem Sofa sitzen zu haben, gebe ich das hier nicht auf.« Britta kickte einen Stein weg. »Heute sind die Frauen gut im Job, rackern sich aber auch noch krampfhaft dabei ab, eine gute Mutter und tolle Partnerin zu sein. Euch Männern reicht es völlig aus, gut im Job zu sein. Ihr vernachlässigt Frau und Kind und seid hinterher total überrascht, wenn die sich beschweren.« Britta redete sich richtig in Rage. »Frauen strampeln sich überall ab und werden dann wegen einer Jüngeren verlassen.«

»Du hast Angst, dass man dich wegen einer jüngeren Frau verlässt? Das meinst du nicht ernst?«

Britta holte tief Luft und ließ resigniert die Arme sinken. »Ich habe dir versucht zu erklären, warum manche Frauen der Meinung sind, dass sie ohne den Kindsvater besser dran sind.« Sie fügte hinzu: »Und darüber vergessen, dass jedes Kind einen Vater haben sollte.«

»Ich kann mir nicht vorstellen, dass ich dich jemals verlassen würde«, sagte er leise. Britta senkte verlegen ihren Blick.

»Kannst du nicht mal stillstehen?«, fragte Tom und zog sie zu sich heran. Er küsste sie auf den Mund und sah sie fragend an. Dann küsste er sie wieder. »Ich kann nichts dagegen tun, dass du schlechte Erfahrungen gemacht hast, aber vielleicht könnten wir zwei zusammen ein paar neue machen?«

»Nur wenn sie besser sind«, lachte Britta und lief spielerisch ein paar Schritte rückwärts.

Tom lief hinter ihr her und fasste sie an der Hand. Der Altrhein machte einen weiten Bogen nach rechts in Richtung Hauptrhein. Immer wieder gab es kleine Anleger und auch die ein oder andere Jolle, die unter einer Persenning vertäut war. Auf den Weiden linker Hand grasten Schafe, die ihre wolligen Schmuddelhintern gegen den Wind drehten. Vor ihnen tauchte ein schmucker Vierkanthof auf, der sich dicht an den Deich schmiegte. Straße und Deich bogen nach rechts zum Rhein ab, und ein Schild wies zum »Rosenhof-Bauerncafé«. Möwen jagten über den Himmel und stießen immer wieder kreischend herab. Es roch nach Herbst und Laub und Wind. Britta ließ Tom los und lief den Deich hinunter auf das Wasser des Altrheins zu. Das Ufer war von Schnee bedeckt, aber dort, wo die Wellen über den Sand leckten, lag es frei. Der Fluss begann langsam, sich mit Eis zu bedecken, und Möwen, Trauerenten und Seeschwalben flogen waghalsige Schleifen über den Eisfeldern und dem dunklen Wasser.

»Mann, das ist echt ein Wetter«, rief Tom gegen den Wind. »Wir kriegen Sturm, wenn du mich fragst.«

Er fasste Britta wieder bei der Hand. Im Nordosten, dort, wo der Rhein sich Waal zu nennen begann, türmten sich Klüfte aus schwarzen Wolken voller Schnee und Kälte.

»Komm, ich hab Hunger, da hinter dem Deich gibt es bestimmt Kuchen oder Würstchen.«

Während sie im Rosenhof ihren Pflaumenkuchen und ihren Kaffee genossen, stellte Britta wieder fest, dass Tom ein äußerst amüsanter und kluger Gesprächspartner war. Als sie nach einer halben Stunde das Café wieder verließen, fasste sie ihn an den Aufschlägen seiner Jacke.

»Warum hat das so lange gedauert? Musstest du erst mal Mut fassen?«

»Was hat lange gedauert?«, fragte er lächelnd.

»Das.« Sie küsste ihn auf den Mund.

»Na hör mal, ich habe Blut und Wasser geschwitzt, Frau Kollegin. Außerdem«, er grinste, »wollte ich nicht, dass du denkst, ich reiße mir immer die hübscheste Kollegin auf. Ich wollte bis nach dem Fall warten, eigentlich.«

»Eigentlich?«

»Na, ja, ich meine nur … ich hatte auf einmal Angst, zu spät zu kommen.«

Britta lachte und küsste ihn noch einmal. Das war ein gutes »eigentlich«.

Mittlerweile hatte sich der Himmel wieder zugezogen. Der Nordostwind frischte rasch und heftig weiter auf und zauste die Nebelweiden am Horizont. Oben auf dem Deich wurde es jetzt zu ungemütlich, weshalb Britta und Tom auf den Fußweg auswichen, der unterhalb des Deichs am Altrhein entlang verlief. Die meisten Spaziergänger hatten den Heimweg angetreten, nur ein paar Radfahrer eierten noch etwas unbeholfen durch den festgefahrenen Schnee, und eine Gruppe von Senioren, die auch im Rosenhof gewesen war, hatte beim Klönschnack wohl etwas viel Rum abbekommen. Tom und Britta sahen die junge Frau von eben zurückkommen, die ihren kleinen Sohn jetzt im Buggy vor sich herschob. Zum Schutz vor dem Wind hatte sie ein Verdeck übergeklappt.

Als die Frau nur noch ungefähr zwanzig Meter von ihnen entfernt war, blieb Britta überrascht stehen. Auf der Deichkrone waren drei Männer aufgetaucht, die zu der Frau hinuntersahen und sich rasch in Bewegung setzten. Britta blickte angestrengt zu der jungen Frau hinüber, die ihnen arglos entgegenkam.

»Tom«, rief sie, »das … das da vorne ist Emma Basch! Und die Männer …«

Ohne ein weiteres Wort zu verlieren, riss sie den Reißverschluss ihres Anoraks auf und griff nach ihrer Walther, die im Schulterholster steckte. Jetzt sah auch Tom die Männer, die sich aufgefächert hatten und auf die Frau mit dem Kind zurannten. Tom zog ebenfalls seine Waffe und lief hinter Britta her, die Emma Basch entgegenstürzte. Die junge Frau hatte die Männer inzwischen ebenfalls bemerkt und rannte mit dem Kinderwagen los, ohne die geringste Chance, ihren Verfolgern auf der geraden und offenen Strecke zu entkommen. Die Männer holten rasch auf. Sie hatten den Fußweg erreicht und waren nur noch gute zwanzig Meter hinter ihr. Der vorderste der Männer blieb unvermittelt stehen und hob eine Waffe. Er würde Emma Basch von hinten erschießen, es ging ihm nur um den Jungen.

»Stehen bleiben, Polizei!«, schrie Britta, die Emma Basch mittlerweile erreicht hatte und sich schützend vor sie stellte, dem Mann zu. »Waffe fallen lassen!«

Die Männer wirkten für einen Augenblick überrumpelt. Dann langte einer von ihnen, dem die blonden Haare bis auf die Schultern reichten, hinter seinen Rücken. Der erste Mann fixierte Britta und hob wieder seine Waffe, die er vor Überraschung kurz hatte sinken lassen. Im nächsten Augenblick drückte Britta ab. Schnee und Erde spritzten zu Füßen des Mannes hoch, der erschrocken zur Seite taumelte. Als der zweite Mann mit seiner Waffe anlegte, schoss auch Tom. Er traf den Arm des blonden Mannes, dessen Waffe nun im hohen Bogen in den Schnee fiel. Der dritte der Männer hatte schnell geschaltet und stürzte sich auf Britta. Britta versuchte, dem Angriff des untersetzten Mannes auszuweichen, kam aber ins Straucheln. Ohne die Walther aus dem beidhändigen Anschlag zu nehmen, drehte sie sich nach einem Ausfallschritt um die Achse und versetzte dem Angreifer, der durch den Schwung seines Angriffs auf die Knie gekommen war, einen wuchtigen Tritt. Tom, der einen Moment abgelenkt war, sah aus den Augenwinkeln, wie der erste Angreifer erneut auf sie zielte, aber er riss seine Walther hoch und schoss dem Mann ins rechte Bein.

Jetzt erst hörte Britta Schreie. Aus den Augenwinkeln sah sie die Rentner zum Café zurücklaufen. Emma Basch stand mit der rauchenden Waffe des blonden Mannes neben dem Buggy. Mit beiden Händen zielte sie auf die ganze Gruppe: Polizisten und Angreifer. Der Blonde riss dem Untersetzten die Waffe aus der Hand, trat den Rückzug an und rannte den Deich hoch. Der erste Angreifer lag verwundet im Schnee, der sich unter ihm rasch rot färbte. Den Untersetzten, der unter Schmerzen zu Boden gegangen war, hielt Britta in Schach.

»Nehmen Sie die Waffe runter, Frau Basch«, sagte Tom ruhig, während er gleichzeitig die Pistole des ersten Mannes zur Seite trat. »Wir sind hier, um Ihnen zu helfen. Wir bringen Aaron in Sicherheit.«

Emma Baschs Gesicht spiegelte Panik wider. Die Pistole in ihren Händen zielte abwechselnd auf Tom und den ersten Angreifer im Schnee. Im selben Moment krachte ein Schuss, der Mann im Schnee vor Tom bäumte sich auf. Britta brauchte einen Augenblick, bis sie erkannte, dass es nicht Emma Basch gewesen war, die geschossen hatte. Auf der Deichkrone stand der Blonde und zielte auf sie.

»Zur Seite!«, schrie Tom, stellte sich schützend vor Frau Basch und den Buggy, und Britta feuerte auf den Mann auf der Deichkrone, verfehlte ihn aber.

Sie alle hatten die denkbar schlechteste Position, ohne Deckung. Der Untersetzte am Boden versuchte auf die Beine zu kommen, als ein weiterer Schuss krachte. Er taumelte zur Seite, fing sich aber wieder und rannte den Deich hinauf, wie die Texaner den Alamo. Der Mann oben zögerte einen Moment, dann lief er auf der anderen Seite wieder hinunter. Sein Komplize stolperte hinterher.

Britta sprintete den Deich hinauf. Aus der Ferne war ein Martinshorn zu hören. Offenbar hatte jemand die Geistesgegenwart besessen, erst die Polizei zu rufen und erst anschließend die Handyfotos bei Facebook zu posten.

Cannobio

Ben steuerte den Volvo über den verschneiten Parkplatz von Cavaglio und parkte zwischen einigen Lieferwagen, damit ihr Wagen von der Straße aus nicht zu sehen war. Es war kurz vor zwanzig Uhr. Ellis und er hatten in einer Trattoria in Cannobio zu Mittag gegessen und waren dabei alles durchgegangen, was sie über das Klinikgelände wussten, um den Einbruch in die Verwaltung zu planen. Ellis hatte, als sie heute Vormittag vor Ort gewesen waren, ein paar Prospekte mitgenommen. In einem war ein Geländeplan abgedruckt, aus dem hervorging, dass das Verwaltungsgebäude etwas abseits von den übrigen Klinikgebäuden lag. Zurück im Hotel hatten sie sich bereit gemacht. Ellis hatte sich wieder umgezogen und ihren Rucksack gepackt. Sie präsentierte ohne Verlegenheit Taschenlampe und Kletterseil mit der Erklärung, dass Klettern zu ihren Hobbys gehöre. Die Waffe hatte sie ihm allerdings nicht gezeigt, und Ben hatte nur mühsam an sich halten können. Als sie im Auto saßen, fragte er sich, ob sie ihre Kanone auch eingesteckt hatte.

Bereits auf dem Weg ins Cannobinatal kam ihnen eine Reihe von Fahrzeugen entgegen. Schichtende in der Klinik, hoffte Ben. Ihr Plan war nicht sonderlich ausgearbeitet und umfasste lediglich die groben Punkte, irgendwie in das Verwaltungsgebäude einzudringen und nach der Personalakte von Dario Pausetti zu suchen. Ben war sich darüber im Klaren, dass die Wahrscheinlichkeit eines Scheiterns hoch war. Selbst wenn sie ins Gebäude hineinkämen, war nicht gesagt, dass sie Pausettis Akte auch finden oder dass diese seine aktuelle Adresse enthalten würde. Dennoch: Ben konnte und wollte nicht aufgeben, Pausetti war ihre einzige Spur.

Vom Parkplatz in Cavaglio aus war es nur ein kurzer Fußmarsch bis zur Auffahrt zur Klinik. Es war kalt und dicht bewölkt, aber dank der hellen Schneedecke nicht völlig finster. Ellis und Ben stapften unter den Bäumen, die die Straße nach »La Nuntia« säumten, bergan. Zweimal mussten sie Schutz im Dunkelsaum der Bäume suchen, als Autos das Klinikgelände verließen. Am Rande des Komplexes angekommen, blieben sie für einen kurzen Moment unter den Bäumen stehen. Der Parkplatz lag vollständig im Dunklen, nur vereinzeltes Licht im Inneren des Hauptgebäudes verriet die Anwesenheit eines Sicherheitsdienstes. Ellis und Ben hielten sich links und passierten die Gebäude nahe der Bergflanke. Hinter dem zweiten Gebäude, durch ein paar Kiefern abgeschirmt, wich die Bergflanke zu einem tiefen Einschnitt zurück.

Es war deutlich zu sehen, dass man sich die Kosten für eine aufwendige Sanierung des Verwaltungsgebäudes gespart hatte. Etwas kleiner als die Hauptgebäude, aber im gleichen Tessiner Stil erbaut, sah man ihm das Alter deutlich an. Der Eingang des rechteckigen Kastens war eine alte Holztür, ebenso schmucklos wie unbeleuchtet. Überhaupt lag hier alles im Dunkeln. Offensichtlich ging es der Klinikleitung mehr darum, die teure Diagnosetechnik vor Diebstahl zu schützen. Ellis gab einen zufriedenen Laut von sich, aber Ben befürchtete, dass sie hier nichts finden würden. An der Längsseite des Gebäudes lag eine schmale Terrasse unter einem flachen und etwas windschiefen Vordach, das dicht mit Wein und Glyzinien bewachsen war.

Ben und Ellis umrundeten das Gebäude. Im zweiten Stock befanden sich umlaufende Loggien mit Bogengängen. Alle Fenster im ersten Stock und im Erdgeschoss waren vergittert, die meisten der Gitter waren jedoch alt und vom Zahn der Zeit ziemlich angegriffen. Ben zerrte probeweise an einigen besonders verrosteten, jedoch vergeblich.

»Wir hätten eine Eisensäge mitbringen sollen oder eine Hilti«, fluchte Ben enttäuscht. Er sah bislang keine Möglichkeit, in das Gebäude einzudringen.

Ellis kniete auf der Terrasse und wühlte in ihrem Rucksack. Sie legte sich das Kletterseil über die rechte Schulter und steckte die Taschenlampe in ihre Anoraktasche.

»Was machst du?«, fragte Ben, als er sah, dass sie die Bergschuhe gegen ihre Turnschuhe tauschte. »Was willst du mit den Leisetretern?«

»In diesen verdammten Kasten einsteigen, was denkst du denn?«

Ellis stand auf und drückte Ben den Rucksack in die Hand. Dann trat sie unter den Rand des Vordachs und warf einen prüfenden Blick nach oben. Im nächsten Augenblick hing sie an der Dachkante und zog sich hinauf. Vorsichtig, um nicht auszurutschen, ging sie auf die Hauswand zu. Fassungslos beobachtete Ben, wie sie im nächsten Augenblick auf einem der Fenstergitter stand. Ohne dass er hätte sagen können, wie, kletterte Ellis an der scheinbar vollkommen glatten Wand weiter nach oben. Mit der linken Hand räumte sie vereisten Schnee, der leise auf das Vordach prasselte, aus einer der Regenablauföffnungen der Loggien über ihr. Ellis griff in die Regenöffnung und zog sich anscheinend mühelos über die Brüstung über ihr. Im nächsten Augenblick war sie im Dunklen verschwunden.

Ben starrte zu den Bogengängen hinauf. Eine volle Minute verstrich, ohne dass er Ellis hörte oder sah. Was machte sie nur dort oben?

Im nächsten Augenblick tauchte Ellis wieder über der Brüstung auf.

»Kannst du daran hochklettern?«, fragte sie und warf, ohne seine Antwort abzuwarten, das orangefarbene Seil zu ihm herab, nachdem sie es um einen Pfeiler der Loggia geführt hatte. Ben nahm einen kurzen Anlauf, sprang hoch und hielt sich – wie zuvor Ellis – an der Dachkante fest. Ohne große Mühe zog er sich hinauf und ging vorsichtig über das Welldach, das unter seinem Gewicht bedrohlich ächzte, auf das herabbaumelnde Seil zu. Er warf einen Blick nach oben. Die vermeintlich glatte Wand wies Risse, Sprünge und Löcher im Putz auf, die Ellis zum Hinaufklettern genutzt hatte. Wie Ellis stieg er zunächst auf das Gitter, griff nach dem Seil und zog sich Richtung Brüstung empor.

Ellis beugte sich zu ihm herab. »Kannst du dich etwas weniger schwer machen? Der Pfeiler biegt sich schon«, ulkte sie und umfasste sein Handgelenk. Mit etwas Hilfe von Ellis rutschte Ben über die Brüstung.

»Wer bist du, dass du wie ein Gecko die Fassade hochkletterst?«, fragte er Ellis, während er neben ihr auf dem nur leicht vom Schnee bedeckten Boden der Loggia saß und darauf wartete, dass sich seine Augen an die Dunkelheit gewöhnten.

»Schon mal was vom Speedklettern gehört?«, gab Ellis zurück. »Hier käme sogar meine Oma hoch.«

Der Lichtkegel ihrer Taschenlampe huschte über die beiden nebeneinanderliegenden Türen, die ins Innere führten. Eine von ihnen stand einen Spalt weit auf.

»Hast du …?«, fragte Ben.

»Damit«, sagte Ellis und zeigte ihm ein Taschenmesser. »Ganz normales Türschloss«, fügte sie hinzu. »Und keine Alarmanlage.«

Die Tür führte in eine Art Krankenzimmer. Die Einrichtung war etwas älter, aber nicht verkommen. Ein Metallbett, ein einfacher Kleiderschrank, ein kleiner Nachtschrank. Ellis leuchtete mit der Taschenlampe durch das Zimmer.

»Vielleicht noch von der Lungenklinik?«, mutmaßte sie.

»Möglich, aber sieh mal.« Ben nahm ein Taschenbuch von dem Nachtschränkchen und versuchte im Schein der Lampe, den Titel zu entziffern. »Keine Sprache, die ich kenne. Jedenfalls nicht Deutsch oder Italienisch. Eher slawisch, oder?« Er blätterte die ersten Seiten auf. »Da: 2010. Das wird das Datum der ersten Auflage sein. Das Buch ist jedenfalls noch keine zwanzig Jahre alt. Komisch ist das.«

»Vielleicht wohnt hier jemand vom Personal?«, fragte Ellis besorgt.

»Glaube ich nicht, war doch alles dunkel«, sagte Ben. »Lass uns mal sehen, was es hier sonst noch so gibt.«

Sie öffneten leise die Zimmertür, und Ellis leuchtete den Gang hinunter, nachdem sie sich vergewissert hatte, dass er keine Fenster hatte, durch die man den Lichtschein von draußen hätte bemerken können. Vom Gang gingen etwa ein Dutzend Türen ab, die alle in ähnlich eingerichtete Zimmer führten. Keines wirkte, als sei es seit Jahrzehnten nicht mehr benutzt worden. Am Ende des Ganges führte eine Treppe nach unten. Auch im zweiten und ersten Stock gab es mehrere Krankenzimmer, daneben einige Badezimmer und Abstellkammern. Das Erdgeschoss unterschied sich jedoch deutlich von den oberen Stockwerken. Diese Räume wurden als Büros genutzt, wie aus den Türschildern, die den Namen des jeweiligen Mitarbeiters angaben, hervorging. Ellis ging den Flur entlang und betrachtete im Licht der Taschenlampe die Schilder.

»Was genau suchst du?«, fragte Ben.

»Die Personalabteilung oder Lohnbuchhaltung … etwas in der Art. Procurare … Amminstrazione … Archivio! Das könnte was sein.«

Sie öffnete die Tür. Die Wände des Raumes dahinter waren komplett mit Aktenschränken vollgestellt. Ben zog die Schublade eines Schranks heraus, die ein Hängeregister enthielt. Wahllos griff er nach einer Akte und begann sie durchzublättern.

»Cartella clinica: Gartenheim, Donatella«, las er vor. »Das ist eine Krankenakte. Dann werden die Personalakten wohl nicht in diesem Schrank sein.«

Ellis leuchtete die Schilder der Aktenschränke ab. Natürlich alphabetisch geordnet, ein System, wie man es in jedem Archiv fand. Der letzte Schrank schloss mit dem Alphabet, in diesem Raum wurden lediglich Krankenakten aufbewahrt.

Ben suchte den Schrank, der die Akte »Liebermann« enthalten musste, fand diese darin aber nicht. Ebenso wenig fanden sie Unterlagen zu Emma Basch.

»Vielleicht liegen die neueren Akten ausschließlich in digitalisierter Form vor«, mutmaßte Ellis.

»Kann sein«, sagte Ben. »Lass uns woanders weitersuchen.«

Im Gang überprüften sie wiederum die Schilder an den Türen.

»Ufficio del personale«, las Ben vor. »Das klingt vielversprechend.« Dieser Raum ähnelte dem Archiv, nur dass er wesentlich kleiner war. Ben suchte die Schränke nach dem richtigen Register ab. »Lau bis Rea. Hier muss es sein.« Fieberhaft durchsuchte Ben die Register. »Moreno, Ania«, las er. Er spürte, wie sein Herz schneller schlug. »Pausetti, Dario. Da haben wir ihn!«

Ben lehnte sich an den Aktenschrank und klappte den Ordner auf. Zeugnisse, Anschreiben, Gehaltsabrechnungen und schließlich ein kartonierter Einleger mit allen persönlichen Daten. Pausetti war vierundvierzig Jahre alt, geboren in Bellinzona und wohnhaft in der Viale Otranto 22 in Verbania. Verbania, dachte Ben aufgeregt, das ist nicht weit weg. Einige Kilometer nördlich von Stresa, am Lago Maggiore gelegen.

»Hoffentlich ist er nicht inzwischen weggezogen«, sagte Ben.

Ellis deutete mit dem Zeigefinger auf einen blauen und einen roten Stempel am unteren Rand der Seite. »Attestato di malattia und hier: Recesso … Der hat erst vor Kurzem gekündigt. Und vorher war er längere Zeit krankgeschrieben, so viel Italienisch kann ich noch.« Sie blätterte weiter durch die Unterlagen bis zu einem von Pausetti unterschriebenen Brief. »Das ist seine Kündigung. Viale Otranto 22. Mehr haben wir nicht.«

»Dann lass uns dahin fahren.«

Ben spürte seine Aufregung. Endlich waren sie ein Stück weiter! Zur Sicherheit kritzelte er die Adresse auf die Rückseite eines Kassenbons, den er in seiner Anoraktasche fand, obwohl er sicher war, dass er sie niemals vergessen würde.

Da alle Fenster vergittert und die unteren Türen abgeschlossen waren, nahmen sie wieder den Weg über die Loggia. Ellis zog die Tür, durch die sie ins Gebäude gelangt waren, zu und wartete, bis Ben über die Brüstung geklettert war und sich nach unten abseilte. Anschließend kletterte sie ebenfalls nach unten. Auf dem Schrägdach zog sie das Seil herunter und sprang zu Ben herab.

Kleve

Britta hatte die beiden flüchtenden Männer nicht mehr einholen können. Die Klever Kripo hatte sofort eine Ringfahndung nach ihnen eingeleitet, bislang ergebnislos. Tom war sicher, dass die beiden sich bereits über die steinwurfnahe Grenze abgesetzt hatten, bevor die niederländischen Kollegen auch nur informiert gewesen waren. Die Leiche des dritten Angreifers war auf dem Weg in die Rechtsmedizin nach Düsseldorf, wo sie erkennungsdienstlich behandelt werden würde.

Inzwischen hatten sich alle in den Räumen der Kripo Kleve eingefunden: Thierry Neumann, der sichtlich erleichtert wirkte, Emma Basch, die unverwandt durch die verglaste Trennwand ihren Jungen im Auge behielt, der sich in der Obhut einer Polizeipsychologin befand, einige Klever Kollegen und Tom und Britta, die durch ihre Geistesgegenwart die junge Mutter und ihr Kind gerettet hatten.

Tom hatte noch nie jemanden kennengelernt, der sich nach einer solchen Traumatisierung, wie Emma Basch sie nur kurz zuvor erlitten haben musste, so schnell wieder gefangen hatte. Alles in Emma Basch war auf Flucht und Überleben getrimmt, und daher weigerte sie sich zu reden. Zuerst hatten alle geglaubt, der Schock aufgrund des Überfalls und die Erleichterung über ihre so unverhoffte Rettung würden sie dazu bewegen, sofort alles, was sie wusste, zu Protokoll zu geben, aber weit gefehlt. Emma Basch schwieg verbissen.

Sie hatte sich ihre langen dunklen Haare kurz geschnitten und wasserstoffblond gefärbt, sie sah aus wie die kleine Schwester der Sängerin von Roxette. Erstaunlich, dass Britta sie erkannt hatte.

»Frau Basch«, sagte Tom eindringlich. »Wir wissen, dass Aaron nicht ihr leibliches Kind ist. Sie haben ihn zwar geboren, aber Sie sind nicht seine biologische Mutter.«

Emma Basch schien für einen Moment vollkommen überrascht, aber sie fing sich schnell wieder.

»Na und? Was spielt das für eine Rolle? Das geht Sie gar nichts an!« Sie senkte kurz den Blick, dann klammerte er sich wieder an Aaron fest.

»Sagt Ihnen der Name Alexa Liebermann etwas? Oder Sebastian Liebermann? Sie sind beide tot. Wir wissen, dass Sie kurz vor seiner Ermordung mit Herrn Liebermann telefoniert haben. Der Sohn von Alexa Liebermann wurde entführt. Und Sie wissen ganz genau, dass die kleine Natascha Rother ermordet worden ist.« Tom baute sich vor Emma Basch auf und versperrte ihr damit den Blick auf Aaron. Das zwang sie dazu, ihn anzusehen und ihm zuzuhören. »Heidi Rother ist ebenfalls tot«, fuhr Tom fort. »Sie kannten sie doch!«

Frau Basch zuckte zusammen, schloss für einen Augenblick die Augen, dann lehnte sie sich zur Seite, um Aaron wieder in ihr Blickfeld zu holen. Noch immer zog sie es vor zu schweigen.

»Es sind noch mehr Kinder entführt worden, zwei weitere Mütter konnten ihre Kinder nicht schützen.« Erneut verstellte Tom, den Frau Baschs Verhalten langsam aufregte, ihr die Sicht auf ihren Sohn. »Wären wir heute nicht zur Stelle gewesen, wäre ihr kleiner Junge jetzt in den Händen der Mörder … ohne Sie … und vielleicht ebenfalls nicht mehr am Leben.«

Frau Basch gab einen erstickten Laut von sich.

»Sie werden ihn nicht schützen können, Emma.« Britta schob ihren Stuhl näher an Emma Basch heran und nahm ihre Hand. »Sie haben bis hierhin alles richtig gemacht. Ihr Sohn lebt, und wir werden ihn schützen, das verspreche ich Ihnen. Aber Sie müssen mit uns zusammenarbeiten, denn sie werden wieder zuschlagen. Sie werden zurückkommen wie bei Heidi Rother, und sie werden irgendwann Erfolg haben.«

Emma Basch stierte sie einen Augenblick an. »Niemand wollte mir helfen. Meinen Hund haben sie totgetreten«, sagte sie tonlos. Ihre Augen füllten sich mit Tränen.

»Es sind Fehler gemacht worden, Frau Basch«, versuchte Neumann, sie zu beschwichtigen. »Alfons Kübler wird disziplinarisch auf das Schärfste bestraft werden. Polizeimeister Höller hat uns alles berichtet. Frau Basch, Ihr Hund wurde mit der gleichen Waffe erschossen wie ein kleiner Junge aus Wilhelmshaven, Lars Wenninger.« Das hatte die Ballistik ergeben.

Britta nahm ein A4-Foto von Lars aus einer Mappe und reichte es Emma Basch. Diese starrte auf das Bild. Man merkte ihr an, dass ihr die Ähnlichkeit zwischen Lars und ihrem Sohn nicht entging.

»Lars und Aaron sind genetisch gesehen Geschwister«, sagte Britta behutsam. »Genauso wie sie Geschwister von Natascha Rother und dem Sohn von Alexa Liebermann sind. Auch er und ein weiteres kleines Mädchen wurden entführt. Wenn wir sie retten wollen, müssen Sie uns helfen!«

»Heidi und ich kennen uns seit Jahren«, begann Frau Basch leise nach längerem Zögern. »Wir haben uns bei unserer Ausbildung kennengelernt.«

»Zur Heilerin?«, fragte Tom mit seltsamem Unterton. Britta warf ihm einen scharfen Blick zu.

»Ja«, kam es von Emma Basch. »Heidi wollte immer ein Kind. Sie war aus diesem Grund in allen möglichen Foren unterwegs. Sie wissen, dass sie lesbisch war?«

Britta nickte.

»Schließlich hat sie mir von einem Forum erzählt, in dem man eine kostenlose Insemination gewinnen konnte. Das war eine Art Werbeaktion. Man musste nur einen Fragebogen ausfüllen. Ich fand das ja etwas merkwürdig, aber Heidi war direkt Feuer und Flamme.«

»Warum hat sie nicht ganz regulär … ich meine, beim Arzt …?« Neumann brach ab.

»In Deutschland macht man es lesbischen Singlefrauen nicht gerade leicht, zu groß ist die Angst vor Unterhaltsansprüchen gegen den Arzt oder gegen die Samenbank. Auch zahlt die Kasse das nicht, und ich weiß, dass Heidi zumindest eine erfolglose künstliche Befruchtung in Holland hinter sich hatte.«

»Sie haben dann ebenfalls an der Online-Befragung teilgenommen?«, hakte Britta nach.

»Ja, und wir haben tatsächlich gewonnen. Heidi und ich wurden in eine renommierte Kinderwunsch-Klinik am Lago Maggiore eingeladen. Dort habe ich auch Alexa Liebermann kennengelernt. Sie hatte aber nicht an der Aktion teilgenommen, sie war mit ihrem Freund da. Die Behandlung wurde von einem

Dr. Pausetti durchgeführt. Man bat uns vor der Insemination, für ein Erfolgsmonitoring unsere Adressen zu hinterlegen, und für den Fall, dass wir innerhalb der nächsten zehn Jahre umziehen, auch unsere neue Adresse mitzuteilen. Bei Heidi und mir hat es direkt beim ersten Mal geklappt. Ich war überglücklich.« Sie sah wieder zu Aaron, der mit der Psychologin ein Bilderbuch betrachtete. »Bis vor einigen Wochen. Ich holte Aaron vom Kindergarten ab und fand in seinem Anorak einen Brief.«

Sie berichtete, dass Dr. Pausetti sie und Heidi Rother gewarnt hatte: Ihre Kinder seien in Gefahr, sie müssten sofort untertauchen. Heidi Rother hatte Pausettis Warnung allerdings als Quatsch abgetan, sich aber nicht erklären können, warum ihnen ihr ehemaliger Arzt so einen Brief schickte. Emma Basch allerdings war alarmiert gewesen und hatte einen Gentest durchführen lassen. Als sie erfuhr, dass Aaron nicht ihr leibliches Kind war, nahm sie erneut mit Heidi Rother Kontakt auf. Vergeblich.

Nach dem Einbruch in ihr Haus in Heinsberg hatte sie ohne zu zögern gehandelt. Sie fingierte Aarons Verschwinden, indem sie sich auf das Gelände der Kita schlich und ihr Kind über den Gartenzaun hob. Ihre Mutter nahm Aaron auf der anderen Seite entgegen und brachte ihn heimlich nach Düffelward. Ein paar Tage später tauchte auch Emma Basch unter. Ihren Wagen ließ sie im Wald stehen, um alles nach einer Gewalttat aussehen zu lassen. Anschließend versteckte sie sich bei ihrer Mutter. Emma Basch plante so, Aaron und sich selbst sowohl den Verbrechern als auch den Behörden zu entziehen. Zugleich hoffte sie, dass die Polizei die Verbrecher abschrecken würde. Ein Trugschluss, wie sie nun wusste.

Emma Basch berichtete darauf von allem, an das sie sich erinnern konnte, sämtliche Einzelheiten der Geschehnisse in der Klinik. Sie erzählte auch, dass Sebastian Liebermann versucht hatte, Kontakt zu ihr aufzunehmen. Liebermann wollte sie warnen, da auch seine Schwester eine ähnliche Warnung erhalten hatte. Emma hatte in ihrer Panik, den Jungen zu verlieren, Liebermann zunächst abgewiesen, dies später bereut, Sebastian Liebermann zu diesem Zeitpunkt aber nicht mehr erreichen können. Die Nachricht von Pausetti hatte sie vernichtet, das war bedauerlich.

Tom rief Jerry Straub an, um ihn auf den neuesten Stand zu bringen. Straub versprach, Heidi Rothers Haus nach Pausettis Brief zu durchsuchen und auch ihren Bürocomputer ein weiteres Mal zu überprüfen. Dann informierte Tom Schnurbus, der gleich für den nächsten Tag ein Rechtshilfeersuchen an die italienischen Behörden stellen wollte. Tom fluchte, weil ihnen ausgerechnet jetzt die Hände gebunden waren. Aber ohne die Hilfe der italienischen Polizei kamen sie nicht weiter.

Neuss

Tom betrachtete das Anwesen der Weltekes in Alt-Meerbusch. Nicht gerade die preiswerteste Adresse. Nach der Rückkehr nach Neuss und einer kurzen Besprechung mit Schnurbus, Britta und dem Rest der SOKO hatte er sich dazu entschlossen, endlich das aufgeschobene Gespräch mit Kai Welteke nachzuholen. Viel mehr konnte er aktuell nicht tun. Kai Welteke hatte ihn zu sich nach Hause gebeten, da er sich um seine Frau kümmern musste, die nicht ganz wohlauf war. Auf Toms Klingeln öffnete Welteke selbst. Tatsächlich wirkte Kai Welteke, als wäre *er* krank und nicht seine Frau. Er trug abgetragene Jeans und ein Polohemd, das – ebenso wie seine Haare – aussah, als hätte er darin geschlafen. Sein Dreitagebart hatte sicher fünf Tage auf dem Buckel, die Wangen waren eingefallen und die Augen rot gerändert.

»Guten Tag, Herr Kommissar«, begrüßte Welteke ihn. »Kommen Sie herein. Es ist nett, dass Sie sich zu uns rausbemühen. Meiner Frau geht es nicht gut, und ich wollte sie nur ungern allein lassen.«

Tom folgte ihm ins Wohnzimmer und nahm auf dem Sofa Platz. Was für ein bequemes Teil, dachte er. Überhaupt eine schicke Bude. Nicht so steril wie die von Liebermann, dafür aber noch teurer.

»Ich hoffe, es ist nichts Ernstes?«, fragte er höflich.

Welteke presste einen Augenblick die Lippen zusammen. Dann schüttelte er müde den Kopf. »Meine Frau ist von zarter Konstitution und neigt zu depressiven Stimmungen. Die Sache mit Alexa hat sie schwer mitgenommen. Mich natürlich auch. Erst Sebastian, der Kleine und dann Alexa.« Er versuchte zu lächeln, aber es misslang. »Was kann ich für Sie tun? Gibt es etwas Neues?«

Tom hielt es für besser, beim jetzigen Stand der Ermittlungen nicht über Emma Basch zu reden. »Wir tappen immer noch im Dunkeln, leider. Vor allem suchen wir immer noch nach Herrn Gens. Haben Sie irgendetwas gehört? Hat er Kontakt mit Ihnen aufgenommen oder mit Herrn Liebermann?«

»Nein, ich fürchte, ich kann Ihnen da absolut nicht weiterhelfen. Es tut mir leid.«

»Stimmt es, dass Sie Mitschüler waren, Sie und Herr Gens? Ich hatte Sie so verstanden, dass Sie nur mit Ben Liebermann in einer Klasse waren. Aber Sie haben auch mit Herrn Gens das Romér College in der Schweiz besucht, nicht wahr?«

Welteke stützte seinen Kopf auf. »Ja, das ist richtig. Ich habe es nicht für so wichtig gehalten. Simon und ich standen uns nie sehr nah, damals hatten wir rein gar nichts miteinander zu tun. Und diese drei Jahre dort im Schweizer Internat habe ich lieber verdrängt. Ich würde meinen Sohn niemals auf so eine Schule schicken«, antwortete er, immer heftiger werdend.

»Haben Sie Simon Gens und Alexa Liebermann miteinander bekannt gemacht?«

»Nein. Ich glaube, sie kannten sich von früher. Über Ben, nehme ich an.« Welteke strich sich mit fahrigen Bewegungen durchs Haar.

»Wissen Sie, ob Alexa Liebermann eine Fertilitätsbehandlung bei sich hat durchführen lassen?«, fragte Tom.

Welteke sah auf. »Was?«

»Wir haben Grund zu der Annahme, dass Jonas in einer Klinik in Italien, na ja … gezeugt worden ist. Haben Sie davon mal etwas gehört? Vielleicht auch nur, dass Alexa vor knapp drei Jahren einen Klinikaufenthalt in Italien hatte?«

Welteke zuckte die Achseln. »Ich habe keine Ahnung, worauf Sie hinauswollen. So nahe haben wir uns nun nicht gestanden. Warum fragen Sie Ben nicht danach? Er dürfte als ihr Bruder doch besser darüber Bescheid wissen, oder?«

Tom stand auf. Dass Liebermann ebenfalls wie vom Erdboden verschluckt war, behielt er für sich. Sie hatten bislang lediglich herausgefunden, dass er bei der Mietwagenvermittlung ein weiteres Auto gemietet hatte. Ganz offenkundig hatte er untertauchen wollen, wie Gens. Bislang war die Fahndung nach dem Volvo SUV erfolglos geblieben.

»Herr Welteke, das wäre vorerst alles. Alles Gute für Ihre Frau.«

Welteke begleitete ihn noch nach draußen. »Tut mir leid, dass ich keine große Hilfe war«, sagte er, während er Tom die Tür aufhielt.

Zurück im Revier ließ Tom sich von Jörg Wahl die Klassenlisten vom Romér College geben. Etwas war ihm entgangen, da war er sicher. Als er noch einmal konzentriert die Namen durchging, wurde er stutzig.

Simon Gens, Kai Welteke und Sergio Adamski, und, verdammt, Dario Pausetti. Tom nahm die Liste und stürmte in Brittas Büro. Britta und Jörg Wahl saßen sich an ihrem Schreibtisch gegenüber, und Justus Müsse lehnte an der Wand.

»Wir haben da etwas von den Kollegen aus Kleve reinbekommen, Tom. Emma Basch hat weder Frau Wenninger noch Frau Hamacher auf Fotos wiedererkannt, aber der Gynäkologe von Frau Hamacher hat bestätigt, dass sie bei ihm war, weil sie Probleme hatte, schwanger zu werden«, sagte Britta.

»Und Frank Herbstlich, der Rechtsmediziner aus Duisburg, ist relativ sicher, dass Frau Rother wegen einer schweren Endometriose nicht schwanger werden konnte«, warf Justus ein.

Tom warf die Klassenlisten auf Brittas Schreibtisch. »Und Dario Pausetti hat zusammen mit Gens, Welteke und Sergio Adamski die Schulbank gedrückt. Hast du Adamski inzwischen mal durch den Computer laufen lassen, Jörg?«

»Ja, und der ist fast nicht mehr fertig geworden. Europol hat eine Riesenakte über ihn: Geldwäsche, organisierte Kriminalität, Mädchenhandel und so weiter. Die Schweizer Behörden sind für jeden Hinweis dankbar, bislang ist es ihnen nie gelungen, genug Beweismittel für eine Anklage zusammenzubringen.«

»Adamski?«, unterbrach ihn Justus. »Dem gehört ›La Nuntia‹, ich habe den Laden heute Nacht noch näher unter die Lupe genommen. War nicht einfach, das herauszufinden, Adamski gehört ein undurchsichtiger Wust von Unternehmen, aber ›La Nuntia‹ hat wohl noch sein Vater erstanden, nachdem es als Lungenklinik aufgegeben wurde.«

»Was wissen wir über Adamski?«

»Sein Vater hat sich ein Vermögen durch Firmenübernahmen verschafft. Die Behörden hatten damals aber den Verdacht, dass Adamski Senior vor allem durch Finanzbetrug und Steuerhinterziehung zu Wohlstand gekommen war. Seit den neunziger Jahren ist sein Sohn Sergio am Ruder. Und der ist mit allen

Wassern gewaschen. Aber bislang ist niemand an ihn rangekommen.«

Tom sah Britta an. Was hatte das alles mit Alexa Liebermann zu tun? Was mit Emma Basch und den anderen Frauen?

In diesem Moment stürmte Florian Gerstenmayer ins Büro. »Hier bist du, Tom. Ich hab da was über Gens.«

»Schieß los!«

»Okay, die Kurzfassung. Geboren – wie gesagt – in Moers. Beide Eltern Mediziner. Sein Vater war Erbe einer kleinen, aber erfolgreichen Pharmafirma, die im Besitz einiger äußerst erfolgreicher Patente war. Als Gens' Vater vom Dach fiel, hat seine Frau den Laden verkauft, für ein erkleckliches Sümmchen.«

»Hat sie Gens danach auf das Schweizer Internat geschickt?«, fragte Britta.

»Nein. Das war erst viel später. Sie zog damals mit ihrem Sohn nach Neuss. Dort hat sie …«, Gerstenmayer machte eine Kunstpause und sah alle der Reihe nach an, »… dort hat sie Rudolf Welteke kennen- und lieben gelernt. Sie haben nicht geheiratet, aber sie hat von da an bei ihm gewohnt. Aus den Meldeunterlagen ging dies aber nicht hervor. Sie war noch bis zu ihrem Tod in ihrer Eigentumswohnung gemeldet. Im gleichen Jahr gingen Rudolf Weltekes Sohn Kai und Simon zusammen auf dieses Schweizer Internat.«

»Kai Welteke und Simon Gens sind quasi Brüder?«, fragte Tom überrascht.

»Eine Art Stiefbrüder, ja.«

Tom schlug mit der flachen Hand gegen den Türrahmen. »Ich war eben noch bei Welteke. Das mit der Schule hat er auf mein Nachhaken hin zugegeben, aber dass sie sich so gut kannten …«

»Das ist ja ein ganz sauberes Quartett, was sich da in der Klasse zusammengefunden hat«, sagte Justus Müsse langsam. »Was hast du sonst noch über Gens herausgefunden?«

»Gens hat nach der Matura erst in Genf Medzin studiert und ist dann zu BWL gewechselt, in Köln.«

»Frauen, außer Alexa Liebermann?«, fragte Britta.

»Ein Womanizer war er nicht gerade«, sagte Jörg Wahl. »Aber eine Klassenkameradin, die ich von Romér aufgetan habe, hat mir erzählt, dass er während seiner Internatszeit mit einem Mädchen zusammen war. Sie sind dann auch zusammen nach Genf studieren gegangen. Mehr wusste die Dame aber nicht.«

»Das war aber nicht Alexa Liebermann, oder?«

»Nein, sie hieß Johanna Gutleben.«

Staatsanwalt Schnurbus war der Dritte, der an diesem Vormittag in Brittas Büro stürmte. Er schwenkte ein Fax.

»Die italienischen Behörden haben sich bereits gemeldet. Dario Pausetti ist heute Nacht ermordet worden.«

»Das kann doch nicht wahr sein«, stöhnte Tom, während sich Britta und Jörg Wahl fassungslos anstarrten.

Schnurbus nickte – er wirkte wie immer relativ ungerührt. »Sie erwähnten eben den Namen Johanna Gutleben, Küppers?«

»Ja, sie war die Freundin von Simon Gens.«

»Das ist interessant«, sagte Schnurbus. »Johanna Gutleben ist die Frau von Kai Welteke. Alter Neusser Adel, ich kenne den Vater aus dem Schützenverein.«

Verbania

Ellis und Ben wollten keine Zeit verlieren. Pausetti musste, wenn er noch in Verbania wohnte, mit einem Besuch am späten Abend klarkommen. Sie würden gleich noch zu ihm fahren.

Ben war einmal mehr von Ellis überrascht. In die Verwaltung einzubrechen war sehr viel einfacher gewesen, als er zu hoffen gewagt hatte. Einbruchtechnisch war das alte Gebäude nicht auf dem neuesten Stand. Aber ohne Ellis' Kletterkünste …

»Du kletterst wie ein Affe. Gehört das zur Hebammenausbildung?«

»Zweites Lehrjahr: Verhalten in Notsituationen.«

»Na klar!«

Ben warf einen Blick in den Rückspiegel. Die SS 34 am See entlang war auch jetzt noch, um kurz vor zweiundzwanzig Uhr, recht dicht befahren. Aufgrund des Schnees fuhren alle etwas angepasster als gewöhnlich, niemand überholte sie. Vielleicht war das der Grund, warum der weiße Ford Focus noch immer hinter ihnen war. Zum ersten Mal hatte Ben ihn vor dem Hotel beim Einladen ihres Gepäcks bemerkt. Aber weiße Focus gab es viele, und er hatte sich die Nummer nicht gemerkt. Warum auch?

Hinter Cannero tauchte der Wagen wieder auf. Vielleicht war es ein Zufall und hatte nichts zu bedeuten, aber … Als sie in einer Kurve außer Sichtweite waren, bog Ben unvermittelt in eine Seitenstraße ein.

»Was ist? Musst du mal?«

Ben parkte hinter einem Lieferwagen, stieg aus und rannte zur Kreuzung zurück. Der Focus war gerade vorbeigefahren. »DA 213«, mehr konnte er nicht erkennen. Aber zumindest hatten sie ihren vermeintlichen Verfolger abgeschüttelt.

Ben stieg wieder ein und lenkte den Wagen auf die Uferstraße zurück. Ellis hatte ungläubig den Kopf geschüttelt, als er ihr von seinem Verdacht erzählte. Die nächsten Minuten über warf Ben immer wieder einen Blick in den Rückspiegel. Kein weißer Focus mehr. Er entspannte sich.

In Verbania hatten die Einwohner offenkundig vor dem Schnee kapituliert. Kaum jemand war zu sehen, als sie durch den Ort fuhren. Die Straßen waren auch hier geräumt, aber es schneite noch immer.

Da sie keinen Stadtplan hatten, kurvte Ben zunächst etwas unentschlossen durch die Straßen, in der Hoffnung, per Zufall die Viale Otranto zu entdecken. Schließlich gab er auf. Er hielt in der Nähe des Krankenhauses an und stieg aus, um einen Taxifahrer nach dem Weg zu fragen. Glücklicherweise sprach dieser gut genug Deutsch, um ihm den Weg beschreiben zu können. Die Viale Otranto befand sich nicht im Stadtteil Pallanza, in dem sie sich gerade befanden, sondern in Intra.

Gerade als Ben wieder die Fahrertür öffnen wollte, entdeckte er einen weißen Focus, der langsam die Straße am Krankenhaus entlang fuhr. Ben schlüpfte hinters Steuer und zog Ellis nach unten in den Fußraum.

»Duck dich«, zischte er ihr zu.

Als er den Kopf wieder hob, hatte der Focus sie passiert und fuhr gerade an der Taxireihe vorbei. »DA 213« und das Regionalkürzel Bergamo, mehr konnte Ben nicht erkennen.

»Die verfolgen uns, das ist derselbe Wagen!«

»Bist du sicher?«, fragte Ellis ungläubig. »Es ist doch so dunkel.«

Der Focus war mittlerweile am Ende der Straße verschwunden. Ben ordnete sich wieder in den Verkehr ein und fuhr zurück zur SS 34, um nach Intra zu gelangen. In der Nähe der Grundschule mussten sie abbiegen, hatte der Taxifahrer gesagt.

Ben ließ den Volvo langsam durch die Viale Otranto rollen. Die Gebäude zu beiden Seiten waren durchweg Wohnhäuser, in schönem Jugendstil und gut gepflegt, die meisten drei- oder vierstöckig, mit hohem Parterre und verglastem Eingangsbereich. Ben hielt im Vorbeifahren nach der Hausnummer 22 Ausschau. Wie seine Nachbarn altweiß und in Würde gealtert und mit winzigen Balkonen auf jeder der vier Etagen. Ben fuhr vorbei, er hatte nicht vor, in dieser Straße zu parken. So viel weiße Volvo-SUVs mit deutschem Kennzeichen würde es in Verbania nicht geben. Direkt hier zu parken hieße, die Verfolger mit der Nase auf ihr Ziel zu stoßen. Ben war klar, dass einige Gefahr darin bestand, später zu ihrem Wagen zurückzukehren, aber das musste warten. Mit Pausetti zu sprechen hatte Vorrang, alles andere würde sich später regeln.

Ben bog dreimal ab, bevor er den Wagen in ein kleines Parkhaus einstellte, das die ganze Nacht geöffnet hatte. So war die Karre wenigstens weg von der Straße. Ellis nahm wie selbstverständlich seine Hand, und wie jedes Mal spürte er, wie sein Herz schneller schlug.

Otranto 22 wies vier Klingeln auf, und Ben erkannte aufatmend Pausettis Namen auf der zweitobersten Klingel. Entschlossen drückte Ellis den Knopf. Nichts geschah. Ellis wartete etwa eine Minute, dann drückte sie noch einmal. Diesmal sprang die schwere Tür mit leisem Summen auf. Bevor sie eintraten, warf Ben noch einen Blick die Straße hinunter. Der weiße Focus war nicht zu sehen. Mit einem dumpfen Krachen, das im Innern des Gebäudes widerhallte, fiel hinter ihnen die Tür ins Schloss.

Ellis ging entschlossen durch die marmorgetäfelte Eingangshalle auf die Treppe zu und rannte fast die Stufen nach oben. Ben überraschte ihre Fitness nach der Vorstellung in »La Nuntia« nicht mehr, und als sie vor der Tür im dritten Stock standen, bemühte er sich nach Kräften, nicht schneller zu atmen. Die elegante Tür war zum Teil tiffanyverglast, im Türflügel gab es ein Sichtfenster mit einem kleinen Vorhang, der kurz zur Seite geschoben wurde, ohne dass Ben das Gesicht auf der anderen Seite erkennen konnte. Schließlich öffnete sich die Tür, die von innen mit einer vorgelegten Kette gesichert war, einen Spalt weit.

»Signor Pausetti?«

»Si.«

Ellis schob sich nach vorn. »Dottore Pausetti, wir kommen aus Deutschland. Sagt Ihnen der Name Alexa Liebermann etwas?«, fragte sie.

Ben starrte sie entsetzt an. Wie konnte sie so mit der Tür ins Haus fallen?

Die Tür wurde kurz geschlossen und einen Moment später wieder geöffnet, diesmal ganz. Im halbdunklen Wohnungsflur saß ein Mann im Rollstuhl. Ben hätte Pausetti niemals erst auf Mitte vierzig geschätzt. Er sah krank und verlebt aus, ein mageres, gelbliches Gesicht, abgemagert und mit aufgetriebenem Leib und einer Decke über den Knien. Sollte das der Spezialist sein, der seine Schwester behandelt hatte?

»Kommen Sie rein. Ich habe Sie erwartet«, erklärte der Mann ruhig und in ausgezeichnetem Deutsch mit weichem Schweizer Akzent. Er rollte mit dem Rollstuhl etwas zurück, wendete mühsam und fuhr voran. Die Wohnung war weitläufig, wirkte aber leer, fast wie unbewohnt. Pausetti winkte sie in sein Wohnzimmer, das zur Straße rausging. Ben trat an eines der Fenster und warf einen Blick nach draußen. Kein weißer Focus in Sicht.

»Setzen Sie sich.« Pausetti wies auf eine schwarze Couch.

Er fragte nicht danach, ob er ihnen etwas anbieten konnte, aber irgendwie wäre Ben das auch unangebracht vorgekommen. Ellis ließ sich – wie immer völlig entspannt – auf die Couch sinken.

Ben wandte sich vom Fenster ab und ging auf Pausetti zu. »Sie sind Dario Pausetti, und Sie haben an der ›La Nuntia‹-Klinik gearbeitet?« Ben wartete sein Nicken kaum ab. »Sie haben meiner Schwester, Alexa Liebermann, eine seltsame E-Mail geschickt. Eine Warnung.«

»Nun, sie scheint ihre Wirkung ja nicht verfehlt zu haben, sonst wären Sie nicht hier«, erwiderte Pausetti. »Ich hoffe, Ihre Schwester hat getan, was ich ihr geraten habe.«

»Meine Schwester liegt schwer verletzt im Krankenhaus, mein Bruder ist tot, und mein Neffe Jonas ist entführt worden«, gab Ben kühl zurück. »Wir sind hier, weil wir Antworten brauchen. Warum hatte es jemand auf sie abgesehen?«

»Tot?« Pausetti wurde leichenblass, fasste sich an die Kehle und keuchte: »Meine Tabletten, rasch!« Er deutete auf ein Medikamentenfläschchen auf dem Couchtisch.

Ellis war aufgesprungen und griff nach den Tabletten. »Wie viele?«, rief sie, riss den Deckel des Fläschchens ab und reichte es Pausetti zusammen mit einem Glas Wasser, das ebenfalls auf dem Tisch stand.

Der schüttelte ein paar Kapseln in die Handfläche, kippte sie sich in den Mund und spülte mit einem Schluck Wasser nach. Langsam entspannte er sich wieder. Während er noch immer das

Fläschchen und das Glas krampfhaft festhielt, legte er den Kopf in den Nacken und schloss die Augen.

»Es geht mit mir zu Ende, wissen Sie?«, sagte er, jedoch ohne ein Anzeichen des Bedauerns in der Stimme. »Es bereitet mir mehr Umstände, als ich erwartet hatte.«

»Was wissen Sie über meine Schwester und meinen Neffen?«, entgegnete Ben ungerührt.

Ellis legte ihm eine Hand auf die Schulter und schüttelte warnend den Kopf. Einen Sterbenden zu bedrohen machte wenig Sinn, das wusste auch Ben. Während Pausetti sich weiter beruhigte, ging er zurück zum Fenster und starrte hinaus. Kein Focus. Es schneite.

»Ich komme aus einem guten Elternhaus, wissen Sie«, begann Pausetti. »Meine Eltern waren wohlhabend. Das Schlimmste, das ich ihnen vorwerfen kann, ist, dass sie mich auf ein Internat schickten. Aber andere Kinder gehen auch auf ein Internat und kommen nicht auf die schiefe Bahn.« Pausetti sog gierig die Luft ein und fuhr fort: »Schon als Teenager nahm ich Drogen, ich trank und ich spielte. Meine Eltern bemühten sich, wo sie konnten. Ich war auf einem erstklassigen Internat, später studierte ich Medizin.« Er lachte freudlos. »Wissen Sie, wie viele Mediziner trinken oder abhängig sind? Ich habe Medizin in Genf und Tel Aviv und später auch am Johns Hopkins in den USA studiert. Dabei spezialisierte ich mich auf Fertilitätsbehandlungen. Ich bekam eine Stelle bei einer erstklassigen Kinderwunsch-Klinik in St. Gallen. Aber ich konnte das Saufen und die Drogen nicht lassen, schließlich kam es zu einem Zwischenfall in der Klinik, und ich flog raus. Eine neue Stelle fand ich wegen der Sache nicht, und ich landete buchstäblich in der Gosse. Eines Tages stand auf einmal ein alter Bekannter vor mir, mit dem ich zusammen das Internat in der Schweiz besucht hatte. Sein Name ist Sergio Adamski, und bis zu dem Zeitpunkt, als er sich bei mir meldete, hatte ich jahrelang nicht mehr an ihn gedacht. Völlig unerwartet bot er mir die Stelle als Chefarzt in seiner Privatklinik ›La Nuntia‹ an. Die Stelle war gut bezahlt und für mich eine unglaubliche Chance. Seine einzige Bedingung war, dass ich einen Entzug machte. Die Arbeitsbedingungen waren großartig. Ich hatte alle Möglichkeiten, alles ging.«

»Was heißt das: ›alles ging‹?«, fragte Ben. »Was wird da oben gemacht? Klonen Sie etwa Kinder?«

Pausetti machte eine wegwerfende Handbewegung. »Das mit dieser Klonerei wird doch immer von den Medien hochgespielt. Aus medizinischer Sicht ist das gar nicht so interessant.« Er rollte auf Ben zu und blickte zu ihm hinauf. »Wissen Sie, was Morbus Krabbe ist? Oder das Menkes-Syndrom? Haben Sie eine Ahnung, wie viele verschiedene Erbkrankheiten es gibt? Können Sie sich vorstellen, wie viele Menschen alles für ein gesundes Kind tun würden? Haben Sie schon einmal mit einer Frau gesprochen, die dreimal hintereinander abtreiben musste, weil sie ein todkrankes Kind in sich trug? Oder Eltern, die zusehen müssen, wie ihr einst quicklebendiges Kind innerhalb von Monaten blind, taub, stumm und bewegungsunfähig wird?«

Ellis und Ben schüttelten beide den Kopf.

»Ich kenne viele dieser Eltern. In den Neunzigern konnte man in solchen Fällen noch nicht viel machen, aber dann kam die PID auf, die uns eine Reihe neuer Möglichkeiten bot. In Deutschland, in der Schweiz und vielen anderen Ländern war sie lange verboten, in Deutschland darf sie erst seit November 2012 bei schweren Erbkrankheiten angewandt werden.« Etwas verächtlich fügte er hinzu: »Aus ethischen Gründen.«

»Wollen Sie etwa darüber entscheiden, was ethisch richtig oder falsch ist?«, fragte Ben. »Es gibt gute Gründe für diese Regelungen.«

»Es gibt vor allem Lobbyisten, die gegen alles sind. Heute ist die PID fast überall erlaubt. Was ist das für eine Ethik, die so diskutabel ist? All die Leute, die dieses Verfahren ablehnen, haben nie selbst vor so einer schwierigen Entscheidung gestanden, wenn Sie mich fragen.« Pausetti seufzte. »Aber darum geht es jetzt gar nicht. In ›La Nuntia‹ konnten wir unseren Patientinnen auf jeden Fall helfen. Wissen Sie, was Rettergeschwister sind?« Ellis nickte, aber Pausetti ging gar nicht auf sie ein.

»Auch das ist etwas, das in der Welt den Menschen recht unterschiedlich … zugänglich gemacht wird. Kennen Sie Molly Nash? Sie war der erste Fall, der im Jahr 2000 publik wurde. Ihr Bruder Adam wurde gezeugt, um ihr Leben zu retten, als

Rettergeschwisterkind. Ein Aufschrei ging rund um die Welt. Allerdings ist Molly heute ein gesundes junges Mädchen. Ich weiß nicht, ob ihr Bruder Adam sich als Ersatzteillager fühlt, vielleicht hat man ihm es auch nur eingeredet. Manche Eltern mühten sich in Folge bei den höchsten Gerichten ab, um die gleichen Rechte zugesprochen zu bekommen wie die Nashs. Die meisten jedoch vergeblich. Viele mussten ihren Kindern beim Sterben zusehen, obwohl man sie rein theoretisch hätte retten können. Aber das Leid dieser Menschen ging vielen nahe, und heute können in Skandinavien, in Großbritannien, in Belgien, ja sogar in Spanien Rettergeschwister in der Petrischale ausgesucht werden.«

»Und Ihre Klinik bietet das gegen Cash allen Betroffenen an?«, fragte Ben leise. »Was hat das alles mit meiner Schwester und Jonas zu tun?«

Ellis sah ihn unbehaglich an. »Eltern steht ihr geborenes Kind immer näher als ein noch zu zeugendes. Wer will darüber richten? Ich würde auch alles für mein Kind tun. Und du sicher auch.«

»Ich will ja nur wissen, was das alles mit Jonas zu tun hat. Warum, verdammt noch mal, ist mein Bruder tot?« Ben stützte sich mit beiden Händen gegen das Fenster, sein Rücken bebte.

Pausetti räusperte sich. »Ich war nicht der einzige Arzt in der Klinik. Am Anfang machte ich einfach nur meinen Job, ohne nach rechts oder links zu gucken. Ich merkte, dass ›Fälle‹ an mir vorbeigingen, dass manche Patienten nie bei mir landeten. Ich wollte mir nichts dabei denken und tat es auch nicht.« Pausetti sah unbehaglich von Ellis zu Ben. Er rieb sich über seinem Herzen die Brust, dann rollte er zum Couchtisch und trank einen weiteren Schluck Wasser. »Manche Mütter konnten die Rettergeschwister nicht selbst austragen, wir boten ihnen deshalb die Möglichkeit einer Leihmutterschaft, das heißt, wir vermittelten junge, gesunde Frauen, die die Kinder austrugen. Aber mir fiel auf, dass die Leihmütter tatsächlich jedes Mal von unserer Klinik zur Verfügung gestellt wurden, wenn Sie verstehen, was ich meine.«

»Nein, ich verstehe nicht«, antwortete Ben.

»Normalerweise suchen die Paare die Leihmutter selbst aus. In Deutschland und vielen anderen Ländern ist das aber ebenfalls verboten. Wissen Sie, warum? Wegen der Unterhaltsansprüche.

Manche Paare fahren um die halbe Welt, um Leihmütter zu finden.«

»Und Ihre Klinik lieferte Leihmütter auf dem Tablett?«, fragte Ben.

»Ja. Junge, gesunde Frauen, aus medizinischer Sicht war nichts dagegen einzuwenden.« Pausetti zögerte. »Aber eines Tages brauchte ich dringend eine bestimmte Patientenakte. Da an diesem Tag mein Laptop nicht richtig funktionierte, ging ich an den Rechner einer Kollegin, die sich bereits eingeloggt hatte, aber gerade in einer Behandlung war. Ich fand, was ich suchte, aber darüber hinaus eine Reihe von Unterlagen, zu denen ich offensichtlich keinen Zugang haben sollte. Im Prinzip handelte es sich um ganz normale Akten, die den Namen und die Adresse der jeweiligen Leihmutter sowie das Embryonenkürzel enthielt. Allerdings waren es viel zu viele. Ich stellte fest, dass man reihenweise Leihmüttern überzählige Embryonen eingesetzt hatte. Zu jedem dieser Kinder gab es ein dediziertes Genprofil. Das wurde routinemäßig angelegt, meist ging es ja darum, ein genetisch passendes Spenderkind auszuwählen. Ungefähr in diesem Zeitraum kam auch Ihre Schwester in die Klinik. Ihr Lebensgefährte leidet ja, wie Sie sicher wissen, an einer Erbkrankheit, und auch die beiden wollten sichergehen, dass ihnen ein gesundes Kind geboren wird.« Pausetti sah Ben herausfordernd an.

Dieser winkte müde ab. »Es geht mir doch gar nicht darum, etwas zu bewerten.«

»Nein, natürlich nicht, diesmal ist ja auch Ihre Familie betroffen. Aber sehen Sie«, Pausetti hob die Hand, »genauso denken alle Betroffenen, und auch wir Ärzte.«

»Denken Sie nicht vor allem an den Profit?«

»Mir ging es vor allem darum, dass ich Menschen helfen konnte. Aber bei der IVF einer Patientin, die ich kurzfristig vertretungsweise übernahm, stellte ich fest, dass es eine Nummerndublette gab. Das hätte nicht passieren dürfen. Ich forschte nach, und ich stellte fest, dass ich sechs Patientinnen die Embryonen eines anderen Elternpaares eingesetzt hatte. Aber nicht versehentlich, wie ich zuerst geglaubt hatte. Die Embryonen waren mir bewusst so vorgegeben worden. Ihre Schwester war unter den betroffenen Patientinnen, Herr Liebermann. Ich war zunächst wie vor den Kopf gestoßen. Ich wollte zur Klinikleitung gehen, um den vermeintlichen Kunstfehler aufzudecken, aber mich beunruhigte die Tatsache, dass die Vertauschung offensichtlich mit Vorsatz ausgeführt worden war, und ich wusste nicht, wem ich trauen konnte.«

Pausetti seufzte und nahm noch einen Schluck Wasser.

»Ich war mit einem Mal wie besessen. Ich hätte die ganze Sache vielleicht auf sich beruhen lassen sollen, aber ich fühlte mich verantwortlich. Diese Frauen trugen nicht ihre eigenen Kinder aus. Ich begann Nachforschungen anzustellen. Heimlich natürlich. Ich hatte mir an jenem Tag, als ich Zugang zum Rechner meiner Kollegin hatte, einen Teil der Dateien kopiert. Also beschäftigte ich mich eingehender mit den Leihmüttern, die Adressen waren ja hinterlegt, viele von ihnen lebten in den ärmsten Ländern der ehemaligen Sowjetrepubliken. Die Leihmütter wurden wohlweislich von unseren anderen Patientinnen ferngehalten und während der ›Behandlung‹ im alten Verwaltungstrakt der Klinik untergebracht.«

Ben und Ellis wechselten einen Blick. Das erklärte die möblierten Zimmer, die sie gesehen hatten.

Pausetti fuhr fort: »Einige dieser Frauen habe ich persönlich aufgesucht. Ich stellte zu meiner Überraschung fest, dass viele dieser Frauen die Kinder selbst aufzogen, aber keine wollte mit mir darüber reden. Dann stieß ich jedoch auf eine Mutter, deren Kind entführt und nie wieder aufgetaucht war. Der Junge verschwand, als er mit seinem jüngeren Bruder im Schnee spielte, beinahe in unmittelbarer Umgebung von seinem Zuhause. Er ließ seinen Bruder allein und ging in den Wald, um Äste für den Schneemann zu holen, den sie bauen wollten, und tauchte nie wieder auf. Von seiner Mutter erfuhr ich, dass sie nach der Behandlung in der Klinik jeden Monat einen kleineren Geldbetrag erhalten hatte. Von wem wusste sie nicht, allerdings hatte sie ihre Adresse in der Klinik angeben müssen. Nachdem das Kind nicht wieder aufgetaucht war, erhielt sie eine Art Abschlagszahlung. Wissen Sie, das waren extrem arme Frauen, die über kaum Schulbildung verfügten. Die Frau, mit der ich sprach, war völlig verzweifelt. Aber was sollte sie tun? Ich forschte weiter nach, und ich stellte fest, dass viele dieser Kinder im Laufe der Zeit einfach verschwunden waren.«

»Und was ist Ihrer Meinung nach mit ihnen geschehen?«, fragte Ben entsetzt. Er hatte das Gefühl, gleich zusammenzubrechen.

Pausetti hielt den Kopf zwischen seinen Händen und atmete stoßweise ein und aus. »Sicher weiß ich es nicht. Aber ich habe festgestellt, dass in ›La Nuntia‹ manchen Paaren auch bei Adoptionen geholfen wurde.« Pausetti schluckte. »Manchen wurde auch eine Garantie auf ein Rettergeschwisterchen angeboten. Man bot ihnen eine Art Versicherung an, für den Fall, dass ihr Kind mit einer Erbkrankheit zur Welt kommt. Eine Versicherung auf einen passenden Spender.«

»Und das hat tatsächlich jemand in Anspruch genommen?«, fragte Ben fassungslos.

»Glauben Sie ja nicht, dass wir in ›La Nuntia‹ die Einzigen sind, die so etwas machen. Und mit Adoptionen können Sie eine Menge Geld verdienen. Ich wusste seit Längerem, dass ich schwer krank bin. Die Leber, wissen Sie. Es geht zu Ende, ich habe nur noch ein paar Wochen. Zu den Krankenakten von Ihrer Schwester und den anderen Frauen hatte ich Zugang, den konnte man mir ja schlecht verweigern. Ich kann ganz gut programmieren und hatte mir vom System melden lassen, falls jemand die Akten aufruft. Vor etwa sechs Wochen wurden alle sechs Akten gleichzeitig herangezogen. Übrigens war eine der Schwangerschaften nicht erfolgreich verlaufen, aber das fand ich erst heraus, nachdem ich meine Nachforschungen angestellt hatte. Dabei erfuhr ich aber auch, dass bereits eines der Kinder verschwunden war. Da ich wegen meiner Krankheit nun nicht mehr reisen konnte, bezahlte ich einen jungen Mann aus Verbania, den Müttern einen Brief zukommen zu lassen. Ich schickte jeder der Mütter eine Nachricht, und ich denke, den Rest der Geschichte kennen Sie.«

»Aber warum das alles?«, fragte Ben. »Das macht nur einen Sinn, wenn …« Er vollendete den Satz nicht. Verzweifelt sah er Ellis an. Sollte alles umsonst gewesen sein?

»Es macht nur Sinn, wenn alle fünf Kinder Geschwister sind

und als Rettergeschwister für ein sechstes Kind künstlich gezeugt wurden«, vollendete Ellis den Satz.

»Es stimmt, alle fünf Kinder sind Geschwister, alle fünf haben dieselbe Mutter und denselben Vater«, sagte Pausetti ruhig. »Was mich allerdings gewundert hat, ist, dass sie nicht alle die gleichen Allele haben.«

»Was heißt das?«, fragte Ben verwirrt.

»Es bedeutet, dass nicht alle Kinder als Spender geeignet sein können, da man versucht, eine möglichst hohe Ähnlichkeit zum Empfänger herzustellen, um das Abstoßungsrisiko zu minimieren«, erklärte Ellis.

Pausetti warf Ellis einen Blick zu. »Das ist richtig. Jedenfalls habe ich unsere Datenbanken durchsucht, das war übrigens recht einfach. Ich habe die genetischen Eltern problemlos ausfindig machen können.«

»Wer ist es? Sagen Sie schon!« Doch bevor Pausetti antworten konnte, sah Ben ein weiteres Mal aus dem Fenster und erstarrte. Draußen parkte der weißer Focus. Der Fahrer löschte gerade das Licht, und Ben sah vier Männer aussteigen. »Verdammt, sie kommen!«

Ellis schoss zum Fenster. »Du hast recht. Wir müssen hier weg, Ben!«

Auch Pausetti rollte mühsam zum Fenster und erhob sich leicht, um auf die Straße hinabsehen zu können. Ben sah, dass Pausetti erstarrte und lautlos etwas murmelte. Pausetti ließ sich in seinen Rollstuhl zurückfallen und saß einen Augenblick totenstill da.

»Haben die Kerle da unten meinen Neffen?«

Pausetti starrte ihn wie erwachend an. »Nein, nein, die kommen von der Klinik. Ihr Neffe ist mit Sicherheit längst beim Empfänger. Sie sollten verschwinden!«

»Pausetti, wer war der Empfänger?«

Ben machte Anstalten, Pausetti aus seinem Rollstuhl zu zerren, der aber rollte rüber zu einem alten Sekretär und notierte kurz etwas auf einen Zettel. »Name und Adresse«, sagte er.

Ben nahm den Zettel und starrte darauf. Für einen Moment schwankte der Boden unter ihm.

»Ben, komm, wir müssen weg«, drängte Ellis.

Die Männer überquerten die Straße und steuerten auf den Hauseingang zu. Im nächsten Augenblick klingelte es.

»Aufs Dach«, sagte Pausetti und rollte zur Tür. »Laufen Sie bis ganz nach oben, gehen Sie durch die Tür und nehmen Sie den Weg über die Nachbardächer. Sie sind alle miteinander verbunden.« Er zwinkerte ihnen zu. »Fast alle Häuser in dieser Straße haben Dachgärten oder Loggien, schließlich sind wir hier in Italien. Irgendwo werden Sie schon reinkommen. Verzeihen Sie, dass ich Sie nicht begleiten kann.«

Ben und Ellis sahen Pausetti entsetzt an.

»Die werden Sie umbringen, die fackeln nicht lange. Die haben auch schon meinen Bruder auf dem Gewissen.«

»Ich habe mit dem Leben abgeschlossen. Bei den Schmerzen, die ich habe, tun die mir eher einen Gefallen«, erwiderte Pausetti. In diesem Moment sprang unten im Erdgeschoss die Eingangstür auf. »Laufen Sie. Ich versuche, sie aufzuhalten.«

Ellis und Ben jagten die Treppen hinauf, während sie von unten die Männer kommen hörten.

Hoffentlich hat er uns nicht reingelegt, dachte Ben.

Sie erreichten das oberste Geschoss. Eine Tür, deren Schlüssel von innen steckte, führte auf eine große, verschneite Dachterrasse voller Wäscheleinen. Das Dach des Nachbarhauses lag nur einen Meter tiefer. Unten im Treppenhaus hörten sie, wie die Tür zu Pausettis Wohnung gewaltsam geöffnet wurde. Ben machte Anstalten, die Treppe wieder hinunterzurennen, aber Ellis zerrte ihn zum Rand der Terrasse. Jetzt hörten sie, wie jemand die Treppe hinaufjagte. Ben und Ellis sprangen auf das schneebedeckte Dach des Nebenhauses, das kaum Schräge hatte. Ben war klar, dass sie im frischen Schnee exzellente Spuren hinterließen. Hastig rutschten sie über das Dach. Es gab keine Möglichkeit, ins Innere des Hauses zu gelangen, aber das Nebenhaus besaß wieder eine Dachterrasse, die allerdings zwei Meter höher lag als das rutschige Dach. Bevor Ben noch etwas sagen konnte, sprang Ellis leichtfüßig an der Mauer hoch und zog sich rasch nach oben. Ein Schuss knallte, und neben Ben spritzten Schnee und Dachziegelsplitter auf. Ben wusste, dass er auf dem hellen Schnee ein hervoragendes Ziel abgab.

»Ben, los!«, schrie Ellis.

Ben hastete zu dem kaum höher liegenden First und blieb einen Augenblick im Windschatten des mächtigen Schornsteins stehen. Zwei weitere Schüsse krachten. Einer schlug in den Schornstein ein, einer galt Ellis, die sich hinter die Brüstung der Terrasse fallen ließ. Ohne noch länger nachzudenken, hechtete Ben zur Mauer und rollte im nächsten Moment über den Sims. Einen Moment blieb er im pulvrigen Schnee liegen, dann war Ellis bei ihm. Erneut krachte ein Schuss, der aber weit über sie hinwegging. Ben rappelte sich auf und fasste nach Ellis' Hand. Vom Nebenhaus hörten sie, dass jemand vorsichtig über das Dach lief. Ben warf einen kurzen Blick über die Brüstung. Zwei Männer bewegten sich auf sie zu. Ben deutete auf die Tür zum Treppenhaus, und Ellis nickte. Gebückt rannten sie auf die Tür zu. Ellis probierte die Klinke. Abgeschlossen. Ben zögerte keine Sekunde und nahm Anlauf. Im nächsten Augenblick krachte er samt Tür in das dunkle Stiegenhaus. So rasch es ging, hasteten sie die Stufen hinab. Im Erdgeschoss gab es eine Vorder- und eine Hintertür. Ben wusste, dass in der Viale Otranto womöglich noch ein Aufpasser stehen konnte. Kurz entschlossen wählte er den Weg durch die Hintertür, der in einen Laubengang führte. Niemand erwartete sie hier.

»Wessen Name steht auf dem Zettel?«, fragte Ellis außer Atem.

»Kai Welteke! Der Anwalt meines Bruders.«

***

»Mein Gott, Dario, dass du die undichte Stelle bist, hätte ich am allerwenigsten vermutet«, sagte Sergio Adamski. Die Enttäuschung stand ihm ins Gesicht geschrieben. »Ich wusste ja seit zwei Wochen, dass wir einen Verräter in den eigenen Reihen haben, aber *du*? Dario, wir waren doch immer Freunde.«

Und ich hätte nie gedacht, dass ausgerechnet du hinter all diesen Schweinereien steckst, dachte Pausetti bitter. Als Adamski mit seinen drei Gorillas die Treppen hinaufgestürmt war, hatte Pausetti ein paar Sekunden Zeit gehabt, sich von seinem Schock zu erholen. Ihm war durch seine Nachforschungen klar geworden, dass in der Klinik Ungeheuerliches vor sich ging, aber er hatte vermutet, dass einige der Ärzte dahintersteckten. Von Ania Moreno wusste er es sicher, und auch zwei weitere seiner Kollegen waren offensichtlich an den illegalen Aktionen beteiligt. Aber Sergio? Sein alter Freund?

Pausetti atmete tief aus und wendete seinen Rollstuhl zur Tür des Wohnzimmers, als er hörte, wie seine Wohnungstür eingetreten wurde. Jetzt stand Adamski vor ihm und mit ihm einer seiner Leute, der ungerührt mit der Waffe im Hosenbund im Türrahmen lehnte.

Adamski war schlank und groß, die leicht gelockten braunen Haare von erstem Grau durchzogen, was ihn noch ein wenig distinguierter aussehen ließ. Adamski war schon in der Schule, damals im Romér College, ein beeindruckender Typ gewesen. War man sein Freund, brauchte man sich um nichts mehr Sorgen machen. Die Aura von Macht, die ihn schon damals begleitete, war wie ein unsichtbarer Schutzschirm. Dabei stand Adamski bedingungslos zu seinen Freunden und erwartete umgekehrt die gleiche Loyalität.

Pausetti konnte sich noch erinnern, wie er damals, von Drogen und Alkohol zerfressen, in einer billigen Bahnhofsabsteige vor sich hinvegetiert hatte. Bis eines Tages Adamski vor ihm stand. Adamski persönlich hatte ihn zu einer der besten Entzugskliniken des Landes gebracht und ihn täglich in dieser Einrichtung der Organisation »Dernier Recours« besucht und ihm Mut gemacht. Adamski bot ihm eine neue Existenz in seiner Klinik am Lago Maggiore. Die folgenden Jahre in »La Nuntia« waren für Pausetti die besten seines Lebens gewesen.

Jetzt stand Adamski vor ihm, und Pausetti konnte ihm ansehen, dass ihn sein Verrat völlig unvorbereitet getroffen hatte.

»Wir hatten einen unserer IT-Leute auf dem Schirm, weil am System manipuliert worden ist. Und ehrlich gesagt, deine Krankheit hat mich auch abgelenkt.« Adamski stützte sich mit beiden Armen auf die Lehnen des Rollstuhls. Einen Moment verharrte sein bekümmertes Gesicht vor Pausettis. »Dario, wir hätten dir helfen können! Eine Leber lässt sich gut transplantieren.« Er stieß sich vom Rollstuhl ab. »Auch wenn du als Alkoholiker bei

Eurotransplant wohl ziemlich weit unten auf der Liste ständest«, fügte er emotionslos hinzu.

»Ach, hättet ihr wieder in eurer Datenbank geforscht und dann irgendwo ein Kind entführt?« Pausetti spie die Worte hervor. »Kannst du dir vorstellen, dass es Menschen gibt, denen dieser Preis zu hoch wäre?«

»Glaub mir, Dario, für viele ist er das nicht. In deiner Situation tun die meisten alles, um am Leben zu bleiben«, gab Adamski kühl zurück. »Wir bedienen nur einen Markt.«

»Ihr bedient einen Markt? Mit Organhandel?« Pausetti spürte, wie sein Herz raste. Er brauchte unbedingt etwas zu trinken. Aber zwischen seinem Glas und ihm stand Adamski.

Dieser deutete seine Blicke richtig und reichte ihm kommentarlos das Glas. »Wir hätten zusammenarbeiten können, Dario. Du hättest reich werden können. Aber Ania Moreno hatte von Anfang an den Verdacht, dass du zu weich bist. Dabei helfen wir doch nur denen, die auch wirklich Hilfe brauchen.«

»Ihr helft denen, die eure Hilfe bezahlen können. Sergio, wie bist du nur auf diese Idee gekommen?«, fragte Pausetti, nachdem er gierig ein paar Schluck Wasser zu sich genommen hatte. »Du hast ohnehin alles durch die Firma deines Vaters. Wenn der wüsste, was du aus seiner Organisation gemacht hast …« Pausetti konnte sich noch gut an den noblen und stets freundlichen Vater von Adamski erinnern.

Adamski lachte. »Mein Vater, meinst du? Großartig!« Er ließ sich in einen der Sessel sinken. »Ich gebe zu, dass mir die Idee nicht selbst gekommen ist. Welches Potenzial in der modernen Fertilisations- und Gentechnik steckt, weißt du selbst.«

»Ich weiß, dass das, was ihr damit tut, die teuflische Seite einer wunderbaren Errungenschaft ist«, sagte Pausetti müde. »Ich helfe Menschen, Sergio. Ich töte sie nicht.«

»Wir helfen auch. Denk mal an die Rettergeschwister. Ich weiß, wie sehr du dich dafür einsetzt. Nur dass du es nicht weiterdenkst. Du weißt, dass Leihmutterschaft für viele Eltern die letzte Hoffnung ist. Samenspenden sind erlaubt, Eizellenspenden in manchen Ländern dann wieder nicht. Wo bleibt da die Gerechtigkeit? Wir haben das ganze System nur ein bisschen ausgefeilt und helfen allen, die nicht weiterwissen. Ob sie eine Leber brauchen, so wie du, oder ein gesundes Kind.«

»Du kannst das doch nicht alles in einen Topf werfen, Sergio. Ihr habt Kinder ›gezüchtet‹ als Ersatzteillager. Ich kann gar nicht fassen, was das heißt.«

»Hast du mal darüber nachgedacht, was es heißt, dass all diese Gentests immer preiswerter werden? In zehn Jahren gehst du zum Arzt, und als Erstes wird geschaut, ob man die Diagnose nicht in deinem Genom findet. All diese Datenbanken, die da entstehen … Die Menschen machen sich doch gar keine Vorstellungen, welches Machtpotenzial in den Informationen steckt, die schon heute an jeder Ecke gespeichert werden. Früher war das Science-Fiction, heute ein Geschäftsmodell.«

Pausetti hob mühsam und entkräftet die Hand. »Du bist wahnsinnig, Sergio.«

Adamski blickte ihn lange an. »Nein, du bist wahnsinnig, Dario. Wahnsinnig, weil du nicht erst zu mir gekommen bist, sondern andere Leute eingeweiht hast. Bist du dir darüber im Klaren, was du angerichtet hast? Als ich die Information aus Deutschland bekam, dass wir eine undichte Stelle haben, mussten wir sofort handeln. Jeder, den du eingeweiht hast, wird sterben, Dario. Jeder. Mein Gewährsmann hat angefangen, hinter dir aufzuräumen. Die beiden, die da gerade abgehauen sind, werden die nächsten sein.«

Pausetti zuckte bei jedem seiner Worte wie unter Faustschlägen zusammen. Das hatte er nicht kommen sehen, nicht gewollt. Adamski schreckte vor nichts zurück.

»Wir haben die beiden nur so lange am Leben gelassen, weil wir wissen mussten, wer dahintersteckt«, sagte Adamski selbstzufrieden. »Dieser Liebermann hat uns in Deutschland abgehängt, und dann taucht er hier auf und führt uns direkt zu dir.«

Adamski gab dem Mann an der Tür einen Wink. Dieser zog gemächlich seine Waffe aus dem Hosenbund. Adamski sah Pausetti noch einmal, nicht ohne Bedauern, wie es schien, an. Anschließend verließ er nach einem kurzen Nicken die Wohnung. Pausetti spürte, wie seine Verzweiflung einer tiefen Ruhe wich. Gleich würde es zu Ende sein, die Schmerzen, das Gewissen, die Schuld, alles würde ausgelöscht werden.

Düsseldorf

Am folgenden Morgen betraten Britta, Tom und Staatsanwalt Schnurbus das Büro von Dr. Martin Luther in der Rechtsmedizin an der Düsseldorfer Uniklinik. Luther erwartete sie, auf seinem Besprechungstisch stand ein Tablett mit einer Kanne Kaffee, Styroporbechern sowie Trockenmilch und Zucker. Luther machte eine einladende Handbewegung, und alle nahmen Platz.

Tom kam gleich zur Sache. »Sie haben das Aussageprotokoll von Emma Basch gelesen, Herr Dr. Luther?«, begann er.

Luther nickt bestätigend.

Schnurbus beugte sich vor. »Kannst du dir aus alldem einen Reim machen? Luther, uns läuft die Zeit davon! Die italienischen Kollegen sind zwar eingeschaltet, aber wir sind diejenigen, die den Jungen finden müssen. Der ist hier irgendwo, das will ich einfach glauben.«

»Ich fasse das noch einmal kurz zusammen: Alle Frauen konnten nicht auf natürliche Weise schwanger werden. Sie wurden mit einer Art Internetgewinnspiel geködert, und anhand ihrer Angaben wurden sie für das Austragen der Kinder ausgewählt«, sagte Luther.

»Alle, abgesehen von Alexa Liebermann«, warf Britta ein. »Ihr Frauenarzt hielt sie für völlig gesund. Sie hat aber verhütet und wurde dann plötzlich schwanger. Dem Frauenarzt war nicht bekannt, dass sie sich einer Behandlung unterzogen hat.«

Luther nickte. »Aus den DNA-Analysen wissen wir, dass alle Kinder – auch Jonas Liebermann – Geschwister waren. Dieselbe Mutter, derselbe Vater. Die Mütter waren somit Leihmütter. Dass alle fünf nichts davon gewusst haben, können wir nicht mit letzter Sicherheit sagen, es ist aber wahrscheinlich. Aber nehmen wir mal an, sie wussten es alle nicht, dann bleibt die Frage, warum jetzt auf einmal jemand Jagd auf die Kinder macht. Der naheliegendste Gedanke wäre ja, dass die Eltern quasi ›ihre Kinder einsammeln‹, aber warum sollten sie dann einige von ihnen umbringen?« Luther machte eine Pause und trank einen Schluck Kaffee. »Es besteht natürlich die Möglichkeit, dass inzwischen alle Kinder ermordet wurden und dass wir die Leichen von Jonas Liebermann und Jessy Hamacher nur noch nicht gefunden haben.«

»Die Leichen der anderen beiden Kinder wurden nicht versteckt«, warf Britta mit einem zweifelnden Unterton ein.

»Aber weshalb? Für einen Wahnsinnigen steckt hinter diesen Taten zu viel System. Ich habe eher den Eindruck, dass jemand etwas korrigieren will«, meinte Tom.

»Was könnte es noch sein?«, fragte Schnurbus. Er wollte nicht an das Schlimmste glauben.

Luther überlegte kurz. »Es könnte auch um Organspende gehen«, sagte er schließlich.

»Aber die Leichen waren doch unversehrt, oder?«, Britta sah von einem zum anderen. »Oder irre ich mich da?«

»Nein, du hast schon recht«, sagte Luther, »aber wir haben bei Natascha Rother Spuren eines Nadeleinstichs gefunden. Was, wenn man feststellen wollte, ob sie als Spenderin geeignet ist? Das kann man mit einer sogenannten HLA-Typisierung aus dem Blut feststellen.«

»Wies Lars Wenninger ebenfalls einen Einstich auf?«

»Das müssten wir überprüfen. Aber wie dem auch sei, er hatte eine Autoimmunkrankheit und wäre von daher auf keinen Fall als Spender in Frage gekommen.«

»Was müssten wir denn finden, um deine These zu erhärten?«, fragte Schnurbus.

»Eine Blutprobe von Jonas Liebermann, eine von Aaron Basch und ein sehr krankes Kind, das denselben HLA-Typ hat und dringend einen Spender braucht.« Luther schwieg. »Dann hätten wir endlich ein Motiv.«

»Und derjenige muss einen Bezug zu dieser Klinik in Italien haben«, vollendete Britta.

Lugano

Stieg Elliasson betrachtete durch das Fenster des Überwachungsraums seinen schwer verletzten Freund. Schlesinger war mit Verbänden und Schläuchen bis zur Unkenntlichkeit verpackt. Aber er atmete allein, und die Ärzte hatten Hoffnung.

Nachdem Ruedi Rös Stieg in alle Einzelheiten des Falles eingeweiht hatte, war dieser von Helsinki nach Zürich geflogen. Dort hatte er sich einen Opel Ampera gemietet und war, so schnell die Witterung es zuließ, nach Lugano gefahren.

Als er um halb neun Uhr in der Früh das Hospital erreichte, fand dort auf der Station soeben die Visite statt. Eine beeindruckende Anzahl von Weißkitteln drängte sich in Schlesingers Zimmer. Stieg nahm auf einem der drei Wartestühle im Flur der Station Platz, wo bereits ein alter Mann saß. Der Alte hatte ein zerfurchtes gebräuntes Gesicht und trotz der Wärme im Krankenhaus einen dicken Schal um Hals und Kinn gebunden. Er nickte Stieg freundlich zu. Was für blaue Augen, dachte Stieg. Die Visite zog jetzt ein Zimmer weiter.

Stieg gab sich einen Ruck und betrat Schlesingers Zimmer. Schlesinger öffnete die Augen, als Stieg an sein Bett trat.

»Da bist du ja endlich«, flüsterte er. »Du musst sie finden.«

»Ein weiterer Kontakt von Rös hat endlich herausgefunden, wem das Konto in Liechtenstein gehört: Simon Gens. Sagt dir das was?«

»Simon Gens ist sozusagen der Schwager von Sebastian und Ben Liebermann, also der Lebensgefährte von Alexa und Vater des entführten Jonas. Sebastian hat ihn von mir überprüfen lassen.«

»Und?«

»Nichts, was die Hälfte unserer Millionäre nicht auch hätte. Schwarzgeld.«

»Aber wie passt das alles zusammen?«

»Sebastian hat da in etwas hineingestochen, das mit dieser Organisation ›Dernier Recours‹ zu tun hat. Schwarzgeld, Mädchenhandel … Passt alles zu einer Ermittlung von Sebastian. Aber er war nicht vorsichtig genug. Und das hat ihn das Leben gekostet.« Schlesinger schloss ermattet die Augen.

»Und seine Schwester Alexa. Sie wurde auch ermordet.«

Schlesinger fuhr hoch und sackte mit einem Ächzen zurück.

»Verdammt! Dann wusste sie etwas.« Schlesinger schloss die Augen. »Ich kann mir auf all das keinen Reim machen. Was hat Rös noch?«

»Er ist an der Sache dran. Er zapft momentan die Polizeiquellen an.«

»Ich muss etwas übersehen haben, Stieg. Sie haben diesen Anschlag auf mich verübt, ohne dass ich weiß, weswegen. Wie hängt Gens da mit drin? Gens, Alexa, Sebastian. Wo ist die Verbindung? Sie haben Alexa ermordet. Ob Gens noch am Leben ist?«

Stieg nickte. So viel Gewalt, so viele Tote. Das größte Puzzlestück hatten sie noch nicht gefunden.

»Ich werde versuchen, Ben Liebermann aufzutreiben«, sagte Stieg. »Wo hast du deine Unterlagen?«

»Mein iPad ist hin. Die Unterlagen habe ich jetzt nur noch in Neuss in meinem Büro. Dort musst du anfangen.«

Eine Schwester betrat Schlesingers Zimmer und wies Stieg an, hinauszugehen. Mit einem kurzen Nicken zu Schlesinger verließ Stieg das Zimmer und machte sich auf den Weg zum Parkplatz. Leichter Schneefall trieb in Schwaden über das Gelände des Hospitals. Stieg war einigermaßen erleichtert, dass Schlesinger in halbwegs guter Verfassung war.

Im Auto zog er sein iPad hervor und rief seine Mails ab. Er musste unbedingt noch einmal mit Rös sprechen, aber das konnte er auch auf dem Weg zum Flughafen Kloten machen. Rös hatte ihm eine Mail geschickt. Stieg überflog den Text, der letzte Abschnitt erschien ihm besonders wichtig.

Ich habe mich bei diversen Quellen eingehackt, um mehr über »Dernier Recours« herauszufinden. In der Tat haben wir hier ein Firmenkonstrukt, das ganz offensichtlich der Geldwäsche dient, unter anderem, um die Einnahmen aus Drogen-, Waffen- und Mädchenhandel zu legalisieren. Genaueres dazu steht in einem Dossier, das ich der Schweizer Polizei zukommen lassen werde. Wichtig ist, dass die zentralen Figuren in diesem Spiel Sergio Adamski und sein Vater Laurent Adamski sind.

Ich habe soeben die Information erhalten, dass es im Zusammenhang mit der Klinik »La Nuntia«, die Hans aufsuchen wollte, zu einem Mord gekommen ist. Ein ehemaliger Arzt der Klinik, Dario Pausetti, wurde gestern Nacht ermordet. Da er wegen seines Leberkrebses ohnehin nur noch wenige Wochen zu leben hatte, ist es sehr wahrscheinlich, dass ihn jemand am Reden hindern wollte. Die italienische Polizei hat Spuren einer Flucht auf den Dachterrassen gefunden, nach Spurenlage wurde auf die Flüchtenden geschossen. Ich habe eine vage Vermutung, dass es sich um Liebermann handelt, der von dort geflohen ist. Nach dem Anschlag auf Hans, Pausetti und die Liebermanns gehe ich davon aus, dass die Adamskis über Leichen gehen, um ihre Organisation zu schützen. Ich nehme doch an, dass die Schweizer Polizei Hans schützen lässt?

Ich schicke dir noch aktuelle Fotos von den Adamskis mit, damit du weißt, mit wem du es zu tun hast. Du solltest sehen, dass du Ben Liebermann so schnell wie möglich findest. Mit Adamskis Organisation kann er nicht fertigwerden.

Stieg öffnete den ersten der Anhänge. Das erste Bild zeigte einen smart wirkenden Mann in den Vierzigern. Rös hatte eine Beschreibung beigefügt. Stieg klickte auf den zweiten Anhang und erstarrte. Er blickte auf das Foto von Laurent Adamski. Es war der alte Kerl, der oben vor Schlesingers Zimmer gesessen hatte.

Hastig warf Stieg das iPad auf den Beifahrersitz. Er riss seine Heckler & Koch aus dem Schulterhalfter und entsicherte sie. Fast im selben Augenblick sah er, wie drei Männer sich dem Wagen näherten. Im Rückspiegel entdeckte er einen vierten, der eine Waffe im Anschlag hatte.

Stieg stieß den Schlüssel ins Schloss, startete den lautlosen Motor und ließ den Wagen im Elektromodus blitzschnell nach vorne schießen. Die drei Männer, die durch kein Anspringen des Motors gewarnt wurden, warfen sich hastig auf die Seite. Stieg sah, dass alle drei jetzt ihre Pistolen zogen. Ein Schuss krachte, und eine Kugel durchschlug Heck- und Frontscheibe. Stieg schaltete in den Rückwärtsgang, stieß fünf Meter zurück, riss das Lenkrad herum und raste im nächsten Augenblick auf die drei Männer zu. Zwei von ihnen hoben die Waffen, warfen sich dann aber wieder zur Seite. Beide landeten in den Dornenbüschen, die die einzelnen Parkreihen voneinander trennten. Der dritte rutsche auf dem glatten Boden aus und wurde mit einem dumpfen Geräusch von der Stoßstange des Ampera getroffen.

Stieg setzte ein weiteres Mal zurück, obwohl er jetzt von dem vierten Mann unter Beschuss genommen wurde. Die Seitenscheiben des Ampera zerfielen in Einzelteile. Stieg duckte sich, so weit es ging, quer auf den Beifahrersitz und schaltete wieder auf »Drive«. Diesmal hielt er auf den vierten Mann zu. Er wusste, wen er vor sich hatte. Er hatte Sergio Adamski bereits im Rückspiegel erkannt.

Adamski zögerte einen Moment, als der Wagen auf ihn zuhielt, dann hob er entschlossen die Waffe. Stieg griff nach der Entriegelung der Fahrertür und warf sich im nächsten Moment nach draußen auf den Parkplatz. Er krachte mit der Schulter auf den verschneiten Asphalt, rollte sich ab und hatte die Heckler & Koch im Anschlag.

Der hochbeschleunigte Ampera schoss fahrerlos auf Adamski los, der einzusehen schien, dass er mit Schießen nichts mehr ausrichten konnte. Mit einem wütenden Grunzen sprang er zur Seite und blieb ebenfalls in den niedrigen Rosen hängen. Adamski versuchte Halt zu finden und schoss fast ungezielt mit einer Hand auf Stieg. Der Rückschlag der Glock riss ihm den Arm so nach hinten, dass er endgültig ins Fallen kam.

Stieg sprang auf ihn zu und hatte ihn im nächsten Moment gepackt. Adamski wollte nach seiner Pistole greifen, die vor ihm in den Schnee gefallen war, aber da setzte Stieg ihm seine eigene Waffe an den Kopf.

Die zwei übrigen Gorillas hatten gezögert, auf Stieg zu schießen, da er zu nahe bei ihrem Chef stand. Jetzt, da sie sahen, dass Adamski nicht zu helfen war, traten sie die Flucht an. Ihren dritten Kollegen, der immer noch wimmernd sein Bein hielt, packten sie und zerrten ihn hinter sich her. Sie verließen den Parkplatz und waren kurz darauf außer Sicht. Der Ampera war lautlos langsamer werdend in einem Schneewall stecken geblieben.

Stieg lief die Zeit davon. Da war der Alte vor Schlesingers Zimmer. Es brauchte momentan nicht viel, um Schlesinger für immer unschädlich zu machen. In diesem Moment jagten ein Polizeiwagen der Schweizer Gendarmerie und ein weißer Passat heran. Mehrere Uniformierte und zwei Männer in Zivil, vermutlich von der Kripo, nahmen mit gezogenen Waffen Elliasson und Adamski in ihre Mitte.

Stieg ließ seine Waffe sinken, hielt aber Adamski weiter fest. Seine Gedanken rasten. Genau das hier mochte für Schlesinger der Unterschied zwischen Leben und Tod bedeuten.

»Hören Sie«, rief er, bevor jemand etwas sagen konnte. »Das ist Sergio Adamski, er ist für den Anschlag auf Hans Schlesinger verantwortlich, der in dieser Klinik liegt.«

Hoffentlich kannten die Beamten den Fall. Der eine Zivilbeamte, ein drahtiger Mittfünfziger mit Spitzbart, warf seinem jüngeren Kollegen einen Blick zu.

»Adamskis Vater ist oben bei Schlesinger. Er wird ihn umbringen!«, schrie Stieg ihn an.

Der Spitzbärtige reagierte erstaunlich schnell. »Wegen Schlesinger sind wir hier«, sagte er. Er gab den Uniformierten ein Zeichen, und diese nahmen sich Adamskis an. Er wandte sich an Stieg. »Kommen Sie! Sie wissen, wo Schlesinger liegt, und Sie kennen auch den Attentäter«, sagte er.

Gemeinsam liefen sie über den Parkplatz, auf dem sich bereits ein beträchtliche Menge Schaulustiger versammelt hatte. Sie eilten durch die Lobby, und Stieg zog den Schweizer Beamten Richtung Treppenhaus. In den zweiten Stock gelangten sie zu Fuß schneller als mit dem Aufzug. Stieg raste die Treppen nach oben, dicht gefolgt von dem erstaunlich fitten Spitzbart.

Der Gang vor Schlesingers Zimmer war leer. Stieg spürte, wie ihm das Herz im Leibe schlug. Er spurtete durch den Flur und warf sich durch die Tür in Schlesingers Zimmer.

Laurent Adamski stand an Schlesingers Bett und hielt eine aufgezogene Spritze in der Hand. Schlesinger, der sich kaum bewegen konnte, hatte einen Knebel im Mund, der nicht geschiente Arm war am Bett festgebunden. Der Alte blickte kurz überrascht auf, als die Tür aufflog, aber dann stach er die Spritze in den Schlauch von Schlesingers Tropf und drückte den Kolben durch.

Stieg warf sich nach vorne, griff nach Schlesingers verletzter Hand und riss mit einem Ruck die Braunüle samt Pflasterfixierung ab. Er konnte sehen, wie Schlesingers Augen hervorquollen. Der Spitzbart hingegen hatte die Waffe gezogen und hielt den alten Adamski in Schach.

Stieg drückte auf den Notruf, lief zur Tür zurück und rief um Hilfe.

Der Spitzbart betrachtete die Spritze und warf dem Alten einen interessierten Blick zu. »Kaliumchlorid, nicht wahr?«

Adamski spie ihm wütend vor die Füße.

Neuss

Ben parkte den Volvo vor dem Haus der Weltekes, blieb aber noch einen Augenblick schweigend hinter dem Steuer sitzen. Er wurde seiner Erschöpfung kaum noch Herr. Nach ihrer abenteuerlichen Flucht hatte sie den Volvo glücklicherweise unbehelligt vorgefunden.

Sie hatten versucht, die Nacht durchzufahren, aber es hatte unaufhörlich geschneit. Der Gotthardtunnel war freigegeben, aber auf den verschneiten Autobahnen waren sie kaum vorangekommen. Kurz vor Basel hatten sie schließlich aufgegeben und einen Rastplatz angesteuert, wo sie im kalten Wageninneren fünf unruhige Stunden Schlaf fanden. Nach einem kurzen Frühstück, das vor allem aus viel heißem Kaffee bestand, waren sie weiter nach Norden gefahren und mittags in Meerbusch angekommmen.

Die ganze Fahrt über hatte Ben verbissen hinter dem Steuer geklemmt. Welteke! Sein Freund. Sebastians Freund.

Als hätte sie seine Gedanken gelesen, hatte Ellis unvermittelt gefragt: »Glaubst du, Welteke hat Jonas entführt? Und Sebastian … ich meine –«

»Nein«, schnitt er ihr das Wort ab. »Trotz allem: Ich traue ihm das einfach nicht zu. Aber ich glaube, er weiß, wo wir Jonas finden.«

»Was wirst du machen?«

»Es aus ihm herausholen«, knurrte Ben, »und wenn ich ihm so lange die Fresse einschlagen muss, bis er es mir sagt. Ich bin nicht die Polizei, ich muss nicht auf den sogenannten Rechtsstaat Rücksicht nehmen.« Er schwieg einen Moment. »Und dann muss ich wohl Küppers informieren.«

Er warf Ellis einen schnellen Seitenblick zu, aber sie reagierte nicht. Im grauen Licht des Vormittags wirkte sie angeschlagen und erschöpft, aber ihre dunklen Augen brannten in ihrem bleichen Gesicht.

»Hast du jemals Kontakt zu deinem Bio-Papi aufgenommen?«, fragte Ben übergangslos.

Ellis starrte in das Schneegestöber vor der Windschutzscheibe. »Ja«, sagte sie.

»Und?«

»Ich musste erst erwachsen werden und das Kind zurücklassen, das ich war«, sagte sie leise. »Dann wurde mir klar, dass er auch betrogen worden war.«

»Und heute?«, fragte er.

»Es war schwer, ihn nicht zu mögen. Er ist mir so ähnlich, oder besser gesagt, ich ihm. Nicht nur äußerlich. Sein Leben hat eine andere Perspektive als das meiner Eltern. Nach dem Tod meines gesetzlichen Vaters war er für mich da. Er ist immer da, wenn ich ihn brauche. Mein Vater hat mir immer wieder erklärt, dass ich ihm nichts wegnehmen würde, wenn ich auch meinen Bio-Papi liebe. Es ist nicht dasselbe, aber ich habe ihn wirklich sehr gern.«

Ben hatte nichts gesagt, sondern war einfach schneller gefahren. Schneller, als für sie beide gut war, bei dem Wetter und der glatten Straße.

»Und nun?«, fragte Ellis jetzt, da sie vor Weltekes Haus im Wagen saßen.

Ben stieg aus, ohne ihr zu antworten. Sein Gesicht war dunkel vor Grimm. Ellis kam um den Wagen herum und trat neben ihn.

»Wir werden nicht schweigend in der Nacht untergehen«, murmelte Ben und betrat das hocheingefriedete Grundstück durch das schmiedeeiserne Tor. Ellis stieß beim Anblick der Villa einen leisen Pfiff aus.

»Alte Kohle«, sagte Ben. Sie eilten die Einfahrt hinauf. Das Haus lag im Dunkeln, und es waren keine geparkten Autos zu sehen.

»Hoffentlich ist überhaupt jemand da«, sagte Ellis, während sie die Villa umrundeten.

Auf der Rückseite des Gebäudes lagen eine Terrasse und ein großer Pool, der für den Winter abgedeckt war. Ben griff nach Ellis' Arm.

»Da, im Poolhaus ist Licht«, stieß er hervor.

Er wusste, dass das Poolhaus den Weltekes auch als Gästehaus diente. Hinter den Fensterscheiben des ebenerdigen Bungalows konnten sie Kai Welteke ausmachen. Ben lief ohne zu zögern auf das Poolhaus zu.

»Warte, lass uns erst mal die Lage sondieren«, rief Ellis, aber Ben schlug bereits mit der Faust gegen die Tür.

»Mach auf, Kai! Ich weiß, dass du da drin bist.«

Im nächsten Augenblick ging die Tür auf, und Welteke starrte sie an.

»Ben! Was machst du hier?« Welteke machte einen völlig erschöpften Eindruck, als habe er seit Tagen nicht mehr geschlafen, aber er versperrte ihnen entschlossen den Weg ins Innere. »Ich kann gerade nicht mit dir reden, Ben«, sagte er beschwörend.

Ben drängte ihn mühelos zur Seite. »Du wirst mit mir reden, verlass dich drauf.«

Hinter der Tür lag direkt der weitläufige Wohnraum mit Küchentheke und einer Sofagruppe mit Blick auf den Pool. Auf dem Sofa saß Simon.

Ben blieb völlig überrascht einen Moment neben der Tür stehen.

»Simon«, sagte er erfreut.

Simon war Welteke also auch auf die Spur gekommen. Simon erhob sich von seinem Platz und lächelte. Ben machte ein paar Schritte auf den Freund seiner Schwester zu, blieb dann aber wie angewurzelt stehen. Neben dem Sessel lagen zwei Kleinkinder regungslos auf dem gefliesten Fußboden. Eines davon war Jonas, das andere ein ihm unbekanntes Mädchen.

»Jonas!« Ben stürzte auf seinen Neffen zu. »Du hast ihn gefunden, Simon.«

»Er hatte ihn nie verloren«, sagte Kai Welteke hinter ihm.

Ben, der sich gerade zu Jonas runterbeugen wollte, fuhr herum. »Was?«

»Ich finde es ehrlich nett von dir, Ben, dass du und deine reizende Begleiterin hergekommen seid, nachdem ihr uns eben in Italien durch die Lappen gegangen seid«, sagte Simon ruhig. Drei Männer hatten soeben das Poolhaus betreten. Ein schlanker Blonder war in der Tür stehen geblieben und versperrte ihnen den einzigen Fluchtweg, ein weiterer – ein untersetzter Kerl mit einem blutigen Pflaster an der Schläfe – stand neben Ellis, die totenbleich an der Wand lehnte. Der dritte, der jetzt auf Ben zukam, war der Kerl, der ihn in Sebastians Wohnung überfallen hatte. Seine dunklen Haare hingen ihm fettig bis auf den Kragen, und er hinkte leicht.

»Simon, ich verstehe nicht …«, stammelte Ben.

»Das ist typisch für euch Liebermanns«, sagte Simon. »Ihr versteht gar nichts und macht nur Scheiße. Du, dein Bruder und deine dämliche Schwester.« Er lachte geringschätzig. »Durchsucht sie nach Waffen«, wies er die Männer an.

Simon zog eine Pistole, die in seinem Hosenbund steckte und die vorher durch sein Sakko verdeckt worden war. Er zielte auf Ben, der von dem dunkelhaarigen Mann unsanft durchsucht wurde. Mit einem Kopfschütteln zu Simon stieß der Mann Ben in einen der Sessel neben dem Sofa und postierte sich neben ihm, ohne seine eigene Waffe aus seinem Schulterholster zu nehmen.

»Gucken wir uns mal deine kleine Schlampe an«, sagte Simon und ging rüber zu Ellis. »Wo hast du sie her? Eine Groupie-Schickse?« Er blieb vor Ellis stehen. »So hässlich ist die gar nicht.«

Er fasste nach Ellis' Taille, und ihre flache Hand landete mit einem harten Schlag an seinem Hals. Mit einem erstickten Grunzen wich Simon ein Stück zurück. Auch der Kerl mit dem Pflaster langte nun nach Ellis. Sie stieß ihm ihr Knie in die Eier und wirbelte herum, aber Simon war schneller. Er schlug ihr hart ins Gesicht, und sie wurde gegen die Wand geschleudert. Ben versuchte aus dem Sessel aufzustehen, aber sein Bewacher riss blitzschnell seine Waffe aus dem Holster und knallte sie ihm gegen die Schläfe. Bens fühlte einen entsetzlichen Schmerz in seinem Schädel aufflammen und sackte im Sessel zusammen.

»Was geht hier vor?«, sagte eine helle Stimme vom Eingang her.

»Johanna!«, stieß Kai Welteke hervor und fuhr herum.

Johanna Welteke war eine zarte Person, kaum über einssechzig groß, mit langen hellbraunen Haaren, die ihr über den Rücken bis zur Taille hinabfielen, und zierlich gebaut wie ein Kind.

»Was geht hier vor?«, wiederholte sie und sah fassungslos von Ellis zu Ben und dann zu ihrem Mann.

»Johanna, bitte geh wieder! Bitte!«, drängte er.

Johanna Welteke wandte sich an Simon. »Tu die Waffe weg, Simon«, sagte sie ruhig, aber entschieden. Sie trat auf ihn zu, erstarrte aber, als sie die Kinder auf dem Boden neben dem Sofa bemerkte. Mit einem Aufschrei stürzte sie an Simon vorbei und ging neben den Kindern auf die Knie. »Jonas, mein Gott, Jonas!«, rief sie. Ihre Hände glitten über das Gesicht des Kleinen. »Was habt ihr getan? Ist er … ist er …?«

»Johanna, er ist nur betäubt«, sagte Simon weich und fasste sie am Arm, aber sie stieß ihn mit einer Kraft, die Ben ihr nicht zugetraut hätte, weg.

»Wer ist das Mädchen?«, flüsterte sie. »Was hat das alles zu bedeuten?«

»Sie ist ein Rettergeschwisterkind für deinen Lukas, genau wie unser Jonas hier.«

Welteke machte einen Schritt auf Simon zu, aber der blonde Mann, der in der offenen Tür stand, hielt ihn mit einer eindeutigen Bewegung seiner Waffe zurück.

»Rettergeschwister?«, wiederholte Johanna verwirrt. »Lukas hat keine Geschwister, Simon. Was redest du für einen Unsinn?«

»Frag doch deinen Mann, meinen lieben *Stiefbruder*«, erwiderte Simon wütend. »Weißt du, Johanna, er lügt dich ständig an. Dein Lukas hat Geschwister, nicht nur eins. Und weißt du was? Sie haben den gleichen HLA-Typ wie Lukas. Das heißt, sie können ihm spenden.« In sardonischem Tonfall fügte er hinzu: »Oder vielleicht auch nur einer von ihnen.«

Johanna starrte erst ihn an, dann ihren Mann. Sie bückte sich, hob Jonas auf und legte den schlaffen kleinen Körper behutsam auf das Sofa. Anschließend nahm sie auch das kleine Mädchen auf den Arm. Sie drehte sich um und sah erneut anklagend ihren Mann an.

»Was hast du getan, Kai?«, fragte sie.

»Sag's ihr, lieber Bruder, los sag's ihr! Oder soll ich es tun?«

Kai Welteke hob müde die Hände. »Du weißt nicht, Johanna, dass es Simon war, der mir die Klinik in Italien empfohlen hat, als wir Hilfe brauchten.« Simon grinste, und Welteke fuhr fort: »Ich wusste damals nicht, dass Simon zusammen mit einem Ex-

Klassenkameraden von uns, der eine erstaunliche kriminelle Karriere gemacht hat, diese Klinik betrieb. Ich glaube, Simon hatte die Ideen und Sergio Adamski das Geld und die Verbindungen, um sie umzusetzen. Sie machen dort Sachen, Johanna, die ohne jede Menschlichkeit sind. Aber wie gesagt, das wusste ich damals nicht. Als Lukas geboren wurde, waren wir die glücklichsten Menschen auf der Welt, weißt du noch?«

»Der glücklichste Mensch der Welt war ich«, sagte Simon. »Weil ihr ein Fanconi-Kind bekommen hattet. So ein beschissener Zufall aber auch. Mein Stiefbruder lässt sich nicht nur wie ein Lamm zur Schlachtbank führen, er ist auch noch Träger einer tödlichen Bluterkrankung. Genau wie du, liebe Johanna, aber das weißt du ja selbst. Mit mir wäre dir das übrigens nicht passiert.« Simon grinste in einer Mischung aus Sadismus und Verlangen.

»Du hast es von Anfang an gewusst, nicht wahr?«, fragte Welteke ruhig.

»Na, klar! Die PID war ja eindeutig. Einige der anderen Embryonen waren hingegen gesund. Ich sorgte allerdings dafür, dass ihr ein krankes Kind bekamt.«

Welteke wirkte, als wollte er Simon erwürgen.

»Komm nur, Kai, wag mal etwas!« Simon lachte so abschätzig, dass Welteke die Hände in ohnmächtiger Wut ballte. »War klar, dass du dich das nicht traust. Johanna, du hast eine Memme geheiratet.«

Simon fixierte Johanna, die jedoch starrte ins Nichts. Immer noch hielt sie das kleine Mädchen umklammert.

»Wie dem auch sei«, fuhr Simon fort. »Ich hatte es nie zu hoffen gewagt, eigentlich wollte ich dich nur mit den anderen Kindern erpressen. Du hast so ein weiches Herz. Und alles deine Kinder! Und zusätzlich hätte durch einige von ihnen dein geliebter Lukas ein für alle Mal von der Fanconi-Anämie geheilt werden können. Diesmal war das Schicksal auf meiner Seite.« Simon sah mit vor Hass verzerrtem Gesicht Welteke an. »Du hattest alles, und dann musstest du mir auch noch Johanna wegnehmen. Das einzig Gute in meinem Leben.« Er wandte seinen Blick zu der immer noch wie erstarrt wirkenden Johanna. »Du hast einen besseren Menschen aus mir gemacht, Johanna. Und dann bist du zu diesem lächerlichen Versager gegangen. Was habe ich dich angefleht zurückzukommen, aber du hattest nur noch Augen für Kai. Du hast mich gar nicht ernst genommen. Beide habt ihr mich nicht ernst genommen.« Es war, als redete Simon mit sich selbst. »Und dann fügte sich eins zum anderen. Und du Idiot hast mir noch vertraut«, fügte er höhnisch mit Blick auf Welteke hinzu. »Ich habe es richtig ausgekostet, weißt du? Endlich wusste ich, wie ich euch beide dafür bezahlen lassen konnte, was ihr mir angetan habt. Dabei hätte ich von Anfang an dafür sorgen können, dass ihr ein gesundes Kind bekommt.«

Johanna sagte immer noch nichts. Sie starrte Simon an, als sähe sie ihn zum ersten Mal.

»Simon informierte mich irgendwann, dass die überzähligen Embryonen aus der IVF nicht vernichtet worden waren«, sagte Welteke zu Johanna. »Aber du konntest kein Kind mehr austragen. Die erste Geburt war zu schwer für dich. Als Simon mir mitteilte, dass durch die Spende eines Rettergeschwisters Lukas geheilt werden könnte, stimmte ich schließlich zu, dass die Embryonen mit der richtigen HLA einer Leihmutter eingesetzt wurden. Um absolut sicherzugehen, hat er sogar mehrere Embryonen einpflanzen lassen, bei mehreren Müttern.« Müde fügte er hinzu: »Simon wollte mich viel Geld dafür bezahlen lassen.«

»Zwei Millionen«, ergänzte Simon wegwerfend. »Was ist das gegen ein Kinderleben?«

»Ich sah nichts Böses darin«, fuhr Welteke fort. »Schließlich hätte für das Rettergeschwisterkind keine Gefahr bestanden. Die für die Spende nötigen Stammzellen kann man heute direkt aus dem Blut gewinnen, und die Überlebensrate ist bei einem sehr jungen Kind nach Transplantation von Knochenmark von einem Geschwisterkind ungleich höher als bei einer Fremdspende.«

Johanna nickte stumm. Als ob sie das nicht alles selbst wusste. Aber Ben konnte ihr ansehen, dass sie zumindest von all dem hier nichts gewusst hatte. Johanna drehte sich zum Sofa um und betrachtete Jonas. Sie ist noch nie schwer von Begriff gewesen, dachte Ben.

»Dann habt ihr Alexa zur Leihmutter gemacht?«

Simon lächelte zufrieden. »Alexa war genau so dumm, wie

sie hübsch war. Diese ganze Liebermann-Bande mit ihrer Gutmenscherei. Zum Kotzen. Alexa hat mir wirklich jeden Scheiß geglaubt. Sie wünschte sich ohnehin ein Kind von mir, ich aber habe ihr erzählt, ich wäre Träger einer Erbkrankheit, weswegen nur eine künstliche Befruchtung in Frage käme. So konnte ich wenigstens auf eines der Kinder ein Auge haben.«

»Und sie wusste es nicht, oder? Sie dachte, sie bekommt ihr Wunschkind. Was bist du doch für ein Schwein! Und du auch, Kai!«

»Johanna!« Welteke warf dem Mann neben sich, der ihn noch immer zurückhielt, einen wütenden Blick zu. »Ich *habe* es nicht gewusst, das musst du mir glauben!«

»Und weiter? Warum habt ihr nicht Jonas als Spender genommen?«, fragte Johanna.

»Ich sag doch, ich wusste nicht, dass Jonas ein Bruder von Lukas ist. Wer kommt denn auf so etwas? Ich habe mich an Simon gewandt, aber er wollte wieder Geld. Da bin ich zur ›La Nuntia‹-Klinik gefahren, um die Namen und Adressen der Kinder herauszufinden. Dottore Pausetti, dein damaliger Arzt, hat sie mir verschafft. Ich habe ihn gebeten, Stillschweigen zu bewahren. Ich glaube nicht, dass er von Simon eingeweiht war.«

»Er schöpfte Verdacht«, sagte Ben, der sich mühsam aufrichtete. Das Blut, das aus der Wunde an seiner Schläfe sickerte, lief ihm ins Auge. Sein Kopf schmerzte höllisch, bei jeder noch so kleinen Bewegung wurde ihm schwindlig. »Er hat die Mütter informiert. Es waren insgesamt fünf Mütter, nicht nur Alexa.«

In ihm tobte es. Was hatte diese Drecksau mit seiner Schwester gemacht? Warum hatte er ihr das angetan? Ben erinnerte sich daran, wie glücklich Alexa immer mit Simon gewesen war.

»Ich konnte es nicht fassen, dass du Alexa da hineingezogen hattest. Du bist so ein Arsch, Simon!«, sagte Welteke. »Ich habe nach den Kindern gesucht, aber Simon wollte verhindern, dass ich mit den Müttern Kontakt aufnehme. Dann wäre alles aufgeflogen.« Mit leiser Stimme fügte er hinzu: »Er hat die Kinder entführt und manche von ihnen ermordet. Mit einer Mutter hatte ich gesprochen. Wir hatten bei ihrer Tochter Natascha eine HLA-Typisierung durchführen lassen. Sie wäre als Spender nur bedingt geeignet gewesen. Ihre Mutter war außer sich. Sie hat mich angefleht, niemandem zu sagen, dass Natascha nicht ihre Tochter ist. Sie hatte zudem Angst, dass ich ihr das Kind wegnähme. Das konnte ich ihr ausreden.« Er wandte sich wieder an Simon. »Warum hast du die Kleine ermorden lassen?«

Simon spreizte die Finger. »Das hatte verschiedene Gründe«, sagte er zynisch. »Vor allem hast du mit deiner Sucherei zu viele Mitwisser geschaffen. Zum Glück ließ ich dich zu dem Zeitpunkt beobachten. Daher wusste ich, dass du in der Klinik warst und danach die Rother aufgesucht hast. Da wollte ich den Druck zu zahlen auf dich erhöhen. Außerdem ist ein bedingt geeigneter Spender heutzutage besser als gar keiner. Die Medizin macht da große Fortschritte.«

»Vor allem musste er handeln, weil Pausetti damit begann, die Mütter zu warnen«, sagte Ben noch einmal. »Nur, dass er nicht wusste, dass Pausetti die undichte Stelle war.«

»Auch das ist richtig«, gab Simon gleichmütig zu. »Ich hätte sie gleich umlegen sollen. Später waren ständig die Bullen um sie herum oder eine Pflegetante. Ich hab sie erst im letzten Moment erwischt.«

Johanna ließ sich kraftlos auf das Sofa sinken. »Du hast meine Kinder getötet, Simon?«, flüsterte sie mit tränenerstickter Stimme.

Simon ging vor ihr in die Hocke. »Es ging nicht anders, Johanna. Kai wollte nicht bezahlen. Und natürlich konnte ich die Kinder nicht einfach gehen lassen. Und auch die Mütter nicht, nachdem Pausetti sie gewarnt hatte.« Er wandte sich wieder an Ben. »Und deinen dämlicher Bruder.« Simon drehte sich wieder zu Johanna um. Er wollte nach ihrer Hand greifen, aber Johanna wich entsetzt zurück. Simon verzog enttäuscht das Gesicht. »Aber sie waren ohnehin nicht alle als Spender geeignet. Jedenfalls nicht so sehr wie die beiden hier. Sie haben eine optimale Übereinstimmung mit Lukas, Johanna. Überleg mal: Ich kann deinen Lukas retten!«

»Aber um welchen Preis, Simon! Du bist doch komplett irre. Warum tust du mir das an?«

»Ich dir?« Simon sprang auf und schrie: »Frag mal deinen Mann, meinen feinen Bruder, was er mir angetan hat.«

»Was denn, Simon? Was hat einen solchen Menschen aus dir gemacht?« Johanna wirkte, als sei tief in ihr etwas zerstört worden. Mit einer Hand umklammerte sie Jonas' Bein. »Ich habe dich mal geliebt, weißt du das noch? Und du mich.«

»Oh, ja, das weiß ich noch. Und im Gegensatz zu dir habe ich nie damit aufgehört. Aber du musstest ja etwas mit Kai anfangen. Man verlässt mich nicht, verstehst du? Einfach weggehen. Zu Kai! Dabei hatte er doch ohnehin alles. Mein ganzes Erbe hat sich sein Scheißvater einverleibt. Er hat meine Mutter ausgenommen wie eine Weihnachtsgans. Zehn Millionen hat er ihr abgeluchst. Sie war eine hilflose Witwe, und es war *mein* Erbe.« Simon drehte sich einmal im Kreis herum. »Alles, was ihr besitzt, gehört von Rechts wegen mir. Und die Millionen, die dein nobler Gatte an mich zahlen sollte? Wiederum Teil meines Erbes, das mir vorenthalten worden ist. Als meine Mutter starb, hatte der alte Welteke die ganze Kohle auf die Seite geschafft. Ich habe fast nichts bekommen, angeblich war alles futsch, verspekuliert. Aber Kai weiß, wo das Geld ist, und ich werde es bekommen. Und dafür wird euer Lukas wieder gesund. Wenn das nicht fair ist!« Simon brach ab und fuhr sich mit der Hand übers Gesicht. Er drehte sich zu Ben um. »Das erinnert mich daran, dass wir endlich zum Geschäft kommen sollten. Aber vorher müssen wir uns um den letzten Liebermann kümmern.«

Ben fuhr auf. »Was ist mit Alexa?«, fragte er alarmiert.

Simon zog überrascht die Augenbrauen hoch und wandte sich an das Ehepaar Welteke. »Er weiß es nicht?«, fragte er spöttisch lächelnd.

»*Du* hast Alexa getötet!«, schrie Johanna. »*Du* warst es.«

Simon lachte. »Natürlich. Ich sag ja, Alexa war ein Blödchen. Sebastian hatte ihr eingebläut, mir nichts von Pausettis Warnung zu sagen, aber an dem Morgen, bevor sie mit Jonas abhauen wollten, hat sie mir genug erzählt. Sie war echt *so* blöd! Leider hat sie mir nur gesagt, dass die Warnung aus der Klinik kam. Dann stand schon Sebastian vor der Tür. Ich konnte nicht zulassen, dass sie mit Jonas abhauen. Aber ich hatte Glück, denn meine Leute waren in Neuss, da sie ja dem lieben Kai ein bisschen Druck machen sollten. Und Sebastians albernes Ablenkungsmanöver mit dem A2 … immerhin hat er sie bei mir abgeholt. Meine Leute sind wohl etwas ruppig vorgegangen.« Simon schwieg einen Augenblick und grinste sardonisch. »Immerhin ist es gut gegangen. Ich brauchte nur den Jungen. Sebastian und Alexa hätten eh dran glauben müssen. Als ich dann später erfahren habe, dass Alexa allem Anschein nach doch noch aus dem Koma wach wird, blieb mir gar nichts anders übrig.« Er nickte Ben zu.

Ben hatte das Gefühl, dass alles um ihn herum zerbrach. Simon hatte Alexa getötet. Seine kleine Schwester, die im Begriff gewesen war, wieder aufzuwachen. Für einen Moment dachte er, sein Herz bliebe einfach stehen, aber dann übermannte ihn die Wut. Er begann, verzweifelt um sich zu schlagen, aber sein Bewacher hielt ihn eisern mit der Waffe in Schach.

»Danke, Ben«, sagte Simon. »Du hast mir erzählt, dass sie wach wird, gerade noch rechtzeitig. Meine Güte, ich hab der Schlampe einen Gefallen getan. Habt ihr sie mal gesehen, mit dem zermatschten Gesicht? Ihr hübschen Titten: zerquetscht. Die wär doch eh nie wieder geworden.«

»Hör auf, Simon! Hör endlich auf!«, schrie Welteke unvermittelt. Alle sahen zu ihm her.

Diesen Augenblick nutzte Ben, um sich aus dem Griff des Mannes neben sich zu befreien und auf Simon zuzustürzen, derart schnell, dass dieser nicht einmal mehr die Zeit hatte, auch nur die Waffe auf ihn zu richten. Ineinander verschlungen krachten sie auf den Couchtisch, der wie Papier unter ihnen nachgab. Ben kam als Erster hoch und schlug mit den Fäusten auf Simon ein. Aus dem Augenwinkel sah er, wie die drei Männer Anstalten machten, mit ihren Waffen auf ihn zu zielen, aber urplötzlich stand Ellis hinter dem Sessel und umklammerte mit beiden Händen ihre Pistole.

»Waffe fallen lassen!«, schrie sie.

Welteke warf sich gegen seinen abgelenkten Bewacher, dem die Knarre aus den Händen rutschte. Der Mann mit dem Pflaster an der Schläfe zog noch seine Waffe, aber Ellis war schneller und schoss ihm in die Brust. Mit einem dumpfen Schmerzensschrei ging der Mann zu Boden. Der Blonde am Sofa warf einen Blick auf Kai Welteke, der aber keine Chance gegen seinen Gegner hatte. Der Blonde zog seine Waffe, fixierte kurz den hilflosen Ben, legte dann aber auf Jonas und Jessy Hamacher an.

»Alle die Waffen fallen lassen«, schrie er, »oder ich erschieße die Kinder!«

Johanna schrie auf, und Ellis ließ ihre Waffe fallen. Simon stieß Ben zur Seite und kam wieder hoch. Vor Wut rasend begann er auf Ben einzutreten, dann hielt er plötzlich inne und starrte Johanna an. Er hob seine Waffe und zielte auf das Mädchen.

»Zahlst du jetzt, Welteke?«, fragte er kalt. »Es ist nur noch ein Spender übrig.« Noch bevor Welteke antworten konnte, drückte Simon ab. Ben sah, wie Ellis nach vorne sprang. Dann war überall Blut.

***

Florian Gerstenmayer steckte seinen Kopf durch Toms offene Bürotür. Britta, Tom und Jörg Wahl sprachen immer noch über das, was Luther ihnen erklärt hatte.

»Wir haben die Ergebnisse der KTU zur Ballistik. Die Waffe, mit der auf den Hund von der Basch geschossen wurde, ist dieselbe, mit der auch Frau Wenninger erschossen wurde. Das wussten wir bereits. Ein Projektil von der Waffe haben wir auch am Deich bei Düffelward gefunden. Aber es gehört nicht zu der Schusswaffe, die wir dort sichergestellt haben. Die beiden Flüchtigen haben ihre Waffen mitgenommen.«

»Hat die KTU auch die anderen Kugeln überprüft?«, fragte Tom.

Gerstenmayer verzog das Gesicht. »Die Frage stellst du denen mal besser selbst. Mann, Tom, das sind Profis, deine Kollegen. Natascha Rother wurde nicht mit einer Waffe erschossen, die anderweitig aufgetaucht ist. Auch sonst keine Übereinstimmung.«

Britta und Tom starrten sich an.

»Wir kommen einfach nicht weiter«, sagte Tom resigniert. »Um Adamski müssen sich die Schweizer und italienischen Kollegen kümmern. Hoffentlich kriegen die den Arsch schnell genug hoch.«

Schnurbus betrat das Büro. »Da sind Sie ja! Eilmeldung wegen unserer Nachfrage nach Sergio Adamski. Die Schweizer Behörden haben ihn festgenommen. Heute Morgen. Nach Lage der Dinge ist er für zwei Anschläge auf einen deutschen Staatsbürger verantwortlich.« Schnurbus warf einen Blick auf die Papiere, die er in der Hand hielt. »Hans Schlesinger, hier in Neuss gemeldet.«

»Schlesinger?«, fragte Tom. Er wandte sich an Gerstenmayer. »Der war doch bei der Beerdigung von Sebastian Liebermann, oder nicht?«

»Doch. Er hat glaubhaft versichert, dass er nur das Grab seiner Mutter besuchen wollte und nur aus Neugier einen Blick auf die Trauerfeier geworfen hat. Er ist Privatdetektiv.«

Tom starrte Gerstenmayer an. »Und das fandest du glaubhaft? Der Kerl wird was mit Sebastian Liebermann zu tun haben. Das sind einfach zu viele Zufälle.« Er wandte sich an Schnurbus. »Haben die Schweizer sonst noch etwas herausgefunden? Wissen die, dass die nach einem Kind suchen müssen?«

»Sie denken, dass Adamski hinter allem steckt, Küppers? Wo ist denn da die Verbindung?«, fragte Schnurbus zweifelnd. Er warf erneut einen Blick auf die Nachricht von Interpol. »Die Ermittlungen stehen noch am Anfang, aber da die Beweislage bezüglich der Kapitalverbrechen eindeutig ist, haben die zuständigen Staatsanwaltschaften in der Schweiz und Italien Durchsuchungsbeschlüsse für alle Firmen von Adamski beantragt.«

Tom lehnte sich in seinem Stuhl zurück. Was für eine dünne Hoffnung für einen kleinen Jungen.

Sein Mobiltelefon klingelte.

»Küppers.«

Es war Luther. Tom hörte zu, was ihm der Gerichtsmediziner zu berichten hatte, dann bedankte er sich und legte auf.

»Die HLA-Typisierung liegt vor.« Er zögerte. »Luther sagt, der HLA-Typ von Natascha Rother und Aaron Basch weicht stark von dem von Jessy Hamacher und Jonas Liebermann ab. Und Lars Wenninger hatte eine Autoimmunkrankheit, durch die er als Spender nicht in Frage kam.«

»Wir wissen natürlich nicht, ob es jemand auf die Kinder abgesehen hat, weil sie potenzielle Spender sind, aber es kann auch reiner Zufall sein«, meinte Jörg Wahl, und Tom nickte.

»Allerdings ist es ein völlig aussichtsloses Unterfangen, nach einem Kind zu suchen, das eine Transplantation braucht und den gleichen HLA-Typ aufweist wie eines dieser Kinder«, fügte Britta mutlos hinzu.

»Das Kind von Kai Welteke braucht eine Transplantation«, warf Gerstenmayer ein.

»Sag das noch mal!«, rief Britta.

Gerstenmayer zuckte die Schultern. »Ich mein ja nur. Ich habe Johanna Welteke öfter im Allgemeinen Krankenhaus gesehen. Sie hat sich immer wieder nach Alexa Liebermann erkundigt. Sie war immer mit ihrem kleinen Jungen da, er ist sehr krank. So was wie Leukämie oder so. Jedenfalls hat sie mir einmal erzählt, sie würden händeringend nach einem Spender suchen.«

Tom sah Britta an. »Davon hat er mir neulich nichts erzählt. Ich fahr da noch mal hin.«

»Ich komm mit«, sagte Britta.

***

Ben rappelte sich auf und starrte Richtung Sofa. Johanna Welteke hatte sich über Jonas und Jessy gebeugt und suchte die Körper der Kinder nach Verletzungen ab. Aber Ben wusste schon, woher all das Blut kam. Ellis saß regungslos neben dem Sofa. Ihr rechtes Hosenbein war blutdurchtränkt. Die Kugel musste ihre Oberschenkelarterie getroffen haben.

Ben versuchte zu ihr zu kommen, aber Simon stieß ihn rüde zurück.

»Simon, sie verblutet! Wir müssen was tun!«, flehte Ben.

»Ja, und? Glaubst du, ich könnte dich oder die kleine Schlampe am Leben lassen?«, erwiderte Simon geringschätzig.

»Ellis!«, rief Ben. Ellis versuchte, sich aufzurichten, sackte aber wieder in sich zusammen. »Du musst die Wunde abdrücken! Du verblutest sonst!« Ben wurde von dem Blonden gepackt und zur Seite gezerrt. »Ellis, bitte! Nimm deinen Gürtel!«

Plötzlich kam wieder Leben in Kai Welteke, der vor Entsetzen seinen Blick nicht von Ellis hatte lösen können.

»Simon, hör um Gottes willen auf! Du bekommst alles, was du willst.«

Simon lachte. »Na, endlich! Aber erst müssen wir hier noch ein bisschen aufräumen. Du weißt schon.«

Simon nickte dem dritten Mann zu. Der hob seine Waffe. Johanna warf sich schützend über die beiden Kinder. Welteke zögerte.

Der Mann setzte Ellis, die verzweifelt versuchte, mit ihren Händen den Blutstrom einzudämmen, seine Waffe an die Schläfe. Sie ruckte ihren Kopf zur Seite. Hart packte der Mann sie an den Haaren und presste ihr erneut die Mündung seiner Waffe an den Kopf.

Im selben Augenblick flog die Haustür auf und schlug krachend gegen die Wand, ein Schuss knallte. Der Mann schrie auf und fiel getroffen nach hinten. Der Blonde ließ Ben los und wollte auf den Eindringling feuern, aber noch bevor er die Waffe richtig im Anschlag hatte, wurde auch er getroffen. Ben warf sich mit aller Kraft gegen ihn, als ein weiterer Schuss durch den Raum krachte.

Simon ging zu Boden. Ungläubig starrte er zu Johanna Welteke empor, die mit Ellis' Pistole in den Händen über ihm stand. Sie hob die Waffe erneut.

»Nein, Johanna, bitte«, flüsterte Simon.

»Du hast meine Kinder getötet«, sagte sie tonlos und drückte ab.

»Waffen fallen lassen! Alle!«, gellte es durch das Haus.

Ben erkannte Tom Küppers und Britta Steinfort, die mit gezogenen Waffen im Eingang des Poolhauses standen. Johanna senkte die Pistole. Ben knallte seinen Widersacher mit dem Kopf auf die Fliesen, riss ihn an den Haaren hoch und wollte es noch einmal tun, als ihm der Kommissar die Hand auf den Arm legte.

Wie in Trance taumelte Ben auf Ellis zu, die vom Sofa gerutscht war und in einer sich immer weiter ausbreitenden Blutlache lag.

Er kniete sich neben ihr hin und zog seinen Gürtel aus der Hose. Er versuchte ihren Oberschenkel abzubinden, aber die Wunde war zu nah am Becken.

Küppers kniete sich ebenfalls neben Ellis. Für eine Sekunde

hielt er inne, dann schob er Bens Hand zur Seite. Er zog ein Tuch aus der Tasche, das er sorgfältig faltete, bis es ein dickes Kissen bildete. Er presste es auf die Wunde und fixierte es mit dem Gürtel.

Ellis öffnete die Augen. Mühsam kniff sie sie zusammen, sie schien nicht richtig sehen zu können. Ihr Gesicht war grau, Lippen und Bindehäute blutleer.

»Ben?«, fragte sie.

Ben legte ihr seine Hand ans Gesicht.

»Ich fühle nichts«, sagte Ellis und schloss die Augen wieder.

»Ellis!«, rief Ben. »Nicht! Bleib bei uns!« Küppers schlug sie hart ins Gesicht. In der Ferne hörte Ben den Krankenwagen. »Ellis!«, rief er erneut.

Ellis öffnete die Augen, aber Ben glaubte nicht, dass sie ihn noch erkennen konnte. »Sie hat nur dich«, flüsterte sie.

***

Die Woche nach der Schießerei in Weltekes Poolhaus erlebte Ben in völliger Erstarrung. Das Begräbnis für Alexa auszurichten, überstieg beinahe seine Kräfte.

Jonas und Jessy wurden zunächst ins Krankenhaus eingeliefert. Einen Tag danach erhielt Ben Besuch vom Jugendamt. Er war der letzte gesetzliche Angehörige von Jonas, aber auch die biologische Abstammung von Weltekes war nach Ansicht der Verantwortlichen zu berücksichtigen. Dieser neue drohende Alptraum brachte Ben wieder halbwegs zu sich. Bei einem klärenden Gespräch, das das Familiengericht kurzfristig anberaumte, um die Notwendigkeit einer Amtsvormundschaft festzustellen, erklärten Johanna und Kai Welteke zu Bens großer Erleichterung, dass sie keinerlei Ansprüche zu stellen gedächten. Der Familienrichter entschied, Ben das Sorgerecht für Jonas vorläufig zu erteilen. Gleichzeitig wurde dem Antrag der Weltekes zugestimmt, Jonas' Stammzellen für eine Transplantation für seinen Bruder Lukas zu entnehmen.

Zwei Tage nach Alexas Beerdigung stand Ben ein weiteres Mal auf dem Neusser Hauptfriedhof. Es war ein eisiger Freitagmorgen, der dichte Nebel in der Nacht hatte Bäume, Sträucher und Wiesen mit einer dicken Raureifschicht überzogen.

Nur wenige Trauergäste hatten sich zu Ellis' Begräbnis eingefunden. Pastor Groß hatte Ben nach der kurzen Trauerfeier in der Kapelle rasch die Hand gedrückt und ihm – ein weiteres Mal – sein Mitgefühl ausgedrückt. Ellis' Mutter hatte gemeinsam mit Ellis' Halbbruder und dessen Frau das Begräbnis ausgerichtet.

Zu den wenigen Anwesenden gehörten neben Ellis' Familie noch Tom Küppers und Britta Steinfort, und zu Bens Überraschung wurde Hans Schlesinger im Rollstuhl herangeschoben.

Schlesinger war immer noch übel zugerichtet. Ben wusste von Küppers, dass er nur mit knapper Not eine Autobombe überlebt hatte. Seine Beine waren mit einer Decke verhüllt, am Kopf trug er einen Verband. Der Rollstuhl wurde von einem großen, hageren Mann geschoben. Neben Ellis' Mutter stand ein weiterer Mann, den Ben nicht einordnen konnte.

Als der schlichte Buchensarg in die Erde herabgelassen wurde, begann Frau Hauser, die schon während des Gottesdienstes bitterlich geweint hatte, erneut zu schluchzen. Der Mann neben ihr zögerte und ließ dann Ellis' Bruder den Vortritt, der seiner Mutter tröstend den Arm um die Schultern legte.

Groß segnete das Grab ein. Ellis' Mutter, ihr Sohn, ihre Schwiegertochter sowie der Fremde warfen etwas Erde auf den Sarg. Ben beobachtete es wie in Trance. Sein Herz schlug bis zum Hals, die Trauer drohte ihn schier zu überwältigen. Seine Tränen hinterließen eisige Spuren auf seinen Wangen.

»Herr Liebermann«, sagte eine Stimme neben ihm.

Ben drehte sich müde zur Seite. Neben ihm saß Schlesinger in seinem Rollstuhl, der große Mann, der ihn begleitet hatte, stand hinter ihm.

»Herr Liebermann«, wiederholte Schlesinger. »Ich möchte Ihnen mein Beileid ausdrücken. Ich weiß von Ellis, dass sie Sie sehr gemocht hat.«

In Bens Kopf fügten sich die Puzzleteile zusammen. Tom Küppers hatte ihm gesagt, dass Ellis Privatdetektivin gewesen war und für Sebastian ermittelt hatte.

»Ellis hat für Sie gearbeitet?«, stieß Ben hervor. »*Sie* haben sie auf mich angesetzt?«

»Nur zu Ihrem Schutz, Herr Liebermann. Nach allem, was mit Sebastian geschehen war, sahen wir keine andere Möglichkeit.«

»Wer wir?« Ben hob unwillkürlich die Stimme. Verzweifelte Wut stieg in ihm auf. »Sie haben sie in den Tod geschickt, Schlesinger!«

Die anderen Trauergäste hoben die Köpfe, sahen zu ihnen herüber. Ben war es egal. Der Mann neben Ellis' Mutter setzte sich in Bewegung und kam auf ihn zu.

»Was kann Sie nur auf diese irrsinnige Idee gebracht haben?«

Ben wusste, irgendwo in seinem Hinterkopf, dass ohne Ellis jetzt Jonas und Jessy vielleicht nicht mehr am Leben wären, aber dieser Gedanke tröstete ihn kein Stück. Ellis fehlte ihm entsetzlich. Wie ein Stein lag sein Herz in seiner Brust und brannte und schmerzte lichterloh. Am liebsten wäre Ben auf Schlesinger losgegangen, um all seine Wut, seine Trauer um seine Familie und Ellis und seine Verzweiflung an ihm abzureagieren.

»Sebastian hatte mich von der Sache abgezogen, drei Tage später war er tot und Jonas entführt und Ihre Schwester im Koma. Ich hatte das Gefühl, dass mir keine andere Wahl blieb, um Sie zu schützen«, sagte Schlesinger. Es war ihm anzusehen, wie elend er sich fühlte. »Ich fühle mich doch auch schuldig«, fügte er leise hinzu.

»Schuldig fühlen Sie sich?«, höhnte Ben. »Wenn Sie mir nur wenigstens reinen Wein eingeschenkt hätten.« Das schlechte Gewissen tobte in ihm, er hatte Ellis verdächtigt, dabei hatte sie die ganze Zeit nur helfen wollen. »Was sind Sie nur für ein feiger Arsch, Schlesinger!«

»Sebastian hat mir von Ihnen erzählt, und ich habe Sie so eingeschätzt, dass Sie einen ›Beschützer‹ nicht akzeptieren würden.« Schlesinger zuckte die Schultern und verzog dabei schmerzhaft das Gesicht. »Später konnte ich Ellis nicht mehr zurückziehen. Sie hat Sie echt gemocht, wissen Sie? Leider hat sie es vorgezogen, mich weder über Pausettis Warnung noch Ihren Entschluss zu informieren. Sie wusste, ich hätte es nicht gutgeheißen, dass Sie sich in Gefahr bringen. Ellis wusste wahrscheinlich, dass sie es

Ihnen nicht würde ausreden können, daher beschloss sie, Sie zu begleiten.«

Ben spürte, dass ihn jemand am Arm fasste, und fuhr wütend herum. Vor ihm stand der fremde Mann, der eben noch neben Frau Hauser gestanden hatte. Er war groß, dunkel gekleidet, durchtrainiert. Ben blickte in sein Gesicht und befürchtete für einen Moment, einfach umzufallen. Dieser Mann war Ellis' Vater. Was hatte sie gesagt? Er sieht aus wie ich. Ja, das stimmte wahrhaftig. Die dichten braunen Haare waren an den Schläfen schon grau, aber die Gesichtszüge und die dunklen Augen, die in seinem bleichen Gesicht brannten, ließen keinen Zweifel zu.

»Mein Name ist Stieg Elliasson, ich bin Ellis' Vater. Sie sind Ben Liebermann, nicht wahr?« Ben schluckte trocken und nickte. Er vermochte kaum, Elliasson anzusehen. »Meine Tochter hat mir von Ihnen erzählt, Ben. Sie wusste, was sie tat. Sie war eine gut ausgebildete Ermittlerin und Personenschützerin, sie arbeitete seit Jahren mit Hans und mir zusammen. Sie kannte das Risiko. Ihr war klar, dass Sie sich nicht schützen lassen würden.« Elliasson machte eine Pause. »Sie hatte Sie sehr gern, Ben.«

Ben sah auf seine Füße, versuchte die Tränen zurückzuhalten. Er dachte an alles, was Ellis ihm von ihrem »Bio-Papi« erzählt hatte.

»Wann haben Sie mit ihr gesprochen?«, fragte er mit erstickter Stimme. Er wollte alles von Ellis wissen, so als ob sie dann noch ein wenig bei ihm wäre.

Epilog

Der graue Ostseehimmel erstreckte sich weit und kalt über Dünen und Kiefern. Ben parkte seinen Wagen vor dem modernen Anbau des Gutshofs, stieg aus und blieb für einen Augenblick in der Kälte stehen. Er warf einen Blick auf die Rückbank, nahm seine Armyjacke vom Beifahrersitz und lief die Treppe zum Deich hinauf. Vor ihm erstreckten sich die Dünen, und dahinter tobte das graue Wintermeer. Es begann wieder zu schneien, ganz leicht nur, vom Himmel taumelten dünne Eissplitter. Ben hielt sein Gesicht in den Wind, bis ihm die Tränen über die Wangen liefen.

Er riss sich los und lief zum Auto zurück. Behutsam weckte er Jonas auf und hob ihn aus dem Auto.

Ben klopfte an die Zimmertür. »Herein«, hörte er gedämpft von drinnen. Ben öffnete die Tür und trat ein. Im Zimmer saß nur Raoule, von Elodie war nichts zu sehen.

»Ben!«, rief Raoule erfreut. Sie stand auf, trat auf ihn zu und strich Jonas sanft übers Haar.

»Es tut mir so leid, Ben. Alles.«

Ben sagte nichts. Sie wusste nicht, wie groß sein Leiden war. Sie wusste, dass Sebastian und Alexa tot waren, sie wusste, dass Jonas beide Eltern verloren hatte. Aber sie wusste nicht, dass auch Ellis tot war. Sie wusste *nichts* von Ellis.

Ben erinnerte sich an die Verzweiflung des großen Mannes. Stieg Elliasson war zu spät gekommen, weil er und Schlesinger Simon zu spät auf die Spur gekommen waren. Simon, der jetzt tot war, weil Johanna Welteke ihn gerichtet hatte. Aber immerhin: Lukas würde wieder gesund werden dank Jonas' Blutstammzellen. Johanna Welteke würde sich vor Gericht verantworten müssen, aber in Anbetracht der Umstände würde sie vielleicht Gnade in den Augen von Richter und Staatsanwalt finden. Simons Männer lagen im Gefängniskrankenhaus. Die Schweizer Polizei hatte sie in Zusammenhang mit Adamski bringen können. Näheres war noch nicht bekannt. Jessy Hamacher befand sich in der Obhut ihrer Oma, und die Weltekes hatten versprochen, dass es ihr finanziell nie an etwas fehlen würde.

Ben schob Raoule von sich. »Wo ist Elodie?«

»Sie ist noch bei der Physiotherapie, es ist die letzte Behandlung vor Weihnachten. Sie weiß nicht, dass du kommst, Ben.«

»Du solltest anfangen, darüber nachzudenken, wer ihr richtiger Vater ist, Raoule«, sagte er müde.

Raoule sah ihn überrascht an. »Dann bleibst du nicht bei uns?«

»Ich bleibe ihr Vater«, sagte er mit rauer Stimme. »Daran wird sich nichts ändern.«

Die Tür ging auf, und Elodie humpelte herein. Einen Moment blieb sie fassungslos stehen, dann schrie sie mit überwältigender Freude: »Papi!« Sie stürzte sich in seine Arme. »Dass du wieder da bist. Ich hab dich so vermisst, Papi.«

Ben drückte sein Kind an sich. »Ich dich auch«, sagte er leise, »ich dich auch.«

***

Tom stand am Fenster seines Büros und starrte missmutig nach draußen. Schnee trieb in dicken Flocken vor seinem Gesicht vorbei. Der Parkplatz vor dem Gebäude war nur notdürftig geräumt. Die Mischung aus Herbstlaub und grauem Schnee, die sich in den Parkbuchten türmte, hatte etwas surreal Unappetitliches.

»Scheißwetter«, murmelte Tom und wiederholte lauter: »Was ist das nur für ein beschissenes Wetter?«

Seit die Klimaerwärmung alles beherrschendes Thema war, schien es hier am Niederrhein tatsächlich nur noch zu lange, zu kalte und zu schneereiche Winter zu geben. Bis Heiligabend ging den Boys vom Räumdienst garantiert wieder das Streusalz aus. Wo war der Niederrhein seiner Kindheit geblieben, wo die Dahlien draußen und die Winterreifen drinnen blieben?

Er drehte sich zu Schnurbus und Britta um, die mit betretenen Gesichtern um seinen Schreibtisch herum saßen. Justus Müsse lümmelte auf einem Aktenschrank und aß einen Apfel.

»Das ist der beschissenste Fall meiner Laufbahn«, knurrte Tom wütend und hieb mit der Faust gegen den Fensterrahmen. »Was haben wir eigentlich erreicht? Alle tot, oder was? Selbst der Täter, verdammt noch mal!«

Schnurbus hob beschwichtigend die Hand. Britta stand langsam auf.

»Tom, ohne dich wäre Ben Liebermann jetzt auch tot. Von Jonas und Jessy ganz zu schweigen. Und wer weiß, was mit den Weltekes passiert wäre.«

»Quatsch«, fuhr Tom sie an. »Wir haben gar nichts erreicht. Und dieses Mädchen ist auch tot. Mann, die hatten wir gar nicht auf dem Schirm.«

Schnurbus räusperte sich. »Liebermann hat jeden Personenschutz abgelehnt. Er ist nicht ganz unschuldig an dem, was passiert ist. Hätte er mit offenen Karten gespielt ...«

Tom winkte ab. »Geschenkt. Er wusste nicht mal, dass Ellis Hauser Privatdetektivin war.«

»Die Schweizer und die italienischen Behörden ermitteln jetzt jedenfalls gegen Adamski. Nach bisherigem Stand der Ermittlungen haben sich Adamski und Gens bereits in der Schulzeit gesucht und gefunden. Adamski besitzt, wie auch sein Vater, eine immense kriminelle Energie, Geld und exzellente Verbindungen. Gens war der Ideengeber. Er war äußerst beschlagen, wenn es darum ging, illegale Geldgeschäfte zu machen«, sagte Justus. Er warf den Rest seines Apfels in den Papierkorb und wirkte überrascht, dass er tatsächlich getroffen hatte.

»Und wann hatte er die Idee mit dieser Klinik? Oder war das Adamski?«, fragte Britta.

»Soweit wir wissen oder vermuten, hat ihn Johanna Gutleben, die spätere Frau Welteke, auf die Idee gebracht. Sie litt an dieser Erbkrankheit. Sie war ja mit Simon zusammen, und so hat er davon erfahren. Simon beschäftigte sich mit dem Thema und sah darin ein ungeheures Potenzial, um Geld zu scheffeln. Er hat mit Adamski zusammen die Klinik ›La Nuntia‹ ins Leben gerufen. Vielleicht könnte man ihm zugute halten, dass er Johanna sogar helfen wollte. Aber das ist Spekulation. Da Gens selbst gesund war, hätte Gutleben problemlos mit ihm ein gesundes Kind bekommen können. Aber dann hat ihn Johanna verlassen und sich ausgerechnet in seinen ihm ohnehin verhassten Stiefbruder verliebt. Ich glaube, danach war das Drama nicht mehr aufzuhalten«, erklärte Tom. »So wie ich es sehe, war die Tatsache, dass Kai Welteke auch Fanconi-Träger ist, ein unglaublicher Zufall, der ihm in die Hände spielte.«

»Straub und Neumann sind jedenfalls froh, dass auch ihre Fälle geklärt sind. Nach Lage der Dinge war Simon Gens der Mörder«, sagte Justus.

»Der Mörder von drei Kindern und sieben Erwachsenen. Selbst wenn er nicht für jeden Mord direkt verantwortlich ist, so war er doch immerhin der Auftraggeber«, knurrte Tom. Er sah Schnurbus an. »Lässt Sie das so kalt? Hätten Sie ihn nicht gern vor Gericht gesehen?«

Schnurbus sagte nichts. Justus und Britta schwiegen ebenfalls.

»Was?«, fragte Tom empört. »Ihr seid froh, dass er tot ist und seiner gerechten Strafe entgeht? Das kann nicht euer Ernst sein?«

»Als Staatsanwalt gebe ich Ihnen recht, Tom«, sagte Schnurbus ernst. »Aber nur als Staatsanwalt …« Er fuhr sich mit der Hand übers Gesicht. »Welche Strafe wäre für Simon Gens angemessen gewesen? Können Sie mir das sagen?«

»Ich werde noch verrückt«, schnauzte Tom und lief zur Tür.

»Tom, bitte …«, rief Britta ihm nach, aber Tom hob nur die Hand und war dann verschwunden.

***

Britta sah ihm einen Moment nach. Der Fall hatte Tom mitgenommen, mehr, als er vor sich selbst zugeben wollte. Ihr ging es nicht viel anders.

Justus Müsse erhob sich ebenfalls. »Was ist mit den Weltekes? Werden sie unter Anklage gestellt?«

Schnurbus hob unbehaglich die Schultern. »Was die Schüsse von Johanna angeht, wird es sich wohl um Notwehr handeln.«

Britta hob den Kopf. Notwehr? Sie sah Johanna Welteke vor sich. Sie waren gerade hereingestürmt, als Johanna das erste Mal schoss. Das war Notwehr gewesen. Aber der zweite Schuss?

Schnurbus schien ihre Reaktion nicht zu bemerken. »Die Weltekes«, fuhr er fort, »wird man wegen Verschleierung verschiedener Straftaten anklagen, zumindest Kai Welteke. Nach italienischem Recht ist die Tatsache, dass Johanna Welteke eine Leihmutter in Anspruch genommen hat, nicht strafbar.« Er wandte sich an Britta. »Bitte reden Sie mit Küppers, Frau Steinfort. Ihnen wird er zuhören.«

»Da bin ich mir nicht so sicher.«

Britta starrte in die frühe Dämmerung. Die schneebedeckten Kopfweiden entlang der Wassergräben trennten die Nebelkissen, die über der topfebenen Niederung schaukelten. Es war kalt und feucht. Sie verschränkte fröstelnd die Arme vor der Brust. Ihr Herz brannte. Sie wusste nicht, ob es brannte, weil der Fall so beschissen zu Ende gegangen war, oder ob es wegen Tom war.

Jonas und Jessy waren jetzt Waisen. Ben Liebermann hatte seinen Neffen vorerst zu sich genommen, aber Britta erinnerte sich an das verloren wirkende Gesicht des großen Mannes. Sie erinnerte sich an seine Qual, an sein Schluchzen, als der Notarzt Ellis' Tod festgestellt hatte. »Tun Sie was! Tun Sie doch was!«, hatte er das Ärzteteam angeschrien.

Sie hatte das ganze Präsidium nach Tom abgesucht. Vergeblich. Sie hatte ihn auf seinem Handy angerufen, aber er war nicht drangegangen. Schließlich hatte er ihr eine SMS geschickt: Er brauche Zeit, er könne jetzt nicht reden. Britta brannte das Herz.

Ihr kleines Haus war warm und trotzte der kältetauben Dunkelheit. Es hatte wieder heftig zu schneien begonnen. Britta machte sich etwas zu essen, aber sie bekam nichts runter. Immer wieder blickte sie auf ihr Handy. Keine Nachricht von Tom. Sie zappte durch alle Programme, lief ruhelos hin und her, kochte sich einen Tee und wickelte sich schließlich in eine Decke, weil sie trotz hochgedrehter Heizung zu frieren begonnen hatte. Es war längst Zeit, ins Bett zu gehen, aber sie wusste, sie würde keinen Schlaf finden.

Es klingelte.

Erschrocken sprang sie auf, lief in die Diele und riss die Tür auf. »Tom!«

Tom stand vor ihr, die Schultern in der Cordjacke hochgezogen, den Kragen ums Gesicht geschlagen, die Hände tief in den Taschen seiner Jeans vergraben, in seinen braunen Haaren sammelte sich der Schnee.

»Ihr habt recht. Besser, Gens ist tot!«

Danke

Beim Schreiben dieses Buches haben mir eine Reihe von Menschen geholfen. Die einen haben fachlichen Rat gewährt, die anderen unermüdlich gegengelesen, und einige waren auch einfach da.

Mein besonderer Dank gilt PHK Hans-Willi Arnold, Dezernent und Pressesprecher der Kreispolizeibehörde in Neuss, der mir mit großer Geduld, viel Humor und Interesse in allen Fragen zur Polizeiarbeit zur Seite gestanden hat. Des Weiteren danke ich Dr. Wolfgang Vossen, Facharzt für Kinderheilkunde, und Dr. Sylvia Bartnitzky, Gynäkologin und Fachärztin für Reproduktionsmedizin, für ihren »medizinischen Beistand«, ihre Geduld und ihre Bereitschaft, ihr Fachwissen mit mir zu teilen. Sollte ich die Wahrheit in polizeilicher oder medizinischer Hinsicht gebogen haben, so lag das entweder an meinem Unverstand oder an dramaturgischen Notwendigkeiten, niemals aber an fehlender Klarheit oder Expertise »meiner« Fachleute.

Ein guter Freund kennt und liebt den Niederrhein und konnte manches Mal mit der richtigen Location aushelfen. Ich danke meinem Lektor Matthias Schäfer für seine intensive Arbeit und seine Inspiration. Ohne meine Kinder und die Senioren wäre mein Leben ungleich ärmer … und viel weniger lustig. Last, but not least danke ich allen meinen »Vor«-Lesern, die mir immer wieder kritisch zur Seite gestanden haben, ebenso wie dem netten Team vom Emons Verlag.

Wie viel Glück kann doch in achtzehn Worten und drei Bildern liegen …